Janet MacLeod Trotter

Smaragdgrüne Hoffnung

TINTE & FEDER

Das Buch

Schottland 1919: Die junge Krankenschwester Esmie McBride verliebt sich in den charismatischen Kriegsveteran Tom Lomax. Doch es ist Lydia, ihre beste Freundin, für die er sich entscheidet und mit der er ein glanzvolles Leben in Indien beginnt. Mit gebrochenem Herzen greift Esmie nach der Gelegenheit, dem Paar zu folgen, und heiratet Toms Freund Harold. Das Leben der beiden Frauen könnte unterschiedlicher nicht sein: Während Esmie in einem Missionskrankenhaus an der Grenze zu Pakistan täglich die sozialen Härten des exotischen Subkontinents erlebt, glänzt Lydia im Raj Hotel an Toms Seite inmitten der kolonialen Gesellschaft. War das das Glück, von dem sie beide geträumt haben? Als die Paare in eine Krise geraten, wird Esmie vor eine schwere Entscheidung gestellt: Was wiegt mehr? Treue und Freundschaft oder das Wagnis der Liebe?

Die Autorin

Die britische Autorin Janet MacLeod Trotter hat bereits vierundzwanzig Bücher veröffentlicht, darunter neunzehn historische Familienromane. Ihr Debüt »The Hungry Hills« wurde für den Sunday Times Young Writer of the Year Award nominiert, während »Das Mädchen aus Assam« auf der Longlist der RNA Romantic Novel of the Year stand und Amazon-Top-Ten-Bestseller war. Auch auf Russisch, Französisch und Italienisch wurde der Roman zum Bestseller. Mehr über Janet und ihre Romane erfahren Sie auf www.janetmacleodtrotter.com.

JANET
MACLEOD TROTTER

Smaragdgrüne Hoffnung

Roman

Aus dem Englischen von
Maike Claußnitzer

TINTE & FEDER

Die englische Ausgabe erschien 2020 unter dem Titel »The Emerald Affair«
bei Lake Union Publishing, Seattle.

Deutsche Erstveröffentlichung bei
Tinte & Feder, Amazon Media EU S.à r.l.
38, avenue John F. Kennedy, L-1855 Luxembourg
Dezember 2022

Die Übersetzung dieses Buches wurde durch Amazon Crossing ermöglicht.

Umschlaggestaltung: bürosüd° München, www.buerosued.de
Umschlagmotiv: © Just dance © Rungnapa Tarasiri © leoks © Praew stock
© Taweesak Sriwannawit © wassiliy-architect / Shutterstock;
© Mary Wethey / ArcAngel
Lektorat: Cathérine Fischer
Korrektorat: Manuela Tiller/DRSVS
Gedruckt durch:
Amazon Distribution GmbH, Amazonstraße 1, 04347 Leipzig /
Canon Deutschland Business Services GmbH, Ferdinand-Jühlke-Straße
99095 Erfurt /
CPI books GmbH, Birkstraße 10, 25917 Leck

ISBN: 978-2-49670-991-9

www.tinte-feder.de

*Für all meine wunderbaren Großnichten und
Großneffen: Molly, Lyra, Ylva, Luke, Ally, Jake,
Harrison, Corbyn und Landon. Hoffentlich
habt ihr weiterhin Freude an Geschichten!*

The Civil and Military Gazette, Februar 1919

ZU VERKAUFEN

komplett lizenziertes und gut ausgestattetes Hotel mit elektrischer Beleuchtung

bekannt als

das RAJAH HOTEL (vor Ort als das »Raj«)

gelegen an der Nichol Road, Rawalpindi,

nördlicher Pandschab, Indien.

Derzeit im Besitz von Mr James Littleton.

Zum Gelände gehören: prächtiges Empfangsfoyer, Speisesaal für 30 Gäste, 2 Salons, 12 Zimmer (einige davon mit eigenem Waschbecken), 3 Bäder, 6 WCs, Hof, Gärten vor und hinter dem Haus, Direktorenbungalow, Dienerquartiere, Küchen, Waschhaus, Trockenwiese, Stallungen (Kraftfahrzeug auf Verhandlungsbasis – viersitziger Clement Talbot).

Preis auf Anfrage. Für weitere Details wenden Sie sich bitte schriftlich an Mr J. Littleton.

Kapitel 1

Ebbsmouth, Schottland, Mai 1919

Als der Zug, in dem Esmie McBride von Edinburgh nach Süden fuhr, langsamer wurde, beschleunigte sich ihr Herzschlag – halb vor Aufregung, halb vor Angst. Sie reckte den Hals, um einen Blick auf ihre frühere Heimatstadt zu erhaschen. Sie war seit fast drei Jahren nicht mehr hier gewesen, weil sie im nicht lange zurückliegenden Krieg als Krankenschwester im Auslandseinsatz gewesen war. Sie strich sich nervös einzelne Strähnen ihres braunen Haares aus dem Gesicht und beugte sich ganz nah an das Zugfenster heran. Der rötliche Stein der Cottages am Hafen leuchtete im Frühsommerlicht, und das Meer dahinter glitzerte, während Wellen mit Schaumkronen sich an der Hafenmauer brachen. Wie ein brütender Adler ragte über der Klippe die Anchorage auf, ein gotischer Turm, der bis vor Kurzem übergangsweise als Lazarett gedient hatte. Esmie war dort 1916 ein paar Monate lang Krankenschwester gewesen. Ihre beste Freundin, Lydia Templeton, hatte ihr geschrieben, dass die letzten auf dem Wege der Besserung befindlichen Patienten von dort wegverlegt worden waren. Der alte Colonel Lomax und seine exzentrische Tochter Tibby waren wieder ganz dort eingezogen.

Die liebe Lydia! Es munterte Esmie auf, daran zu denken, dass sie eine Weile bei ihrer alten Schulfreundin und deren gastfreundlichen Eltern wohnen würde. Lydias amüsanter Tratsch war genau die Medizin, die sie nach ihrer aufreibenden Arbeit für die Scottish Women's Hospitals an der Front in Serbien und Russland brauchte. Sie kam sich viel älter vor als fünfundzwanzig. Die temperamentvolle Lydia würde dafür sorgen, dass sie sich wieder jung und sorglos fühlte.

Plötzlich erspähte sie ihr altes Zuhause oben auf der Klippe – ein geweißtes Haus mit schwarzen Türen und Fensterrahmen. Dort hatte sie mit ihrem Vater gelebt, nachdem er die Stelle als Schularzt an der Mädchenschule St Ebba's angenommen hatte. Tränen brannten in ihren Augen. Der Garten war mit Brombeerranken überwuchert, und die Schaukel an einem Ast des Apfelbaums, die ihr Vater für sie gebaut hatte, war nicht mehr da. Aber sie wohnte schon seit über zehn Jahren nicht mehr hier. Ein vertrautes Verlustgefühl durchzuckte sie, als sie an ihren geliebten Vater dachte, der sie mit vierzehn Jahren als Waise zurückgelassen hatte. Ihre Mutter war schon gestorben, als Esmie fünf gewesen war. Das, was für sie einem Zuhause jetzt noch am nächsten kam, war die psychiatrische Klinik in Vaullay in den Highlands. Dort hatte sie das letzte Jahr über als Krankenschwester gearbeitet und bei der freundlichen Dr. Isobel Carruthers gelebt, die ihre Vormundin gewesen war.

Dann war der Zug auch schon an ihrem früheren Zuhause vorbei, und ihre alte Schule kam in Sicht: ein Gewirr aus Schieferdächern und hohen Schornsteinen. Esmies Magen verkrampfte sich. Sie würde die Drummonds besuchen müssen, die die Schule leiteten. Wann immer sie an die beiden und ihren Sohn David dachte, überkam sie eine Mischung aus Schuldgefühlen und Reue. Würden sie Esmie anklagend ansehen?

Oder schlimmer noch: Würden sie sie mit Freundlichkeit und Mitgefühl erdrücken? Sie konnte es nicht viel länger aufschieben, sie persönlich aufzusuchen. Nur noch ein bisschen.

Zischend kam der Zug im Bahnhof zum Stehen.

Lydia winkte ihr von der Absperrung her zu. In einem modischen Frühlingsmantel und mit dem kecken Hut, der auf ihren blonden Locken saß, war sie unverkennbar. Sie hatte einen Gepäckträger in Beschlag genommen, um Esmie mit ihrem Koffer zu helfen, obwohl dieser so klein war, dass Esmie ihn leicht selbst tragen konnte.

»Liebes!«, rief Lydia und zog Esmie in eine Umarmung. »Du meine Güte, du bist ja klapperdürr! Mummy wird bestimmt darauf bestehen, dass die Köchin dich zwangsernährt. Allerdings ist es ja groß in Mode, dünn zu sein – du Glückliche! Das lässt auch deine wunderschönen grauen Augen riesig wirken.«

Esmie lachte. »Was redest du nur wieder für einen Unsinn! Ich kann dir gar nicht sagen, wie sehr ich das vermisst habe. Und du siehst so schön aus wie eh und je.«

Lydia wirkte erfreut und hakte sich bei ihrer Freundin ein. Den Gepäckträger im Schlepptau verließen sie den kleinen Bahnhof.

»Wir werden so viel Spaß haben. Wir Templetons werden dich nach Strich und Faden verwöhnen, und du musst mir alles über die ausländischen Soldaten erzählen, die du kennengelernt und denen du das Herz gebrochen hast …«

Lydia brach abrupt ab und sah Esmie aus großen blauen Augen an. »Oje. Ich hatte David ganz vergessen. Ich wollte nicht respektlos sein. Das mit ihm tut uns allen sehr leid.«

Esmies Inneres zog sich zusammen. »Ja, ich weiß. Du musst dich nicht entschuldigen.«

»Schreckliche Sache«, sagte Lydia, »und das so kurz vor Kriegsende. Einfach nicht fair.«

Esmie spürte, dass ihr das Blut aus dem Kopf wich, und hatte den Eindruck, dass sie ohnmächtig werden würde. Aber Lydia war schon dabei, sie rasch zu einem Auto mit offenem Verdeck zu führen, das am Bahnhofseingang parkte, und schob sie auf den Beifahrersitz. Ihre Freundin stieg auf der Fahrerseite ein, zog ihren Rock hoch und ließ dabei kurz ihre wohlgeformten Beine sehen.

»Hat Dickson, der Chauffeur, sich zur Ruhe gesetzt?«, fragte Esmie.

»Nein, er arbeitet immer noch für Dad. Aber ich fahre inzwischen selbst gern Auto.« Lydia grinste. »Die ganze Zeit beim Transportkorps, als ich Generäle durch die Gegend gefahren habe, war nicht verschwendet.«

»Typisch, dass du die Generäle und nicht die Wäsche der Armee erwischt hast«, zog Esmie sie auf.

»Stimmt!«, pflichtete Lydia ihr bei. »Aber der Höhepunkt meines Krieges war, nach Amerika zu reisen, um Spenden für die Scottish Women's Hospitals zu sammeln.«

»Es war sehr mutig von dir, den Atlantik zu überqueren«, sagte Esmie. »Tante Isobel hat gesagt, dass du deine Sache wunderbar gemacht hast.«

»Hat Dr. Carruthers das wirklich gesagt?«, fragte Lydia lächelnd. »Meinst du, die große Dr. Inglis war auch der Meinung? Sie hat mich ermuntert, nach Amerika zu reisen, weißt du?«

»Sie war sicher der Meinung. Ohne deine Anstrengungen hätte sie all die Lazarette gar nicht ausstatten können.«

»Ich wünschte, ich hätte ihr persönlich von Amerika erzählen können«, sagte Lydia. »Es war tragisch, dass sie so plötzlich gestorben ist.«

»So plötzlich war das nicht«, antwortete Esmie. »Sie wusste monatelang, dass sie Krebs hatte, hat uns aber nichts davon erzählt. Sie hat sich bis zuletzt selbst angetrieben.«

»Und du warst beim Abzug aus Russland bei ihr?«

Esmie nickte. Es tat weh, als sie an den Tod der heroischen Ärztin aus Edinburgh zurückdachte. Sie war mit ihren Mitarbeiterinnen auf dem ganzen Kontinent aktiv gewesen, um den Alliierten Großbritanniens zu helfen, nachdem ihre eigene Regierung ihr Angebot, weibliche Sanitäter zu stellen, ausgeschlagen hatte. Nach den Schrecken des serbischen Rückzugs 1915 und einem zermürbenden Jahr unablässiger Pflegearbeit an den Fronten in Südrussland und Rumänien waren Dr. Inglis und ihre Frauen schließlich vom Chaos der Revolution spät im Jahr 1917 besiegt worden. Auf der Flucht vor den Morden und der Anarchie hatten die Frauen nur mit knapper Not über den arktischen Hafen Archangelsk fliehen können, bevor er über den Winter zugefroren war. Elsie Inglis' Tod kurz darauf hatte Esmies Arbeit für die Scottish Women's Hospitals ein Ende gesetzt.

Ausgelaugt und niedergeschlagen hatte Esmie sich nach Vaullay zurückgezogen, um sich von ihrer Vormundin umsorgen zu lassen. Isobel Carruthers, eine alte Freundin und Kollegin ihres Vaters, war für Esmie das, was einem Elternteil noch am nächsten kam. Liebevoll nannte Esmie sie Tante Isobel. Dort, in der sanften Luft der Highlands, in der Nähe der Heimat ihrer Kindheit und weit entfernt von den Geschützen und dem Blutvergießen, hatte sie ihre Lebensfreude zurückgewonnen. In dem Jahr, das sich als das letzte des Kriegs erweisen sollte, hatte Esmie begonnen, die Psychiatriepatienten zu pflegen. Einige von ihnen waren Soldaten, die an einem Kriegstrauma litten. Als das Kriegsglück sich dann zugunsten der Alliierten gewendet hatte, war Esmie bewusst geworden, dass der Zeitpunkt gekommen war, ehrlich zu David zu sein …

»Sieh nicht so trübsinnig drein«, rief Lydia und riss sie aus ihren Gedanken. »Ich wollte dich nicht traurig machen. Wir denken einfach nicht mehr über unschöne Dinge nach.

Stattdessen reden wir über die Zukunft, trinken Cocktails und spielen Tennis. Ich bringe dir bei, zu Ragtime-Musik zu tanzen. Ich habe ein paar Grammofonplatten aus Amerika mitgebracht.«

Während sie über die schmalen Landstraßen aus Ebbsmouth hinaus Richtung Templeton Hall sausten, unterhielt Lydia sie mit Geschichten über ihre Zeit in New York und Chicago und über die dramatische Atlantiküberquerung, bei der sie feindlichen U-Booten ausgewichen waren. Sie spielte es herunter, aber Esmie wusste, dass Lydia ein großes Risiko eingegangen war, als sie nach Amerika und wieder zurück gereist war. Das mochte sie an ihrer Freundin: Lydia versteckte ihren Mut unter einem nonchalanten Auftreten.

»Und der liebe Harold ist aus Indien zurück«, wechselte Lydia schon wieder plötzlich das Thema. »Du erinnerst dich doch an Harold Guthrie? Sein Vater war der Bahnhofsvorsteher. Harold hat in Edinburgh Medizin studiert – ist als Missionsarzt nach Indien gegangen, war aber während des Kriegs auch eine Weile in Mesopotamien.«

»War das der Rothaarige, der so verschossen in dich war?«, fragte Esmie. »Ein paar Jahre älter als wir?«

Lydia lachte. »Genau der. Jetzt hat er aber nicht mehr so viele rote Haare – sie werden schon etwas dünn. Mummy behauptet, wenn man in der Hitze einen *topee* trägt, scheuert das die Haare weg. Daddy sagt, dass das Unsinn ist.«

»Wo genau in Indien hat Harold denn gearbeitet?«

»Oh, an irgendeinem unglaublich heißen, staubigen und gefährlichen Ort«, sagte Lydia und wedelte mit der Hand. »Haufenweise Paschtunen, die gegenseitig mit Messern aufeinander einstechen.«

»An der Nordwestgrenze?«, fragte Esmie neugierig.

»Das könnte sein. Jedenfalls ist Harold nach wie vor ein reizender Mann.«

»Hast du immer noch Interesse an ihm?«, erkundigte sich Esmie.

»Himmel, nein! Um ehrlich zu sein, ist er ein ziemlicher Langweiler, was seine Missionarsarbeit angeht – und jetzt macht er sich gerade große Sorgen wegen irgendeines Kriegs, der mit den Afghanen ausgebrochen zu sein scheint. Aber er bringt heute Nachmittag einen seiner Freunde zum Tennis mit. Rate mal, wen!«

Esmie hörte Lydias Stimme die Aufregung an. »Douglas Fairbanks?«, witzelte sie.

Lydia lachte. »Fast! Er sieht wirklich so gut aus wie ein Filmstar. Captain Tom Lomax!«

»Der Sohn des Colonels?«, vergewisserte sich Esmie überrascht. »Ich dachte, er wäre als Soldat in der Wildnis Afghanistans oder so.«

»Das war er auch«, sagte Lydia, »aber jetzt ist er wieder zu Hause in der Anchorage. Noch ein Held aus Mesopotamien.«

»Aber er ist doch verheiratet, nicht wahr?«, fragte Esmie. »Ich weiß noch, wie wir uns an ihrem Hochzeitstag aus der Schule geschlichen haben, um zuzusehen, wie sie aus der Kirche gekommen sind.«

»Jetzt ist er Witwer«, sagte Lydia mit einem verschwörerischen Zwinkern.

»Der arme Mann«, sagte Esmie.

Lydia passte ihren Gesichtsausdruck an. »Natürlich ist das sehr traurig. Sie ist vor dem Krieg gestorben – irgendeine furchtbare Krankheit in Indien. Aber Harold sagt, dass der Captain nicht mehr über sie spricht.«

»Was ist denn mit diesem Weinimporteur mit den Weinbergen in Frankreich, den du in deinen letzten beiden Briefen erwähnt hast? Der, der überall in der ganzen Grafschaft mit dir essen gegangen ist?«, wollte Esmie wissen. »Du schienst ihn zu mögen.«

»Colin Fleming?«, antwortete Lydia. »Ja, der ist nett – und hat reichlich Geld –, aber im Moment ist er in Frankreich. Außerdem sieht Colin nicht einmal annähernd so gut aus wie der Captain.« Lydia sah Esmie an und grinste. »Ich hatte schon immer eine Schwäche für Männer in Offiziersuniform.«

Esmie lachte bitter. »Um ehrlich zu sein, bin ich nur froh, die Männer wieder in Zivilistengarderobe zu sehen.«

Sie bogen von der schmalen Straße ab und passierten einen Torbogen. Esmie ging das Herz auf, als sie die vertraute, von gut gestutzten Buchenhecken gesäumte Einfahrt hinauffuhren und Templeton Hall vor ihnen auftauchte. Trotz seines glanzvollen Namens war Lydias Zuhause eher eine weitläufige moderne Villa mit hohen Glasfenstern, Balkonen und einem mit Kletterrosen überwucherten Portikus, der groß genug war, dass ein Auto darunter hindurchpasste. So konnten Fahrgäste aussteigen und das Haus betreten, ohne vom Regen durchnässt zu werden.

Baxter, der alternde Butler, stand bereit, um Esmies Tür zu öffnen.

»Miss Esmie, willkommen zurück«, begrüßte er sie mit einem Lächeln, das große Lücken zwischen seinen schlechten Zähnen erkennen ließ.

»Danke, Baxter. Es ist wunderschön, wieder hier zu sein«, sagte Esmie, stieg aus und schüttelte ihm die Hand.

Als der Butler Esmies Koffer holen ging, unterdrückte Lydia ein Kichern und flüsterte Esmie zu: »Daddy hat Baxter ein Gebiss anfertigen lassen, aber seit es ihm einmal in Mummys Suppe gefallen ist, weigert er sich, es zu tragen.«

Während Esmie beobachtete, wie er sich die Stufen vor dem Haus heraufkämpfte, musste sie den Drang unterdrücken, ihm den Koffer abzunehmen. Sie wusste, wie gekränkt er gewesen wäre. Arm in Arm betraten die beiden Freundinnen das Haus.

Die Sonne strömte durch große Buntglasfenster und warf verspielte Muster auf den gefliesten Boden des Foyers. Esmie atmete den Geruch nach warmem Holz und Bohnerwachs ein. Nostalgische Erinnerungen an ihre Mädchenjahre und ihre Freundschaft mit Lydia überkamen sie. Alles an Templeton Hall war auf Komfort ausgerichtet, von den modernen sanitären Anlagen und geräumigen Badezimmern über die elektrische Beleuchtung bis hin zu den Polstermöbeln mit Walnussholz und Betten mit guten Matratzen. Als junge Frau hatte Lydias Mutter den Kontinent bereist und war mit einer Leidenschaft für den Jugendstil und seine sinnlichen, fließenden Formen zurückgekehrt. Ihr Haus spiegelte ihren Geschmack wider.

Das Haus war voller zierlicher Schränkchen aus hellem Holz, leuchtend bunter Blumentöpfe mit tropischen Farnen, kunstvoll geschwungener schmiedeeiserner Geländer und Lampenfüße in Form halb nackter Nymphen. Alles war dank der vielen Fenster lichtdurchflutet. Sie gewährten Ausblicke in den geschützten Garten und freie Sicht auf die ferne Nordsee. Dennoch war es zugleich das Haus einer Familie mit einer Veranda im Erdgeschoss, die mit Sportgeräten und alten Gummistiefeln vollgestopft war, und einem Wohnzimmer, das vor Familienfotos überquoll. Dort durften sich die Hunde auf dem Perserteppich in der Kaminecke zusammenrollen.

»Daddy ist heute in Newcastle«, erklärte Lydia, »aber er kommt zum Tee zurück. Er kann es gar nicht abwarten, dich zu sehen.« Sie blieb stehen und rief. »Mummy, wir sind da!«

»Im Wintergarten, Liebling!«, antwortete Minnie Templeton.

Lydia verdrehte die Augen. »Bestimmt richtet sie die armen Gummibäume wieder übel zu. Mit Pflanzen hat sie wirklich überhaupt keine Geduld.«

Lydias Mutter kam eifrig aus dem Raum mit dem Glasdach hervorgeeilt. Ihr rundes Gesicht war unter dem makellos aufgesteckten blonden Haar hochrot angelaufen. Sie ließ ihren Korb mit abgeschnittenen verwelkten Blüten fallen und streckte die dicklichen Arme aus.

»Esmie, meine Liebe! Lass dich umarmen!«

Esmie, die einen Kopf größer als Minnie war, erwiderte die Umarmung. Minnie fühlte sich weich an und roch nach Rosen. Esmie kamen vor Rührung die Tränen. »Danke, dass Sie mich eingeladen haben, Mrs Templeton.«

»Meine Güte!«, rief Minnie. »Du musst doch nicht erst auf eine Einladung warten. Wir freuen uns, dich hier zu haben, wann immer du willst.«

»Das sage ich Esmie doch auch schon seit Monaten«, pflichtete Lydia ihr bei. »Es wird höchste Zeit, dass sie einmal von all diesen wahnsinnigen Anstaltsinsassen wegkommt und etwas Spaß hat.«

Angesichts ihrer unverblümten Ausdrucksweise zuckte Esmie zusammen. »Wir sprechen nicht mehr von Wahnsinnigen«, sagte sie. »Es sind Psychiatriepatienten.«

»Na, egal, wie du sie nennen willst«, sagte Lydia und winkte verächtlich ab, »du hast deinen Teil getan, und jetzt helfen wir dir, Ausschau nach einem Ehemann zu halten. Du und ich werden noch alte Jungfern, wenn wir nicht bald etwas dagegen unternehmen.«

Esmie lachte. »Du bist doch erst vierundzwanzig.«

»Nächsten Monat werde ich fünfundzwanzig«, sagte Lydia schaudernd.

»Das ist doch nicht gerade alt, Liebling«, sagte Minnie.

»In meinem Alter warst du längst verheiratet und hattest Grace schon zur Welt gebracht, Mummy«, hob Lydia hervor.

»Ja, aber ihr modernen Mädchen habt euren Beitrag zum Krieg geleistet.«

»Genau«, sagte Lydia, »und der Krieg hat uns viel weniger Wahlmöglichkeiten gelassen, als deine Generation sie hatte.«

Esmie spannte sich an, als sie an David dachte. Wieder quälte sie sich mit dem Gedanken, wie sehr seine Eltern um ihren Sohn trauern mussten. Minnie fing ihren Blick auf und berührte ihren Arm.

»Es hat Jumbo und mir sehr leidgetan zu hören, dass du David verloren hast«, sagte sie. »Lydia sagt, dass du sehr tapfer damit umgehst.«

Angesichts ihrer Besorgnis bekam Esmie ein schlechtes Gewissen. Sie hatte sie nicht verdient. »Unser Mitgefühl sollte den Drummonds gelten – sie haben ihr einziges Kind verloren«, sagte sie. »Wie … wie kommen sie damit zurecht?«

Minnie seufzte. »Schlecht, nach allem, was man hört. Ich treffe Maud Drummond dieser Tage gar nicht mehr. Sie bleibt zu Hause und lehnt alle Einladungen ab. Jumbo ist ein paar Mal mit William spazieren gegangen, aber der ist ein Schatten seiner selbst.«

Die Nachricht ließ Esmies Herz bleischwer werden. Davids Vater war immer ein kraftvoller, geselliger Mann gewesen. Einige von Esmies Mitschülerinnen hatten sich von ihrem Schulleiter mit seiner dröhnenden Stimme und seinem buschigen, grauen Bart eingeschüchtert gefühlt, aber sie hatte ihn immer gemocht. William Drummond war schließlich der engste Freund ihres Vaters gewesen und hatte sie nach dessen plötzlichem Tod mit besonderer Güte und Nachsicht behandelt. Er hatte sie als Schülerin behalten und ihr das Schulgeld erlassen.

»Ich muss sie besuchen gehen«, sagte Esmie. »Ich fühle mich schuldig, weil ich es noch nicht getan habe. Natürlich habe ich ihnen geschrieben.«

»Na, du warst doch weit weg und mit deiner Arbeit beschäftigt«, sagte Minnie großmütig.

Lydia nahm Esmies Arm und führte sie zur Treppe. »Du hast an anderen Tagen noch reichlich Zeit für Pflichtbesuche«, sagte sie. »Aber jetzt sorgen wir erst einmal dafür, dass du dich in deinem alten Zimmer einrichtest und dich vor dem Mittagessen frisch machst. Harold und Captain Lomax kommen um drei, also müssen wir Tenniskleidung für dich auftreiben.«

»Mittagessen gibt es in einer halben Stunde, Mädchen«, rief Minnie ihnen nach.

Esmie warf einen Blick über ihre Schulter und lächelte. Einen Moment lang war es so, als hätte es die schrecklichen Kriegsjahre nie gegeben und als wären Lydia und sie wieder die jungen Freundinnen, die Minnie liebend gern verwöhnt und umsorgt hatte – Mädchen, die sich über nichts weiter Gedanken machen mussten als das nächste Essen oder ein Tennisspiel.

* * *

Lydia warf einen Blick in den Schrank, in den das Dienstmädchen Esmies Kleidung gehängt hatte. »Den kannst du nicht tragen«, verkündete sie, zog das Kleidungsstück, das sie störte, heraus und warf es auf den Boden. Es war nicht das erste.

»Was ist denn so schlecht daran?«, fragte Esmie und hob den alten Tennisrock auf. »Er ist bloß ein bisschen ausgeblichen.«

»Er hat die gleiche Farbe wie ein Sandsack und ist auch ungefähr so modisch«, gab Lydia zurück. »Du musst dir einen von mir oder von Grace leihen, bis wir einen neuen bestellen können.«

»Ich kann mir wirklich keinen leisten …«

»Ich aber«, setzte Lydia ihrem Protest ein Ende. »Wie es aussieht, müssen wir deine ganze Garderobe erneuern. Hast du wirklich seit vor dem Krieg nichts Neues mehr gekauft?« Sie zog ein Kleid von seinem Bügel. »Ich bin mir sicher, dass du das schon getragen hast, als wir noch zur Schule gegangen sind.«

»Ja«, sagte Esmie. »Aber es hat Tante Isobel viel Geld gekostet, und ich habe es nur zu besonderen Anlässen getragen.«

»Vielleicht erlaube ich dir, es anzuziehen, wenn wir einen Maskenball unter dem Motto ›Viktorianisches Zeitalter‹ geben«, sagte Lydia augenzwinkernd und ließ das Kleid auf den wachsenden Haufen aussortierter Kleidung fallen.

Esmie lachte. »Ich hänge einfach alles wieder in den Schrank, sobald du das Zimmer verlassen hast.«

Lydia sah sie verärgert an. Im nächsten Moment sammelte sie schon den kleinen Haufen auf und marschierte zum Fenster.

»Wage es ja nicht!«, rief Esmie und kam eilig auf die Beine.

»Ich wage es sehr wohl!« Lydia riss das Flügelfenster auf.

Esmie rannte zu ihr, um sie aufzuhalten, aber Lydia war zu schnell. Sie warf die Kleidung aus dem Fenster. Esmie spähte hinaus und war wie vom Donner gerührt, als sie ihre Kleidung über die Blumenbeete und Büsche darunter verteilt sah.

»Das hätten wir«, verkündete Lydia.

Sprachlos sah Esmie erst ihre Freundin an und dann wieder aus dem Fenster. Sie hätte wissen sollen, dass Lydia sich von ihren Worten dazu provozieren lassen würde, ihr einen bösen Streich zu spielen. Plötzlich begann Esmie zu lachen, dann lachte auch Lydia. Bald krümmten sie sich beide und hielten sich aneinander fest, weil der absurde Anblick von Esmies draußen verstreuten Sachen solche Heiterkeit in ihnen auslöste.

Als Lydia wieder Luft bekam, sagte sie: »Komm, wir sehen nach, was noch in Grace' Schrank hängt – du bist ungefähr genauso groß wie meine Schwester.«

* * *

Als die Nachmittagsgäste eintrafen, trug Esmie ein weißes Tenniskleid mit Rüschen und Unterröcken, das früher Lydias Schwester Grace gehört hatte. Grace war sechs Jahre älter als Lydia und hatte vor dem Krieg ihr Zuhause verlassen, um auf ein Pensionat in der Schweiz zu gehen. Sie war nie nach

Templeton Hall zurückgekehrt. Stattdessen hatte sie einen Schweizer Finanzier geheiratet und sich in Zürich niedergelassen. Die Schwestern hatten sich ständig gestritten und nie ein besonders enges Verhältnis gehabt; Grace hatte Lydia immer für verwöhnt und kindisch gehalten, während Lydia sich beschwert hatte, dass Grace sie ständig herumkommandierte und völlig humorlos war.

Esmie kam sich in dem extravaganten, spitzenbesetzten Kleid viel zu fein gekleidet vor und wehrte sich gerade gegen Lydias Versuche, Perlmuttkämme in ihr widerspenstiges Haar zu stecken, als sie das Tuten einer Autohupe hörten.

»Das wird Harold sein«, sagte Lydia aufgeregt und verlor sofort das Interesse daran, Esmies Haar zurechtzumachen. Sie eilte zum Drehspiegel. »Wie sehe ich aus?«

»Sehr hübsch«, erwiderte Esmie, »wie immer.«

»Das sagst du aber nicht nur so?« Lydia musterte stirnrunzelnd ihr Spiegelbild und drehte sich hin und her, um ihre sanduhrförmige Figur zu betrachten. Ihr neuer Tennisrock ließ ihre schlanken Knöchel und Waden sehen, während ihre Bluse maßgeschneidert war, um ihre Kurven und ihren schmalen Hals zu betonen. Auf ihrem Kopf hatte sie einen schicken Strohhut festgesteckt. Hüte standen Lydia.

»Der Captain wird hingerissen sein«, versicherte Esmie ihr.

Lydias strahlendes Lächeln ließ ihre nahezu perfekten Zähne sehen. Sie betätschelte ihr blondes Haar und sagte: »Dann komm – auf in die Schlacht!«

Sie fanden Minnie auf der Terrasse, wie sie viel Aufhebens um die Neuankömmlinge machte. Die beiden Männer, die in Flanellhosen und Blazer gekleidet waren, saßen schon auf Korbstühlen und tranken im Schatten eines großen Baldachins Zitronenlikör. Sie sprangen auf, als die jungen Frauen erschienen. Von der Sonne geblendet, hob Esmie eine Hand, um sich die zusammengekniffenen Augen zu beschirmen, und musterte die beiden. Aber sie waren immer noch nur verschwommene Schatten, einer einen Kopf größer als der andere.

Harold trat ins Sonnenlicht, und Lydia hauchte ihm einen Kuss auf die Wange, der ihn erröten ließ. Er war vierschrötiger, als Esmie ihn in Erinnerung hatte, und sein Gesicht war von Jahren im grellen Sonnenlicht rot und faltig. Er konnte höchstens Anfang dreißig sein, wirkte aber zehn Jahre älter. Aber als er lächelte, sah er plötzlich jungenhaft und hübsch aus. Er schüttelte ihr fest die Hand, und sie erinnerte sich, dass er immer freundlich und geduldig reagiert hatte, wenn Lydia und Grace ihn aufgezogen hatten.

»Wie geht es dir, Esmie?«, fragte Harold. »Ich habe so wunderbare Berichte über deine Arbeit für die Scottish Women's Hospitals gehört. Über die ›pflegenden Engel‹. Während meines Medizinstudiums habe ich deine Vormundin, Dr. Carruthers, kennengelernt. Wunderbare Frau.«

»Ja, das ist sie«, stimmte Esmie ihm zu. »Ich wusste gar nicht, dass du sie kennst.«

»Vor dem Krieg«, erklärte Harold, »hat sie mich in Edinburgh durch die Slums von Canongate geführt. Sie wollte, dass ich die Armut vor unserer eigenen Haustür sehe und verstehe, dass man nicht um die halbe Welt reisen muss, um den Menschen zu helfen. Ich glaube, sie war nicht einverstanden mit meinem missionarischen Eifer, auszuziehen und die Inder zu bekehren.«

»Aber du bist trotzdem nach Indien gegangen«, sagte Esmie mit einem fragenden Blick.

»In der Tat«, gestand Harold. »Sobald ich dort war, ist mir natürlich bewusst geworden, dass meine Aufgabe zu neunundneunzig Prozent darin bestand, Kranke zu verarzten. Ich glaube nicht, dass ich auch nur eine einzige Seele zum Christentum bekehrt habe.«

»Genug von Religion, Harold«, sagte Lydia. »Stell uns deinen Freund vor.«

»Natürlich«, sagte Harold eilig. »Das hier ist …«

Aber Lydia hatte sich dem hochgewachsenen Mann schon zugewandt und streckte die Hand aus. »Es freut mich, Sie kennenzulernen, Captain Lomax. Und willkommen in Templeton Hall.«

»Ich bin entzückt, Sie kennenzulernen, Miss Templeton«, antwortete er mit einer tiefen Stimme, in der ein Hauch von schottischem Akzent und die Heiserkeit eines Rauchers mitschwangen. »Harold ist ein großer Bewunderer von Ihnen und Ihrer Familie. Ich bin einmal Ihrer Schwester Grace auf einem Jagdball begegnet.«

»Nun gut, das werden wir Ihnen nicht zum Vorwurf machen«, spöttelte Lydia.

»Lydia!«, rief Minnie tadelnd.

Der Captain lachte überrascht. Als er auf die Frauen zukam, sah Esmie sein Gesicht zum ersten Mal richtig. Sie hatte vergessen, wie gut er mit seinem dunklen Haar und den feinen Zügen aussah. Er sah sie über Lydias Schulter aus berückend blauen Augen zwischen dunklen Wimpern hervor an und musterte sie prüfend. Als Mädchen an der Schwelle zum Erwachsenwerden hatten Esmie und Lydia den Sohn des Colonels bei den seltenen Gelegenheiten, wenn er aus dem Internat oder später aus der Offiziersausbildung nach Hause gekommen war, aus der Ferne betrachtet und seine Größe, sein gutes Aussehen und seinen athletischen Körper bewundert. Aber Esmie hatte Tom Lomax seit Jahren nicht mehr gesehen und kannte ihn kaum, also traf ihre eigene Reaktion sie völlig überraschend.

Lydia drehte sich um und winkte Esmie heran. »Und wie Sie wahrscheinlich schon ahnen, ist das hier meine beste Freundin, Esmie McBride.«

»Miss McBride.« Tom lächelte und schüttelte ihr die Hand.

Esmie starrte ihn an. Er musterte sie verwirrt und richtete seine Aufmerksamkeit dann wieder auf Lydia. Esmie erkannte verlegen, dass sie den Captain sprachlos angegafft und noch nicht einmal seinen Gruß erwidert hatte.

Das schien keine Rolle zu spielen. Lydia führte ihn zu einem Sitzplatz neben sich und fragte ihn über seine Heldentaten im Krieg aus. Das schien Tom peinlich zu sein, und er wimmelte ihre Lobhudelei ab.

»Viel Langeweile in der Hitze«, sagte er. »Die echten Heldentaten haben die Quartiermeister und Wasserträger begangen – die Männer, die eine Armee auf dem Marsch aufrechterhalten. Ich war alles andere als ein Held, glauben Sie mir.«

Lydia lachte. »Ihre Bescheidenheit in allen Ehren, Captain Lomax. Aber ich habe schon von Harold gehört, wie Sie geholfen haben, Bagdad zu befreien.«

»Mein guter Freund Guthrie hat schon immer dazu geneigt, anderen sämtliche Verdienste zuzuschreiben«, sagte Tom. »Während ich in Sicherheit hinter den Kanonen war, hat er draußen auf dem Schlachtfeld die Verwundeten verarztet.«

»Ich bin mir sicher, dass Sie beide Ihre Sache ganz hervorragend gemacht haben«, sagte Minnie. »Aber sagen Sie mal, Captain Lomax … Wie ist es, wieder in der Anchorage zu sein? Versetzen Sie das Gebäude nun, da die Patienten fort sind, wieder in seinen Normalzustand?«

»Meine Schwester Tibby versucht es«, antwortete Tom, »aber das alte Gemäuer riecht immer noch wie ein Krankenhaus, egal, wie viele Armvoll Blumen sie mich hineintragen lässt. Gestern hat sie Harold und mich über Land geschickt, um Weißdornblüten von den Hecken zu schneiden. Und noch irgendetwas, das nach Katzenurin gestunken hat.«

Lydia prustete vor Lachen. »Sie Armer!«

»Ihre Schwester hat nicht unrecht«, sagte Minnie freundlich. »Man kann nie zu viele Blumen im Haus haben. Sie darf sehr gern herkommen und sich einige von unseren mitnehmen.«

»Ja«, ermunterte auch Lydia ihn. »Sie müssen einmal Ihre Schwester mitbringen. Mummy zieht Blumen, die besser riechen als alle anderen in der Grafschaft.«

»Nach dem wunderbaren Duft ringsum zu urteilen«, sagte Tom, »muss ich Ihnen beipflichten.«

»Und wie geht es Ihrem Vater?«, fragte Minnie. »Ist er noch bei guter Gesundheit?«

Esmie sah, wie Tom kurz die Stirn runzelte. Er brummte leise: »Mein Vater ist gesund wie ein Pferd, vielen Dank.«

Esmie dachte an ihre wenigen Monate als Krankenschwester in der Anchorage zurück. Der alte Colonel war übellaunig gewesen und hatte ihr und den anderen Krankenschwestern ständig Vorhaltungen gemacht. Hatte er sie eben noch faul genannt, hatte er ihnen im nächsten Augenblick schon vorgeworfen, die Patienten zu sehr zu verhätscheln. »Ein Haufen Drückeberger«, hatte er immer geschimpft. »Schickt sie zurück an die Front. Meine Tochter Tibby hat mehr Mut im kleinen Finger als diese Schwächlinge. Fährt in Frankreich Lastwagen, wissen Sie?« Esmie konnte sich nicht erinnern, dass der Colonel je seinen Sohn Tom erwähnt hatte.

Tom rutschte auf seinem Stuhl hin und her und begann, mit dem Bein zu wippen. »Würden Sie mir wohl gestatten zu rauchen, Mrs Templeton?«

»Natürlich würde sie«, sagte Lydia sofort. »Mummy stört das kein bisschen. Möchten Sie eine von Daddys türkischen Zigaretten?«

»Nein danke«, sagte Tom, griff in die Tasche seiner weißen Hose und zog ein ramponiertes silbernes Zigarettenetui daraus hervor. Er bot es den anderen an, aber alle lehnten ab.

Sie beobachteten, wie er sich eine Zigarette ansteckte, tief inhalierte und den Rauch wieder ausstieß.

»Wie wäre es, wenn wir mit unserem Tennisspiel loslegen?«, schlug Harold vor.

»Ja, gehen wir«, stimmte Lydia zu, sprang auf und ging voran. »Es ist alles vorbereitet. Ich finde, wir sollten ein gemischtes Doppel spielen, oder?«

Harold lächelte. »Wunderbar. Kann ich dein Partner sein, Lydia?«

Sie zögerte. Esmie dachte, ihre Freundin würde ablehnen, aber dann strahlte Lydia den Arzt an. »Natürlich. Wenn du so gut bist, wie ich in Erinnerung habe, werden wir einen unfairen Vorteil haben.«

Harold lachte und errötete bei dem Kompliment. Sie gingen voran. Lydia schwelgte in Erinnerungen an Tennisspiele vor dem Krieg. Tom reihte sich neben Esmie ein.

»Ich hoffe, Sie sind eine gute Spielerin, Miss McBride, denn ich bin ziemlich eingerostet.«

Angesichts seiner plötzlichen Aufmerksamkeit beschleunigte sich Esmies Pulsschlag.

»Ich bin leider nur durchschnittlich«, brachte sie hervor.

»Das bezweifle ich«, sagte er.

Sie warf ihm einen verblüfften Blick zu. Wie meinte er das? Sprach er vom Tennis, oder zog er sie auf? Ihre Wangen brannten. Sie wollte eine geistreiche Antwort geben, aber ihr fiel nichts ein, was sie sagen konnte. Ihre plötzliche Unbeholfenheit in seiner Gegenwart verwirrte sie. War sie so gehemmt, weil Lydia Interesse an dem Captain zeigte? Ihre Freundin erwies ja vielleicht gerade Harold ihre Aufmerksamkeit, aber Esmie wusste, dass das nur nett gemeint war. Sie hatte gemerkt, dass auch Lydia sich augenblicklich zu Tom hingezogen gefühlt hatte; kaum dass ihre Freundin auf die Terrasse getreten war, um ihn zu begrüßen, hatte sie auch schon begonnen, mit ihm zu flirten.

Der Rasenplatz lag im prallen Sonnenschein. Ungewöhnlicherweise wehte keine Meeresbrise. Bienen summten, und der Duft nach Fliederblüten und Bärlauch lag in der Luft. Esmie fühlte sich von ihren langen Röcken und ihrer hochgeschlossenen Bluse eingeengt. Ihr war schon heiß, bevor sie überhaupt anfingen zu spielen. Wie sehr wünschte sie sich doch, sie hätte ihren alten Tennisrock getragen, den sie gekürzt hatte, um ungehinderter laufen zu können!

Sie raste über den Platz, stand Tom im Weg und passte den falschen Zeitpunkt für ihre Schläge ab. Schnell verloren sie die ersten vier Spiele.

»Wie wäre es, Sie bleiben dicht am Netz und ich kümmere mich um die Grundlinie?«, schlug er vor.

Danach gewannen sie die nächsten beiden Spiele, aber dann begann Lydia, gezielt Esmie als die Schwächere anzuspielen, und gewann so rasch den ersten Satz. Harold war, wie Esmie auffiel, viel ehrgeiziger als sein Freund und damit ein guter Partner für Lydia, die genauso erpicht darauf war, zu gewinnen. Ihre Gegner gewannen auch den zweiten Satz, ohne auch nur ein einziges Spiel zu verlieren. Esmie entschuldigte sich immer wieder bei Tom.

»Anscheinend bin eher ich eingerostet. Tut mir leid.«

»Das muss es nicht«, sagte er. »Es ist doch nur ein Spiel.«

»Während des Kriegs habe ich immer davon geträumt, hier im Garten zu sein und Lydia beim Tennis zu schlagen«, gestand Esmie bedauernd und schob sich zerzauste Haarsträhnen hinter die Ohren. »Jetzt kann ich gar nicht abwarten, dass es Zeit für den Tee wird, damit wir aufhören zu spielen.«

Tom lächelte und murmelte: »Ich hoffe, sie geben uns nach dieser Tortur etwas Stärkeres als Tee.«

Esmie lachte. »Wenn Mr Templeton zurückkommt, haben Sie bestimmt Glück.«

»Was findet ihr beiden denn so lustig?«, rief Lydia. »Ich habe nicht den Eindruck, dass ihr dieses Spiel auch nur im Mindesten ernst nehmt.«

»Wollt ihr Pause machen und etwas Saft trinken?«, fragte Harold.

»Vielleicht sollten wir die Partner tauschen?«, schlug Lydia vor. »Geben wir den beiden doch eine Chance, Harold.«

»Sollten wir dieses Match nicht erst beenden?«, fragte er mit enttäuschter Miene.

»Die arme Esmie wirkt ganz erschöpft«, sagte Lydia und ging schon zum anderen Ende des Platzes. »Komm, Esmie, wir tauschen.«

Tom zog fragend eine Augenbraue hoch. Esmie sah ihn mit einem entschuldigenden Schulterzucken an und tat wie geheißen. Sie spürte, dass Tom der Ausgang des Matches gleichgültig war.

Danach waren beide Seiten eher gleichauf. Esmie folgte Harolds Vorschlägen und Anfeuerungen. Ihre Ballannahmen wurden akkurater. Das Spiel wurde schnell. Lydia und Tom bewegten sich über den Platz, als hätten sie schon oft zusammen gespielt. Beide ahnten die Bewegungen des jeweils anderen voraus. Esmie dachte, was für ein umwerfend gut aussehendes Paar sie abgaben, Tom mit seinem dunklen Haar, Lydia strahlend blond.

Der Satz stand unentschieden, als plötzlich ein Ruf ertönte und Esmie einen Schlag verfehlte. Jumbo Templeton kam um die Ecke gesaust, zwei kläffende Terrier dicht auf den Fersen. Er war sogar noch korpulenter, als Esmie ihn in Erinnerung hatte. Die Nähte seines braunen Anzugs spannten sich über seinem unförmigen Körper. Sein Gesicht mit den Hängebacken unter dem Filzhut verzog sich zu einem entzückten Lächeln, als er seine Gäste entdeckte.

»Esmie, meine Liebe! Es tut mir ja so leid, dass ich nicht hier war, als du angekommen bist.«

Sie ging zu ihm, um ihn zu begrüßen, und sie küssten sich auf die Wange. Die Hunde, Bramble und Briar, knurrten und sprangen eifersüchtig an ihr hoch. Sie hatte die beiden nie lieb gewonnen, aber das beruhte auf Gegenseitigkeit.

»Daddy, du unterbrichst unser Spiel im entscheidenden Moment«, schimpfte Lydia.

»Oje, wirklich?«

Esmie lächelte. »Nein, Sie sind genau zur rechten Zeit gekommen, um mich vor einer vollständigen Demütigung zu bewahren.«

»Harold, mein Junge!« Jumbo klopfte dem Arzt auf die Schulter, während er ihm die Hand schüttelte. »Und Captain Lomax. Willkommen in unserem Heim.«

»Danke«, sagte Tom, als die beiden sich ebenfalls die Hand schüttelten.

»Meine Frau hat mir gesagt, dass ich ausrichten soll, dass der Tee jetzt auf der Terrasse serviert wird«, sagte Jumbo. »Aber wenn ihr noch ein paar Minuten braucht …«

»Tee klingt wunderbar«, antwortete Esmie und wischte sich die Stirn mit einem Taschentuch ab. »Ich glaube, Harold und ich geben uns in diesem letzten Satz Lydia und Captain Lomax geschlagen. Was meinst du, Harold?«

Harold verneigte sich zur Antwort galant.

»Och, ich nehme an, wir hätten euch wirklich geschlagen«, sagte Lydia, drehte sich um und schenkte Tom ein breites Lächeln. »Folgen Sie mir, Captain Lomax. Sie werden gleich den besten Victoria Sponge Cake diesseits der schottischen Grenze zu kosten bekommen.«

Er grinste und bot ihr den Arm. »Das ist eine kühne Behauptung.«

* * *

Das entspannte Teetrinken mit dem traditionellen Biskuitkuchen mit Sahne- und Marmeladenfüllung ging in den Aperitif über. Keiner der beiden jungen Männer schien es eilig zu haben, aufzubrechen, und die Templetons baten sie, doch zum Abendessen zu bleiben.

»Wir können wohl kaum in Tenniskleidung zum Dinner erscheinen«, wandte Harold ein. »Sollen wir erst nach Hause fahren und uns umziehen?«

»Wir legen hier keinen großen Wert auf Förmlichkeit«, verkündete Jumbo.

»Sie sind doch absolut vorzeigbar so, wie Sie sind«, stimmte Minnie zu. »Es sei denn, Sie fühlen sich wohler, wenn Sie sich erst zum Essen umziehen?«

»Ich fühle mich so wie ich bin absolut wohl«, sagte Tom und trank einen großen Schluck von seinem Whisky. »Es ist eine Erleichterung, so einer herrlich unspießigen Einstellung zu begegnen. Bei der Armee muss man sich fünfmal am Tag umziehen.«

»Das ist nun auch übertrieben, Lomax«, sagte Harold und lachte.

»Na gut, dann viermal.« Tom grinste und leerte sein Whiskyglas.

»Nun, Esmie und ich stellen höhere Ansprüche«, sagte Lydia und stand auf. »Wir ziehen uns ganz bestimmt zum Abendessen um.«

»Gott sei Dank«, murmelte Esmie. Als sie Anstalten machte, ihrer Freundin zu folgen, fiel ihr Toms amüsierte Miene auf.

»Oh, übrigens, Minnie, Liebes«, sagte Jumbo. »Als ich auf dem Weg vom Hundezwinger hierher war, habe ich gesehen, wie Ivy Kleidung aus den Büschen geklaubt hat. Hast du eine Ahnung, warum?«

Lydia und Esmie tauschten einen Blick und brachen in Gelächter aus.

»Das erklären wir euch später«, versprach Lydia und zog Esmie mit.

Als sie gingen, hörte Esmie Minnie glücklich seufzen und sagen: »Ist es nicht ein Spaß, die Mädchen wieder zusammenzuhaben?«

Die Männer pflichteten ihr einstimmig bei, und Jumbo wies Baxter an, ihre Gläser neu zu füllen.

* * *

Das ganze Abendessen hindurch tauschten Esmie und Harold Geschichten über ihre Arbeit und ihre Erfahrungen während des Kriegs, aber auch über Esmies derzeitige Arbeit in der psychiatrischen Klinik in Vaullay aus. Sie fand seine Erzählungen von der indischen Nordwestgrenze faszinierend, obwohl die derzeitige Situation dort dem Arzt Sorgen machte. Unmittelbar nach seiner Abreise in den Urlaub hatten die Afghanen begonnen, zu Plünderungszügen über die Grenze einzufallen. Die ganze Zeit über war Esmie sich bewusst, dass es im Gespräch zwischen Lydia und Tom am anderen Ende des Tisches hoch herging, aber Harold vereinnahmte sie und wollte alles über die Scottish Women's Hospitals hören.

»Erzähl mir von deiner Zeit in Serbien«, sagte Harold. »Du musst unglaublich mutig gewesen sein, um den schrecklichen Rückzug mit der serbischen Armee über die Berge nach Albanien durchzustehen.«

Es war erstaunlich einfach, mit ihm zu reden. Obwohl Esmie bisher nur mit Tante Isobel, die mit ihr in Serbien gewesen war, darüber gesprochen hatte, erzählte Esmie ihm ohne Zögern von dem, was geschehen war.

»Die Serben haben nicht nur versucht, den Rest ihrer Armee zu retten«, erklärte sie ihm. »Belgrad war gefallen, und es haben ohne Übertreibung Hunderttausende von Menschen versucht zu fliehen – es war, als würde eine ganze Nation ins Exil gehen.« Sie schauderte bei der Erinnerung an die verzweifelten Menschenscharen, ihre Karren und Pferde, die im Schlamm stecken geblieben waren. Während die Temperaturen immer weiter gefallen waren, hatten sie jede Nacht im Freien kampieren müssen. »Und es war die schlimmste Jahreszeit, um zu reisen. Es hat Wochen gedauert, die Berge zu erreichen, und als wir da waren, hatten die Schneefälle eingesetzt, und die Leute waren schon am Verhungern. Einige Ortsansässige haben uns in ihren Scheunen schlafen lassen und etwas Milch mit uns geteilt, aber andere haben uns fortgejagt, weil sie zu viel Angst um ihr eigenes Überleben hatten, um uns zu helfen. Wir haben getan, was wir konnten, um Menschen zu retten – wir haben ihre erfrorenen Füße mit Sackleinen verbunden und die wenigen Habseligkeiten, die wir noch bei uns hatten, gegen Lebensmittel eingetauscht –, aber wir waren nur dreißig Krankenschwestern, und unsere Bemühungen waren vergeblich.«

»Das muss wirklich furchtbar gewesen sein«, sagte Harold mitfühlend. »Aber ich glaube nicht, dass deine Arbeit umsonst war. Du musst denjenigen, denen du geholfen hast, großen Trost gespendet haben.«

»Die Serben waren solch ein beherztes Volk«, sagte Esmie, dankbar für seine freundlichen Worte. »Eine kleine Nation wie wir Schotten und genauso stolz. Ich habe Soldaten ihre Kanonen küssen und dann in die eisigen Flüsse rollen sehen, statt sie dem Feind zu überlassen. Und die Rekruten im Knabenalter, die man zu retten versucht hat … Sie haben entsetzlich gelitten, und die meisten von ihnen sind umgekommen. Es war alles derart herzzerreißend.«

Esmie brach ab. Die Erinnerung an die sterbenden Kinder war unsagbar grauenvoll. Sie wechselte rasch das Thema und stellte Harold stattdessen mehr Fragen über Indien. Erst als die Templeton-Eltern verkündeten, sich nun zurückziehen und zu Bett gehen zu wollen, konnte Esmie sich zu den anderen gesellen. Lydia war bester Laune. Sie brachte Tom dazu, das Grammofon auf die Terrasse hinauszutragen. Dort schüttelte sie ihre Schuhe ab und zeigte den anderen, wie man Ragtime tanzte.

Harold, dem der Tanz ein Rätsel blieb, ließ sich bald keuchend auf einen Korbstuhl fallen.

»Genug«, rief er. »Davon wird einem ja ganz schwindlig.«

Auch Esmie setzte sich hin, erschöpft nach dem langen Tag. Lydia lachte über Toms übertriebene Tanzbewegungen. Als die Schallplatte zu Ende war, forderte Lydia Tom auf, das Grammofon aufzuziehen und sie noch einmal abzuspielen. Stattdessen tastete er nach seinen Zigaretten und wankte, während er sich eine neue anzündete. Esmie erkannte, dass er ziemlich betrunken war. Lydia stibitzte ihm die Zigarette und nahm einen tiefen Zug. Tom lachte und steckte sich selbst eine andere an.

Esmie wandte sich an Harold. »Erzähl mir noch mehr von Indien. Kehrst du bald dorthin zurück?«

Er zögerte. »Ich sollte eigentlich im September aus dem Urlaub zurück sein, aber dieser neue Konflikt mit den Afghanen ist äußerst besorgniserregend. Unsere örtlichen Paschtunen haben womöglich den Eindruck, dass sie sich ihren afghanischen Verwandten anschließen müssen.«

»Deine hinterlistigen Paschtunen sind doch diejenigen, die erst Öl ins Feuer der Kämpfe gießen«, sagte Tom. Esmie erschrak; ihr war nicht bewusst gewesen, dass er ihrem Gespräch lauschte. »Jetzt, da der Krieg vorbei ist, desertieren sie aus ihren indischen Regimentern und nehmen die Waffen der indischen Armee mit.«

»Das sind reine Gerüchte«, sagte Harold.

»Ach, Guthrie, du bist ein unbelehrbarer Romantiker, was deine Paschtunen betrifft – in deinen Augen sind sie alle edle Wilde.«

»Das stimmt nicht, Lomax. Aber ich fühle mich wirklich für meine Leute in Taha verantwortlich und mache mir Sorgen um sie.«

Esmie erkannte, dass das Thema Harold aufregte, und wünschte, sie hätte ihn nicht noch einmal darauf angesprochen. »Ich hoffe, du bekommst bald beruhigende Neuigkeiten von den Missionaren.«

»Keine Sorge«, sagte Tom mit einem freudlosen Auflachen. »Wir werfen ein paar Bomben auf Kabul und schicken die Gurkhas hin, um die Drecksarbeit für uns zu erledigen, dann ist alles im Handumdrehen vorbei.«

Eine peinliche Gesprächspause trat ein.

»Wird es im Sommer in der Missionsstation sehr heiß?« Lydias plötzliche Frage überraschte Harold. Esmie wusste, dass Lydia sie stellte, weil sie nicht wollte, dass Gespräche über den Konflikt im fernen Afghanistan den Abend verdarben.

Harold sah sie verwirrt an, gewann dann aber die Fassung zurück.

»Ja, sengend heiß«, antwortete er. »Taha, wo ich wohne, liegt in einer Halbwüste. Aber manchmal, wenn es unerträglich wird, gehe ich nach Murree in die Berge und gönne mir etwas Ruhe und Erholung.«

»Glauben Sie ihm kein Wort«, sagte Tom. »Guthrie nimmt sich vor Ort kaum jemals frei. Rackert sich viel zu sehr ab – das hat er schon immer getan. In der Schule war er schon genauso.«

Lydia blies Rauch aus und zog amüsiert die Augenbrauen hoch. »Und Sie nicht, nehme ich an?«

»In Sachen Bildung war ich ein hoffnungsloser Fall«, gestand Tom. »Harold hat die Hälfte meiner Aufsätze geschrieben, aber ich bin durch die meisten Prüfungen gefallen. Vater hat dann beschlossen, dass nur die Armee und Indien mich retten könnten.«

»Das haben sie ja offensichtlich auch getan«, bemerkte Lydia.

Tom lachte auf und griff nach der halb leeren Whiskykaraffe. »Nun, immerhin habe ich so meinem Vater nicht mehr ständig im Weg gestanden, was eine Erleichterung für uns beide war. Stört es Sie, wenn ich mir noch einen Schlummertrunk genehmige?«

»Natürlich nicht«, sagte Lydia. »Gießen Sie mir auch etwas ein, ja?«

Esmie war überrascht; Lydia hatte Whisky immer als Getränk für alte Männer abgetan. Ihre Freundin stieß mit Tom an, trank einen Schluck und versuchte, nicht das Gesicht zu verziehen.

»Ich wette, Sie genießen das Soldatenleben«, sagte Lydia mit einem koketten Lächeln. »All die Diners im Offizierskasino, Polo zu spielen und Jagd auf Stammeskrieger zu machen. Das ist doch der Traum eines jeden kleinen Jungen, nicht wahr?«

»Da haben Sie natürlich recht, Miss Templeton«, sagte er. »Es ist ein einziger, wenn auch blutiger Spaziergang.« Tom hob sein Glas. »Auf die Armee und alles, was davon noch übrig ist!« Dann stürzte er seinen Drink hinunter.

Lydia lachte und tat es ihm nach. Esmie schaute Harold an und sah seinen besorgten Blick. Sie glaubte nicht, dass Tom gescherzt hatte, und hatte den unterdrückten Zorn in seinen Worten gehört. Er schien einen Streit vom Zaun brechen zu wollen.

Harold stand auf. »Lydia, vielen Dank dafür, dass du uns zum Abendessen eingeladen hast – es war schön bei euch. Aber ich finde, es wird jetzt Zeit für uns.«

»Oh, aber wir sind doch noch gar nicht mit dem Tanzen fertig«, rief Lydia.

»Vielleicht an einem anderen Abend«, sagte Harold.

»Verdirb den Damen doch nicht den Spaß«, protestierte Tom.

Harold sah unschlüssig drein. Esmie kam ihm zu Hilfe.

»Ich bin auch völlig erschöpft – ich musste heute so früh aufstehen. Warten wir mit dem Tanzen doch bis morgen.«

»Du bist so eine Spielverderberin«, beschwerte Lydia sich.

»Nein, wir müssen tun, was Schwester McBride sagt«, warf Tom in geheucheltem Gehorsam ein. »Sie ist die Expertin dafür, was das Beste für unsere Gesundheit ist. Viel Ruhe, nicht wahr?«

Esmie musterte ihn. »Ja, Ruhe ist unverzichtbar.«

»Ruhe und frische Luft«, sagte Tom. »Ich habe Sie doch beim Abendessen gehört. Man muss es halten wie die Deutschen. Mineralwasser trinken und Holz hacken, nicht wahr? Gesunde Aktivität an der frischen Luft ist der Schlüssel zu einem gesunden Körper und einem klaren Verstand.«

Esmie ärgerte sich über seinen sarkastischen Tonfall. Warum provozierte er sie so? Sie hatte keine Ahnung gehabt, dass Tom mit angehört hatte, wie sie über Isobel Carruthers' Begeisterung dafür gesprochen hatte, psychisch Kranke mit Dr. Lahmanns sogenanntem »Luftbad« zu behandeln, einer Therapie, die im Vorkriegsdeutschland populär gewesen war.

»Warum spielt es eine Rolle, dass es eine Idee aus Deutschland ist?«, fragte sie herausfordernd. »Es scheint bei manchen Patienten zu wirken, und darauf kommt es doch an – besonders bei denen, die an den Nachwirkungen eines Kriegstraumas leiden. Es verschafft ihnen Erleichterung, im Freien zu sein und sich dort beim Wandern oder Schwimmen zu betätigen. Sich mit körperlichen Aktivitäten beschäftigt zu halten, verschafft ihnen zugleich Selbstwertgefühl. Etwa das Holzhacken.«

Tom griff schon wieder nach der Karaffe. Harold legte ihm eine Hand auf den Arm.

»Meinst du nicht, dass du genug hattest?«

»Nur noch ein Schlückchen für unterwegs«, sagte Tom und schüttelte ihn ab. »So finden einfach gestrickte Soldaten wie ich nachts Schlaf.«

Er erinnerte Esmie an einige ihrer Patienten, die sich dem Alkohol zugewandt hatten, um zu versuchen, ihre Kriegserinnerungen zu verdrängen. Sie konnte sich vorstellen, wie viel Entsetzliches er in vier Jahren des Gemetzels gesehen hatte – und vorher hatte er auch noch seine junge Ehefrau verloren. Aber niemand erwähnte Mary Lomax. Ihr tat Tom leid.

»Whisky wird Sie eher wach halten, Captain Lomax«, sagte Esmie sanfter als zuvor. »Ich könnte Ihnen ein Mittel empfehlen, wenn Sie Schwierigkeiten haben, einzuschlafen.«

Er lachte. »Nicht nötig. Ich bin keiner Ihrer hoffnungslosen Fälle, Schwester McBride.«

»Das sind keine hoffnungslosen Fälle!«, sagte Esmie gereizt. »Es sind Männer, die tiefen psychischen Schmerz leiden – und sie verdienen genauso viel Pflege und Aufmerksamkeit, als wenn sie körperliche Verletzungen hätten. Mit der Zeit werden sich viele von ihnen gut erholen. Ich habe es schon selbst erlebt.«

»Bestimmt in der Anchorage?«

»Ja, in der Anchorage.«

»Und woher wollen Sie wissen, dass diese Männer kein Haufen feiger Drückeberger waren?«, fragte er. »Wenn wir uns alle entschieden hätten, uns zu erholen und schöne Spaziergänge zu unternehmen, hätten wir den Krieg verloren.«

»Sie klingen genau wie Ihr Vater«, erwiderte Esmie hitzig. »Er hat unsere Arbeit schlechtgemacht, aber wir haben viele gesund gepflegt, sodass sie in den aktiven Dienst zurückkehren konnten.«

»Ich bin überhaupt nicht wie mein Vater!«, blaffte Tom. »Aber der alte Mann hat nicht unrecht. Ich habe Männer gekannt, die behauptet haben, an einem Kriegstrauma zu leiden, obwohl sie nie auch nur in die Nähe einer Kanone gekommen waren.«

»Es ist nicht nur die Nähe zu Geschützfeuer, die psychische Belastungen auslöst – das wissen wir mittlerweile. Andere Dinge können auch zum Auslöser werden, wie der Tod eines engen Kameraden oder schlechte Nachrichten aus der Heimat …«

»Meine Güte, Esmie!«, unterbrach Lydia sie. »Was für ein düsteres Gesprächsthema. Der arme Captain wird nicht wiederkommen wollen.«

Esmie verbiss sich eine Erwiderung; Tom war derjenige, der den Streit provoziert hatte. Aber sie hätte sich von ihm nicht so aufbringen lassen sollen. Es war falsch gewesen, ihn mit seinem Vater zu vergleichen; sie hatte geahnt, dass es ihn anstacheln würde.

»Es tut mir leid, Captain Lomax«, sagte sie.

Toms strenge Miene verschwand. »Nein, ich muss mich entschuldigen. Verzeihen Sie mir mein rüpelhaftes Benehmen, Miss McBride.« Er wandte sich an Harold. »Guthrie, bring mich nach Hause, bevor ich noch mehr Anstoß errege.«

»Wir nehmen keinen Anstoß«, sagte Lydia schnell. »Und Sie kommen doch wieder einmal vorbei, nicht wahr? Bringen Sie Ihre Schwester mit; ich würde sie gern kennenlernen.«

Die Männer verabschiedeten sich und stiegen in Harolds Auto. Lydia winkte ihnen nach. Esmie, die übermüdet war, sehnte sich nach dem Bett. Sie begann, die Schallplatten wegzuräumen.

»Ach, lass das doch alles liegen«, sagte Lydia. »Die Diener kümmern sich schon darum.« Sie führte Esmie ins Haus.

Als Esmie in ihr Schlafzimmer ging, folgte ihr Lydia, die nach Whisky und Zigarettenqualm roch, und ließ sich seufzend auf ihr Bett fallen. »Es ist wunderbar, dich wieder hier zu haben. Ganz wie in alten Zeiten, nicht wahr?«

Esmie dachte, dass es nie mehr sein konnte wie früher – diese unschuldigen Zeiten waren wie ein ferner Traum, und sie hatte sich zu sehr verändert. Aber sie nickte zustimmend. »Es ist wunderbar, hier zu sein.«

»Und es freut mich ja so zu sehen, dass du dich gut mit Harold verstehst«, sagte Lydia. »Ihr habt so viel gemeinsam, da du doch Krankenschwester bist und er Arzt ist.«

»Er mag dich aber sehr«, hob Esmie hervor.

»Ich ihn auch«, sagte Lydia. »Aber wir passen nicht gut zueinander – Harold ist zu ernst und sieht nicht besonders gut aus.«

Esmie räumte die ordentlich gestapelte Kleidung beiseite, die das Dienstmädchen wieder ins Haus geholt hatte, setzte sich hin und unterdrückte ein Gähnen. Sie wollte hoffen, dass Lydia nicht auf dem besten Weg in eines ihrer langen Mitternachtsgespräche war.

»Tom Lomax dagegen sieht blendend aus«, fuhr Lydia fort. »Und er bringt mich zum Lachen. Meinst du, er mag mich auch?«

»Er schien deine Gesellschaft sehr zu genießen.«

»Ja, nicht wahr?« Lydia kicherte und setzte sich auf. »Ich schicke morgen eine Einladung und bearbeite ihn, damit er seine seltsame Schwester mitbringt. Harold sagt, dass der Captain ein sehr enges Verhältnis zu ihr hat. Sie sind Zwillinge, weißt du?«

»Nein, das wusste ich nicht. So, wie ich Tibby in Erinnerung habe, sehen sie sich gar nicht ähnlich.«

»Nein, Gott sei Dank.« Lydia lächelte boshaft. »Wenn das Wetter gut bleibt, können wir Picknick machen oder in Daddys

Boot hinausfahren. Du kannst Tibby ins Gespräch verwickeln, während ich den Captain besser kennenlerne.«

Esmie lachte. »Du tätest besser daran, deine Mutter mitkommen zu lassen, damit sie mit Miss Lomax über Blumen reden kann.«

»Bestimmt nicht. Ich will nicht, dass Mutter dabei ist, wenn ich meinen Plan in die Tat umsetze, den Captain zu verführen.«

Esmie riss die Augen auf. »Hast du das wirklich vor?«

»Ja«, sagte Lydia mit einem Grinsen. »Das habe ich schon in dem Moment beschlossen, als ich ihn gesehen habe – ich werde die nächste Mrs Thomas Lomax sein.«

»Lydia, du kennst den Mann doch kaum!«

»Ich kenne ihn genug, um zu mögen, was ich sehe«, gab sie zurück. »Und ich sitze sicher nicht auf Templeton Hall herum und werde zur alten Jungfer.«

Esmie war schockiert über die berechnende Einstellung ihrer Freundin, und sie war sich alles andere als sicher, dass Lydia dem traumatisierten Captain guttun würde. Aber Esmie hielt den Mund. Lydia war beschwipst und würde es sich bis zum Morgen vielleicht schon anders überlegt haben; ihre Launen kamen und gingen schnell.

»Du darfst keinen Streit mit ihm vom Zaun brechen«, sagte Lydia. »Und sei nicht so reserviert. Du warst sehr unhöflich, als ihr einander vorgestellt worden seid.«

Esmie errötete und erinnerte sich daran, dass ihre körperliche Reaktion darauf, Tom zu Gesicht zu bekommen, wie ein elektrischer Schock gewesen war. »Tut mir leid.«

»Ich will, dass wir uns alle großartig verstehen. Ich mit dem Captain und du mit Harold.«

Esmie verdrehte die Augen. »Wann bist du denn zur Kupplerin geworden?«

»Not macht erfinderisch«, sagte Lydia augenzwinkernd.

Esmie ließ sich nicht erweichen. »Ich heirate bestimmt nicht Dr. Guthrie, nur weil du es sagst.«

»Liebe Esmie«, sagte Lydia mit plötzlich besorgter Miene. »Du kannst nicht ewig um David trauern – du hast ein bisschen Glück und Spaß verdient.«

Esmies Inneres verkrampfte sich vor Schuldgefühlen. An David hatte sie gar nicht gedacht.

»Es hat nichts mit David zu tun«, sagte sie. »Ich fühle mich nur einfach nicht zu Harold Guthrie hingezogen – und er sich auch nicht zu mir.«

»Abwarten«, antwortete Lydia. »Ich glaube, ihr wärt wie füreinander geschaffen. Wenn ich dann als Frau des Captains nach Indien gehe, wird meine beste Freundin auch da sein.« Sie grinste zu Esmie hoch.

Esmie streckte die Hand aus, zog Lydia auf die Beine und führte sie aus dem Zimmer. »Ich werde Dr. Guthrie nicht heiraten. Ab ins Bett mit dir.«

»Sei keine Spielverderberin«, sagte Lydia.

Esmie lächelte und schob sie sanft in ihr Schlafzimmer nebenan. »Gute Nacht. Schlaf schön.«

»Und lass dich nicht von den Wanzen beißen«, vollendete Lydia das, was sie als Mädchen immer zueinander gesagt hatten.

Esmie schloss die Tür und kehrte in ihr Zimmer zurück.

Sie dachte, sie würde bald einschlafen, aber die Ereignisse des Tages schwirrten ihr noch immer im Kopf herum. Lydias übereilte Pläne hatten sie erschüttert. Eine Heirat mit Harold kam nicht infrage, soweit es Esmie betraf. Er war freundlich und aufmerksam, aber ein bisschen zu ernsthaft. Sie bewunderte den Arzt für seine Hingabe an seine paschtunischen Patienten, aber es stimmte, was sie Lydia gesagt hatte: Sie fühlte sich nicht zu ihm hingezogen – anders als zu dem auf dunkle Art gut aussehenden Tom Lomax.

Esmies Puls beschleunigte sich, als der Captain sich wieder in ihre Gedanken drängte. Wenn Lydia es sich nun einmal in den Kopf gesetzt hatte, den Sohn des Colonels als ihren Ehemann zu gewinnen, dann war es besser, wenn Esmie die Dinge ihren Gang gehen ließ. Lydia war es gewohnt zu bekommen, was sie wollte. Außerdem störte sich der Captain offensichtlich genauso sehr an Esmies Arbeit und ihren Gesprächsthemen wie sie sich umgekehrt an seinem schlechten Benehmen, wenn er betrunken war.

Seufzend schüttelte Esmie die Bettdecke ab und wartete auf den Schlaf.

* * *

Rings um sie war erstickender Schnee. Die Luft war so kalt, dass es ihr wehtat, sie einzuatmen. Neben ihr schliefen die beiden Jungen, um die sie den Arm gelegt hatte. Ihre Uniformen hingen in Fetzen, und ihr weiches Haar war schneeverkrustet. Ein Geräusch hatte sie geweckt. Das Kreischen eines Vogels. Aber als Esmie versuchte, sich aufzusetzen, konnte sie es nicht. Ihr tönten die Ohren von dem Lärm, bis Esmie klar wurde, dass gar kein Vogel schrie, sondern eine Frau.

»Mein Baby, mein Baby!«

Esmie kämpfte sich auf die tauben Füße und streckte die Arme nach der verzweifelten Frau aus. »Geben Sie mir die Kleine – ich wärme sie auf.«

Aber sobald sie der Frau das gefrorene Bündel abnahm, erkannte Esmie voller Entsetzen, dass das Baby tot war. Sie taumelte zu den schlafenden Jungen zurück. Sie musste sie aufwecken und in Bewegung bringen, damit nicht auch sie erfroren. Sie starrten aus leblosen Augen zu ihr auf. Raureif glitzerte auf ihren Wimpern. Esmie versuchte zu schreien, aber kein Laut drang hervor. Alles, was sie hören konnte, war das Klagegeheul der trauernden Mutter …

Esmie schoss mit hämmerndem Herzen aus dem Schlaf hoch. Panisch sah sie sich um. Wo war sie? Es dauerte ein paar entsetzliche Augenblicke, bis ihr klar wurde, dass sie in Sicherheit in ihrem alten Schlafzimmer in Templeton Hall war. Erleichterung brach über sie herein. Der Albtraum wich von ihr. Es war immer derselbe böse Traum: das Entsetzen darüber, das tote Baby zu berühren, die Schreie der Mutter und die Panik, wenn sie vergeblich versuchte, die erfrorenen Jungen wiederzubeleben.

Esmie schlug sich die Hände vor den Mund, um ein Aufschluchzen zu unterdrücken. Ihr Gespräch mit Harold über Serbien und den Rückzug über die Berge von Montenegro musste den Albtraum ausgelöst haben. Er hatte sie schon seit Wochen nicht mehr gequält, und sie hatte gehofft, dass die Traumata der Vergangenheit endlich zurückgingen. Sie holte tief Luft, um sich zu beruhigen.

Esmie tappte auf bloßen Füßen zum Fenster und sah auf den friedvollen Garten hinaus, der vom Licht des frühen Morgens erhellt wurde. Vielleicht war auch der Streit mit Tom Lomax über die Folgen von Kriegstraumata schuld an ihrem unruhigen Schlaf. Sie fragte sich, ob er wohl heute Morgen Kopfschmerzen hatte und ob er sich an ihre erbitterte Auseinandersetzung erinnerte, vermutete aber, dass es nicht so war. Zweifelsohne schlief er noch seinen Rausch aus. Nun, sollte er mit seinen Dämonen verfahren, wie er es für richtig hielt; sie würde nicht über ihn urteilen oder sich einmischen. Sie wusste, wie völlige Kriegserschöpfung sich anfühlte. Nur die Fürsorge ihrer Tante Isobel und die Zeit in den Highlands hatten ihr geholfen, ihre eigenen psychischen Wunden heilen zu lassen und zurück ins Leben zu finden. Sie wusste aber, dass sie nicht mehr dieselbe sorglose junge Frau wie vor dem Krieg war.

Aber der Krieg war vorbei, und sie hatte ihn überlebt, während gute Männer wie David Drummond aus dem Leben gerissen worden waren. Esmie spürte den vertrauten nagenden Schmerz, als sie an den Sohn der Drummonds dachte.

»Koste dein Leben bis zur Neige aus, liebe Esmie«, hatte Isobel sie gedrängt. »Und das wird dein Weg sein, Davids Andenken zu bewahren.« Esmie hatte versprochen, es zu tun – und insgeheim hoffte sie, dass sie damit bis zu einem gewissen Grad wiedergutmachen konnte, dass sie David enttäuscht hatte.

Kapitel 2

Tom schreckte aus dem Schlaf, als er einen Schuss hörte. Er hatte keine Ahnung, wo er war. Mit pochendem Herzen setzte er sich auf. Sie wurden belagert. Noch vor wenigen Augenblicken hatte er Scharfschützen abgewehrt, die hinter einem schwarzen Felsgrat in Deckung lagen …

Verwirrt schaute er sich um; es musste ein Traum gewesen sein. Er war in seinem Schlafzimmer im Turm der Anchorage. Die Wände waren dicht an dicht mit seinen amateurhaften Aquarellen behängt. Er hörte das Meer an die Klippe unter sich branden. Das Geräusch ertönte erneut: das Knattern eines Auspuffs. Tibby ging wohl aus.

Tom ließ sich zurücksinken. Aber seine Erleichterung war nur von kurzer Dauer. Die plötzliche Bewegung ließ seinen Kopf schmerzen und pochen. Das Tageslicht tat in seinen Augen weh. Die Narbe an seiner linken Schulter – eine alte Wunde, die er einem Scharfschützen zu verdanken hatte – machte sich stärker als sonst bemerkbar. Warum war ihm so übel? Er musterte aus zusammengekniffenen Augen die Spur aus abgelegter Kleidung, die über den fadenscheinigen Teppich führte. Erinnerungsfetzen drängten zurück an die Oberfläche.

»Oh Gott!« Er seufzte und presste sich die Handballen an den schmerzenden Kopf.

Die Dinnerparty bei den Templetons. Er erinnerte sich an den Aperitif und das Essen – oder zumindest einen Teil des Essens – und Unmengen von Jumbos Bordeaux und Whisky. Lydia hatte ihn amüsant gefunden; wenigstens erinnerte er sich, dass sie viel gelacht hatte. Und hatten sie nicht getanzt? Er besann sich vage auf ein Grammofon und Harold, der mit rotem Gesicht geschwitzt hatte. Und Lydias Freundin mit den schönen Augen ... Hatte er sich mit ihr gestritten? Ja. Warum um alles in der Welt hätte er das tun sollen? Sie mochte ihn nicht – das war ihm gleich bewusst geworden, als sie einander vorgestellt worden waren –, auch wenn er keine Ahnung hatte, was sie gegen ihn eingenommen hatte. Sie war beim Tennis nur widerwillig seine Doppelpartnerin geworden und nicht sehr gut gewesen.

Amy? Ellie? Esmie, so hieß sie! Esmie McBride, Tochter des verstorbenen Dr. James McBride, der Tom einmal einen gebrochenen Arm gerichtet hatte, als er von einem Baum gefallen war. Sie war eines dieser modernen Mädchen, die taten, was sie wollten. Harold hatte ihm gesagt, dass sie unverheiratet als eine von Dr. Inglis' Sanitäterinnen ins Ausland gegangen war und ihr Leben in Gefahr gebracht hatte. Sie hatte am berüchtigten serbischen Rückzug teilgenommen. Und sie war mit David Drummond verlobt gewesen – das hatte Harold jedenfalls vermutet –, aber der sanfte, aufrechte David war gegen Ende des Kriegs gestorben.

Tom seufzte. Kein Wunder, dass Esmie so wenig von ihm hielt; er hatte keine von Davids guten Eigenschaften. Sie musste ihn dafür verabscheuen, dass er die Kämpfe überlebt hatte, während ihr Zukünftiger nicht so viel Glück gehabt hatte. Zur Hölle mit dem Krieg!

Behutsam setzte er sich auf und schwang die Beine aus dem Bett. Sie hatten sich über Krankenpflege gestritten – irgendetwas mit Kriegstraumata –, und er war mit voller Absicht unhöflich gewesen. Sie hatte ihn mit wissenden Augen angesehen, als könnte sie seine Gedanken lesen, und ihm angeboten, irgendein Schlafmittel für ihn aufzutreiben. Weder brauchte er ihre Hilfe noch wollte er ihr Mitleid! Es mochte ja in Mode sein, zur Psychoanalyse zu gehen, aber damit wollte er nichts zu tun haben.

»Sie klingen genau wie Ihr Vater.« Esmies kränkende Worte fielen ihm wieder ein. Wie ihn das geärgert hatte! Sein Vater war ein Tyrann und ein Snob, während Tom der gesellschaftliche Status gleichgültig war. Aber in Esmies Augen war er der privilegierte Sohn und Erbe der Anchorage. Sie glaubte wahrscheinlich, dass er reich war und nicht zu arbeiten brauchte, sondern nur Soldat spielte, während sie sich ihren Lebensunterhalt verdienen musste, da ihre Mutter schon lange tot war und auch ihr Vater nicht mehr lebte und sie unterstützen konnte. Vielleicht war das der Grund dafür, dass die Krankenschwester etwas gegen ihn hatte: Neid auf seinen Adelstitel.

Tom quälte sich aus dem Bett und schauderte. Sogar in dieser Schönwetterphase war sein Turmzimmer feucht und zugig. Im Winter bildete sich Eis auf der Innenseite der schmalen Fenster. Aber in der sengenden Hitze der warmen Jahreszeit in Indien hatte es Zeitpunkte gegeben, zu denen er sich nach diesem feuchtkalten Raum und nach kühlem Seenebel gesehnt hatte, der ihm die Knochen kühlte.

Er zog sich aus, erleichterte sich in den Nachttopf und steckte den Kopf in eine Waschschüssel voll kaltem Wasser. Das nächste Bad lag zwei Stockwerke tiefer. Bei seiner Rückkehr nach Hause hatte Tibby ihn vorgewarnt, dass er von nun an selbst seinen Nachttopf leeren und seinen Wasserkrug auffüllen musste, weil sie sich kein Dienstmädchen mehr leisten konnten.

Im Zuge dieser neuen Sparmaßnahmen hatte seine Schwester sich selbst zur Haushälterin ernannt und verkündet: »Und ich werde ganz gewiss nicht deine Nachttopf-*wallah* sein.«

Er stellte sich in eine alte Blechwanne, goss den Rest des Wassers über sich, rubbelte sich kräftig trocken und zündete sich die erste Zigarette des Tages an. In ein Handtuch gehüllt saß er rauchend da und dachte an Lydia. Das war ein attraktives Mädchen! Hübsches Gesicht und wunderschöne Figur. Die Tochter der Templetons war amüsant, eine ehrgeizige Sportlerin und unkompliziert. Sie hatte offen mit ihm geflirtet, und ihre Aufmerksamkeit hatte ihm geschmeichelt. Er hatte vergessen, wie angenehm Wortgeplänkel mit einer schönen Frau sein konnten. Seit Mary nicht mehr …

Tom drückte seine Zigarette aus. Er würde sich nicht gestatten, über die Vergangenheit nachzugrübeln. Von jetzt an würde er in die Zukunft blicken. Als er sich ankleidete, fragte er sich, ob er irgendwelche Arrangements getroffen hatte, um Lydia wiederzusehen. Er konnte sich nicht einmal mehr erinnern, wie er nach Hause gekommen war, nahm aber an, dass Harold ihn hier abgesetzt hatte. Der gute, alte Harold. Tom hatte solch einen treuen Freund gar nicht verdient. Er würde nachher zu den Guthries hinübergehen und sich dafür entschuldigen, dass er sich so betrunken hatte – und herausfinden, ob er sich noch bei den Templetons und bei Esmie entschuldigen musste.

Harold hatte gewirkt, als wäre er recht angetan von der Krankenschwester. Sie hatten das ganze Abendessen hindurch ununterbrochen geredet. Tom hatte den Verdacht, dass Harold früher romantischen Gedanken über Lydia nachgehangen hatte – nicht, dass er das je gesagt hätte, da sie eigentlich nie über Herzensangelegenheiten redeten –, aber es war offensichtlich, dass Lydia kein Interesse an seinem Freund hatte. Außerdem würde Harold die Missionsarbeit immer über eine Heirat stellen. Er hatte einmal gesagt, dass es nicht fair wäre, eine Frau in eine so gefährliche Gegend wie die an der Nordwestgrenze mitzunehmen, sodass er sich damit abgefunden hatte, Junggeselle zu bleiben.

Da durchgesickert war, dass die Afghanen begonnen hatten, in Britisch-Indien zu plündern, würden die gesetzlosen Grenzlande jetzt noch mehr Risiken bergen. Aber Tom dachte, dass Esmie vielleicht eine der wenigen britischen Frauen war, die damit umgehen konnten, in solch einer unbarmherzigen Umgebung zu leben, in der ständig Gefahr durch kriegerische Stammesangehörige drohte.

Einen Moment lang dachte er an die schlanke junge Frau im Tenniskleid mit ihren kaum zu bändigenden Haarsträhnen, die einfach nicht festgesteckt bleiben wollten. Sie hatte eine süße kleine Nase und Sommersprossen, aber es waren ihre ausdrucksstarken grauen Augen, die etwas in ihm ausgelöst hatten – oder waren sie gar nicht grau, sondern blau? Das Graublau des Meers vor Ebbsmouth an einem bewölkten Tag. Er verdrängte den Gedanken und kam zu einem Entschluss.

Heute würde der Tag sein, an dem er seinen Vater auf die Zukunft ansprach. Er hatte es viel zu lange vor sich hergeschoben. Tom marschierte zur Tür, holte tief Luft und polterte die steinerne Wendeltreppe hinunter, um sich auf die Suche nach dem Colonel zu machen.

* * *

Der Mut verließ Tom, und er beschloss, dass er erst Frühstück brauchte, um sich für die Tortur zu stärken, die vor ihm lag.

Während er Rührei aß – Tibby hatte ihm beigebracht, es zuzubereiten –, kehrte seine Schwester vom Einkaufen zurück. Sie kam unter der Last zweiter Sackleinenbeutel voller Lebensmittel hereingewankt. Tom sprang auf.

»Das hättest du mich machen lassen sollen«, sagte er und nahm ihr einen der Beutel ab.

Seine Schwester schnaubte belustigt, während sie den anderen Beutel auf den Tisch stellte. »Nach gestern Abend zu urteilen, Tommy, bezweifle ich, dass du heute dazu in der Lage gewesen wärst. Ich musste Harold helfen, dich nach oben zu bringen, ohne den alten Herrn aufzuwecken.«

Tom verzog das Gesicht. »Tut mir leid. War es wirklich so schlimm?«

Sie lachte. »Du hast von der Stadt Tipperary gesungen und irgendetwas über Ragtime gelallt. Und du hast versucht, mir ein paar Tanzschritte zu zeigen, konntest dich aber kaum auf den Beinen halten. Alles höchst unterhaltsam.«

»Habe ich Papa aufgeweckt?«, fragte Tom und schämte sich im Stillen zutiefst.

»Zum Glück ist er stocktaub«, sagte Tibby. »Er hat nicht das Geringste gehört.«

»Danke, Tibby«, sagte Tom, legte ihr einen Arm um die Schultern und drückte ihr einen Kuss auf die rosige Wange.

Sie wischte ihn ab und schob Tom von sich. Dann zog sie ihren langen Mantel aus, behielt aber ihren ramponierten, khakifarbenen Hut auf, während sie sich daranmachte, die Einkäufe auszupacken.

Tom musterte seine Schwester. »Tibby, trägst du etwa meine alte Polohose?«

»Ja. Was ist damit?«

»Ich wette, das hat den Lebensmittelhändler überrascht.«

»Glaub ich nicht. Er wäre schockierter, wenn ich mit Teekleid und Federhut hereinkäme.«

Tom lachte leise. »Na, du kannst sie jedenfalls gern haben. Ich werde sie nicht wieder brauchen.«

Tibby hielt inne. »Was soll das heißen?«

Tom zögerte. Der einzige Mensch, der von seinem radikalen Plan wusste, war Harold. Er wollte sich Tibby anvertrauen – das tat er fast immer –, aber er war misstrauisch, weil sie vielleicht versuchen würde, es ihm auszureden. Sie hasste Szenen zwischen ihrem Bruder und ihrem Vater. Sie wusste den Colonel so viel besser zu nehmen als er. Sie wurde mit allem, was das Leben ihr zumutete, mit einer Beharrlichkeit fertig, die er nur bewundern konnte. Sogar der Tod ihrer Mutter, als sie erst zehn Jahre alt gewesen waren, hatte Tibby nicht aus der Bahn geworfen, während Toms Trauer heftig gewesen war. Noch jahrelang hatte er den Kopf unter der Bettdecke vergraben und stumm um seine geliebte Mutter geweint.

»Das wirst du bald erfahren«, antwortete Tom. »Ist Papa in seiner ›Höhle‹?«

»Das war er, als ich ausgegangen bin«, sagte Tibby. »Was hast du vor, Tommy? Du wirst ihn doch nicht verärgern, nicht wahr?«

»Stell lieber schon einmal Jod und Verbandszeug bereit«, scherzte Tom, aber vor Nervosität wurde ihm flau im Magen.

»Du hast dein Rührei nicht aufgegessen.«

»Ich habe keinen Hunger«, sagte Tom.

»Oh nein«, sagte Tibby erschrocken, »das heißt, dass du ihn doch verärgern wirst. Sag mir, was los ist.«

Tom war schon auf dem Weg zur Tür. »Du wirst es mir nicht ausreden.«

»Tommy!«, rief sie ihm nach.

Schnell nahm Tom die Treppe zum Hauptflur und bog durch die mit grünem Stoff bespannte Tür ab, die die Dienerquartiere vom Reich der Familie trennte. Das Esszimmer war aus seiner Zeit als Krankenhausabteilung noch immer voll mit eisernen Bettgestellen, aber Tom und Tibby hatten sich bemüht, das Wohnzimmer wieder einzurichten und in Gebrauch zu nehmen. Den ganzen Krieg hindurch hatte der Colonel sich an die große Bibliothek unten als seinen Wohnraum geklammert. Von dort aus hatte er die Krankenschwestern beobachten können, die Invaliden im Rollstuhl durch den Garten geschoben hatten, und sie angeschrien, wenn es ihm zu freundschaftlich zwischen ihnen wurde.

Inzwischen wagte sich der achtzigjährige Archibald Lomax, verkrüppelt von seiner Arthritis, nur noch aus seiner »Höhle« hervor, um einen Morgenspaziergang über das Gelände zu unternehmen und um sich vor dem Schlafengehen mit Tibby im Wohnzimmer auf einen Schlummertrunk zu treffen. Ihre alte Hauswirtschafterin, Miss Curry, kam täglich, um ihn zu waschen und ihm Frühstück und Mittagessen zu servieren. Es blieb Tibby überlassen, sich um sein Abendessen zu kümmern. Tom war der schwermütigen Frau auf der Hintertreppe begegnet. Sie hatte einen Stapel Wäsche des Colonels getragen. Tom hatte ihr ein fröhliches »Guten Morgen, Miss Curry! Was für ein schöner Tag!« zugerufen. Daraufhin hatte sie nur den Kopf geschüttelt und vorhergesagt: »Es wird vor dem Abend noch regnen.«

Jetzt stand Tom vor der Tür der Bibliothek und bemühte sich, seine Atmung zu beruhigen. Wie oft hatte er hier als Junge gezögert, wenn sein Vater ihn zu sich bestellt hatte, und sich auf eine Strafe für irgendein kleines Fehlverhalten gefasst gemacht. Sein Hintern brannte schon bei der Erinnerung an die regelmäßige Tracht Prügel, die er bezogen hatte, aber er hatte längst vergessen, was die Gründe dafür gewesen waren.

Er holte tief Luft und klopfte an die Tür. Es ertönte keine Antwort. Tom klopfte lauter.

»Ja?«, bellte sein Vater. »Herein!«

Als Tom den mit dunklem Holz getäfelten Raum betrat, umhüllte ihn ein vertrauter übler Geruch: Toast, Inkontinenz, staubige Bücher und der Rauch des Kohlenfeuers, das hier das ganze Jahr über am Brennen gehalten wurde. Der Colonel saß, den Rücken der Tür zugewandt, über einen riesigen Tisch unter dem Fenster gebeugt und studierte eine Reihe metallener Spielzeugsoldaten. Er wirkte in dem großen Schreibtischsessel klein und zusammengeschrumpft. Sein Hals unter dem dünnen grauen Haar war mager, und die Hand, die einen Spielzeug-Ulanen ins Licht hielt, war von dicken Adern überzogen und zitterte. Ein Anflug von Mitleid durchzuckte Tom. Wie verletzlich und einsam sein Vater aussah: ein alter Mann, der in mittlerem Alter geheiratet, seine junge Frau aber um dreiundzwanzig Jahre überlebt hatte.

Dann drehte sein Vater sich auf seinem Stuhl um, und sein hageres Gesicht, das von weißen Koteletten gerahmt war, verzog sich zu einem Stirnrunzeln.

»Ach, du bist's. Was willst du?«

Toms Herz begann zu hämmern. »Einen Augenblick deiner Zeit.«

Archibald schürzte die Lippen. »Siehst du nicht, dass ich beschäftigt bin, Junge?«

Tom umfasste hinter seinem Rücken seine eigenen Hände. Sie waren glitschig vor Schweiß. »Offensichtlich sehr beschäftigt«, murmelte er.

»Was sagst du? Sprich lauter, um Gottes willen!«

Tom hob die Stimme und machte ein paar Schritte vorwärts. »Es wird nicht lange dauern, Papa.«

»Na gut.« Der Colonel stellte den Spielzeugsoldaten ab und bedachte Tom mit einem missmutigen Blick. »Ich schätze, du bist auf Geld aus, aber ich kann deinen Unterhalt nicht erhöhen. Du musst einfach den Gürtel enger schnallen wie Tibby oder deine Rechnungen im Offizierskasino selbst bezahlen.«

Tom überspielte seine Gereiztheit. Hatte sein Vater ganz vergessen, dass er schon vor acht Jahren aufgehört hatte, ihm seinen mageren Unterhalt zu zahlen, weil er Toms Heirat nicht gebilligt hatte? »Kein Offizier sollte heiraten, solange er noch keine dreißig ist«, hatte sein Vater damals verkündet. Im Alter von fünfundzwanzig Jahren hatte Tom in einem seltenen Akt des Trotzes die Erlaubnis seines kommandierenden Offiziers eingeholt und seine Jugendliebe Mary Maxwell geheiratet.

»Ich bitte nicht um Geld«, sagte Tom, »ich bitte um überhaupt nichts.«

»Was dann? Willst du wieder heiraten? Zu lange kannst du das nicht mehr hinauszögern. Höchste Zeit, dass du dich daranmachst, einen Erben für die Anchorage zu zeugen.«

Die taktlose Bemerkung ließ Tom zusammenzucken. Wie hatte sein Vater bei diesem Mangel an Charme je das Herz seiner Mutter gewonnen?

»Nein, ich habe keine Pläne, wieder zu heiraten – zumindest jetzt noch nicht.« Tom fragte sich, ob er je bereit sein würde, Mary zu ersetzen oder wieder das Risiko einzugehen, jemanden, der ihm so lieb war, zu verlieren. So viel Schmerz wollte er nicht noch einmal erleben.

»Na, spuck's schon aus«, sagte sein Vater.

Tom schluckte. »I… ich habe eine Entscheidung gefällt. Über meine Zukunft. Sie steht fest. Ich will es dich nur wissen lassen. Es ist kein Entschluss aus einer Laune heraus. Ich habe viel darüber nachgesonnen – alles genau durchdacht – und ich weiß, dass es das Richtige ist, zumindest für mich.«

»Hör auf, in Rätseln zu sprechen, Junge. Du schaffst es nie, auf den Punkt zu kommen. Immer schwafelst du vor dich hin, wie deine Mutter. Was hast du genau durchdacht?«

Toms Herz pochte dumpf. »Ich verlasse die Armee – ich habe den Dienst quittiert.«

Archibald hielt sich die hohle Hand ans Ohr, als hätte er sich verhört. »Was?«

»Ich kehre nicht zu den Peshawar Rifles zurück«, sagte Tom.

Sein Vater starrte ihn vollkommen ungläubig mit offenem Mund an. Einen Moment lang war er sprachlos, aber dann stemmte er sich brüllend auf die Beine.

»Du hast *was* getan? Ist das einer deiner geschmacklosen Streiche?«

»Nein«, sagte Tom, ohne sich einschüchtern zu lassen. »Ich bin nicht mehr in der Armee. Meine Tage des Tötens sind vorbei.«

Sein Vater kam auf ihn zu und lief im Gesicht hochrot an. Wenn er sich gerade hielt, war er trotz seines vorgerückten Alters so groß wie sein Sohn. Er sah ihn aus hellblauen Augen böse an.

»Warum?«, verlangte er zu wissen. »Bist du unehrenhaft entlassen worden?«

»Nein, ich habe nichts Falsches getan, aber ich habe genug vom Soldatenleben.«

»Nichts Falsches getan?«, schrie Archibald. »Kein Lomax hat je den Dienst quittiert! Und das für nichts und wieder nichts. Es ist eine Schande!«

Tom ballte neben dem Körper die Fäuste und bemühte sich, ruhig zu bleiben. Eine vertraute Welle der Demütigung durchlief ihn. Aber er würde nicht klein beigeben.

»Ich habe meinen Teil für König und Vaterland getan, Papa. Ich habe getan, was du wolltest – bin bei den Rifles in deine Fußstapfen getreten. Aber ich habe genug. Ich werde jetzt etwas tun, das ich will.«

Sein Vater zitterte vor Zorn. »Wie kann man so undankbar sein! Ich habe Strippen gezogen, um dich in mein altes Regiment zu bekommen – das Regiment deines Großvaters. Er hat im Sepoy-Aufstand gekämpft – ich habe in Afghanistan gekämpft. Du kannst dieser ganzen Familiengeschichte und Ehre nicht einfach den Rücken kehren. Und um was zu tun? Denk ja nicht, dass du hier auf der faulen Haut liegen und mein

Geld ausgeben kannst. Ich habe dich verweichlichen lassen. Du hast einfach nicht das Rückgrat für Indien. Du bist schwach und töricht wie deine Mutter – das warst du schon immer.«

Tom spürte, wie der Zorn in ihm pulsierte. »Ich hoffe, ich bin wie meine Mutter. Sie hätte Verständnis dafür gehabt. Und ich kehre Indien nicht den Rücken«, sagte er. »Ich kaufe ein Hotel in Rawalpindi.«

Archibald explodierte. »Pindi! Ein Hotel? Du wirst ein verdammter *box-wallah*?«

»Ja, und warum nicht? Es ist ein ehrliches Gewerbe, andere mit Essen, einem Dach über dem Kopf und ein bisschen Fröhlichkeit zu versorgen. Besser, als herumzulaufen und mit den Paschtunen Katz und Maus zu spielen.«

»Wie kannst du es wagen?«, schrie sein Vater. »Du entehrst all die tapferen Männer, die ihr Leben geopfert haben, um Indien vor diesen Banditen und Mördern zu beschützen.«

»Und was ist ehrenhaft daran, Männer zu Pferd aus der Luft zu bombardieren?«, fragte Tom in vernichtendem Ton. »Denn so wird die Zukunft der Kriegführung an der Grenze von nun an aussehen.«

Archibalds Blick wurde eisig. »Alles, was ich mir je gewünscht habe, war ein Sohn, auf den ich stolz sein kann – auf den die Lomax stolz sein können –, aber du warst für mich nichts als eine Enttäuschung. Tibby hätte der Junge sein sollen – sie hat zehnmal so viel Mumm wie du.«

»Da stimme ich dir zu«, sagte Tom und sah seinem Vater unverwandt in die Augen.

»Wenn du diese schäbige kleine Geschäftsidee in die Tat umsetzt, enterbe ich dich«, drohte Archibald. »Dann bekommt Tibby alles.«

Tom lächelte. »Nur zu. Sie kann es gern haben.«

Der Colonel hob die Hand und schlug Tom hart ins Gesicht. Sie starrten einander böse an. Tom kämpfte den Drang nieder, seinem Vater seinerseits einen Fausthieb zu versetzen. Genau in dem Moment kam Tibby hereingeeilt.

»Was ist denn das für ein Geschrei?«, fragte sie.

»Bring ihn hier weg!«, brüllte Archibald.

Ruhig führte Tibby ihren Bruder durch die Tür. »Tommy, sieh zu, dass du Land gewinnst. Ich kümmere mich um Papa.«

Tom wagte es nicht, etwas zu sagen, aber das musste er wohl auch gar nicht. Wie er Tibby kannte, hatte sie am Schlüsselloch gelauscht, um jederzeit eingreifen zu können. Hinter sich hörte er seine Schwester ihrem Vater mit beruhigenden Worten gut zureden, damit er sich wieder auf seinen Stuhl setzte. Tom staunte über ihre Geduld und ihre Gutmütigkeit. Er polterte aus dem alten Gebäude und floh an die frische Luft. Er war wütend darüber, wie ein ungezogenes Kind behandelt worden zu sein, und doch überglücklich, dass er seinem abscheulichen Vater die Stirn geboten hatte. Tom reckte die Faust in die Luft und brach die Einfahrt entlang auf.

Kapitel 3

Esmie schrieb gerade Briefe im Wohnzimmer, als Harolds Auto in der Einfahrt auftauchte. Sie registrierte alarmiert, dass Tom auf dem Beifahrersitz saß. Er sprang aus dem Auto und schwenkte einen gewaltigen Strauß, der aus Zweigen und Wildblumen zu bestehen schien.

Lydia erschien von der Terrasse, wo sie halbherzig einen Ball für die Hunde Bramble und Briar geworfen hatte, während sie darauf gewartet hatte, dass etwas Aufregenderes geschah. Esmie sah, wie sie Tom und Harold mit einem breiten Lächeln begrüßte. Tom drückte ihr den seltsamen Blumenstrauß in die Arme. Lydia lachte, drehte sich um und zeigte auf die Wohnzimmerfenster. Sie erspähte Esmie und winkte sie nach draußen. Widerwillig unterbrach Esmie ihr Briefeschreiben.

»Captain Lomax ist hier, um sich zu entschuldigen«, sagte Lydia zu Esmie, als sie sich auf der Terrasse zu den anderen gesellte, und reichte ihr die Wildblumen. »Ich habe ihm gesagt, dass das doch absolut nicht nötig gewesen wäre.«

Tom bedachte Esmie mit einem argwöhnischen Blick. »Mein Freund Guthrie hat mir etwas anderes gesagt. Und soweit ich mich an gestern Abend erinnere, war ich unerhört unhöflich, Miss McBride. Bitte verzeihen Sie mir.«

Er wirkte plötzlich jungenhaft und unsicher.

Esmie nickte und lächelte. »Entschuldigung angenommen, Captain Lomax.«

Er grinste erleichtert. »Danke.«

»Gut«, sagte Lydia. »Jetzt, da das geklärt ist, können wir eine Erfrischung zu uns nehmen.« Sie läutete die Glocke auf dem Tisch, und als Baxter erschien, bestellte sie Limonade und Shortbread. »Und nehmen Sie bitte die Blumen mit und stellen sie ins Wasser.«

Während sie es sich auf den Korbstühlen bequem machten, wandte Lydia sich an Tom. »Ich habe versucht, Sie in der Anchorage anzurufen, um eine Bootsfahrt zu arrangieren. Ihre Schwester Tibby war am Apparat. Sie wusste nicht, wo Sie sind, aber Sie dachte, Sie wären wahrscheinlich bei Harold. Was habt ihr Jungs nur angestellt?«

Esmie sah einen Blick zwischen Tom und Harold hin und her gehen.

»Guthrie ist mir wie gewohnt zu Hilfe gekommen«, sagte Tom. »Ich hatte heute Morgen eine ziemlich große Meinungsverschiedenheit mit meinem Vater. Ich ziehe für ein paar Tage zu Harold, bis die Lage sich wieder beruhigt hat.«

»Oje«, sagte Lydia. »Dürfen wir fragen, worum es ging?«

Tom zuckte die Schultern. »Ich will Sie nicht mit unseren Familienstreitigkeiten langweilen.«

Lydia grinste. »Familienstreitigkeiten finde ich nie langweilig. Häusliche Harmonie kann viel ermüdender sein.«

Tom lachte überrascht auf.

Harold sagte: »Warum erzählst du es ihnen nicht? Es ist doch nichts, wofür du dich schämen müsstest.«

»Ja, tun Sie das«, ermunterte Lydia ihn.

Tom kratzte sich am Kinn. »Na gut. Mein Vater ist verärgert, weil ich den Dienst quittiert habe.«

Die Frauen starrten ihn an.

»Sie sind nicht mehr in der indischen Armee?« Lydia sog überrascht die Luft ein.

Tom schüttelte den Kopf. Esmie sah, wie Lydia ihren Schock zu verbergen versuchte, als sie die Neuigkeit verdaute und ihr Traum, die Frau eines Captains zu werden, sich in Luft auflöste.

»Aber warum?«, fragte Lydia. »Ich dachte, Sie lieben das Soldatenleben?«

»Nein, nicht wirklich«, sagte Tom offen. »Es war das, was mein Vater für mich wollte. Aber dann im Krieg … Nun, ich habe genug davon. Es wird Zeit für etwas anderes.«

»Was werden Sie denn stattdessen tun?«, erkundigte sich Lydia.

»Ich kaufe ein Hotel in Rawalpindi im nördlichen Pandschab. Es ist eine ganz reizende Stadt mit einer großen Armeesiedlung und reichlich gesellschaftlichem Leben. Ich glaube, ich kann dort ein gutes Geschäft machen.«

»Du wirst ein vorzüglicher Gastgeber sein«, sagte Harold.

»Und es ist in der Nähe der Berge, sodass ich von Zeit zu Zeit eine Weile auf *shikar* gehen kann.«

»*Shikar*?«, wiederholte Lydia fragend.

»Wild jagen und auf Vögel schießen«, erklärte Tom. »Es wird ein herrliches Leben.«

»Meine Güte, ein Hotel«, sagte Lydia. »Das klingt alles ziemlich glamourös.«

»Na, da bin ich mir nicht so sicher …«

»Daddy kennt viele Hoteliers, die haufenweise Geld gescheffelt haben – es hängt alles von der Lage und von der Klientel ab.«

Esmie lächelte in sich hinein. Sie bewunderte den unverwüstlichen Optimismus ihrer Freundin, die sich von dieser plötzlichen Wendung der Dinge nicht einschüchtern ließ. Lydia mit ihrem Stil und ihrer gewinnenden Art würde eine vorzügliche Hoteliersfrau abgeben, solange jemand anders angestellt wurde, um die harte Arbeit zu erledigen.

»Ich habe keine großen Bedürfnisse«, sagte Tom. »Ich brauche nur genug für ein behagliches Leben in Indien – und um nicht von meinem Vater abhängig zu sein.«

»Oh, ich bin mir sicher, dass Colonel Lomax sich mit der Zeit noch für die Vorstellung erwärmen wird«, sagte Lydia.

Ivy erschien und trug ein Tablett mit Getränken auf. Sie unterbrachen ihr Gespräch, während Baxter das Dienstmädchen beaufsichtigte und Kekse herumreichte. Nachdem die Diener gegangen waren, nahm Lydia das Gespräch wieder auf.

»Und was hält Ihre Schwester von Ihrem kühnen Plan?«

Tom sah verlegen drein. »Ich habe leider nicht mit ihr darüber gesprochen, bevor ich Papa davon erzählt habe. Sie hat mir geraten, Land zu gewinnen. Aber Tibby nimmt alles locker. Wenn ich ihr sagen würde, dass ich in die Wüste ziehe, um dort als Einsiedler zu leben, würde sie mir eine Tasche mit Vorräten überreichen, mir nachwinken und mir sagen, dass ich mir die Sonne nicht zu sehr auf den Kopf brennen lassen soll.«

Lydia lachte. »Na, ich hoffe, so weit werden Sie nicht gehen, um Ihrem Vater auszuweichen.«

Harold wandte sich plötzlich an Esmie und fragte: »Was hältst du von Lomax' Unternehmung, Esmie?«

Esmie spürte, dass sie errötete. »Ich … ich muss zugeben, dass ich etwas überrascht bin – aber ich finde, es ist mutig, so etwas zu tun.«

»Mutig?«, wiederholte Tom und verzog das Gesicht. »Mir sackt immer das Herz in die Hose, wenn Leute mich mutig nennen – gewöhnlich heißt das, dass sie mich für töricht halten.«

»Ganz und gar nicht«, versicherte Esmie mit einem Lächeln. »Ich habe mir auch schon die eine oder andere Schimpftirade vom Colonel anhören müssen. Ich finde es bewundernswert, dass Sie sich gegen Ihren Vater behaupten und tun, was Sie tun wollen. Ich hoffe, es wird ein großer Erfolg. Ich gratuliere Ihnen, Captain Lomax. Nennen wir Sie weiterhin Captain?«

»Natürlich tun wir das«, sagte Lydia sofort. »Militärs behalten ihren Rang doch auch im Ruhestand, nicht wahr?«

Tom lächelte schief. »Ich nehme an, das können wir, aber ich bin mir nicht sicher, ob ich will.« Er warf Esmie einen Blick zu. »Danke, Schwester McBride. Ich bin froh, dass es Ihre Zustimmung findet. Vielleicht ist das mein Äquivalent zum Holzhacken?«

»Zieh sie nicht auf«, sagte Harold.

Esmie sah Tom in die Augen. »Ich kann mir schon vorstellen, dass die Leitung eines Hotels eine vorzügliche Therapie für einen ehemaligen Soldaten ist«, antwortete sie. »Passen Sie nur auf, dass Sie den Gewinn nicht vertrinken.«

»Esmie!«, ermahnte Lydia sie. »Sei nicht so unverschämt.«

Tom lachte laut. »Treffer, versenkt, Schwester McBride – das hatte ich verdient, und Guthrie hat auch schon fast das Gleiche gesagt.«

Harold nickte zustimmend.

Lydia sagte: »Das müssen wir feiern! Mit einer Ausfahrt aufs Land und einem Picknick zum Tee. Wir können mein Auto nehmen – wir passen alle vier hinein.«

»Eigentlich habe ich das Hotel noch nicht gekauft«, gestand Tom. »Wir müssen uns erst noch über die Bedingungen einig werden.«

Lydia wischte seine Einschränkung mit einer Handbewegung beiseite. »Das ist doch bestimmt nur eine Formalität.«

»Ein Picknick wäre schön«, sagte Esmie. »Wir könnten an den Strand fahren zum Schwimmen. Das Meer hat heute Morgen so einladend ausgesehen.«

Lydia verdrehte die Augen. »Esmie hat immer schon gern im Meer gebadet – ziemlich verrückt. Aber wenn die Herren auch gern schwimmen gehen würden, können wir erst noch bei Harold vorbeifahren, um die Badesachen zu holen.«

* * *

Sie fuhren nach Süden und hielten an einem breiten Strand an, der von einem Feldweg aus gut zu erreichen war. Esmie warf ihren Bademantel von sich und rannte schreiend ins Wasser. Die Männer folgten ihr; beide waren gute Schwimmer und wagten sich ins tiefe Wasser hinaus. Esmie bemerkte an Toms linker Schulter eine Narbe, die sich purpurrot und gezackt in der Kälte abzeichnete. Sie sah nach einer Schusswunde aus, die schlecht genäht worden war, und Esmie fragte sich, ob sie ihm Schmerzen bereitete. Aber da er immer gereizt reagierte, wenn der Krieg oder die Armee zur Sprache kamen, beschloss sie, ihn nicht zu fragen.

Das Meer war noch eisig vom Winter, und sie hielten sich nicht lange im Wasser auf. Lydia, die ihren Rock hochgerafft und in den Gürtel gesteckt hatte, stand mit Handtüchern am Ufer und feuerte sie an.

Esmie zog sich hinter einen Felsen zurück, um ihre Kleidung wieder anzuziehen. Als sie dahinter hervorkam, fühlte sie sich gestärkt. Die anderen hatten es sich schon auf Decken im Schottenkaromuster bequem gemacht und aßen Kuchen. Tom musterte sie. Esmie wandte schnell den Blick ab, weil sein prüfender Blick sie nervös machte. Harold goss Tee aus einer Thermosflasche in einen Becher und reichte ihn Esmie.

»Bravo! Als Erste im Wasser und als Letzte wieder heraus. Du beschämst uns Männer, aber wir haben uns in Indien ja auch daran gewöhnt, in warmem Wasser zu baden.«

»Kann man in Rawalpindi schwimmen gehen?«, fragte Lydia neugierig. »Liegt es nicht sehr weit vom Meer entfernt?«

»Ja«, bestätigte Tom. »Aber einige der Reichen haben Schwimmbecken, in denen man sich bei heißem Wetter abkühlen kann.«

Lydia lächelte. »Das klingt himmlisch, nicht wahr, Esmie?«

»Ich würde lieber in Flüssen oder Seen schwimmen«, sagte Esmie.

»Dann würden Sie Kaschmir lieben«, meinte Tom. »Im Dal-See in Srinagar ist es so, als würde man in einem Paradiesgarten schwimmen.«

Einen Moment lang schauten sie sich wieder in die Augen. Esmie sah etwas in seinem Blick – Sehnsucht oder Traurigkeit –, aber dann wandte er seine Aufmerksamkeit wieder Lydia zu.

»Du meine Güte, dahin würde ich gern reisen«, sagte Lydia. »Indien klingt so romantisch.«

Harold brummte. »Es besteht nicht nur aus Paradiesgärten und Maharadschas – das ist nur für einige Wenige. Das Leben ist für die meisten Inder sehr hart und kann auch für die Briten hart sein, trotz des Luxus der Armeesiedlungen. Einige von ihnen gewöhnen sich nie an die Hitze und empfinden alles als fremdartig.«

»Wir hausen nicht alle in primitiven Hütten in den *mofusil* wie du, Guthrie«, zog Tom ihn auf. »Pindi ist von Taha Welten entfernt.«

»Oh, erzählen Sie uns doch bitte mehr darüber, Captain Lomax«, bat Lydia begeistert.

Tom begann, die Stadt zu beschreiben, die geschützt unterhalb der Ausläufer des westlichen Himalaja in der Pandschab-Ebene lag. Die grüne britische Siedlung war durch den mäandernden Fluss Leh von der Altstadt mit ihren engen Gassen getrennt. Esmie sah, dass seine Augen vor Begeisterung leuchteten, als er von dem Ort erzählte.

»Die Mall ist breit, liegt aber im Schatten von Bäumen – frühmorgendliche Ausritte sind wunderschön, besonders in der kalten Jahreszeit. Und der Topi Park ist ein wildes Gebiet mit viel Charme gleich am Rande der Armeesiedlung. Die Altstadt von Pindi ist faszinierend – hohe Gebäude, die so eng zusammenstehen, dass sie dafür sorgen, dass es in den Gassen schattig und kühl ist. Man kann die Gebetsrufer der Moscheen quer durch die ganze Stadt hören …«

»Aber wie wohnen die Briten dort?«, unterbrach Lydia ihn.

»Sehr gut – in Bungalows mit großen Gärten.« Er lächelte trocken. »Natürlich nicht so groß wie Templeton Hall, aber recht komfortabel.«

Harold mischte sich ein: »In der Siedlung könnte man denken, dass man in einer britischen Stadt ist. Es gibt die gleichen Annehmlichkeiten wie hier: Postamt, Banken, Läden, Kirchen, darunter sogar eine schottische Kirk.«

»Ja, in Pindi ist oft ein schottisches Regiment stationiert«, sagte Tom. »Die Schotten sorgen dafür, dass in der Weihnachtswoche und über Hogmanay viel Leben in der Stadt herrscht. Ständig gibt es Bälle und Partys. Dann gibt es da noch die Pferdewoche im Februar mit Rennen und Polospielen.«

Lydias Augen leuchteten. »Wird auch Tennis gespielt?«

Tom nickte. »Im Club spielt man sehr viel Tennis. Und Cricket.«

»Und es gibt einen Golfplatz«, sagte Harold.

»Ich liebe Golf!«, rief Lydia. »Daddy bringt es mir schon seit einer Weile bei. Ihr Rawalpindi klingt idyllisch – wie das Beste an Großbritannien, nur bei ständigem Sonnenschein.«

»Es schüttet wie aus Kübeln, wenn der Monsun kommt«, warnte Harold sie. »Und von Mai an wird es äußerst schwül. Deshalb ziehen die Leute dann in die Berge – sogar die Regimenter.«

»Bis auf aufopferungsvolle Männer wie dich, Harold«, sagte Tom, »die es in der Hitze aushalten.«

Esmie zog fragend eine Augenbraue hoch. »Und Hotelbesitzer?«

Er lächelte schief. »Die wohl auch.«

»Nicht die Besitzer«, sagte Lydia. »Dafür stellt man doch schließlich Direktoren ein. Man muss einfach nur die Verantwortung delegieren, aber die Finanzen gut im Griff behalten. Das würde jedenfalls Daddy sagen.«

Ein peinliches Schweigen folgte. Esmie sah, wie Lydia die Röte in die Wangen stieg, als ihr aufging, dass sie vielleicht zu weit gegangen war.

»Natürlich ist es ganz Ihnen überlassen, wie Sie Ihr Hotel führen, Captain Lomax«, sagte Lydia eilig. »Es war nur eine Bemerkung. Sie sollten mit Daddy darüber sprechen. Er würde Ihnen sicher mit Freuden Ratschläge erteilen, wie man ein erfolgreicher Geschäftsmann wird.«

»Danke«, sagte Tom. »Es wäre hilfreich, mit jemandem zu reden, der sich mit solchen Dingen auskennt. Meine Familie hat wenig Erfahrung im Geschäftsleben.«

»Ihre Familie führt ein Landgut«, hob Lydia hervor. »Ich nehme an, das ist fast dasselbe. Die Dienerschaft im Auge behalten, so etwas in der Art.«

»Wie heißt das Hotel?«, fragte Esmie.

»Das Rajah«, sagte Tom. »Aber alle nennen es das Raj. Vor Jahren sind die letzten beiden Buchstaben vom Schild gefallen. Sie haben es repariert, aber der Spitzname ist geblieben.«

»Das Raj«, murmelte Lydia. »Ich finde, das klingt ganz großartig.«

»Bei Weitem nicht das großartigste in Pindi«, räumte Tom ein. »Das berühmteste ist das Flashman's gleich neben der Mall.«

Während Lydia Tom noch weiter über die Gesellschaft in Rawalpindi ausfragte, ließ Esmie ihre Gedanken schweifen. Abgesehen von dem, was sie in ihrer Schulzeit in den

Geografiestunden gelernt hatte, wusste sie wenig über Indien. Nur das, was sie im Album des Schulleiters mit Zeitungsausschnitten über einen königlichen Besuch dort im Jahr 1910 gesehen hatte: prunkvolle Festumzüge mit Prinzen auf Elefanten, Militärparaden und Tigerjagden. Es hatte sie nicht besonders interessiert und war nicht mit Harolds Beschreibung seiner Missionsarbeit in Taha in Einklang zu bringen. Seine Erzählungen über arme Bauern, die einem rauen Land mühsam ihren Lebensunterhalt abrangen, über ihre Gastfreundschaft und Gutmütigkeit hatten sie an die Gälischsprecher erinnert, unter denen sie in den Highlands aufgewachsen war.

Harolds Zielstrebigkeit beeindruckte sie: Er rettete Leben und lebte selbst einfach. Sie verstand den Reiz daran; ihre Arbeit für die Scottish Women's Hospitals hatte eine ähnliche Intensität gehabt. In staubigen, fliegenverseuchten Lagern hatten sie nur im Augenblick gelebt. Trotz der zermürbenden Pflege der Verwundeten hatten sie Zeit gefunden, die einfachen Freuden zu genießen: in einem Fluss zu schwimmen, im Dunkeln gemeinsam zu singen oder sich für ein paar gestohlene Augenblicke mit einem Buch in den Schatten einer baufälligen Mauer zu legen. War es verrückt, diese Tage der Kameradschaft und der Anstrengung zu vermissen? Der Krieg hatte Verwüstung und unsägliches Leid verursacht – zahllose Menschen waren ums Leben gekommen –, und doch hatte sie sich inmitten dieser Hölle intensiv lebendig gefühlt.

Esmie erschauerte. Der Wind kam jetzt vom Meer her und frischte auf.

»Du frierst ja«, sagte Harold besorgt. »Vielleicht wird es Zeit, aufzubrechen.«

Esmie zwang ihre Gedanken, in die Gegenwart zurückzukehren. »Ja, ich friere ein bisschen.«

»Zu lange im Meer geblieben«, sagte Lydia vorwurfsvoll.

Tom musterte sie fragend. Esmie hoffte, dass sie nicht unhöflich gewirkt hatte, weil sie die Gedanken hatte schweifen lassen, während er geredet hatte.

Als sie ihre Sachen packten, sprach Lydia alles ab, damit sie am folgenden Tag einen Ausflug auf dem Boot ihres Vaters unternehmen konnten.

»Angeln Sie gern, Captain Lomax?«, fragte sie.

»Ich liebe es«, sagte er eifrig.

Lydia lächelte. »Dann angeln wir vom Boot aus. Solange ich die glitschigen Viecher nicht anfassen muss.«

* * *

Den Rest der Woche über organisierte Lydia, solange das gute Wetter anhielt, für sich selbst, Esmie und die Männer eine nicht enden wollende Folge von Unternehmungen und geselligen Zusammenkünften. Sie angelten, machten Picknick, spielten Tennis und Krocket, ritten aus und fuhren mit dem Auto spazieren. Als das Wetter umschlug und Regen einsetzte, nahmen sie den Zug nach Edinburgh und gingen zu einem Tanztee. Bald gingen die vier alle zum vertrauten Du über. Postkarten, die Colin Fleming von der Côte d'Azur schickte, blieben unbeantwortet; Lydias Aufmerksamkeit war ganz auf Tom gerichtet. Sie ermunterte ihn, Tibby nach Templeton Hall einzuladen, damit sie sich Stecklinge aus den dortigen Gewächshäusern holen konnte.

»Sie ist ganz seltsam«, sagte Lydia nach Tibbys erstem Besuch zu Esmie. »Glaubst du, dass sie jemals diesen scheußlichen alten Hut abnimmt, oder schläft sie sogar damit auf dem Kopf?«

»Ich finde sie nett«, sagte Esmie. »Und Tom scheint seine Schwester sehr zu mögen.«

»Ja, das tut er – deshalb schenke ich ihr ja auch Aufmerksamkeit – um ihn zu beeindrucken.«

»Also schrecken seine Hotelpläne dich nicht ab?«

»Ich kann nicht so tun, als wäre ich nicht ein wenig enttäuscht, dass er nicht in der Armee immer weiter aufsteigen wird«, räumte Lydia ein. »Aber ich bin keines dieser hochnäsigen Mädchen wie meine Schwester, die meinen, dass man keinen Geschäftsmann heiraten sollte. Daddy hat sein Geld auf die Art verdient, und ich mag all den Luxus, den es mit sich bringt. Außerdem wird Tom ja kein richtiger Geschäftsmann – er ist nur ein Landadliger, der sich nebenbei seinem Steckenpferd widmet, das zufällig ein Hotel ist.«

»Wenn sein Vater seine Drohung wahr macht, ihn zu verstoßen und ihm alle finanzielle Unterstützung zu verweigern, dann wird Tom auf das Raj Hotel angewiesen sein, um seinen Lebensunterhalt zu verdienen«, warnte Esmie sie.

Lydia bedachte sie mit einem erstaunten Blick. »Das wird schon nicht passieren. Ich werde den alten Knaben schon überzeugen, wart's nur ab.«

Esmie genoss diese Zeit des Müßiggangs; die drei waren amüsante Gesellschaft, und sie hatte schon seit Ewigkeiten nicht mehr so viel gelacht. Es rührte sie zu sehen, wie tief die Freundschaft zwischen Tom und Harold war. Sie waren zusammen aufgewachsen, hatten dasselbe Internat in Perthshire besucht und waren dann beide nur eine Tagesreise voneinander entfernt in Indien gelandet. Tom machte Witze über seinen Freund, über die Harold gutmütig lachte, aber dennoch war offensichtlich, wie sehr Tom den jungen Arzt bewunderte.

Esmie wusste, dass ihre Tante Isobel nicht von ihr erwartete, in aller Eile nach Vaullay zurückzukehren, und Lydia bestand darauf, dass sie mindestens einen Monat lang blieb. Aber Schuldgefühle quälten sie, weil sie die Drummonds immer noch nicht besucht hatte. Sie wusste, dass sie mit dem

Sommerhalbjahr in der Schule beschäftigt sein mussten, und Lydia versuchte immer wieder, ihr den Besuch auszureden. »Du kannst doch einmal am Sonntagabend hinfahren, wenn nicht viel zu tun ist, oder?«

Nach zwei Wochen wachsender Selbstvorwürfe wusste Esmie, dass sie den Besuch nicht länger hinauszögern konnte. Sie schickte den Drummonds eine Nachricht, um zu fragen, ob sie bei ihnen vorbeischauen dürfte. Keine Einladung erfolgte. In ihre Nervosität mischte sich Erleichterung. Vielleicht würde sie den Drummonds gar nicht gegenübertreten müssen. Dann schämte sie sich. Wenn Tom tapfer genug gewesen war, sich gegen seinen tyrannischen Vater durchzusetzen, dann durfte sie nicht davor zurückscheuen, Davids Eltern ins Gesicht zu sehen. Und sie würden vielleicht Trost darin finden, mit ihr über ihren Sohn zu sprechen; sie hatten alle Linderung ihres Kummers verdient, die solch ein Besuch bringen konnte. Also schrieb Esmie noch einmal. Diesmal antwortete William Drummond und entschuldigte sich dafür, nicht früher reagiert zu haben – er war nicht da gewesen –, und lud sie für den folgenden Samstag zum Tee ein.

»Ich wollte am Samstag ein Tennismatch organisieren«, sagte Lydia entsetzt.

»Bitte doch Tibby, als Vierte dazuzustoßen«, schlug Esmie vor.

Lydia seufzte. »Das könnte ich wohl machen.«

Als der Tag näher kam, wuchs Esmies Furcht. Spät am Freitagabend, nachdem die Templetons ins Bett gegangen waren, saßen Esmie und Lydia noch auf der Schaukel auf dem Balkon im Obergeschoss, wohin sie sich vor langer Zeit oft zurückgezogen hatten, um Mädchengeheimnisse auszutauschen. Die Schaukel knarrte, während sie sanft vor und zurück schwangen. Lydia redete schon die ganze Zeit aufgeregt über einen Ausflug zum Pferderennen, den sie für Juni plante, der rasch näher kam.

»Du hörst mir gar nicht zu, oder?«, sagte Lydia vorwurfsvoll. »Was macht dir zu schaffen? Ist es der Besuch bei den Drummonds? Sie hätten sicher Verständnis dafür, wenn du absagst. Wahrscheinlich wollen sie gar nicht ständig an David erinnert werden.«

»Darf ich dir etwas anvertrauen?«, fragte Esmie.

»Natürlich darfst du das.« Lydia drehte sich um und musterte Esmie im Dämmerlicht prüfend.

»Ich mache mir wirklich Sorgen wegen des Besuchs bei den Drummonds – weil ich es nicht ertragen kann, wenn sie freundlich zu mir sind. Ich komme mir wie eine Betrügerin vor und habe solch ein schlechtes Gewissen wegen David.«

»Was um alles in der Welt meinst du damit?« Lydia war perplex. »Warum ein schlechtes Gewissen?«

»Weil ich ihn nie geliebt habe – nicht wirklich – nicht so, wie er es sich von mir gewünscht hat.« Ihr schnürte sich die Brust zu. »Das hätte ich ihm schon vor langer Zeit sagen sollen, zu Beginn des Krieges, aber ich hatte nicht den Mut dazu. Er hat sich so schnell freiwillig zum Scottish Horse gemeldet, dass es mir grausam vorkam, ihm die Hoffnung zu nehmen. Nicht, dass wir je ausdrücklich über eine Heirat gesprochen hätten.«

»Also wart ihr nie offiziell verlobt?«, fragte Lydia.

Esmie schüttelte den Kopf.

»Warum hast du dann ein schlechtes Gewissen?«

»Im letzten Oktober – als das Kriegsglück sich zu unseren Gunsten wandte – hat David mir aus Frankreich geschrieben und mir einen Heiratsantrag gemacht. Ich wollte warten, bis ich ihn wiedersah, um ihm schonend einen Korb zu geben, also habe ich ihn abgewimmelt, als ich zurückgeschrieben habe – ich habe gesagt, wir könnten darüber reden, wenn er wieder zu Hause sei.«

»Und?«

»Er hat noch einmal geschrieben und gesagt, dass er meine Antwort haben müsse und dass es ihn zum glücklichsten Mann auf der Welt machen würde, wenn ich Ja sagte. Aber ich konnte keine Gefühle vorgaukeln, wo keine waren, und so habe ich ihm mitgeteilt, ich könne ihn nicht heiraten – niemals.«

»Und hat David zurückgeschrieben?«, setzte Lydia ihr zu. »Was hat er gesagt?«

Esmie ließ den Kopf hängen. Ihre Kehle war vor Tränen zugeschnürt. »Nichts. Das Nächste, was ich gehört habe, war, dass er ums Leben gekommen war – zwei Wochen vor dem Waffenstillstand.«

»Also hat er deinen Brief, in dem du ihn abgewiesen hast, vielleicht nie gelesen, bevor er gestorben ist?«

Unter Tränen sagte Esmie: »Ich weiß es nicht. Vielleicht nicht. Aber ich wünsche mir von ganzem Herzen, ich hätte den Brief nie abgeschickt. Er war so ein freundlicher, sanfter Mann – er hätte alles für mich getan –, und doch habe ich ihm gesagt, dass ich ihn nicht liebe. Wie schrecklich, wenn das der letzte Brief war, den er bekommen hat, bevor …«

»Nun ja, er hat dich unter Druck gesetzt«, bemerkte Lydia und lehnte sich zurück. »Es wäre schlimmer gewesen, wenn du Ja gesagt und dann später die Verlobung gelöst hättest. Du musst dich für nichts schämen. Du hast ihm keine falschen Hoffnungen gemacht. Er hat nur deine Gefühle für ihn falsch gedeutet.«

»Das nehme ich an«, sagte Esmie zögerlich.

Lydia blieb dabei. »Es ist nicht deine Schuld, dass David so kurz vor Ende des Krieges gestorben ist – es war einfach nur Pech. Also hör auf, dich schuldig zu fühlen.«

Esmie bedachte ihre Freundin mit einem dankbaren Blick. »Danke. Du warst schon immer gut darin, dafür zu sorgen, dass ich mich besser fühle.«

»Gut so«, sagte Lydia. Sie reckte sich und gähnte. Vor dem Balkon hatte sich die Dunkelheit herabgesenkt. Da es Ende Mai war, würde die Nacht kurz werden und das Tageslicht bald wieder in den Himmel einsickern. Lydia stand auf und zog Esmie auf die Beine.

»Komm, ab ins Bett. Morgen kannst du dich auf einen kurzen Besuch beschränken. Sprich dein Beileid aus. Pflicht erfüllt. Dann musst du nicht mehr über David und die Drummonds nachdenken.«

Kapitel 4

Nach fast drei Jahren stand Esmie wieder auf der Schwelle zum Haus des Schulleiters und der Schulleiterin. Sie hatte Herzklopfen. Unzählige Male war sie durch diese Tür gegangen: erst als schüchterne Siebenjährige, die die Hand ihres Vaters umklammert hatte, und später als Waisenkind, das von den gastfreundlichen Drummonds regelmäßig zum Tee eingeladen worden war. Alles war vertraut, von den unregelmäßigen Sandsteinstufen, abgenutzt von den Generationen von Füßen, die darübergegangen waren, bis zur schweren Haustür, die immer offen stand. Der Efeu über dem Türsturz war dichter geworden, aber sonst sah das Haus genauso aus wie immer.

Plötzlich überkam sie ein heftiges Verlustgefühl für ihren längst verstorbenen Vater. Sie erinnerte sich daran, wie er immer die Messingklingel ignoriert hatte, gleich zur inneren Tür gegangen war, ans Glas geklopft hatte und hineingegangen war, bevor irgendjemand ihn dazu aufgefordert hatte. *»Hallo! Ist Drummond in seinem Bau? Oder die schöne Dame des Hauses?«*

Esmie holte Luft, um sich zu sammeln, und zog an der Messingglocke. Ihr Läuten hallte wider und erstarb. Ein junges Dienstmädchen, das sie nicht kannte, reagierte auf das Klingeln und führte sie ins Wohnzimmer, damit sie auf ihre Gastgeber warten konnte.

Esmies Herz klopfte schneller. Der Raum lag im Halbdunkel. Die gelben Rouleaus waren heruntergezogen, um nur gedämpftem, sepiafarbenem Licht zu gestatten, einzudringen. Der dumpfe unangenehme Geruch der Vernachlässigung lag in der Luft – das Zimmer war nicht mehr regelmäßig in Gebrauch. Die schweren, goldgerahmten Gemälde von Hirschen und Bergen, die Esmie früher geliebt hatte, weil sie sie an Vaullay erinnert hatten, waren mit schwarzer Gaze verhängt. Nur das Porträt eines Mannes in Uniform, das über dem Kamin hing, in dem kein Feuer brannte, lag frei. Als Esmie genauer hinsah, keuchte sie auf. Es war David, aber eine ältere und strengere Version von ihm, als sie je gekannt hatte. Sein Mund lächelte nicht, und sein Blick wirkte entschlossen.

Esmie wandte sich ab und suchte nach dem Vertrauten. Das Klavier, auf dem David so gern gespielt hatte, war in eine Ecke geschoben worden. Sein Deckel war geschlossen, und es lagen keine Notenblätter darauf verstreut. Der Kartentisch in der Fensternische, wo sie an nassen Winternachmittagen gespielt hatten, war verschwunden. An seiner Stelle befand sich ein Podest, auf dem eine Vase mit welkenden Blumen und eine gerahmte Fotografie von David in seinem Absolvententalar standen. Auf diesem Bild lächelte er leicht. Esmies Augen brannten vor Tränen; das hier war der David, den sie in Erinnerung hatte. Doch kaum einen Monat, nachdem das Foto aufgenommen worden war, hatte man den Krieg erklärt, und seine Ambitionen als Jurist waren zunichtegemacht worden.

Die Tür öffnete sich, und Esmie drehte sich mit einer raschen Bewegung um. William Drummond kam hereingeeilt. Vom Aussehen her war er das Gegenteil ihres Vaters: füllig, bärtig und mit braunen Knopfaugen hinter einer Goldrandbrille. Aber ihn zu sehen, reichte aus, um auch ihren Vater wieder heraufzubeschwören. Die beiden waren die besten Freunde gewesen – Wandergefährten und Weltverbesserer, die eine Vorliebe für das Landleben miteinander geteilt hatten.

»Meine Liebe!« William ergriff ihre Hände und drückte sie.

Esmie hätte ihn gern auf die Wange geküsst, fühlte sich aber gehemmt. Er war ja vielleicht der engste Freund ihres Vaters in Ebbsmouth gewesen, aber auch ihr Schulleiter und Lateinlehrer. Also lächelte sie nur und sagte mit rauer Stimme Hallo.

»Bitte nimm Platz.« Er führte sie zu einem massigen Eichensessel und setzte sich gegenüber von ihr hin. Zwischen ihnen war ein kleiner Tisch mit einer weißen Leinendecke bedeckt. »Der Tee ist unterwegs, und Maud gesellt sich gleich zu uns. Wie geht es dir?«

»Gut, danke. Lydia und ihre Eltern verwöhnen mich ganz schön.«

»Das freut mich zu hören. Und Dr. Carruthers? Hat sie sich dauerhaft wieder in Vaullay eingerichtet?«

»Ich bin mir nicht sicher. Sie hat große Pläne für das Krankenhaus, also vielleicht ja. Aber sie vermisst Edinburgh und ihre Freunde.«

Traurigkeit umwölkte sein Gesicht. »Ich nehme an, Edinburgh ist nicht mehr dieselbe Stadt wie vor dem Krieg. Nun, da Dr. Inglis nicht mehr da ist und …«

Esmie umfasste im Schoß ihre eigenen Hände, um sie am Zittern zu hindern. »Das mit David tut mir so leid.«

William räusperte sich. »Ja. Du hast so einen freundlichen Brief geschrieben. Danke.« Abrupt stand er auf und ging zur Tür. »Ich frage noch einmal kurz nach dem Tee. Das neue Mädchen, du weißt schon …« Er verschwand aus dem Zimmer.

Esmie war heiß und sie schwitzte, aber gleichzeitig zitterte sie. Dieses Zimmer im Dämmerlicht war ein Schrein, der dem verlorenen Sohn der Drummonds geweiht war, und sie spürte Davids Abwesenheit deutlich.

Nach langen Minuten kehrte William mit seiner Frau zurück, gefolgt von dem Dienstmädchen, das vorsichtig ein großes Teetablett hereintrug und zu schwungvoll auf dem Tisch abstellte.

»Mrs Drummond.« Esmie stand auf und ging zu ihrer alten Schulleiterin, um sie zu begrüßen, schockiert darüber, wie alt sie in ihrem schwarzen Trauerkleid aussah. Ihre Haare waren vollkommen weiß geworden, und in ihre Stirn hatten sich tiefe Falten gegraben. Ihr einst rundliches Gesicht hing nun und wirkte gegen das Schwarz ihrer Kleidung farblos. Maud Drummond, die die Verantwortung für Gesundheit und Moral ihrer Schülerinnen trug, war immer etwas furchteinflößend gewesen. Esmie versuchte, das Gefühl zu verdrängen, dass sie wieder fünfzehn war und gleich ermahnt werden würde, weil ihre Frisur nicht ordentlich saß.

Maud schenkte ihr ein gequältes Lächeln.

»Ist es nicht reizend, Esmie wiederzusehen?«, sagte William in gespielt fröhlichem Ton. »Ganz wie in alten Zeiten.«

Maud ignorierte seine Bemerkung und beobachtete genau das junge Dienstmädchen beim Teeeingießen. »Versuch, nichts auf die Untertasse zu spritzen.«

Das nervöse Mädchen ließ die Tasse überschwappen.

»Möchten Sie, dass ich einschenke?«, bot Esmie an.

»Maisie muss es lernen«, antwortete Maud in verkniffenem Ton.

Als Maisie die Teetassen zu verteilen begann, unterdrückte Esmie ein Luftschnappen. Es wurden vier Tassen gefüllt und vier Teller mit Honigkuchenscheiben serviert. Der vierte Teller konnte doch wohl nicht für David sein?

Maud fing ihren Blick auf. »Ja, zum Gedenken an David – Honigkuchen – den mochte er am liebsten.«

»Ja«, sagte Esmie und sah immer noch fassungslos das zusätzliche Gedeck für den toten Sohn der Drummonds an. »Ich habe vorhin gerade zu Mr Drummond gesagt, wie leid mir das mit David tut …«

»Honigkuchen ohne Butter«, unterbrach Maud. »Man braucht keine Butter, wenn der Kuchen frisch ist. Wir haben ihm immer Honigkuchen geschickt, als er an der Front war, nicht wahr, mein Schatz?«

William nickte.

»Das hat ihn bei seinen Offizierskameraden sehr beliebt gemacht«, sagte Maud.

»Bestimmt«, pflichtete Esmie ihr bei.

Maisie warf ihr einen mitfühlenden Blick zu, bevor sie aus dem Zimmer eilte. Esmie nippte an ihrem Tee; sie hätte keinen Bissen vom Kuchen herunterbekommen können.

»Aber am meisten freute er sich über Briefe«, fuhr Maud fort. »Jegliche Neuigkeiten von zu Hause waren besser als alle Geschenke, die wir ihm schicken konnten. Freudentage, so hat David die Tage, an denen er Briefe bekommen hat, immer genannt.«

»Und er war selbst ein guter Briefeschreiber«, sagte Esmie.

Maud bedachte sie mit diesem direkten, prüfenden Blick, der sie als Schulmädchen immer so verunsichert hatte; die Frau hatte immer gewirkt, als wüsste sie, was ihre Schülerinnen dachten. Esmie errötete unter ihrem Blick.

»Hat David dir oft geschrieben, Esmie?«

»Von Zeit zu Zeit, Mrs Drummond. Häufiger, als ich ihm geschrieben habe, so leid es mir tut.«

»Nun, für dich muss es ja auch schwieriger gewesen sein«, sagte William großzügig. »Du warst so oft im aktiven Dienst als Krankenschwester an der Front eingesetzt. David hat einen Großteil des Krieges auf langweiligen Posten in England zugebracht und Verwundete ins Lazarett kutschiert.«

»Das letzte Kriegsjahr hat er aber in Frankreich verbracht«, sagte Maud und klang plötzlich empört. »Niemand hätte mehr für sein Land tun können als unser lieber Junge.«

»Natürlich nicht«, bestätigte William mit gequälter Miene.

Esmie suchte nach Worten. Sie nickte zu dem Porträt über dem Kaminsims hinüber. »Das ist ein schönes Gemälde. Wann hat David dafür Modell gesessen?«

William warf einen Blick auf seine Frau und scheute vielleicht davor zurück, als Erster zu sprechen.

»Er hat dafür nicht Modell gesessen«, sagte Maud. »Wir haben es nach einer Fotografie malen lassen – einer, die aufgenommen wurde, als er das letzte Mal Heimaturlaub hatte.« Sie lächelte wehmütig. »Das war im letzten September. Wir hatten eine Woche mit herrlichem Wetter. David hat alles getan, was er am liebsten mochte – er ist vor den Klippen schwimmen gegangen, hat Klavier gespielt und gelesen.« Sie sah Esmie an. »Du weißt schon, all die Dinge, die ihr beiden immer zusammen unternommen habt.«

Esmie fühlte sich, als würde ein großer Stein ihr die Luftröhre versperren. Sie nickte.

»Er war voller Optimismus«, sagte Maud und sah wieder das Porträt an, »hat Pläne geschmiedet, was er tun würde, wenn der Krieg endete. Anwalt in Edinburgh werden. Erst einmal wollte er Ferien machen. Dich in Vaullay besuchen fahren. Aber das musst du ja alles gewusst haben, wenn er dir so oft geschrieben hat.«

Esmies Tasse klirrte auf ihrer Untertasse, als sie sie mit zitternder Hand zurück auf den Tisch stellte.

»Ich bin froh, dass er einen schönen Urlaub hatte«, sagte sie.

»Ich auch«, erwiderte Maud. Ihre Augen füllten sich mit Tränen.

William nickte.

Sie saßen schweigend da, während die Uhr auf halb fünf zutickte. Esmie war noch keine zwanzig Minuten hier, aber es kam ihr wie eine Ewigkeit vor. Die Trauer im Raum war mit Händen zu greifen. Esmie konnte es nicht ertragen, darüber nachzudenken, wie das Leben für die Drummonds in den letzten sieben Monaten gewesen sein musste.

»Erinnern Sie sich noch daran, wie David damals den verletzten Vogel mit nach Hause gebracht hat?«, fragte Esmie leise. »Die Köchin wollte ihn der Katze vorwerfen, aber David hat ihn in einer Schachtel in seinem Zimmer behalten und wollte nicht zulassen, dass irgendjemand ihn anrührte.«

»Er konnte schon immer gut mit Tieren umgehen.« William lächelte.

»Und jeden Morgen rechneten wir damit, dass der Vogel in der Nacht gestorben war, aber das war er nicht«, erinnerte sich Maud.

»Er hat ihn gesund gepflegt«, sagte Esmie, »bis der Vogel eines Tages einfach davongeflogen ist. Und einerseits freute sich David, dass er es geschafft hatte, andererseits war er traurig darüber, dass der Vogel nun weg war.«

»Er war eine empfindsame Seele«, meinte William.

»Er hat alles einfach tiefer empfunden als wir«, sagte Maud. »Das war keine Schwäche.«

Esmie drängte die beiden sanft, weiter in Erinnerungen zu schwelgen. Kurz schien sich Mauds trostlose Stimmung einen Hauch aufzuhellen, und William lachte über lustige Anekdoten. Als die Uhr fünf schlug, sagte Maud: »Mr Drummond muss in wenigen Minuten ein Tutorium geben.«

»Meine Güte, das habe ich ja ganz vergessen«, sagte William.

Esmie stand auf, erleichtert, gehen zu können. »Vielen Dank für den Tee.«

Die Drummonds erhoben sich ebenfalls. »Es war nett von dir zu kommen, meine Liebe«, sagte William. »Nicht wahr,

Maud?« Als Maud nicht antwortete, füllte William die Pause aus: »Es ist tröstlich, mit jemandem zu sprechen, der David so gut kannte wie du – und dem er wichtig war. Wir haben so gehofft, dass du einmal unsere Schwiegertochter werden würdest.«

Wussten sie über Davids Heiratsantrag an sie Bescheid? Vielleicht hatte er ihnen bei seinem letzten Besuch zu Hause von seinen Absichten erzählt. Sie war untröstlich, dass sie die Wünsche der Drummonds auch dann nicht hätte erfüllen können, wenn deren Sohn überlebt hätte. Sie zwang sich zu fragen: »Haben Sie nach seinem Urlaub noch einmal von ihm gehört, bevor er … gestorben ist?«

»Wir haben einen kostbaren Brief«, sagte Maud, »der uns verraten hat, wie sehr er es genossen hatte, zu Hause zu sein. Das ist das Einzige, was mir Trost spendet – das Wissen, dass wir es ihm bei seinem letzten Besuch schön gemacht haben.«

Esmies Puls begann zu rasen. »Und hat sein Vorgesetzter mit Davids Habseligkeiten auch irgendwelche Briefe von mir zurückgegeben?«

»Ach ja, die Briefe!«, rief William. »Das war mir ganz entfallen. Natürlich musst du sie zurückbekommen. Maud, Liebste, sie liegen in deinem Sekretär, nicht wahr?«

»Wenn du dir sicher bist, dass du sie willst?«, fragte Maud.

»Bitte«, sagte Esmie.

Maud durchquerte das Zimmer bis in eine Ecke im Schatten und öffnete den Deckel ihres Sekretärs. Sie zog die mittlere Schublade heraus und entnahm ihr ein kleines Bündel von Briefen. Esmie schämte sich, dass sie in den vier Kriegsjahren nur so wenige Briefe geschrieben hatte. Ihr Herz hämmerte, als sie die Briefe entgegennahm und dem Drang widerstand, sie durchzublättern, um festzustellen, ob auch der letzte darunter war. Vielleicht war er nie zugestellt worden, oder wenn doch, dann vielleicht erst, nachdem David gefallen war, sodass er nie erfahren hatte, dass seine Träume sich zerschlagen hatten. Wenn der Brief in dem Bündel steckte, dann betete sie darum, dass er noch ungeöffnet war.

»Danke, Mrs Drummond.« Esmie lächelte nervös und schob die Briefe in ihre Jackentasche.

Sie begleiteten sie zur Tür. William sagte: »Bitte verzeih mir, Esmie, aber ich muss los, um meine Examenskandidatinnen zu sehen. Du kommst doch noch einmal vorbei, bevor du Ebbsmouth verlässt, nicht wahr?«

Esmie sagte es ihm zu. Mit einem abgelenkten Lächeln eilte William in sein Arbeitszimmer davon.

Esmie trat gerade durch die äußere Tür, als Maud ihr fest die Hand auf den Arm legte und sie aufhielt.

»Du wirst ihn nicht in dem Briefbündel finden.«

Esmies Herz tat vor Angst einen Sprung. »Was finden?«

»Den hier«, sagte Maud und zog einen dünnen Briefumschlag aus der Tasche ihres Kleids. Esmie erkannte sofort ihre Handschrift auf einem von Tante Isobels gelbbraunen Umschlägen. Ihr letzter Brief an David. Oben war er ordentlich mit einem Federmesser oder Brieföffner aufgeschnitten. Ihr wurde übel.

»Sie haben ihn gelesen?«, fragte Esmie.

Mauds Augen loderten, aber ihr Ton war eisig ruhig. »Mein armer Junge«, sagte sie zitternd. »Wie konntest du nur derart grausame Dinge schreiben? Ich hätte nie gedacht, dass du so herzlos sein könntest. David hat dich vergöttert, aber du hast ihn abgewiesen! Wie konntest du ihm nur sagen, dass du ihn nie geliebt hast? Du hast mit seiner Zuneigung gespielt – mit unser aller Zuneigung!«

Esmie keuchte auf. »Sie hatten kein Recht, meinen Brief an David zu lesen.«

»Er war mein Sohn«, zischte sie, »also hatte ich jedes Recht. Du bist verabscheuungswürdig! Kommst her und tust so, als täte es dir leid, dass unser Sohn tot ist.«

»Es tut mir leid«, protestierte Esmie, »und David hat mir sehr wohl am Herzen gelegen.«

Sie kniff die Augen zusammen. »Mach es nicht noch schlimmer, indem du lügst. Der einzige Grund dafür, dass ich dir gestattet habe, herzukommen und deine kleine Scharade vorzuführen, war mein Mann. Er ist ein guter Mensch, der am Boden zerstört ist, seit er David verloren hat. Er ist derjenige, der darauf besteht, dass wir bei jeder Mahlzeit eine zusätzliche Teetasse hinstellen, und der das Porträt in Auftrag gegeben hat. Also habe ich diesen widerlichen kleinen Brief vor ihm geheim gehalten – es würde ihn umbringen, wenn er wüsste, was du geschrieben hast.«

Esmies Brustkorb schnürte sich zu, als sie zu sprechen versuchte. »Ich wünschte, ich hätte den Brief nicht abgeschickt, aber es war kein grausamer Brief. Er war liebevoll, aber wahrheitsgemäß. Ich wollte Gelegenheit haben, von Angesicht zu Angesicht mit David zu reden, aber er hat eine Antwort von mir gefordert und wollte nicht warten. Ich hatte nie die Absicht, David zu verletzen, nur, die Dinge zwischen uns klarzustellen.«

Maud zitterte vor unterdrückter Wut. »Ihn verletzen?«, schrie sie. »Du hast ihn umgebracht! Sobald er den Brief gelesen hatte, wollte er nicht mehr weiterleben – du hast ihm nichts gegeben, wofür sich das gelohnt hätte. Er war leichtsinnig. Sein Militärpfarrer hat uns geschrieben und uns erzählt, wie mutig er in den feindlichen Schützengräben auf die Suche nach Deutschen gegangen ist, die er gefangen nehmen konnte, als der Krieg so gut wie vorbei war. Nur ein Mann, der sich nach dem Tod sehnt, würde so etwas tun.«

Maud riss den Brief entzwei und hielt ihn Esmie hin. »Ich werde dir nie vergeben! Dein Vater würde sich im Grabe umdrehen, wenn er wüsste, wie du unseren Sohn behandelt hast. So lohnst du unserer Familie also unsere Freundlichkeit über all die Jahre.« Sie stieß Esmie von der obersten Stufe.

Esmie stolperte und verlor fast das Gleichgewicht. »Es tut mir leid«, keuchte sie.

Maud zeigte mit einem zitternden Finger auf sie. »Ich will dich nie mehr sehen – also komm ja nicht hierher zurück!«

Erschüttert von dem giftigen Ausbruch der Frau floh Esmie den Weg entlang. Sie rannte ziellos weiter und stieß mit einem Metallreifen zusammen, der von zwei Jungen die Straße hinuntergerollt wurde. Ohne auf den Schmerz in ihrem Knie zu achten, humpelte sie weiter und schluckte die Schluchzer hinunter, die sie fast erstickten. Aber sie konnte nicht vor Mauds zornigen, von Trauer getriebenen Worten davonlaufen, die ihr durch den Kopf wirbelten: *»Du hast ihn umgebracht! Ich will dich nie mehr sehen – also komm ja nicht hierher zurück!«*

* * *

Esmie war so aufgewühlt, dass sie nicht wusste, wie lange sie über die Klippen von Ebbsmouth streifte, ohne auf die Menschen zu achten, an denen sie in ihrer Hast, die Stadt zu verlassen, vorüberkam. Als die Schatten länger wurden, fand sie sich auf dem Pfad wieder, der von den Klippen fort ins Binnenland zur alten Kirche St Ebba's und ihrem Friedhof führte. Das mittelalterliche Gebäude lag geschützt auf einer Lichtung zwischen alten Buchen und Eichen. Esmie eilte in die Kühle des Friedhofs und suchte das Grab ihres Vaters auf.

Sie sank im feuchten Gras zusammen, legte die Hand auf den vertrauten Grabstein und gab der Tränenflut nach, die sie bisher zurückgehalten hatte.

»Oh, Vater!«, schluchzte sie. »Es tut mir so leid! Ich habe dich enttäuscht. Ich habe so viel Trauer verursacht. Der arme

David. War es falsch von mir, ihn zurückzuweisen? Wenn ich einfach so getan hätte, als würde ich ihn lieben, dann wäre er vielleicht heute noch am Leben … Ich kann mir nicht verzeihen. Wenn du nur hier wärst, um mir zu sagen, was ich tun soll. Mrs Drummond hasst mich, und wer kann es ihr verdenken? Sie hat ihren einzigen Sohn verloren, und sie wird nie über den Schmerz hinwegkommen. Ich weiß, dass ihr das nicht gelingen wird – weil ich weiß, wie es ist, den Menschen zu verlieren, den man am meisten liebt. Ich habe nie aufgehört, um dich zu trauern, liebster Vater, *nie.*«

Esmie begrub ihr Gesicht in den Händen und weinte. Vor ihrem inneren Auge sah sie deutlich ihren Vater, wie er in ihrer Kindheit gewesen war: kahlköpfig und mit einem breiten Lächeln unter einem gelblich verfärbten Schnurrbart, nach Pfeifenrauch riechend; ein schlank gebauter Mann mit sehniger Kraft in den Armen; wie er sie hochhob und durch die Luft schwang. Ein Mann, der Leute zum Lächeln brachte, sobald er ein Zimmer betrat, der mit Passanten über das Wetter plauderte und schreiende Babys mit Wiegenliedern aus den Highlands beruhigte. Ein Arzt, der andere heilte, aber aufgrund eines schwachen Herzens, von dem niemand gewusst hatte, ganz plötzlich starb. Ein Witwer, der seine Trauer für sich behielt und nie zuließ, dass diese Esmies Aufwachsen überschattete. Ein Vater mit Sinn für Humor, der sie ermunterte, abenteuerlustig zu sein, dessen tröstliche Umarmung aber dennoch der sicherste Platz auf Erden war.

Als sie seine Gegenwart stark empfand, begann ihr Schluchzen sich zu legen. Sie wurde sich des Vogelgesangs und des leisen Plätschern des nahen Bachs bewusst. Ihr Vater hätte sie immer noch geliebt, ungeachtet aller Fehler, die sie im Leben gemacht hatte; er hätte sie niemals verurteilt.

Ein Zweig knackte in der Nähe. Esmie, die immer noch auf den Knien lag, drehte sich um, erschrocken darüber, Schritte zu hören. Eine Gestalt in Tenniskleidung ragte zwischen den Bäumen auf.

»Tut mir leid, ich wollte dich nicht erschrecken. Es ist nur so, dass ich dich gehört habe …«

Esmies Puls raste, als sie sah, dass Tom Lomax vor ihr stand. Er sah besorgt auf sie herunter. Was hatte er mit angehört? Nur ihre Verzweiflung hatte sie dazu gebracht, ihre Gedanken laut auszusprechen. Als er die Hand ausstreckte, um ihr aufzuhelfen, kämpfte sie sich auf die Beine, bevor er sie berühren konnte.

»Ich war nur … Das ist das Grab meines Vaters«, erklärte sie.

»Ja, das sehe ich«, antwortete er und machte einen Schritt zurück. »Entschuldige bitte, ich störe nur.«

In seinem Gesichtsausdruck lag etwas Verletzliches, das Esmie dazu brachte, zu sagen: »Nein, tust du nicht. Bitte geh nicht meinetwegen.«

Sie musterten einander. »Ich hätte nicht damit gerechnet, so spät am Tag noch jemanden hier zu treffen«, sagte Tom.

»Ich auch nicht«, erwiderte Esmie und versuchte, ihre Gefühle zu beruhigen. »Ich dachte, du wärst bei Lydia, um Tennis zu spielen?«

Tom nickte. »Das war ich auch. Harold hat mich hier abgesetzt – jetzt bringt er Tibby nach Hause.«

Dann wurde Esmie auf einmal klar, was er hier tat: Er war aus der Richtung gekommen, in der das umzäunte Familiengrab der Lomax lag.

Sie riet: »Warst du am Grab deiner Mutter?«

Tom schenkte ihr ein trauriges Lächeln. »Ja.«

»Aber nicht mit deiner Schwester zusammen?«

Er schüttelte den Kopf. »Meine Schwester findet es morbide. Sie versteht nicht, warum ich so lange nach dem Tod unserer Mutter immer noch gern hierherkomme.«

Esmie warf einen Blick auf den Grabstein ihres Vaters. »Ich verstehe das«, murmelte sie. »Sprichst du hier mit deiner Mutter?«

»Nicht laut«, sagte er mit einem Hauch von einem Lächeln.

Esmie errötete. »Ich war aufgeregt.«

»Mach dir keine Sorgen«, sagte er schnell. »Ich habe nicht gehört, was du gesagt hast. Aber du klangst bedrückt.«

»Es geht mir gut.« Sie strich sich über ihre feuchten Wangen.

»Warum setzen wir uns nicht für einen Augenblick hin?«, schlug er vor und nickte zu der Bank an der Kirchenmauer hinüber, die noch im Sonnenschein lag.

Esmie zögerte und stimmte dann zu. Als sie Platz nahmen, hatte sie die Fassung zurückgewonnen. »Ist heute ein besonderer Jahrestag?«, fragte sie.

Tom schüttelte den Kopf. »Ich hatte nur das Gefühl …« Er warf ihr einen Blick zu und zögerte.

»Sprich weiter«, ermunterte sie ihn.

»Ich hatte das Bedürfnis, herzukommen und sie zu besuchen – ihr von meiner Entscheidung zu erzählen, das Hotel zu kaufen. Nicht, dass ich glauben würde, dass die Toten einen hören können …« Er wurde rot. »Jetzt denkst du bestimmt, dass ich wie einer deiner Psychiatriepatienten bin.«

Esmie sah ihn trocken an. »Das sagst du zu einer Frau, die du gerade dabei belauscht hast, wie sie mit ihrem toten Vater gesprochen hat, schon vergessen?«

Tom lächelte. »Das ist wahr.«

Eine Weile saßen sie still da, aber das Schweigen zwischen ihnen fühlte sich nicht unangenehm an. Es erstaunte sie, dass Tom ans Grab seiner Mutter kam, um mit ihr Zwiesprache zu halten; sie mochte ihn dafür. Seine markanten Gesichtszüge wirkten in der Abendsonne weicher, und seine Miene war nachdenklich. Alles maskuline Draufgängertum und die neckenden Witzeleien, hinter denen er sich gewöhnlich versteckte, waren verschwunden. Sie hatte plötzlich das Bedürfnis, sein Gesicht zu berühren und das traurige Stirnrunzeln zu glätten, das sich in tiefen Falten eingegraben hatte. Um sich davon abzuhalten, brach sie das Schweigen.

»Deine Mutter war eine schöne Frau.«

Tom sah sie verblüfft an. »Woher weißt du das?«

»Dank des Porträts von ihr, das im Esszimmer hängt«, sagte Esmie. »Zumindest hat es da gehangen, als ich als Krankenschwester dort war. Sie war nicht nur schön, sondern hatte eine Art inneres Licht. Ich habe immer gedacht, sie würde uns Krankenschwestern anfeuern, wenn alles besonders hektisch war. Dann habe ich hochgeschaut, und sie hat mich geradewegs angelächelt.«

Toms Augen glänzten. »Ja, das denke ich auch immer über ihr Bild – dass sie nur für mich lächelt.«

»Und sie hat die Männer aufgemuntert«, setzte Esmie hinzu.

»Wirklich?« Tom wirkte erfreut.

Esmie lächelte. »Ja, die Patienten haben ihr den Spitznamen ›unser Schutzengel‹ gegeben.«

Überwältigt wandte er den Blick ab. »Das freut mich zu hören«, sagte er mit belegter Stimme. »So denke ich auch von ihr.« Er seufzte. »Tibby findet, dass auch das ungesund ist. Meine Schwester sagt immer, sie sei nur eine Mutter gewesen, keine Heilige. Aber ich glaube, dass sie eine Heilige gewesen sein muss, um meinen Vater zu ertragen. Vielleicht hat Tibby recht und ich habe eine idealisierte Erinnerung – es sind schließlich die Erinnerungen eines Zehnjährigen.«

Esmie war erstaunt über seine Offenheit; es war, als ob sie sich an diesem stillen Zufluchtsort beide aus der Deckung wagten.

»Es klingt, als hättest du deiner Mutter nähergestanden als Tibby«, sagte sie, »und so hast du jedes Recht, dich auf besondere Art an sie zu erinnern. Du hast Glück, dass du solche Erinnerungen hast. Ich kann mich auf kaum etwas in Bezug auf meine Mutter besinnen. Sie ist gestorben, als ich fünf war – hat sich bei einem Kind, das sie zu pflegen geholfen hat, Diphtherie eingefangen.«

»Das tut mir leid«, sagte Tom.

»Das muss es nicht«, versicherte Esmie. »Mein Vater hat ihren Platz zehnfach ausgefüllt.«

»Wie grausam, dass du auch ihn verloren hast. Ich mochte deinen Vater. Er war ein guter Arzt und immer zu allen freundlich.«

Esmie lächelte unter Tränen. »Danke.«

»Was hat dich denn so aufgeregt, dass du hergekommen bist, Esmie?«, fragte er. »War es der Besuch bei den Drummonds? Lydia hat sagt, dass du zu ihnen musstest.«

Esmie verkrampfte sich, als sie an den belastenden Besuch zurückdachte. »Es war schrecklich.«

Tom nickte. »Ihr müsst ja alle so traurig wegen David sein.« Er streckte die Hand aus und bedeckte ihre mit seiner.

Esmie zuckte bei der unerwarteten Berührung zusammen. Sie zog schnell ihre Hand zurück und stand auf. Die Intimität war durchbrochen.

»Bitte hab kein Mitleid mit mir«, sagte sie. »Ich habe es nicht verdient. Es ist meine Schuld, dass die Drummonds so fürchterlich trauern.«

Tom runzelte verwirrt die Stirn. »Wie könntest du denn schuld daran sein?«

Es verschlug Esmie den Atem, als er ebenfalls aufstand und über ihr aufragte. Sie stieß ihre Worte hervor. »Ich habe Davids Heiratsantrag abgelehnt, kurz bevor er gestorben ist. Mrs Drummond hat das herausgefunden. Sie wird mir nie verzeihen. Sie gibt mir die Schuld an seinem Tod – sagt, er sei leichtsinnig geworden, nachdem ich ihn abgewiesen hatte, und hätte nichts mehr gehabt, wofür es sich zu leben lohnte.«

»Das ist doch wohl kaum gerecht«, protestierte Tom.

Esmie sah ihn unglücklich an. »Aber es ist wahr. Als ich David geschrieben habe, dass ich ihn nicht heiraten könnte, war ich froh, es hinter mir zu haben. Und nur um sicherzugehen, dass er sich nicht doch noch Hoffnungen machen würde, habe ich ihm mitgeteilt, dass ich ihn nie geliebt hatte und es mir auch in Zukunft nicht anders überlegen würde. Keinen Moment lang habe ich auch nur daran gedacht, dass David versuchen könnte, sich selbst etwas anzutun. Aber ich hätte es wissen sollen, nicht wahr? David war immer schon ein empfindsamer Mensch. Also tut seine Mutter recht daran, mich zu hassen. Ich habe ihr ihren Jungen genommen.«

Als Tom nichts sagte, spürte Esmie erneut die Last der Schuldgefühle. Seine schockierte Miene zeugte von Missbilligung. Ohne ein weiteres Wort schob sie sich an ihm vorbei.

Er fing sich und sagte: »Esmie, erlaub mir, dich nach Hause zu bringen.«

»Danke«, brachte sie hervor, »aber ich möchte lieber allein sein.«

Er beharrte nicht. Als sie davonging, folgte er ihr nicht. Für kurze Zeit hatte sie auf dem Friedhof das Gefühl gehabt, dass sich eine Verbindung zwischen ihnen entwickelte, die über bloße Freundschaft hinausging; eine Nähe, die aus der geteilten Erfahrung erwuchs, einen geliebten Elternteil in ihrer Kindheit verloren zu haben. Und etwas anderes – wie ein körperlicher Funke, der aufflammte –, das sie nicht für den Mann hätte empfinden dürfen, den ihre engste Freundin heiraten wollte. Sie hatte zu viel gesagt und war zu emotional gewesen. Das durfte nie wieder vorkommen.

Esmie beschleunigte ihre Schritte und sah nicht zurück.

* * *

Tom stand da und starrte Esmies schmaler Gestalt nach, die sich entfernte, sprachlos angesichts dessen, was sie ihm gerade erzählt hatte. Nicht genug damit, dass die aufrechte Krankenschwester David Drummond einen Korb gegeben hatte – einem Mann, der ihr ein behagliches Leben in Muße hätte schenken können –, sie hatte Tom auch noch anvertraut, was ihr Herz quälte. Stille Wasser sind tief, hätte Tibby gesagt. Bis zu diesem Abend war Esmie ihm wie jemand erschienen, der selbstbeherrscht war und alles im Griff hatte. Sie fiel in Lydias Witzeleien mit ein und hatte Vergnügen daran, aber sie strahlte eine gewisse Reserviertheit aus, und bisweilen schienen ihre Gedanken in weite Ferne zu schweifen.

In solchen Momenten hatte Tom sich dabei ertappt, sie zu betrachten; die Art, wie sie ihr Kinn auf die Faust stützte und ihr Gesicht zum Himmel hob, sodass das Licht auf ihre anmutig geschwungenen Wangenknochen traf. Manchmal spürte sie, dass er sie beobachtete, und wandte sich ihm zu. Ihre Lider flatterten vor Schreck, und ihre großen, grauen Augen musterten ihn mit fragendem Blick, bevor sie beiseitesah.

Seinem ersten Eindruck folgend hatte er gedacht, Esmie sei es zufrieden, im Schatten der hübschen, lebhaften Lydia zu stehen. Bis zu dem Tag, an dem sie das erste Mal gemeinsam schwimmen gegangen waren. Zu dem Zeitpunkt hatte Tom begriffen, dass Esmie nicht den Eindruck hatte, in irgendjemandes Schatten zu stehen. Sie war im Badeanzug über den Sand gelaufen, schlank, aber athletisch, und hatte sich ins kalte Meer gestürzt, die Freiheit des Augenblicks genossen. Esmies Bild ging ihm immer noch nicht aus dem Kopf: ihr wohlgeformter Körper, tropfnass von ihrem Bad, als sie sich die Badekappe abgestreift hatte, um eine Mähne aus langen, lockigen Haaren zu befreien. Sie hatte vor schierer Freude gelächelt. An dem Tag hatte sich Verlangen nach ihr in ihm geregt, aber er hatte es rasch unterdrückt. Esmie McBride war überhaupt nicht sein Typ. Sie durchschaute Schmeichelei und betrachtete Männer alle als hilfsbedürftig, statt ihr Ego zu stärken und zu versuchen, ihnen zu gefallen, wie Lydia es tat.

Dann, vor einer halben Stunde, hatte er Esmie verzweifelt am Grab ihres Vaters gefunden. Die gefasste, entschiedene Krankenschwester war verschwunden gewesen. An ihrer Stelle hatte eine zutiefst emotionale Frau gesessen, die sich ihre Verletzlichkeit anmerken ließ. Er hatte sich danach gesehnt, sie im Arm zu halten und zu trösten, aber sie war vor seiner Berührung zurückgezuckt.

Tom schlenderte zurück zu James McBrides Grabstein. Darin war eine zärtliche Inschrift eingemeißelt: *Einem liebevollen Ehemann und Vater und einem wahren Freund. Zutiefst geliebt und sehr vermisst.*

Seine Augen brannten. So empfand er auch für seine Mutter, aber ihr Grab war schlicht und unsentimental. Die nüchterne Auflistung ihres Namens und ihrer Geburts- und Sterbedaten hatte nichts Tröstliches. Er fragte sich, wer den Gedenkstein für den Arzt bestellt hatte: Dr. Carruthers oder vielleicht William Drummond? War Esmie gefragt worden, was sie von der Formulierung hielt? Wahrscheinlich nicht; aber wer auch immer den Stein hatte anfertigen lassen, hatte ganz gewiss nicht an der tief empfundenen Liebe des Mädchens zu seinem Vater gezweifelt.

Als er sich abwandte, fiel ihm ein zerknittertes Baumwolltaschentuch im Gras ins Auge. Als er es aufhob, sah er die eingestickten Initialen: E. McB. Es war feucht von ihren Tränen, und wieder durchzuckte ihn ein Anflug zärtlicher Gefühle für Esmie. Tom presste das Taschentuch an seine Nase und atmete den Lavendelduft ein. Was für ein Mann würde Regungen im Herzen solch einer Frau wecken? Tom hatte keine Ahnung. Sie war ihm ein Rätsel; wie eine Seemuschel, die sich schloss, wenn man sie zu berühren versuchte.

Er stopfte sich das Tuch in die Tasche. Er würde es ihr an einem anderen Tag zurückgeben. Tom füllte seine Lunge mit duftender Luft und wandte sich zum Gehen.

Tibby hatte recht: Ein Friedhof voller Geister war kein Ort für einen jungen Mann, der seine Zukunft vor sich hatte. Er würde seine Pläne für Indien und das Raj Hotel vorantreiben. Der Besitzer – ein Junggeselle – schien erpicht darauf zu sein, es rasch zu verkaufen. Mit größerer Heftigkeit denn je wurde Tom bewusst, dass er keine solch einsame Zukunft vor sich haben wollte. Wurde es nicht endlich Zeit für ihn, die Lücke zu füllen, die Mary hinterlassen hatte? Er hatte die braunäugige Mary geliebt, seit sie acht Jahre alt gewesen waren und sie auf einem Kinderfest ihren Kuchen mit ihm geteilt hatte. Sie war freundlich und warmherzig gewesen. Später war sie zu einer Frau von anmutiger Schönheit herangewachsen. Er hatte immer gewusst, dass er sie heiraten würde. Sein Inneres verkrampfte sich, als er daran dachte, wie sie so plötzlich gestorben war … Nein, er durfte nicht an sie denken.

Doch die letzten paar Wochen in Lydias Gesellschaft hatten ihn erkennen lassen, wie sehr er es vermisste, eine Frau als Gefährtin zu haben. Er bezweifelte, dass er je wieder einer anderen Frau so nahestehen konnte wie Mary – er wollte sie nicht ersetzen –, aber es gab Aspekte der Ehe, nach denen er sich allmählich sehnte: gemeinsam alberne Witze zu machen und körperliche Intimität zu genießen. Er hasste sein leeres Bett. Er wollte wieder mit einer Frau schlafen; einer, die er lieben lernen konnte.

Es ärgerte ihn, sich einzugestehen, dass sein Vater vielleicht recht hatte: Womöglich war der Zeitpunkt gekommen, wieder zu heiraten. Eine Frau für das Raj Hotel. Das war es, was er brauchte. Jemand, der ihn in keiner Hinsicht an seine dunkelhaarige Mary erinnern würde. Er sah zu der Bank an der Mauer hinüber, die jetzt im Schatten lag, und sann über seine Begegnung mit Esmie nach. Auch sie war dunkelhaarig und anmutig und hatte ein mitfühlendes Naturell.

Aber er spürte eine gefährliche Unterströmung in ihrer Persönlichkeit: eine Frau, die Risiken einging und der ihre eigene Sicherheit gleichgültig war. Sie zügelte ihre Leidenschaften, aber heute hatte er einen Blick darauf erhascht, dass sie sich manchmal von ihren Gefühlen überwältigen ließ. Esmie mit ihren verstörenden, betörenden Augen, die dafür sorgten, dass sein Puls sich beschleunigte, würde ihm nicht guttun. Außerdem fühlte sie sich offensichtlich nicht im Geringsten zu ihm hingezogen. Als er ihre Hand berührt hatte, war sie vor ihm zurückgezuckt, als hätte sie sich verbrannt.

Die Art Frau, die er für sein neues Leben in Rawalpindi brauchte, musste glamourös und gesellig sein. Lydia wäre für solch eine Rolle viel besser geeignet. Sie war ebenso unkompliziert wie gesellig und schien aus irgendeinem Grund eine starke Zuneigung zu ihm entwickelt zu haben. Tibby hatte ihn nach ihrem ersten Besuch in Templeton Hall damit verblüfft, dass sie behauptet hatte, Lydia sei verliebt in ihn. *»Wenn du dabei bist, ist sie wie ein übermütiger Welpe, der dich anhimmelt«*, hatte Tibby gesagt. *»Sie sehnt sich einfach nur nach deiner Aufmerksamkeit.«*

Lydia bewies auch Geschäftstüchtigkeit, die sehr nützlich sein konnte, und er konnte sich vorstellen, dass sie sich gut ins rege gesellschaftliche Leben in Pindi einfügen würde. Er war noch nicht in sie verliebt, aber er genoss ihre Gesellschaft sehr und fand sie körperlich ausgesprochen attraktiv. War das genug, um sie zu bitten, seine Frau zu werden? Tom seufzte. Er war sich nicht sicher. Er würde sehen, wie dieser Sommer und seine Beziehung zu Lydia sich entwickelten. Wenn der Kauf des Hotels erst einmal unter Dach und Fach war, würde er eine Entscheidung fällen.

Tom verdrängte alle Gedanken an Esmie und Lydia weit in seinen Hinterkopf und kehrte der Kirche St Ebba's dann voll neuer Entschlossenheit den Rücken.

Kapitel 5

Immer noch erschüttert von Mauds giftigen Vorwürfen, versuchte Esmie, mit Lydia über ihren katastrophalen Besuch bei den Drummonds zu reden. »Es war sogar noch schlimmer, als ich erwartet hatte. Maud Drummond hatte meinen Brief an David gelesen und war fuchsteufelswild auf mich. Sie hat mehr oder minder gesagt, dass David sich das Leben genommen hätte, weil ich ihn zurückgewiesen hatte.«

»Was für ein Unsinn!«, sagte Lydia abfällig.

»Sie hat mir gesagt, dass ich sie nie wieder besuchen soll.«

»Nun, was geschehen ist, ist geschehen«, sagte Lydia. »Wenigstens musst du dich nicht wieder mit dieser lästigen Frau herumschlagen. Ich mochte sie in der Schule schon nicht. Ständig hat sie uns Moralpredigten gehalten und uns den Spaß verdorben. Lass das alles hinter dir.«

Esmie erkannte, dass Lydia fand, dass die ganze Drummond-Affäre nicht länger wichtig war. Ihre Freundin wollte nicht über solch traurige Dinge reden, und so fand Esmie keine Gelegenheit, ihr von der emotionalen Begegnung mit Tom auf dem Friedhof zu erzählen. Esmie bereute jetzt schon, sich dem ehemaligen Captain gegenüber ihr Leid von der Seele geredet zu haben. Was hatte sie nur geritten, ihm zu sagen, dass sie David zurückgewiesen hatte? Was musste er von ihr denken? Sie zog in Erwägung, ihm aus dem Weg zu gehen, schalt sich dann aber selbst einen Feigling. Tom war freundlich zu ihr gewesen und trug nicht die Schuld an dem Unheil, das sie angerichtet hatte.

Aber sie hätte sich gar keine Sorgen zu machen brauchen. Tom erwähnte ihre Begegnung auf dem Friedhof ebenfalls nie und hielt Abstand. Er war höflich, aber es deutete nichts auf die Gefühlswärme hin, die sie bei der Kirche erlebt hatte. Vielleicht hatte sie sich die in ihrem überreizten Zustand nur eingebildet. Außerdem schien Tom sich nach ihrem Geständnis über David vor ihr in Acht zu nehmen.

Während der Mai dem Juni wich, trafen sich die Freunde weiter, aber seltener zu viert. Tom war Lydia gegenüber immer aufmerksamer und nahm sie zu Tanztees und Dinnerpartys überall in der Grafschaft mit. Harold hatte kein Interesse daran, die großen, förmlichen Bälle zu besuchen, die Lydia so genoss, wie er Esmie anvertraute, als sie einen ihrer häufigen gemeinsamen Spaziergänge unternahmen.

»All dieses alberne Geplauder – das liegt mir nicht. Tom war schon immer viel besser im gesellschaftlichen Umgang als ich. Und ich vertrage auch nicht so gewaltige Mengen Alkohol wie Tom. Es tut mir leid, dass ich eine Enttäuschung bin. Ich weiß, dass Lydia von mir erwartet, deine Begleitung zu sein.«

»Das macht mir nicht das Geringste aus«, versicherte Esmie ihm. »Ich bevorzuge ja selbst einfachere Freuden.«

Esmie glaubte, dass es einen weiteren Grund für Harolds Widerwillen dagegen gab, an solchen gesellschaftlichen Ereignissen teilzunehmen: Dort wäre er gezwungen gewesen, Zeuge von Lydias wachsender Schwärmerei für Tom zu werden. Harold verbarg seine Betroffenheit gut, und Esmie bemerkte sie nur, weil auch sie alle Gesten und Blicke aufmerksam verfolgte, die zwischen dem hübschen Paar hin und her gingen – der Templeton-Erbin und dem Kriegshelden, über die allmählich die ganze Grafschaft sprach. Es hätte ihr leichter fallen sollen, ihre Gefühle zu ignorieren, weil Tom ihr gegenüber reservierter geworden war, aber Esmie ertappte sich immer häufiger dabei, an ihn zu denken.

Seine dunkle Schönheit ließ ihr keine Ruhe. Sie musste sich beschäftigt halten. Wurde es Zeit für sie, nach Vaullay zurückzukehren und ihre Arbeit im Krankenhaus wieder aufzunehmen? Aber als sie die Idee Lydia gegenüber erwähnte, war ihre Freundin fassungslos.

»Nach Vaullay gehen? Wozu denn nur? Ich dachte, du wärst gern hier bei mir?«

»Bin ich doch auch«, sagte Esmie. »Ich hatte eine wunderschöne Zeit, und deine Eltern sind so freundlich. Aber ich kann nicht für immer bleiben, und Tante Isobel braucht mich vielleicht.«

»Ich brauche dich«, rief Lydia. »Bitte bleib. Du bist so gut darin, Harold Gesellschaft zu leisten. Er wird dich vermissen, wenn du gehst, das weiß ich.«

»Das bezweifle ich«, sagte Esmie.

»Oh doch. Er wird nicht wissen, wohin, und wird sich Tom und mir anschließen – das ist ja eigentlich auch nicht schlimm. Ich mag Harold. Aber die Dinge gehen mit Tom so gut voran, und du verstehst dich besser als ich darauf, mit Harold zu reden. Und schlag ja nicht vor, dass Tibby für dich einspringen könnte. Bei der sind Hopfen und Malz verloren. Die beiden haben nichts gemeinsam – sie ist viel zu exzentrisch für den lieben Harold. Also sag schon, bleibst du?«

Esmie beugte sich dem Druck ihrer Freundin. Sie wusste, dass Lydia sie benutzte, um Harold in Schach zu halten, aber sie hatte den Templetons so viel zu verdanken. Als Esmie zum Waisenkind geworden war, hatten die Templetons sie weit mehr als alle anderen in ihrem Haushalt willkommen geheißen, und

Lydia hatte großzügig ihre Eltern und ihr Zuhause mit ihrer trauernden Freundin geteilt. Esmie versprach, länger zu bleiben.

* * *

Lydia, die nichts als ihre neue Liebesbeziehung im Kopf hatte, tat, was sie nur konnte, um sich mit Tibby anzufreunden und Colonel Lomax zu bezaubern. Als sie herausfand, dass Tibby begeistert Golf spielte, organisierte Lydia ein Spiel mit ihrem Vater. Manchmal ging Lydia in die Anchorage hinüber und spielte dort auf dem unebenen Pitch-and-Putt-Platz, den die genesenden Soldaten während des Kriegs angelegt hatten. Tom, der glaubte, für den Geschmack von Harolds verwitweter Mutter und seiner kritikfreudigen unverheirateten Tante zu lange bei ihnen geblieben zu sein, wohnte jetzt wieder auf dem Anwesen seines Vaters, aber der weigerte sich immer noch, mit ihm zu sprechen.

Tibby hatte Lydia ihrem Vater vorgestellt. Zunächst war er ihr gegenüber eisig gewesen, aber als sie Interesse an seinen Spielzeugsoldaten gezeigt und unter Beweis gestellt hatte, dass sie trinkfest war, was Whisky anging, war er von ihr überzeugt gewesen – so erzählte es Lydia jedenfalls Esmie.

Als Esmie Lydia einmal begleitete, um auf dem Platz ein paar Bälle mit Tibby zu schlagen, erwähnte ihre Freundin ihre Sorge wegen des Bruchs zwischen Vater und Sohn.

»Was kann ich tun, um die beiden wieder zusammenzubringen?«, fragte Lydia Toms Schwester.

Tibby zögerte mit dem Abschlag und sagte unverblümt: »Tom heiraten und meinem Vater einen Erben schenken.«

Lydia errötete heftig und kicherte. »Meine Güte!«

Tibby lochte ihren Ball erfolgreich ein und hob ihn auf.

»Nun, du hast gefragt«, sagte sie. »Die Familie Lomax ist schrecklich patriarchalisch – Fortsetzung der männlichen Linie und so. Papa kann Tommy nicht ertragen, aber er sehnt sich nach einem Enkel. Wenn mein Bruder der Anchorage einen Sohn und Erben schenken würde, dann würde Papa aufhören, all diesen Unsinn darüber zu reden, ihn zu enterben. Bis dahin musst du dich einfach damit abfinden, dass Tommy keinen Penny von dem alten Herrn bekommen wird.«

»Sein Geld interessiert mich nicht«, beteuerte Lydia. »Ich habe selbst reichlich davon. Ich will nur nicht mitansehen, dass Tom und sein Vater nicht miteinander reden.« Sie machte eine ausladende Handbewegung zu dem Herrenhaus mit seinen Türmen hinüber. »Oder dass er von all dem hier abgeschnitten ist. Die Anchorage muss ihm so viel bedeuten.«

»Das ist jedenfalls mein Rat«, sagte Tibby.

Esmie und Lydia tauschten amüsierte Blicke.

Esmie holte gerade zum Schlag aus, als ein plötzlicher Ruf ertönte. Sie verfehlte den Ball. Tom kam durch den Baumgürtel auf den Rasen. Sein dunkles Haar war vom leichten Wind zerzaust, und er lächelte.

»Pech«, sagte Tibby. »Versuch es noch einmal.«

»Hey!«, rief Lydia ihm zu und unterbrach das Spiel, um ihn zu begrüßen.

»Lasst euch von mir nicht stören«, sagte er. »Ich habe euch nur eine Erfrischung mitgebracht.« Er hielt eine Flasche Champagner hoch. Hinter ihm trottete die Hauswirtschafterin mit einem Tablett voller Gläser her.

»Ooh, Schampus, wie schön!«, rief Lydia. »Was haben wir zu feiern?«

Tom grinste, als er den Korken knallen ließ. »Ich bin jetzt der stolze Besitzer eines Hotels in Rawalpindi. Ich war gerade bei meinem Anwalt. Es ist alles unterschrieben und besiegelt.«

»Wunderbar!« Lydia schnappte nach Luft. »Gut gemacht, Tom!«

Tibby lächelte. »Gratuliere, Tommy.«

»Herzlichen Glückwunsch«, sagte Esmie.

»Danke, meine Damen«, sagte Tom, während er aus der Flasche einschenkte. Die Hauswirtschafterin verteilte die Gläser.

»Auf Tom und das Raj Hotel!« Lydia hob ihr Glas. Die anderen riefen im Chor das Gleiche und tranken ihm zu.

Als der Champagner in ihrer Kehle perlte, wurde Esmie sofort schwindlig. Tom stürzte seinen hinunter und goss sich ein zweites Glas ein.

»Also«, lenkte er die Aufmerksamkeit wieder auf das Spiel. »Wer gewinnt?«

»Natürlich deine Schwester«, sagte Lydia. »Ich glaube, wir sollten uns taktvoll aus dem Spiel zurückziehen, meinst du nicht auch, Esmie? Wir sind nicht einmal annähernd so gut.«

»Mir ist es recht«, sagte Esmie. »Dieser Champagner ist mir direkt zu Kopf gestiegen, und ich bin mir nicht sicher, ob ich den Ball noch treffen kann.«

Tibby lachte. »Das hast du auch vorher nicht oft getan.«

Esmie grinste. »Nein, oder?«

»Zu viel getratscht?«, zog Tom sie auf.

Die Frauen tauschten wissende Blicke und lachten.

»Tibby hat weise Ratschläge gegeben«, sagte Lydia verschmitzt.

»Was dein Spiel angeht?«, fragte Tom.

»In gewisser Weise, ja«, sagte Lydia und musste dann kichern.

Tom sah sie alle verwirrt an. »Darf ich auch hören, was meine Schwester gesagt hat?«

»Ganz bestimmt nicht«, erklärte Tibby. »Aber irgendetwas sagt mir, dass du es zu gegebener Zeit ohnehin herausfinden wirst.«

* * *

Ein paar Tage später, als Esmie auf dem Balkon las, hörte sie, wie Lydia unten ein hitziges Gespräch mit ihrem Vater führte.

»Alles, worum ich dich bitte, Daddy, ist doch nur, ein Treffen zu arrangieren – herauszufinden, ob er Absichten in Bezug auf mich hat. Du könntest ihn in deinen Club einladen oder mit ihm Mittagessen gehen.«

»Findest du nicht, dass das alles noch ein bisschen früh ist?«, fragte Jumbo. »Noch vor fünf Minuten warst du erpicht auf Colin Fleming und seine Weinberge. Du kennst Captain Lomax kaum. Er scheint ja ein ganz netter junger Mann zu sein, aber …«

»Ich liebe ihn, Daddy! Und ich glaube, dass er mich mag. Bitte frag ihn einfach. Du kannst mehr über seine geschäftlichen Pläne herausfinden. Ich habe ihm gesagt, dass du ihn mit Freuden beraten würdest. Das könnte dein Vorwand sein, um ein Gespräch anzuknüpfen.«

»Nun ja, es stört mich nicht, übers Geschäft zu reden«, stimmte er zu. »Aber was die Sache angeht, dass er mein kleines Mädchen heiraten könnte …«

»Ich bin nicht mehr dein kleines Mädchen!«, schrie Lydia. »Ich bin eine erwachsene Frau und weiß, was ich will. Ich muss einfach nur wissen, ob ich bei seinen Plänen für Indien eine Rolle spiele.«

»Hat er solche Pläne angedeutet?«, fragte Jumbo.

»So gut wie«, sagte Lydia. »Er hat mir so viel über Pindi erzählt, als ob er von mir erwartet, dass ich dorthin gehe. Aber ich will, dass das alles ordentlich geregelt wird, indem du ihn nach seinen Aussichten fragst und ihn ermunterst, um deine Erlaubnis zu bitten, mich zu heiraten.«

Jumbo lachte unvermittelt auf. »Du hättest General werden sollen, nicht nur seine Chauffeurin – dann hätten wir den Krieg doppelt so schnell gewonnen.«

»Ist das ein Ja?«, fragte Lydia.

»Wenn es das ist, was du willst«, lenkte er ein.

»Oh, das ist es«, sagte Lydia in lebhaftem Ton. »Danke, Daddy. Du bist der Beste.«

Esmie war verstört über den Austausch und wünschte sich, sie hätte ihn nicht belauscht. Sie teilte Jumbos Befürchtung, dass Lydia sich kopfüber in die Ehe mit einem Mann stürzte, den sie erst seit ein paar Wochen kannte. Außerdem behagte Esmie die Vorstellung nicht, dass Tom dazu manipuliert werden sollte, ihre Freundin zu heiraten. Sie verdrängte den Gedanken. Es ging sie nichts an. Tom war erwachsen und konnte selbst zu einer Entscheidung gelangen.

* * *

Binnen einer Woche machte Tom Lydia einen Heiratsantrag. Sie waren alle mit den Templetons auf einem Tagesausflug beim Pferderennen in Newcastle gewesen: Tom, Tibby, Harold und Esmie. Tom war gut gelaunt und trank schon den ganzen Tag. Als sie zu einem späten Abendessen nach Templeton Hall zurückkehrten, packte Tom Lydias Hand, zog sie die Terrassenstufen hinunter und verschwand mit ihr im Zwielicht.

Minuten später hörten sie einen Aufschrei aus der Nähe des Zierteichs. Minnie Templeton ging zu den Glastüren und spähte alarmiert hinaus.

»Mach dir keine Sorgen, Liebste«, sagte Jumbo lächelnd. »Lydia ist einfach nur impulsiv.«

Kurz darauf stürmte Lydia ins Haus und quietschte vor Freude.

»Wir sind verlobt! Tom hat mir einen Antrag gemacht, und ich habe ihn angenommen. Menschenskinder, ich bin ja so glücklich. Seht euch nur meinen Ring an! Ist er nicht himmlisch? Der hat Toms Mutter gehört. Er passt nicht ganz, aber wir können ihn ändern lassen.«

Von ihren Eltern und Freunden kamen Rufe des Entzückens. Tom stand töricht grinsend da, während Jumbo und Harold ihm die Hand schüttelten und die Frauen Lydia umarmten.

»Ich weiß, dass es für dich keine Überraschung ist, Daddy«, sagte Lydia. »Tom hat gesagt, dass er dich letzte Woche um Erlaubnis gebeten hat. Ich kann nicht fassen, dass du das vor mir geheim gehalten hast!«

»Es freut mich sehr, dass Tom jetzt zur Familie gehört«, sagte Jumbo und zwinkerte seiner Tochter zu. Er befahl Baxter, eine Flasche seines besten Champagners aus dem Keller zu holen.

Als sie auf das junge Paar anstießen, kamen Minnie die Tränen. »Wenn du doch nur nicht nach Indien gehen müsstest, mein Schatz. Es ist so weit weg. Musst du wirklich dieses Hotel führen, Tom? Ich bin mir sicher, dass Jumbo auch hier eine geschäftliche Möglichkeit für dich finden könnte.«

»Oh, Mummy, nun verdirb doch nicht alles«, tadelte Lydia sie. »Indien wird ein echtes Abenteuer, aber wir werden ja nicht für immer da sein. Wenn wir erst einmal alles in Gang gebracht haben, können wir die alltägliche Führung des Hotels einem Direktor überlassen. Dann werden wir reichlich Zeit haben, wieder herzukommen und euch zu besuchen. Und ihr könnt nach Indien kommen und bleiben.« Sie sah sich mit glänzenden Augen in der Runde um. »Ihr müsst uns alle besuchen kommen. Darauf bestehen wir unbedingt, nicht wahr, Liebling?«

Lydia hakte sich besitzergreifend bei Tom ein. Tom wirkte verdattert, nickte aber. »Natürlich – kommt alle, bleibt, so lange ihr wollt.«

* * *

In dieser Nacht schlief Esmie kaum. Angesichts der Nachricht von Lydias Verlobung mit Tom empfand sie widerstreitende Gefühle: große Freude für ihre Freundin, die verzückt über ihre

Verlobung war, gemischt mit einem Hauch von Neid, weil Lydia mit Tom in ein Abenteuer in einem fremden, exotischen Land aufbrach. Und noch etwas anderes – war es etwa Erleichterung, dass Tom für sie außer Reichweite sein würde? Es verblüffte sie, so zu empfinden, weil Tom zu keinem Zeitpunkt ein romantisches Interesse an ihr gezeigt hatte.

Doch immer häufiger hatte sie gespürt, wie ihr das Herz aufging, wenn sie ihn sah. Solche Gefühle würde sie nie jemandem eingestehen, aber sie konnte sie vor sich selbst nicht leugnen; sie war dabei, sich in Tom Lomax zu verlieben. Jetzt, da Tom sicher verlobt war, musste sie ihre Anstrengungen verdoppeln, ihre Zuneigung ihm gegenüber im Keim zu ersticken.

Während der Rest des Haushalts seinen Champagnerrausch ausschlief, stand Esmie früh auf und zog ihren Badeanzug und darüber eine Kniebundhose, die sie immer zum Radfahren trug, und einen alten Pullover an. So schlich sie sich aus dem Haus. Niemand regte sich, noch nicht einmal die Dienerschaft. Da heißes Wasser aus der Leitung kam, erwartete man von keinem Dienstmädchen, früh aufzustehen und Wasser in der Küche zu kochen. In einem der Nebengebäude fand sie die alten Räder, auf denen sie und Lydia früher immer gefahren waren, und zog eins aus seiner staubigen Ecke. Nachdem sie kontrolliert hatte, ob Kette und Bremsen noch funktionierten, brach sie die taufeuchte Einfahrt entlang auf und genoss die kühle Luft und den Gesang der Vögel.

Zwanzig Minuten später fuhr Esmie am Rand der Stadt entlang Richtung Strand. Ihr Lieblingsstrand lag in einer geschützten Bucht unterhalb steiler Klippen. Sie lehnte das Fahrrad gegen einen Weißdornbusch, der in voller Blüte stand, und kletterte den steinigen Pfad hinunter. Dabei hielt sie sich an feuchten Grasbüscheln fest, um nicht hinzufallen. Es herrschte Flut, sodass man nur auf einem schmalen Streifen goldenen Strands gehen konnte, aber Esmie schnürte ihre Tennisschuhe auf und tauchte die nackten Füße in den kalten Sand. Sie stand am Rand des Wassers und ließ das eiskalte Meer ihre Knöchel umspülen. Seevögel schwebten über ihr, während die tief stehende Morgensonne auf den kleinen Wellen funkelte. Esmie nahm einen Atemzug voll salziger Luft, zog sich dann aus und ging schwimmen.

Das Schwimmen stellte immer ihre Lebensgeister und ihren Optimismus wieder her; es war die Aktivität, die ihr am meisten Freude machte. Eine ihrer frühesten Erinnerungen war, wie ihr Vater ihr im Loch Vaullay Schwimmen beigebracht und wie sie von Isobel Carruthers im Schwimmbecken der Heilanstalt weitere Stunden bekommen hatte. *»Gut für Körper, Geist und Seele«*, hatte die Ärztin verkündet. Das Schwimmen war auch Teil von Isobels Therapie für die traumatisierten Veteranen in ihrer Obhut, und Esmie sah, wie es ihnen bei ihrer Genesung half.

Als sie aus dem Meer stieg und sich mit einem Handtuch trocken rubbelte, beschloss Esmie, so schnell wie möglich nach Vaullay zurückzukehren. Sie war mittlerweile sechs Wochen fort und hatte das Bedürfnis, wieder zu arbeiten und sich nützlich zu machen. Lydia und ihre Eltern würden mit der Planung der hastig angesetzten Hochzeit beschäftigt sein, und dabei würde Esmie nur im Weg stehen. Lydia wünschte sich, in Schottland zu heiraten, bevor sie und Tom Ende August an Bord eines Schiffs nach Indien gingen. Für Esmie würde es eine Erleichterung sein, keinen Bogen mehr um die Stadt machen zu müssen, um es zu vermeiden, Maud Drummond über den Weg zu laufen, und auch nicht mehr Lydias Spielchen mitspielen zu müssen, Harold Gesellschaft zu leisten oder Tibby vorzumachen, dass sie Golf mochte.

Während sie barfuß den Strand hinaufging, fiel ihr etwas auf der gegenüberliegenden Klippe ins Auge. Oberhalb des bröckelnden rosafarbenen Gesteins lag die Anchorage.

Das alte Gemäuer mit seinen Türmen wirkte edel, da die Sandsteintürmchen und Bogenfenster im Morgensonnenlicht erstrahlten. Einen Moment lang gestattete Esmie sich die Frage, in welchem Zimmer Tom Lomax wohl schlief. Dann verdrängte sie den gefährlichen Gedanken. Die Schuhe in der Hand kletterte Esmie wieder den Hang hinauf. Im auffrischenden Seewind radelte sie in den Schutz von Templeton Hall zurück.

* * *

Später am Tag teilte Esmie Lydia ihre Absicht mit, zurück in die Highlands zu reisen. Lydia sah bestürzt drein.

»Aber willst du denn nicht bleiben und mir helfen, meine Aussteuer auszuwählen?«, fragte sie. »Ich dachte, wir könnten eine Reise nach Paris unternehmen, um mein Brautkleid zu kaufen. Dann kannst du gleich Französisch üben. Das wird solchen Spaß machen!«

»Das ist ein nettes Angebot von dir – aber es ist etwas, das du mit deiner Mutter tun solltest«, sagte Esmie. »Und vielleicht könnte Grace ja aus der Schweiz zu euch stoßen.«

»Damit mir meine herrische ältere Schwester sagt, was ich anziehen soll?«, gab Lydia zurück. »Nein danke!«

Aber ihre Freundin leistete weniger Widerstand gegen Esmies Abreise als beim letzten Mal.

»Na ja, solange du versprichst, zur Hochzeit Ende Juli wiederzukommen?«, verhandelte Lydia. »Es würde mir den Tag verderben, wenn meine beste Freundin nicht da wäre.«

Esmie lächelte. »Versprochen. Die Hochzeit möchte ich um keinen Preis verpassen.«

Mit einiger Erleichterung erfuhr Esmie, dass sie schon aus Ebbsmouth fort sein würde, bevor die Templetons eine verschwenderische Verlobungsparty für das junge Paar gaben. Der gesamte Landadel der Grafschaft wurde eingeladen, außerdem die Geschäftsfreunde und Bekannten der Templetons. Colin Fleming hatte die Einladung taktvoll angenommen und schien Lydia keine Vorwürfe dafür zu machen, dass sie sich in seiner Abwesenheit so schnell mit einem anderen verlobt hatte. Aber Esmie war nicht überrascht zu erfahren, dass der scheue Harold die Einladung abgelehnt hatte.

»Er ist in die Ferien gefahren«, sagte Lydia verärgert. »Hat sich einfach so davongestohlen und kaum jemandem ein Wort gesagt.«

»Wohin?«, fragte Esmie.

»Zu irgendwelchen Missionarsfreunden in Wales, sagt Tom. Er meint, dass Harold wandern geht.« Lydia zuckte die Schultern. »Seltsamer Mann. Aber solange er zur Hochzeit wieder da ist, spielt das eigentlich keine Rolle. Tom will ihn als Trauzeugen, also sollte er sich gefälligst blicken lassen.«

Esmie fand, dass nichts damit zu gewinnen war, Lydia darauf hinzuweisen, dass das hier Harolds Weg sein mochte, mit seiner Enttäuschung darüber umzugehen, dass Lydia seinen ältesten Freund und nicht ihn heiratete. Aber Lydia hätte eine Heirat mit Harold nie auch nur in Erwägung gezogen. Sie hatte ihn nicht ermuntert, und Harold hatte nie um ihre Hand angehalten. Dennoch empfand Esmie Mitgefühl mit dem freundlichen Arzt, der seine Gefühle so sehr für sich behielt, und hoffte, dass die Wanderungen in den walisischen Hügeln ihm seinen Seelenfrieden zurückbringen würden.

Zwei Tage später setzte Lydia Esmie am Bahnhof ab, bevor sie sich mit Tom und Tibby zum Mittagessen traf. Sie küssten einander auf die Wange, und Esmie dankte ihr noch einmal für ihre Ferien in Templeton Hall.

»Du wirst immer ein Zuhause bei uns haben«, sagte Lydia. »Du bist mir wie eine Schwester. Ich fühle mich dir näher als Grace. Das weißt du doch, nicht wahr?«

»Ja, das weiß ich«, bestätigte Esmie. Ihre Augen brannten vor Tränen. »Und ihr seid für mich wie eine Familie. Ich kann euch eure Freundlichkeit niemals angemessen vergelten.«

»Das musst du auch gar nicht«, sagte Lydia lächelnd. »Sieh nur zu, dass du Ende Juli kommst, um dabei zu sein, wenn ich heirate.«

Kapitel 6

Auf der Reise nach Norden lebte Esmie beim Anblick der Berge und herabstürzenden Wasserfälle auf. Sie richtete ihre Gedanken auf ihre Arbeit im Krankenhaus und konnte es gar nicht abwarten herauszufinden, wie ihre Patienten in ihrer Abwesenheit zurechtgekommen waren. Sie war voller Bewunderung für ihre Vormundin, deren Philosophie für die Patienten das Prinzip zugrunde lag, sie ein so nützliches und von Einschränkungen freies Leben wie möglich führen zu lassen. Bäder, frische Luft, Sport und Beschäftigung waren therapeutische Mittel, die sie in der Heilanstalt einsetzte; auf Opiate und Fixierung griff sie nur zurück, um die gewalttätigsten und gefährlichsten Patienten ruhigzustellen.

»Aktivität verleiht ihnen einen Lebenszweck und Selbstwertgefühl«, sagte Isobel immer. »Sogar die Geistesschwachen können Freude daran finden, Blumen anzubauen oder Taschentücher zu nähen.«

Nur die Schwerkranken mussten Bettruhe halten, während die Mehrheit ermuntert wurde, in den Garten zu gehen oder auf dem Bauernhof der Heilanstalt zu helfen. Es gab ein Theater für Unterhaltung und Tanzveranstaltungen – seit dem Krieg gab es eine Patientenband – und eine Bibliothek, um zu lesen und zu schreiben. Die Heilanstalt hatte eine Kirche für den sonntäglichen Gottesdienst und ein beheiztes Schwimmbecken für regelmäßige Bäder.

Esmie war besonders erpicht darauf, herauszufinden, welche Fortschritte ihr Lieblingspatient, Tommy Grey, gemacht hatte. Einige der neu Aufgenommenen waren nicht nur psychisch durch ein Kriegstrauma geschädigt, sondern durch den Krieg auch körperlich versehrt und hier, weil ihre Familien damit nicht zurechtkamen oder sie gar keine Verwandten hatten, die für sie sorgen konnten. Tommy, ein Landarbeiter aus Perthshire, der in der Highland Light Infantry gedient hatte, war ein solcher Mann. Als Dudelsackspieler für sein Regiment hatte er beide Beine bei einem Granatenangriff auf seinen Schützengraben verloren, und als er in die Heilanstalt eingeliefert worden war, hatte man ihm ein Einzelzimmer zugewiesen, weil seine Schreie nachts die anderen wach hielten.

»Tommy zeigt die Symptome einer Psychose«, hatte Isobel zu Esmie gesagt, als der verwundete Soldat im Vorjahr eingetroffen war. »Er ist in sich gekehrt, nimmt kaum Blickkontakt auf und hat die Fähigkeit zu sprechen verloren.«

Esmie schob ihn immer in seinem Rollstuhl über das Gelände und plauderte mit ihm. Tommy antwortete nie, aber er mochte es, an der frischen Luft zu sein, und legte den Kopf schief, um den Vögeln zu lauschen. Manchmal summte er Fetzen von Dudelsackmelodien. Eines Nachmittags im Frühling hatte sie dann auf dem Rückweg einen Umweg zum Krankenhausbauernhof gemacht, um die ersten Lämmer des Jahres zu sehen.

»Sind sie nicht unglaublich süße Wesen?«, hatte sie gesagt und war am Tor stehen geblieben, um auf die Weide zu spähen.

»Ja, Lämmchen. Der Frühling ist da.«

Esmie hatte sich umgesehen und sich gefragt, wer gesprochen hatte. Tommy hatte ihr eine Sekunde lang in die Augen gesehen und genickt, bevor er den Blick wieder gesenkt hatte.

Esmie hatte ihr Erstaunen überspielt und gelächelt. »Ja, Tommy. Der Frühling ist endlich da.«

Er hatte nichts mehr gesagt, aber Esmies Kehle hatte sich zugeschnürt, als sie ihn zurückgeschoben hatte. Danach hatten sie auf Isobels Vorschlag hin regelmäßigere Ausflüge zum Bauernhof unternommen. Dann setzte Tommy sich immer in die Scheune, reparierte schadhafte Gerätschaften und schärfte Werkzeuge für den Bauern. Bevor Esmie in ihre Ferien nach Ebbsmouth abgereist war, hatte Tommy begonnen, über die wiederkehrenden Albträume zu sprechen, die seinen Schlaf störten: Die Feinde drangen in den Schützengraben ein und fielen einer nach dem anderen auf ihn, bis er erstickte.

Esmie hatte ihm Isobels Grammofon geliehen und spielte ihm jeden Abend beruhigende klassische Musik oder traditionelle schottische Lieder vor, während sie ihn bettfertig machte. Zu der Zeit, als sie in den Süden fuhr, erwachte er schon nicht mehr jede Nacht.

Tommy Grey war einer der Patienten, von denen Isobel glaubte, dass sie geheilt werden konnten.

»Das Problem ist«, hatte sie mit einem Seufzer gesagt, »dass es für ihn, selbst wenn er sich von seiner Melancholie erholt, kein Zuhause außer diesem hier gibt.«

Nach einer langen Tagesreise stieg Esmie auf den Bahnsteig des winzigen Bahnhofs von Vaullay und atmete die milde Luft ein, die nach Heide und Myrte duftete.

Tante Isobel war da, um sie zu begrüßen. »Du siehst erschöpft aus, Liebes«, sagte ihre Vormundin voller Sorge. »Bestimmt hast du in Ebbsmouth zu viel gefeiert. Du kannst mir alles darüber beim Abendessen erzählen.«

Bald darauf fuhren sie durch das Tor der Heilanstalt und die baumgesäumte Einfahrt entlang. Esmie winkte zum Gruß einem Patienten zu, den sie erkannte. Er schob eine Schubkarre. Auf seinem Gesicht erschien ein Lächeln des Wiedererkennens, und er lüpfte seine Mütze, als das Auto vorbeifuhr.

»Sie haben dich vermisst«, sagte ihre Tante.

Auf einmal fühlte Esmie sich gut dabei, zurück zu sein. »Wie geht es Tommy?«

»Er bringt Willie Dudelsackmelodien auf seinem Chanter bei«, antwortete Isobel lächelnd.

»Das ist wunderbar!«, sagte Esmie entzückt und dachte an den unter Wahnvorstellungen leidenden Willie, der sich für den deutschen Kaiser hielt.

Sie hielten vor einem Cottage abseits der Hauptgebäude an. Isobel hatte die große Villa verschmäht, die zu der Stelle der medizinischen Leiterin gehörte, und war lieber in diese bescheidene einstöckige Behausung mit ihrem kleinen Garten voller Wildblumen und Apfelbäume gezogen. Esmie wurde von Isobels Dienstmädchen Jeanie fröhlich willkommen geheißen und bekam einen klebrigen Kuss von Jeanies zweijährigem Sohn Norrie, der seine Mutter bei ihren Versuchen gestört hatte, Himbeermarmelade in Gläser zu füllen.

Am Abend, als Jeanie und Norrie schon in ihr Schlafzimmer auf dem Dachboden gegangen waren, saßen Esmie und Isobel noch spät zusammen und redeten.

»Also heiratet Lydia«, sagte Isobel. »Ein Grund zur Freude. Aber du wirkst traurig. Du bist nicht der Typ, neidisch auf das Glück anderer zu sein. Was macht dir also zu schaffen?«

Esmie wusste, dass ihre Vormundin ihr mit Fragen zusetzen würde, bis sie zur Wurzel ihres Kummers vorgedrungen war. Dennoch zögerte sie. Isobel hatte David gemocht und – wie alle anderen – erwartet, dass Esmie ihn heiraten würde. Esmie hatte ihrer Tante verschwiegen, dass David ihr einen Antrag gemacht und sie ihn abgelehnt hatte. Jetzt konnte sie es nicht ertragen, ihrer Mentorin und Vormundin die Wahrheit noch länger vorzuenthalten, selbst wenn Isobel sie geringer schätzen würde, wenn sie davon erfuhr.

Also vertraute Esmie der älteren Frau alles über ihre Schuldgefühle wegen des schicksalhaften Briefs und über die Konfrontation mit Maud an. Das einzige Geheimnis, das sie bewahrte, waren ihre wachsenden Gefühle für Tom und die Tatsache, dass sie übereilt nach Vaullay zurückgekehrt war, weil sie befürchtete, dass sie außer Kontrolle geraten würden.

Isobel hörte zu und sagte wenig. Am Ende, als Esmie verstummte, sprach sie.

»Jeden Tag habe ich mit Patienten zu tun, die von Schuldgefühlen zerfressen werden, weil sie den Krieg überlebt haben, während ihre Freunde gefallen sind. Du empfindest das in Bezug auf David, musst aber noch die zusätzliche Bürde von Mrs Drummonds verbitterten Anschuldigungen tragen. Aber als Krankenschwester weißt du, dass sie nur ihre Trauer an dir auslässt. Wir können beim besten Willen nicht wissen, in welcher geistigen Verfassung David war, bevor er gestorben ist. Damit musst du dich abfinden. Dir zu gestatten, dich mit Schuldgefühlen zu quälen, hilft niemandem. Wenigstens warst du ehrlich zu ihm.«

»Ich habe deine Freundlichkeit nicht verdient«, sagte Esmie. Ein Kloß bildete sich in ihrem Hals. »Aber danke.«

Die Uhr auf dem Kaminsims schlug elf, und Isobel stand auf. Sie beugte sich vor und küsste Esmie auf den Scheitel. »Ich habe mir den morgigen Tag freigenommen, und wir fahren zum Loch Vaullay, um ein Picknick zu machen und schwimmen zu gehen – ganz gleich, wie das Wetter ist. Was meinst du?«

Esmie schenkte ihr unter Tränen ein Lächeln. »Natürlich sage ich Ja. Danke, Tante Isobel.«

An dem Abend sank Esmie in die weichen Laken ihres alten Betts und schlief unter dem Rufen einer Eule und dem fernen Blöken der Schafe ein.

* * *

In den nächsten paar Tagen weigerte Isobel sich, Esmie im Krankenhaus arbeiten zu lassen, und scheuchte sie ins Freie, damit sie lange Spaziergänge in den Hügeln unternahm und im Süßwasser von Loch Vaullay schwamm. Esmie versuchte, alle Gedanken an die trauernden Drummonds und ihre Gefühle für Tom hinter sich zu lassen. Aber gegen Ende der Woche hatte sie genug von Einsamkeit und Grübeleien.

»Ich muss arbeiten«, sagte sie zu ihrer Tante. »Lass mich in die Abteilungen zurückkehren.«

»Gut«, sagte Isobel. »Ich hatte gehofft, dass du das sagen würdest. Aber es musste deine Entscheidung sein, nicht meine.«

Esmie stürzte sich mit neuem Eifer in die Krankenpflege und wurde einer der geschlossenen Männerabteilungen zugeteilt. Einige der Männer litten an syphilitischem Wahnsinn, während bei anderen Dementia praecox – vorzeitige Demenz – diagnostiziert worden war, eine andere Form degenerativer Psychose, für die es keine Heilung gab. In der Abteilung herrschte oft Lärm, weil Patienten schrien oder im Zustand manischer Euphorie sangen, gereizt waren und mit sich selbst stritten. Einige, wie Willie, litten an Wahnvorstellungen, während andere sich aus Angst, dass die Krankenschwestern sie vergiften würden, unter ihren Betten versteckten.

Esmie und Isobel führten beim Abendessen lange Gespräche über die neuesten Theorien bei der Behandlung von Psychosekranken. Sie unterhielten sich über den Einsatz elektrischer Funken, um das degenerative Nervenleiden der Syphilis-Patienten zu verlangsamen, und über Musiktherapie, um diejenigen zu beruhigen, die an Hysterie litten, und die Stimmung von Depressiven aufzuhellen.

»Die fortschrittlichsten Ideen kommen aus der Schweiz und aus Deutschland«, sagte Isobel. »Es gibt einen neuen Begriff, ›Schizophrenie‹, den man benutzt, um eine kleine Gruppe von Demenzformen zu beschreiben, die vielleicht nicht unheilbar sind. Ich bin optimistisch, dass einige dieser Patienten genesen können. Bei einem oder zweien habe ich bemerkt, dass ihr Zustand sich verbessert statt verschlechtert hat, seit sie hier eingeliefert worden sind.«

»Es ist so ermutigend, das zu hören«, schwärmte Esmie. »Es ist eine aufregende Vorstellung, dass du in Vaullay mit diesen neuen Durchbrüchen in der Diagnostik wirklich einen Unterschied machen kannst.«

»Als ich vor dreißig Jahren hierhergekommen bin«, sagte Isobel, »gab es noch Patienten, die in eisernen Käfigen geschlafen haben, während man andere an Stühle geschnallt und ihnen Hauben über den Kopf gezogen hat. Nicht zu fassen, oder?«

Sie hatte nur Verachtung für ein solch grausames Vorgehen übrig, wie auch für die Einstellung, dass man Wahnsinn und einen schlechten Charakter von einer missratenen Mutter erben konnte, und war dagegen, unverheiratete Mütter von ihren Babys zu trennen. Esmie war hier ihrer Meinung.

»Das treibt die jungen Mädchen in die Melancholie und Anorexie«, sagte Isobel, »und die Kinder wachsen in Anstalten ohne liebevolles familiäres Umfeld auf.«

Nachdem sie aus Serbien in die Heilanstalt zurückgekehrt war, hatte Isobel so eine unglückliche junge Frau vor diesem Schicksal gerettet. Jeanie war hochschwanger von ihrem Vater vor den Toren des Krankenhauses zurückgelassen worden. Jetzt war sie Isobels Dienstmädchen.

* * *

In dem Juli nahm Esmie ihre Spaziergänge mit den Männern wieder auf, die sich dabei abwechselten, Tommy zum Bauernhof hinunterzuschieben. Übermütig sausten sie mit ihm im Sommersonnenschein den Hügel hinab, lachten und johlten und ignorierten Esmies Anweisungen, langsamer zu fahren. Diese spontanen Momente der Kameradschaft erinnerte Esmie an die Soldaten, die sie in Serbien und Rumänien gepflegt hatte. Durch die gemeinsam ausgestandenen Widrigkeiten hatte sich ein Band zwischen ihnen gebildet. Sosehr sie es genoss, wieder in Vaullay zu sein und, umgeben von der Schönheit der in Heide gehüllten Berge, mit ihrer Tante zusammenzuarbeiten, begann Esmie sich nach größeren Herausforderungen zu sehnen.

Es lag nahe, bis auf Weiteres in der Heilanstalt zu arbeiten und das Leben für deren Bewohner erträglicher zu machen. Aber mehr und mehr dachte sie darüber nach, wieder ins Ausland zu gehen. Der Gedanke, an die indische Nordwestgrenze zu ziehen, weckte ihr Interesse. Sie hatte die Nachrichten über den Konflikt mit Afghanistan verfolgt, und nach den spärlichen Zeitungsberichten zu urteilen, schien es, als ob die Ordnung wiederhergestellt wurde und die Afghanen Friedensverhandlungen anstrebten. Sie sprach es mit ihrer Tante durch.

»Harold Guthries Missionsarbeit in Taha interessiert mich«, sagte Esmie. »Nicht die religiöse Seite davon, aber die Arbeit bei den Paschtunen. Das klingt mehr nach der Pflege, die ich bei den Women's Hospitals gewöhnt war – mich um im Kampf Verwundete zu kümmern und Leben zu retten.«

»Hast du mit Dr. Guthrie darüber gesprochen, ob du dich der Mission anschließen kannst?«, fragte Isobel.

»Nicht direkt«, sagte Esmie, »aber er weiß, dass ich mich für seine Arbeit interessiere, und es fehlt ihnen immer an ausgebildeten Krankenschwestern. Er hat gesagt, die Missionare seien nicht erpicht darauf, Frauen auf so einen entlegenen und gefährlichen Posten zu schicken, deshalb müssten sie sich auf männliche Sanitäter verlassen, die sie unter den örtlichen Stammesangehörigen rekrutieren.«

»Was ist mit weiblichen Patienten?«, fragte Isobel. »Ich kann mir nicht vorstellen, dass muslimische Frauen sich männlichen Pflegern anvertrauen. Sie sind doch an der Nordwestgrenze sehr streng, was die Abschirmung von Frauen, *purdah*, betrifft?«

Esmie nickte. »Harold hat gesagt, dass die Frauen kaum behandelt werden – die meisten Männer bringen ihre weiblichen Angehörigen nicht in die Klinik, und die nächstgelegene *purdah*-Abteilung ist knapp hundert Kilometer entfernt in Kohat.«

»Warum schreibst du ihm nicht?«, schlug Isobel vor.

»Würde es dir nichts ausmachen, wenn ich ins Ausland gehe?«, fragte Esmie.

»Doch, natürlich. Ich würde mir Sorgen machen, wenn du an solch einem Ort wärst – und ich will im Krankenhaus nicht auf dich verzichten müssen –, aber ich stehe dir nicht im Weg, wenn es das ist, wozu du dich berufen fühlst.« Ein Lächeln ließ das Gesicht ihrer Vormundin weich werden. »Ich weiß, dass dich keine zehn Pferde aufhalten, wenn dieser entschlossene Ausdruck in deine Augen tritt. Und es wäre selbstsüchtig von mir, es zu versuchen. Du erinnerst mich so sehr an deine liebe Mutter.«

»Wirklich?« Esmies Herz zog sich zusammen.

»Oh ja«, sagte Isobel. »Sie hatte die gleiche innere Stärke – und die gleichen Augen.«

»Du bist diejenige, die mir beigebracht hat, tapfer zu sein«, sagte Esmie liebevoll. »Besonders in Serbien.«

Isobel lachte kurz auf. »Ich hatte die meiste Zeit über namenlose Angst. Ich war froh, die Arbeit an der Front aufzugeben.«

»Aber du warst eine hervorragende Chirurgin«, sagte Esmie. »Du hast unzähligen Männern das Leben gerettet.«

»Es ist großzügig von dir, das zu sagen«, erwiderte Isobel, »aber ich interessiere mich mehr und mehr für die geistige Gesundheit der Menschen. Vor dreißig Jahren gehörten Heilanstalten zu den wenigen Orten, an denen Ärztinnen Arbeit finden konnten. Deshalb bin ich nach Vaullay gekommen. Jetzt glaube ich, dass es ein Gebiet der Medizin ist, das bei neuen Ideen und möglichen Therapien eine Vorreiterrolle einnimmt. Darum bin ich hierher zurückgekehrt.«

»Das verstehe ich«, sagte Esmie. »Aber ich will mehr von der Welt sehen. Das heißt nicht, dass ich nicht zu irgendeinem zukünftigen Zeitpunkt nach Vaullay zurückkehren möchte.«

»Du tust recht daran, so etwas jetzt zu unternehmen, während du jung und gesund bist«, ermunterte Isobel sie. »Und hier wirst du stets ein Zuhause haben, wann immer du es willst.«

Esmie lächelte. »Danke, Tante Isobel.«

»Also wirst du an Harold Guthrie schreiben?«

Esmie nickte. »Allerdings bin ich mir nicht sicher, ob er im Moment in Ebbsmouth ist. Nach Lydias Verlobung ist er nach Wales aufgebrochen. Er hatte immer eine gewisse Schwäche für sie.«

»Apropos Lydia«, sagte Isobel. »Wie geht die Hochzeitsplanung voran?«

»Seit dieser Postkarte aus Paris habe ich nichts mehr von ihr gehört«, sagte Esmie.

»Ich muss schon sagen«, antwortete Isobel, »dass ich erstaunt war zu hören, dass Captain Lomax mit ihr dorthin gefahren war. Klingt nach Flitterwochen vor der Ehe.«

Esmie spürte, dass sie errötete. »Ich bin mir sicher, dass die Templeton-Eltern darauf geachtet haben, dass alles über jeden Zweifel erhaben ist«, sagte sie mit einem verlegenen Lachen.

»Vor dem Krieg wäre so etwas nicht vorgekommen«, gab Isobel zurück. »Aber Lydia ist ja eine moderne junge Frau, und die Welt ist dank ihr zweifelsohne ein bunterer Ort.«

Esmie grinste. »Das ist bestimmt so.«

Kapitel 7

Ebbsmouth, Juli

Es nieselte und war windig, aber Tom überredete Harold, in der Bucht unterhalb der Anchorage schwimmen zu gehen. Die See war kabbelig, als sie in die Wellen mit ihren Schaumkronen eintauchten.

»Nutz es aus«, rief Tom seinem Freund zu. »Das werden wir vermissen, wenn wir zurück in der indischen Hitze sind.«

Danach, als er sich abtrocknete, empfand Tom ein Wiederaufkeimen von Optimismus, das immer mit einem erfrischenden Schwimmen einherging. Er hatte seine Reise nach Paris mit den Templetons mehr als erwartet genossen. Eigentlich mochte er keine großen Städte, aber in der französischen Hauptstadt hatte Feierstimmung geherrscht: Die Leute waren im Sonnenschein spazieren gegangen und hatten Kaffee und Cognac in Straßencafés getrunken.

Jumbo und Minnie waren nette Gesellschaft gewesen: Warmherzig und großzügig hatten sie darauf bestanden, für seine Unterkunft und seine Mahlzeiten zu bezahlen. Jumbo hatte ihn mitgenommen, um sich die Künstler um den Montmartre herum anzusehen, statt den Frauen zu den Schneidern und in die Kaufhäuser zu folgen.

»Ich male selbst ein bisschen, aber nur amateurhaft«, hatte Tom gestanden. »Vor allem Landschaften.«

»Die musst du mir zeigen«, hatte Jumbo gesagt. »Wenn sie gut sind, kaufe ich vielleicht ein Bild als Geldanlage.«

Tom hatte gelacht. »Mein Vater findet, dass sie nur dazu taugen, feuchte Flecken in der Tapete zu überdecken. Aber ich würde dir nur zu gern eins zum Dank für diese Reise schicken. Wie immer wart ihr wunderbare und großzügige Gastgeber.«

»Du musst mir nicht danken«, hatte Jumbo erwidert. »Jeder, der meine geliebte Tochter so glücklich macht, ist nicht mit Gold aufzuwiegen. Auch wenn du sie so weit in die Ferne mitnimmst.«

»Das tut mir leid.«

Jumbo hatte ihm auf den Rücken geklopft. »Lydia ist schon ganz aufgeregt, weil sie nach Pindi zieht, und wir freuen uns darauf, mit euch dorthin zu reisen, um Ferien zu machen. Es wird beruhigend für Minnie sein, zu sehen, wo Lydia leben wird. Wahrscheinlich wird es euch schwerfallen, uns wieder loszuwerden!«

»Es wird uns eine Ehre und ein Vergnügen sein, euch dazuhaben.«

Jumbo hatte gestrahlt. »Sobald ihr verheiratet seid, Tom, darfst du mich Pop nennen.«

Als der Regen stärker wurde, streifte Tom hastig seine Schwimmsachen ab und zog seine Kleidung an. Ihm gefiel der Gedanke, dass die Templetons mitkommen würden, um im Hotel zu wohnen; sie würden eine fröhliche Gesellschaft sein, und es würde Lydia glücklich machen. Beim Gedanken an Lydia grinste Tom. Es war ihnen mehrfach gelungen, sich davonzuschleichen – oder vielleicht hatten ihre Eltern es ihnen auch absichtlich ermöglicht –, um allein zu sein und ein paar

Augenblicke der Intimität zu genießen. In der romantischen Umgebung von Paris waren sie Hand in Hand in den Tuilerien spazieren gegangen und hatten sich im Mondschein auf dem Pont Alexandre III geküsst.

Jedes Mal, wenn er sie geküsst hatte, hatte Tom beim Geschmack ihrer Lippen und dabei, ihren wohlgeformten Körper an seinen geschmiegt zu spüren, Begehren durchzuckt. Er hatte daran gedacht, sich mit ihr zu verabreden, nachts in ihr Zimmer zu kommen, es sich dann aber anders überlegt. Lydia wollte eine jungfräuliche Braut sein, obwohl er nicht in Zweifel darüber gelassen worden war, wie sehr sie sich auf das Ehebett freute. Sie hatte ihn schockiert, indem sie ein Exemplar des gewagten neuen Beziehungsratgebers *Das Liebesleben in der Ehe* von irgendeiner Frau namens Stopes hervorgeholt hatte, der voller unverblümter Ratschläge über Sexualität und Familienplanung war.

»Es geht darum, dass Mann und Frau in der Ehe gleichberechtigt sind«, hatte Lydia ihm erläutert. »Und es befasst sich nicht nur mit dem Kinderkriegen. Ich will nicht, dass wir sofort mit all dem anfangen – wir sollten es erst einmal eine Weile genießen, einfach nur verheiratet zu sein, findest du nicht auch?«

Tom war sprachlos gewesen und hatte zustimmend genickt. Allmählich gewöhnte er sich daran, dass ihre Fragen rhetorisch waren; wenn Lydia wollte, dass etwas geschah, dann würde es geschehen. Er hatte aufgehört, das Buch im Bett zu lesen – es erregte ihn zu sehr, wenn er sich Lydia und sich selbst zusammen vorstellte –, aber seine Ungeduld darauf, verheiratet zu sein, wuchs mit jedem Tag.

Er war abermals wie vom Donner gerührt gewesen, als seine Verlobte ihn gefragt hatte, ob er je mit Prostituierten geschlafen hatte, und ihn gebeten hatte, ihr zu versichern, dass er an keiner sexuell übertragbaren Krankheit litt.

»Ich weiß, wie Soldaten sind«, hatte Lydia gesagt, »und Esmie hat mir erzählt, dass sie in der Anstalt haufenweise ehemalige Soldaten haben, die an syphilitischem Wahnsinn aus dem Krieg leiden. Ich will mir nur sicher sein, dass ich keine Mangelware bekomme.«

Tom hatte versucht, sich nicht anmerken zu lassen, wie sehr das schonungslose Verhör ihn gekränkt hatte. Nachdem Mary gestorben war, hatte er jahrelang nicht mehr mit einer anderen Frau schlafen wollen. Erst seit er Lydia kennengelernt hatte, kehrte seine Lust zurück, und so hatte er ihr versichert, dass er bei bester Gesundheit war.

Mittlerweile regnete es in Strömen. Tom zeigte zu dem Bootshaus oberhalb des Strands und sagte zu Harold: »Lass uns dort drinnen Schutz suchen, bis der Regen nachlässt.«

Die beiden Freunde setzten sich auf alte Fischkisten unmittelbar hinter der offenen Tür, und Tom zündete sich eine Zigarette an. Es freute ihn, dass Harold bei seiner Rückkehr aus Wales in besserer Laune als bei seiner Abreise gewesen war; er hatte seine Gesellschaft und die Gespräche mit ihm vermisst. Aber heute Morgen war sein Freund aufgeregt bei ihm vorbeigekommen. Bisher hatte er noch nicht gesagt, warum. Tibby hatte Harold mit medizinischen Fragen über die Gesundheit ihres Vaters zugesetzt; Tom hatte vorgeschlagen, schwimmen zu gehen, um Harold von seiner Familie wegzuholen und dem Arzt Gelegenheit zu geben, sich ihm anzuvertrauen.

»Na, was macht dir zu schaffen, Guthrie?«

»Nichts eigentlich … Na ja, es macht mir nicht direkt zu schaffen … Es ist nur verwirrend.«

»Spuck's schon aus«, ermunterte Tom ihn.

»Ich habe einen Brief von Esmie bekommen«, sagte Harold.

Bei der unerwarteten Erwähnung der Krankenschwester fühlte Tom sich, als hätte er einen Schlag vor die Brust bekommen. Vor Überraschung riss er die Augen auf.

»Esmie? Was schreibt sie denn?«

Harold hielt kurz inne. »Nun, es ist ziemlich geradeheraus. Sie will wissen, ob sie zur Missionsklinik in Taha stoßen kann.«

»Mit dir?«, fragte Tom erstaunt.

»Nicht direkt mit mir.« Harolds blasses Gesicht rötete sich. »Sie will als Krankenschwester für die Paschtunen arbeiten und fragt sich, ob ich bei der Missionsgesellschaft ein gutes Wort für sie einlegen kann.«

Esmie in Taha? Das war ein verstörender Gedanke. Taha lag gut eine Tagesreise von Rawalpindi entfernt, und Harold und er sahen einander manchmal monatelang nicht, aber sie würden einander immer wieder über den Weg laufen. Mehr noch: Lydia würde wollen, dass ihre Freundin von Zeit zu Zeit zu Besuch kam. Tom nahm einen Zug aus seiner Zigarette und fragte sich, warum die Vorstellung ihn so durcheinanderbrachte.

»Wirst du ihr denn helfen?«, fragte er.

»Ach, das kommt nicht infrage«, antwortete Harold. »Ich werde ihr sagen, dass die Mission niemals einer Unverheirateten eine Stelle geben würde. Die Stammesangehörigen würden keine Frau akzeptieren, die nicht unter dem Schutz eines Mannes steht – sie würden einen ganz falschen Eindruck gewinnen. Ich würde Esmie in Gefahr bringen.«

Tom sah seinen Freund durch den Zigarettenrauch mit zusammengekniffenen Augen an. »Aber nicht, wenn sie als deine Frau hinginge?«

Harold wurde puterrot. »Ich … Ich könnte ihr beim besten Willen keinen Antrag machen«, stammelte er.

»Warum nicht?«

Harold warf die Hände in die Luft. »Aus all den Gründen, die ich dir schon genannt habe. Es wäre nicht fair, eine Ehefrau an solch einen Ort mitzunehmen. Das ist eine Männerwelt. Für eine Britin gäbe es dort wenig Gesellschaft.«

Tom brummte amüsiert. »Ich glaube nicht, dass es das ist, was Esmie erwartet oder will. Sie wäre dort, um zu arbeiten, nicht für gesellige Zusammenkünfte.«

Harold musterte ihn nachdenklich. »Aber sie liebt mich nicht. Höchstwahrscheinlich würde sie mich abweisen.«

Tom dachte daran zurück, wie Esmie sich ihm damals auf dem Friedhof geöffnet hatte und ihm von David und ihrer Unfähigkeit, ihn zu lieben, erzählt hatte. Würde Esmie noch einen Heiratsantrag ablehnen, weil sie nicht bis über beide Ohren in Harold verliebt war? Gut möglich, aber lohnte es sich für Harold denn nicht, das Risiko einzugehen?

Sein Instinkt verriet ihm, dass Harold sich heimlich danach sehnte, eine Gefährtin zu haben, obwohl er beteuerte, dass er Junggeselle bleiben müsse, um seine Arbeit so gut wie möglich zu tun. Harold war ein liebevoller Mann und hatte auf seinem einsamen Posten eine Helferin verdient. Tom wusste, dass Harold ohne ein bisschen Ermunterung nichts Diesbezügliches unternehmen würde, aber wenn Tom ihm gut zuredete, würde er Esmie in Indien unter keinen Umständen aus dem Weg gehen können. Aber was war so schlimm daran? Er war verschossen in seine hinreißende Verlobte und hatte die letzten drei Wochen über kaum an Esmie gedacht. Er starrte aus dem Bootshaus in den Regen hinaus, der auf den Sand einprasselte, und sah Esmie vor sich, wie sie vor Freude kreischend ins Meer rannte. Sein Magen zog sich vor Bedauern zusammen.

Er drückte seine Zigarette aus. Seine Gefühle waren in den Wochen, nachdem er aus dem Krieg zurückgekehrt war, wirr gewesen. Esmie beim Schwimmen zuzusehen, hatte sein Verlustgefühl für Mary neu geweckt – auch sie war eine begeisterte Schwimmerin gewesen. Aber Esmie war aus ganz anderem Holz geschnitzt als seine sanfte verstorbene Frau. Sie hatte eine Charakterstärke, die mit Indiens wilder Grenze zurechtkommen würde. Sie würde Harold und der Mission guttun. Es gab nichts daran, weswegen einem bang sein musste. Und Lydia würde es lieben, Esmie in der Nähe zu haben. Eine Welle des Beschützerinstinkts gegenüber seiner künftigen Frau brach über ihn herein, und er verdrängte seine egoistischen Gedanken.

»Bitte sie, dich zu heiraten«, riet Tom Harold. »Du wirst ihre Antwort nie erfahren, wenn du es nicht wagst. Was ist das Schlimmste, was passieren könnte? Sie sagt Nein und du kehrst nach Taha zurück, ganz wie du es geplant hattest, ohne dass Dritte davon erfahren.«

Harold ließ die Fingerknöchel knacken, wie er es immer tat, wenn er angespannt war. »Meinst du wirklich, dass ich das tun sollte?«

Tom nickte. »Sie hat im Krieg an der Front gearbeitet – sie macht sich bestimmt keine zu rosigen Vorstellungen davon, wie das Leben dort sein wird. Sie wird gut dorthin passen. Du bekommst eine Krankenschwester und eine Ehefrau auf einmal. Du liebst Esmie ja vielleicht nicht, aber du verstehst dich gut mit ihr, nicht wahr?«

Harold zögerte; sein Gesichtsausdruck war schwer zu deuten. »Ich halte viel von ihr«, räumte er ein. »Und ich muss sagen, dass es angenehm wäre, eine Gefährtin zu haben.«

»Und noch dazu eine hübsche.« Tom lachte leise. »Da hast du es also!« Er stand auf. »Wenn du Esmie heiratest und nach Indien bringst, wirst du Lydia überglücklich machen.«

Verschämt wandte Harold den Blick ab. »Ich werde darüber nachdenken. Beten.«

Tom nickte und ging voran. »Komm schon, Guthrie, lass uns nach Hause rennen.«

* * *

Esmie konnte sich auf nichts konzentrieren. Sie unternahm einen langen Spaziergang um Loch Vaullay herum. Harolds

Brief, den er fast postwendend geschickt hatte, brannte ihr ein Loch in die Jackentasche. Sie hatte ihn mehrfach gelesen und ihn ihrer Tante gezeigt, die verwundert den Kopf geschüttelt hatte. Esmie blieb stehen, um sich auf einen Felsen nahe am ans Ufer schwappenden Wasser zu setzen. Sie zog den Brief noch einmal heraus und las Harolds schüchterne Worte.

… denke ich, dass Deine Bitte darum, in der Missionsstation zu arbeiten, die Antwort auf meine Gebete sein könnte. Du bist eine tapfere und fürsorgliche Krankenschwester, die alle Eigenschaften hat, um an einem Ort wie Taha gut zurechtzukommen: ein mitfühlendes Naturell und eine robuste Konstitution. Aber die Mission würde Dich in Deinem unverheirateten Stand nicht einmal in Erwägung ziehen, weil Du zur Zielscheibe einer Entführung oder gar schlimmerer Dinge werden könntest.

Daher schlage ich Dir die Ehe vor. Ich glaube, wir bewundern die Arbeit und genießen die Gesellschaft des jeweils anderen. Ich kann Dir Kameradschaft und Schutz anbieten – und ein behagliches Haus in der europäischen Siedlung. Wir bekommen zweimal im Jahr Urlaub vor Ort und alle drei Jahre längere Zeit, um nach Schottland zurückzukehren, also könntest Du Dr. Carruthers dann besuchen.

Wir müssten heiraten, bevor ich Ende September zurück auf meinem Posten sein muss, was Dir nicht viel Zeit lässt, eine Entscheidung zu fällen. Ich habe durchaus Verständnis dafür, wenn Du lieber nicht möchtest. Es gibt andere Orte in Indien, wo man eine Krankenschwester mit Deiner Erfahrung sicher einstellen würde, wenn Dein Herz nun einmal an diesem Teil der Welt hängt – so gibt es etwa Krankenhäuser in Peschawar und Rawalpindi.

Aber wenn mein Angebot von Interesse für Dich ist, dann schreib mir bitte zurück und lass es mich so bald wie möglich wissen.

Mit freundlichen Grüßen
Harold Guthrie

PS: Ich vermisse unsere Gespräche und Spaziergänge sehr.

Esmie konnte ein schiefes Lächeln nicht unterdrücken. Sie fragte sich, wie lange Harold sich mit der Formulierung gequält hatte. Der Brief war alles andere als romantisch – er las sich wie ein geschäftlicher Vorschlag –, aber unter der Verlegenheit erahnte sie Harolds scheuen Eifer. Er bot ihr die Ehe an, machte sich aber darauf gefasst, dass sie ablehnen würde. Eine Welle der Zuneigung zu dem rothaarigen Arzt brach über sie herein.

Dennoch war Esmies erste Reaktion, Nein zu sagen. Sie wollte nicht seine – oder irgendjemandes – Frau werden und hatte beschlossen, sich ganz der Krankenpflege zu widmen. Sie wusste ihre Freiheit mehr zu schätzen, als sie einen Ehemann wollte.

Als sie den Brief noch einmal las, fiel Esmie auf, was unausgesprochen blieb, aber doch mitschwang: dass keiner von ihnen den anderen in romantischem Sinne liebte. Für Harold schien das keine Rolle zu spielen; sie hatten einiges gemeinsam, um eine erfolgreiche Partnerschaft als Kollegen und Gefährten aufzubauen. War ihr das genug?

Esmie seufzte und sah aufs Wasser hinaus. Vielleicht war sie für die Ehe nicht geeignet? Sie war davor zurückgescheut, sich an David zu binden, von dem alle anderen geglaubt hatten, er wäre der perfekte Ehemann für sie. Und sie hatte sich in Tom verliebt, obwohl sie wusste, dass er außer Reichweite war.

Hatte sie Angst, sich zu verlieben oder zuzulassen, dass sie einen Mann wirklich liebte, weil sie Angst davor hatte, ihn zu verlieren? Sie erkannte jetzt, dass sie Männer emotional auf Distanz hielt. War das der Grund dafür, dass sie vor Tom Lomax davongelaufen war? Er war ein Mann, bei dem es ihr allzu leichtgefallen war, sich in ihn zu verlieben, und sie hasste das Gefühl, nicht die Kontrolle über ihre Emotionen zu haben. Aber bestimmt würden sich ihre Gefühle für ihn jetzt legen, da er verlobt war und bald Lydias Mann werden würde.

Aber was war mit Harold? Sie mochte und bewunderte ihn; mit der Zeit würde sie vielleicht durchaus Gefühle für ihn entwickeln. Er sprach auf so leidenschaftliche Art über seine Arbeit, wie auch ihre Tante Isobel es tat. Esmie wusste, dass sie mit ihm gut zusammenarbeiten konnte, weil sie ihn als Arzt respektierte. Aber reichte das? Eine Ehe dauerte ein ganzes Leben. Wenn sie seinen Antrag annahm, würden sie für immer aneinander gebunden sein. Er war nicht unattraktiv, und der Gedanke, intim mit ihm zu werden, widerstrebte ihr nicht. Aber vielleicht wollte er, dass sie seine Kinder zur Welt brachte, und die Vorstellung versetzte sie in Panik. Ihre Albträume von sterbenden Kindern erinnerten sie ständig daran, wie zerbrechlich junges Leben war, und sie hatte entsetzliche Angst davor, Babys zu bekommen, die der Tod ihr so leicht wieder entreißen konnte.

Esmie seufzte, während sie zusah, wie ein Reiher mit langsamem Flügelschlag über den See hinweg davonflog. Sie war fünfundzwanzig und stand in ihrem Leben an einem Kreuzweg. Das Einzige, was sie sicher wusste, war, dass sie wieder ins Ausland gehen wollte, um zu arbeiten. Harold bot ihr die Gelegenheit dazu. Dann kam ihr plötzlich ein Gedanke. Machte Harold ihr etwa nur einen Antrag, um seinen Kummer darüber zu unterdrücken, dass Lydia Tom heiratete? Sie sollte ihn vielleicht nur über die Enttäuschung hinwegtrösten. Er dachte vielleicht im Moment, dass es eine gute Idee war, sie zu heiraten, aber würde er es bereuen, wenn er sich erst daran gewöhnt hatte, dass Lydia Mrs Lomax war?

Esmie rang den ganzen Heimweg über mit ihrer Unschlüssigkeit. Erst als Isobel sie beim Abendessen auf die Sache ansprach, wurden ihre Gedanken klarer.

»Na, Liebes, was wirst du Mr Guthrie antworten? Ja oder Nein?«

»Weder noch«, sagte Esmie. »Noch nicht. Das ist nichts, das man brieflich klären sollte – ich werde den schrecklichen Fehler, den ich bei David gemacht habe, nicht noch einmal begehen. Ich muss von Angesicht zu Angesicht mit Harold reden. Die Hochzeit ist nächste Woche, also sehe ich ihn, wenn ich nach Ebbsmouth zurückkomme. Dann treffe ich meine Wahl.«

Isobel nickte. »Gute Entscheidung.«

Esmie lächelte erleichtert. »Danke.«

Danach wechselte ihre Tante das Thema und begann, über das anstehende Sommerfest zu reden.

Kapitel 8

Ebbsmouth, Ende Juli

Ein paar Tage vor der Hochzeit traf Esmie wieder in Templeton Hall ein und geriet mitten in eine Krise. Lydia, die mit den Gedanken woanders war, holte sie vom Bahnhof ab. Sie fuhr erratisch zurück, während sie über die Hochzeitsplanung schimpfte. Die dritte Schwangerschaft ihrer Schwester Grace war zu weit fortgeschritten und der Nachkriegszugverkehr noch zu chaotisch, als dass sie aus der Schweiz hätte anreisen können. Sowohl ihr Mann als auch ihr Arzt hatten sich dagegen ausgesprochen.

»Und jetzt weigert sich auch noch Colonel Lomax, zur Hochzeit zu kommen.« Lydia hupte frustriert. Ein Lieferjunge sprang aus dem Weg.

»Weswegen denn das?«, fragte Esmie.

»Weil er ein dickköpfiger alter Reaktionär ist!«, antwortete Lydia, ihr Gesicht rot vor Empörung.

»Und das heißt?«

»Er behauptet, ans Haus gefesselt zu sein, aber das ist der reinste Unfug. Er ist ein Snob. Er findet, dass Tom unter seinem Stand heiratet, nur weil Daddy nicht mit silbernem Löffel im

Mund geboren ist und seine Ahnenreihe nicht bis zu Robert the Bruce zurückverfolgen kann – oder irgend so ein Unsinn. Es ist ja nicht so, als ob der alte Geizhals tief in die Tasche greifen müsste«, schrie Lydia und beschleunigte auf dem schmalen Weg. »Daddy bezahlt natürlich alles. Aber ›seine Hoheit‹ will keinen Fuß nach Templeton Hall setzen, weil wir ›Krämer‹ sind. Mummy regte sich furchtbar auf, und ich auch. Ich war den ganzen Sommer lang nett zu ihm – dieser elende alte Narr.«

»Was sagt Tom denn?«, fragte Esmie.

Lydia schnaufte gereizt. »Dem könnte es gar nicht gleichgültiger sein. Sagt, ich sollte mich nicht so aufregen. Aber das tue ich natürlich. Der Colonel wird mein Schwiegervater. Ich werde eine Lomax sein, und die Anchorage wird mein Zuhause – wenn auch nur für kurze Zeit vor Indien. Wird er sich weigern, meine Eltern zu Besuch vorbeikommen zu lassen? Stell dir doch nur vor, was für eine Demütigung das wäre!«

»Ich weiß, dass es verletzend ist«, sagte Esmie, »aber er war schon immer ein Griesgram und wird sich jetzt nicht mehr ändern. Wenn du weniger Aufhebens darum machst, freundet er sich vielleicht doch noch mit der Vorstellung an, zu kommen. Wahrscheinlich genießt er das ganze Theater.«

Lydia warf ihr einen Blick zu. »Du klingst genau wie Tom.«

Esmie errötete. »Jedenfalls solltest du dir keine Sorgen darum machen, bei ihnen zu leben. Tibby hat gesagt, dass ihr Vater von dir persönlich sehr angetan war. Er provoziert nur in Bezug auf deine Eltern, aber es wird niemanden auf der Hochzeit kümmern, ob er da ist oder nicht. Er ist als Eigenbrötler bekannt, also werden die Leute nur denken, dass es ihm nicht gut genug geht.« Sie berührte Lydias Arm. »Es ist dein großer Tag – lass ihn dir nicht vom Colonel verderben.«

Lydia schenkte ihr ein rasches Lächeln. »Ach Esmie, ich habe dich vermisst. Ich brauche dich, damit du mich beruhigst. Du hättest nicht so lange fortbleiben dürfen.«

Esmie lehnte sich zurück, zog die Nadeln aus ihrem Hut und ließ den Seewind nach ihrem Haar greifen. Sie fragte: »Hast du Harold in letzter Zeit oft gesehen?«

»Nicht oft«, sagte Lydia. »Er war die letzten paar Tage über fort, um Verwandte in Dumfriesshire zu besuchen – macht die Runde, bevor er zurück nach Indien fährt, nehme ich an.«

Esmie warf ihr einen Blick zu. Harold hatte offensichtlich nichts von dem Heiratsantrag erwähnt, sonst hätte Lydia sie längst darüber ausgefragt. Sie fragte sich, ob er mit Tom darüber gesprochen hatte. Ihr wurde flau im Magen. Bald würde sie den beiden gegenübertreten und eine Entscheidung über die Zukunft fällen müssen. Sie schloss die Augen und atmete den Duft der salzigen Luft ein. So oder so würde sie es genießen, diese letzten beiden Tage mit Lydia zu verbringen, bevor ihre Kindheitsfreundin heiratete.

* * *

Spontan beschloss Tom, nach Dumfriesshire hinüberzufahren und sich vor der Hochzeit einen Tag lang zu Harold zu gesellen, um zu angeln. Er hatte von Lydia gehört, dass Esmie eingetroffen war, und entschied sich, die beiden Freundinnen allein zu lassen, damit sie ihre gemeinsame Zeit genießen konnten. Es würde eine Erleichterung sein, den hektischen Vorbereitungen und überschäumenden Gefühlen in Templeton Hall zu entkommen. Er mietete sich in einer Pension in Dumfries ein und ging am Nachmittag mit seinem Freund angeln.

»Man könnte denken, dass sie alles für ein königliches *durbar* vorbereiten«, berichtete Tom Harold, als sie ihre Schnüre über dem Fluss auswarfen. »Das Haus ist geschmückt wie der Palast eines Maharadschas, mit Festzelten, Girlanden und elektrischen Lichtern überall im Garten. Es ist vollkommen übertrieben.«

Harold lächelte. »Also hast du sie ihren Vorbereitungen überlassen.«

»Zum Glück! Esmie ist angekommen, und ich hoffe, dass sie das Schiff wieder auf Kurs bringt. Lydia ist immer noch ganz aufgelöst, weil mein Vater sich weigert zu erscheinen. Ich hätte sie gleich mit nach Indien nehmen und dort heiraten sollen. Ich habe das ganze Brimborium nicht gewollt – ich möchte nur Lydia als meine Frau haben.«

Harold nickte verständnisvoll. Nachdem er seine Schnur noch einmal ausgeworfen hatte, fragte er: »Und hast du Esmie gesehen, bevor du abgefahren bist?«

»Nein, sie war unterwegs und hat mit Lydias Mutter irgendeine Besorgung gemacht, während Lydia sich ausgeruht hat.« Er musterte seinen Freund. »Sind deine eigenen Heiratspläne weiter gediehen?«

»Es gibt keine Heiratspläne«, sagte Harold missmutig.

Tom bedachte ihn mit einem mitfühlenden Blick. »Also hat sie Nein gesagt?«

»Nicht direkt. Sie will es mir persönlich sagen – aber das wahrscheinlich nur, weil sie es mir schonend beibringen will.«

»Harold!«, sagte Tom tadelnd. »Warum nimmst du immer gleich das Schlimmste an? Vielleicht will sie nur mehr Zeit, um darüber nachzudenken. Wenn sie hätte Nein sagen wollen, hätte sie es dir mitgeteilt, bevor sie dich hätte wiedersehen müssen.«

Harold wirkte von dieser Annahme ermutigt.

Sie angelten schweigend. Tom spürte, wie die Anspannung der letzten paar Wochen ihn verließ, als er seinen Geist von allem anderen als dem Umgang mit seiner Angelrute und der Rolle befreite. Der Himmel war bedeckt, und der ruhige Fluss zinngrau. Jenseits der Bäume erspähte er geschäftiges Bauernhofleben und hörte die entsprechenden Geräusche: Stimmen riefen über die Felder, Pferde wieherten und Maschinen zischten. Er hätte diese Szene gern gemalt. Er würde sich die Erinnerung daran einprägen.

Nach und nach drangen wieder Gedanken an Lydia und an die Hochzeit auf ihn ein. Er hatte in den letzten Tagen eine neue Seite an seiner Verlobten kennengelernt. Sie war zutiefst gekränkt darüber gewesen, dass sein Vater ihr gesellschaftlich die kalte Schulter gezeigt hatte, und klammerte sich wie besessen daran, sodass keine Gespräche über etwas anderes mehr möglich waren. Lydia behauptete, dass es ihr um ihre Eltern ging, aber Tom hatte den Eindruck, dass sie deren Aufregung nur immer wieder neu anfachte, weil sie das Thema einfach nicht ruhen ließ.

Als Colonel Lomax die Hochzeitseinladung abgelehnt hatte, war sie ihn besuchen gegangen, aber er war in seinem Zimmer geblieben und hatte Krankheit vorgeschützt. Seitdem hatte Lydia seinen Vater täglich mit Briefen bombardiert und ihn angefleht zu kommen.

Tom hatte versucht, sie zu überzeugen, dass das die falsche Herangehensweise war.

»Ignorier ihn einfach. Er liebt all die negative Aufmerksamkeit. Das ist nur seine Art, mir eins auszuwischen.«

»Nun ja, du hättest dir mehr Mühe geben sollen, mit deinem Vater gut auszukommen!«, hatte Lydia vorwurfsvoll gesagt. »Tibby hat kein Problem mit ihm, aber du scheinst es zu genießen, ihn gegen dich aufzubringen. Und nun wird das meine Hochzeit ruinieren! Die ganze Grafschaft wird darüber tuscheln.«

Verletzt war Tom gegangen. Später am Tag hatte Lydia ihm eine Nachricht geschickt, um ihn zum Abendessen einzuladen.

»Es tut mir leid«, hatte sie sich entschuldigt. »Das ist nur die Nervosität vor der Hochzeit. Ich wollte dich nicht anfahren. Du weißt doch, wie heiß und innig ich dich liebe, nicht wahr?«

Erleichtert hatte Tom sie in die Arme genommen und geküsst. »Ich kann es nicht abwarten, dass wir verheiratet sind«, hatte er gesagt. »Bald wird alles vorbei sein, und wir können unser neues gemeinsames Leben beginnen.«

»Oh, ich möchte gar nicht, dass der Tag vorbei ist – es ist der wichtigste Tag meines Lebens, und ich will, dass es einer wird, an den wir uns immer erinnern werden.«

Tom spürte ein innerliches Ziehen. Mary hatte vor acht Jahren etwas Ähnliches zu ihm gesagt. Es würde bittersüß sein, noch einmal in St Ebba's zu heiraten. Er hatte vorsichtig vorgeschlagen, die Zeremonie in einer Kirche im Nachbardorf abzuhalten, aber Lydia war so entsetzt darüber gewesen, dass er das Thema fallen gelassen hatte. Er wollte, dass sie glücklich war. Ihr jugendlicher Enthusiasmus war Balsam für seinen zynischen Blick aufs Leben und ihre Begeisterung ansteckend. Bis er nach Ebbsmouth zurückkehrte, würden die gereizten Wortwechsel über das Verhalten seines Vaters vergessen sein, da war er sich sicher.

* * *

Am Morgen der Hochzeit kamen Esmie die Tränen, als sie Lydia in ihrem französischen Brautkleid sah. Ihre Schönheit wirkte unter dem langen Schleier und den weichen Lagen aus Seide und Spitze, die ihren Körper einhüllten, ätherisch. Ihre Wangen waren auch ohne Rouge rosig, und sie brauchte keinen Lippenstift für ihren Kussmund. Ihr Aussehen war strahlend, und ihre blauen Augen leuchteten vor Freude.

»Du siehst wunderschön aus«, flüsterte Esmie.

Lydia schenkte ihr ein zittriges Lächeln. »Hör schon auf, sonst bringst du mich zum Weinen. Dann sind meine Augen ganz verquollen, und Tom wird die Hochzeit absagen.«

Esmie lachte. »Nun übertreib nicht. Er liebt dich, und er wird so stolz sein.«

»Ja, er liebt mich wirklich«, sagte Lydia glücklich.

Esmies Brust schnürte sich zu. Lydia und Tom hatten Glück, die Liebe miteinander gefunden zu haben, und sie wünschte ihnen nichts als Zufriedenheit zusammen. Ihre anfänglichen Zweifel, ob die beiden zusammenpassten, hatten sich als unbegründet erwiesen. Sie wusste, dass Lydia sich danach sehnte, geliebt zu werden, und jemanden brauchte, der sie so anhimmeln würde, wie ihre Eltern es immer getan hatten. Sie hatte den Verdacht, dass auch Tom jemanden brauchte, der sich um ihn kümmerte. Er sprach nie über seine verstorbene Frau, aber sie wusste von Harold, dass Marys Tod ihn schwer getroffen hatte. Harold glaubte, dass Tom aus dem Grund in Mesopotamien tapfer bis hin zum Leichtsinn gewesen war. Lydia, da war Esmie sich sicher, würde die Richtige sein, um sein trauerndes Herz zu heilen.

Esmie war überzeugt davon, dass die Nervosität, die sie angesichts des vor ihr liegenden Tages verspürte, nichts damit zu tun hatte, dass sie Tom sehen würde, sondern der Aussicht darauf geschuldet war, Harold zum ersten Mal seit seinem Heiratsantrag zu treffen. Sie hatte sich immer noch nicht endgültig entschieden, hoffte aber, dass ihre Gedankengänge klarer werden würden, wenn die Hochzeit erst vorbei war und sie Zeit hatte, mit Harold zu sprechen.

Bevor sie Vaullay verlassen hatte, hatte Isobel darauf bestanden, mit ihr einkaufen zu gehen. Ihre Tante war für einen Tag mit ihr nach Inverness gefahren, bevor sie die Reise nach Süden angetreten hatte. Isobel hatte Esmies Einwand ignoriert, dass sie durchaus imstande war, sich selbst ein Kleid zu nähen, und ihr stattdessen ein elegantes taubenblaues Sommerkleid und einen Strohhut mit dazu passendem blauen Band gekauft. Esmie hatte sich neue Strümpfe und Spitzenhandschuhe geleistet, aber der Versuchung widerstanden, auch noch ein Paar cremefarbene Pumps zu erstehen. »Die würde ich doch nie wieder tragen«, hatte sie zu ihrer Tante gesagt. »Meine Sonntagsschuhe reichen auch, wenn ich sie gut poliere.«

Jetzt trug sie ihre neue Garderobe und hatte viele Haarnadeln verwendet, um ihre Haare unter dem Strohhut ordentlich zu halten. Der einzige Schmuck, den sie angelegt hatte, war eine Silberbrosche, die ihrer Mutter gehört hatte.

Lydia umfasste Esmies Hände. »Dir gelingt es immer, so gelassen und ruhig auszusehen, egal, was du trägst. Ich bin froh, dass du hier bei mir bist. Mummy lässt mich so emotional werden.«

Esmie lächelte. »Ich habe eine ganze Handtasche voller Taschentücher, falls eine von euch beiden eines brauchen sollte.«

Lydia lachte. »Gut. Bleib in der Nähe.«

* * *

Früh am Morgen hörte Tom, wie Tibby ihren Vater aus seinem Zimmer jagte.

»Oh doch, du kommst mit, Papa. Harold kommt gleich, um uns alle abzuholen. Mrs Curry ist extra gekommen, um dir beim Anziehen zu helfen.«

»Ich will nicht«, beklagte er sich. »Und ich bin zu krank.«

»Nein, bist du nicht. Du kannst wenigstens mit in die Kirche kommen. Ich brauche dich als Begleitung. Danach bringe ich dich auch nach Hause, wenn du dich der Hochzeitsfeier und einem Tag, an dem der Champagner in Strömen fließt, nicht gewachsen fühlst.«

»Sie sind alle so vulgär«, murmelte der Colonel.

»Die Templetons sind ganz reizend«, erwiderte Tibby. »Und Jumbo hat die größte Auswahl an Whiskys, die ich je gesehen habe. Ich bin mir sicher, dass er nichts lieber täte, als sie mit dir zu teilen, Papa.«

»Ich hab's heute aber an der Leber«, sagte er. »Ich glaube, ich bleibe einfach im Bett.«

»Wie schade«, sagte Tibby. »Dann schicke ich Mrs Curry wieder weg, ja? Und ich muss leider diesen Whisky konfiszieren, bis es dir wieder besser geht. Außerdem werde ich den ganzen Tag weg sein, also musst du dir selbst etwas zum Mittag- und Abendessen holen. Aber wenn du dich so elend fühlst, hast du ja sicher keine Lust, etwas zu essen …«

»Du kannst mich hier nicht allein lassen«, sagte er in quengelndem Ton.

»Leider doch«, sagte Tibby. »Ich mache mich jetzt fertig. Wir sehen uns morgen.«

Tom sah, wie Tibby mit einer Whiskyflasche in jeder Hand aus dem Zimmer des Colonels marschierte. Sie zwinkerte ihm zu. Kurz darauf begann Archibald zu brüllen.

»Na gut, wenn ich unbedingt zu dieser geschmacklosen Hochzeit gehen muss … Wo ist Mrs Curry? Bring mir meinen Whisky wieder!«

Tibby wartete noch ein paar Minuten draußen und rief dann: »Mrs Curry wird dich ankleiden. Du kannst einen kleinen Schluck haben, wenn du bereit zum Aufbruch bist.«

Tom warf seiner Schwester einen bewundernden Blick zu. »Ich weiß nicht, ob ich dir danken soll oder nicht«, sagte er trocken. »Aber Lydia wird dir ewig dankbar sein.«

Eine Stunde später traf Harold ein, und die beiden Freunde stellten sich nach draußen. Tom rauchte Kette, während sie auf Tibby und den Colonel warteten. Es hatte zu nieseln begonnen.

»Ich bin geradezu lachhaft nervös«, gestand Tom. »Tue ich das Richtige, Guthrie?«

Harold sah ihn erschrocken an. »Du hast doch zu diesem Zeitpunkt keine ernsthaften Zweifel mehr, oder?«

Tom drückte seine dritte Zigarette aus. »Nein, natürlich nicht. Es liegt nur am Warten.« Er wandte sich dem Haus zu und rief: »Beeil dich, Tibby. Ich darf nicht zu spät kommen.«

Harold zog einen Flachmann aus der Tasche und bot ihn Tom an. »Trink einen Schluck; ärztliche Anweisung.«

Tom lächelte und tat wie geheißen. Als der Whisky seine Wirkung entfaltete, breitete sich ein wohliges Gefühl in ihm aus. »Ich weiß nicht, was ich ohne dich tun würde, Guthrie. Niemand könnte sich einen besseren Freund wünschen.«

Harold wirkte erfreut, wechselte aber das Thema. »Weiß Lydia schon, dass eure Hochzeitsreise in den Lake District führt?«

Tom schnaufte amüsiert. »Natürlich. Lydia hat das Hotel ausgesucht. Dort sind ihre Eltern immer mit ihr und Grace in die Ferien gefahren. Sie sagt, dass wir dort besseren Service bekommen werden, weil man sich an ihren Vater erinnert.«

»Sollte auch ein guter Ort sein, um ein bisschen zu malen«, sagte Harold.

Tom lachte. »Ich glaube nicht, dass Lydia es allzu freundlich aufnimmt, wenn ich unsere Flitterwochen damit verbringe, dass ich mit meinem Skizzenbuch Ausflüge unternehme.«

Harold errötete. »Nein, vermutlich nicht.«

»Allerdings bin ich darauf aus, unterwegs haltzumachen und mir einen Teil des Hadrianswalls anzusehen«, sagte Tom. »Ich habe unsere erste Nacht in einem Ort namens Hexham gebucht, der ganz in der Nähe davon liegt. Zumindest das ist eine Überraschung für Lydia.«

Er trank noch einen Schluck aus der Flasche und wurde plötzlich emotional. Er legte seinem Freund eine Hand auf die Schulter und sagte: »Guthrie, ich habe dir nie richtig für das gedankt, was du in Mesopotamien für mich getan hast. Wenn du nicht gewesen wärst, würde ich jetzt nicht hier stehen. Tibby hat diese lächerliche Geschichte in Umlauf gebracht, dass ich ein Kriegsheld bin, nur um Papa eine Freude zu machen – und Lydia hat sich auch begeistert darauf gestürzt. Sie haben keine Ahnung, wie sehr sie sich irren. Ich komme mir wie ein Betrüger vor. Du bist der eigentliche Held, Harold; du hast den Kopf für mich hingehalten …«

»Es reicht«, unterbrach Harold ihn. »Das ist alles Schnee von gestern. Wir müssen nicht mehr darüber reden. Aber wenn es etwas nützt: Ich finde, dass das, was du getan hast, eine besondere Art von Mut erfordert hat, und dafür werde ich dich immer bewundern.«

Toms Augen brannten, als er Harolds mitfühlenden Blick sah. Er packte die Schulter seines Freunds noch fester und schluckte. »Du bist wirklich ein feiner Kerl.«

Harolds Augen glänzten feucht, als er mit einem selbstironischen Lachen den Kopf schüttelte.

Ihr Gespräch wurde von der triumphierenden Tibby unterbrochen, die mit dem Colonel erschien, der sich auf ihren Arm stützte. Sie trug ein orangefarbenes Kleid, einen lilafarbenen Mantel, Winterstiefel und einen riesigen, altmodischen Hut, der mit Straußenfedern geschmückt war. Tom nahm an, dass sie sie heute Morgen aus dem Schrank in ihrem alten Spielzimmer herausgekramt hatte. Das Herz ging ihm vor Zuneigung zu seiner Zwillingsschwester auf. Archibald war in seine alte Galauniform gekleidet und trug eine Reihe von Orden auf der Brust. Tom tauschte einen überraschten Blick mit Harold, bevor er vorwärtseilte, um zu helfen.

Sein Vater schüttelte ihn ab. »Ich brauche deine Hilfe nicht.«

Tom küsste Tibby auf die Wange. »Du siehst unglaublich aus.«

»Haarsträubend, nicht wahr?«, fragte Tibby und lachte aus voller Kehle. »Aber alle Augen werden auf die Braut gerichtet sein, also glaube ich nicht, dass es eine Rolle spielt, was ich trage.«

* * *

Esmie schüttelte sich Regentropfen vom Hut und begleitete Minnie Templeton in der bis auf den letzten Platz gefüllten Kirche nach vorn. Drinnen war es kühl, aber das Zwielicht wurde von den flackernden Kerzen auf hohen, schmiedeeisernen Kandelabern verdrängt. Der Regen prasselte jetzt heftig, und zwei Platzanweiser standen mit Schirmen für die Ankunft der Braut und ihres Vaters bereit.

Als sie einen Blick nach rechts warf, erkannte Esmie erstaunt, dass Colonel Lomax neben Tibby in der zweiten Reihe saß und starr geradeaus sah. Sie grinste Tibby zu und fragte sich, mit was für einem Zauberbann sie ihren Vater wohl belegt hatte, um ihn dazu zu bringen, zu kommen.

Tom drehte sich in der ersten Reihe um und fing ihren Blick auf. Esmie spürte, wie ein Ruck durch ihren ganzen Körper ging. Er sah in seinem Cutaway elegant und gepflegt aus. Sein markantes Kinn war frisch rasiert, sein dunkles Haar zurechtgegelt. Ein Hauch von Farbe über seinen festen Wangenknochen und an seinem Kinn verriet seine Aufregung. Einen Moment lang sahen sie sich unverwandt in die Augen. Dann nickte er leicht und wandte sich ab, um mit Harold zu reden.

Erschaudernd rieb sie sich die Arme und lehnte sich zurück. Minnie plapperte flüsternd vor sich hin und schien den Tränen nah zu sein.

»Ich wünschte, Grace und ihre Familie wären hier. Sie und Lydia sehen einander vielleicht jahrelang nicht wieder. Ich finde, Lydia sollte zu Besuch nach Zürich fahren, bevor sie nach Indien geht, meinst du nicht auch? Wo stecken sie bloß? Es fühlt sich an, als säßen wir schon seit Ewigkeiten hier. Meinst du, sie hat es sich anders überlegt?«

Esmie legte tröstend eine Hand auf die der älteren Frau. »Natürlich nicht. Sie wird in ein oder zwei Minuten hier sein.«

»Sie kann sehr impulsiv sein«, meinte Minnie besorgt.

Ihre nervösen Bemerkungen wurden von der Orgel unterbrochen, auf der der Hochzeitsmarsch angestimmt wurde. Als Esmie sich umschaute, sah sie Lydia und ihren Vater hinten in der Kirche erscheinen. Tom und Harold standen auf. Als die Braut vorwärtsging, breitete sich bei ihrem Anblick ein Lächeln auf Toms Gesicht aus. Esmies Kehle war wie zugeschnürt. Die beiden waren so offensichtlich verliebt ineinander und gaben wirklich ein schönes Paar ab.

Der Rest des Traugottesdiensts verging wie im Flug. Esmie kämpfte die ganze Zeit dagegen an, Tränen der Rührung für ihre Freundin zu vergießen. Sie konnte sich nicht vorstellen, dass Harold und sie je so ineinander versunken sein würden. Wäre es falsch, ihn zu heiraten und keine Liebe zu empfinden?

Dann kam der Moment, im Gänsemarsch die kleine ländliche Kirche zu verlassen, und Esmie stellte fest, dass Harold auf sie wartete, um sie den Mittelgang entlangzubegleiten. Er war in seinem Cutaway auf raue Art gut aussehend: Der steife Kragen seines Hemds schnitt in seinen kräftigen Hals ein, sein Gesicht hatte eine gesunde Farbe und er lächelte ehrlich. Er sah eher wie ein robuster Bauer aus als wie ein Missionsarzt. Seine haselnussbrauen Augen leuchteten, als er Esmie sah, aber sein Lächeln verflog.

»Hallo, Esmie.« Sein Blick war verunsichert, während er wartete.

»Hallo, Harold.« Sie lächelte und reihte sich neben ihm ein.

Draußen regnete es immer noch, und es blieb kaum Zeit, mehr als ein paar Höflichkeiten auszutauschen, bevor alle sich in den Schutz von Autos und Kutschen flüchteten. Harold entschuldigte sich; er war dazu eingeteilt worden, Tibby und den Colonel zum Empfang zu fahren. Esmie trat den Rückweg mit Lydias Eltern in einem der mit Bändern geschmückten Autos an und reichte Minnie ein frisches Taschentuch.

»Ist sie nicht die schönste Braut, die ihr je gesehen habt?«, fragte Minnie gerührt.

Jumbo lachte. »Ja, aber erzähl Grace nicht, dass du das gesagt hast.«

»Das ist sie ganz gewiss«, sagte Esmie. »Und wie glücklich sie aussieht.«

»Gott sei Dank ist der alte Colonel aufgetaucht«, meinte Jumbo.

»Ich hoffe, er benimmt sich auf dem Empfang.« Minnie klang plötzlich nervös.

»Setzen Sie ihn einfach mit einem großen Schluck zu trinken in eine Ecke«, sagte Esmie, »dann schläft er wahrscheinlich einfach ein.«

Jumbo lachte. »Ein guter medizinischer Ratschlag, Schwester McBride! Genau das werden wir tun.«

* * *

Der Regen hörte den ganzen Tag über nicht auf. Deshalb wurde der Plan, einen Tanztee auf dem Rasen abzuhalten, aufgegeben, und das Büfett mit Sandwiches und Kuchen im Esszimmer statt im Festzelt aufgebaut. Aber Jumbo achtete darauf, dass es reichlich Champagner und Whisky für die Gäste gab, und nach kurzen Reden und Toasts hallte das Haus von lebhaftem Geplauder und übermütigem Gelächter wider. Die Band, die draußen hätte auftreten sollen, richtete sich im Wintergarten ein und spielte populäre Melodien. Hochzeitsgeschenke, die das Paar erhalten hatte, wurden auf Tischen in der großen Eingangshalle zur Schau gestellt.

Lydia und Tom machten gemeinsam die Runde unter ihren Gästen. Beide hatten glühende Wangen und wirkten glücklich. Esmie plauderte gerade mit Tibby, als das jung verheiratete Paar stehen blieb, um kurz mit ihnen zu reden. Tom, ein wenig angeheitert, beugte sich zu Esmie und küsste sie auf die Wange. Er verfehlte ihre Lippen nur knapp.

»Esmie«, sagte Tom, »danke, dass du Lydia im Vorfeld dieser Hochzeit so eine Stütze warst.«

Esmie spürte, wie ihr die Hitze ins Gesicht schoss. »Es war mir ein Vergnügen.«

Lydia kicherte. »Nein, war es nicht. Ich war wegen Toms Vater völlig aufgelöst.« Sie nickte zum Colonel hinüber, der ein angeregtes Gespräch mit einem Landbesitzer, der mit Jumbo befreundet war, führte. »Jetzt sieh ihn dir an! Er benimmt sich lammfromm.«

Tom prustete amüsiert. »Ich habe noch nie gehört, dass jemand ihn so genannt hat. Vielleicht eher ein Wolf im Schafspelz.«

Lydia versetzte ihm einen spielerischen Klaps ans Kinn. »Also wirklich. Du wirst jetzt nicht alles ruinieren, indem du gemein zu deinem Vater bist.«

»Nichts kann diesen Tag ruinieren«, sagte er und gab ihr einen kräftigen Kuss auf die Stirn.

»Pass auf meine Frisur auf«, warnte sie ihn.

Er lachte und hielt sein Glas einer vorüberkommenden Kellnerin hin, um sich Champagner nachschenken zu lassen.

Unvermittelt sagte Tibby: »Komm, Esmie, lass uns in den Wintergarten zur Band gehen, ein bisschen tanzen!«

»Gute Idee«, sagte Esmie, die sich in Toms Gegenwart unbehaglich fühlte. »Ich liebe Tanzen.«

»Und es stehen viele Männer bereit«, sagte Lydia mit einem verschwörerischen Grinsen, »also macht das Beste aus der Gelegenheit.«

Tibby winkte verächtlich ab. »Wir spielen doch nicht die Mauerblümchen und warten, bis Männer uns auffordern – wir tanzen so oder so.«

Sie hakte sich bei Esmie ein, und die jungen Frauen spazierten lachend Richtung Wintergarten.

* * *

Tom sah ihnen nach. Ihm war etwas schwindlig. Er hatte schon zu viel getrunken, aber er mochte die Euphorie und die angenehme Betäubung, die der Champagner auslöste. Vielleicht hätte er Esmie nicht küssen sollen – es hatte sie anscheinend verlegen gemacht –, aber er hatte es getan, ohne nachzudenken. Sie sah in ihrem blauen Kleid, das das Blaugrau ihrer großen Augen unterstrich, so reizend aus. Er empfand guten Willen gegenüber jedermann und eine seltsame Erleichterung.

Er hatte befürchtet, dass die Zeremonie ihn zu schmerzlich an Mary erinnern würde, aber er hatte völlig neben sich gestanden und mechanisch alles getan, als würde er sein Ehegelöbnis aus der Ferne beobachten. Vor acht Jahren hatte er in militärischer Uniform an einem windigen Frühlingstag voll dahinjagender Wolken und jäher Momente des Sonnenscheins geheiratet. Die Maxwells hatten in ihrem Landhaus ein Mittagessen für zwei Dutzend Gäste gegeben. Danach hatte Harold Tom und Mary nach Leith gefahren, wo sie an Bord eines Schiffs nach Holland gegangen waren. Mary hatte immer die Tulpenfelder sehen wollen.

Der heutige Tag bildete einen scharfen Kontrast dazu: strömender Regen und haufenweise Gäste, flotte Musik, die verschwenderische Party mit rauen Mengen von Getränken und Tischen, die sich unter den Speisen bogen. Die geselligen Templetons waren ganz anders als die reservierten und schon älteren Maxwells, die ihre einzige Tochter um ein paar Jahre überlebt hatten und mit gebrochenem Herzen in drei Monaten Abstand voneinander gestorben waren.

Vor allem war die blonde, lebhafte Lydia das Gegenteil der sanften, dunkelhaarigen Mary. Er hatte Lydia noch nie so atemberaubend schön und begehrenswert wie jetzt gesehen: Die zarte Seide ihres Kleids betonte die Kurven ihres Körpers. Auch sie sah Esmie und Tibby nach, die Arm in Arm verschwanden.

»Es überrascht mich, wie eng die beiden sich angefreundet habe«, bemerkte sie. »Ich hoffe, Tibby verdirbt Esmie nicht alle Chancen, einen Mann zu finden.«

»Ich bin mir nicht sicher, ob sie nach einem sucht«, sagte Tom. Er trank einen großen Schluck Champagner und tastete mit einer Hand unbeholfen nach seinem Zigarettenetui.

»Warum sagst du das?« Sie warf ihm einen scharfen Blick zu.

»Nun, sie zeigt kein Interesse an Guthries Heiratsantrag.«

Lydia stürzte sich darauf. »Harold hat Esmie einen Antrag gemacht? Warum hast du mir das nicht erzählt?«

Tom verfluchte seine Indiskretion. »Sag nichts …«

»Ich wusste, dass er ein Auge auf sie geworfen hatte«, sagte Lydia aufgeregt. »Ich habe den ganzen Sommer versucht, die beiden zu verkuppeln. Ich werde ein ernstes Wort mit Esmie reden. Ich kann nicht fassen, dass sie mir das nicht anvertraut hat. Sie muss Ja sagen, dann können wir alle zusammen nach Indien gehen!«

In Toms Kopf drehte sich alles. Der Raum war stickig, und er konnte sich plötzlich kaum noch gedulden, wegzukommen und allein mit seiner frisch angetrauten Braut zu sein. Er schob sein Zigarettenetui zurück in die Tasche, legte einen Arm um Lydia und flüsterte ihr ins Ohr: »Vergiss Harold und Esmie. Wann dürfen wir gehen? Ich kann es nicht abwarten, dass die Flitterwochen beginnen, Mrs Lomax.«

Lydia kicherte. »Noch nicht. Ich will die Party genießen.« Sie ließ den Blick durchs Zimmer schweifen. »Schau mal, da ist Alexandra aus der Schule. Ich muss sie dir einfach vorstellen. Sie wird so eifersüchtig sein, dass ich Captain Lomax aus der Anchorage geheiratet habe.«

Lydia nahm ihn beim Arm und führte ihn durch den Saal.

* * *

Außer Atem von einem chaotischen Versuch, mit Tibby Tango zu tanzen, flüchtete Esmie nach draußen. Der Regen hatte endlich etwas nachgelassen, und auf der Terrasse spazierten Leute umher. Deshalb schlich sie sich in den Garten und stellte sich unter einen riesigen, tropfenden Kastanienbaum. Sie hatte ihren Hut schon abgelegt und hob nun das Gesicht, um die Regentropfen aufzufangen und den erdigen Geruch des nassen Gartens einzuatmen. Sie wusste, dass sie Harold aus dem Weg ging, und hatte ein schlechtes Gewissen deswegen. Aber sie wollte nicht auf Lydias Hochzeit in ein Gespräch über eine Heirat gezogen werden. Es würde genug Zeit sein, um zu reden, sobald ihre Freundin in die Flitterwochen gefahren war. Die Templetons hatten Esmie bestürmt, bis Ende der Woche zu bleiben. »Das wird uns aufheitern, wenn unser Mädchen erst fort ist«, hatte Minnie unter Tränen gesagt.

Esmie warf einen Blick zum Haus und fragte sich, wann das Brautpaar abfahren würde. Sie schienen es nicht eilig damit zu haben, aufzubrechen, obwohl sie von Lydia wusste, dass noch eine mehrstündige Fahrt an einen unbekannten Ort für ihre erste Nacht vor ihnen lag. Esmie versuchte, sich davon abzuhalten, sich auszumalen, wie es sein würde, die Nacht mit Tom zu verbringen, der dank seiner ersten glücklichen Ehe schon ein erfahrener Liebhaber sein musste. Sie wünschte, sie könnte aufhören, an ihn zu denken. Sie hatte gehofft, dass sich in den

Wochen, die sie getrennt verbracht hatten, ihr Verlangen nach Tom gelegt hätte. Aber ein Blick auf ihn in der Kirche am Morgen hatte ihr Herz rasen lassen. Der Gedanke, dass sie noch immer etwas für ihn empfand, quälte sie.

Plötzlich entdeckte sie Tom, der von der Terrasse her mit unsicheren Schritten zu ihr herüberkam. Sie schnappte nach Luft, schmiegte sich eng an den Baum und hoffte, nicht gesehen zu werden. Tom blieb stehen, um sein Zigarettenetui zu zücken, zündete sich eine Zigarette an und ging dann weiter. Zu ihrer Bestürzung sah er sie direkt an, als wäre er auf der Suche nach ihr – obwohl sie wusste, dass er nur auf dem Weg in den Schutz des Baums war.

Sie schob sich um den Stamm herum. Ihr Puls raste. Sie roch den Tabakrauch, als Tom ankam.

»Esmie«, sagte er, »ich weiß, dass du da bist.«

Sie errötete, als sie mit hämmerndem Herzen zu ihm zurückging. Er lehnte sich gegen den Baum und nahm einen tiefen Zug aus seiner Zigarette.

»Ich versuche, wieder nüchtern zu werden, bevor ich nach Hexham fahre«, sagte er. Dann warf er ihr einen Blick zu. »Oje, sag Lydia nichts von Hexham – das soll eine Überraschung sein.«

»Natürlich verrate ich nichts.«

»Ich habe zu viel getrunken. Ich plaudere ein Geheimnis nach dem anderen aus«, gestand er. »Leider ist mir Lydia gegenüber herausgerutscht, dass Harold dir einen Antrag gemacht hat.«

Esmie wurde heiß vor Verlegenheit. »Also weißt du darüber Bescheid?«

Er nickte. »Harold macht sich Sorgen, dass du Nein sagen wirst. Und ich fühle mich verantwortlich, weil ich ihn überhaupt erst dazu ermuntert habe.«

Esmie war verblüfft. »Das hast du getan?«

Er bedachte sie mit einem schuldbewussten Blick. »Tut mir leid, war das falsch von mir? Ich dachte, du wärst gut für meinen Freund – genau die Art von zupackender Frau, die er auf der Missionsstation braucht. Aber muss ich Guthrie vorwarnen, dass du ihn nicht liebst?«

»Nein«, sagte Esmie leise, »mir wäre es lieber, wenn du nichts sagst. Ich habe mich noch nicht entschieden …« Tom durfte nie erfahren, dass der Mann, den sie liebte, er war. »Ich bin mir ehrlich gesagt nicht sicher, was ich als Nächstes tun soll.«

»Aha.« Tom sah sie mitfühlend an und rauchte weiter. Nach einer Pause fragte er: »Bist du deshalb so unglücklich?«

Das erschreckte Esmie. »Mir geht es vollkommen gut«, protestierte sie.

Er musterte sie aufmerksam. »Mir kommt es so vor, als ob du seit dem Krieg nicht mehr zur Ruhe gekommen bist. Das liegt an der Art, wie du über deine Zeit bei den Scottish Women's Hospitals redest – so, als wärst du damals glücklicher gewesen. Ist es so, dass du es vermisst, dich durchschlagen zu müssen und ein einfaches Leben zu führen? Die Herausforderung der Front?«

Sie starrte ihn mit offenem Mund an. Wie konnte er all das nur wissen?

»Manchmal empfinde ich es genauso, was den aktiven Dienst in der Armee betrifft«, gestand er. »So ein Leben geht einem unter die Haut – die Kameradschaft und das Wissen, dass jeder Tag zählt, weil es dein letzter sein könnte.«

Esmie war von seinen Beobachtungen erschüttert; sie hatte nicht gedacht, dass er derart scharfsichtig sein könnte.

»Aber du hast all dem den Rücken gekehrt«, hob sie hervor.

Er biss die Zähne zusammen, ließ seine Zigarette fallen und trat sie aus. »Ja, das habe ich.«

Er schien nahe daran zu sein, noch etwas hinzuzufügen, überlegte es sich dann anders und sah zurück zum Haus. »Ich wollte dich nur warnen, weil ich Lydia gegenüber indiskret war, was dich und Harold betrifft – sie wird bestimmt etwas sagen. Es tut mir leid.«

»Lydias Fragen kann ich schon abwimmeln, mach dir da keine Sorgen«, sagte Esmie trocken. »Darin habe ich jahrelange Übung.«

»Und was wirst du zu meinem Freund Guthrie sagen?«, fragte er.

Sie warf ihm einen scharfen Blick zu. »Das ist eine Sache zwischen Harold und mir.«

»Du hast recht, das geht mich nichts an. Es liegt am Alkohol. Er lässt mich reden, bevor ich nachdenke.«

»Ich verzeihe dir, da es dein Hochzeitstag ist«, sagte sie mit einem Lächeln.

Ihr fiel auf, dass ein Regentropfen am Ende einer gegelten Haarsträhne hing, die ihm in die Stirn gefallen war. Esmie hatte das starke Bedürfnis, den Tropfen wegzuschnippen und das Haar wieder dorthin zurückzustreichen, wohin es gehörte. Es fühlte sich falsch an, mit Lydias Bräutigam allein unter dem Baum zu stehen, aber sie zögerte, wieder hineinzugehen. Sie hatte einen Moment der Einsamkeit genossen; Tom war derjenige, der an sie herangetreten war. Ihr wurde bewusst, dass er sie mit diesem aufmerksamen Blick seiner blauen Augen musterte.

»Warum versteckst du dich eigentlich hier draußen?«, fragte er. »Hat Tibby dich gezwungen, Tango zu tanzen?«

Esmie lachte auf. »Ja, wie hast du das bloß erraten? Ich mag deine Schwester, aber als Tänzerin ist sie leider völlig unbegabt.«

Tom lachte leise. »Das ist sie. Aber ihren Mangel an Raffinesse macht sie mit haufenweise Enthusiasmus wett.«

In dem Moment sah Esmie Lydia auf der Terrasse erscheinen. Schuldgefühle durchzuckten sie.

»Mrs Lomax sucht nach dir«, sagte sie.

Einen Augenblick lang sah sie Verwirrung in Toms Blick. Dann entdeckte er seine Braut.

»Ach so, Lydia.«

Er trat vor und winkte. Lydia bedeutete ihm, zu ihr zu kommen. Tom wandte sich an Esmie. »Sollen wir hineingehen? Lydia will bestimmt, dass du ihr hilfst, sich umzuziehen. Ich glaube, es wird endlich Zeit für uns, abzufahren.«

»Ja, natürlich.« Widerstrebend verließ Esmie den Schutz des Baums und ging voran über den durchnässten Rasen.

* * *

In der kurzen Zeit, die Lydia brauchte, ihr Hochzeitskleid aus- und ihre Reisegarderobe anzuziehen, bombardierte sie Esmie mit Fragen über Harolds Heiratsantrag und Ratschlägen, ihn anzunehmen. Zu Esmies Verlegenheit tratschte Lydia das Geheimnis an ihre Mutter weiter, sobald Minnie sich im Schlafzimmer zu ihnen gesellte.

»Harold hat Esmie einen Antrag gemacht! Ist das nicht wunderbar?«

Minnie eilte durchs Zimmer und brach zum wiederholten Mal an diesem Tag in Tränen aus.

»Das sind großartige Neuigkeiten«, rief sie und drückte Esmie an ihren weichen Busen.

»Aber ich habe ihm noch keine Antwort gegeben«, protestierte Esmie. »Ich denke noch darüber nach.«

Minnie wich zurück. »Aber du wirst doch sicher Ja sagen? Harold ist so ein netter Mann.«

»Natürlich wird sie das«, antwortete Lydia. »Sie sind perfekt füreinander.« Sie wandte sich von dem Spiegel ab, vor dem sie ihren rosafarbenen Filzhut gerichtet hatte. »Esmie, es fällt mir so viel leichter, nach Indien zu gehen, wenn ich weiß, dass du auch dort sein wirst.«

Minnie putzte sich die Nase und lächelte liebevoll. »Du musst für Harold etwas ganz Besonderes sein. Er hat, soweit ich weiß, noch nie jemandem den Hof gemacht. Seine Mutter und seine Tante werden begeistert sein. Agnes Guthrie ist schon ganz verzweifelt, weil sie Angst hat, nie Großmutter zu werden.«

Esmie kämpfte die Panik nieder, die in ihr aufstieg. »Bitte sagen Sie noch nichts zu Harolds Mutter. Ich muss erst Zeit haben, mit Harold zu reden.«

»Ich werde kein Wort sagen«, versprach Minnie.

Als sie in Minnies gerötetes, aufgeregtes Gesicht sah, bezweifelte Esmie, dass Lydias Mutter in der Lage sein würde, solchen Tratsch für sich zu behalten. Esmie würde sich schnell entscheiden und mit Harold reden müssen, bevor sich die Neuigkeit von seinem Heiratsantrag herumsprach. Sie konnte es nicht ertragen, daran zu denken, dass Agnes Guthrie so bitter enttäuscht sein würde, wie Maud Drummond es gewesen war.

Esmie war plötzlich zornig auf Tom. Wenn er nicht so viel getrunken hätte und derart indiskret gewesen wäre, hätte sie nicht unter dem Druck gestanden wie jetzt, sich auf eine Ehe mit dem Arzt einzulassen. Sie überspielte ihre Bestürzung, indem sie Lydia half, einen Seidenschal neu zu binden. Danach umarmten die drei Frauen sich und verabschiedeten sich unter Tränen.

Einen Augenblick lang schien Lydia von dem folgenschweren Schritt, den sie unternahm, überwältigt zu sein, und ihr Kinn begann zu zittern.

»Ich werde dich und Daddy so sehr vermissen, Mummy. Und dieses Haus. Ich liebe mein Zuhause. Ich hätte nicht gedacht, dass es so schwer sein würde, fortzugehen.«

Minnie klammerte sich an ihre Tochter. Beide kämpften mit den Tränen. Esmie tätschelte beiden die Schultern.

»Das hier wird immer dein Zuhause sein«, beruhigte Esmie Lydia. »Wenn ihr im Urlaub aus Indien herkommt, wohnt ihr wahrscheinlich eher hier als in der Anchorage.«

Lydia löste sich von ihrer Mutter und schenkte ihnen eine zittriges Lächeln. »Das stimmt.«

»Na los, Mrs Lomax«, ermunterte Esmie sie, »du hast einen Mann, der draußen ungeduldig auf dich wartet.«

Lydia tupfte sich die Tränen ab und sammelte sich. »Ich bin auch ungeduldig«, sagte sie strahlend.

Esmie und Minnie hakten sich beieinander ein und folgten Lydia nach unten.

Kapitel 9

Der Tag nach der Hochzeit war ein Sonntag, und Esmie wusste, dass Harold in der Kirche sein und danach einen ruhigen Tag mit seiner Mutter und seiner respekteinflößenden Tante verbringen würde, die am Sonntag keine Ausflüge und noch nicht einmal Lektüre billigte – es sei denn, man las die Bibel.

Erschöpft standen Lydias Eltern spät auf und waren damit zufrieden, den Nachmittag über im Gartenhaus zu sitzen, um nichts von den Schauern abzubekommen, die mit Blitz und Donner einhergingen. Weil Esmie wusste, dass sie über die Ereignisse des Vortags würden sprechen wollen, und den Verdacht hatte, dass Minnie Jumbo von Harolds Heiratsantrag erzählt hatte, beschloss sie, die beiden in Ruhe zu lassen. Sie hatte keine Lust auf weitere Fragen. Also unternahm sie einen langen Spaziergang an den Klippen entlang.

Allein mit ihren Gedanken grübelte Esmie über ihre Begegnung unter dem Baum mit Tom nach – und über die Enthüllung, dass er es gewesen war, der Harold ermuntert hatte, ihr einen Antrag zu machen. Er hatte sie eine zupackende Frau genannt, ideal für die Mission und für Harold geeignet. Das ließ Esmie deutlich werden, dass Tom – anders als sie – sich kein bisschen an der Vorstellung störte, dass sie in seiner Nähe in derselben Region Indiens leben könnte.

Ihr Inneres verkrampfte sich aus einem Gefühl heraus, das Erleichterung sein musste. Das würde es ihr leichter machen, sich auf eine Zukunft mit Harold in Indien einzulassen.

Als sie den Blick über das kabbelige, grünliche Meer schweifen ließ, spürte Esmie, dass sie kurz davorstand, ihre Entscheidung zu fällen. Tom hatte recht: Sie hatte sich nicht völlig wieder in Schottland eingelebt. Vaullay war für sie nach den aufreibenden Jahren auf dem Kontinent ein Ort der Zuflucht und Heilung gewesen. Aber jetzt war sie bereit für eine neue Herausforderung und einen neuen Lebenszweck.

Esmie wandte sich landeinwärts und ging zügig Richtung Ebbsmouth.

* * *

Die Guthries wohnten in einem ehemaligen Seemannshaus am Rand der Stadt. Agnes war dorthin gezogen, nachdem ihr Mann, ein Bahnhofsvorsteher, vor zehn Jahren gestorben war. Die unverheiratete Schwester ihres Mannes, Edith, wohnte mit ihr zusammen und führte im Haushalt das Regiment. Der Zugang zum Haus führte unter einem Torbogen hindurch, der aus den Kieferknochen eines Wals bestand.

Die Schatten im Vorgarten wurden schon länger, als Esmie an die Haustür unter ihrem mit Rosen bewachsenen Vordach klopfte. Niemand reagierte. Vielleicht hielten sie noch Mittagsschlaf? Sie hätte bis morgen warten sollen. Ihr Mut verließ sie, und sie wandte sich schon halb zum Gehen. Dann wurde Esmie klar, dass sie es sich bis zum nächsten Tag vielleicht anders überlegen würde, wenn sie jetzt flüchtete. Sie musste auf ihren Instinkt vertrauen und sofort handeln. Sie drehte sich wieder zur Tür, klopfte lauter und wartete mit hämmerndem Herzen.

Es schien eine Ewigkeit zu dauern – die wahrscheinlich nicht mehr als eine Minute war –, bevor die Tür sich öffnete. Barfuß, sein dünner werdendes Haar zerzaust, spähte Harold schlaftrunken ins Freie.

Er starrte sie überrascht an. Sofort lief sein Gesicht rot an. »Esmie? Was …?«

»Es tut mir leid, dich an einem Sonntag zu stören«, sagte sie.

»Ist etwas passiert?«, fragte er besorgt.

Esmie schüttelte den Kopf.

Von drinnen rief Ediths missmutige Stimme: »Wer ist das? Was will er? Weiß er denn nicht, dass man am Sabbat niemanden besucht?«

Harold wirkte hin- und hergerissen. Er warf einen Blick über seine Schulter und sah dann wieder Esmie an.

Esmie sagte hastig: »Ich komme morgen wieder. Es kann warten.«

Als sie sich entfernen wollte, streckte Harold die Hand aus und hielt sie auf. »Nein, geh nicht. Warte nur kurz.«

Er ließ sie auf der Türschwelle stehen und verschwand nach drinnen. Sie hörte ihn seine empörte Tante beschwichtigen. Wenige Augenblicke später kehrte er zurück, die Füße in noch nicht zugeschnürten Schuhen, und zog sich eine Jacke über. Er schloss die Tür hinter sich und bedeutete Esmie, vorauszugehen. Sie sprachen nicht, bis sie unter dem Walknochentor hindurchgegangen und von einer dichten Buchenhecke vor allen Blicken verborgen waren.

»Tut mir leid, ich kann dich nicht hereinbitten«, sagte er. »Mutter würde es nichts ausmachen, aber Tante Edith …«

»Nein, es ist meine Schuld. Ich weiß, dass ich nicht hätte vorbeikommen sollen, aber ich kann alles nicht länger vor mir herschieben. Du hast lange genug auf deine Antwort gewartet.«

Harolds Blick wurde erschrocken. »Also hast du eine Entscheidung gefällt?«

Esmie nickte.

»Es war gut von dir, bis nach der Hochzeit zu warten«, sagte Harold. »Keinen Schatten auf den glücklichen Tag fallen zu lassen. Ich nehme an, du willst so schnell wie möglich zurück nach Vaullay – zu deiner Arbeit und zu Dr. Carruthers – und bist deshalb am Sabbat gekommen. Ich nehme es dir nicht übel. Tante Edith stammt aus einer anderen Generation und hat kein Verständnis dafür. Aber ich schon. Ich bin dankbar, dass du über meinen Heiratsantrag so gründlich nachgedacht hast und gekommen bist, um mir persönlich …«

»Harold«, unterbrach Esmie ihn, »bitte lass mich auch etwas sagen.«

»Tut mir leid«, antwortete er und sah todunglücklich drein.

»Ich bin gekommen, um Ja zu sagen«, erklärte Esmie. »Ich nehme deinen Heiratsantrag an.«

Er starrte sie mit offenem Mund an, als hätte er sich verhört. »Was? Du sagst Ja?«

Esmie nickte.

»Bist du dir sicher?«, fragte er.

Sie fand seine jungenhafte Unsicherheit entwaffnend und lächelte. »Ja, ich bin mir sicher. Solange du es auch bist.«

Er fuhr sich mit einer Hand über sein ungekämmtes Haar. »Nun ja … Ich habe nicht damit gerechnet …« Unvermittelt lächelte er. »Meine Güte. Danke.«

Sie standen da und sahen einander an. Esmie erkannte, dass er so verlegen war wie sie selbst. Sie hatte mit ihrer Antwort nicht so herausplatzen wollen. Sie hätte ihm mehr Zeit geben sollen, über alles zu sprechen, um so herauszufinden, ob er sie wirklich heiraten wollte oder ihr den Antrag nur gemacht hatte, weil sein bester Freund Tom darauf gedrungen hatte.

»Harold«, sagte Esmie und legte ihm leicht die Hand auf den Arm. »Ich weiß, dass es für keinen von uns beiden eine Liebesheirat ist, aber ich stimme allem zu, was du in deinem Brief geschrieben hast. Ich glaube, wir werden gute Gefährten sein, und ich kann es gar nicht abwarten, an deiner Seite in Taha zu arbeiten.«

»Ja, ja!«, sagte Harold mit plötzlichem Enthusiasmus. »Wir können gemeinsam Gottes Werk tun.«

Kurz durchzuckten Esmie Zweifel. Er musste es ihrem Gesichtsausdruck ansehen.

»Du glaubst doch an die Arbeit der Mission, nicht wahr? Das ist mir sehr wichtig.«

»Ich werde tun, was ich kann, um ihre medizinische Arbeit voranzubringen«, antwortete Esmie. »Aber wenn du davon sprichst, Gottes Werk zu tun … Ich mache mir Sorgen um das, was du von unserer Ehe erwartest … Dass du vielleicht das Gefühl hast, dass unsere hauptsächliche Pflicht darin besteht, fruchtbar zu sein und uns zu mehren.« Esmies Wangen brannten angesichts ihrer Zudringlichkeit, aber sie wollte ehrlich zu ihm sein. »Ich will als Krankenschwester arbeiten und deine Partnerin im Leben sein, aber ich will nicht sofort Kinder. Wenn ich zu bald Mutter werden würde, könnte ich meine Arbeit nicht verrichten. Mein ganzes Leben wäre darauf ausgerichtet, mir Sorgen darum zu machen, ein Baby in Sicherheit und am Leben zu erhalten.«

Sie sah ihm in die Augen und fragte sich, ob sie ihn gekränkt hatte. Sein Gesicht war hochrot vor Verlegenheit, aber in seinen Augen blitzte Verständnis auf – oder war es Erleichterung?

»Esmie, ich bin froh, dass du offen zu mir bist, und ich habe genau die gleichen Befürchtungen angesichts dessen, in solch einer rauen Gegend ein Kind in die Welt zu setzen.

Die britischen Friedhöfe in Indien sind voller Kinder, die das Säuglingsalter nicht überlebt haben. Ich weiß, dass der Grund dafür, dass du nach Indien gehen möchtest, ist, dass du bei den Paschtunen arbeiten willst – du hast dich da sehr klar ausgedrückt –, aber ich habe dir genauso klar gesagt, dass das, was ich dir anbiete, Freundschaft ist. Also sind wir uns einig: Abstinenz wird unser Opfer an die größere Sache sein, uns von ganzem Herzen um die Kranken zu kümmern.«

Esmie stammelte: »Ich … ich wollte nicht …«

Er ließ ihre Hände los. »Wir müssen mit niemandem darüber sprechen – oder es je wieder erwähnen.«

Esmie wollte kein Missverständnis schaffen; sie verlangte keine komplette Abstinenz. Sie wusste, dass es Arten gab, Intimität zu genießen und doch eine Empfängnis zu verhindern; sie und Lydia hatten darüber gesprochen. Aber Harold machte schon einen Schritt zurück. Impulsiv beugte sie sich vor und küsste ihn auf die Wange. Sie wollte nicht, dass er glaubte, dass sie vor körperlichen Berührungen mit ihm zurückscheute.

Das schien ihm unangenehm zu sein; er warf einen Blick zum Haus. »Wir warten besser bis morgen, bevor wir Mutter und meiner Tante die Neuigkeit mitteilen.«

Esmie hatte den eindeutigen Eindruck, dass Harold die Guthrie-Frauen gemeint hatte, dass sie seinen Vorschlag, im Zölibat zu leben, nie jemand anderem gegenüber erwähnen sollten. Agnes Guthrie würde darunter leiden, dass Esmie keine Kinder von Harold zu bekommen gedachte, und Edith wäre schockiert über solch ein Gesprächsthema gewesen.

Esmie verbarg ihre Enttäuschung darüber, dass er die Neuigkeit von ihrer Verlobung nicht sofort weitergeben wollte. Jetzt, da sie sich entschieden hatte, konnte sie es gar nicht abwarten, allen davon zu erzählen. Aber sie nickte und zügelte ihre Ungeduld. Sie schloss aus Harolds Blicken, dass er nervös war und sich nicht länger draußen aufhalten wollte.

»Du musst zurück zu deiner Mutter und deiner Tante«, sagte Esmie. »Ich kann allein zurückgehen.«

Er wirkte erleichtert. »Bist du sicher?«

»Natürlich.«

»Ich hole dich morgen um elf ab«, sagte er mit einem schüchternen Lächeln. »Dann können wir Mutter und Tante Edith unsere Verlobung verkünden.«

Sie lächelte ebenfalls, versuchte aber nicht noch einmal, ihn zu küssen. Es musste Harold alles sehr plötzlich vorkommen – sie hatte ihn überrumpelt und hätte nicht erstaunt sein sollen, dass er ein bisschen durcheinander war.

Als Esmie zurück nach Templeton Hall spazierte, ging ihr vor Optimismus das Herz auf. Sie hatte einen Mann gefunden, der ihr genau das bot, was sie wollte: die Sicherheit einer Ehe, die ihr erlauben würde, in ihrer Arbeit frei zu handeln, und Kameradschaft ohne die emotionalen Wirren der Liebe. Harold war doch bestimmt die Antwort auf ihre Gebete?

Dennoch empfand sie nagende Sorge wegen seines Eifers, ihre Beziehung platonisch zu halten. Das hatte sie nicht gemeint, als sie zum Ausdruck gebracht hatte, dass sie Angst davor hatte, Kinder zu bekommen. Eine Ehe ohne Intimität würde keine echte Ehe sein. Aber vielleicht hatte auch sie ihn missverstanden. Vielleicht meinte Harold ja nur, dass sie abstinent leben sollten, solange sie sich an die gemeinsame Arbeit in der Missionsstation gewöhnten und einander besser kennenlernten. Das wäre eine vernünftige Herangehensweise gewesen. Esmie war sich sicher, dass die Intimität ganz von selbst folgen würde, wenn sie erst vertraut miteinander wurden und ihre Zuneigung wuchs. Bei dem Gedanken beschleunigte sie ihre Schritte. Minnie und Jumbo würden die Ersten sein, die ihre Neuigkeit zu hören bekamen.

Kapitel 10

Vaullay, August

Esmie und Harold sollten in der Krankenhauskapelle in Vaullay heiraten. Es sollte eine kleine Feier sein, nur mit Dr. Carruthers als Esmies Familie und Agnes und Edith auf Harolds Seite. Obwohl sowohl Braut als auch Bräutigam unbedingt eine schnelle und stille Hochzeit wollten, bestand Harold darauf, dass sie warteten, bis Tom und Lydia aus den Flitterwochen zurück waren, damit Tom sein Trauzeuge sein konnte. Esmie lud auch Tibby ein.

Esmie trug das taubenblaue Kleid, das Isobel ihr für Lydias Hochzeit gekauft hatte, kunstvoll mit weißem Spitzenbesatz an Halsausschnitt und Saum verschönert. Als ihre Tante ihr Vorhaltungen gemacht hatte, dass sie ihr natürlich ein Hochzeitskleid kaufen würde, hatte Esmie das strikt abgelehnt. »Ich verschwende dein Geld nicht für ein neues Kleid, das ich nie wieder tragen werde. Das blaue ist doch völlig in Ordnung.« Sie erlaubte ihrer Vormundin allerdings, ihr einen weißen Kopfputz mit Schleier zu bezahlen, weil sie glaubte, dass das ihr widerspenstiges braunes Haar zumindest für ein paar Stunden in Schach halten würde.

Am Morgen der Hochzeit – einem sonnigen Sommertag, an dem leichter Morgentau die Rasenflächen glitzern ließ – half Isobels fröhliches Dienstmädchen Jeanie Esmie dabei, sich fertig zu machen, während Isobel den neugierigen Norrie aus dem Weg hielt. Sie beschäftigte den Zweijährigen damit, sie dabei zu unterstützen, ein Blumensträußchen zu binden.

»Danke, Norrie.« Esmie lächelte, nahm den Strauß von dem kleinen Jungen entgegen und zerzauste ihm voller Zuneigung die Haare.

Urplötzlich ergriff Nervosität von ihr Besitz, als sie daran dachte, was sie tat. Sie würde ein letztes Mal als Esmie McBride über die Türschwelle treten. Wenn sie später wieder in Isobels Haus kam, dann als Mrs Harold Guthrie. Sie kämpfte darum, ihre wachsende Panik unter Kontrolle zu bringen, als ihr Zweifel kamen. Sie stand unmittelbar davor, einen Mann zu heiraten, den sie kaum kannte. Sie hatte seine Gesellschaft in den Ferien bei Lydia genossen, aber wie würde Harold in Indien sein? Bald würde es zu spät sein, es sich anders zu überlegen. Sie fing Isobels Blick auf.

»Deine Eltern wären so stolz auf dich«, sagte Isobel mit feuchten Augen.

Esmie räusperte sich, um den Kloß in ihrem Hals loszuwerden, und sagte: »Ich weiß nicht, wie ich in diesen letzten elf Jahren, seit Vater gestorben ist, ohne dich zurechtgekommen wäre. Ich kann dir gar nicht genug für alles danken, was du für mich getan hast, Tante Isobel.«

Isobel tätschelte ihr die Wange. »Ich habe jede Minute deiner Gesellschaft genossen, Liebes.«

»Und ich deine.« Esmie lächelte. »Es ist nicht so, dass ich dich oder das Krankenhaus verlassen würde …« Sie suchte nach Worten, um angemessen ihre innere Rastlosigkeit zum Ausdruck zu bringen.

Isobels Blick war voller Mitgefühl. »Esmie, du darfst kein schlechtes Gewissen haben, weil du gehst. Was du tust, ist etwas Gutes. Schon als du ein kleines Mädchen warst, sind mir dein Mut und deine Zielstrebigkeit aufgefallen.« Sie drückte Esmies Schulter. »Und du heiratest einen prinzipientreuen Mann. Ich weiß, dass du alles, wozu du berufen bist, zum Erfolg führen wirst.«

Ihre Worte beruhigten Esmie und stärkten ihre nachlassende Entschlossenheit. Sie lächelte ihre Vormundin voller Dankbarkeit an und brachte ein zittriges »Danke« hervor.

»Jetzt komm«, sagte Isobel forscher als zuvor. »Lassen wir die Guthries nicht warten.«

Als sie an der Seite ihrer Tante aus deren Cottage heraustrat, war Esmie überwältigt zu sehen, dass der Weg zur Kapelle von Gratulanten aus den Reihen der Patienten gesäumt war. Auch Landarbeiter vom Bauernhof waren gekommen, um zu winken und ihr zuzujubeln. In der Ferne hörte sie die lauten Töne eines Dudelsacks und fragte sich, wen ihre Tante wohl bestellt hatte, um für sie zu spielen.

Als sie um die Ecke zum Kapelleneingang bogen, schnappte Esmie vor Erstaunen nach Luft. Tommy Grey saß auf einem Esstischstuhl, spielte Dudelsack und trug seine alten Regimentshosen im Schottenkaro über seinen Beinstümpfen. Es war rührend, wie viel Mühe er sich für sie gab.

Isobel beugte sich dichter zu ihr, um ihr ins Ohr zu rufen: »Er hat jeden Tag unten im Kuhstall geübt.«

»Danke, Tommy!«, rief Esmie und hob ihr Blumensträußchen zum Gruß.

Ihm glückte ein rasches Nicken, während er weiterspielte. In der Kapelle war die Brautseite der Kirche von Krankenhauspersonal und Patienten gefüllt, während auf der Seite des Bräutigams nur eine Reihe von Lydia, den Guthrie-Frauen und Tibby eingenommen wurde, während der

Bräutigam und sein Trauzeuge vor ihnen saßen. Esmie konnte gar nicht glauben, dass so viele zu ihrer Hochzeit gekommen waren. Sie hatte nicht viel Aufhebens gewollt, aber die Wärme und der gute Wille, den alle an den Tag legten, rührten sie.

Als Esmie mit ihrer Vormundin den Mittelgang entlangschritt und Harold und Tom, die auf sie warteten, am Ende stehen sah, schlug ihr Inneres Purzelbäume. Sie musste sich zwingen, nicht Tom anzusehen. Harold, der seinen besten Sonntagsanzug trug, trat in den Gang und schenkte ihr ein nervöses Lächeln.

Der Traugottesdienst war schnell vorüber. Die kurze Predigt des Pfarrers wurde von aufgeregten Ausrufen einiger Patienten und begeistertem Applaus übertönt. Die Ermahnungen der Angestellten, still zu sein, richteten nichts gegen ihre lärmende Begeisterung aus. Esmie war amüsiert und erfreut, dass sie zu ihrer Hochzeit hatten kommen wollen, und an dem Lächeln, das über Harolds Gesicht huschte, erkannte sie zu ihrer Freude, dass auch er nichts dagegen einzuwenden hatte.

Bald waren sie wieder draußen im milden Sonnenschein und auf dem Weg in den Personalspeisesaal, wo das Mittagessen serviert wurde.

»Meine Güte«, sagte Lydia naserümpfend zu Esmie, als sie den Raum betraten, »es riecht wie Schulessen, oder?«

»Nur dass es besser schmeckt«, erwiderte Esmie lächelnd. »Und wir zwingen dich nicht, stillzusitzen, bis du deinen Tapiokapudding aufgegessen hast.«

Tom erschien an ihrer Seite. »Meine Frau hat sich die letzten beiden Wochen über zu sehr an üppiges Hotelessen gewöhnt«, sagte er grinsend.

Esmie versuchte, ihr hämmerndes Herz unter Kontrolle zu bekommen. Er sah so gut und entspannt aus.

»Nun ja, ich habe Ideen für das Raj Hotel gesammelt«, sagte Lydia. »Es wird die beste Küche in ganz Rawalpindi bieten. Ich finde, wir sollten einen französischen Koch einstellen, aber Tom ist sich nicht sicher.«

»Ich bin ein Mann mit einfachem Geschmack. Einfacher Fisch und gekochte Kartoffeln sind mir lieber als Fleisch mit feinen Saucen.«

»Tut mir leid, da wirst du hier enttäuscht werden«, witzelte Esmie. »Du wirst dich zwingen müssen, unseren Hammelbraten – von Tieren, die auf dem Krankenhausbauernhof großgezogen worden sind – und unsere Röstkartoffeln zu genießen, die übrigens ebenfalls von unseren Patienten angebaut worden sind.«

»Klingt gut«, sagte Tom. »Bei Lamm mache ich immer eine Ausnahme.«

In dem Moment kam Harold, um sie zu ihrem Platz neben seiner Mutter und seiner Tante zu führen.

Das Mittagessen verlief angenehm, aber Esmies Magen war zu verknotet, als dass sie viel hinunterbekommen hätte. Ihr war nur zu deutlich bewusst, wie Tom und Lydia sich am anderen Ende des Tisches über ihre Flitterwochen im Lake District ausließen. Lydia beklagte sich, dass Tom sich viel zu lange damit aufgehalten hatte, sie durch archäologische Ausgrabungsstätten aus der Römerzeit und alte Kirchen zu schleifen, aber Tom lachte nur belustigt über ihre Bemerkungen. Esmie merkte, dass Lydia die Neckereien genoss, und die koketten Blicke, die sie ihrem Mann schenkte, ließen offensichtlich werden, dass sie alles nur im Scherz sagte. Sie hatten eine liebevolle Beziehung und zogen einander gern auf. Ein Hauch von Eifersucht durchfuhr sie.

Esmie musterte Harold, während er ernst mit Isobel redete; sie waren in ein Gespräch über das Krankenhaus vertieft. Bald würde Esmie mit ihm abfahren, und sie würden zum ersten Mal als Mann und Frau allein sein. Auf Isobels Rat hin hatte Harold für sie etwas in einem Haus am Ufer des Loch Vaullay gebucht, wo eine Witwe, Mrs Macmillan, ein Gästezimmer vermietete.

Das Haus lag eine fünfundvierzigminütige Fahrt auf einer einspurigen Straße entfernt. Dort würden sie drei Nächte lang bleiben und dann für ein paar Tage in Isobels Cottage zurückkehren, bevor sie hinunter nach Ebbsmouth fuhren, um Agnes und Edith Lebewohl zu sagen. Ihre Schiffspassage für Indien war für Anfang September gebucht. Sie würden von Liverpool aus fahren.

Lydia war verärgert, dass es Harold nicht gelungen war, sie auf dasselbe Schiff zu bekommen, mit dem sie und Tom Ende August nach Osten fuhren. Harold hatte Esmie anvertraut, dass sie es sich, selbst wenn es ihm gelungen wäre, nicht hätten leisten können, erster Klasse zu reisen wie die Lomax, sodass es vielleicht peinlich geworden wäre. Harold hatte sich dafür offenbar geschämt, aber Esmie hatte ihm versichert, dass die zweite Klasse luxuriös genug für sie sein würde.

»Ich bin es gewohnt, sparsam zu reisen«, hatte sie gesagt. »Und nach Indien zu fahren, wird ohnehin wie Ferien erster Klasse.«

Insgeheim war sie erleichtert, dass Lydia und Tom vor ihnen nach Indien aufbrechen würden und dass es eine Weile dauern würde, bis sie die beiden wiedersah.

Harold schaute auf und ertappte sie dabei, ihn zu mustern. Sie tauschten ein scheues Lächeln, und Esmie spürte, dass sie errötete. Würde Harold bei seiner erklärten Meinung bleiben, dass sie auf Zärtlichkeiten verzichten würden? Plötzlich hoffte sie, dass es nicht so war. Jetzt, da die Zeremonie vorbei war und sie sich darauf festgelegt hatte, Harolds Frau zu sein, wollte Esmie die erste Nacht hinter sich haben – ihre Ehe vollziehen – und ihr gemeinsames Leben beginnen. Und sie wollte von Tom wegkommen. Auch nur seine tiefe Stimme und seine amüsierten Bemerkungen zu hören, sorgte dafür, dass sich ihr vor Sehnsucht die Brust zuschnürte.

Harold stand auf. Er musste Esmie angesehen haben, dass sie sich wünschte, dass das Essen endlich vorbei war, denn er dankte rasch allen dafür, gekommen zu sein, und sagte, dass es nun Zeit für ihn und seine Braut sei, aufzubrechen.

Sie verabschiedeten sich. Lydia und Esmie küssten einander auf die Wangen.

»Oh, liebe Esmie! Das nächste Mal werden wir uns erst in Indien sehen. Ist das nicht der aufregendste Gedanke der Welt?« Dann flüsterte sie ihr ins Ohr: »Du wirst ja so viel Spaß haben, Mrs Guthrie. In der Ehe ist man wirklich auf Rosen gebettet.« Sie grinste. »Zumindest bin ich es.«

Esmies dachte bedrückt daran, wie anders ihre Ehe mit Harold sein würde. Es würde eine Zweck- und Vernunftverbindung sein, keine voll unbeschwerter Lust, wie Lydias Ehe es offensichtlich war.

Es gelang Esmie, zu lächeln und zu sagen: »Gute Reise. Wir sehen uns in Indien.«

Als es so weit war, sich von Tom zu verabschieden, streckte Esmie die Hand aus, damit es nicht zu einer Wiederholung des ungestümen Kusses kommen würde, den Tom ihr auf seiner eigenen Hochzeit gegeben hatte. Diese Feier hier war viel nüchterner verlaufen – ein Gläschen Sherry, um auf das Brautpaar anzustoßen –, und Tom war kein bisschen angeheitert.

»Also, Mrs Guthrie«, sagte er und nahm ihre Hand. »Ich wünsche dir und Harold viele Jahre gemeinsamen Glücks.«

Sie gestattete sich nur, kurz einen Blick mit ihm zu tauschen und flüchtig zu lächeln. »Danke«, sagte sie und entzog ihre Hand seinem Griff.

Ihr Puls raste immer noch, als sie sich in Harolds Automobil zurückzog. Einige der Patienten hatten hinter dem Auto an Schnüren alte Schuhe befestigt, und diese klapperten, als sie davonfuhren. Sie machten kurz am Cottage halt, damit Esmie ihren Schleier ablegen und ihren kleinen Koffer holen konnte. Dann brachen sie zu der Fahrt am Loch Vaullay entlang auf.

* * *

Ihre Vermieterin, Mrs Macmillan, erkannte Esmie als die junge Schwester aus dem Krankenhaus, die oft Wanderungen am Ufer entlang oder in die Hügel hinauf unternahm.

»Ihre Eltern habe ich auch gekannt«, sagte sie. »Ihre Mutter war bekannt dafür, den Leuten hier in der Gegend zu helfen – hat Essen und Medizin gebracht, wenn sie wusste, dass jemand in der Familie krank war. Ja, eine gute Frau.«

Esmie war gerührt zu erfahren, wie beliebt ihre Mutter gewesen war. Aber sie fragte sich, ob Harold einen Ort weiter von Vaullay entfernt für ihre Flitterwochen hätte auswählen sollen, wo man sie nicht kannte oder über sie reden würde. Aber Isobel hatte Harold erzählt, dass man hier gut angeln konnte, und er war erpicht darauf.

Als sie ihr Gepäck nach oben brachten, machte es Esmie Mut zu sehen, dass ein Großteil des Dachzimmers von einem Doppelbett eingenommen wurde; Harold konnte es kaum vermeiden, sich zu ihr zu legen. Es gab einen Waschtisch mit einer Schüssel, einem Wasserkrug und einem Spiegel, eine Kommode für ihre Kleidung und einen einzigen Stuhl. Einer von ihnen würde über eine Hälfte des Betts hinwegsteigen müssen, um auf seine Seite zu gelangen. Unter dem Waschtisch stand ein Nachttopf. Ansonsten würden sie nach unten und nach draußen zur Latrine im Häuschen gehen müssen.

Esmie schlug einen Spaziergang am Ufer des Lochs vor, weil sie glaubte, dass Harold sich dann entspannen würde. Zwischen ihnen herrschte ein neue Verlegenheit, und sie hatten seit der Feier wenig zueinander gesagt. Er stimmte eifrig zu und ging schon nach unten, während sie ihr Hochzeitskleid auszog und einen bequemen Rock, einen leichten Pullover und Wanderschuhe überstreifte.

Während sie durch den diesigen Sonnenschein schlenderten, hakte Esmie sich bei Harold ein und ermunterte ihn, von der Mission zu sprechen.

»Erzähl mir, womit ich rechnen muss, wenn wir in Indien ankommen. Von dem Moment an, in dem wir an Land gehen. Ich will alles wissen.«

Bei ihrer Bitte lebte er auf. »Wir gehen in Bombay von Bord«, sagte er, »und verbringen ein oder zwei Nächte im Missionshaus dort. Das wird uns genug Zeit verschaffen, Unverzichtbares wie medizinischen Bedarf und alles, das du vielleicht vergessen hast, zu kaufen. Dann nehmen wir den Zug nach Norden nach Delhi und Lahore – und von dort aus zur Nordwestgrenze und nach Taha. Das sind zweieinhalb Tage in Zügen, aber sie sind recht komfortabel. Aber leider wird es schrecklich heiß sein – die Temperatur wird immer noch über dreißig Grad betragen und bis Ende Oktober nicht sinken.«

»Keine Sorge«, sagte Esmie, »ich kann bei Hitze arbeiten.«

Harold lächelte. »Die kalte Jahreszeit dagegen kann sehr angenehm sein; eher wie unser schottisches Sommerwetter mit ein paar Regentagen.«

Der Weg wurde schmaler, und Harold löste seinen Arm von ihrem, um sie vorgehen zu lassen. Er wurde lebhafter, als er über sein Haus in Taha sprach.

»Es ist ein Bungalow innerhalb einer eigenen Umfriedung – vielleicht sind ein paar Reparaturen nötig, weil die Armee ihn während der kürzlichen Unruhen als Behelfslager genutzt hat, aber er ist sehr geräumig. Großes Esszimmer und Wohnzimmer – und zwei Schlafzimmer, sodass du dein eigenes haben kannst.«

Er warf ihr einen verstohlenen Blick zu. Esmie war erschrocken. »Das ist doch sicher nicht nötig?«

»Ich bin ein schrecklich ruheloser Schläfer«, sagte Harold. »Ständig stehe ich nachts auf. Ich möchte dich nicht stören.«

Esmie beschloss, sich nicht darum zu streiten, hoffte aber, dass es bis zu dem Zeitpunkt, zu dem sie nach Taha gelangten, kein Problem mehr sein würde, zusammen zu schlafen.

»Und gibt es einen Garten?«, fragte sie.

»In gewisser Weise«, sagte Harold. »Wahrscheinlich ist er arg überwuchert, aber er hat Aprikosen- und Walnussbäume – und einen Maulbeerbaum.«

Esmie lächelte. »Das klingt reizend.«

Er erzählte ihr von den Leuten in der Missionsstation: den paschtunischen Pflegern, die im Krankenhaus arbeiteten, und Reverend Bannerman, einem schottischen Militärpfarrer im Ruhestand, der half, Medizin auszugeben, Zähne zog und in Notfällen Patienten zum Krankenhaus in Kohat fuhr. Es gab eine einzige andere Frau, die als Sanitäterin arbeitete, eine Witwe namens Rupa Desai.

»Ich dachte, du hättest gesagt, unverheiratete Frauen wären in der Mission nicht erlaubt?«, erkundigte sich Esmie.

»Mrs Desai ist die Ausnahme von der Regel. Ihr Mann war einer unserer Missionsärzte, also kannten die Leute sie schon vorher als verheiratete Frau. Sie ist selbst ausgebildete Apothekerin – und Inderin.«

»Was ist ihrem Mann denn zugestoßen?«

»Tragischerweise ist Dr. Desai in Kanki-Khel erschossen worden, unserem Klinikvorposten in den Bergen.«

»Wie entsetzlich!«

»Schrecklich«, stimmte Harold ihr zu. »Es war sehr mutig von Mrs Desai, zuzustimmen, weiter in Taha zu bleiben.«

»Sie klingt bemerkenswert«, sagte Esmie. »Ich kann es nicht abwarten, sie kennenzulernen.«

»Natürlich lassen wir sie nicht einmal in die Nähe von Kanki-Khel«, erklärte Harold. »Und soweit ich gehört habe, ist es im kürzlichen Krieg mit den Afghanen angegriffen worden und man hat die Klinik niedergebrannt. Ich hoffe, von Bannerman bald die Nachricht zu bekommen, dass jetzt alles in Ordnung ist. Ich bringe dich nicht an einen Kriegsschauplatz, meine Liebe.«

»Harold«, sagte Esmie, »die Front ist nichts Neues für mich. Wohin du auch gehst, ich komme mit.«

Sie gingen bis zur gegenüberliegenden Seite des Lochs und blieben im Freien, bis die Sonne im Westen zu sinken begann. Als sie zum Haus zurückkehrten, stieg schon der erste Abendstern am aquamarinblauen Himmel auf, und Harold hatte seine Reserviertheit verloren. In der Wohnstube servierte Mrs Macmillan ihnen ein einfaches Abendessen aus Fisch und gekochten Kartoffeln. Esmie konnte gar nicht anders, als daran zu denken, wie froh Tom über solch eine Mahlzeit gewesen wäre. Sie fragte sich, wer den Kampf um die Speisekarte im Raj Hotel gewinnen würde, und glaubte, dass es wahrscheinlich Lydia sein würde. Solche Gedanken verdrängte sie aus ihrem Verstand, als die Vermieterin die Teller abräumte, eine Petroleumlampe entzündete und sie bat, sich in bequemere Sessel zu setzen. Dann ließ sie sie allein.

Esmie wartete darauf, dass Harold vorschlagen würde, dass sie sich nach oben zurückzogen, aber stattdessen ging er das Übungsbuch holen, das er benutzte, um ihr Paschtu beizubringen, sodass sie mit den örtlichen Angestellten der Mission reden konnte. Sie hatte Harold ermuntert, sie zu unterrichten, hatte aber nicht damit gerechnet, ihre Hochzeitsnacht damit zu verbringen, mit der neuen Sprache zu ringen. Die nächsten zwei Stunden über brachte er sie dazu, Sätze zu üben und Vokabeln zu lernen. Vor Müdigkeit hatte Esmie Kopfschmerzen, und sie musste immer wieder ein Gähnen unterdrücken.

Da sie befürchtete, dass er sie die ganze Nacht wach halten und Paschtu lernen lassen würde, sagte sie: »Harold, ich kann kaum noch die Augen offen halten. Lass uns nach oben und zu Bett gehen.«

»Entschuldige bitte, meine Liebe«, sagte er mit besorgtem Blick. »Habe ich es übertrieben?«

Sie schüttelte den Kopf. »Es ist alles gut, aber das reicht für einen Abend.«

Sie riefen ihrer Gastgeberin, die in der Küche döste und darauf wartete, dass sie sich zurückzogen, gute Nacht zu und stiegen die Treppe zu ihrem Schlafzimmer unter dem Dach des kleinen Hauses hinauf. Harold ging mit der flackernden Lampe voran.

»Ich mache mich auf dem Flur bettfertig«, erklärte er und schnappte sich seinen Pyjama, bevor Esmie etwas sagen konnte.

Mit rasendem Herzen zog sie sich ihre Kleidung aus und ihr Nachthemd an, bürstete sich die Haare und kroch über das Bett auf die andere Seite und dann unter die Decke. Jeden Moment würde Harold – ihr Mann! – sich neben sie ins Bett legen. Sie fragte sich, wie es sein würde, von seinen kräftigen Armen umfangen zu werden und seinen Atem auf ihrem Haar zu spüren. Er hatte einen schönen, festen Mund; würde er sie auf die Lippen küssen?

Als Harold zurückkehrte, sah sie zu, wie er sorgsam seine Kleidung über den Stuhl hängte. Sein Pyjamaoberteil war bis zum Hals zugeknöpft und in die Hose geschoben, die mit einem Schnürband sicher zugebunden war. Er vermied es gezielt, sie anzusehen, und holte ein Buch aus seinem Koffer. Esmie wurde das Herz schwer. Als er ins Bett stieg, warf er ihr einen Blick zu.

»Stört es dich, wenn ich noch eine Weile lese? Das hilft mir, einzuschlafen.«

Esmie verbarg ihre Enttäuschung. »Überhaupt nicht. Was liest du denn?«

Er zögerte, und im schwachen Licht hatte sie den Eindruck, dass er verlegen dreinsah. »Einen von Walter Scotts Romanen. *Die Schwärmer.*«

Esmie lachte überrascht auf. »Ich hätte etwas viel Achtbareres und Religiöseres erwartet. Weiß deine Tante, dass du romantische Romane liest?«

Harold lächelte. »Ja. Sie billigt es nicht, aber sie kann sich nicht darüber beschweren, weil mir die Romane von meinem Vater – ihrem Bruder – hinterlassen worden sind, dem einzigen Mann, der in ihren Augen nichts falsch machen konnte. Er hatte alle von Scotts Romanen und eine große Sammlung anderer Belletristik.«

Esmie setzte sich entzückt auf. Das war eine Gemeinsamkeit zwischen ihnen, mit der sie nicht gerechnet hatte. »Liest du mir vor?«, fragte sie.

Er schaute sie überrascht an. »Aber ich habe den Roman schon halb durch.«

»Das spielt keine Rolle«, sagte Esmie. »Ich kenne die Geschichte ohnehin. Mein Vater hatte auch alle von Scotts Romanen, und ich habe jeden einzelnen davon gelesen. Manchmal hat er mir laut vorgelesen.«

»Wenn du wirklich möchtest, dass ich es tue?« Harold wirkte immer noch unsicher. Esmie nickte.

»Nun gut«, sagte Harold.

Er drehte die Flamme der Lampe höher und begann zu lesen. Er hatte eine angenehme Vorlesestimme, nicht so tief und ausdrucksvoll wie die ihres Vaters, aber mit einem beruhigenden Rhythmus.

Im heimeligen Schein des Lampenlichts sank Esmie entspannt aufs Kopfkissen zurück und lauschte. Bald übermannte sie die Erschöpfung des Tages. Sie schlief beim einlullenden Klang von Harolds Stimme ein.

* * *

Esmie erwachte, bevor es völlig hell wurde, und fragte sich, wo sie war. Sie sah sich in dem fremden Zimmer voller seltsamer Schatten um. Schlagartig erinnerte sie sich, dass sie neben Harold im Bett lag. Im Dämmerlicht konnte sie die Umrisse seines breiten Körpers und kantigen Gesichts erkennen. Er lag auf dem Rücken und schnarchte leise.

Esmie rückte Stück für Stück näher an ihn heran und musterte ihn genauer. Er hatte ein markantes, wettergegerbtes Gesicht, aber wenn er schlief, wirkte er jugendlicher. Die Falten um seine Augen fielen weniger auf, und seine sandfarbenen Wimpern sahen so weich wie die eines Kindes aus. Die Knöpfe seines Oberteils spannten sich, als seine breite Brust sich hob und senkte. Durch eine Lücke zwischen den Knöpfen sah ein Haarbüschel hervor. Sie verspürte den Drang, mit dem Finger über seine Stirn und seine Wange zu fahren und dann die hervorstehenden Haare zu berühren. Aber würde er sich darüber ärgern, wenn er erwachte?

Ihre Finger verirrten sich an ihre eigene Kehle und zu ihrem zugeknöpften Nachthemd. Ihr fiel wieder ein, wie Harold ihr vorgelesen hatte, bis sie eingeschlafen war. Er hatte keinen Versuch unternommen, sie zu berühren. Wenn sie wach geblieben wäre, hätte er ihr dann wenigstens einen Gutenachtkuss gegeben? Vielleicht hatte er es getan, während sie schlafend dagelegen hatte. Hatte er sie im Lampenschein betrachtet und eine Regung des Begehrens gespürt, wie sie es jetzt tat? Oder hatte er weitergelesen, entschlossen, sein Keuschheitsgelübde einzuhalten? Sie war ruhelos und wusste, dass sie nicht dort bleiben konnte, während er schlief und ihre Enttäuschung wuchs.

Esmie schlüpfte unter der Decke hervor und kroch über das Bett, ohne Harold zu wecken. Weil sie halb hoffte, dass er hochschrecken und sie davon abhalten würde, zu gehen, ließ sie sich Zeit damit, ihr Nachthemd aufzuknöpfen, es auszuziehen, zusammenzulegen und sich anzukleiden. Er schlief weiter, und so schlich sie sich aus dem Zimmer. Auf dem Weg die Treppe hinab hörte sie Mrs Macmillan in der Küche rumoren und den Herd anfeuern. Ihr erster Instinkt war, zu ihr zu gehen und ihr zu helfen, aber sie erkannte, dass die Witwe es vielleicht seltsam finden würde, sie am ersten Tag ihrer Flitterwochen dort anzutreffen. Wahrscheinlich würde sie Esmie nur zurück nach oben zu ihrem Ehemann scheuchen.

Ehemann! Esmies Inneres brodelte, als sie die Hintertür öffnete und über den Hof zum Häuschen ging. Die Luft war kalt, und der Himmel in der Morgendämmerung rosafarben. Ein paar Minuten später, nachdem sie die Latrine benutzt hatte, verließ sie Mrs Macmillans Grundstück und ging an den Loch hinunter, um einen Spaziergang zu unternehmen.

Sie verließ den Pfad, kämpfte sich durch ein Dickicht aus Haselsträuchern und erreichte das kiesige Ufer. Die Berge im Osten zeichneten sich dunkel vor dem Himmel ab, der schnell golden wurde. Im stillen Loch spiegelte sich das Licht der Morgendämmerung; keine Menschenseele war unterwegs. Ein Reiher flog von einem nahen Felsen auf und schwebte über das funkelnde Wasser. Esmie hatte den Loch noch nie schöner und heiterer wirken sehen.

Plötzlich überkam sie eine ergreifende Erinnerung an ihren Vater, der sie am Ufer des Lochs an der Hand gehalten hatte – sie war damals sicher nicht älter als fünf oder sechs gewesen –, um sie ins Wasser zu locken. Er hatte ihr genau in diesem Loch schwimmen beigebracht, und als sie nach Ebbsmouth gezogen waren, waren sie gemeinsam im Meer schwimmen gegangen. Esmie dachte flüchtig an den Tag, an dem sie in der Bucht mit Harold und Tom geschwommen war. Sie hatte Mühe gehabt, nicht Toms athletischen Körper anzustarren, als er mit kraftvollen Gliedern durch die Brandung gepflügt war. Sie hatte dem

Drang widerstehen müssen, mit dem Finger die Narbe an seiner Schulter nachzuzeichnen. Diese Erinnerung musste sie aus ihrem Gedächtnis tilgen. Ein kaltes Bad würde sie von ihren fiebrigen Gedanken ablenken und ihr Begehren dämpfen.

Esmie warf ihre Kleidung ab und watete nackt ins flache Wasser, wobei sie Wellen erzeugte, die sich über die ruhige Oberfläche ausbreiteten. Sie keuchte auf, als sie in den Loch und ins tiefere, eisige Wasser hinausschwamm. Es raubte ihr den Atem, erfüllte sie aber mit Glücksgefühlen. Das hier war der erste Tag ihres neues Lebens, und sie würde sich mit Leib und Seele darauf einlassen. Sie würde einen Weg finden, Harolds körperliche Reserviertheit zu durchbrechen. Wie sie war er wahrscheinlich noch jungfräulich und nervös. Deshalb hatte er sich so auf die Vorstellung von Abstinenz gestürzt: um seine Verlegenheit zu verbergen, dass sie das Thema angesprochen hatte, ein Kind zu zeugen. Es war ihre eigene Schuld, weil sie mit ihren Ängsten herausgeplatzt war, statt seinen Heiratsantrag voller Begeisterung anzunehmen.

Als sie zurück zum Strand schwamm und die Pension an der Hügelflanke erspähte, über die sich eben das Tageslicht schob, dachte sie an den bescheidenen Mann, der oben im Bett lag, und verspürte plötzlich Zuneigung zu ihm. Sie brauchten nur Zeit, um sich aneinander zu gewöhnen; sie durfte nicht ungeduldig mit ihm sein. Sie war sich sicher, dass sie das Richtige getan hatte, als sie Harold geheiratet hatte. Zusammen würden sie wichtige Arbeit leisten und – Esmie lächelte bei sich – wahrscheinlich viele Bücher gemeinsam lesen.

Sie rieb sich mit einem Schal trocken. Jeder Zentimeter ihres Körpers kribbelte, als sie sich unbeholfen wieder anzog. Sie fragte sich, was für Abenteuer sie erleben und welche Orte sie sehen würde, bevor sie das nächste Mal ins Wasser des Loch Vaullay eintauchte. Was auch immer die Zukunft mit Harold ihr bringen würde, Esmie wusste, dass sie jetzt bereit dafür war.

Kapitel 11

Dampfschiff Galloway Castle, Anfang September

Esmie verbrachte die erste Woche der dreiwöchigen Reise nach Indien seekrank an ihre beengte Kabine zweiter Klasse gefesselt. Das schlechte Wetter, das sie durch die Biskaya verfolgt hatte, setzte sich im Mittelmeer fort.

»Ich hatte vergessen, was für ein schlechter Matrose ich bin«, sagte sie gequält, als Harold sich besorgt über sie beugte. »Ich überstehe das schon. Lass mich einfach schlafen.«

»Oben an Deck würdest du dich besser fühlen«, sagte er. »Etwas frische Luft schnappen. Dich davon ablenken, indem du die Wellen beobachtest.«

Bei der Erwähnung von Wellen beugte Esmie sich vor und würgte in eine Blechschüssel neben dem Bett. Sie sank zurück und schloss die Augen. »So weit kann ich nicht laufen«, sagte sie schwach. »Bitte fühl dich nicht verpflichtet, hierzubleiben. Geh und hab deinen Spaß, Harold.«

Er ging und murmelte immer noch vor sich hin, dass frische Luft das Heilmittel wäre. Esmie konnte es nicht ertragen, sich zu rühren. Sie versuchte, so still wie möglich zu liegen und an etwas anderes zu denken – etwas Nützliches. Im Kopf ging sie die neuesten Paschtu-Vokabeln durch, die Harold ihr beigebracht hatte und die unverzichtbar sein würden, um unter den Stammesangehörigen zu leben. Sie hatte auch erfahren, dass die Bezeichnung »Paschtunen« nur ein Oberbegriff war, den die Briten für alle Völker verwendeten, die Paschtu sprachen. Es gab in Wirklichkeit Dutzende verschiedener Stämme überall an der Nordwestgrenze. Viele waren verwandtschaftlich verbunden, aber alle bewachten eifersüchtig ihr jeweiliges Territorium.

»Klingt ganz wie unsere Highland-Clans in früheren Zeiten«, hatte Esmie gesagt, als ihr Mann ihr verschiedene Gebiete auf einer viktorianischen Karte gezeigt hatte, die er zwischen Tante Ediths Büchern gefunden hatte.

»Genau so«, hatte Harold zugestimmt. »Sie haben Häuptlinge, die Khane genannt werden, und die Männer sind ständig schwer bewaffnet. Sie nutzen dieselben Überraschungstaktiken bei blitzschnellen Überfällen auf ihre Feinde. Nach allem, was man hört, ist das ein furchterregender Anblick – schreiende, bärtige Kerle, die Waffen schwingen.«

»Und solche Männer werden wir behandeln?«, hatte Esmie mit weit aufgerissenen Augen gefragt.

»Natürlich«, hatte Harold gesagt. »Wenn sie ins Krankenhaus kommen, können wir sie nicht abweisen. Manchmal müssen wir darauf achten, Familien, die sich befehden, an unterschiedlichen Enden des Gebäudes unterzubringen. Aber die meiste Zeit über haben wir es mit Bauern und ihren Angehörigen zu tun – mit ähnlichen Unfällen und Gebrechen wie unsere eigenen Leute.«

Esmie hatte versucht, sich Harolds Informationen über die unterschiedlichen Stammesgebiete einzuprägen. Das Missionskrankenhaus in Taha lag in Nord-Wasiristan, das von Wasir bewohnt wurde, während sie nördlich davon, nahe der afghanischen Grenze, einen Klinikvorposten im gebirgigen

Kurramtal in der Region Kohat führten. Hier lebten die Gurbuz und Otmanzai.

»Beide sind Stämme der nördlichen Wasir«, hatte Harold erklärt. »Aber die Otmanzai sind mächtiger.«

Als Esmie perplex dreingesehen hatte, hatte ihr Mann gesagt: »Stell dir die Wasir als eine Konföderation vor – wie den Clan MacDonald – und die Otmanzai als einen ranghohen Zweig.«

Esmie hatte dazu genickt, und so hatte Harold voller Begeisterung weitergesprochen.

»Natürlich gibt es auch andere wichtige Stämme: die Afridi im Norden in der Nähe von Peschawar und die Mahsud im Süden, die ihre eigenen Unterstämme wie die Manzai und Baholzai haben. Die Mahsud sind diejenigen, die diesen Sommer so viel Unruhe mit Angriffen auf britische Soldaten gestiftet haben. Dann gibt es noch andere, kleine Stämme: Bettani, Banuchi und Ormur …«

»Hör auf!«, hatte Esmie gerufen. »Ich muss mir das alles aufschreiben.«

Das hatte sie getan, und Harold hatte sie jeden Abend abgefragt, bevor er ihr vorgelesen hatte.

Jetzt, als Esmie in ihrer engen Koje lag und ihr übel war, schwammen die Namen der Paschtunenstämme wie schwer zu fangende Fische hinter ihren geschlossenen Augenlidern vorbei. Sie fragte sich, ob Tom gegen diese Stämme gekämpft hatte, und wenn ja, gegen welche. Er hatte zu den Peshawar Rifles gehört und deshalb wahrscheinlich Kämpfe gegen die Afridi bestanden. Was hatte seine erste Frau Mary getan, während er auf entlegenen Vorposten am Khaiberpass stationiert gewesen war? Hatte sie das Leben in der Garnisonssiedlung genossen oder hatte sie nicht gewusst, was sie mit ihrer Zeit anfangen sollte?

War Toms junge Braut an Bord des Schiffs auch seekrank gewesen und hatte sich nervös gefragt, was für ein Leben sie sich da ausgesucht hatte, oder hatte sie mit Tom an der Reling gestanden und es gar nicht abwarten können, nach Indien zu kommen? Esmie wollte Harold gern diese Fragen stellen – um mehr über Mary zu erfahren –, wollte sich aber ihre Gefühle für Tom nicht anmerken lassen, indem sie ihn im Gespräch erwähnte.

Lydia genoss nach allem, was man hörte, ihr neues Abenteuer in vollen Zügen. Es waren Briefe aus Marseille und Port Said gekommen, in denen sie über das Leben an Bord in der ersten Klasse schwärmte, mit Diners, Bällen und Spielen an Deck:

> *Wir begegnen hier der Crème de la Crème der britischen Gesellschaft in Indien. Weißt Du, wie die obersten Zivilbeamten sich nennen? Die Himmelsgeborenen! Ist das nicht köstlich? Und sie halten sich unverkennbar auch dafür. Ich stelle mich als Frau eines Captains vor, sonst würden sie ganz einfach nicht mit mir sprechen. Wir haben eine wunderschöne Zeit. Mummy und Daddy genießen jede Minute und haben haufenweise neue Freundschaften geschlossen – all die jungen Offiziere lieben sie. Deshalb ist meine Tanzkarte auch immer voll! Und man bedient uns von vorn bis hinten. Indien wird ja solchen Spaß machen!*

Während das Schiff im Seegang stampfte, musste Esmie trotz allem schwach über die freudige Aufregung ihrer Freundin lächeln. Lydia kostete ihr neues Leben voll und ganz aus. Esmie schloss die Augen. Ihre Ehe mit Harold war gewiss nicht romantisch, aber er hatte ihr auch nie versprochen, dass sie das sein würde. Er war liebenswürdig und brüderlich, aber zu ihrer Enttäuschung machte er immer noch keinen Versuch, sie zu berühren, und es schien ihm peinlich zu sein, dass sie ihm abends einen Gutenachtkuss auf die Wange gab. Sie hatten sich bisher nur auf Mrs Macmillans Dachboden ein Doppelbett geteilt. Als sie sich an ihn gekuschelt und einen Arm um seine Taille gelegt hatte, hatte er sich verkrampft. Nachdem er ihr sanft die Hand getätschelt hatte, hatte er sich dann auf die Seite und damit außerhalb ihrer Reichweite gedreht.

Seitdem hatten sie in getrennten Betten geschlafen. Weder Isobel noch die Guthries hatten ein Doppelbett in ihrem Haus, und an Bord des Schiffs waren ihre Kojen kaum breiter als Gepäckregale. Wenigstens hatten sie das Glück, ihre Unterkunft nicht mit anderen teilen zu müssen.

Sie hatte den Eindruck, dass sich unter Harolds zur Schau getragener Besorgnis wegen ihrer Seekrankheit eine gewisse Erleichterung verbarg, dass es ihr nicht gut genug ging, ihm nächtliche Küsse zu geben. Sie hatten einander bisher noch nicht einmal beim Ausziehen zugesehen. Harold eilte immer ins Bad, wenn sie begann, sich zu entkleiden, nahm seinen Pyjama mit und wartete so lange, dass sie schon im Bett lag, wenn er zurückkehrte. Nicht, dass sie in ihrem derzeitigen Zustand die nötige Energie für Intimität aufbringen konnte, dachte Esmie schwach.

Es würde anders sein, wenn sie erst in Indien waren und sich besser aneinander gewöhnt hatten. Die Vertrautheit würde eine gewisse Wärme zwischen ihnen erzeugen. Es war einfach nur so, dass sie beide daran gewohnt waren, als Alleinstehende zu leben – besonders Harold mit seinen dreiunddreißig Jahren – und deshalb Zeit brauchten, sich daran anzupassen, zusammen zu sein. Sie seufzte und wünschte sich, die Reise wäre vorbei und der Tag würde kommen, an dem sie es ertragen konnte, aufzustehen, und sich wieder wie ein Mensch fühlte.

* * *

Als sie Suez erreichten, war Esmie wieder auf den Beinen und begann, die Reise zu genießen. Auf dem Zweiter-Klasse-Deck nahm sie an Wurfring- und Tennisspielen teil und half mit, bei Aktivitäten für die Kinder die Aufsicht zu führen. Harold hatte einen neuen Freund gewonnen, Bernie Hudson, der aus dem Urlaub nach Peschawar zurückkehrte und für die Landwirtschaftsbehörde arbeitete. Er war ein liebenswerter Exzentriker, der sich stur weigerte, statt seiner Deerstalker-Mütze einen der allgegenwärtigen *solar topees* zu tragen, die alle anderen nun aufsetzten, um ihre Köpfe vor der Sonne zu schützen.

Als sie ins Rote Meer einfuhren, stieg die Temperatur, und der Wind kam zum Erliegen. Die Mannschaft trug nun ihre leichten weißen Uniformen, und die Passagiere flüchteten vor der gleißenden Sonne in den Schatten. Diejenigen, die zum ersten Mal nach Indien reisten, beschwerten sich, dass es in den Kabinen heiß wie in einem Glutofen war, wenn keine Meeresbrise durch die Belüftungsrohre strich.

»Ich bin nur dankbar für die ruhige See«, sagte Esmie zu Harold und Bernie, als sie alle auf Liegestühlen an Deck saßen. »Die Hitze macht mir nichts aus.«

»Ach, das ist noch gar nichts, meine Liebe«, sagte Bernie. »Warte nur ab, bis du nach Indien kommst.«

»Das kann ich gar nicht abwarten.« Esmie lächelte und legte Harold eine Hand auf den Arm. Sie spürte, wie er sich versteifte, und löste ihren Griff rasch wieder. Allmählich wurde ihr klar, dass Harold ihre kleinen Gesten der Zuneigung besonders vor Dritten unangenehm waren. Bernies Blick verriet ihr, dass das auch ihm aufgefallen war, aber er plauderte weiter, als wäre nichts geschehen.

»Ein Glück, dass die ganze Geschichte mit den Afghanen vorbei ist«, sagte Bernie und griff nach seiner Schnupftabaksdose. »Wie ich höre, hat die Royal Air Force ihnen die Hölle heiß gemacht – sie hatten sie noch nie zuvor gesehen. Sie haben sich zerstreut und ihre Geschütze zurückgelassen.«

»Geschütze, die nun leider unseren Freunden, den Wasir und Mahsud, in die Hände gefallen sind«, sagte Harold kopfschüttelnd. »Aber man versichert mir, dass in Taha jetzt alles ruhig ist.«

»Nun, wenn nicht«, sagte Bernie und nahm eine Prise Schnupftabak, »könnt ihr liebend gern bei mir in Peschawar wohnen, bis alles sicherer ist. Die Garnisonssiedlung dort ist gut befestigt, und ich geistere ganz allein durch einen Bungalow, der viel zu groß für einen Junggesellen ist.«

»Das ist sehr freundlich«, sagte Esmie. »Ich würde Peschawar gern irgendwann einmal besuchen.«

»Dann müsst …« Bernie brach ab und nieste laut. Er zog ein mit braunen Flecken übersätes Taschentuch hervor, putzte sich die Knollennase und wischte seinen ergrauenden Schnurrbart ab. »… ihr unbedingt vorbeikommen«, schloss er mit einem breiten Lächeln.

Kapitel 12

Das Raj Hotel, Rawalpindi, September

»Das ist es?« Lydia starrte ungläubig das weitläufige, niedrige Gebäude hinter einer kahlen Rasenfläche und einem baufälligen Zaun an, von dem die braune Farbe abblätterte. »Das fällt ja schon in sich zusammen. Der halbe Putz – oder wie auch immer man das nennt – hat sich ja schon gelöst.«

»Das sind nur oberflächliche Schäden«, behauptete Tom, verbarg sein eigenes Erschrecken und half ihr aus der *tonga*, einer typischen zweirädrigen Pferdekutsche, die sie vom Bahnhof hergebracht hatte. Das Hotel sah überhaupt nicht so aus wie auf den kunstvollen Zeichnungen in den Verkaufspapieren, wenn man von den beiden Palmen absah, die ihren Schatten auf das rostige Vordach aus Blech und die Veranda warfen, auf die man dahinter einen Blick erhaschte.

Tom schaute sich um und sah, dass sein Diener, Bijal, damit beschäftigt war, das Abladen ihres Gepäcks zu überwachen. Der Anblick seines ruhigen, tüchtigen Dieners, der sie in Bombay vom Schiff abgeholt hatte, flößte Tom Mut ein.

Tom sagte munter: »Du wirst Freude daran haben, ein neues Farbschema auszusuchen, Schatz.«

Er sah Lydias Kinn zittern. »Ich wünschte, Mummy und Daddy wären hier.«

»Das sind sie ja bald«, munterte Tom sie auf und drückte ihre Hand. »Es steht ihnen doch zu, dass sie ein paar Tage lang in Lahore die Sehenswürdigkeiten bestaunen – sie machen schließlich Urlaub. Und so haben wir die Chance, schon vor ihnen hier zu sein und alles vorzubereiten.«

Er musterte sie argwöhnisch. Sie hatte wieder ihr mit Eau de Cologne getränktes Taschentuch vor ihre Nase gepresst. Es war ein Fehler gewesen, sie auf dem kurzen Weg durch den Saddar-Basar an dem übel riechenden Schlachthof vorbei und durch die überfüllten Straßen herzubringen. Obwohl es später Nachmittag war, war die Hitze noch intensiv, und Lydia sah unter ihrem neuen *solar topee* erschöpft aus.

»Können wir uns kein Zimmer im Flashman's nehmen?«, fragte Lydia. »Dieses Gebäude wirkt unbewohnbar. Sogar das Schild ist schon von seiner Aufhängung gefallen.«

Tom konnte gar nicht anders, als sich vorzustellen, was Esmie über das Haus mit seiner geschlossenen Veranda gesagt hätte, bei der sich jemand die Mühe gemacht hatte, sie mit bunten Topfpflanzen zu dekorieren. *Reizend – verblasste Pracht – aber reizend.* Bei Lydia würde viel mehr Überzeugungsarbeit nötig sein als bei ihrer besten Freundin. Harold und Esmie mussten jetzt schon auf halbem Weg nach Indien sein … Er verdrängte den Gedanken schnell.

»Dubois, der Direktor, erwartet uns«, sagte Tom. »Ich bin mir sicher, dass drinnen alles schön sein wird. Los, Lomax Memsahib; gehen wir unseren neuen Besitz inspizieren.«

Als er seine Frau beim Arm nahm, kamen ein Portier und ein kleiner Junge den Hotelweg entlanggeeilt. Kaum dass er sie erreicht hatte, grinste der pummelige, dunkelhaarige Junge und streckte die Hand aus.

»Hallo, ich bin Jimmy Dubois. Sie müssen Captain und Mrs Lomax sein. Ich halte schon die ganze Zeit Ausschau nach Ihnen. Sunil nimmt Ihnen Ihr Gepäck ab. Hatten Sie eine gute Reise?«

Tom schüttelte dem Jungen die Hand und lächelte. »Es war heiß und ermüdend«, antwortete er. »Aber wir sind sehr froh, hier zu sein.«

Jimmy musterte Lydia prüfend. »Fühlen Sie sich nicht wohl, Mrs Lomax? Haben Sie eine Erkältung? Meine Mutter kann Ihnen einen heißen Grog holen.«

Lydia schüttelte den Kopf, hielt sich aber das Taschentuch weiter vor die Nase. »Es liegt an dem Gestank und am Staub. Bring mich einfach ins Haus.«

»Bitte«, sagte Jimmy, »folgen Sie mir.«

Zu Toms Erstaunen wurden sie am Eingang von einer großen Anzahl von Angestellten empfangen, die unter dem Vordach in der gleißenden Sonne aufgereiht standen. Ein kleiner, rundlicher, adretter Mann, der zu seinem Anzug eine lilafarbene Krawatte und ein dazu passendes Einstecktuch trug, kam strahlend auf sie zu.

»Captain Lomax! Madam! Willkommen im Raj Hotel.« Er vollführte eine höfische Verneigung und bedeutete ihnen, in den Schatten zu kommen. »Charlie Dubois zu Ihren Diensten.« Er schnippte mit den Fingern, und ein Diener trat mit einem Tablett voller Getränke und befeuchteter Tücher vor. »Bitte«, sagte Charlie, »nehmen Sie sich eine Erfrischung und etwas, um sich die Stirn abzuwischen.«

»Danke«, sagte Tom, nahm sich ein Tuch und wischte sich sein schweißnasses Gesicht ab. Er wandte sich an Lydia, die die Tücher skeptisch beäugte, nahm ein Glas vom Tablett und reichte es ihr. »Sieht nach *nimbu pani* aus, Schatz.«

»Sehr belebend«, sagte Charlie. Auf seinem runden Gesicht erschien ein so breites Lächeln, dass sein dünner Schnurrbart fast verschwand.

Lydia nippte versuchsweise an dem Glas. Angewidert verzog sie das Gesicht. »Stinkt nach faulen Eiern«, murmelte sie und stellte das Glas wieder aufs Tablett. »Nein danke.«

Verlegen griff Tom nach einem anderen Glas und stürzte das Getränk auf einen Zug hinunter. In den Limonengeschmack mischte sich schwefliges Steinsalz. Es erinnerte ihn plötzlich an Peschawar und sein einstiges gemeinsames Zuhause mit Mary. Seit er wieder in Indien war, hatte er mehr als in den letzten Jahren an Mary gedacht. Die unerwartete Erinnerung erschütterte ihn, und er verdrängte sie rasch.

Charlie begann, dem Ehepaar Lomax seine Familie und das Personal vorzustellen.

»Das hier ist meine Frau und bessere Hälfte, Myrtle Dubois – und das ist unsere Tochter Stella.«

Eine äußerst zierliche, hübsche Frau mit großen dunklen Augen und ein langbeiniges Mädchen mit honigblondem Haar knicksten beide. Das Mädchen sprach.

»Es freut mich, Sie kennenzulernen, Sir. Ich bin sieben. Ihr Kleid ist sehr schön, Mrs Lomax.«

Lydia lächelte zum ersten Mal. »Danke, Stella. Deines auch.«

Das Mädchen grinste erfreut, aber Myrtle zog ihre Tochter mit einem Blick zurück, der ihr sagte, dass sie die Vorstellungen ihres Vaters nicht unterbrechen sollte. Charlie ging weiter an der Reihe von Dienstboten entlang und zählte eine Fülle von Namen auf, von denen Tom jetzt schon wusste, dass er sich nicht daran erinnern würde. Es schien unzählige Haus- und Küchenangestellte zu geben.

Sie wurden von einem Ausruf von drinnen unterbrochen.

»Charlie! Nun lassen Sie die armen Lomax doch nicht draußen in der Hitze verschmachten. Bringen Sie die beiden um Himmels willen herein!«

Charlie drehte sich auf dem Absatz seiner auf Hochglanz polierten Schuhe um. »Sofort, Mr Ansom, Sir! Sie trinken nur rasch einen Limonensaft.«

»Ich bin mir sicher, dass sie etwas viel Stärkeres gebrauchen könnten!«, rief eine andere Männerstimme.

Charlie lachte leise und vollführte eine ausladende Armbewegung. »Bitte, Captain und Mrs Lomax, hier entlang. Die Gäste können es gar nicht abwarten, Sie kennenzulernen.«

Die Reihe der Dienstboten teilte sich, als Charlie sie in die Hotellobby führte. Da Tom aus dem blendenden Sonnenschein draußen hereinkam, dauerte es einen Augenblick, bevor er im Halbdunkel des Innenraums etwas sehen konnte. Unter den surrenden Deckenventilatoren war es sofort kühler. Nach ein paar Augenblicken konnte er schäbige grüne Wände ausmachen, dann eine Ansammlung von Rattanstühlen und Tischen, riesige Farne in Kübeln und einen großen Mahagonitisch voller Kassenbücher, an denen ein Schild mit der Aufschrift »Rezeption« lehnte.

Rings um die Rattanmöbel stand in unterschiedlichen Posen ein halbes Dutzend älterer Männer und Frauen, schon zum Abendessen umgezogen und mit Getränken in der Hand. Er kam sich vor, als wäre er in ein Theaterstück von Oscar Wilde getreten.

Ein hochgewachsener Mann mit zerfurchtem Gesicht trat vor und zerquetschte Tom fast die Hand. »Ich bin Ansom. Ingenieur im Ruhestand. Eisenbahn. Ich freue mich sehr, unseren neuen Besitzer kennenzulernen.«

Ein untersetzter Mann, der in der dicken Faust ein Becherglas mit Pink Gin hielt, stellte sich als Nächster vor. »Fritwell. Früher bei der Armee, wie Sie. Freue mich darauf, mal ein nettes Schwätzchen zu halten. Sie können mich Fritters nennen – das tun auch alle anderen.«

Ansom, der sich zum Anführer der Gäste aufgeschwungen zu haben schien, stellte Tom mehreren weiteren vor. Eine Dame wedelte mit einem Hörrohr vor ihm herum und lächelte. »Freut mich sehr, Captain Womack.«

»Und das ist der pensionierte Detective Inspector Hoffman«, sagte Ansom und bedeutete einem Mann mit Augenklappe und melancholischem Blick, näher zu kommen.

Hoffman tippte auf seine Augenklappe und sagte: »Von einem Feuerwerkskörper in Simla geblendet. Nicht sehr heroisch.«

»Aber Sie spielen ganz himmlische Walzer auf Ihrer Geige, mein Lieber.«

Tom wandte sich der Stimme zu und sah eine elegante Frau in einem mitternachtsblauen Abendkleid aus Samt und mit einem Stirnband voller Straußenfedern die Treppe hinabsteigen. Stella, die Tochter der Dubois, beeilte sich, ihr zu helfen, indem sie die Schleppe des altmodischen Kleids anhob, sodass die Frau auf dem Weg nach unten nicht stolperte.

Ansom rief: »Ah, da sind Sie ja, Baronin!«

»Wir haben Ihren Drink schon bereitgestellt«, rief Fritters und zwirbelte aufgeregt seinen Schnurrbart. »Kommen Sie und trinken Sie auf unsere Neuankömmlinge.«

Tom sah gebannt zu, wie die schlanke Frau einen königlichen Auftritt die letzten Stufen hinab hinlegte. Aus der Nähe sah sie viel älter aus. Ihr Porzellangesicht war von winzigen Rissen um Augen und Mund durchzogen, und ihr Hals unter der funkelnden Smaragdhalskette war schmächtig.

»Ich bin Baronin Hester Cussack«, verkündete sie mit einem Lächeln und dem Anflug eines mitteleuropäischen Akzents. Sie streckte ihm eine knochige, juwelengeschmückte Hand hin, damit er sie küssen konnte.

Nach nur einem Augenblick des Zögerns hob Tom ihre Hand an seine Lippen. Er hörte Lydia ein amüsiertes Prusten unterdrücken. Die Baronin drehte sich um und schenkte Lydia ein Lächeln.

»Was für eine schöne Frau Sie haben, Captain Lomax«, sagte sie. »Madame Lomax, ich sehe, dass Sie eine Frau mit Stil sind. Unserem Hotel fehlt leider schon länger eine weibliche Hand – der nun glücklicherweise abgereiste Junggeselle Littleton hatte überhaupt keinen Geschmack. Wir freuen uns darauf zu erleben, wie Sie unser Zuhause verschönern. Ich bin mir sicher, dass Sie und Ihr gut aussehender Ehemann die einstige Pracht des Raj wiederherstellen werden.«

Tom, der sah, dass Lydia die Worte fehlten, musste seine Heiterkeit unterdrücken. Die Baronin redete, als gehörte das Hotel ihr und als würde sie sie einladen, dort zu bleiben. Tatsächlich schienen sich sogar alle Gäste vollkommen zu Hause zu fühlen. Er fragte sich, wie lange sie schon hier lebten. Littleton hatte behauptet, es gäbe nur zwei Dauerbewohner. Zweifelsohne würde der freundliche Charlie ihn aber bald darüber aufklären.

»Gesellen Sie sich auf einen *chota peg* zu uns, Captain?«, fragte Ansom.

»Äh, um den Geschmack dieses fürchterlichen *nimbu pani* loszuwerden«, setzte Fritwell hinzu.

Tom sehnte sich plötzlich nach einem starken Drink, aber ein rascher Blick in Lydias verkniffenes Gesicht ließ ihn widerstehen.

»Vielleicht, nachdem wir die Zeit hatten, uns frisch zu machen und umzuziehen«, sagte er.

Sofort schnippte Charlie mit den Fingern. »Sunil, bring das Gepäck der Lomax hinauf in ihre Wohnung.« Er nickte Lydia ehrerbietig zu. »Bitte gestatten Sie mir, Sie nach oben zu führen, Mrs Lomax. Wir haben alles zu Ihrer Verfügung bereitstehen. Meine Frau hat die Wäsche und die Möbel ausgesucht, die

Ihnen hoffentlich gefallen werden.« Er winkte sie heran. »Bitte, bitte, kommen Sie.«

Tom folgte Lydia und Charlie die Treppe hinauf und einen langen, schlecht beleuchteten Korridor entlang zu einer Tür am anderen Ende. Zu Toms Erleichterung war das Zimmer, in das sie geführt wurden, ein großer und luftiger Salon mit einer Veranda auf beiden Seiten. Durch eine weitere Tür erspähte er ein Schlafzimmer.

Während Charlie Sunil beaufsichtigte, der ihr Gepäck auf Gestelle im Schlafzimmer legte, studierte Tom die Fotografie einiger alter Ruinen, die über dem Kaminsims hing.

»Ist das Taxila?«, fragte er den Direktor, als dieser wieder erschien.

»Ja, genau«, sagte Charlie voller Begeisterung. »Ich habe die Fotografie selbst aufgenommen. Ich interessiere mich sehr für die Geschichte des Orts – vor allem für indische Archäologie.«

»Bisher bin ich nie dazu gekommen, mir Taxila anzusehen«, sagte Tom, »aber ich wollte es immer.«

»Dann wäre es mir, wenn Sie gestatten, Sir«, sagte Charlie, »eine Ehre, Sie und Mrs Lomax dorthin zu begleiten, um Ihnen Rawalpindis Kronjuwel zu zeigen.«

Lydia lachte auf. »Mich können Sie von der Liste streichen. Ein Trümmerhaufen sieht für mich wie der andere aus, ganz gleich, in welchem Land er liegt.«

Charlie wirkte geknickt, als er sich zur Tür zurückzog. »Dann lasse ich Sie jetzt in Ruhe«, sagte er. »Bitte läuten Sie die Glocke, wenn Sie noch irgendetwas brauchen.«

»Danke, Mr Dubois«, antwortete Tom. »Sie haben dafür gesorgt, dass wir uns hier sehr willkommen fühlen.«

»Bitte nennen Sie mich Charlie.« Er blieb in der Tür stehen, lächelte zaghaft und strich sich das geölte Haar glatt.

»Dann also Charlie«, sagte Tom.

Charlie rührte sich immer noch nicht. »Gibt es sonst noch etwas, das ich für Sie tun kann, Sir?«

Tom warf einen Blick auf Lydia. Sie schüttelte den Kopf. »Nein danke, Charlie.«

Charlie verbeugte sich. »Darf ich nur noch kurz die Gelegenheit nutzen, Captain Lomax, zu sagen, wie überaus es uns freut, dass Sie das Raj gekauft haben? Wir hoffen, dass Sie und Mrs Lomax hier viele glückliche Jahre verbringen werden. Ich spreche im Namen der gesamten Familie Dubois, wenn ich sage, dass wir Ihnen zu Diensten stehen, Tag und Nacht.«

Tom war gerührt. Er hatte plötzlich das Gefühl, dass alles gut werden würde und dass er das Richtige getan hatte, als er das Hotel gekauft hatte. Er dankte Charlie noch einmal, und der Direktor verneigte sich und ließ sie allein.

Lydia ließ sich auf einen hölzernen Lehnstuhl fallen und zuckte zusammen. »Mein Gott, ist das unbequem! Ich dachte, der Mann würde nie gehen. Er hat eine ganz seltsame Sprechweise, findest du nicht? Ich wette, seine schüchterne kleine Frau kommt nie dazu, auch nur ein Wort zu sagen.« Sie nahm ihren Hut ab und seufzte. »Und wer sind all diese sonderbaren Leute dort unten? Gibt es keine normalen Gäste hier? Sie sehen aus, als wären sie ein Teil der Einrichtung. Leben sie dauerhaft hier?«

»Scheint fast so«, sagte Tom mit einem bedauernden Lächeln, legte sein Jackett beiseite und nahm seine Krawatte ab.

»Nun, das werden wir herausfinden«, sagte Lydia. »Es gibt so viel zu tun, dass es überwältigend ist.«

»Dieses Zimmer ist aber schon mal schön«, sagte Tom.

Sie schnitt eine Grimasse. »Die Möbel sind schrecklich. Das muss alles raus. Mummy wird Riechsalz brauchen, wenn sie diese Einrichtung sieht.«

»Na, das ist doch etwas, das ihr zusammen unternehmen könnt«, schlug Tom vor. »Ich möchte, dass du alles genau so einrichtest, wie es dir gefällt.« Er knöpfte sein Hemd auf und grinste. »Sollen wir jetzt das Schlafzimmer inspizieren gehen, Madame Lomax?«

Lydia schnaufte amüsiert. »Madame Lomax, in der Tat. Glaubst du, dass diese Frau wirklich eine Baronin ist?«

»Warum sollte sie keine sein?«

»Ich fand, dass ihr Akzent etwas falsch klang, und ihr großer Auftritt war so berechnet – sie hat im Schatten abgewartet und auf ihren großen Moment gewartet.«

Tom zog Lydia auf die Beine und küsste ihre Hand. »Gestatten Sie mir nun, Sie in Ihr Boudoir zu führen, Madame.« Er begann, ihr Küsse auf den Arm zu geben und an ihrem Hals zu knabbern.

»Also wirklich, Tom«, sagte sie. »Dafür haben wir keine Zeit.«

»Wir haben reichlich Zeit«, murmelte er, knabberte an ihrem Ohr und begann, die Haken an der Rückseite ihres Kleids zu öffnen. »Ich sehne mich schon seit Ewigkeiten danach, dich ganz für mich allein zu haben.«

»Was soll das heißen?« Lydia versteifte sich. »Ich dachte, du freust dich, wenn meine Eltern da sind.«

»Das tue ich doch auch«, sagte Tom. »Sie sind reizende Gesellschaft. Aber deine Gesellschaft will ich noch mehr.«

Er konnte ihr nicht sagen, wie sehr er sich nach den Mußetagen voller Intimität sehnte, die sie während ihrer Flitterwochen, aber seither nicht mehr erlebt hatten. Auf der langen Seereise war jede Minute des Tages mit Geselligkeit ausgefüllt gewesen – und damit, die Templetons bei Laune zu halten. Deshalb hatte er Lydias Eltern ermuntert, ein paar Tage in Lahore zu verbringen, bevor sie in Rawalpindi zu ihnen stießen.

Tom spürte ihr Widerstreben. Er machte sich darauf gefasst, dass sie ihn von sich stoßen und ihm sagen würde, dass es nicht die richtige Tageszeit war.

Unvermittelt begann sie zu kichern. »Du hättest dein Gesicht sehen sollen, als diese Baronin dir die Hand hingestreckt hat, um sie küssen zu lassen. Unbezahlbar! Ich dachte, du würdest dich auf ein Knie niederlassen!«

Lydia schüttete sich vor Lachen aus. Tom fiel mit ein.

»Legen Sie Ihre Arme um meinen Hals, Madame Lomax«, wies er sie an.

Mit einer raschen Bewegung hob er sie von den Füßen und in seine Arme. Lydia quietschte, schlang aber wirklich die Arme um ihn. Tom trug sie ins Schlafzimmer und stieß die Tür mit dem Fuß zu. Sie ließen sich gemeinsam aufs Bett fallen. Die Federn quietschten.

Lydia lachte. »Das ist noch etwas, das ausgetauscht werden muss.«

»Was auch immer du willst, mein Schatz.«

Als Tom begann, sie zu küssen, dachte er, was für ein Glück er hatte, eine so schöne Frau geheiratet zu haben.

Kapitel 13

Drei Wochen nachdem es ein graues und nasses Liverpool verlassen hatte, ging das Dampfschiff *Galloway Castle* an der Ballard Pier in Bombay vor Anker. Esmie stand an der Reling und beobachtete gebannt das geschäftige Treiben im Hafen, während Dutzende Schauerleute die Laufplanken auf und ab rannten, um Gepäck abzuladen und Koffer zu schleppen, unter denen sie winzig erschienen. Die Luft tönte vom Klirren der Ketten, dem Ausstoß von Schornsteinen und dem allgegenwärtigen Lärm von Bord gehender Passagiere und der Marktschreier. Jenseits des Chaos der Kais lag das Gate of India schimmernd in der Morgenhitze. Esmie war enttäuscht zu sehen, dass der Triumphbogen nur halb fertig war. Sie hatte gelesen, dass König George 1911 den Grundstein gelegt hatte. Der Krieg musste das imperiale Bauprojekt aufgehalten haben.

»Komm, meine Liebe«, mahnte Harold sie zur Eile. »Es wird Zeit, einen Fuß auf indischen Boden zu setzen.«

Von diesem aufregenden Gedanken aus ihrer Träumerei gerissen, folgte Esmie ihrem Mann vom Schiff.

Zu dem Zeitpunkt, als sie ihr Gepäck abgeholt hatten und Harold die nötigen Papiere ausgefüllt hatte, um ihre Koffer per Zug weiterschicken zu lassen, schwitzte Esmie schon stark in der feuchten Hitze. Sie sehnte sich danach, von der Pier einen Kopfsprung ins schimmernde Meer zu machen, obwohl sie, nach dem durchdringenden üblen Geruch von Öl und Abwässern zu urteilen, wahrscheinlich krank werden würde, wenn sie es tat. Stattdessen wischte sie sich die Stirn ab, stieg neben Harold in eine *tonga* und winkte Bernie zum Abschied zu, der im Club eines Freundes übernachten würde.

Bald vergaß sie ihr Unbehagen, als sie den Anblick der baumgesäumten Straßen und blendend hellen Gebäude, die sie ans Mittelmeer erinnerten, genoss. Hier tummelten sich auf den Bürgersteigen aber Frauen in bunten Saris und in lange weiße Jacken und eng anliegende Hosen gekleidete Männer.

Sie fuhren an den kunstvoll verzierten Hotels nah am Meeresufer vorbei und hielten vor einem bescheideneren dreistöckigen Gebäude an einer Seitenstraße neben einer Kirche. An der Tür des Missionshauses empfing sie ein junger Mann, dessen Lächeln rote Zähne enthüllte, wie man sie vom Betelnusskauen bekam. Er nahm ihnen ihr Gepäck ab, wankte unter seiner Last einen dunklen Flur entlang und verschwand eine Treppe hinauf. Esmie war froh, im kühlen Innern des Hauses zu sein. Oben wischte sie sich Gesicht und Hals mit einem feuchten Tuch ab, bevor sie sich zu einem halben Dutzend anderer Gäste – alles Männer – im Speisesaal zum Mittagessen gesellten.

Harold kannte ein paar der anderen Missionare, darunter ein Schulleiter mit langjähriger Indienerfahrung, der seine Frau gerade zu einem Schiff begleitet hatte, damit sie auf Heimatbesuch zu Verwandten fahren konnte. Augustus Tolmie war ein drahtiger Mann mittleren Alters mit beginnender Glatze, der eine Missionsschule in Murree leitete.

»Murree liegt in der Nähe von Rawalpindi im nördlichen Pandschab, nicht wahr?«, fragte Esmie.

»Ja«, bestätigte Mr Tolmie. »Zu uns kommen viele Briten, die in der heißen Jahreszeit aus Pindi flüchten – besonders die

Armee-*wallahs*. Die Stadt ist plötzlich doppelt so groß und wird sehr lebhaft – manchmal zu lebhaft«, sagte er und verdrehte die Augen.

»In welcher Hinsicht?«, fragte Esmie.

»Nun, ich habe den Eindruck, manche der jungen Offiziere halten es für ihre Pflicht, die Murree Brewery leer zu trinken. Sie stellen allen möglichen Unfug an, etwa, auf Brückenmauern über dem Abgrund zu balancieren. Gerade dieses Jahr ist ein betrunkener junger Lieutenant in den Tod gestürzt, der arme irregeleitete Kerl. Wir versuchen, sie damit beschäftigt zu halten, in die Kirche zu gehen und Sport zu treiben, aber oft gibt es zu viele Versuchungen in den Spielsalons und Tanzsälen der Garnisonssiedlung.«

Bevor Esmie ihm weitere Fragen über den Erholungsort in den Bergen, eine sogenannte Hill Station, stellen konnte, wandte sich das Gespräch der Männer den nicht lange zurückliegenden Unruhen an der Nordwestgrenze zu.

»Sie haben viel Mumm, Mrs Guthrie«, sagte Tolmie. »Ich würde meine Frau nicht an solch einen Ort gehen lassen.«

Harold lief rot an. »Aber man hat mir gesagt, dass die Lage bei den Wasir wieder ruhig ist«, sagte er. »Laut meinem Freund Bannerman ist es sicher, zurückzukehren.«

»Ist es denn bei den Paschtunen je sicher?«, fragte der Schulleiter. »Wir haben von der Garnison in Murree ein paar schreckliche Geschichten über Angriffe auf vorgelagerte britische Forts gehört. In der Gegend sind unzählige von den Afghanen zurückgelassene Waffen in Umlauf, und die Stämme nutzen es aus, dass die indische Armee geschwächt ist, weil unsere besten Truppen noch in Übersee sind – oder im letzten Krieg gefallen.« Er beugte sich vor und senkte die Stimme. »Ich weiß aus sicherer Quelle, dass diesen Sommer einige Sepoys zu den Afghanen übergelaufen sind und ihre Waffen mitgenommen haben. Unsere Grenze wird von unerfahrenen

Soldaten verteidigt, die von jungen Offizieren befehligt werden, die genauso grün hinter den Ohren sind. Diese hinterlistigen Paschtunen haben gespürt, dass sie die Oberhand haben, und zugeschlagen.«

Esmie erinnerte sich, dass Tom früher im Sommer etwas Ähnliches gesagt hatte.

»Vielleicht haben Sie recht«, sagte Harold und sah nervös drein. »Aber die Gefahr ist vorüber, und die Stämme haben einen Vertrag unterzeichnet.«

Tolmie schüttelte den Kopf. »Den Vertrag, der letzten Monat unterzeichnet wurde, haben wir mit Afghanistan geschlossen, nicht mit den Grenzstämmen. Bei den Paschtunen gelten ganz eigene Spielregeln.«

»Ich kenne diese Leute«, beharrte Harold, »und sie vertrauen uns in der Missionsstation.«

Tolmie wirkte skeptisch. »Seien Sie aber lieber vorsichtig damit, *ihnen* zu vertrauen. Nach allem, was ich gehört habe, haben sie bei den Plünderungen kein Erbarmen gezeigt – vor allem nicht gegenüber ihresgleichen. Verstümmelungen und Brandschatzungen. Manche der Frauen …«

»Bitte, Augustus«, rief Harold und riss entsetzt die Hände hoch. »Sie machen meiner Frau Angst.«

»Bitte verzeihen Sie mir«, sagte Tolmie sofort. »Das war nicht meine Absicht. Ich dachte nur, es wäre das Beste, dass Sie erfahren, wohin Sie mit der tapferen Mrs Guthrie zurückkehren.«

Esmie war erschrocken über seine Worte, aber sie sah, dass Harold noch mehr darunter litt. Sie eilte ihm zu Hilfe.

»Wir wissen Ihre Besorgnis um uns zu schätzen, Mr Tolmie. Aber Harold und ich folgen unserer Berufung. Wir tun Gottes Werk – genau wie Sie in Murree –, also wird nichts, was Sie sagen, uns davon abhalten, nach Taha zu gehen. Der Herr wird uns schützen.«

Er wirkte überrascht über ihr Eingreifen, aber sie wusste, dass er ihren untypisch frommen Worten nicht widersprechen konnte. Der Schulleiter neigte resigniert den Kopf.

»Harold, wie ich sehe, haben Sie eine unerschrockene Dame geheiratet«, sagte er. »Ich hoffe, wenn Sie das nächste Mal Urlaub bekommen und Margaret aus England zurück ist, kommen Sie uns in Murree besuchen.«

Harold warf Esmie einen bewundernden Blick zu und nickte zustimmend. Rasch entschuldigte er sie beide und sie gingen. Aber für den Rest des Tages war er niedergeschlagen.

Später, nachdem sie medizinischen Bedarf eingekauft hatten und in ihr Zimmer zurückgekehrt waren, fragte Esmie: »Macht dir das Sorgen, was Mr Tolmie gesagt hat?«

»Ja, vermutlich«, gestand Harold.

»Bestimmt übertreibt er gern.«

»Das stimmt«, sagte er mit dem Anflug eines Lächelns. »Aber vielleicht habe ich Bannerman auch zu bereitwillig geglaubt, dass die Lage wieder ruhig und die Gefahr vorbei ist.« Er warf ihr einen nervösen Blick zu. »Ich würde es mir nie verzeihen, wenn du zu Schaden kommen würdest, weil ich so erpicht darauf bin, nach Taha zurückzukehren.«

Esmie verspürte eine Aufwallung von Zärtlichkeit. »Mir wird schon nichts zustoßen. Ich tue nichts Leichtsinniges, versprochen.«

Er schüttelte den Kopf. »Ich denke daran, dich in Rawalpindi bei Lydia zu lassen, während ich allein weiterreise und mir die Lage in der Missionsstation ansehe.«

Esmie erschrak über den Vorschlag. »Kommt nicht infrage«, erwiderte sie. »Du wirst mich nirgendwo zurücklassen. Außerdem hat Lydia ihre Eltern bei sich zu Besuch, und in aller freien Zeit, die das Hotel ihr lässt, will sie bestimmt etwas mit ihnen unternehmen. Ich darf mich nicht in ihre kostbare gemeinsame Zeit drängen. Und Tom wird damit beschäftigt sein, alles im Raj einzurichten.«

Sie stand auf und ging ans Fenster, um hinauszuschauen, damit er nicht sehen konnte, wie ihre Wangen rot wurden. Die Sonne ging bereits unter, und die Straße lag im Schatten. Einen Moment lang war Esmie davon abgelenkt, wie schnell die Nacht sich in den Tropen herabsenkte; ganz anders als die lange Dämmerung in Schottland.

Harold war aus der Fassung gebracht. »Esmie, du musst tun, was ich dir sage. Wenn ich glaube, dass es zu riskant ist, dann musst du bei den Lomax bleiben.«

Sie drehte sich um und sah ihn an. »Harold, ich bin deine Frau, nicht deine Angestellte, und ich habe hier auch etwas zu sagen. Ich habe diese weite Reise nicht unternommen, um im Kreise der feinen Müßiggänger von Pindi Däumchen zu drehen. Ich bin hier, um Kranke zu pflegen und an deiner Seite zu arbeiten, wo auch immer ich gebraucht werde. Wenn es für mich zu gefährlich ist, dann ist es auch für dich zu gefährlich. Wir fahren entweder zusammen hin oder gar nicht.«

Er saß auf dem durchhängenden Bett, ließ aufgeregt die Fingerknöchel knacken und suchte nach Worten. Sie spürte den Hauch einer abendlichen Brise und hörte in der Ferne einen Ruf zum Gebet, der sie lebhaft an Albanien erinnerte – und an die Erleichterung, den Rückzug aus Serbien überlebt zu haben. Wie lange das alles schon her zu sein schien! Und doch war die Ankunft in Indien für Esmie in gewisser Weise eine Fortsetzung jener Reise, eine Suche, um ihre wahre Berufung im Leben zu finden.

Am Ende sagte Harold: »Wir reisen mit dem Zug bis nach Kohat. Ich schicke Bannerman ein Telegramm, damit er uns in zwei Tagen dort abholt. Wenn er sagt, dass es sicher ist, kannst du mich weiter nach Taha begleiten.«

Esmie triumphierte, dass sie Harold dieses Zugeständnis abgerungen hatte. Sie fand allmählich heraus, dass er ziemlich stur sein konnte, und befürchtete, dass er sich nicht mehr hätte umstimmen lassen, wenn er sich einmal auf die Idee versteift hätte, sie in Rawalpindi zurückzulassen.

»Danke, mein Ehemann«, sagte sie mit einem Lächeln. Er erwiderte es bedauernd.

In der sich herabsenkenden Dunkelheit ging Esmie zurück durchs Zimmer und setzte sich neben ihn aufs Bett. Harold, der Jackett und Krawatte abgelegt hatte, saß mit offenem Hemd da und sah im Dämmerlicht jungenhaft und männlich zugleich aus. Sie glühte von der Hitze des Tages und spürte einen Anflug von Begehren.

»Wollen wir nicht … du weißt schon … bevor es Abendessen gibt?«, flüsterte sie. Dann beugte sie sich zu ihm und küsste ihn zum ersten Mal direkt auf den Mund. Seine Lippen waren fest und trocken. Sie legte die Hände um seinen Hals und küsste ihn weiter. Ihr Herz begann vor Erregung zu hämmern. Aber Harold saß starr da und reagierte nicht.

Esmie löste sich von ihm. »Willst du nicht?«, fragte sie.

»Das ist es nicht«, antwortete er und sah beiseite. »Aber ich dachte, ich hätte klargestellt, dass ich nicht riskieren will, in diesen Zeiten ein Kind in die Welt zu setzen. Besonders jetzt, da ich befürchte, dass die Gefahr im Norden noch nicht vorbei ist.«

Esmie legte eine Hand an seine heiße Wange. »Wir können Maßnahmen ergreifen, um das zu verhindern, Dr. Guthrie«, sagte sie sanft neckend. »Wir kennen uns beide mit Anatomie aus und wissen, was man tun kann, um eine Empfängnis zu verhindern.«

Er sah sie an. Sein Gesichtsausdruck war schockiert. Esmie prustete vor Lachen.

»Harold«, sagte sie voller Zuneigung. »Ich finde dich äußerst attraktiv, wenn du wie ein Schuljunge errötest.«

»Ich dachte, wir wären uns einig, dass wir keine Kinder haben wollen«, rief Harold ihr ins Gedächtnis. »Zumindest jetzt noch nicht.«

»Das sind wir auch«, erwiderte sie, »aber ich habe mich nicht bereit erklärt, ein Keuschheitsgelübde abzulegen. Ich bin deine Ehefrau, und ich will, dass unsere Ehe liebevoll ist – körperlich wie geistig. Willst du das nicht auch – eine liebevolle Beziehung?«

Seine Miene wirkte fast verzweifelt, als er nickte.

Esmie grinste. »Gut. Warum fangen wir dann nicht vor dem Abendessen an? Damit wir so richtig Appetit bekommen?«

»Jetzt?«, fragte er in panischem Ton.

»Ja, jetzt«, sagte Esmie und ging schon daran, ihr Kleid aufzuknöpfen.

Er starrte sie an, als sie ihre Kleidung ablegte, ihre Strümpfe von den Haltern löste und an ihren Beinen hinabrollte. Als sie nur noch ihr Korsett trug, beugte sie sich zu ihm, küsste ihn noch einmal und zog an seinem Hemd. Er öffnete unbeholfen seine Knöpfe, während sie sein Gesicht mit Küssen überschüttete. Er schmeckte salzig vor Schweiß, und sein Atem ging unregelmäßig.

Esmie spürte, wie ihre Erregung wuchs, als Harold sein Hemd auszog und sie den dichten Haarwuchs auf seinem Oberkörper sah. Sie fuhr mit den Händen darüber und über seine klammen Schultern. Sein Körper war blass und fühlte sich weicher an, als sie erwartet hatte.

»Sollen wir uns unter die Decke legen?«, fragte er mit rauer Stimme.

Esmie wollte nackt darauf liegen. »Es ist zu heiß«, sagte sie.

»Mir wäre es lieber«, sagte Harold und griff nach unten, um das Bettzeug aufzuschlagen.

Er schlüpfte unter die Decke und zog sich Hose und Unterhose außerhalb ihrer Sichtweite aus.

Esmie schlüpfte aus ihrer Unterhose und machte Anstalten, ihr Korsett abzulegen, aber er hielt sie auf.

»Bitte lass es an.«

»Warum?«

»Ich finde es … reizvoller«, sagte er.

Verwirrt tat Esmie, was er verlangte, und stieg neben ihm ins Bett.

Sie lagen auf der Seite einander zugewandt und küssten sich; kleine, flüchtige Küsse, die dafür sorgten, dass Esmie sich nach längeren sehnte. Aber jedes Mal, wenn sie die Lippen öffnete, um den Kuss zu vertiefen, löste Harold seinen Mund von ihrem und küsste sie auf die Wange.

Sie fuhr mit den Händen an seinem Körper auf und ab. Ihre Fingerspitzen erkundeten seine Brust und seine Oberschenkel, seine festen Hinterbacken.

»Berühr du mich auch«, flüsterte sie und führte seine Hände dorthin, wo sie es wollte.

Er tastete unbeholfen mit schweißnassen Händen, und sie stieß kleine Seufzer des Entzückens aus. Sie wartete darauf, dass er erregt werden würde, weil sie den endgültigen Vollzug der Ehe gar nicht abwarten konnte. Harolds Atem wurde schneller, aber nichts geschah. Esmie versuchte zu helfen, ihn aufzureizen. Er stöhnte und legte sich auf sie. Esmie schloss voller Vorfreude die Augen. Dann wälzte er sich unvermittelt weg.

Esmie öffnete die Augen. Sie lag verwirrt da und hatte das Gefühl, an ihrem unbefriedigten Verlangen zu ersticken. Dann hörte sie Harold schluchzen. Ihre Enttäuschung verwandelte sich rasch in Mitleid. Er hatte sich von ihr abgewandt. Sie beugte sich über ihn und ließ das Kinn auf seiner Schulter ruhen.

»Es t… tut mir leid.«

»Das muss es nicht.«

»Es liegt nicht an dir«, sagte er. »Ich bin bloß überreizt wegen Taha und der Frage, was wir dort vorfinden werden.«

Sie küsste seine Schulter. »Das weiß ich, und dafür habe ich Verständnis.« Sie schluckte ihren Frust hinunter und versuchte, ihn zu trösten. »Es spielt keine Rolle. Nächstes Mal ist es sicher besser.«

Harold wandte sich ihr zu und sah ihr ins Gesicht. Seine Miene war in der fast völligen Dunkelheit schwer zu deuten.

»Ja, so Gott will.«

Esmie fand die Äußerung seltsam, ging aber nicht darauf ein. Mit einem Schlag fühlte sie sich erschöpft und müde. Vielleicht konnten sie einfach im Bett bleiben, das Abendessen überspringen und einander in den Armen halten, bis sie einschliefen.

Aber Harold war schon dabei, aufzustehen und seine Kleidung überzustreifen.

»Ich frage mich, was es zum Abendessen gibt«, meinte er und lebte auf.

Esmie unterdrückte ein Seufzen. »Es riecht nach zu lange gekochtem Gemüse.«

Harold meinte amüsiert: »Ja. Ganz wie zu Hause.«

Als sie die Beine aus dem Bett schwang, drehte er sich um und ging zur Tür. »Ich lasse dich allein, damit du dich anziehen kannst, meine Liebe. Wir treffen uns unten.«

* * *

Zu ihrer beider Entzücken stellten Esmie und Harold fest, dass sie mit demselben Zug nach Lahore fuhren wie Bernie Hudson, der immer noch stur seine Deerstalker-Mütze trug. Er hatte eine Erster-Klasse-Fahrkarte für einen Waggon neben ihrem. Als Esmie gefragt hatte, warum sie erster Klasse reisten, hatte Harold gesagt: »In der zweiten Klasse würden wir das Risiko eingehen, uns ein Abteil mit Indern teilen zu müssen. Ich reise allein zwar so, aber die Mission würde es bei einer britischen Dame nicht gestatten.«

Esmie war sich nicht sicher, ob er scherzte. Es stellte sich heraus, dass der Zug nicht voll war – zumindest nicht die Waggons für Europäer –, da es immer noch Monsunsaison war und die meisten Briten schon vor Monaten in die Hill Stations aufgebrochen waren, wo das Klima erträglicher war. Trotz der drückenden Hitze flehte Esmie Harold an, die aus Lamellen bestehenden Fensterläden offen zu lassen, damit sie auf ihrer ersten Reise in Indien die Aussicht nicht verpasste.

Sie saß mit einem vor Mund und Nase gepressten Taschentuch da, um den Staub abzuhalten, und betrachtete stundenlang die vorbeiziehende Landschaft, während der Zug gemächlich durch sonnenverbrannte Ebenen und Buschland rollte. Die hypnotisierenden, monotonen Kilometer wurden dann und wann von Dörfern aus Lehmhäusern und schimmernden Oasen voller Bäume unterbrochen. Immer wieder riss sie Harold mit Ausrufen und Fragen aus seiner Lektüre oder seinem Dösen.

»Wozu dienen diese langen, schmalen Schornsteine?«, fragte sie. »Die sind überall. Gehören sie zu einer Art Fabrik?«

»Ziegeleien«, antwortete Harold. »Alles im dörflichen Indien besteht aus Lehmziegeln – zumindest in dieser Region.«

An den Bahnhöfen staunte Esmie über die plötzliche hektische Geschäftigkeit und den Lärm, wenn Familien ausstiegen oder sich hastig Sitzplätze sicherten. Sie trugen Bettzeug und Kochtöpfe mit sich, während Händler sich durch die Menschenmenge drängten und ihre Waren anpriesen. Harold erlaubte ihr, mit ihm auszusteigen, um sich die Beine zu vertreten, ermahnte sie aber, nicht allein davonzuspazieren. Zuerst fand sie die durchdringenden Gerüche überwältigend: ölige Kochdünste, menschliche Fäkalien und beißende Dungfeuer.

Aber bald faszinierte das geschäftige Treiben auf dem Bahnsteig sie so, dass es sie den Gestank vergessen ließ.

»Was ist das?« Esmie zeigte auf Berge von Bonbons in grellem Rosa und Grün. »So buntes Essen habe ich noch nie gesehen.«

»Süßigkeiten«, sagte Harold. »Wie Fudge, aber noch ekelhaft süßer.«

»Können wir welche kaufen?«, fragte sie begeistert.

»Kommt nicht infrage! Da sitzen lauter Fliegen drauf.« Als er ihren enttäuschten Gesichtsausdruck sah, wurde er nachgiebig. »Ich sage dem Koch in Taha, dass er dir welche machen soll.«

Manchmal, wenn der Zug länger an einem Bahnhof hielt, kam Bernie aus dem Waggon nebenan zu ihnen und brachte seinen Diener mit, der ihnen Tee kochte. In dem vergeblichen Versuch, es um die Passagiere der ersten Klasse kühl zu halten, kamen niedere Bedienstete – die Harold *bhistis* nannte – herein, um die geschmolzenen Eisblöcke in der Mitte der Abteile durch gefrorene zu ersetzen. Bei einem Halt erschien ein Kellner und nahm ihre Bestellung für *tiffin* auf. Dabei handelte es sich, wie Harold erklärte, um ein leichtes Mittagessen. Er schlug Hammelkoteletts vor. Die Bestellung wurde vorausgeschickt, und am nächsten Bahnhof erschien ein weiterer Kellner und führte sie zum Büfett der ersten Klasse, wo das Essen serviert wurde.

Elektrische Ventilatoren surrten, und der schattige Raum mit der hohen Decke war im Vergleich zu den Temperaturen im Freien, die wie in einem Glutofen waren, herrlich kühl. Esmie, die gedacht hatte, die Hitze hätte ihr den Appetit geraubt, verputzte eine Tasse Hühnersuppe, einen Teller Hammel, Erbsen und Kartoffeln und danach Banane mit Vanillecreme. Zurück im Zug schlief sie ein und wachte erst wieder auf, als es dunkel war und ein Angestellter zustieg, um die Sitze in Stockbetten zu verwandeln.

Während der Zug weiter Richtung Lahore ratterte, lag sie wach, eingelullt von seinem Rhythmus, aber zu aufgeregt, um zu schlafen. Harold auf dem Bett über ihr schnarchte und brabbelte unverständliche Worte. Sie wusste, dass er sich immer noch Sorgen um das machte, was sie am Ende der Reise vorfinden würden, obwohl er ein Telegramm von Bannerman erhalten hatte, um zu bestätigen, dass dieser sie in Kohat abholen würde. Esmie fühlte sich davon bestärkt und hatte das Harold auch mitgeteilt.

»Wenn irgendeine Gefahr bestünde, hätte er uns gesagt, dass wir nicht kommen sollen.«

Ihre Gedanken rasten voran zu ihrer weiteren Reise. Der nächste Zug würde sie nach Norden durch den Pandschab bringen und in Rawalpindi halten. Aber Harold hatte entschieden, dass sie ihre Weiterfahrt nach Taha nicht aufschieben würden, indem sie ihre Reise bei den Lomax unterbrachen. Esmie hatte rasch zugestimmt. Sie bedauerte es, Lydia nicht treffen zu können, wollte aber besser etabliert sein – sowohl in Indien als auch als Harolds Frau –, bevor sie sich wieder Toms und Lydias harmonischer Ehe stellen musste.

Seit dem unbefriedigenden Versuch, die Ehe zu vollziehen, hatte Esmie gezögert, Harold gegenüber ihre Zuneigung zum Ausdruck zu bringen. Sie wartete, bis er auf sie zukam – mit einem Schultertätscheln oder einem auf ihre Stirn gehauchten Kuss –, bevor sie ihn zögerlich auf die Wange küsste. Sie wusste, dass das, was zwischen ihnen im Schlafzimmer des Gästehauses der Mission vorgefallen war, nicht als Vollzug der Ehe zählte. Ihr wurde heiß vor Verlegenheit, wenn sie auch nur an ihren gescheiterten Versuch dachte, miteinander zu schlafen. Was sollte sie Lydia erzählen, wenn sie sich irgendwann doch noch trafen? Ihre Freundin würde bestimmt alle Einzelheiten hören wollen.

Plötzlich kam Esmie ein verstörender Gedanke. Harolds Eile, an Rawalpindi vorbei direkt nach Taha zu fahren, musste darin begründet sein, dass er Lydia genauso wenig sehen wollte wie sie Tom. Die Panik schnürte ihr die Brust zu. Was, wenn seine schwache Vorstellung im Bett nichts mit seiner Besorgnis wegen Taha zu tun hatte, dafür aber alles damit, dass er Lydia noch immer liebte? Er konnte es nicht über sich bringen, mit ihr, Esmie, zu schlafen, weil er sie nicht begehrte. Vielleicht war das der Grund dafür, dass er sich so eifrig auf die Idee gestürzt hatte, sexuell abstinent zu leben; es war nur eine Ausrede, um nicht mit ihr intim zu werden.

Als Harold gesagt hatte, dass Esmie die Antwort auf seine Gebete sei, hatte er nicht gemeint, dass sie es als Ehefrau war, sondern als Krankenschwester, die sich, anders als er, um die paschtunischen Frauen kümmern konnte. Harold würde sie vielleicht nie genug mögen, um mit ihr schlafen zu wollen. Dass vor ihr vielleicht Jahre einer lieblosen Ehe lagen, entsetzte sie. Aber wessen Schuld war das? Sie hatte sich Hals über Kopf auf diese Heirat eingelassen, weil sie ihr die Achtbarkeit verlieh, die sie benötigte, um in einer Welt voller patriarchalischer Männer zu leben und zu arbeiten. Sie benutzte Harold genauso sehr, wie er sie benutzte. Sie hatte all das von Anfang an gewusst; sein Brief mit dem Heiratsantrag war kaum mehr als das Angebot einer Arbeitsstelle gewesen.

Aber irgendwann in den letzten paar Wochen war Esmies freundschaftliche Zuneigung zu Harold zu etwas Stärkerem herangewachsen. Sie fand ihn liebenswert – sein Interesse für Literatur, sein Eifer, ihr Paschtu beizubringen, und seine rührende Besorgnis um ihr Wohlergehen –, aber es war noch mehr als das. Stück für Stück fand sie ihn auch körperlich immer attraktiver. Er war kräftig, voller robuster Kraft, mit lebhaften haselnussbraunen Augen und einem schüchternen Lächeln. Sie genoss es, im selben Schlafzimmer wie er zu erwachen und sich bei ihm einzuhaken, wenn sie in der Öffentlichkeit spazieren gingen. Es machte ihn nur noch attraktiver, dass er offensichtlich glaubte, es nicht zu sein.

Ruhelos kroch Esmie ans Ende ihres Betts und spähte zwischen den Lamellen des Fensterladens hindurch. Erst war alles pechschwarz. Dann, als ihre Augen sich an die Dunkelheit gewöhnten, sah sie, dass der Himmel mit Sternen übersät war, die so hell schienen, dass sie wie Diamanten funkelten. Die freudige Erregung darüber, in Indien zu sein, kehrte zurück. Esmie machte sich Vorwürfe für ihre genusssüchtigen Gedanken über ihre körperlichen Gelüste. Es lag an ihr, das Beste aus dieser Ehe mit Harold zu machen. Morgen würden sie Lahore erreichen, und am Tag danach würde sie zum ersten Mal die Nordwestgrenze sehen.

Kapitel 14

Provinz North West Frontier

Reverend Alec Bannerman war ein dünner, weißhaariger Mann mit Hakennase und dröhnendem Lachen. Er trug ein Kollar und einen altmodischen schwarzen Anzug, der nach Curry und Mottenkugeln roch. Sein einziges Zugeständnis an die Hitze war ein abgenutzter Panamahut, den er so tief auf den Kopf gedrückt trug, dass es seine Ohren abstehen ließ. Unter einem strahlend blauen Himmel empfing er Esmie mit einem zermalmenden Handschlag, einem breiten Lächeln und einem Willkommensgruß auf Gälisch. Esmie mochte ihn sofort. Als er Harold mit dem gleichen festen Handschlag begrüßte, versicherte er seinem Freund rasch, dass Taha und die Region jetzt ruhig waren und dass er ihm auf der Autofahrt nach Süden alles eingehender erläutern würde.

»Das Automobil steht am Eingang«, sagte er und ging voran aus dem kleinen Bahnhof von Kohat hinaus. »Malik bewacht es. Habt ihr Hunger? Ich habe einen Korb mit Mittagessen gepackt, aber wir können auch in der Garnisonssiedlung einkehren, bevor wir die Stadt verlassen, wenn ihr möchtet.«

»Seit wir in Bombay in den Zug gestiegen sind, wurde uns ständig etwas zu essen angeboten«, sagte Esmie, der vor nervöser Erregung flau im Magen war. »Aber Harold hat nicht viel gegessen.«

Harold schüttelte den Kopf. »Ich habe auch keinen Hunger. Ich will alle Neuigkeiten aus Taha hören. Bist du dir absolut sicher, dass ich meine Frau gefahrlos dorthin mitnehmen kann?«

»Taha ist friedlich«, versicherte Alec ihm. »Ich hätte dich sonst nicht herreisen lassen. Es sind mehr Truppen als sonst dort, was es sicherer für uns macht …« Er brach ab.

»Aber?«, hakte Harold nach.

»Sie haben sich in einem Löwenanteil des Krankenhauses breitgemacht«, sagte Alec, »was zugleich heißt, dass Ortsansässige abgewiesen werden müssen.«

»Das können sie nicht tun«, protestierte Harold. »Es soll doch gar nicht für die Armee sein – die hat ihre eigenen Krankenhäuser hier in Kohat und oben in Peschawar.«

»Hat sie«, bestätigte Alec. »Aber die Soldaten haben uns die letzten paar Monate über gebraucht. Die Garnison in Taha ist auf das Doppelte ihrer normalen Größe angeschwollen, und es hat einen Choleraausbruch gegeben, an dem der Brigadier den Wasir aus Kanki-Khel die Schuld gibt. Es ist jetzt alles unter Kontrolle, aber deshalb ist die Armee nicht erpicht darauf, Eingeborene aus den Bergen herströmen zu lassen, um sich behandeln zu lassen.«

»Cholera?«, sagte Harold fassungslos. »Und was ist mit Kanki-Khel? Konntest du seit dem Friedensvertrag einen Besuch dort machen?«

Alec schüttelte den Kopf. »Leider nein. Wir hatten in Taha alle Hände voll zu tun, und wir dürfen uns nicht ohne bewaffnete Eskorte in die Berge begeben. Bis jetzt konnte die Armee nicht auf Soldaten dafür verzichten, aber jetzt, da das Gebiet der Afghanen befriedet worden ist, wird sich das sicher ändern.«

Das klang gar nicht gut. War die Situation in Taha und dem umliegenden Gebiet viel schlechter, als Harold angenommen hatte?

»Du hättest mich früher zurückrufen sollen«, sagte Harold, sein Gesicht in Sorgenfalten gelegt. »Ich habe meine Zeit in Schottland vertändelt, während ich schon wieder hätte hier sein sollen, um zu helfen …«

»Unsinn«, fiel Alec ihm ins Wort. »Wie gesagt, es ist jetzt alles unter Kontrolle. Außerdem hattest du nach deinem Dienst in Mesopotamien jede Minute deiner Ferien verdient – ganz zu schweigen von den Jahren der Arbeit, die du hier geleistet hast, ohne je Heimaturlaub zu nehmen.« Er schlug Harold auf die Schulter. »Aber ich muss sagen, dass ich froh bin, dich wiederzuhaben, Harold. Und«, setzte er mit einem Lächeln hinzu, das Esmie galt, »du hast eine reizende junge Frau mitgebracht.«

Harolds Stirnrunzeln verschwand. »Ja, das habe ich«, sagte er. »Esmie wird eine großartige Ergänzung der Mission sein.«

Alec lachte. »Mrs Guthrie, ich hoffe, Ihnen ist bewusst, dass Harold sich wie ein Tiger auf die Arbeit stürzt. Aber ich werde mein Bestes tun, sicherzustellen, dass er einen Teil seiner Zeit mit Ihnen verbringt.«

Esmie versuchte, ihre Nervosität zu verbergen, und lächelte. »Das ist freundlich – aber ich kann es selbst kaum abwarten, mit der Arbeit in der Missionsstation zu beginnen.«

»Hervorragend!«

Als sie aus dem Schatten der Bogengänge des Bahnhofs auf den Vorplatz traten, musste Esmie sich ihre Augen gegen das grelle Sonnenlicht beschirmen. Jenseits der Stadt flirrte eine zerklüftete graue Bergkette in der Mittagshitze.

»In der Richtung liegt Afghanistan«, sagte Alec. »Aber es besteht kein Anlass, nervös zu sein. Wir haben einen Friedensvertrag unterzeichnet, und sie sehnen sich nicht gerade danach, dass unsere Jungs von der Royal Air Force wieder über sie hinwegfliegen.«

Wie um sein Argument zu unterstreichen, hörte sie ein leises Brummen, das immer lauter wurde, als ein Flugzeug in Sicht kam und über sie hinwegflog.

Alec winkte dem Piloten zu und wies Esmie dann auf etwas hin: »Er will zu dem Flugplatz dort drüben.«

Am Auto begrüßte Harold einen jungen Mann, der mit einem Gewehr im Anschlag Wache hielt. Sein schmales Gesicht verschwand fast unter einem riesigen weißen Turban.

»Das ist Malik. Er ist einer unserer Pfleger«, erklärte Harold Esmie. Dann wechselte er wieder ins Paschtu und sagte: »Malik, das hier ist Guthrie Memsahib, meine Frau.«

Esmie war gerührt über den Stolz in Harolds Ton. Sie begrüßte den jungen Wächter auf Paschtu, und ein Lächeln breitete sich auf seinem strengen Gesicht aus, als er vor ihr salutierte. Sie fand, dass sein weites olivgrünes Hemd und seine Pluderhose luftig und bequem aussahen. Ihr Kleid war jetzt schon feucht und klebte an ihr.

»Seid ihr sicher, dass ihr kein Mittagessen im Club wollt, bevor wir weiterfahren?«, fragte Alec.

»Ich möchte lieber so schnell wie möglich nach Taha«, sagte Harold und warf Esmie einen Blick zu. »Wenn es dir auch recht ist, meine Liebe?«

Esmie verdrängte den verlockenden Gedanken an kühle Innenräume und an eines dieser durststillenden Limonengetränke, *nimbu pani*, an denen sie allmählich Geschmack fand. Sie nicke. Auch sie war erpicht darauf, ihr neues Zuhause zu erreichen. Es lag keine hundert Kilometer entfernt, aber Harold hatte ihr gesagt, dass es eine vierstündige Fahrt über unebenes Gelände war.

Esmie setzte sich neben Malik auf die Rückbank des Fords ohne Verdeck, der der Mission gehörte. Alec fuhr und Harold saß vorn neben ihm. Er löcherte seinen Kollegen mit Fragen über die derzeitige Situation in der Missionsstation. Trotz seiner früheren Versicherungen räumte Alec ein, dass die Abteilungen voll waren und der Vertretungsarzt, der für Harold eingesprungen war, an Typhus erkrankt und deshalb nach Murree geschickt worden war, um sich zu erholen. Esmie fragte sich, ob der Verlust von Harolds Ersatzmann der Grund dafür war, dass Alec Bannerman Harold so bestürmte, zurückzukehren. Sie hoffte, dass er die Risiken in Taha nicht herunterspielte. Sie hatte Cholerafälle gesehen, als sie für die Scottish Women's Hospitals gearbeitet hatte – akute Durchfälle, die binnen weniger Stunden zu Dehydrierung und zum Tod führten. Diese Krankheit konnte in einer Armee wüten. Sauberkeit war der Schlüssel gewesen, und Dr. Inglis hatte rigoros Hygienemaßnahmen in den Abteilungen durchgesetzt.

Als sie sich von den Schmalspurgleisen der Bahn entfernten und durch die Garnisonssiedlung fuhren, brach Alec sein Gespräch mit dem nervösen Harold ab, um Esmie Informationen zu geben.

»Das da ist die Residenz des Gouverneurs von Kohat«, sagte er und zeigte auf ein großes, zweistöckiges Gebäude mit einer Veranda in Form eines Bogengangs und hohen Fenstern, das inmitten von Gärten mit perfekt gepflegten Rasenflächen lag. Beiderseits der Mall befanden sich schmucke Bungalows und die gedrungenen Kasernenbauten.

»Das hier ist ein bedeutender Vorposten der Armee«, sagte er über seine Schulter. »Um die Jahrhundertwende sind die Bahngleise verlegt worden, um zu helfen, Truppen schneller in die unruhigen Stammesgebiete zu transportieren – aber das hat auch den Missionaren das Leben viel leichter gemacht, nicht wahr, Harold?«

Harold nickte. »Anscheinend war es ein viertägiger Ritt von Rawalpindi nach Taha, als die ersten Missionare dorthin gekommen sind.«

»Ist Kohat von der Armee gebaut worden?«, fragte Esmie.

»Nein«, sagte Alec. »Es war schon immer ein Handelsplatz. Zum hiesigen Basar kommen Leute von nah und fern, um Stoff, Korn und Tabak zu kaufen. Hier herrscht ein viel geschäftigeres Treiben, als Sie es an irgendeinem Markttag in der Heimat sehen werden.«

Bald verließen sie die Garnisonssiedlung und fuhren am Rand der Stadt entlang. Durch den aufsteigenden Staub erspähte Esmie ein Gewirr sonnenverbrannter Lehmwände und offener Stände. Eine schlichte Moschee leuchtete weiß vor einem Palmenhain und dem klaren Himmel. Die freudige Erregung darüber, in Indien zu sein, keimte wieder in ihr auf.

Als das Auto später über unbefestigte Landstraßen holperte, musste Esmie ihr Gesicht mit ihrem Schal bedecken, um zu verhindern, dass sie vom Staub husten musste. Mit brennenden Augen sah sie die Oase von Kohat hinter sich verschwinden und das Land öder werden, während sie auf steinigen Pisten durchgerüttelt wurden, die sich durch niedrige Hügel schlängelten. Hier und da sah sie in der Ferne einen grünen Farbfleck, wo ummauerte Dörfer geschützt an Bachläufen lagen.

An ihrer Seite hielt Malik, das Gewehr im Anschlag, weiter Wache. Esmies Unbehagen kehrte zurück, und sie fragte sich bei jedem Felsvorsprung, ob dahinter ein Schütze lauerte, um sie niederzustrecken. Hier war sie endlich und reiste durch die berüchtigte North West Frontier. Sie konnte es kaum fassen. Aber die einzigen Menschen, die sie sah, waren dann und wann kleine Jungen, die ein paar magere Kühe hüteten, oder alte Männer mit sonnenverbrannten, runzligen Gesichtern auf Maultieren. Abgesehen vom Muhen der Rinder in der Ferne und dem Krächzen eines großen Vogels war es in der rauen Landschaft unheilverkündend still.

Das Gespräch zwischen den Männern war zum Erliegen gekommen, da Alec sich darauf konzentrierte, Spurrillen und großen Steinen auszuweichen. Sie machten kurz halt, damit Alec aussteigen und sich hinter einem großen Felsen erleichtern konnte. Er drängte sie, etwas aus dem Picknickkorb zu essen, aber Esmie, der von der anstrengenden Fahrt übel war und die sich Sorgen machte, was sie in Taha vorfinden würden, konnte keine Eiersandwiches hinunterbekommen. Sie hielten sich nicht lange auf.

* * *

Esmie musste eingedöst sein, denn sie erwachte ruckartig, als Harold rief: »Da ist es! Taha! Endlich!«

Mit Schlaf in den Augen sah Esmie, dass sie ein breites Tal mit einem mäandernden, halb ausgetrockneten Flussbett erreicht hatten. Sie waren immer noch von Buschland und felsigen Hügeln umgeben, während im Norden eine ausgedörrte Bergkette lag, aber in der Ferne sah sie einen Flickenteppich aus goldenen Weizenfeldern und grünen Bäumen, die eine Siedlung umgaben.

Sie setzte sich auf, als sie an einer breiteren Stelle des Flussbetts entlangfuhren.

»Hierher gehe ich zum Angeln«, sagte Harold in aufgeregtem Ton. »Taha Khel.«

Esmie sah den schlammigen grauen Sand und die flachen, steinigen Ufer an, die spärlich mit Schilf bewachsen waren. Sie fragte sich, wie hier Fische überleben konnten.

»Aber da ist doch kaum Wasser«, sagte sie.

»In der kalten Jahreszeit ist es anders. Im Januar bekommen wir Sturzbäche. Dann kann man ordentlich angeln.«

Als sie näher an Taha heranfuhren, waren die beigefarbenen Wände und Dächer, die vorher ineinander verschwommen waren, deutlicher voneinander zu unterscheiden, und das Land ringsum war besser bewässert. Dattelpalmen und hohe, schlanke Bäume warfen ihre Schatten auf Äcker, auf denen die Ernte per Hand eingebracht wurde. Männer in schmutzigen weißen Hemden schnitten Korn mit der Sense und banden es zu Garben zusammen. Das üppige Grün kleiner Obstgärten und Gemüsebeete wirkte nach den letzten Stunden voller kahler Felsen und Dornbüsche nur umso leuchtender. Stapel dünner, länglicher, zartrosafarbener Ziegel trockneten in der Sonne.

Esmies Puls hämmerte vor Erwartung, als sie zum Tor der ummauerten Stadt hinauffuhren und unter dem großen Torbogen hindurchrollten. Dort salutierten indische Soldaten vor ihnen. Dann waren sie inmitten schmaler Straßen mit ein- oder zweistöckigen Häusern. Einige hatten mit hübschen Schnitzereien verzierte Fensterläden und Türen. Sie kamen an den Bogengängen eines Markts vorbei, auf dem an offenen Ständen bunte Stoffe und Berge von Gewürzen verkauft wurden.

»Das ist das Eingeborenenviertel«, erklärte Alec. »Vor allem Wasir, aber auch ein paar Hindu-Händler.«

Die Kunden schienen überwiegend bärtige Männer in der gleichen weiten Kleidung zu sein, die auch Malik trug. Manche hatten statt eines Turbans eine schmucke weiße Kappe auf. Sie starrten das Automobil mit seinen *topee*-tragenden Passagieren an. Ihre Mienen waren phlegmatisch. Barfüßige Jungen jagten ihnen kichernd und winkend nach.

Alec bremste, um eine Ziegenherde zu umfahren und einer Gruppe Männer auszuweichen, die sich wegen eines geplatzten Sacks voll gelbem Pulver stritt, der von einem Handkarren gefallen war. Duftender gelber Staub legte sich auf sie alle. Minuten später wurden die Straßen breiter, und sie passierten einen Wachposten, um in die von einer geweißten Umfassungsmauer umgebene Garnisonssiedlung zu fahren. Hier waren die Straßen breiter und von schattenspendenden Baumpflanzungen gesäumt. Lange, niedrige Gebäude erstreckten sich an einer

Seite der Hauptstraße, während die andere von einstöckigen quadratischen Bungalows gesäumt war. Während es in der Stadt der Einheimischen vor Leuten gewimmelt hatte, war die Garnisonssiedlung fast verlassen, abgesehen von zwei Offizieren, die ihre Pferde bewegten, und einem lustlosen *tonga*-Fahrer, der Fliegen verscheuchte, während er auf Kundschaft wartete. Esmie vermutete, dass die Briten drinnen blieben, bis die Kraft der gleißenden Sonne nachließ.

Alec nickte zu den schuppenartigen Gebäuden hinüber. »Normalerweise besteht unsere Garnison aus einer Gebirgsbatterie und etwas Eingeboreneninfanterie«, sagte er. »Aber seit den Unruhen im Mai haben wir auch noch ein Kavallerieregiment hier stationiert. Wahrscheinlich bleibt es nicht lange. Für einige der jungen Offiziere ist all das hier neu, und sie haben oft Heimweh. Wir versuchen, ihnen Gastfreundschaft zu erweisen und sie auch in die Kirche zu locken.«

»Wo liegt das Missionskrankenhaus?«, fragte Esmie.

Harold zeigte nach Süden. »Da drüben. Wir gehen nachher hin und sehen es uns an.«

»Dafür ist morgen noch reichlich Zeit«, meinte Alec. »Du musst erst einmal dafür sorgen, dass deine frisch angetraute Braut sich in ihrem neuen Heim einlebt. Hier, Nummer zehn ist es.«

Esmies fragte sich, ob Harold die gleiche Mischung aus Erwartung und Nervosität wie sie empfand, als sie sich ihrem neuen ehelichen Domizil näherten. Nur dass es für Harold anders war: Das alles hier war für ihn schon lieb gewonnen und vertraut. Aber würde es ihm schwerfallen, sein Haus mit ihr zu teilen? Er hatte bisher ganz nach seinem eigenen Rhythmus gelebt.

»Wohnen Sie in der Nähe, Reverend Bannerman?«, fragte sie und versuchte, beiläufig zu klingen.

»Ein Stück weiter die Straße entlang in Nummer fünfzehn«, antwortete er. »Und Sie müssen nicht so förmlich sein, meine Liebe. Alle nennen mich bloß Padre, obwohl ich nicht mehr in der Armee, sondern im Ruhestand bin.«

Sie hielten vor einem der kastenförmigen Bungalows, der zurückversetzt von der Straße lag und von einer niedrigen Ziegelmauer umgeben war. Esmie freute sich zu sehen, dass ein mittelgroßer Maulbeerbaum Schatten spendete.

»Ich habe meinen *mali* vorbeigeschickt, damit er euren Rasen wässert«, sagte Alec. »Und eure Koffer sind gestern aufgetaucht. Dein Diener, Draman, sollte im Haus alles unter Kontrolle haben. Aber wenn ihr noch irgendetwas braucht, sagt einfach Bescheid.«

»Danke, Alec«, sagte Harold. »Das war sehr aufmerksam von dir.«

Harold stieg steif aus dem Auto und hielt Esmie die Tür auf. Es war eine Erleichterung, hinauszukommen. Jeder Knochen in ihrem Körper tat ihr von der ruckelnden Autofahrt weh, und durch den ständigen grellen Sonnenschein und den Staub war ihr schwindlig. Als Malik ihr Handgepäck aus dem Auto lud, kam ein Junge aus dem Haus gerannt und riss ihm die Taschen förmlich aus der Hand.

»Ali!«, begrüßte Harold ihn. »Wie schön, dich zu sehen.«

Der Junge grinste und hob das Gepäck auf seinen Kopf.

»Wir sehen uns morgen«, sagte Alec. Er hupte und winkte, als er mit Malik davonfuhr.

»Komm, meine Liebe, und sieh dir dein neues Zuhause an«, sagte Harold und lächelte zum ersten Mal an diesem Tag breit.

Das Haus war kleiner, als Esmie es sich vorgestellt hatte, aber der düstere Hauptraum hatte eine hohe Decke und wurde von feuchten Grasmatten, die vor den Fenstern hingen und das Licht dämpften, relativ kühl gehalten. Die Wände zierten keine Bilder, die Holzböden waren frei von Teppichen, und die Möbel wirkten eher funktional als gemütlich. Aber sie war einfach nur dankbar, endlich hier zu sein.

Ein kleiner, bärtiger Mann, der eine schwarze Weste über seinem langen Hemd trug, hieß sie mit einem Lächeln, das seine Zähne sehen ließ, und einer Verneigung willkommen.

»Das ist Draman«, sagte Harold. »Er ist bei mir, seit ich damals nach Indien gegangen bin. Er kommt aus der Nähe von Rawalpindi und spricht gut Englisch.«

»Es freut mich, dich kennenzulernen«, begrüßte Esmie ihn mit einem Lächeln und einem Nicken. »Dr. Guthrie hat mir schon erzählt, wie gut du seinen Haushalt führst.«

Draman lächelte bescheiden und begann, Ali rasche Anweisungen zu erteilen. Ein paar Minuten später kehrte Ali mit einem Tablett voller Erfrischungen zurück: schwarzer Tee mit Zitronenscheiben und kleine, trocken wirkende Kuchen. Esmie setzte sich auf einen harten Stuhl und trank in kleinen Schlucken den starken, heißen Tee. Ihr fiel erst jetzt auf, wie ausgedörrt sie war.

Harold blieb hinter ihr stehen, schlang einen Kuchen hinunter und redete in Worten, denen Esmie nicht folgen konnte, mit Draman. Vielleicht sprachen sie Urdu oder Hindustani. Esmie fragte sich, warum Harold sich nicht auf Englisch an ihn wandte. Als sie die Augen schloss, spürte sie wieder das Übelkeit erregende Schaukeln des Automobils, also schlug sie sie schnell wieder auf. Kurz darauf sah sie Ali und einen anderen Diener aus einem angrenzenden Zimmer kommen. Sie trugen ihren Schrankkoffer.

»Das da wird dein Zimmer, meine Liebe«, sagte Harold und nickte zu dem Raum hinüber, in den die jungen Männer ihre Habseligkeiten brachten.

Esmie errötete vor Verlegenheit und erkannte, dass Harold den Befehl gegeben hatte, ihre Sachen aus seinem Schlafzimmer in das Gästezimmer zu bringen. Sie würden sich kein Zimmer teilen, ganz zu schweigen von einem Bett. Ihr Mann würde sich an sein Gelübde halten. Plötzlich war sie niedergeschlagen.

Ohne Protest folgte sie Ali in das Zimmer und versuchte, sich nicht anmerken zu lassen, wie fassungslos sie war. Es gab ein Einzelbett, einen Schrank als Stauraum, einen Tisch mit Standspiegel und einen Stuhl. Zwei Bettrahmen mit Leinenbespannung lehnten an einer Wand und erinnerten Esmie daran, dass dieses Haus bis vor Kurzem als Ausweichquartier für Armeeangehörige gedient hatte. Sie dachte flüchtig an ihre Zeit in Serbien und das überfüllte Zimmer, das sie sich mit einem halben Dutzend anderer Krankenschwestern geteilt hatte. Sie fühlte sich einsam. Wie sehnte sie sich doch jetzt nach dieser Kameradschaft.

Sie setzte sich auf das schmale Bett, dessen Federn dabei quietschten. Harold warf einen Blick herein.

»Ich lasse dich allein, damit du auspacken und dich einrichten kannst. Ich schaue kurz unten im Krankenhaus vorbei, um selbst zu sehen, was dort los ist.«

Esmie sprang auf. »Lass mich auch mitkommen.«

Harold sah verlegen drein. »Du wirkst erschöpft. Ich bin auch nicht lange weg. Morgen führe ich dich ordentlich herum.«

Damit eilte er davon. Esmie setzte sich wieder hin, kämpfte gegen die Tränen an und versuchte, die Panik zu unterdrücken, die in ihr aufstieg. Sie legte sich aufs Bett und schloss die Augen. Was um alles in der Welt tat sie hier? Um sich zu beruhigen, atmete sie tief ein und aus. Es war doch zu erwarten, dass alles erst einmal seltsam und verstörend war, bis sie sich an Land und Leute gewöhnt hatte – und bis sie zu arbeiten begann. Sie konnte verstehen, warum es Harold in den Fingern juckte, in seinen Beruf zurückzukehren und mit eigenen Augen zu sehen, wie die Mission ohne ihn zurechtgekommen war.

Esmie zwang sich, wieder aufzustehen. Das Letzte, was sie tun durfte, war, einem Selbstmitleid nachzugeben, das zu

Apathie und Melancholie führen konnte. Sie war hier, um anderen zu helfen, nicht um krank zu werden und eine Last zu sein. Sie musste sich beschäftigt halten, und sie würde damit anfangen, dass sie ihr Zimmer einrichtete.

Esmie ging ans Auspacken und räumte ihre Kleider ein. Auf den behelfsmäßigen Frisiertisch legte sie ihre Bürste und ihren Kamm, das Kästchen, in dem ihre Haarnadeln und die Silberbrosche ihrer Mutter lagen, und ihren kostbarsten Besitz, ein gerahmtes Foto. Es zeigte ihre jungen Eltern in einem Garten in den Highlands, neben einer ebenso jungen Isobel Carruthers, die Esmie als Baby auf dem Knie hielt. Esmie lächelte, küsste die Fotografie und fasste neuen Mut.

»Deine Eltern wären so stolz auf dich«, fielen ihr Isobels liebevolle Worte wieder ein. *»Und du heiratest einen prinzipientreuen Mann. Ich weiß, dass du alles, wozu du berufen bist, zum Erfolg führen wirst.«*

Kapitel 15

Am nächsten Tag stand Esmie angesichts der chaotischen Szenen, die sich im Missionskrankenhaus abspielten, mit offenem Mund da. Die langen Veranden außerhalb der Stationen waren mit Betten für diejenigen vollgestopft, die drinnen nicht mehr untergebracht werden konnten. Wasir lagen mit alten Schusswunden da, die von der Behandlung mit Schafshautverbänden Wundbrand entwickelt hatten, und warteten stoisch darauf, untersucht zu werden.

»Jetzt, da die Lage ruhiger ist, hat man sie aus den umliegenden Bergen hergebracht«, erklärte Harold. Er sah müde, aber entschlossen aus, und jetzt wurde Esmie klar, warum er am ersten Abend in Taha so spät nach Hause gekommen war. Es war nach Beginn der nächtlichen Ausgangssperre gewesen, und sie war auf den Stufen auf und ab gegangen und hatte Ausschau nach ihm gehalten. Er hatte ihren besorgten Fragen ein Ende gesetzt, indem er ihr erzählt hatte, dass er schon drei Operationen durchgeführt hatte, um die Gliedmaßen zweier Männer und eines sechsjährigen Jungen zu retten.

An diesem Morgen hockte eine neue Schlange von Männern auf dem staubigen Hof. Sie rauchten oder lagen auf schmutzigen Decken, die Augen glasig vor Schmerz. Auf der anderen Seite des Hofs, abgeschirmt von behelfsmäßigen Vorhängen, wartete auch eine Reihe von Frauen, die von voluminösen Umhängen mit Schleiern verhüllt waren. Einige von ihnen drückten kränkliche Kinder an sich oder versuchten, schreiende Babys zu beruhigen. Esmie war bei diesem Anblick fassungslos. Solches Leid hatte sie seit ihrer Zeit vor zwei Jahren in Südrussland nicht mehr miterlebt.

»Können wir die Familien nicht aus der Sonne holen?«, fragte Esmie.

»Die Frauenabteilung hat die Armee schon im Juli mit Beschlag belegt«, sagte Harold mit entschuldigendem Blick. »Wir haben einen provisorischen Operationssaal in einem der Lagerräume eingerichtet, aber sonst können sie nirgendwo sitzen.«

»Harold!« Esmie sah ihn ungläubig an. »Sie sitzen im Dreck und versuchen, ihre Babys zu stillen – kein Wunder, dass so viele an Durchfall leiden.«

»Ich werde tun, was ich kann«, sagte er fahrig »Aber ich werde im Operationssaal gebraucht. Kannst du heute Morgen Malik helfen?«

»Natürlich«, stimmte Esmie zu und zügelte ihre Ungeduld.

Die nächsten paar Stunden über unterstützte sie Malik und die anderen Pfleger dabei, sich um die ambulanten Patienten zu kümmern, zu entschieden, wer einen Arzt aufsuchen musste, und Wunden zu säubern und zu verbinden. Esmie war beeindruckt davon, wie geschickt und tüchtig Malik bei seiner Arbeit war. Er sprach sanft mit den jüngeren Patienten und respektvoll mit denen, die älter als er waren. Er war viel mehr als ein gewehrtragender Wachmann.

Eine große, gertenschlanke Frau mit blassem Gesicht und einem scharfsinnigen, prüfenden Blick in den dunklen Augen stellte sich als Rupa Desai vor.

Esmie schüttelte ihr die Hand. »Ich habe mich schon darauf gefreut, Sie kennenzulernen, Mrs Desai«, sagte sie.

Das hier war die Witwe, von der Harold ihr erzählt hatte – die Frau, deren Mann, der auch Arzt gewesen war, vor drei Jahren bei einem Überfall erschossen worden war. Als er in dem abgelegenen Vorposten Kanki-Khel Medizin ausgegeben hatte – dem Bergdorf, in dem früher in diesem Sommer die Klinik niedergebrannt worden war.

Rupa war ausgebildete Apothekerin, führte die Krankenhausapotheke und hatte vor der jüngsten Krise auf der Frauenstation gearbeitet. Jetzt half sie auf der Verbandsstation aus. Esmie war erpicht darauf, mehr über sie zu erfahren, aber Rupa sagte wenig, abgesehen davon, dass sie Patienten Fragen stellte und den Pflegern Anweisungen erteilte.

Als der Tag heißer und der Gestank der Körper übermächtig wurde, dachte Esmie, sie würde ohnmächtig werden. Rupa arbeitete ruhig weiter. Ihr Auftreten war reserviert, aber professionell.

»Gehen Sie sich etwas zu essen und zu trinken holen«, sagte sie zu Esmie. »Wenn Sie das nicht tun, sind Sie heute Nachmittag zu nichts zu gebrauchen.«

»Ich habe eigentlich keinen Hunger«, sagte Esmie, »und es ist so viel zu tun.«

In dem Moment stürmte eine Frau unzusammenhängend kreischend in die Verbandsstation. Sie wiegte ein Bündel. Während Rupa sie zur Seite führte und zu beruhigen versuchte, nahm Esmie ihr das Lumpenbündel ab. Mit einem Aufkeuchen erkannte sie, dass sie ein Baby hielt. Seine Augen waren geschlossen, und es gab keinen Laut von sich. Alarmiert beugte sie sich über den Mund des Babys, spürte aber keine Atmung.

Schnell legte sie es auf einen Tisch und zog hektisch an den schmutzigen Wickeltüchern, die nach flüssigen Exkrementen stanken. Esmie versteckte ihre Furcht, dass es Cholera sein könnte. Das Baby war ein Mädchen. Hinter sich hörte Esmie die Mutter wehklagen und flehen. Esmie tastete nach einem Puls. Hoffnung keimte in ihr auf, als sie einen winzigen Herzschlag wahrnahm.

»Sagen Sie ihr, dass das Kind noch am Leben ist«, rief sie.

Esmie beugte sich mit ihrer weißen Haube über den Säugling. Sie bedeckte den winzigen Mund und die Nase der Kleinen mit ihrem eigenen Mund und atmete sanft in sie hinein. Sie massierte dem Baby die Brust. Wenige Augenblicke später atmete das Baby aus und schlug die Augen auf. Es warf einen Blick auf Esmie und wimmerte.

Esmies Augen brannten vor Tränen der Erleichterung. Die Frau begann einen Dank zu brabbeln. Sie griff nach dem Kind. Als sie es tat, glitt der Schleier von ihrem Gesicht. Esmie starrte sie entsetzt an. Die Frau war jung, aber schrecklich entstellt; unterhalb ihrer hübschen, mandelförmigen Augen war ihre Nase teilweise verstümmelt, als hätte jemand mit einer scharfen Klinge darauf eingehackt. Die Haut war wund und geschwollen.

Schnell führte Rupa die Frau fort von den Blicken der männlichen Pfleger in eine Verandaecke, die mit Vorhängen abgeschirmt war. Esmie folgte ihr. Hinter dem Vorhang war gerade genug Platz für eine Schlafmatte, und Esmie fragte sich, ob Rupa hier während der hektischen Arbeitsstunden kurze Ruhepausen einlegte. Die Frau sank zu Boden, weinte und wiegte ihr Baby, das nun ohne Unterlass schrie.

Rupa redete mit gesenkter Stimme beruhigend auf sie ein und untersuchte die Wunde. Sie rief nach Malik. Er kam mit Salbe und Verbandszeug, als hätte er vorausgeahnt, was sie brauchen würde, und zog sich dann zurück. Während Rupa sich um ihre Patientin kümmerte, ging Esmie eine Wasserschüssel, Seife und ein sauberes Baumwolltuch holen, in das sie das Baby hüllen wollte. Sie ging daran, den Säugling zu baden, dessen Schreie weniger wurden, als Esmie ihn sanft im lauwarmen

Wasser wusch. Die dunklen Augen des Babys richteten sich voll vertrauensvoller Verwirrung auf sie, und Esmie spürte, wie Beschützerinstinkt in ihr aufwallte. Sie dachte an Jeanie in Vaullay und ihre Entschlossenheit, nicht zuzulassen, dass jemand sie von ihrem innig geliebten Sohn Norrie trennte. Sie fragte sich, ob Jeanie so etwas empfunden hatte wie sie jetzt.

»Können wir die Frau hier im Krankenhaus behalten?«, fragte Esmie. »Ich möchte gern, dass Harold sich das Baby ansieht und sich vergewissert, dass es keine Vorerkrankung hat. Ich hatte erst Angst, es könnte ein Fieber sein, aber ich glaube, die Kleine ist nur unterernährt.«

»Wir können sie hier schlafen lassen«, sagte Rupa. »Ich nutze das hier nur tagsüber als privaten Rückzugsort – aber wahrscheinlich wird sie nicht bleiben.«

Esmie wandte sich an die junge Frau und fragte sie stockend auf Paschtu, wie ihr Name lautete und wie das Baby hieß.

Die Frau sah Esmie misstrauisch, aber mit einem Funken von Trotz an. »Ich bin Karo, und meine Tochter heißt Gabina.«

Esmie lächelte. »Gabina – hübscher Name. Das heißt Honig?«

Karo nickte.

»Ja, Gabina ist süß wie Honig«, sagte Esmie. Dann wandte sie sich an Rupa und sagte: »Kannst du sie bitten, zu bleiben und den Arzt das Baby untersuchen zu lassen?«

Rupa sprach in fließendem Paschtu mit Karo. Die Wasir, die ängstlich dreinsah, beantwortete ihre Fragen.

»Sie sagt, dass sie um des Babys willen bleiben wird, aber Angst hat. Sie ist aus ihrem Dorf weggelaufen«, erklärte Rupa. »Ihr Mann ist aus den Kämpfen zurückgekehrt und hat sie des Ehebruchs bezichtigt – nur weil sie ihm eine Tochter geschenkt hat.«

Esmie war entsetzt. »Also war er derjenige, der versucht hat, ihr die Nase abzuschneiden?«

»Ja, das ist eine Methode, um Frauen zu bestrafen und sie unterwürfig zu halten. Ich habe eine Frau gesehen, der man wegen Ehebruchs die Brust abgeschnitten hatte. Karo muss sehr besorgt um ihr Baby sein, wenn sie hergekommen ist und die Schande riskiert hat, andere Leute sehen zu lassen, dass sie verstümmelt ist.«

Esmie war angewidert. »Sag ihr, dass sie hierbleiben und ihr Baby stillen kann – es ist sicher«, sagte sie.

* * *

Als die Sonne unterging, suchte Harold Esmie auf. Er sah so ausgelaugt und erschöpft aus, wie sie sich fühlte. Vorhin hatte Rupa nach Essen geschickt und Esmie dazu gebracht, eine einfache Schüssel Reis und Dal zu essen. Sie hatten sich eine Thermoskanne Tee geteilt. Aber Esmie hatte den ganzen Tag über kaum Arbeitspausen gemacht, außer um kurz auf die Veranda zu eilen und sich zu vergewissern, dass Karo noch da war und dass Gabina atmete.

Als sie die Verbandsstation für ambulante Patienten schlossen, wusste Esmie, dass diejenigen, um die sie sich noch nicht gekümmert hatten, irgendeinen Platz würden finden müssen, um sich unter einer Decke zusammenzurollen und sich am nächsten Morgen wieder in der Schlange anzustellen.

»Es gibt einen Rückstau von Fällen«, meinte Harold und seufzte. »Sie kommen aus so weiter Ferne, und nach der langen Reise geht es ihnen schlechter. Wir müssen die Klinik in Kanki-Khel wieder in Gang bringen, damit sie näher bei ihrer Heimat behandelt werden können.«

»Da stimme ich dir voll und ganz zu«, sagte Esmie. Sie warf einen Blick auf Rupa, die Anstalten machte zu gehen. »Harold, da ist diese Frau, die von hinter Kanki-Khel mit einem kranken Baby hergekommen ist. Ich will, dass du es dir ansiehst.

Das Baby hat früher am Tag zu atmen aufgehört. Die Frau ist von ihrem Mann angegriffen und aus ihrem Dorf vertrieben worden. Sie kann nirgendwohin. Können wir sie und das Baby heute Abend mit nach Hause nehmen?«

Sie sah, dass Rupa überrascht die Augen aufriss. Harold war schnell damit bei der Hand, den Vorschlag abzuschmettern.

»Das können wir leider nicht tun – das wäre eine Bevorzugung. Es gibt Dutzende von Frauen und Kindern in Not. Wir können sie nicht alle mit nach Hause nehmen. Außerdem würden ihre männlichen Angehörigen das nicht zulassen.«

»Ich sage ja gar nicht, dass wir es für alle tun sollten«, hielt Esmie dagegen. »Nur für diese eine Mutter und ihre Tochter, die niemanden haben, der sie beschützt.«

»Meine Liebe, du verstehst die Sitten dieser Leute nicht«, sagte Harold. »Sie sind stolz und schnell gekränkt, wenn sie glauben, dass man sich in ihre häuslichen Angelegenheiten einmischt. Wir wissen nichts über diese unglückliche Frau …«

»Wir wissen, dass ihr Mann ihr die halbe Nase abgeschnitten hat!«, gab Esmie zurück.

Harold wirkte schockiert. Rupa ergriff das Wort.

»Das ist wahr, Dr. Guthrie. Sie brauchte auch Behandlung. Vielleicht könnten Sie sich einfach das Baby ansehen, damit Mrs Guthrie sich keine Sorgen mehr machen muss.«

Harold errötete angesichts ihres sanften Tadels. »Natürlich. Wo sind sie?«

Esmie warf Rupa einen dankbaren Blick zu und führte Harold dann zu dem versteckten Teil der Veranda. Obwohl die schmutzige Kleidung des Babys weggebracht und verbrannt worden war, stank es in dem Raum hinter dem Vorhang. Das Baby wimmerte, was Esmie seltsam tröstlich fand; wenigstens war die Kleine nicht zu matt, um zu schreien.

»Das hier ist Karo«, sagte Esmie.

Karo sah Harold erschrocken an und bedeckte rasch ihr bandagiertes Gesicht. Esmie versuchte, sie zu beruhigen. Harold sprach sanft auf Paschtu mit ihr, und nach kurzem Zögern reichte Karo ihm ihre Tochter.

»Sie heißt Gabina«, sagte Esmie zu ihm. »Das bedeutet Honig.«

Harold schenkte ihr ein kurzes Lächeln. »Ja, das weiß ich.«

Nachdem er das Mädchen untersucht hatte, bestätigte Harold, was Esmie schon vermutet hatte.

»Sie ist sehr unterernährt und dehydriert. Möglicherweise bildet sich bei der Mutter nicht genug Milch. Vielleicht hat das Baby auch eine Infektion der unteren Atemwege.«

Esmie legte ihrem Mann eine Hand auf den Arm. »Harold«, sagte sie leise, »was, wenn es Jeanie und der kleine Norrie wären? Wir würden unser Bestes für sie tun, nicht wahr? Nehmen wir uns dieser armen Frau an – und sei es nur für ein paar Tage, bis ihr Baby außer Lebensgefahr ist. Wir können nicht jedes Kind retten, das uns hierhergebracht wird, das ist mir klar. Aber wir können dieses retten. Karo hat niemand anderen, an den sie sich wenden kann.«

Sie sah, dass er mit seinem Gewissen rang. Er runzelte die Stirn. Doch in seinen Augen lag Mitgefühl. Nach einer langen Pause nickte er und sagte: »Nun gut. Wir suchen ihr ein Zimmer in den Dienerquartieren.«

Esmie lächelte voller Erleichterung. »Danke.«

»Aber wir können das nicht zur Gewohnheit werden lassen«, setzte er hinzu, als würde er seine Entscheidung schon bereuen.

Esmie ging nicht darauf ein. »Kannst du Karo erklären, was passiert?«

Während Harold das tat, beschloss Esmie, sich noch stärker zu bemühen, fließend Paschtu zu lernen. Nach diesem Vorfall erschien es ihr wichtiger denn je, mit ihren Patienten in deren Muttersprache reden zu können.

Kapitel 16

Taha, Oktober

Nach vierzehn Tagen im Missionshospital fiel es Esmie schwer zu glauben, dass es sich zunächst seltsam und furchteinflößend angefühlt hatte. Die Zeit verging wie im Flug, und ihre Bewunderung für Rupa und die Pfleger wuchs mit jedem Tag. Die Witwe war nicht aus der Ruhe zu bringen, und die Männer verrichteten ihre Arbeit mit einer Mischung aus Ernsthaftigkeit und Fröhlichkeit. Sie scherzten miteinander, und nach den amüsierten Blicken zu urteilen, mit denen sie sie bedachten, machten sie oft Scherze über sie.

Im Hauptgebäude des Krankenhauses bemühte sich Harold, die unzähligen Leiden zu behandeln, begonnen damit, Knochenbrüche zu richten, bis hin zu Operationen bei Blinddarmrupturen. Es waren immer noch Betten von Soldaten der Armee belegt, die sich von Kriegsverwundungen erholten, während der Frauentrakt, der vom Hauptgebäude getrennt war, Fieberpatienten aus dem Militär beherbergte.

Esmie, die um die Wasir-Frauen besorgt war, wandte sich hilfesuchend an Alec. Sie überredete den ehemaligen Militärpfarrer, die Armee zu veranlassen, eine behelfsmäßige

Unterkunft für die Frauen zu schaffen. Binnen weniger Tage ging ein Arbeitstrupp aus Sepoys daran, ein Gebäude aus Lehmziegeln und Sackleinen in einer im Schatten von Bäumen gelegenen Ecke der Umfriedung zu errichten.

Zu Esmies freudiger Überraschung erschien Brigadier McCabe, der den Befehl über die Garnison hatte, um selbst die Aufsicht über die Baumaßnahmen zu führen. Er war ein adretter Mann mit Grübchen am Kinn, der an den Schläfen allmählich grau wurde. Laut Rupa hatte er eine ängstliche Frau, die es bevorzugte, im Hauptquartier des Regiments in Rawalpindi zu bleiben, statt ihren Mann in den Einsatz zu begleiten.

»Sie leisten hier in der Mission großartige Arbeit«, verkündete der Brigadier, »und wir sind dankbar, dass Sie uns gestatten, das Krankenhaus zu nutzen. Es ist nicht für immer, das versichere ich Ihnen. Ihr Mann sagt, dass die Anzahl von Fieberpatienten schon zurückgeht.«

Esmie wollte ihn nicht darauf hinweisen, dass die Mission keine Wahl gehabt hatte, weil die Armee einfach zwanzig von ihren dreißig Betten mit Beschlag belegt hatte. Dennoch mochte sie ihn für seine Besorgnis.

»Sie müssen uns zum Essen besuchen kommen«, bot Esmie an, weil sie dachte, dass er ohne seine Frau sicher sehr allein war und die häusliche Behaglichkeit vermisste.

»Wie freundlich«, sagte er und wirkte erfreut. »Sehr gern, Mrs Guthrie.«

Sie befürchtete, dass Harold sich gegen die Einladung sträuben würde, die sie ausgesprochen hatte, aber er unterstützte sie in dem Einfall.

»Als Junggeselle bin ich hier nur allzu leicht in ein häusliches Einsiedlerdasein verfallen«, gestand er. »Du musst einladen, wen auch immer du willst, meine Liebe. Ich möchte, dass du glücklich bist und dich in Taha zu Hause fühlst.«

»Dann brauchen wir noch ein paar Einrichtungsgegenstände«, sagte Esmie. »Nummer zehn ist ungefähr so gemütlich wie ein Klassenzimmer.«

Harold sah besorgt drein. »Solange das keine großen Kosten nach sich zieht. Mein Missionsgehalt ist nicht gerade üppig.«

»Dann hast du Glück, dass du jemanden geheiratet hast, der so sparsam ist wie ich und fast alles mithilfe einer Nähmaschine herbeizaubern kann.« Esmie lächelte und hätte fast hinzugesetzt: *»Und niemanden, der so verschwenderisch ist wie Lydia.«* Sie hielt sich gerade noch rechtzeitig davon ab.

Esmie hatte mehrere Briefe von ihrer alten Schulfreundin erhalten, glückliche Briefe, in denen sie von ihrem neuen Leben in Rawalpindi und der Freude daran, es mit ihren Eltern zu teilen, schwärmte.

> *Wir Templetons sind im Club ein voller Erfolg! Wir sind fast jeden Tag da, spielen Bridge oder Tennis (abends, wenn es etwas kühler wird) – und natürlich gibt es Tanzabende. Die Etikette scheint zu erfordern, dass man erst einmal zu jemandem nach Hause zum Essen eingeladen wird, und dann geht man mit seinen Dinnergästen zum Tanz, bei dem man entweder bei derselben Gruppe bleibt oder sich mit einer anderen Dinnerparty zusammenschließt, um eine größere Gruppe zu bilden. Auf jeden Fall macht es einen Riesenspaß, und es sorgt dafür, dass einem nie die Tanzpartner ausgehen!*
>
> *Die Leute kehren nach und nach aus Murree und den anderen Hill Stations zurück, da die schlimmste Hitze jetzt vorbei ist. Ich kann die kalte Jahreszeit gar nicht abwarten, auch nicht all die gesellschaftlichen Ereignisse, die es hier*

geben wird, wenn die Armee erst einmal wieder in großem Stil zurück ist. Die kalte Jahreszeit! Hör mich nur reden, ich klinge schon wie jemand mit langjähriger Indienerfahrung!

Daddy ist mit Mummy und mir für ein paar Tage nach Murree hinaufgefahren, als die Hitze noch schlimm war – und es wird in Pindi so feucht! Tom konnte natürlich nicht mitkommen, weil im Hotel so viel zu tun war. Es benötigt unzählige Investitionen, aber ich habe Tom gesagt, dass er ruhig einen Teil meines Taschengelds von Daddy benutzen soll. Der alte Colonel Lomax ist so geizig wie eh und je und gibt Tom keinen Penny für sein neues Unternehmen.

Du meine Güte: Wie viel in Murree geflirtet wird – das ist im Sommer genauso ein Volkssport wie Tennis oder Cricket, so kommt es mir vor!

Tom ist wirklich lieb zu meinen Eltern – Pop und Ma, wie er sie nennt; ist das nicht süß? Er hat zugestimmt, dass sie noch einen Monat bleiben können, damit sie Pindi genießen können, wenn es nicht so schrecklich heiß ist.

Später hatte Lydia sich in einem Brief vorwurfsvoll darüber geäußert, dass Esmie und Harold Rawalpindi passiert hatten, ohne haltzumachen, um sie zu besuchen.

… kann ich einfach nicht fassen, dass ihr durch den Bahnhof von Pindi gegondelt seid und uns nicht besucht habt! Das hätte ich meiner besten Freundin nie angetan. Mummy und Daddy waren auch sehr enttäuscht. Das darfst Du wirklich nicht noch einmal zulassen. Wann

kommst Du uns besuchen? Kannst Du es tun, bevor meine Eltern Ende Oktober abreisen? Zuallermindest MUSST Du UNBEDINGT über Weihnachten und Neujahr kommen. Ich habe gehört, dass man in Pindi Hogmanay feiert, als wäre man in Schottland!

Esmie war froh, dass Lydia sich so gut in ihrem neuen Dasein in Indien einlebte, obwohl sie sich Sorgen machte, wie gut ihre Freundin zurechtkommen würde, wenn ihre Eltern erst die Heimreise angetreten hatten. Sie klang sehr abhängig von ihnen, was ihr gesellschaftliches Leben und ihr Glück im Allgemeinen anging. Esmie fragte sich, wie es um Tom und das Hotel stand – Lydia erwähnte es kaum –, aber all das schien eine ganze Welt vom Leben in Taha entfernt zu sein. Esmie war froh, dass sie alle wachen Stunden über beschäftigt war, sodass sie keine Zeit hatte, lange über ihre Gefühle für Tom Lomax nachzugrübeln. Aber wenn sie auch nur seinen Namen geschrieben sah, wusste sie, dass ihre Sehnsucht nach ihm nicht vergangen war.

In ihrer eigenen Ehe hatte sich eine Art Routine eingependelt. Sie und Harold standen früh auf und frühstückten gemeinsam auf der Veranda. Dabei sprachen sie darüber, welche Arbeiten an dem Tag anstanden. Danach waren sie bis spät abends im Krankenhaus, ließen sich das Mittagessen dorthin bringen und kehrten nach Einbruch der Dunkelheit zurück, um ein einfaches Abendessen einzunehmen. Dann schlüpfte Esmie auf die Seite der Veranda, die den Dienerquartieren zugewandt lag, und wartete darauf, dass Karo mit Gabina erschien, sodass sie nachsehen konnte, wie es ihnen ging, und üben konnte, Paschtu zu sprechen. Trotz ihrer schwierigen Lage hatte Karo sich ihren Sinn für Humor bewahrt und lachte manchmal aus vollem Hals über Esmies Bemühungen, ihre Sprache zu sprechen. Die Wasir-Frau riss sogar makabere Witze über den Versuch ihres Mannes, sie zu verstümmeln: »Er ist eben nur ein halber Mann – da ist es ihm nur gelungen, mir die halbe Nase abzuschneiden.«

Jetzt, da Karo regelmäßige Mahlzeiten erhielt, hatte sie auch mehr Milch, und das Baby trank wieder richtig. Gabina wurde täglich stärker, und ihr zufriedenes Glucksen berührte Esmies Herz. Sie war ein hübsches Kind mit weichen schwarzen Locken, großen braunen Augen und einer rosigen Knospe von einem Mund, der sich zu einem Lächeln des Wiedererkennens verzog, wann immer Esmie erschien.

Karos Anwesenheit auf dem Gelände hatte erst für Bestürzung gesorgt. Draman war zu Harold gegangen und hatte protestiert.

»Sahib, sie ist eine böse Frau«, hatte der Diener verkündet. »Sie bringt Guthrie Sahib Unglück.«

»Das glaube ich nicht«, hatte Harold gesagt. »Sie ist obdachlos, und das Baby ist krank. Es ist unsere Christenpflicht, sich um sie zu kümmern, bis es ihnen wieder gut geht.«

»Sahib, sie gehört zu einem bösen Stamm«, hatte Draman beharrt. »Das wird Ärger geben. Ali und seine Eltern sind aus einem verfeindeten Stamm. Sie haben Angst vor einem Angriff, weil Sie die böse Frau hergebracht haben.«

Esmie hatte dem normalerweise zu Späßen aufgelegten Diener seine Furcht angemerkt, aber sie hatte sich nicht einmischen wollen. Es war Harolds Sache, sich mit seinem langjährigen Diener zu befassen. Zu ihrer Erleichterung war es ihrem Mann gelungen, Draman zu beruhigen.

»Karo wird nur so lange wie nötig bleiben«, hatte Harold ihm versichert. »Aber solange sie hier ist, erwarte ich von allen Dienstboten, freundlich zu ihr zu sein. Vielleicht kann sie euch helfen. In der Küche zum Beispiel.«

Angesichts dieses Vorschlags hatte Draman fassungslos dreingesehen. Kopfschüttelnd war er davongeeilt und hatte Karo nie wieder erwähnt.

Einen Monat später lebten Karo und Gabina immer noch auf dem Gelände. Dramans Abscheu gegen die Wasir, die er als Eindringling betrachtet hatte, war geringer geworden, sobald Karo bewiesen hatte, dass sie ein Händchen dafür hatte, die Hennen dazu zu bringen, doppelt so viele Eier wie sonst zu legen. Ohne etwas zu sagen, hatte Karo still die Aufgabe übernommen, die Hühner zu füttern. Gabina auf ihren Rücken gebunden, sang sie ihnen vor, während sie sie mit Körnern fütterte.

Das Baby wurde immer wacher und lachte jeden an, der ihm Aufmerksamkeit erwies. Sogar Ali, der sich zuerst von der Wasir-Frau ferngehalten hatte, war von Gabina mit ihrem sonnigen Gemüt bezaubert. Esmie bemerkte manchmal, wie er Grimassen schnitt und die Kleine zum Lachen brachte. Ende Oktober redete schon niemand mehr davon, Karo und ihre Tochter fortzuschicken. Esmie war dankbar dafür; sie hatte Mutter und Kind so lieb gewonnen, dass sie wusste, dass es ein Schlag für sie sein würde, wenn die beiden gingen.

Esmie begann, Karo beizubringen, wie man ihre Nähmaschine benutzte. Die junge Wasir war fasziniert davon und klatschte vor Freude in die Hände, als sie sah, was die Maschine leisten konnte. Ihre schlanken, geschickten Finger waren schnell und ihre Arbeit akkurat. Esmie musste ihr nichts zweimal zeigen, und sie fragte sich, ob sie Karo langfristig als Schneiderin etablieren konnte, damit sie sich selbst ihren Lebensunterhalt verdienen konnte. Würde man einer Frau gestatten, in dieser äußerst konservativen Gegend ein Geschäft zu eröffnen? Alle indischen Schneider – *durzis* –, denen Esmie begegnet war, waren Männer. Nichtsdestotrotz war es eine

Fähigkeit, die Karo etwas nützen würde. Wie auch immer ihre Zukunft aussehen würde.

* * *

Als die Abende kühler wurden, gingen Esmie und Harold dazu über, drinnen am Tisch zu sitzen. Im Licht der Petroleumlampe las er, während sie an ihrer Nähmaschine arbeitete, Kleidung für Gabina herstellte oder bequeme, weit sitzende Kleider für sich selbst anfertigte.

Eines kühlen Abends nähte Esmie aus weicher Seide, die sie Draman auf dem Basar hatte kaufen lassen, Halbschleier für Karo, damit sie ihre Gesichtsverletzung dahinter verbergen konnte. Es war ein besonders anstrengender Tag gewesen. Esmie lehnte sich zurück und rieb sich die Augen.

»Harold, liest du mir etwas vor? Ich glaube, ich kann mich heute Abend nicht darauf konzentrieren, auch nur einen einzigen weiteren Stich zu nähen.«

»Natürlich, meine Liebe.« Harold wirkte erfreut, darum gebeten zu werden. Er hob einen Band mit schottischen Gedichten hoch, von denen er wusste, dass Esmie sie mochte, und begann zu lesen.

Esmie setzte sich auf einen bequemeren Sessel neben ihn und lehnte sich in die Polster zurück. Die Stimme ihres Mannes hatte etwas sehr Beruhigendes.

Sie war voller Bewunderung für seine Fähigkeiten im Krankenhaus; niemand widmete sich seinen Patienten hingebungsvoller oder ging liebenswürdiger mit seinem Personal um als Harold. Das Einzige, was ihre Zufriedenheit damit, seine Frau zu sein, trübte, war, dass sie ihre Nächte noch immer getrennt voneinander verbrachten. Er war kein einziges Mal gekommen, um Trost bei ihr zu suchen, oder hatte sie auch nur im Geringsten ermuntert, sich nachts in sein Zimmer zu schleichen.

Sie betrachtete ihn im Lampenschein. Obwohl sie sich erschöpft fühlte, war sie von einem Bedürfnis nach seiner körperlichen Berührung erfüllt. Der lange Arbeitstag hatte ihr diesen Hunger nicht genommen. War es für Harold genauso? Musste sie ihr Verlangen nach ihm deutlicher machen? Er war so gehemmt in seinen Zuneigungsbekundungen; vielleicht brauchte er nur mehr Ermunterung von ihr.

Heute Nacht wollte sie in seinen Armen liegen und, wenn sie einschlief, seinen festen Körper an sich spüren. Als er ans Ende des vierten Gedichts gelangte, schloss er das Buch und schaute auf. Er ertappte sie dabei, ihn zu betrachten.

»Was denkst du?«, fragte er.

Ihr Herzschlag beschleunigte sich. »Wie sehr ich dich bewundere.«

Sogar im schwachen Licht sah sie ihn erröten. »Ich dich auch«, sagte er.

»Ich liebe deine Stimme«, sagte sie leise, griff nach seiner Hand und drückte sie.

Er lächelte, aber sie spürte, wie er sich ganz leicht anspannte.

»Harold.« Sie hielt seine Hand fest. »Küsst du mich heute Abend?«

Er zögerte. Dann stand er auf und hielt weiter ihre Hand fest. Er beugte sich vor und gab ihr einen keuschen Kuss auf die Stirn.

»Harold, das ist nicht das, was ich gemeint habe …«

Er entzog ihr seine Hand und tätschelte ihr die Schulter.

»Ich kann kaum die Augen offen halten. Wir sehen uns beim Frühstück. Schlaf gut, meine Liebe.«

Esmie saß da und schluckte ihre Enttäuschung hinunter. Sie war plötzlich überwältigend müde, und es dauerte mehrere Minuten, bis sie genug Energie aufbrachte, um sich auf die Beine zu stemmen. Sie zog sich in ihr einsames Zimmer zurück, entschlossen, dass sie bald einen Weg finden würde, ihren Mann zu verführen.

* * *

An jedem Sonntag – ihrem einzigen freien Tag – lud Esmie Leute zum Mittagessen nach der Kirche ein. Brigadier McCabe, Alec Bannerman und Rupa kamen alle. Der Brigadier war ein geistreicher Mann, Alec kannte eine Fülle von Geschichten und Esmie freute sich zu sehen, dass auch Rupa sich entspannte und ihre Gesellschaft genoss.

Sie erinnerte sich daran, dass Alec sich um ein paar heimwehkranke junge Offiziere gesorgt hatte, also strengte sie sich an, auch diese zum Sonntagsessen einzuladen. Alec war entzückt darüber und sagte zu Esmie: »Nummer zehn entwickelt bei den jungen, unverheirateten Offizieren einen guten Ruf für seine Gastfreundschaft. Ich höre sie über den gastfreundlichen schottischen Arzt und seine attraktive junge Frau reden.«

Esmie lachte verlegen. »Nun ja, wir genießen ihre Gesellschaft.«

Ihr Liebling war ein blonder Kavallerieoffizier, Lieutenant Dickie Mason. Er war auf charmante Art höflich und zuvorkommend und schien bei seinen Kameraden beliebt zu sein. Sie war überrascht, von Alec zu erfahren, dass Dickie mehr Heimweh als alle anderen gehabt hatte, als er an der Nordwestgrenze angekommen war.

»Vorher war er in Bombay stationiert«, sagte Alec, »wo das Leben viel geselliger war. Unmittelbar vor seiner Versetzung hierher hat er die Nachricht bekommen, dass seine Schwester an der Grippe gestorben war. Das hat ihn tief getroffen. Armer Junge.«

»Wie schrecklich«, sagte Esmie. »Es tut mir so leid, das zu hören.«

»Ich glaube, es könnte sein, dass er dich als eine treusorgende ältere Schwester betrachtet«, meinte Alec.

Sie verstärkte ihre Bemühungen, freundlich zu dem jungen Lieutenant zu sein.

Um einen Tisch zu sitzen, gemeinsam zu essen und sich lebhaft zu unterhalten, erinnerte Esmie an die frühen Jahre des Kriegs, als sie und die anderen Krankenschwestern gemeinsam mit den serbischen Soldaten gegessen hatten. Das ließ sie an Tom denken. Sie fragte sich, ob er je sein Leben bei den Peshawar Rifles und die Kameradschaft vermisste, die damit einherging, zusammen mit anderen Menschen zu leben und zu dienen. War es im Vergleich dazu langweilig, ein Hotel zu führen, obwohl das das Leben war, für das er sich entschieden hatte?

Dann schimpfte sie mit sich selbst, weil sie über ihn nachdachte. Sosehr sie es auch versuchte, sie konnte Tom nicht völlig aus ihren Gedanken verbannen. Wann immer sie noch einen Brief von Lydia erhielt, brachte sie das aus dem Gleichgewicht. Sie ermunterte Lydia nicht zu der Korrespondenz – sie selbst hatte derzeit kaum Zeit zu schreiben –, aber Lydia schrieb immer häufiger. Ihr neuester Brief klang weniger überschwänglich als die anderen.

Du fragst nach dem Hotel. Nun, um ehrlich zu sein: Es ist nicht gerade das Ritz. Es ist alles andere als das glamouröseste in Pindi – es kann dem Flashman's nicht das Wasser reichen, wo alles, was Rang und Namen hat, absteigt. Aber Tom tut sein Möglichstes, um es in vorzeigbaren Zustand zu versetzen. Es ist alles immer noch ein bisschen schäbig – der alte Junggeselle, dem es vorher gehört hat, hat jahrelang keine einzige

Rupie hineingesteckt, soweit ich es einschätzen kann. Und wir haben von ihm einen ziemlich sprunghaften Direktor geerbt – er ist Anglo-Inder (Du und ich würden sagen, dass er gemischter Abstammung ist), und obwohl er ganz reizend ist, scheint er mehr Zeit damit zu verbringen, mit Tom über Archäologie zu plaudern, als die Menüs zu planen. Tom ist viel zu nachgiebig ihm gegenüber und will nichts davon hören, ihn zu entlassen, wie Daddy vorgeschlagen hat. Außerdem lebt seine Familie auf dem Hotelgelände. Wenn wir ihm sagten, dass er gehen soll, hätten sie auch alle kein Zuhause mehr. Es ist alles etwas peinlich, aber irgendwann wird Tom die Sache klären müssen.

Letzten Samstag hatten wir viel Spaß in der Brauerei. Ich meine nicht wörtlich in der Brauerei! Das Stammhaus der Brauerei liegt übrigens oben in Murree, und die Soldaten trinken das Zeug literweise. Aber es gibt einen höchst unterhaltsamen stellvertretenden Direktor, Hopkirk, der im Brauereigebäude einen Maskenball gegeben hat. Im Garten gibt es einen Tank (ein Schwimmbecken, wie Du und ich sagen würden), und viele von uns haben voll bekleidet ein Bad genommen – das war zum Schreien!

Ich werde schrecklich traurig, wenn ich daran denke, dass Mummy und Daddy so bald abreisen. Kannst Du bitte kommen und ein paar Tage hierbleiben? Du wirst doch bestimmt nicht STÄNDIG gebraucht? Ich werde Dich brauchen, wenn meine geliebten Eltern erst fort sind. Wenn ich auch nur davon schreibe, muss ich schon weinen …

Esmie schrieb zurück und teilte Lydia mit, wie beschäftigt sie und Harold waren, dass es ihr leidtat, dass sie nicht nach Rawalpindi würde kommen können, bevor die Templetons abreisten, aber dass sie sie herzlich grüßen ließ und ihnen eine sichere Heimreise wünschte. Mit Harolds Zustimmung setzte sie hinzu, dass sie sehr dankbar für die Einladung zu Weihnachten waren und versuchen würden, dann zu kommen.

* * *

Bis Anfang November waren alle Armeepatienten entweder entlassen oder aus dem Missionskrankenhaus wegverlegt worden, und zu Esmies Freude kam die Frauenabteilung nun wieder den weiblichen Ortsansässigen zugute. Die Arbeitsbelastung war immer noch hoch, aber die Zahl ambulanter Patienten war zurückgegangen, und sie hatten es nicht mehr mit Verwundeten aus den Kämpfen im Sommer zu tun.

Harold begann, Pläne zu schmieden, nach Kanki-Khel zu reisen, um die Klinik in den Bergen wiederzueröffnen. Es wurde beschlossen, dass das nur unter Polizeischutz möglich sein würde.

»Ich nehme Alec mit«, sagte er.

»Kann der sich nicht hier bei Rupa nützlicher machen?«, fragte Esmie.

Harold sah überrascht drein. »Ich bin mir sicher, dass sie allein zurechtkommt, wenn du hier bist, um ihr zu helfen.«

Sofort sagte Esmie: »Ich begleite dich, Harold.«

»Das ist viel zu riskant«, erwiderte er.

»Wer soll denn dann die Frauen da oben behandeln?«, fragte sie herausfordernd. »Ich nehme an, dort herrschen sogar noch konservativere Ansichten darüber, wer sie zu sehen bekommt, als hier in Taha. Außerdem ist mein Paschtu inzwischen genauso gut wie Alecs.«

»Aber ich würde mir die ganze Zeit Sorgen um dich machen«, protestierte er.

»Und ich mache mir die ganze Zeit um dich Sorgen, wenn du ohne mich gehst. Bitte«, flehte sie. »Wir sind als Mann und Frau hergekommen, um zusammenzuarbeiten, weißt du noch? Wohin auch immer du gehst, gehe ich auch.«

Unvermittelt lachte er. »Oh, Esmie, meine Liebe, du bist eine bemerkenswerte Frau. Ich kann immer noch nicht ganz fassen, dass ich mit dir verheiratet bin.«

»Heißt das, dass wir zusammen gehen?«, fragte sie mit einem Lächeln.

Harold nickte. »Wenn ich unsere Eskorte verdoppeln kann, dann ja: Wir gehen zusammen nach Kanki-Khel.«

* * *

Mittlerweile liebte Esmie ihr Zuhause in Taha. Sie stand früh auf, tappte barfuß auf die Veranda, beobachtete, wie die Sonne sich durch den Nebelschleier emporstahl, der das Tal einhüllte, und genoss die Kühle der Novemberluft. Bis Mittag würde der Himmel strahlend blau sein – nicht so grell wie im September –, und die Temperatur angenehm. Harold hatte sie gewarnt, dass es in den Bergen kalt werden würde, sodass sie warme Kleidung und Decken mitnehmen mussten. Sie hatte fast vergessen, wie sich kaltes Wetter anfühlte.

Bald nachdem sie Harold überredet hatte zu erlauben, dass sie ihn nach Kanki-Khel begleitete, hatten sie gehört, dass die Kavallerieeinheit aus Taha abgezogen werden und in ihre Garnison in Rawalpindi zurückkehren sollte. Esmie würde die lebhafte Gesellschaft der jungen Offiziere vermissen. Das machte sie nur umso ungeduldiger, in die Berge aufzubrechen, um ihr Vorhaben in die Tat umzusetzen, einen Außenposten der Klinik wiederzueröffnen.

Bevor sie nach Kanki-Khel abreisten, gaben die Guthries ein letztes Mittagessen für die Kavallerieoffiziere und den Brigadier, der in Taha bleiben würde.

»Ich bin so dankbar für Ihre Freundlichkeit mir gegenüber, Mrs Guthrie«, sagte Dickie Mason mit seinem typischen entwaffnenden Lächeln, bei dem seine Wangen Grübchen bekamen. »Ich kann Ihnen und dem guten Dr. Guthrie gar nicht genug danken.«

»Wir sind es, die Ihnen danken sollten«, sagte Esmie und erwiderte das Lächeln. »Sie haben Leben an unseren Esstisch gebracht. Es war uns ein Vergnügen, Sie hier zu haben. Nicht wahr, Harold?«

Ihr Mann nickte. »Ein Vergnügen«, wiederholte er. »Aber ich nehme an, Sie freuen sich, nach Pindi und damit auch ein wenig in die Zivilisation zurückzukehren.«

Dickie schüttelte den Kopf. »Ich kann mir nicht vorstellen, dass wir ein gastfreundlicheres Haus oder bessere Gesellschaft als hier finden werden, Sir.«

»Gut gesagt!«, rief der Brigadier.

Esmie lachte. »Oh, wie ich sehe, ist die Kavallerie ritterlich wie eh und je.«

»Ich meine das absolut ernst«, beharrte Dickie. »Rawalpindi ist Neuland für mich, und ich kenne keine Menschenseele dort. Ich freue mich aber auf Polo und Pferderennen. Fahren Sie gelegentlich nach Rawalpindi, Mrs Guthrie?«

»Leider war ich auch noch nicht dort«, gestand Esmie. »Aber wir haben vor, über Weihnachten Freunde dort zu besuchen.«

Sein Gesicht hellte sich auf. »Dann seien Sie bitte unsere Gäste im Offizierskasino. Es wäre uns eine Ehre, Ihre großzügige Gastfreundschaft zu erwidern.«

»Wie freundlich«, sagte Esmie. Sie warf einen Blick zu Harold hinüber, weil sie wusste, dass er sich nicht für förmliche Diners begeistern konnte.

»Wir würden sicher gern kommen und uns ein Polospiel ansehen«, antwortete ihr Mann. »Die Regimenter in Pindi sind unübertroffen, was ihre Reitkünste angeht. Aber es besteht keine Notwendigkeit, viel Aufhebens um uns zu machen.«

Esmie sah Dickies eifrige Miene erschlaffen. Sie spürte bei dem Lieutenant, der nach außen hin so selbstsicher auftrat, eine unterschwellige Verletzlichkeit und wusste, dass er immer noch um seine geliebte Schwester trauerte. Er suchte nach Freundschaft und wollte sich zu Hause fühlen. Es tat ihr sehr leid für ihn.

Dickie konnte nicht wissen, wie anstrengend Harold weinselige Bankette fand, und weil Esmie befürchtete, dass der junge Mann sich zurückgewiesen fühlen könnte, sagte sie: »Sie müssen unbedingt unsere guten Freunde, die Lomax, besuchen – sie führen das Raj Hotel an der Nichol Road. Captain Lomax ist ein lieber Freund meines Mannes und Mrs Lomax eine Freundin von mir aus Schulzeiten. Sie sind nette Gesellschaft, und ich bin mir sicher, dass sie Sie noch mit anderen in Pindi bekannt machen werden.«

»Ja«, pflichtete Harold ihr bei. »Tom Lomax war ein sehr guter Polospieler, bevor er seine Sporen an den Nagel gehängt hat – er war bei den Peshawar Rifles.«

»Bei den Rifles!« Dickie riss bewundernd die Augen auf. »Die sind legendär. Ich würde ihn sehr gern kennenlernen. Vielen Dank.«

Einen Moment lang überkamen Esmie Zweifel. Sollte sie den jungen Offizier vorwarnen, mit welcher Ernüchterung Tom die Armee mittlerweile betrachtete? Sie beschloss, es nicht zu tun. Sie wollte nicht, dass Dickie Vorurteile gegen Tom entwickelte, bevor er ihn überhaupt kennenlernte.

* * *

Am letzten Morgen in Taha, bevor sie nach Kanki-Khel aufbrachen, folgte Esmie ihrem Morgenritual, sich auf die Veranda zu stellen. Sie atmete den Geruch der taufeuchten Erde und des Holzrauchs der Feuer ein, die in aller Früh in den Dienerquartieren entzündet worden waren. Sie hatte Karo gefragt, ob sie mit ihnen in die Berge zurückkehren wollte – vielleicht zu ihren eigenen Verwandten, wenn sie dort vor der Familie ihres Mannes sicher war. Aber Karo hatte vehement beteuert, nicht mitkommen zu wollen, und Esmie setzte sie nicht unter Druck. Rupa hatte versprochen, Karo und Gabina im Auge zu behalten, solange Esmie fort war.

Ihre Freundschaft mit der verwitweten Rupa war desto tiefer geworden, je länger sie zusammengearbeitet hatten, und Esmie hatte die anfänglichen Vorbehalte der Frau ihr gegenüber ausgeräumt. Ein paar Mal, wenn Harold abends noch besonders lange im Krankenhaus gearbeitet hatte, war Esmie zu Rupas kleinem Bungalow auf dem Krankenhausgelände gegangen und hatte mit ihr zu Abend gegessen. Rupa begeisterte sich für gutes Essen und ließ ihren Koch oft Familienrezepte kochen: gedünsteten Fisch mit Chutney oder würziges Hähnchencurry.

»Meine Familie hat sich von uns abgewandt, als mein Mann zum Christentum konvertiert ist«, hatte Rupa Esmie anvertraut. »Wir waren Parsen – ich bin wohl immer noch Parsin.«

»Bist du deshalb in Taha geblieben?«, hatte Esmie sie gefragt.

Ihre Freundin hatte nachdenklich dreingesehen, bevor sie geantwortet hatte. »Das ist ein Grund dafür, ja. Aber ich fühle mich hier auch meinem Mann näher, obwohl ich nie nach Kanki-Khel hinaufreisen könnte, wo er …« Ihre Stimme hatte versagt, und ihre Miene war gequält geworden. Dann hatte sie mit Nachdruck gesagt: »Du musst dort oben sehr gut auf dich aufpassen. Versprich mir, dass du keine Risiken eingehst.«

Esmie hatte es versprochen.

Während sie jetzt den Blick über die niedrigen Dächer der europäischen Siedlung schweifen ließ, sah sie, wie das Viertel der Einheimischen aus dem Nebel hervortrat. Die schlanke Turmspitze eines Minaretts ragte zwischen Dattelpalmen hervor. Als sie den morgendlichen Ruf zum Gebet hörte – einen Klang, den sie liebte –, fiel ihr ein Gespräch mit Tom wieder ein, der voller Begeisterung über die Altstadt von Rawalpindi geredet hatte. *»Man kann die Gebetsrufer der Moscheen quer durch die ganze Stadt hören …«* Erwachte er in diesem Moment zum Ruf des Muezzins? War er immer noch begeistert davon? Sie hoffte, dass er Freude daran hatte, Hotelier zu sein, und seine Entscheidung, die Peshawar Rifles zu verlassen, nicht bereute.

Esmie fragte sich, ob es einen tieferen Grund als allein seine zynische Sicht auf den Krieg dafür gab, dass er seinem alten Regiment und dem Leben an der Grenze den Rücken gekehrt hatte. Vielleicht erinnerte ihn all das zu sehr an den Tod seiner ersten Frau – war Mary in Peschawar gestorben? Esmie wurde klar, dass sie nicht wusste, wann es geschehen war, nur dass Marys Tod plötzlich eingetreten war. Lag sie in Peschawar begraben – der Festungsstadt unweit des für seine Gefährlichkeit berüchtigten Khaiberpasses, der nach Afghanistan führte?

Und nun stand Esmie selbst unmittelbar davor, sich in die wilden und gesetzlosen Grenzlande zu wagen. Harold und Rupa wäre es lieber gewesen, wenn sie nicht dorthin gegangen wäre, aber Esmie war von dem alten Gefühl gepackt worden, das sie auch immer als Krankenschwester im Kriegseinsatz gehabt hatte: halb Furcht, halb freudige Erregung. Irgendwo tief in ihrer Vergangenheit mussten ihre Eltern ihr das Pflichtgefühl eingeimpft haben, Menschen in Not auf alle Fälle zu helfen, ganz gleich, wie furchtbar die Umstände und wie groß die Risiken für sie selbst waren. Sie wollte diese Arbeit auch für ihre Eltern verrichten – weil das Leben der beiden jeweils grausam früh geendet hatte und sie ihre Berufung nicht vollständig hatten erfüllen können.

Empfand Tom ein ähnliches Gefühl der Verpflichtung seiner lange verstorbenen Mutter gegenüber? War das der Grund dafür, dass er seinem Vater die Stirn geboten und sich für einen friedlichen Beruf entschieden hatte? Wollte er sich den sanfteren Eigenschaften wie Warmherzigkeit und Güte als würdig erweisen, an die er sich bei seiner Mutter erinnerte?

Esmie hatte keine Möglichkeit, das herauszufinden. Sie hoffte nur, dass der ehemalige Captain, den erkennbar etwas belastete, im Raj Hotel neuen Seelenfrieden finden würde. Esmie holte tief Luft und wandte sich von der Aussicht ab, die sie genossen hatte. Genug gegrübelt! Sie musste sich auf die Reise vorbereiten. Die Berge riefen.

Kapitel 17

Das Raj Hotel, Rawalpindi, November

Als er nach einem nachmittäglichen Ausritt in das beengte Hotelfoyer kam, ließ ein plötzliches lautes Geräusch Tom zusammenfahren. Einige der Dauergäste saßen schon bequem auf Korbstühlen in dem schwach erleuchteten Raum und nippten zum Aperitif Pink Gin unter den Wedeln der allzu üppigen Farne. Ein oder zwei der Gäste unterbrachen ihre Gespräche, als das Geräusch noch einmal ertönte.

»Hatschi!«

Es war Charlie Dubois, der nieste; allerdings klang es eher nach einem Brüllen als nach einem Niesen.

Während er sich einen Weg an Stühlen, Tischen und Messingpflanzkübeln hindurchsuchte, begrüßte Tom seine Gäste. Er fand seinen Hoteldirektor an der Rezeption, wo er sich auf den Empfangstresen stützte und sich die Nase mit einem großen weißen Taschentuch putzte. Seine Augen tränten, und sein sonst stets lächelndes rundes Gesicht war fahl und verschwitzt.

»Sie sehen schrecklich aus«, sagte Tom besorgt.

»Es geht mir gut, Sir«, wiegelte Charlie heiser ab und unternahm einen Versuch, sich aufrecht hinzustellen. Er war so makellos wie immer in Anzug und Fliege gekleidet, sah aber aus, als würde er gleich ohnmächtig werden.

»Setzen Sie sich, Charlie«, drängte Tom und führte ihn zu einem Rattanhocker. Der normalerweise so überschwängliche Mann protestierte nicht.

»Vielleicht für einen Augenblick«, lenkte er ein und wischte sich den Schweiß von der Stirn.

»Sie müssen sich ins Bett legen«, befahl Tom.

Ansom, der Eisenbahningenieur im Ruhestand, rief: »Das sagen wir ihm schon die ganze Zeit, Lomax!«

Sein fülliger Gefährte Fritwell, der einstige Armeequartiermeister, echauffierte sich: »Er niest schon den ganzen Nachmittag so laut wie Salutschüsse mit zwanzig Kanonen. Wir verrecken auch alle noch an der Krankheit, wenn er noch länger hierbleibt.«

Ansom lachte laut. »Wir würden uns doch auch alle lieber von Mrs Dubois umsorgen lassen, oder, Fritters?«

Tom wusste, wie gern sie den Direktor damit aufzogen, dass er großes Glück hatte, die attraktive Myrtle zur Frau gewonnen zu haben. Aber sie hatten nicht unrecht: Myrtle war weitaus zupackender als ihr geschwätziger Ehemann, behielt die Angestellten genauer im Auge und bemühte sich heroisch darum, schwarze Zahlen zu schreiben. Sie blieb im Hintergrund, während ihr Mann den einladenden Gastgeber spielte, kam nach dem Abendessen aber manchmal herein, um für die Gäste Klavier zu spielen.

Charlie sah ihn mit glasigen Augen an. »Meine Frau ist aus dem Haus gerufen worden, um ihrer Schwester zu helfen – sie glaubt, dass Rose' Baby kommt. Soll ich nach ihr schicken, Sir?«

»Nein, natürlich nicht – dort wird sie mehr gebraucht. Ich kann heute Abend einspringen«, sagte Tom, »und Jimmy kann mir helfen.«

Fritwell prustete. »Dann mal viel Glück damit, Lomax. Jimmy Dubois wird bis in die Puppen draußen beim Cricketspielen sein.«

Tom lächelte. »Er ist ein guter Junge und kann sich an den Empfangstresen stellen.«

»Das ist doch nicht nö… Hatschi!« Charlies Protest wurde von einem neuen gewaltigen Niesen erstickt.

Genau in dem Moment erschien Stella, die siebenjährige Tochter der Dubois, in Begleitung von Hester Cussack auf der Treppe.

»Ah, die Baronin!«, rief Ansom. »Geleitet vom Stern an unserem Firmament, der jungen Stella! Stella, du musst deinen Vater überreden, sich hinzulegen. Er hört nicht auf uns bärbeißige alte *koi hais*.«

Das Mädchen grinste und nickte, blieb aber an der Seite der alten Frau und hielt den abgewetzten Saum von Hesters Abendkleid hoch, um zu verhindern, dass sie stolperte. Von Charlies Niesen begleitet, stieg die Witwe würdevoll die Treppe eine Stufe nach der anderen hinab. Ihre Perlenketten glänzten im Lampenschein. Ihr dichtes graues Haar war zu einer Frisur hochgesteckt, die vor einer Generation in Mode gewesen war, und sie klammerte sich mit schlanken Armen, die in langen schwarzen Abendhandschuhen verschwanden, an Stella. Ihr Gesicht mit der Adlernase wirkte noch immer königlich, und Tom konnte sich vorstellen, dass sie in ihrer Jugend vielen den Kopf verdreht hatte.

Ansom hatte ihm erzählt, dass sie mit einem österreichischen Baron und wohlhabenden Forschungsreisenden verheiratet gewesen war. Fritwell sagte, er habe gehört, sie sei eine

Hofdame und Vertraute der Königin von Sikkim gewesen. Lydia hatte recht gehässig den Klatsch aus dem Club wiederholt, dass Hester die Tochter eines irischen Seemanns sei und eine Tänzerin gewesen sei, die ihren Mann, einen Soldaten, für einen armenischen Geschäftsmann verlassen habe. Da Tom Hester mochte, war ihm das gleichgültig.

Er eilte vorwärts, um ihr zu helfen, und zwinkerte Stella aufmunternd zu. Mit ihren auffällig grünen Augen und ihrem honigblonden Haar sah Stella weder ihrem Vater noch ihrer Mutter ähnlich. Vielleicht kam bei ihrer hellen Haarfarbe irgendein britischer Vorfahr wieder durch. Aber sie besaß den einnehmenden Charakter ihres Vaters und konnte so schnell denken wie ihre Mutter. Mit sieben war sie reifer, als ihr Alter vermuten ließ, und der große Liebling der Dauergäste.

»Guten Abend, Baronin«, sagte Tom, bot ihr den Arm und übernahm von Stella.

Fritwell winkte und hob die Stimme: »Hierher, Baronin. Wir haben Ihnen einen Platz freigehalten.«

»Aha! Danke, meine Lieben«, sagte Hester mit einem huldvollen Nicken.

Tom verbarg ein Lächeln. Nur die Hälfte der Stühle war überhaupt besetzt. Dieser Teil des Hotels war schon vor Jahren von der kleinen Clique der Dauerbewohner mit Beschlag belegt worden. Von hier aus konnten sie das Kommen und Gehen im Hotel und auf der Straße davor beobachten. Lydias Versuche, sie in den Aufenthaltsraum am Ende des Korridors zu verbannen, waren bisher gescheitert. Wie Katzen tappten sie zu ihren Lieblingsplätzen zurück und waren dort zu jeder Tageszeit dabei anzutreffen, unter Ausgaben der Civil and Military Gazette zu dösen oder gesellig miteinander zu trinken.

»Da wären wir, Baronin«, sagte Tom und half ihr auf einen durchgesessenen, mit Chintz bezogenen Sessel. Die Kissen rochen nach Mottenkugeln. Stella zog den Saum von Baronin

Cussacks Kleid zurecht, um ihre abgenutzten Pantoffeln zu verdecken.

»Danke, meine Lieben«, sagte die Baronin und griff nach dem Glas Sherry auf dem mit Schnitzereien verzierten Tisch zwischen ihr und Fritwell. »*Santé!*«

»Auf Ihr Wohl!«, sagte Ansom.

»Runter damit!«, setzte Fritwell hinzu.

Tom wandte sich an Stella. »Kannst du loslaufen und Jimmy für mich suchen? Ich möchte, dass er an der Rezeption einspringt. Wir haben heute Abend noch vier Buchungen. Die Gäste treffen mit dem Abendzug ein. Ich schicke deinen Vater jetzt ins Bett. Ich übernehme heute Abend die Begrüßungen.«

Stella sah ihn fragend an. »Aber Mr Lomax, ich dachte …?«

»Du dachtest was?«

»Dass Sie heute Abend zusammen mit Mrs Lomax zum Ball in der Brewery gehen.«

Tom unterdrückte einen Fluch. Das hatte er völlig vergessen. Er warf einen Blick auf die Uhr über dem Empfangstresen. Es war schon fast sechs, und sie wurden in einer Stunde zum Aperitif bei den Hopkirks erwartet. Mit dem freundlichen jungen Lieutenant Mason durch den Topi Park zu reiten, hatte ihm Gelegenheit geboten, die alltäglichen Sorgen zu vergessen. Sie hatten über ihre gemeinsame Jagd- und Angelleidenschaft gesprochen, und Tom hatte Mason versprochen, dass sie während der kalten Jahreszeit in den Ausläufern des Himalaja gemeinsam auf *shikar* gehen würden. Den ganzen Nachmittag über hatte er überhaupt nicht an seine heimwehkranke Frau gedacht, geschweige denn an den Ball. Schuldgefühle brachen über Tom herein.

»Ich gehe jetzt besser mit Mrs Lomax reden«, sagte er eilig, »um ihr die Situation zu erklären.«

Er warf einen Blick auf Charlie, der sich das fiebrige Gesicht mit einem feuchten Taschentuch abwischte.

»Stella, bitte hilf deinem Vater«, sagte Tom.

Sie zögerte. »Ich könnte nachsehen gehen, ob Mummy bei Tante Rose noch gebraucht wird.«

Tom spürte, dass er errötete. Das Mädchen wusste nur zu gut um Lydias Launen und um die Tatsache, dass die Frau des Chefs derzeit schon beim kleinsten Ungemach in Tränen ausbrach. Würde Lydia sich mehr ärgern, dass Tom den Ball verpasste oder dass Myrtle Dubois die Rolle der Gastgeberin im Raj übernahm? Für ihn war Charlies Frau ein Geschenk des Himmels, aber Lydia war sofort voreingenommen gegen Myrtle gewesen, weil diese ihre Pläne durchkreuzt hatte, das Hotel zu modernisieren. Die Renovierung wurde immer wieder aufgeschoben, und alte Möbel, die hinausgeworfen worden waren, tauchten Tage später getarnt mit anderen Kissen oder Tagesdecken wieder auf, mit der Erklärung, das hier sei der Lieblingssessel der Baronin oder dieses Stück habe Mr Ansoms Mutter gehört. Tom fand sich ständig im Kreuzfeuer wieder und versuchte, sich nicht allzu offen auf die Seite der praktisch veranlagten, besonnenen Myrtle zu schlagen, während er sich zugleich bemühte, seine Frau zu beschwichtigen.

Jetzt schüttelte er den Kopf. »Nein, Stella, wir kommen ohne deine Mutter zurecht. Die Gesundheit deiner Tante und ihres Babys sind wichtiger als ein verpasster Ball.«

»Schätzchen«, sagte Hester, »gehen Sie zum Ball. Die Kinder können auf uns aufpassen.«

»Ich komme später nach«, sagte Tom, nahm ein Stück Schreibpapier vom Empfangstresen und kritzelte schnell eine Nachricht darauf. Er reichte es Stella. »Gib das Jimmy und sag ihm, dass er es sofort zu Lieutenant Mason in den Westridge Barracks bringen soll. Und Sie, Charlie«, fuhr er fort und zog den Direktor auf die Beine, »gehen jetzt nach Hause.«

Als er zur Treppe ging und sie je zwei Stufen auf einmal nehmend hinauflief, hörte er die scherzhaften Anfeuerungen der Dauergäste.

»Viel Glück, Schätzchen!«

»Auf in den Kampf, Lomax«, rief Fritwell.

»Wenn die reizende Mrs Lomax einen Tanzpartner benötigt«, sagte Ansom lachend, »dann stehe ich Hübscher nur zu gern bereit.«

Am Ende des Korridors stählte Tom sich, bevor er ihre Zweizimmerwohnung betrat. Er fand, dass sie mit ihren Dachschrägen und den beiden Veranden ein Zuhause war, das Charme hatte. Eine Veranda ging auf den Innenhof hinaus, die andere auf den Garten und den Saddar-Basar dahinter. Lydia hatte ihre Wohnung mit eleganten orientalischen Möbeln ausgestattet, die ihre Mutter ihr auszusuchen geholfen hatte, und ein halb erotisches Gemälde mit tanzenden Nymphen über ihr neues, großes und bequemes Bett gehängt. Sein eigenes Aquarell der Ruinen von Hindutempeln in Taxila war hinter das Rattansofa verbannt worden. Lydia hatte verkündet, es sei zu groß für diese Zimmer und müsse warten, bis sie in ihr eigenes Haus zogen. Lydia drang schon auf den Umzug, seit ihre Eltern abgereist waren. Sie hasste es, in der Nähe der Gäste und so dicht am Basar zu leben. »Nichts als Lärm und Gestank«, beschwerte sie sich immer.

Als Tom das kleine Wohnzimmer betrat, wehte ihm aus dem angrenzenden Schlafzimmer der berauschende Duft von Lydias Parfüm entgegen.

»Bist du das?«, rief Lydia.

»Ja, meine Süße«, antwortete Tom.

»Du solltest dich lieber beeilen und dich umziehen. Wir dürfen nicht zu spät kommen. Geraldine sagt, der Colonel dieses neuen Kavallerieregiments wird auch da sein, und ich will, dass du einen guten Eindruck auf ihn machst. Mir gefällt nicht, dass einige dieser Militärs uns die kalte Schulter zeigen, nur weil du nicht mehr bei den Rifles bist.«

Tom hörte die freudige Aufregung in ihrem Ton. Er fühlte sich schrecklich, weil er sie enttäuschen musste. Als er ins Schlafzimmer ging, sah er Lydia an ihrem Frisiertisch sitzen und Rouge auf ihre Wangen auftragen. Sie trug ein schimmerndes rotes Kleid, das ihr Dekolleté zur Geltung brachte. Die mangelnde Sittsamkeit würde unter den Matronen von Rawalpindi für hochgezogene Augenbrauen sorgen. Sie stand auf und wandte sich ihm zu. Wieder einmal war er beeindruckt von ihrer Schönheit. Seit sie nach Indien gezogen waren, war ihre Figur voller geworden, und sie hatte mehr Kurven denn je.

»Du siehst wie eine Göttin aus«, sagte Tom lächelnd.

»Und du siehst nicht nur aus wie ein Stallknecht, sondern riechst auch wie einer«, antwortete sie naserümpfend. »Bijal hat dir vor einer Stunde ein Bad eingelassen, aber nun musst du es eben kalt nehmen. Hopp, hopp.«

»Liebste«, sagte Tom, »du musst ohne mich vorausfahren. Charlie ist krank, und Myrtle hilft Rose bei der Niederkunft. Ich komme nach, sobald ich kann, aber wir erwarten heute Abend neue Gäste.«

Sie verzog erschrocken das Gesicht. »Oh, Tom! Du weißt doch, wie sehr ich mich darauf schon die ganze Zeit freue. Du musst einfach mitkommen. Charlie schafft das schon – auf mich hat er vorhin noch gewirkt, als ginge es ihm gut. Das ist nur eine kleine Erkältung.«

»Für mich sieht es eher nach einem Fieber aus«, sagte Tom, »und ich will nicht, dass er die Gäste anniest. Jedenfalls habe ich ihn nach Hause geschickt.«

»Was hat es denn für einen Zweck, diese Leute zu bezahlen, wenn sie nicht für einen arbeiten, wann man will?«, fragte Lydia gereizt.

»Schatz, das ist nicht fair …«

»Ich sage dir jetzt, was nicht fair ist: Bis zur letzten Minute zu warten, bevor du mir sagst, dass wir nicht zum Ball gehen können!« Sie schien den Tränen nah zu sein.

»Aber du kannst doch trotzdem gehen«, wandte Tom ein.

»Ich spaziere ganz bestimmt nicht mutterseelenallein dorthin!«

»Das musst du ja auch nicht«, sagte Tom eilig. »Ich habe Dickie Mason eine Nachricht geschickt. Ich weiß, dass er dich mit Freuden begleiten würde.«

Lydia schmollte. »Dieses Jüngelchen von einem Lieutenant? Der hat ja noch kaum seine Schuluniform hinter sich gelassen. Ich will Captain Lomax an meiner Seite haben. Ich will meinen Ehemann!«

»Es tut mir leid«, sagte Tom und ging daran, seine Reitkleidung abzulegen. »Aber das Hotel geht vor. Mir geht es darum, dass es erfolgreich wird. Ich gebe zu, dass es schwieriger ist, als ich im Voraus geahnt habe, und mehr eigenes Anpacken erfordert, aber wenn wir erst auf einen grünen Zweig gekommen sind, haben wir noch reichlich Zeit für Bälle und Partys.«

Lydia bedachte ihn mit einem anklagenden Blick. »Wir kommen nie auf einen grünen Zweig, wenn du weiter die Art zweitklassiger Klientel behältst, die wir geerbt haben. Sie sind ein unmöglicher Haufen. Niemand, der etwas darstellt, will hier übernachten – nur *box-wallahs* und Eurasier.«

Tom hielt, halb ausgezogen, inne und starrte sie überrascht an. Sie hatte bisher schon spöttische Bemerkungen über ihre Dauergäste gemacht, aber noch nie mit solcher Verachtung von ihnen gesprochen. Er fühlte sich in ihrem Namen gekränkt.

»Schatz, nun sprich doch nicht so über unsere Freunde«, sagte er tadelnd.

»Sie sind nicht unsere Freunde – sie sind Schmarotzer, die zum halben Preis hier wohnen und doch nie rechtzeitig bezahlen.«

»Das ist immer noch besser, als die Zimmer leer stehen zu lassen«, sagte Tom trotzig. »Außerdem sind sie gute Leute. Deine Eltern mochten sie – Pop ist wunderbar mit Ansom und Fritwell zurechtgekommen.«

»Daddy würde sich sogar mit dem ehemaligen deutschen Kaiser anfreunden, wenn er auch nur die geringste Chance dazu hätte«, sagte sie abfällig. »Aber Mummy hat diese sogenannte Baronin sofort durchschaut. Man merkt doch, dass sie diesen österreichischen Akzent nur spielt. Geraldine sagt, dass sich der ganze Club über sie lustig macht, und es ist doch offensichtlich, dass sie so ordinär wie nur irgendjemand ist.«

Tom reagierte gereizt. »Und was hat Geraldine Hopkirk im Leben erreicht, außer einen Brauer zu heiraten?«

Lydia kniff den Mund zusammen. »Wer ist denn jetzt der Snob?«

Toms Brust war vor Wut wie zugeschnürt, aber er zügelte seinen Zorn. »Lydia«, flehte er sie an, »lass uns nicht streiten. Es tut mir leid, dass ich dich nicht zum Brauereiball begleiten kann, aber ich will dennoch, dass du hingehst und dich amüsierst.«

Sie lenkte rasch ein. »Dann werde ich wohl einfach mit diesem Mason-Jungen im Schlepptau das Beste daraus machen müssen. Esmie behauptet, dass er wenigstens Sinn für Humor hat.«

»Den hat er wirklich«, stimmte Tom zu.

Es brachte ihn aus der Fassung, dass Esmie so plötzlich erwähnt wurde. Lydias Freundin hatte allen Versuchen widerstanden, sie vor Weihnachten nach Rawalpindi zu locken. Gerüchten zufolge waren sie und Harold in die Berge gegangen, um Medizin zu verteilen und Kranke zu pflegen. Tom war beeindruckt von Esmies Mut – Lydia hätte nie ihr Leben für Inder in Gefahr gebracht –, aber er fühlte sich schuldig, weil er an sie dachte und sie dabei im Vergleich mit seiner eigenen Frau besser abschnitt. Er hätte nicht gezwungen sein sollen, sich ständig ins Gedächtnis zu rufen, dass er sich für die schöne Lydia entschieden hatte, weil er sie liebte.

Mit nacktem Oberkörper durchquerte er das Zimmer und stellte sich neben Lydia. Er hob ihr Kinn an und lächelte. »Und wenn du zurückkommst, mache ich alles wieder gut.«

Er beugte sich vor und küsste sie auf die Lippen. Einen Moment lang spürte er, wie sie darauf einging, aber gleich darauf stieß sie ihn von sich.

»Du stinkst nach Pferd«, beschwerte sie sich. »Geh baden.«

* * *

Es war spät, und die meisten Gäste waren schon längst zu Bett gegangen, als Tom auf den Hof hinausschlenderte, um eine Zigarette zu rauchen. Die Sterne waren hinter einer dichten Decke aus Holzrauch verborgen, die sich aus dem nahen Saddar-Basar ausbreitete. Er lauschte den Geräuschen der Nacht: dem Ruf eines Wächters, dem Bellen eines Hundes und dem Klingeln von *tonga*-Glöckchen. Ein Gefühl der Ruhe durchströmte ihn. Er hatte sich um alle Neuankömmlinge gekümmert, beim Dinner mit den Gästen geplaudert und mit den Dauerbewohnern am Kamin im Aufenthaltsraum Karten gespielt. Mr Hoffman, der ehemalige Polizist, der vor Jahren durch einen fehlgeleiteten Feuerwerkskörper ein Auge verloren hatte, hatte Walzer auf seiner Geige gespielt und die Baronin vor Nostalgie zum Weinen gebracht.

Tom wusste, dass er den Abend viel mehr genossen hatte, als er es auf dem Brauereiball getan hätte – aber er wusste auch, dass er das Lydia gegenüber niemals zugeben durfte. Beim Gedanken an seine Frau kam freudige Erregung in ihm auf. Zum Glück war Mason umgehend erschienen, um sie zum Ball zu begleiten, und Lydia war bei ihrem Aufbruch schon besser gelaunt gewesen. Sie hatte Tom einen Kuss auf die Wange geben und ihm suggestiv ins Ohr geflüstert: »Nachher sehen wir uns oben.«

Aber er würde seine Ungeduld zügeln müssen; die Feiern in der Brauerei konnten bis in die frühen Morgenstunden dauern. Der alte Tom – der Offizier von vor dem Krieg, der ausgelassene Dinnerpartys und Bälle geliebt hatte – wäre sogar zu dieser späten Stunde noch hingegangen. Aber nach Marys Tod hatte er die Lust auf große Zusammenkünfte verloren. Zu Hause in Schottland hatte er sich nur für Lydia aufgerafft, zu den Grafschaftsbällen zu gehen. Er würde nur in Versuchung geraten, zu viel zu trinken und sich zum Narren zu machen. Während er seine Zigarette ausdrückte, sah Tom zum Bungalow der Dubois hinüber. Im Salon brannte noch ein Licht. Er würde vorbeischauen und sich erkundigen, wie es Charlie ging.

Als er die Stufen zu ihrer Veranda hinaufstieg, erhaschte er einen Blick durchs Fenster und sah zu seiner Überraschung, dass Myrtle von ihrer Schwester zurück und die ganze Familie noch wach war. Charlie saß mit einer Decke über den Knien auf einem Sessel am Feuer, und Jimmy lag ausgestreckt zu seinen Füßen. Myrtle saß mit Stella auf dem Sofa. Das Mädchen hatte sich unter ihrem Arm zusammengerollt und ihr den Kopf auf den Schoß gelegt. Plötzlich durchzuckte ihn Neid angesichts dieses Anblicks von Häuslichkeit. Das hier wollte er eines Tages auch für Lydia und sich selbst haben: eine glückliche Familie und ein einladendes Zuhause.

Vielleicht sollte er Lydias Wunsch nach einem Haus in der europäischen Zivilsiedlung nachgeben. Das wäre weniger praktisch für die Arbeit, aber dort konnte sie ihnen fern von den neugierigen Blicken der Dauergäste das gemütliche Zuhause schaffen, nach dem sie sich sehnte. Tom seufzte. Er konnte es sich eigentlich nicht leisten. Das Hotel machte Verluste, und er hatte kein anderes Einkommen. Lydia sagte, dass ihr Vater bezahlen würde, aber Tom war zu stolz, um sich wie ein Bettler an seinen Schwiegervater zu wenden. Lydia erhielt von ihren Eltern immer noch ein Taschengeld, aber Tom bestand darauf, dass sie es für sich selbst ausgab. Wenn sie in einen Bungalow in der Zivilsiedlung zogen, würden sie anfangen müssen, andere einzuladen. Lydias neu gewonnene Freundinnen, und das würde ihr knappes Budget zusätzlich belasten. Tom würde ihre Forderungen zurückweisen müssen, bis die teure Weihnachtssaison vorbei war.

Ein Diener ließ Tom ein. Jimmy sprang auf, als Tom den Salon betrat. Sein pummeliges Gesicht strahlte. Stella regte sich und setzte sich gähnend auf.

»Ich hoffe, es ist alles in Ordnung, Mr Lomax?«, fragte Myrtle und erhob sich.

»Bitte stehen Sie nicht auf«, sagte Tom eilig. »Es ist alles in Ordnung. Ich bin nur gekommen, um zu sehen, wie es Charlie geht.«

»Mir geht es blendend«, behauptete Charlie und wischte sich die laufende Nase ab. »Bitte nehmen Sie doch Platz, Sir.« Er zeigte auf den Sessel neben sich.

»Es geht meinem Mann überhaupt nicht gut«, sagte Myrtle mit ihrer leisen, melodischen Stimme. »Aber er hat sich geweigert, vor meiner Rückkehr ins Bett zu gehen.«

Charlie drohte ihr mit dem Finger und putzte sich die Nase. »Mir geht es gut. Mach nicht so einen Aufstand.« Er wandte sich an Tom. »Jimmy wird Ihnen einen Schlummertrunk einschenken. Ich nehme einen heißen Grog, um meine Erkältung zu unterdrücken. Johnnie Walker. Tötet Keime und wärmt das Blut. Nun setzen Sie sich doch bitte, Sir.«

Tom tat es. Er hatte seit der Abreise der Templetons kaum einen Tropfen Alkohol angerührt, aber nun regte sich das vertraute Gelüst in ihm. »Ich bleibe nicht lange, aber ein

Schlückchen wäre nett.« An Myrtle gewandt fragte er: »Wie geht es Ihrer Schwester?«

Myrtles Gesicht hellte sich auf. Mit ihrem welligen dunklen Haar und ihrer rehäugigen Schönheit erinnerte sie Tom an einen Filmstar.

»Sie ist müde, aber es geht ihr gut, danke«, antwortete sie.

Stella meldete sich zu Wort. »Und ich habe einen neuen Cousin – einen kleinen Jungen. Mummy sagt, ich darf ihn morgen nach der Schule besuchen gehen.«

»Das ist eine wunderbare Nachricht!«, rief Tom.

Jimmy reichte Tom grinsend ein großzügig gefülltes Glas Whisky und sagte: »Endlich ein Junge, dem ich Cricketspielen beibringen kann.«

»Deshalb feiern wir auch so spät noch«, sagte Charlie und unterdrückte ein Niesen. »Es gibt einen neuen Sohn und Erben für die Familie Dixon.«

»Hat Baby Dixon denn schon einen Namen?«, fragte Tom.

Myrtle lächelte. »Sigmund Francis.«

Tom hob sein Glas. »Auf Sigmund Francis Dixon; gute Gesundheit, Glück und ein langes Leben!«

Sie wiederholten seine Worte, obwohl nur er und Charlie darauf tranken.

Myrtle legte liebevoll eine Hand auf Stellas Kopf und sagte ihr, dass sie ins Bett gehen solle. Stella sträubte sich.

»Tu, was deine Mutter sagt«, befahl Charlie. »Du musst in ein paar Stunden zur Schule, junge Dame. Da musst du frisch und munter sein.«

Stella ging widerwillig und plapperte dabei weiter über ihren neugeborenen Cousin. Jimmy folgte ihr gähnend. Als sie gegangen waren, sagte Tom: »Sie können stolz auf Ihre Kinder sein. Sie sind im Hotel eine große Hilfe. Aber ich möchte nicht, dass ihre Schulbildung darunter leidet.«

Charlie verdrehte die Augen. »Wenn Jimmy sich im Unterricht genauso anstrengen würde wie in der Cricketmannschaft, dann wäre er Klassenbester.«

Tom lachte. »In seinem Alter war ich auch so.«

»Dann, Sir«, sagte Charlie, »wird ja doch noch etwas aus ihm werden.«

Sie tranken auf Jimmy und seine Zukunft. Dann tranken sie auf Stella und die Hoffnung ihres Vaters, dass sie einen reichen und freundlichen Ehemann finden würde. Zu dem Zeitpunkt stand Myrtle auf. »Stella hat viel im Kopf«, sagte sie. »Vielleicht wird sie Krankenschwester oder sogar Ärztin.«

Sie zwinkerte, und Charlie lachte, als hätte sie einen guten Witz gemacht. Tom dachte plötzlich an Esmie. Stella ließ schon die Mischung aus einem scharfen, praktisch veranlagten Verstand und der zugewandten Wesensart erkennen, die Esmie zu solch einer guten Krankenschwester machte. Außerdem eine große Portion Mut. Die Krankenpflege war einer der wenigen Berufe, die Anglo-Inderinnen wie Stella offenstanden und in denen sie es zu etwas bringen konnten. Aber sie war noch so jung und hatte vielleicht ganz andere Vorstellungen als ihre Eltern, was sie werden wollte, wenn sie groß war.

Myrtle blieb neben ihrem Mann stehen, aber er sagte ihr, dass sie sich ruhig zurückziehen solle und dass er bald nachkommen würde. Myrtle wünschte Tom mit einem Blick gute Nacht, der ihn anflehte, ihren Mann nicht zu lange wach zu halten.

Tom versuchte, nach einem Glas zu gehen, aber Charlie ließ sich gerade über die Ruinen in Taxila aus – sein Lieblingsthema – und goss ihnen beiden noch einen Whisky ein. Tom hatte ein schlechtes Gewissen, weil er ihn davon abhielt, zu Bett zu gehen, aber ihm fiel auf, dass der Alkohol Charlies Niesen verscheucht zu haben schien. Als Tom endlich ging, war es spät, und die Flasche war fast leer geworden. Er torkelte zum Hotel zurück. Der *chowkidar* ließ ihn ein. Er machte sich auf eine Gardinenpredigt von Lydia gefasst, weil er bei ihrer Rückkehr noch nicht da gewesen war, aber er fand ihre Wohnung leer vor. Enttäuschung machte sich in ihm breit. Unbeholfen zog er seine Kleidung aus und fiel ins Bett.

Das Nächste, woran er sich erinnerte, war, dass er davon aufwachte, dass Lydia sich neben ihm ins Bett legte. Schlaftrunken nahm er wahr, dass ihre Haare ihm ins Gesicht fielen.

»Du hast getrunken«, murmelte sie und fuhr mit einer Hand über seinen Oberkörper.

»Du auch«, sagte Tom, da er Wein in ihrem Atem roch. »Gute Party?«

»Mmmh, sehr«, bestätigte sie mit einem leichten Kichern. »Aber ich habe dich vermisst.«

Sie strich mit den Fingern über seine nackte Brust und bis zu seinem Oberschenkel. »Oh, du trägst ja gar keinen Pyjama …«

Tom spürte, wie Erregung in ihm aufstieg. »Das war mir zu mühsam.«

»Gut«, sagte Lydia und begann, sich an seinem Körper hinabzuküssen.

Er stützte sich auf die Ellbogen. Ihr Vorspiel reizte ihn auf. Sie hatten seit fast zwei Wochen nicht mehr miteinander geschlafen, und obwohl der Whisky ihm noch zu schaffen machte, war er erregt.

Lydia drückte ihn wieder auf die Matratze, schwang ein Bein über ihn und stieg auf ihn. Tom stöhnte voller Vorfreude. Das hier würde wieder sein wie in ihren Flitterwochen. Er gab sich ihren Liebkosungen hin. Binnen weniger Minuten war sie befriedigt und löste sich von ihm, unmittelbar bevor er zum Höhepunkt kam.

Schwer atmend sank sie zurück. »Wir wollen doch noch keine kleinen Lomax, nicht wahr?«, sagte sie mit einem trunkenen Kichern.

Tom lag da, halb befriedigt und halb frustriert. Er wollte sie in die Arme nehmen und es noch einmal tun, aber jetzt langsam und zärtlich. Er wollte, dass sie beieinanderlagen und ein neues Leben zeugten. Plötzlich erstickte er fast an seiner Sehnsucht nach einem Kind. In seinem Kopf drehte sich alles. Es lag nur am Alkohol, der seine Emotionen völlig durcheinanderbrachte – die Nachricht, dass Sigmund Francis zur Welt gekommen war, und die Feier bei den warmherzigen Dubois. Lydia hatte recht, dass sie erst etwas Spaß haben mussten, bevor sie eine Familie gründeten. Er streckte eine Hand aus, um ihre Brust zu streicheln, aber sie lag schon auf dem Bauch und schnarchte leise.

Kapitel 18

Kanki-Khel

Esmie und Harold wurden in einem Polizeilaster nach Nordosten aus dem Taha-Tal hinausgefahren. Sie nahmen den bewaffneten Malik als Pfleger und zusätzlichen Schutz mit. Neben sie waren all ihre Medikamente, Kleidung, Bettwäsche und Treibstoffvorräte gezwängt, dazu noch vier Polizisten und ein Chauffeur. Den ganzen Tag saß Esmie verkrampft auf dem unbequemen Lattensitz. Sie versuchte, an der flatternden Plane vorbeizuspähen. Der Wagen holperte und rollte über staubige Pisten und dann langsam bergauf um enge Kurven, die aus dem grauen Fels geschlagen waren.

Irgendwie brachte Harold es fertig zu lesen, während das Fahrzeug ruckelte, bebte und Abgase ausstieß. Esmie tat ihr Bestes, um ihr Frühstück bei sich zu behalten.

Nach drei Stunden machten sie kurz halt, um an einer provisorischen Brücke aus grob behauenem Holz etwas zu essen. Während sie sich die Beine vertrat, kniff Esmie die Augen gegen das grelle Sonnenlicht zusammen und betrachtete die kargen Hänge und die wenigen Ziegen dort. Es erstaunte sie, dass die trittsicheren Tiere überhaupt etwas zu fressen fanden. Ein schmaler Fluss plätscherte unter der Brücke. Sie hatte noch nie so smaragdgrünes Wasser gesehen. Aus dem Nirgendwo erschien ein turbantragender Junge mit einer großen Wassermelone und feilschte mit einem der Polizisten.

Sie teilten sich die Melone, aber der leitende Beamte, Sergeant Azim Baz, ein stämmiger Paschtune mit einem prächtigen Vollbart, wollte sich nicht lange aufhalten, und bald waren sie wieder unterwegs. Harold legte sein Buch weg, vielleicht, weil er spürte, dass Esmie nervös war, und begann mit ihr zu plaudern.

»Wir gelangen jetzt ins Gebiet der Gurbuz-Wasir«, erklärte er ihr.

»Das ist Karos Stamm, nicht wahr?«, fragte sie.

»Ja«, bestätigte Harold. »Die Gurbuz leben überwiegend rund um Kanki-Khel.«

»War es falsch von mir, sie nicht zu überreden, mitzukommen?«, fragte Esmie. »Wir hätten sie vielleicht mit ihrer Familie wiedervereinen können.«

»Ihre Verwandten nehmen sie vielleicht gar nicht zurück«, sagte Harold. »Sie hat mit ihrem Ehebruch Schande über sie gebracht.«

»Aber sie ist zu Unrecht beschuldigt worden!«, wandte Esmie ein.

»Da hast du sicher recht«, sagte Harold. »Aber so etwas kann zwischen den Stämmen Fehden auslösen, die generationenlang dauern. Ihr Vater und ihre Brüder wollen vielleicht lieber Gras über die Sache wachsen lassen. Wenn Karo zurückkehrt, könnten sie gezwungen sein, Rache zu nehmen.«

»Also kann sie vielleicht nie mehr zu ihrer Familie zurück?«, wollte Esmie wissen.

Harold seufzte. »Ich fürchte nicht.«

»Und unterdessen kommt ihr abscheulicher Mann mit seinem barbarischen Angriff einfach so davon«, sagte Esmie voller Empörung.

Harold legte ihr eine Hand auf den Arm. »Liebste, es ist besser, wenn du dir nicht anmerken lässt, dass du nichts von den Leuten ihres Mannes hältst. Die Otmanzai könnten durchaus in die Klinik kommen, und du musst sie genauso wie die anderen behandeln. Die meisten von ihnen sind gut und tapfer und wollen nur das Beste für ihre Familien. Schwarze Schafe gibt es, wohin man auch geht.«

Esmie war zerknirscht. »Natürlich. Es tut mir leid. Du weißt, dass ich meine Arbeit so gut erledigen werde, wie ich kann. Ich habe Karo und Gabina nur so lieb gewonnen, dass es mir schwerfällt, sie nicht beschützen zu wollen.«

»Ich weiß«, sagte Harold mit einem zärtlichen Blick. »Deshalb bist du doch auch so eine begabte Krankenschwester – weil du so tiefes Mitgefühl empfindest.«

Danach verstummten sie, aber Esmie lehnte sich an ihren Mann, döste und zog Kraft aus seiner unerschütterlichen Gegenwart neben ihr.

Als die Sonne gerade unterging, gelangten sie in ein Tal mit einem schmalen fruchtbaren Streifen Ackerland und kleinen Ansammlungen von Bäumen, deren sterbende Blätter im milden Licht golden schimmerten.

»Kanki-Khel!«, sagte Harold mit unterschwelliger Aufregung.

Seine Freude ging rasch in Besorgnis über, als er die verkohlten Ruinen der ehemaligen Klinik sah. Ihre geschwärzten Steine und angesengten Balken waren eine ungeschönte Erinnerung daran, dass das Dorf erst vor wenigen Monaten von einfallenden Afghanen angegriffen worden war.

Es war zu gefährlich für sie, im Dorf zu wohnen, und man hatte eine Unterkunft für sie auf einem nahen befestigten

Bauernhaus gefunden, das als Außenstelle der Polizei diente. Dank seiner erhöhten Lage konnte der Polizeiwächter das ganze Tal im Blick behalten und nach Plünderern aus dem Norden – dem Land der Otmanzai und jenseits davon – Ausschau halten. Die ausgedörrten Berge des Grenzlands wirkten näher und traten deutlicher hervor. Ihre Gipfel waren schon mit dem ersten Schnee des Winters überzogen.

Die Schlafzimmer waren um einen kleinen, von hohen Mauern umgebenen Hof angeordnet. Harold und Esmie erhielten ein Zimmer mit Lehmboden, das keine Möbel bis auf ein *charpoy* enthielt – ein einfaches hölzernes Bettgestell, das mit Stricken bespannt war –, auf dem sie schlafen konnten. Aber der Raum war sauber gefegt, und die Wände waren gekalkt worden. Rechts und links vom Bett hatte jemand zwei kleine, handgewebte Teppiche hingelegt.

Sie ließen ihre Kleidung eingepackt – es gab kein Möbel, in dem sie sie hätten verstauen können – und Esmie rollte ihrer beider Bettzeug auf dem *charpoy* aus. Harold sah erschrocken zu.

»Du wirst nicht auf dem Boden schlafen«, sagte sie mit Nachdruck zu ihm. »Das ist viel zu kalt, und ich könnte deine Körperwärme neben mir gebrauchen.«

Er errötete, nickte aber zustimmend.

Mit dem Dunkelwerden ging ein Temperatursturz einher. Esmie fragte sich, ob sie zu spät im Jahr für solch eine Expedition aufgebrochen waren. Was, wenn sie eingeschneit wurden? Sobald der Schneefall einsetzte, würde die Straße zurück nach Taha vielleicht zu gefährlich für Motorfahrzeuge sein, sogar für robuste Laster. Sie verdrängte ihre Befürchtungen. Harold war wild entschlossen, die Klinik wiederherzustellen, bevor das Jahr zu Ende ging. Wenn nötig, wäre er auch ohne sie hergereist. Sie wollte lieber hier mit ihrem Ehemann festsitzen, als wochenlang ohne ihn in Taha allein zu sein.

An dem Abend teilten sie sich ein einfaches Mahl aus Gemüsecurry und Naan-Fladenbrot mit den indischen Polizisten. Sergeant Baz wischte sich den ergrauenden Schnurrbart, stieß wohlig auf und lehnte sich zurück, um zu rauchen. Er hatte sie nur widerstrebend hergebracht, sich aber dazu bereit erklärt, als die Armee sich geweigert hatte. Harold hatte Esmie erklärt: »Es würde als Provokation gelten, wenn die Armee nach den Schwierigkeiten mit den Afghanen einen Trupp hierherschicken würde. Die Wasir haben ohnehin schon den Verdacht, dass wir Briten vorhaben, das Grenzland an die Afghanen abzutreten, um den Frieden zwischen uns zu bewahren.«

»Und haben wir das vor?«, hatte Esmie gefragt.

Harold hatte es nicht gewusst. »Es ist möglich. Brigadier McCabe sagt, dass es einfacher ist, mit einer starken Macht als mit einer Unzahl unabhängiger Stämme zurechtzukommen. Auf alle Fälle hat er den Befehl bekommen, sich in den Bergen erst einmal unauffällig zu verhalten. Deshalb müssen wir dankbar für Baz und seine Männer sein – sie haben so schnell vor nichts Angst.«

Jetzt saß Esmie da und hörte zu, wie Harold und der Sergeant sich leise über die derzeitige Situation unterhielten.

»Ist etwas dran an dem Gerücht, dass es neuerliche Unruhen im südlichen Wasiristan gegeben hat?«, fragte Harold. »McCabe hat das als Klatsch vom Basar abgetan.«

Esmie spürte, wie ihr Puls sich beschleunigte, als sie auf die Antwort wartete.

»Gestern gab es einen unbestätigten Bericht, dass ein Polizeiposten in Razmak angegriffen worden sei«, vertraute Baz ihnen an.

»Alarmiert Sie das, Sergeant?«, fragte Harold.

Er zuckte die Schultern. »Wahrscheinlich waren das nur ein paar leicht erregbare Wasir-Jugendliche, die Knallfrösche geworfen haben.«

»Also machen Sie sich keine Sorgen?«, vergewisserte Esmie sich.

Er sah sie an und schüttelte den Kopf. »Selbst wenn es stimmt, heißt das noch lange nicht, dass die Wasir da weitermachen, wo die Afghanen aufgehört haben. Sie können heute Nacht ruhig schlafen. Wir von der Grenzpolizei sind dem örtlichen Gesindel mehr als gewachsen.« Er schenkte ihr ein breites Grinsen, während er seine stark riechende Zigarette zwischen seinem breiten Daumen und seinem Zeigefinger ausdrückte.

Danach legten Malik und die Männer, die keinen Wachdienst hatten, sich rings ums Feuer schlafen. Recht widerwillig zogen sich Harold und Esmie in ihr kleines, eisiges Zimmer zurück. Harold trug eine Kerze und ging voran. Sie zogen sich rasch ihre Schlafsachen an – Harold wandte ihr den Rücken zu und schaute nicht hin – und krochen dann schnell zwischen ihre Kissen und Decken. Harold pustete die Kerze aus, und der Raum füllte sich mit dem Geruch von verbranntem Talg. Es war stockdunkel, aber irgendein kleines Tier huschte umher. Das *charpoy* hing in der Mitte durch und ließ sie zusammenrutschen. Esmie kuschelte sich an ihren Mann und legte einen Arm um seinen warmen Körper. Sie spürte, wie sein breiter Brustkorb sich hob und senkte.

»Leg bitte deine Arme um mich«, flüsterte sie, »und wärm mich auf.«

Nach kurzem Zögern tat Harold wie geheißen, zog sie enger an sich und rieb ihr den Rücken. Ihre Wange ruhte an seiner Brust, und sie atmete seinen maskulinen Duft ein. Ihr Herz begann dumpf zu pochen. Empfand auch er einen Funken von Begehren? Es war so schwer einzuschätzen, was Harold dachte. Vielleicht würde er jetzt, da sie so dicht beieinanderlagen, die Gelegenheit ergreifen. Es fühlte sich so richtig an, dass sie zusammen im Bett lagen; so hätten sie es von Anfang an machen sollen.

Esmie wartete ein paar Minuten, aber Harold schien einfach nur damit zufrieden zu sein, sie im Arm zu halten. Sie reckte sich und küsste ihn auf die Lippen. Sie spürte, wie er sich anspannte.

»Ist dir warm genug, meine Liebe?«, fragte er.

»Hm, ja.«

»Gut«, sagte er und küsste sie von oben auf den Kopf.

Dann löste er sich von ihr und wandte sich von ihr ab. Esmie schmiegte sich an seinen Rücken. Wenigstens konnte sie in der Nacht seine Wärme spüren. Vielleicht würde Harold in der folgenden Nacht, wenn er sich an die Situation gewöhnt hatte, seine Zuneigung deutlicher zum Ausdruck bringen.

Während sie allmählich einschlief, glaubte Esmie, jemanden aufschreien zu hören. Sie war sofort wieder hellwach und lauschte. In der Ferne hörte sie Schluchzen. Ein Wächter rief etwas, und das Weinen kam zum Erliegen. Esmie wurde plötzlich klar, dass hier vielleicht Gefangene festgehalten wurden. Der Gedanke, dass sie womöglich in den angrenzenden Räumen untergebracht waren, verstörte sie. Auch dieses Schlafzimmer mochte schon als Zelle genutzt worden sein. Wer auch immer geschluchzt hatte, war für den Augenblick verstummt. Esmie drückte sich eng an Harold und schlief ein, getröstet von seiner Gegenwart.

* * *

Am nächsten Tag wurde eine behelfsmäßige Klinik in zwei Zelten aus Überschussbeständen der Armee vor der Polizeistation errichtet. Das sprach sich bald herum, und ein stetiger Strom von Menschen zog aus dem Dorf herauf. Den ganzen Tag über diagnostizierte Harold Krankheiten und gab Medizin aus, während Esmie und Malik entzündete Wunden reinigten und verbanden. Verarzteten sie in einem Augenblick noch eine ausgerenkte Schulter, hatten sie es im nächsten schon mit der Bindehautentzündung eines Babys zu tun. Wieder einmal fiel Esmie die stoische Gelassenheit dieser bäuerlichen Bevölkerung auf. Einige Leute waren kilometerweit gelaufen, um ihre Kinder von dem *feringhi*-Arzt und seiner Ehefrau untersuchen zu lassen.

Besonders die Frauen beeindruckten Esmie. Sie versammelten sich im *purdah*-Zelt, plauderten, teilten sich Brotstücke und hätschelten gegenseitig ihre Kinder. In ihrer inbrünstigen, schimpfenden und beschützenden Liebe zu ihren Kleinen erinnerten sie Esmie an Karo. Dann und wann ertönte plötzlich ausgelassenes Gelächter, und wenn Esmie aufschaute, ertappte sie eine Gruppe junger Frauen dabei, wie sie in ihre Richtung sahen. Sie hatte den Verdacht, dass sie anzügliche Bemerkungen über sie machten, denn sie hörte zufällig, wie sie darüber spekulierten, ob sie wohl ein Kind erwartete.

Zum ersten Mal überkam sie Neid auf die Frauen, die ihre Babys wiegten. Ihre Liebe zu ihren Kindern wirkte so natürlich und unkompliziert. Sie führten ein hartes, gefahrvolles Leben und beschwerten sich doch selten, sondern munterten sich gegenseitig auf. Sie fühlte sich an die Kameradschaft der schottischen Krankenschwestern erinnert, die gelernt hatten, jeden Tag bis zur Neige auszukosten, weil man nicht wissen konnte, was der nächste bringen würde. Als sie die Wasir-Frauen mit ihren Sprösslingen beobachtete, fragte Esmie sich, warum sie so viel Zeit darauf verschwendet hatte, sich Gedanken darüber zu machen, ob sie an solch einem unwirtlichen Ort Kinder bekommen sollte. Diese Bauersfrauen legten keine solche Feigheit an den Tag.

Harold und Esmie arbeiteten bis Sonnenuntergang, packten dann eilig alles ein und zogen sich in den befestigten Turm zurück. Erschöpft von einem Tag pausenloser Arbeit fielen sie ins Bett, sobald das Abendessen vorüber war. Esmie schlief fast sofort und hörte in der Nacht keine seltsamen Geräusche.

Die nächsten paar Tage verliefen genauso hektisch. Es sprach sich schnell herum, dass die Missionsklinik wieder geöffnet war, und Wasir reisten aus größerer Entfernung an.

Malik erzählte Esmie: »Sie wissen, dass Sie Karo und Gabina Zuflucht gewährt haben. Sie glauben, dass Sie über besondere Kräfte verfügen, um zu verhindern, dass Babys sterben.«

»Aber dass wir Gabina gerettet haben, war schieres Glück«, rief Esmie.

Malik sah sie überrascht an. »Sie glauben doch sicher, dass es Gottes Wille war?«

»Nun ja, ich denke schon.«

Malik lächelte. »Deshalb bringen so viele ihre Kinder hierher.«

Esmie war gerührt, das zu hören, aber zugleich erschrocken. Wenn sie glaubten, dass sie über eine Art göttlicher Macht verfügte, dann würden sie früher oder später bitter enttäuscht sein.

In der Nacht wurde Esmie wieder davon geweckt, dass ein Mann aufschrie. Diesmal setzte er sein Protestgeheul ungeachtet des Gebrülls des Wächters fort. Harold schlief weiter, ohne etwas zu bemerken. Sie staunte darüber, wie tief und ungestört er schlafen konnte. Esmie verließ die Wärme ihres Betts, legte sich eine Decke um die Schultern und wagte sich ins Freie, um festzustellen, was vorging.

Der Wärter hämmerte gegen eine Tür auf der anderen Seite des Hofs und brüllte dem Insassen zu, er sollte still sein. Esmie verstand die gebrabbelte Antwort von drinnen nicht, aber sie hörte, dass die Stimme des Mannes gequält klang.

Baz erschien ohne Turban. Seine Haare waren kurz geschoren.

»Was ist los?«, stieß sie hervor.

»Kein Grund zur Sorge«, sagte Baz. »Der Mann ist wahnsinnig, aber harmlos. Bitte gehen Sie wieder ins Bett, Guthrie Memsahib.«

»Ist er ein Gefangener?«

»Nicht ganz.«

»Warum ist er dann hier?«

Baz rieb sich mit der Hand die müden Augen. »Als man ihn gefunden hat, hatte er sich alle Kleider vom Leib gerissen, lief herum und war dabei, sich mit einem Dolch selbst zu verletzen. Alles, was wir wissen, ist, dass er ein Otmanzai ist. Die Ortsansässigen hatten Angst vor ihm und wollten ihn nicht aufnehmen. Also bleibt er hier, bis seine Familie kommt, um Anspruch auf ihn zu erheben.«

Esmie verspürte einen Anflug von Nervosität, als der Stamm erwähnt wurde, der Karo verstoßen und misshandelt hatte. »Weiß seine Familie, dass er hier ist?«, fragte sie.

Baz zuckte die Schultern. »Der frühere befehlshabende Beamte hat den Otmanzai eine Nachricht geschickt, aber noch ist niemand ihn holen gekommen.«

»Darf ich ihn sehen? Vielleicht kann ich ihm helfen«, schlug Esmie vor.

Baz schüttelte den Kopf. »Es gibt nichts, was Sie um diese Zeit tun können. Bitte, Memsahib«, flehte er, »legen Sie sich wieder schlafen.«

Esmie kehrte ins Bett zurück. Sie fühlte sich an ihren früheren Patienten Tommy Grey erinnert, dessen nächtliches Geschrei die anderen Patienten wach gehalten hatte. Nach einer Weile hörten die Rufe auf. Esmie beschloss, dass sie am Morgen darauf dringen würde, den Mann sehen zu dürfen.

* * *

Erst spät am nächsten Tag fand Esmie Gelegenheit, nach dem Mann in Gefangenschaft zu fragen. Zu dem Zeitpunkt hatte sie schon mit Harold über ihn gesprochen. Harold überredete Baz, zuzulassen, dass Esmie sich einen Eindruck von dem Mann verschaffte, weil sie Erfahrungen mit psychisch angeschlagenen Menschen hatte.

Esmies Herz klopfte vor Furcht vor dem, was sie vorfinden würde, als sie, begleitet von Harold, von einem Wächter, der eine Lampe trug, in den abgedunkelten Raum geführt wurde. Das Zimmer stank nach verdorbenem Essen und Exkrementen. Esmie war schockiert zu sehen, wie jung der Zelleninsasse war – seine Haare waren lang und strähnig, aber sein Kinn glatt wie das eines Jungen. Er trug Hand- und Fußschellen und war an die Wand gekettet. Verängstigt starrte er sie seinerseits an.

Als Esmie sich ihm näherte, zuckte der Jugendliche zurück und begann zu wimmern. Sie versuchte, ihn in stockendem Paschtu zu beruhigen.

»Hab keine Angst. Ich tue dir nichts zuleide. Ich bin Guthrie Memsahib, die Frau des Arztes. Wie heißt du?«

Der junge Mann starrte sie verständnislos an. Der Wächter sagte: »Sein Name ist Zakir. Zumindest ruft er das, wenn er mit sich selbst spricht.«

Sie hockte sich hin. Zakir rüttelte aufgeregt an seinen Ketten. Der Wächter warnte sie: »Gehen Sie nicht zu nahe heran – er schlägt aus wie ein Maultier.«

Esmie ignorierte diesen Rat und wagte sich näher heran, obwohl sie von Zakirs Geruch fast würgen musste.

»Zakir«, sagte sie sanft, »Friede sei mit dir.«

Auf einmal hielt er still. Etwas in seinem Blick veränderte sich: Ein Funke des Verstehens trat in seine wilden Augen. Sie sprach weiter in sanftem Ton mit ihm. Es schien keine Rolle zu spielen, was sie sagte. Der Klang ihrer Worte allein schien ihn zu beruhigen. Sie wandte sich an den Wächter.

»Können Sie mir bitte Wasser und einen sauberen Lappen holen? Und einen Teller mit Essen?«

»Ich kann Sie doch nicht mit ihm allein lassen«, antwortete er.

»Was kann er schon tun, wenn er angebunden ist wie ein Tier?«, fragte Esmie tadelnd.

Harold sagte rasch: »Ich werde meine Frau beschützen, während Sie holen, worum sie bittet.«

Widerwillig ging der Wächter und kehrte ein paar Minuten später zurück.

Esmie fragte Zakir: »Erlaubst du mir, dich zu waschen?«

Der junge Mann sagte nichts, und so tauchte Esmie den Lappen in das Wasser und begann behutsam, ihm das Gesicht zu waschen. Dabei summte sie ein gälisches Lied. Zakir starrte sie aus schmerzerfüllten Augen an, aber er versuchte nicht, sie wegzustoßen.

»Bitte schließen Sie die Ketten auf, damit er essen kann«, sagte sie.

Der Wächter schüttelte den Kopf. »Tut mir leid, Memsahib. Ich habe Befehl, ihn gefesselt zu lassen. Es dient seiner eigenen Sicherheit. Er versucht, sich selbst zu verletzen.«

»Nur solange er isst«, flehte Esmie.

Aber der Polizist ließ sich nicht erweichen. Also brach Esmie ein Stück Fladenbrot ab, löffelte Essen darauf und hob es an Zakirs Lippen. »Iss das hier«, ermunterte sie ihn. »Es schmeckt gut und wird dafür sorgen, dass du dich besser fühlst.«

Es fiel ihm schwer zu schlucken, und Esmie fragte sich, wie lange er sich schon weigerte, etwas zu essen. Sie gab ihm einen kleinen Mundvoll nach dem anderen und überredete ihn dazwischen, Wasser zu trinken. Nach ein paar Minuten sank er, erschöpft von der Anstrengung, in sich zusammen. Bald darauf ließen sie ihn allein. Esmie versprach, am Morgen zurückzukommen. Später hörte sie ihn wieder weinen und mit seinen Ketten rasseln.

»Wir müssen etwas tun«, bestürmte sie Harold. »Geh und rede mit Baz, von Mann zu Mann. Er hört wahrscheinlich eher auf dich als auf mich. Sorg wenigstens dafür, dass der arme Junge losgekettet wird. Ich kann es nicht ertragen, auch nur noch eine Nacht lang sein Weinen zu hören.«

Harold machte sich auf die Suche nach Baz, der in der Wachstube war. Esmie folgte ihm, blieb aber zurück und lauschte an der Tür.

»Meine Frau glaubt, dass Zakir an einem Kriegstrauma leidet. Sie hat solche Fälle schon behandelt. Der junge Mann hat offensichtlich unter der Gewalt im afghanischen Krieg gelitten.«

»Der Junge ist ein Wahnsinniger«, sagte Baz. »Ich will ihn nicht hier festhalten, aber was soll ich sonst tun? Wenn ich ihn gehen lasse, bringt er entweder sich selbst oder jemand anderen um.«

»Erlauben Sie, dass wir uns um ihn kümmern, solange wir hier sind«, schlug Harold vor.

Baz klang nicht überzeugt: »Sahib, Sie haben genug in der Klinik zu tun, ohne sich um diesen wilden Jungen zu sorgen.«

Esmie schrie fast frustriert auf, verbiss es sich aber, weil sie hoffte, dass Harold dem paschtunischen Beamten den Fall darlegen würde.

»Meine Frau glaubt, dass sie ihm helfen kann«, sagte Harold. »Und wir können bei unseren Patienten herumfragen, um festzustellen, ob irgendjemand ihn kennt. Wenn es Mrs Guthrie gelingt, ihn zu beruhigen, und wir seine Familie aufspüren, dann löst das auch Ihr Problem.«

»Na gut. Aber er bleibt in seiner Zelle.«

»Damit sind wir einverstanden, solange Sie ihn von der Wand losketten«, verhandelte Harold.

Der Sergeant zögerte kurz. »Das verstößt gegen alle Vorschriften.«

»Ich übernehme die volle Verantwortung für meine Frau und Zakir«, sagte Harold.

Mit einem tiefen Seufzen stimmte Baz widerwillig zu. Triumphgefühl brandete in Esmie auf, und sie schlich sich davon, bevor sie bemerkt wurde.

An dem Abend halfen Malik und Harold Esmie, nachdem die Klinik geschlossen hatte, Zakir zu baden und ihm saubere Kleidung anzuziehen, während ein Diener seine Zelle putzte. Der ausgemergelte Otmanzai hatte Wunden und Striemen an den Handgelenken und Knöcheln, wo die Hand- und Fußschellen ihm die Haut aufgeschürft hatten. Während die Männer seine Wunden verarzteten, kämmte Esmie sein verfilztes schwarzes Haar und redete beruhigend auf ihn ein. Zakir zitterte und murmelte flüsternd etwas vor sich hin, wehrte sich aber nicht gegen die Behandlung.

Auf Esmies Bitte stellte Baz frisches Stroh bereit, auf dem der Jugendliche schlafen konnte, dazu eine dicke Wolldecke und einen Eimer, in dem er seine Notdurft verrichten konnte, obwohl Baz behauptete, dass Zakir ihn nicht benutzen würde. Esmie und Harold nahmen Essen in die Zelle mit und aßen gemeinsam mit dem Gefangenen. Zakir beobachtete sie misstrauisch, aber nach ein paar Minuten gestattete er Esmie, ihn wie am Vorabend mit ein paar Mundvoll zu füttern.

»Es ist, als hätte er vergessen, wie man die einfachsten Dinge tut«, sagte Esmie zu Harold, als sie sich später ins Bett legten. »Aber ich spüre Intelligenz hinter all der Furcht, du nicht auch?«

»Vielleicht«, sagte Harold. »Er scheint dir jedenfalls zu vertrauen, meine Liebe.«

»Oh, Harold, der arme Junge hat niemanden sonst, der sich um ihn kümmert«, sagte sie besorgt. »Was meinst du, was für schreckliche Dinge er mitangesehen hat?«

»Wir müssen versuchen, seine Verwandten zu finden«, meinte Harold.

»Aber was, wenn er keine Familie mehr hat? Vielleicht ist sie im letzten Krieg ausgelöscht worden? Wir können ihn hier nicht einfach verrotten lassen.«

»Esmie«, sagte Harold müde, »wir können nicht alle Straßenkinder und Streuner aufnehmen, denen du begegnest.«

»Ich weiß …«

»Wir finden schon jemanden, der ihn aufnimmt, bevor wir abreisen«, sagte Harold. Er küsste sie auf die Stirn, drehte sich um und blies die Kerze aus.

Esmie lag da, starrte in die Dunkelheit und spitzte die Ohren, um Zakir zu hören. Sie wusste, wie es war, seine Liebsten zu verlieren und ein bleiernes Verlustgefühl mit sich herumzuschleppen. Die Trauer, die sie in ihrer Kindheit durchgemacht hatte, war zu einem schwachen Schmerz verblasst, wenn sie an ihre Eltern dachte, aber manchmal ließ irgendein Vorfall sie wieder aufflammen. Zakir in solch einem elenden Zustand und ganz allein zu sehen, weckte in ihr von Neuem Erinnerungen an den Schmerz. Sie würde für den Jugendlichen tun, was sie nur konnte.

Esmie dachte an die tapferen Frauen, die in die Klinik kamen. Und sie wusste, dass sie trotz aller Verluste, die sie erlitten hatte, Glück hatte, das Leben zu leben, für das sie sich entschieden hatte. Sie musste jeden Moment davon bis zur Neige auskosten.

»Harold«, flüsterte sie, »bist du noch wach?«

»Ja«, antwortete er.

Sie rutschte nahe an ihn heran und schob einen Arm unter sein Bettzeug. »Ich will, dass du mich liebst.«

Sie spürte, dass er sich anspannte, aber er rückte nicht von ihr ab. »Ich liebe dich doch.«

»Nicht so, wie ich es will«, sagte sie und konnte seine Miene nicht sehen, aber sie legte ihm eine Hand aufs Gesicht und strich mit dem Daumen über seine Lippen. »Bitte, Harold. Ich bin es leid, mich in unserer Ehe allein zu fühlen. Ich will, dass wir miteinander schlafen.«

»Aber darüber haben wir doch gesprochen«, sagte er. »Wir wollen keine Kinder – noch nicht.«

»Das sehe ich mittlerweile anders. Ich glaube, ich will sehr wohl ein Kind.«

Er blieb stumm, und Esmie dachte, er würde sich von ihr abwenden und ihr Flehen unerhört lassen. Sie machte sich auf seine Zurückweisung gefasst.

»Was hat dafür gesorgt, dass du es dir anders überlegt hast?«, fragte er leise.

»Du«, gab sie offen zu. »Meine Bewunderung und Zuneigung für dich sind in den letzten Monaten gewachsen. Ich will, dass das hier eine echte Ehe wird und dass wir mehr als nur Partner bei der Arbeit sind. Harold, ich will unser Kind. Ich sehe, wie es den Wasir-Frauen trotz aller Widrigkeiten gelingt, also macht es mir keine Angst mehr, Mutter zu werden.«

»Bist du dir sicher?«, hakte er nach.

»Ja. Ja, das bin ich. Aber du musst dir auch sicher sein. Willst du Vater werden, Harold?«

Ein leichtes Zittern lag in seiner Stimme, als er antwortete: »Vater zu sein, wäre ein großer Segen.«

Angesichts dessen, dass er seine Meinung geändert zu haben schien, keimte Hoffnung in ihr auf. Ermutigt beugte sie sich zu ihm und küsste ihn auf den Mund. »Ich bin so froh, dass du es auch so siehst«, sagte sie und lächelte im Dunkeln. »Lass heute Nacht zu einem Neuanfang für uns werden.«

Nach einigem Zögern begann Harold, unbeholfen an ihrer Nachtwäsche herumzutasten.

»Küss mich erst«, sagte sie und bemühte sich, ihren einzigen anderen Versuch, miteinander intim zu werden, der in einem stickigen Zimmer in Bombay voll und ganz gescheitert war, aus ihren Gedanken zu verdrängen. Diesmal war die Luft eiskalt und die Nacht so schwarz, dass sie einander nicht sehen konnten. Vielleicht würde es dem schüchternen Harold leichter fallen, im Dunkeln mit ihr zu schlafen.

Sie küssten sich, und Harold streichelte ihr Haar. Sie hörte, wie seine Atmung sich beschleunigte, und er griff nach unten, um ihr Nachthemd hochzuziehen. Sie war überrascht zu spüren, dass er so schnell erregt war. Ohne seinen Pyjama ganz auszuziehen, legte er sich auf sie und drang hart in sie ein. Esmie hatte kaum Zeit, sich darauf einzustellen, bevor er ein lang gezogenes Stöhnen ausstieß und bebend zum Höhepunkt kam. Im nächsten Moment wälzte er sich auch schon weg und zog sein Bettzeug um sich. Sie hörte, wie sein Keuchen sich legte.

»Gute Nacht, Liebste«, flüsterte er.

Esmie murmelte auch gute Nacht. Sie lag etwas benommen und unter Schmerzen da. Freute sie sich, dass sie endlich die Ehe vollzogen hatten? Tränen brannten in ihren Augen. Sie fühlte sich sehr emotional, kam aber nicht dahinter, welche Emotion es war. Es war wie eine Mischung aus Enttäuschung und Erleichterung – gepaart mit einem Hauch von Frustration. Er hatte ihr keine Zeit gelassen, sich einzustimmen, und die Erfahrung war schmerzhaft gewesen. Bestimmt sollte das Liebesspiel doch länger dauern und angenehmer sein?

Im Dunkeln weinte sie leise. Tränen liefen aus ihren Augen in ihre Ohren hinab und ließen ihren Haaransatz feucht werden. Sie wischte sie sich unwirsch ab, verärgert über ihr Selbstmitleid. Das erste Mal – sie zählte das Fiasko in Bombay nicht mit – musste zwangsläufig von Unerfahrenheit und mangelnder Raffinesse geprägt sein. Harold würde als Liebhaber schon noch besser werden. Wenigstens hatten sie das Hindernis überwunden, getrennt zu schlafen.

Doch als sie schlaflos dalag, kamen ihr verräterische Gedanken an Tom in den Sinn. Sie wusste aus Lydias indiskreten Bemerkungen, dass er ein versierter Liebhaber war. Es war unvorstellbar, dass Tom so lange getrennt von seiner Frau geschlafen hätte wie Harold. Wie sehr sie sich doch danach sehnte, die Art von intimer Beziehung zu ihm zu haben, in der sie in seinen liebevollen Armen einschlafen konnte. Esmie rollte sich eng unter ihrem Bettzeug zusammen und versuchte, sich aufzuwärmen und die ungewollten Gedanken an den Mann zu verdrängen, den sie niemals haben konnte.

Kapitel 19

Esmie stürzte sich mehr denn je in die Arbeit. Der Dezember brach mit Schneegestöber an den tiefer gelegenen Hängen an, aber Harold hielt durch und wollte ihre Rückkehr nach Taha so lange wie möglich hinauszögern. Eines Tages suchte Baz sie auf, als sie gerade in aller Eile Mittag aßen. Esmie sah seinem besorgten Gesichtsausdruck an, dass er schlechte Nachrichten erhalten hatte.

»Die Angriffe auf Razmak sind bestätigt worden«, erzählte er ihnen. »Die südlichen Wasir und Mahsud sind in offenem Aufstand. Mein Rat an Sie lautet, zu packen und so bald wie möglich aufzubrechen.«

Esmie war alarmiert, aber Harold wandte ein: »Hier ist alles friedlich. Und es ist noch so viel Arbeit zu erledigen. Bestimmt können wir doch noch ein bisschen länger bleiben?«

Widerwillig stimmte Baz zu. »Aber höchstens noch eine Woche«, mahnte er. »Wenn die Wasir keine Probleme machen, dann tut es der Schnee.«

Nach einem vollen Arbeitstag in der Klinik kehrte Esmie immer in ihre Unterkunft zurück und verbrachte Zeit mit Zakir. Sie schnitt ihm die Haare und schenkte ihm eine bestickte Mütze, die er tragen konnte. Jetzt, da sein Erscheinungsbild weniger ungepflegt war, wirkte er nicht älter als dreizehn oder vierzehn, und die Polizisten begannen, ihn mit weniger Argwohn zu behandeln.

Esmie empfand große Erleichterung, als sie den Jugendlichen endlich mit Baz' Erlaubnis aus seiner Zelle locken konnte, damit er sich ans offene Feuer setzte und mit den anderen Männern aß. Zakir hockte sich hin und wiegte sich vor und zurück, während er vor sich hin flüsterte. Wenn keiner hinsah, schaufelte er sich Essen in den Mund, als hätte er Angst, dass jemand es ihm wegnehmen würde.

Stück für Stück legte sich dieses gehetzte Verhalten, und manchmal wurde Esmie mit einem flüchtigen Lächeln belohnt. Als sie ihn das erste Mal singen hörte – ein hell klingendes, sehr bewegendes Lied –, hatte sie das Gefühl, dass ihr das Herz vor Zuneigung zu dem Jungen bersten würde.

Aber er beantwortete nie auch nur eine ihrer Fragen, und sie konnten bis auf das, was die Dorfbewohner berichtet hatten, kaum etwas über ihn herausfinden. Er war aus dem Norden gekommen – sein Akzent war der der Otmanzai – und nackt und rasend am Rande der Siedlung gefunden worden. Seine Arme waren mit Schnitten übersät gewesen, und er hatte einen Dolch geschwungen.

Als Harold zufällig einem jungen Mullah der Otmanzai, der von einem Maultier gefallen war, das gebrochene Bein schiente, fragte er ihn, ob er Zakir kannte. Der Mullah verneinte, sagte aber, er würde sich in den entlegeneren Siedlungen erkundigen.

Als sie von Harold hörte, dass Mullah Mahmud eine sanfte Seele war und von seinen Anhängern respektiert zu werden schien, suchte Esmie ihn auf, bevor er abreiste. Sie brachte Harold dazu, ihr bei dem Gespräch zu helfen.

»Wenn niemand aus Zakirs Familie die Kämpfe im Sommer überlebt hat«, fragte sie, »könnten Sie ihn dann bei sich zu Hause aufnehmen? Er braucht viel Pflege, aber ich bin mir sicher, dass sein Geist mit der Zeit heilen wird.«

Der Mullah wich ihrem Blick aus, vielleicht, weil es ihm peinlich war, dass eine *feringhi*-Frau an ihn herantrat, also überließ sie es Harold, ihre Bitte als Dolmetscher weiterzugeben.

»Allah wird für ihn sorgen«, antwortete Mullah Mahmud.

»Ja«, stimmte Esmie zu, »aber nur mit Ihrer Hilfe.«

Sie war sich nicht sicher, ob ihr Mann ihre Worte weitergab, denn der Mullah brach auf, ohne etwas zu versprechen.

»Nun, wenn seine eigenen Leute sich nicht um ihn kümmern wollen«, verkündete Esmie, »dann nehmen wir ihn eben selbst mit nach Taha.«

Harold bedachte sie mit einem entnervten Lächeln, sagte aber nichts.

Ein paar Tage später herrschte plötzlich Aufruhr vor den Klinikzelten. Esmie spähte hinaus und sah einen dünnen Mann mit Hakennase, um dessen Kopf ein schmuddeliger Turban gewickelt war, einen der Polizeiwächter anschreien und auf das Frauenzelt zeigen. Andere Männer versuchten, ihn zurückzuhalten. Esmie wollte schon hinausgehen, als Malik ihr den Weg verstellte.

»Gehen Sie nicht, Memsahib«, warnte er sie.

»Warum nicht? Was, wenn er wegen Zakir hier ist?«

Malik schüttelte den Kopf. »Er ist ein böser Mann. Er will nur Ärger machen.«

»Wer ist er?«, fragte Esmie.

»Baram Wali – Karos Ehemann. Er hat gehört, dass Sie hier sind. Bitte, Memsahib, bleiben Sie in Deckung.«

Esmie schnappte nach Luft. Das hier war also Karos fürchterlicher Ehemann. Er war älter und weniger imposant, als sie ihn sich vorgestellt hatte, aber sie spürte, dass etwas Bedrohliches von ihm ausging. Was wollte dieser Mann nur von ihr? Er klang sehr wütend. Um sich herum sah sie die besorgten

Blicke der Frauen und hörte deren Getuschel. Dann hörte sie, dass Harold draußen versuchte, vernünftig mit dem erzürnten Stammesangehörigen zu reden. Es klang, als würde Baram Wali ihren Mann verfluchen, aber dann kam die Auseinandersetzung zum Erliegen, weil Baram Wali überredet wurde zu gehen, bevor die Polizei etwas unternahm.

Sobald es sicher war, ging Esmie zu Harold. »Geht es dir gut?«

»Natürlich, meine Liebe«, versicherte er ihr. »Trotz all des Geschreis glaube ich nicht, dass er uns etwas zuleide tun würde.«

»Er hatte es auf mich abgesehen, nicht wahr?«, fragte sie. »Ist das alles passiert, weil ich wegen Zakir herumgefragt habe?«

Harold legte ihr begütigend die Hand auf die Schulter. »Es gibt einige, die glauben, dass Ausländer – Missionare – hier nichts zu suchen haben. Aber das weißt du. Wir sind nicht hier, um ein entspanntes Leben zu führen, oder? Also dürfen wir keine Furcht zeigen. Wir sind hier, um anderen zu helfen. Du lässt dich doch wohl nicht von einem irregeleiteten Wasir in die Flucht schlagen, meine Liebste?«

Beschämt über ihre Panik schüttelte Esmie den Kopf. »Nein, niemals«, pflichtete sie ihm bei.

Das warme Lächeln, das er ihr schenkte, hob ihre Laune, und sie ging mit neuer Entschlossenheit wieder an die Arbeit.

Am Abend freute Esmie sich darauf, ins Bett zu gehen, weil sie darauf hoffte, dass sie miteinander schlafen würden. Das taten sie noch weitere dreimal binnen zwei Wochen. Harolds Fähigkeiten als Liebhaber hatten sich etwas verbessert, und es fühlte sich jetzt nicht mehr so an, als würde er eine Leibesübung zur Ertüchtigung vollziehen. Es tat ihr auch nicht mehr weh, aber der Beischlaf war immer zu kurz und ließ Esmie ungeduldig auf die nächste Gelegenheit warten, intim zu werden.

Harold bestand immer darauf, die Kerze auszublasen, und schien im Dunkeln weniger gehemmt zu sein. Esmie widersprach nicht, obwohl es bei ihr zu Schuldgefühlen führte. Denn wenn alles pechschwarz war und sie nicht sehen konnte, wie ihr Mann sich auf ihr bewegte, konnte sie sich nicht davon abhalten, sich auszumalen, dass es Tom war.

Sie wusste, dass es sehr falsch von ihr war, aber es entspannte sie schnell für den kurzen Geschlechtsverkehr mit Harold. Danach fragte sie sich immer, ob Harold der gleichen Fantasie über Lydia nachhing. Vielleicht war das der Grund dafür, dass er immer darauf bestand, dass sie es im Dunkeln taten. Wie dem auch sei – wenigstens waren sie jetzt wirklich Mann und Frau. Jeden Abend schlief sie mit dem Gedanken ein, dass sie vielleicht schon ein Kind gezeugt hatten. Die Vorstellung war nervenzerfetzend und erregend zugleich – im nächsten Sommer würden sie vielleicht schon Eltern sein.

* * *

Als sie eines Tages Mitte Dezember in der Klinik beschäftigt waren, hörte Esmie plötzlich in der Ferne Schüsse. Sie ging nach draußen, um gegen die tief stehende, blendende Sonne anzuspähen, aber als sie nichts sah, kehrte sie zum Pflegen zurück. Eine halbe Stunde später kam Baz aus der Polizeistation geeilt und stürmte in das Zelt, in dem Harold gerade operierte.

»Wir werden angegriffen!«, brüllte er. »Sie müssen sofort aufbrechen!«

Esmie kam hastig aus dem angrenzenden Zelt hinzu und hörte, wie Harold widersprach.

»Ich kann nicht mitten in der Sprechstunde gehen.«

»Das müssen Sie aber«, beharrte Baz. »Nördlich von hier ist heute Morgen auf eine Patrouille gefeuert worden. Es sind Dutzende von Kämpfern auf dem Weg hierher. Ich bewaffne die örtliche Miliz.«

Esmie sah den Zorn in Baz' Gesicht und wusste, dass er kein Mann war, der schnell in Panik geriet.

»Harold, wir müssen tun, was der Sergeant sagt«, mischte sie sich ein.

Plötzlich ertönte eine Salve Gewehrfeuer, viel näher als vorher, die zwischen den felsigen Hügeln widerhallte. Esmie stürmte vorwärts und packte Harold am Arm.

»Sag den Leuten, dass sie gehen sollen«, stieß sie hervor. »Niemand ist hier mehr sicher.«

Ihre Eindringlichkeit riss Harold aus seiner ungläubigen Benommenheit. Er begann, den örtlichen Pflegern Anweisungen zu erteilen, die Ausrüstung einzupacken.

»Nein«, befahl Baz, »Sie müssen all das hier zurücklassen und sofort mitkommen.«

Esmie und Harold eilten aus dem Zelt und riefen Malik zu, dass er ihnen folgen sollte. Esmie rechnete damit, dass Baz sie zur Polizeistation führen würde, aber er scheuchte sie schnell zu einem wartenden Laster.

»Aber unsere Patienten?«, wandte Harold verzweifelt ein.

Baz nahm kein Blatt vor den Mund. »Dr. Guthrie, denen nützen Sie nichts mehr, wenn Sie tot sind. Einsteigen«, befahl er. »Hasan fährt Sie auf geradem Weg nach Taha – wenn die Straße noch frei ist. Keine Zeit, Ihre Sachen zu holen. Ich lasse sie Ihnen nachschicken.«

»Sie kommen nicht mit?«, fragte Harold besorgt.

Baz schüttelte mit grimmiger Miene den Kopf. »Ich werde hier gebraucht. Hasan wird Brigadier McCabe über diese Situation in Kenntnis setzen.«

»Aber wir können nicht ohne Zakir abfahren«, rief Esmie. »Er muss auch mitkommen.«

Baz ignorierte ihre Worte und schob sie auf die Ladefläche des Lastwagens. Als Malik hinter ihr aufsprang, sprach Baz so schnell mit ihm, dass Esmie nicht verstand, was er sagte. Der

Pfleger nickte und nahm das Gewehr, das der Sergeant ihm hinstreckte. Als der Laster ruckartig anfuhr, hörte Esmie noch, wie Baz den Patienten Befehle erteilte, sich zu zerstreuen. Ihr wurde übel, wenn sie daran dachte, dass sie flüchtete und diese Leute ihrem Schicksal überließ. Sie wusste, dass Harold das Gleiche empfand. Aber die Schüsse setzten sich fort, und die Angst packte sie auch. Sie wusste, dass sie als *feringhi*-Missionare eher ein Ziel für die kriegführenden Stammesangehörigen sein würden als ihre Mit-Wasir.

Malik zeigte auf einen Haufen von Umhängen unter der Plane des Lasters. »Memsahib – Sahib«, sagte er mit einem Nicken. »Sie müssen die anziehen.«

Esmie, deren Herz hämmerte, als sie Gebrüll hinter sich hörte, kroch eilig vorwärts. Als sie den obersten Umhang anhob, wurde ihr klar, dass es sich um eine alles verhüllende Burka handelte.

»Bitte, Guthrie Memsahib«, flehte Malik sie an, »Sie müssen sie tragen. Und der Doktor auch. Sergeant Baz hat gesagt, das könnte Sie beide retten.«

Sie reichte eine an Harold weiter. Er wirkte gekränkt.

»Ich weigere mich, die anzuziehen! Ich werde mich nicht wie ein Mädchen vor den Wasir-Kämpfern kleinmachen«, protestierte er.

In Esmie flammte Zorn auf. »Was macht schon ein kleiner Verlust von Würde aus, wenn unser Leben auf dem Spiel steht? Wenn du dich weigerst, die Burka anzuziehen, und sie den Laster durchsuchen, dann bringst du auch Hasan und Malik in Lebensgefahr, die versuchen, uns zu helfen.« Sie schüttelte die Burka vor ihm. »Wenn sie bereit sind, ihr Leben zu riskieren, um uns zu retten, dann ist das Mindeste, was du tun kannst, eine von denen hier überzuziehen!«

Schockiert über ihren verbalen Angriff zog Harold lammfromm die Burka über. Sie saßen zusammengekauert auf der

Ladefläche des Wagens, während Malik an der flatternden Plane Wache hielt und Hasan bergab beschleunigte.

Esmie konnte durch das Sichtgitter der Burka wenig erkennen. Das Blut rauschte ihr in den Ohren. Was würde aus Zakir werden? Er würde glauben, dass sie ihn im Stich gelassen hatte, genau wie jeder andere, dem er je vertraut hatte. Und er würde recht haben. Sie rettete lieber ihre eigene Haut statt seine. Esmie schluckte ihre Furcht und die Selbstvorwürfe hinunter. Sie klammerte sich an Harold und betete für sie alle.

* * *

Am folgenden Morgen trudelten sie bei Tagesanbruch in Taha ein. Ihre Gliedmaßen waren steif und verfroren, ihre Körper von der traumatischen Flucht durchgerüttelt. Der Lärm des Gewehrfeuers hatte sie das Tal hinunter verfolgt, aber Hasan hatte nicht angehalten, und niemand hatte sie verfolgt. Die größte Gefahr hatten die eisigen Haarnadelkurven dargestellt. Zweimal hatten sie die Anweisung erhalten, aus dem Truck zu steigen, während der Fahrer Stück für Stück um die tückischen Ecken gesetzt hatte und seinen Wagen geschickt davor bewahrt hatte, über die Kante in die Schlucht darunter zu stürzen. Esmie durchlebte noch einmal das Entsetzen, das sie auf dem Rückzug durch die Berge von Montenegro empfunden hatte. Dort hatte sie gesehen, wie andere Flüchtlinge auf dem Eis ausgerutscht und in den Tod gestürzt waren.

Aber jetzt waren sie in Sicherheit. Sie streiften ihre Burkas ab, und Malik half ihnen, vom Laster zu steigen. Esmie brach beim Anblick ihres friedlichen Bungalows in Tränen aus. Der Rauch seiner Holzfeuer mischte sich mit dem Morgennebel, und Draman kam besorgt ins Freie, um sie zu begrüßen.

Ihre Erleichterung darüber, wieder in Taha zu sein, mischte sich mit Schuldgefühlen beim Gedanken an die Leute, die sie zurückgelassen hatten. Als Harold von McCabe zurückkehrte, dem er über die Situation Bericht erstattet hatte, konnte Esmie ihre Verzweiflung nicht mehr überspielen.

»Ich kann einfach nicht aufhören, an Baz und seine Männer zu denken«, sprach sie ihre Sorgen laut aus, »und an den armen Zakir. Was um alles in der Welt wird nun aus ihm werden?«

Harold sah vor Erschöpfung ganz grau aus. »Der Brigadier schickt ihnen Entsatztruppen. Sie werden nicht viel länger durchhalten müssen.«

»Wir hätten früher zurückkehren sollen«, meinte Esmie. »Indem wir alles hinausgezögert haben, haben wir Baz und seine Männer in größere Gefahr gebracht.«

»Oh, du meine Güte, Esmie! Wir sind nicht der Grund dafür, dass die Wasir den Aufstand proben. Es ist ein viel weiteres Feld als ein paar Missionare.«

Sein Ausbruch schockierte sie. »Das ist mir klar«, sagte Esmie, »aber warum haben sie ausgerechnet Kanki-Khel zuerst angegriffen? Lag das an uns und der Klinik? Oder hat der Mann – Karos Ehemann – Unruhe gestiftet und wollte Rache an uns nehmen?«

Er warf ihr einen trostlosen Blick zu. »Ich glaube voll und ganz an die Arbeit, die wir in der Mission leisten, und bereue keine einzige Minute, die wir dort verbracht haben. Ich wäre geblieben, wenn ich dich nicht hätte in Sicherheit bringen wollen. Meine eigene ist mir gleichgültig. Ich setze mein Vertrauen in Gott.« Der Ausdruck von Enttäuschung in seinen Augen ließ Esmie das Herz schwer werden. »Ich bete darum, dass dein Glaube auch dich stärker machen wird.«

Er ging an ihr vorbei und rief Ali zu, dass er heißes Wasser holen sollte. Dann zog er sich in sein Junggesellenschlafzimmer zurück und schloss die Tür hinter sich.

* * *

Die nächsten paar Tage waren eine Tortur für Esmie. Es lag nicht nur daran, dass ihr nach Wochen voll unermüdlicher Arbeit, aber mit nur wenig Schlaf vor Erschöpfung alles wehtat, sondern auch daran, dass es sie durcheinanderbrachte, plötzlich wieder zurück in Taha zu sein und das Gefühl zu haben, dass sie nicht gebraucht wurde. Harold machte im Krankenhaus weiter, als wäre er nie fort gewesen, aber Esmie sah, dass Rupa, Bannerman und die örtlichen Pfleger gut ohne sie zurechtgekommen waren. Zutiefst besorgt, weil Esmie so viel durchgemacht hatte, bestand Rupa darauf, dass sie zu Hause blieb und sich ausruhte. Esmie hatte sich für unersetzlich gehalten und sah jetzt, dass sie es nicht war; es war eine heilsame Lektion.

In der Stadt herrschte eine angespannte Atmosphäre, als sich die Nachricht von den Überfällen in den Bergen verbreitete. Würde Taha wieder zur Front werden wie während der nicht lange zurückliegenden afghanischen Einfälle? Es wurde wieder eine Sperrstunde verhängt, und die Bewohner der europäischen Siedlung hielten sich aus Angst vor Gewaltausbrüchen von der Altstadt fern.

Karo und Gabina schienen allerdings entzückt darüber zu sein, Esmie wiederzusehen, und die junge Mutter zeigte ihr stolz die Kleidung, die sie mit Esmies Nähmaschine angefertigt hatte. Während Esmie fort gewesen war, hatte Gabina begonnen, die ersten stolpernden Schritte zu machen.

»Was für ein schlaues kleines Mädchen du doch bist!«, rief Esmie, streckte die Arme nach der Kleinen aus und hob sie hoch, um sie an sich zu drücken und sie zu beglückwünschen. Gabina kicherte und schmiegte kurz zum Zeichen der Zuneigung den Kopf an Esmies Hals, bevor sie verlangte, wieder abgesetzt zu werden. Das brachte eine Saite in Esmies innerstem Wesen zum Klingen: Ihre Liebe zu dem Mädchen wurde mit jedem Tag tiefer.

Mehrere Briefe von Lydia warteten auf sie. Lydia machte ihr Vorwürfe, dass sie ihr nicht geschrieben hatte, war aber voller Vorfreude darauf, sie zu Weihnachten zu sehen, obwohl Esmie sich nie bei ihr gemeldet hatte, um die Einladung anzunehmen.

> *… es kommt mir vor, als wäre es ewig her, dass wir einander zuletzt gesehen haben. Du wirst mich nicht wiedererkennen. Ich bin von all den Abendessen im Offizierskasino und Gartenteepartys, bei denen ich war, ziemlich dick und matronenhaft geworden. Aber ich muss ja irgendwie die Zeit totschlagen, nicht wahr? Tom zeigt bisher nicht das geringste Interesse an Geselligkeit – ich kann nicht fassen, wie anders er jetzt ist als im letzten Frühjahr, als er mir den Hof gemacht hat. Alles, was ihm noch wichtig zu sein scheint, ist das verdammte Hotel.*
>
> *Also siehst Du ja, dass ich Harold und Dich brauche, um Tom für die Weihnachtswoche aus seinem Bau zu locken – es ist so viel los. Ich weiß, dass Harold ihn schon wird aufmuntern können, was mir nicht geglückt ist. Ich glaube, er vermisst seinen ältesten Freund sehr.*
>
> *Denk daran, ein paar hübsche Kleider mitzubringen, die Du anziehen kannst – und mindestens zwei Abendkleider. Ich will keine Spur von Deiner Schwesterntracht sehen, und ich organisiere alles, damit mein Friseur vorbeikommt und Dir die Haare macht, weil ich weiß, dass Friseure in den* mofusil *dünn gesät sind.*

Esmie lächelte darüber, dass ihre Freundin den kolonialen Ausdruck für die ländlichen Gebiete benutzte; Lydia passte sich schnell an das Leben in Britisch-Indien an. Plötzlich konnte Esmie es gar nicht erwarten, sie wiederzusehen und ihren amüsanten bissigen Bemerkungen zu lauschen. Für kurze Zeit sehnte Esmie sich einfach nur danach, frivole Dinge zu tun, wie Gin-Cocktails zu trinken und tanzen zu gehen; sie wollte die Gesellschaft von Leuten genießen, die nichts mit der Mission zu tun hatten.

Es würde ihr und Harold vielleicht auch guttun, Ferien zu machen. Esmie beschloss, ihren Mann zu drängen, sich frei zu nehmen und mit ihr ins Raj Hotel zu fahren. Sie hatten zusammen im letzten Monat mehr denn je durchgemacht, und die Belastung ihrer Zeit in den Bergen und ihres jähen Endes forderte ihren Tribut. Harold hatte seine alte Gewohnheit wieder aufgenommen, getrennt von ihr zu schlafen, als hätte es die Intimität nie gegeben, die sie in Kanki-Khel miteinander geteilt hatten.

Er ging ihr aus dem Weg, indem er früh zur Arbeit eilte und spät zurückkehrte. Er kritisierte sie nicht dafür, dass sie sich vom Krankenhaus fernheilt, aber sie hatte das Gefühl, dass sie ihn irgendwie enttäuscht hatte. Sie wurde das schlechte Gewissen einfach nicht los, weil sie feindliche Aufmerksamkeit auf die Bergklinik gelenkt hatte, indem sie sich sowohl in Karos als auch in Zakirs Leben eingemischt hatte. Wenn sie in Taha geblieben wäre, wie Harold es ursprünglich gewollt hatte, wäre die Klinik in Kanki-Khel dann noch offen?

Das Einzige, das ihr Gewissen erleichterte, war ein Besuch von Sergeant Baz.

»Ich kann Ihnen gar nicht sagen, wie froh ich bin zu sehen, dass Sie unversehrt zurück in Taha sind«, sagte Esmie. »Ich fühle mich schrecklich, weil ich Sie und Ihre Männer in Gefahr gebracht habe, aber ich bin so dankbar, dass Sie unverzüglich gehandelt und uns gerettet haben.«

Der bärbeißige Sergeant wehrte ihr Lob ab. »Ich habe nur meine Pflicht getan, Guthrie Mem.«

»Was für Neuigkeiten bringen Sie mit? Ist Zakir in Sicherheit?«

Der bärtige Paschtune ließ sich keine Gefühlsregung anmerken, aber sein Blick wurde vielleicht etwas weicher. »Die Armee hat wieder die Kontrolle übernommen, Memsahib. Ich habe Zakir freigelassen. Zu dem Zeitpunkt, als die Kämpfe vorüber waren, war er verschwunden. Es tut mir leid, aber ich weiß nicht, was aus ihm geworden ist.«

Es belastete Esmie, sich vorzustellen, wie der psychisch kranke Jugendliche durchs Gewehrfeuer geflüchtet war. Sie konnte nur hoffen und beten, dass er von anderen Otmanzai gerettet und barmherzig behandelt worden war. Nach Baz' Besuch war ihr das Herz schwer, und sie konnte einfach nicht anders, als darüber nachzugrübeln, was Zakir wohl zugestoßen sein mochte.

Als Harold an dem Abend nach Hause kam, sah er die Sache optimistischer. »Wenigstens ist er nicht mehr wie ein Verbrecher in einer Gefängniszelle eingekerkert«, meinte er. »Du hast ihn vor diesem Schicksal bewahrt, meine Liebe. Wir müssen glauben, dass Gott sich seiner angenommen hat.«

Esmie war ebenso überrascht wie erleichtert, als Harold am nächsten Tag zurückkehrte und verkündete, dass er den Lomax ein Telegramm geschickt hatte, um ihnen mitzuteilen, dass sie übermorgen in Rawalpindi eintreffen würden. Bannerman würde sie zum Bahnhof in Kohat fahren, damit sie den Zug nehmen konnten.

»Aber ich habe Lydia nie geschrieben, um zu bestätigen, dass wir zu Weihnachten kommen«, sagte Esmie. »Ich war mir nicht sicher, ob du wolltest …«

»Ich habe Tom geschrieben und die Einladung angenommen«, sagte Harold. »Der Brigadier meint, dass es eine gute Idee ist, die Feiertage in Pindi zu verbringen. Die Lage ist hier zu unsicher. Vielleicht kehre ich nach Weihnachten allein zurück, und du kannst bei Lydia bleiben. Das würde dir doch gefallen, nicht wahr, meine Liebe?«

Esmie fühlte sich zu ausgelaugt, um zu widersprechen. Sie wollte nicht über die nächsten paar Tage und die Aussicht auf einen Tapetenwechsel hinausdenken. Es munterte sie auf, dass Harold es genauso sah, ohne dass sie ihn erst dazu drängen musste. Rawalpindi würde ihnen beiden guttun. Die Männer brauchten die Gesellschaft des jeweils anderen so sehr, wie sie die Lydias benötigte. Die vier Freunde würden wieder zusammen sein, und sie freute sich darauf, dass sich zwischen ihnen wieder die gleiche Kameradschaft wie im letzten Sommer einstellen würde. Esmie versuchte, ihre Nervosität und Vorfreude angesichts des bevorstehenden Wiedersehens mit Tom zu unterdrücken. Sie versuchte, sich einzureden, dass sie nur froh darüber war, dass sie bald Lydia besuchen und im Raj Hotel wohnen würde.

Kapitel 20

Das Raj Hotel, Rawalpindi, 23. Dezember

Die *tonga*, die die Guthries vom Bahnhof hergefahren hatte, hielt vor einem niedrigen, frisch geweißten Gebäude an, das von einer hellblauen Balustrade von der geschäftigen Straße getrennt war. Ein grellrotes Schild mit goldenen Buchstaben hing am blauen Tor und verkündete, dass dies das Raj Hotel war und es sich bei seinem Besitzer um Captain T. Lomax handelte. Hinter dem Tor warfen zwei Palmen ihren Schatten auf den Eingang mit seinen hübschen Säulen, und ein Pfau stolzierte über eine Rasenfläche und kündigte ihre Ankunft an. Sie hatten einen früheren Zug als geplant genommen, sodass niemand am Bahnhof gewesen war, um sie abzuholen.

Als Harold den *tonga*-Fahrer bezahlte, kam ein rundlicher Junge gefolgt von einem jugendlichen Portier die Hotelstufen heruntergeeilt und verbeugte sich vor Esmie.

»Ich bin Jimmy«, stellte er sich grinsend vor. »Sie sind Mrs Guthrie; ich habe Ihr Foto in Mrs Lomax' Wohnung gesehen. Wir haben erst heute Abend mit Ihnen gerechnet. Pa wollte Sie mit dem Auto abholen.«

»Das tut mir leid«, sagte Esmie. »Wir sind auf dem Weg nach Kohat schnell vorangekommen und haben den früheren Zug erwischt.«

»Kein Grund, sich zu entschuldigen. Darf ich Ihre Tasche nehmen? Sunil nimmt die andere.«

»Danke.« Esmie lächelte. »Bist du eines der Dubois-Kinder?«

»Ja, ich bin das älteste. Ich bin zwölf. Meine Schwester Stella ist sieben. Wir haben eine Münze geworfen, um zu sehen, wer von uns Sie empfangen dürfte, und ich habe gewonnen. Sie bereitet die Baronin auf den Nachmittagstee vor. Sie zieht sich ungefähr viermal am Tag um.« Der Junge lachte. »Die Baronin, nicht meine Schwester.« Als er Esmies kleine Tasche hochhob, sagte er: »Die ist nicht sehr schwer. Bleiben Sie nicht lange?«

»Nun ja, ich habe keine große Auswahl an Kleidung«, antwortete Esmie amüsiert.

»Nicht?«, fragte Jimmy erstaunt. »Mrs Lomax hat haufenweise Sachen. Sie muss die Hälfte davon in einem der freien Schlafzimmer unterbringen. Ich wette, sie würde Ihnen etwas leihen – sonst tut meine Mutter das. Sie ist so zierlich wie Sie, Mrs Guthrie.«

»Jimmy!«, bellte eine Männerstimme aus dem Hoteleingang. »Komm schon, Junge! Lass die VIPs nicht auf der Straße warten.«

Jimmy verdrehte die Augen. »Das ist Fritters – Mr Fritwell. Er kommandiert einen gern herum. Aber das liegt nur daran, dass er es nicht abwarten kann, Sie kennenzulernen. Das können wir alle nicht. Pa sagt, Sie waren im Grenzland. Ist es wahr, dass Sie um Ihr Leben rennen mussten und fast von Paschtunen getötet worden wären?«

Esmie war verblüfft, dass der Junge und seine Familie so viel wussten. Harold musste Tom davon geschrieben haben. In dem Moment gesellte Harold sich zu ihnen, und Esmie wurde vor weiteren Fragen bewahrt, weil ein gepflegter Anglo-Inder mit Anzug und fliederfarbener Krawatte erschien und sie unter Verneigungen hereinbat.

»Mr und Mrs Guthrie, es ist uns eine Ehre, Sie im Raj zu empfangen.« Er strahlte. »Ich bin Charlie Dubois, der Direktor des Hotels. Bitte, fühlen Sie sich ganz wie zu Hause.«

Als sie das Foyer betraten, hatte Esmie den Eindruck, in einer grünen Grotte zu sein, die man voller Begeisterung weihnachtlich geschmückt hatte. Vom Boden bis zur Decke war der Raum meergrün gestrichen. Zwischen den Rattantischen und -sesseln wuchsen gewaltige Farne, die mit grellbunten Luftschlangen behängt waren. Mehrere Leute standen auf, und andere winkten zum Gruß, als hätten sie sie schon erwartet. Ein Mann mit zerfurchtem Gesicht und der Blässe eines Rauchers grinste sie an und streckte die Hand aus.

»Ich bin Ansom«, stellte er sich vor und drückte ihr fest die Hand. »Hocherfreut, Sie kennenzulernen, Mrs Guthrie. Wir haben alles über Ihre Heldentaten gehört – im Krieg in Europa und als Krankenschwester an der Grenze. Ja, es freut mich wirklich sehr, Sie kennenzulernen.« Er ließ ihre Hand los und führte sie zu seinem Gefährten. »Darf ich Sie mit meinem guten Freund Fritters bekannt machen?« Dann wandte Ansom sich an Harold, um ihn zu begrüßen.

Einer nach dem anderen forderten die Gäste Esmies Aufmerksamkeit ein und hießen sie im Hotel willkommen. Den Vorsitz über sie alle führte Charlie Dubois wie ein Impresario bei einer Theatervorstellung. Die Freundlichkeit aller bezauberte und überwältigte sie.

Charlie sagte: »Ich gehe jetzt und sage Mr Lomax Bescheid, dass Sie angekommen sind. Er ist gerade erst von einem Ausritt zurück.« Er eilte durch eine offene Glastür davon, die auf einen schattigen Hof führte.

Esmies Herzschlag beschleunigte sich bei Toms Erwähnung, aber sie wurde davon abgelenkt, dass jemand sie am Ärmel zupfte. Sie drehte sich um und sah ein hübsches blondes Mädchen neben einer älteren Frau in einem altmodischen, pflaumenblauen Teekleid.

»Mrs Guthrie, darf ich Ihnen Baronin Hester Cussack vorstellen?«, fragte das Mädchen.

Esmie war gebannt von der königlichen Gestalt mit den zarten, porzellanblassen Gesichtszügen unter einem Stirnband, das mit einer einzigen hellgrünen Straußenfeder verziert war. Sie schüttelten sich die Hand und tauschten Höflichkeiten aus. Esmie erriet, dass die kleine Begleiterin der Baronin Stella Dubois sein musste, obwohl sie ihrem Bruder und ihrem Vater überhaupt nicht ähnlich sah. Vielleicht war die Mutter ja blond.

»Und du musst Stella sein?« Esmie lächelte das Mädchen an.

In Stellas Wangen bildeten sich Grübchen. »Stella Maria Dubois«, sagte sie und knickste.

»Stella ist ein kleiner Engel«, sagte Hester. »Meine Hofdame. Nicht wahr, mein Schatz?« Sie strich dem Mädchen übers Haar.

»Esmie.«

Esmie wirbelte herum, als sie die vertraute tiefe Stimme hörte, und sah Tom in Reitkleidung durch die Glastür auf sie zugehen. Vielleicht war sein Gesicht etwas hagerer als früher, aber er lächelte.

»Willkommen im Raj«, sagte er, nahm ihre Hände und küsste sie auf die Wange. »Ich wollte hier sein, um euch zu empfangen, aber ihr wart zu schnell für mich. Wie war eure Reise?«

Ihr Gesicht brannte von dem unerwarteten Kuss, und es fiel ihr schwer, wieder Luft zu bekommen. »Gut, danke«, brachte sie hervor.

Er nickte. »Es ist so schön, dich wiederzusehen.«

Einen Moment lang sah er sie nur an. Sie hatte vergessen, wie berückend blau seine Augen im Kontrast zu seinen dichten schwarzen Wimpern waren. Sein Blick war voller Wärme, und ihr kamen plötzlich die Tränen, als ihr klar wurde, wie sehr sie ihn vermisst hatte.

»Ich freue mich auch, dich zu sehen«, sagte sie. Es war ihr unangenehm, wie belegt ihre Stimme klang.

Kurz drückte er ihr die Hände, ließ sie dann los und wandte sich Harold zu. Die Männer schüttelten sich voller Begeisterung die Hand. Esmie war gerührt über ihre Wiedersehensfreude – ein Beweis für ihre lange und enge Freundschaft.

Ein Aufschrei aus dem Treppenhaus ließ sie alle aufschauen.

»Esmie! Harold!«, quietschte Lydia. »Warum hat mir niemand gesagt, dass ihr hier seid?« Sie eilte die Stufen hinab, breitete die Arme aus und stürmte auf sie zu.

Esmie und Lydia umarmten einander, was zu einem Chor von Jubelrufen von den Dauergästen führte. Lydia entzog sich Esmie, tupfte sich die Augen und ignorierte das Spitzentaschentuch, das ihr eine untersetzte Dame anbot, die ein Hörrohr in der Hand hielt.

»Du siehst wunderbar aus«, sagte Esmie und bewunderte Lydias modernes beigefarbenes Kleid und ihren strahlenden Teint unter dem ordentlich frisierten Haar. Matronenhaft sah sie ganz und gar nicht aus.

»Und der liebe Harold!« Lydia begrüßte ihn mit einem Küsschen auf die Wange und hakte sich bei ihm ein. »Ihr wisst ja gar nicht, wie froh ich bin, euch beide zu sehen.«

Harold errötete angesichts dieser Aufmerksamkeit. »Wir freuen uns auch schon die ganze Zeit darauf.«

»Hat Dubois euch mit dem Auto abgeholt?«

»Wir sind früher als geplant eingetroffen, also sind wir in eine *tonga* gehüpft«, sagte Harold.

»Eine *tonga*! Wie furchtbar. Ich wäre ja selbst gekommen, aber ich habe mich in Vorbereitung auf heute Abend ausgeruht.«

»Die *tonga* war absolut in Ordnung«, sagte Esmie amüsiert. »Das hat uns die Gelegenheit gegeben, in gemächlichem Tempo etwas von Pindi zu sehen.«

»Ich wette, ihr seid durch den scheußlichen Saddar-Basar gefahren«, sagte Lydia schaudernd.

Tom spottete: »Na, immerhin sind sie gesund und munter hier angekommen und unterwegs nicht in die Sklaverei verkauft worden.« Er berührte Jimmy an der Schulter. »Bitte bring die Taschen nach oben und führe unsere Gäste ins Curzon-Zimmer.«

Er wandte sich an Esmie, und sie hatte den Eindruck, dass seine Miene sanfter wurde. »Sobald ihr euch eingerichtet habt, nehmen wir den Nachmittagstee im Hof ein.«

Sie lächelte. »Das klingt wunderbar.«

»Du meine Güte, nein«, widersprach Lydia. »Da ist es um diese Tageszeit viel zu düster. Ich lasse Dubois Tee in unsere Wohnung hinaufschicken, damit wir im kleinen Kreis ordentlich Neuigkeiten austauschen können.« Sie warf einen abfälligen Blick auf die Dauergäste.

Tom knickte ein. »Nun, wenn es dir lieber ist …«

»Das ist es«, sagte Lydia mit Nachdruck.

»Dann gehe ich Charlie Bescheid sagen«, verkündete Tom und trat durch die Glastür den Rückzug an.

»Kommt, lasst uns nach oben gehen«, sagte Lydia und ging mit Harold voran, während Esmie den beiden folgte.

»Wir sehen uns beim Abendessen!«, rief Ansom ihnen nach. Esmie winkte und nickte.

»Nein«, rief Lydia. »Wir gehen in den Club.«

»Alle Achtung«, antwortete Ansom und ließ sich zurück auf seinen Rattansessel sinken.

Außer Hörweite sagte Lydia: »Ich warne euch lieber gleich vor: Sie werden euch in den Wahnsinn treiben.«

»Sie wirken doch wie ein fröhlicher Haufen«, sagte Esmie, »und so freundlich.«

»Eher neugierig«, gab Lydia zurück. »Ständig versuchen sie, in meinen Angelegenheiten herumzuschnüffeln. Ich kann es nicht ertragen. Je eher Tom zustimmt, dass wir in die Zivilsiedlung ziehen, desto besser.«

Es war Esmie peinlich, dass Lydia ihre Meinung so ungeniert vor Jimmy Dubois zum Ausdruck brachte, und fragte sich, was der Junge davon hielt.

»Wohnen alle permanent hier?«, fragte Harold.

»Die Bande ja«, antwortete Lydia. »Es ist, als würde man in einem Altersheim leben – es riecht manchmal auch wie in einem. Da sollte die Hälfte von ihnen auch mal lieber hinziehen. Aber Tom will einfach nichts dagegen unternehmen. Man könnte glauben, wir wären eine Wohltätigkeitsorganisation und kein Hotel. Wie auch immer, ich will nicht darüber reden. Ich habe euch beide hier, und das ist alles, was zählt. Nach dem, was Tom mir erzählt hat, habt ihr eine schöne Auszeit verdient. Wir werden ja solchen Spaß zusammen haben.«

Fast am Ende eines langen, hellgrün gestrichenen Korridors blieb Jimmy vor einer braunen Tür stehen.

»Das Curzon-Zimmer«, verkündete er und riss die Tür stolz mit großer Geste auf.

Lydia verdrehte die Augen und lachte spröde. »Es war Toms Idee, die Zimmer nach berühmten Vizekönigen zu benennen. Aber erwartet nicht den Luxus der Viceregal Lodge – oder die Aussicht!«

* * *

Tom stand unter dem Jakaranda-Baum im Hof und rauchte wütend. Über seinem Kopf kreischte ein Vogel unermüdlich. Das regte ihn auf, obwohl er doch gerade versuchte, seine

Nerven zu beruhigen, bevor er zum Tee hinauf in die Wohnung ging. Myrtle hatte zur Feier der Ankunft der Guthries einen Victoria Sponge Cake gebacken. Er wusste, dass er schon hätte oben sein sollen, um sich etwas anderes als seine Reitkleidung anzuziehen, aber er zögerte, sich zu ihnen zu gesellen, obwohl er es kaum abwarten konnte, von Harold in allen Einzelheiten zu hören, was es Neues gab.

Aber Lydia ging ihm immer mehr auf die Nerven. Sie fand an allem, was er tat, etwas auszusetzen. In ihren Augen verbrachte er zu viel Zeit mit den Dubois und den Dauergästen statt mit ihr, aber dennoch wollte sie ihn nicht bei ihren Kartenpartys und ihren Ausflügen in den Club dabeihaben. Beschwerte sie sich in einem Augenblick noch, dass er nicht oft genug aus dem Haus ging, jammerte sie im nächsten schon, dass er zu häufig ausritt. Er hatte den Verdacht, dass Lydia sich bei Dickie Mason beschwert hatte, dass er zu oft mit Tom reiten ging, denn der junge Lieutenant fand inzwischen ständig Ausreden, um sich nicht im Topi Park zu ihm zu gesellen. Vielleicht ließ Mason sich aber auch von der Meinung der anderen Offiziere in der Garnisonssiedlung beeinflussen, dass Tom dadurch, dass er den Peshawar Rifles den Rücken gekehrt hatte, zur Persona non grata geworden war. Oder war es möglich, dass die Wahrheit herausgekommen war, welch düsteres Ende seine Armeekarriere in Mesopotamien genommen hatte? Es gab niemanden in Rawalpindi, der ihn von dort kannte, also verdrängte er den Gedanken schnell. Lydia durfte niemals davon erfahren, sonst würde sie ewig unter der Schande leiden.

Lydia stritt sich täglich wegen des Hotels mit ihm. Er war entsetzt, wie schnell seine Frau die Vorurteile der Briten in Indien übernommen zu haben schien: Sie sah auf die Dubois herab, weil sie gemischter Abstammung waren, und sprach mit den indischen Dienstboten gebieterisch in einem Ton, zu dem sie gegenüber dem Personal in Templeton Hall nie gegriffen hätte. Er gab ihrer Freundschaft mit der scharfzüngigen Geraldine Hopkirk die Schuld daran, der Frau des stellvertretenden Brauereidirektors, die besessen vom gesellschaftlichen Rang war und alles Indische kritisierte.

Lydia setzte ihm unablässig zu, aus dem Hotel wegzuziehen, um in der Nähe anderer britischer Zivilisten zu leben.

»Ich will unter unseresgleichen wohnen, statt mich unter Eingeborene und Halb-und-Halbs zu mischen. Die Gerüche aus dem Basar drehen mir den Magen um, und Geraldine sagt, wenn ich noch viel länger hier lebe, fange ich an, mit einem Chee-Chee-Akzent zu sprechen wie Myrtle Dubois. Ich weiß, dass sie mich nur aufzieht, aber es tut unserem Ansehen in Pindi nicht gut, wenn wir uns mit solchen Leuten abgeben.«

Wenn Tom die Dubois verteidigte, schien das Lydia nur noch mehr aufzubringen und sie umso entschlossener zu machen, in die britische Zivilsiedlung zu ziehen. Sie war unhöflich zu den Dauergästen – abgesehen von Fritwell, der früher Soldat gewesen war – und verabredete sich zum Essen immer häufiger mit Freundinnen im Club oder bei Geraldine. Warum hatte seine Frau so jemanden zu ihrer engsten Freundin hier erkoren? Die rundliche, geschwätzige Geraldine war die größte Klatschtante der europäischen Siedlung; das genaue Gegenteil von Lydias langjähriger Freundin Esmie.

Oh, Esmie! Mit einem Seufzen drückte Tom seine Zigarette aus. Ein Blick in ihre schönen grauen Augen hatte ausgereicht, um eine altbekannte Sehnsucht in ihm aufkommen zu lassen. Sie hatte müde und etwas angespannt ausgesehen – aber wer hätte das nach dem, was sie vor Kurzem durchgemacht hatte, nicht? Und dennoch hatte ihr Gesicht vor Freundlichkeit gestrahlt, und sie hatte sich sofort gut mit den Dauergästen verstanden. Im Vergleich dazu wirkte Lydias Schönheit oberflächlich, ihre Jovialität gekünstelt. Würde Esmie eine Veränderung bei ihrer Freundin bemerken, oder war sein verbitterter Blick die Folge wochenlanger Sorgen um das Hotel und darum, seine Frau bei Laune zu halten?

Sogar im Bett schien er daran zu scheitern, sie zu befriedigen. Sie hatten schon über einen Monat lang nicht mehr miteinander geschlafen – nicht seit ihrem betrunkenen Liebesspiel in der Nacht nach dem Brauereiball –, und Lydia hatte seitdem all seine Versuche, mit ihr intim zu werden, zurückgewiesen. Deshalb ging er so oft reiten: Um seinen aufgestauten Frust auszutoben, auf die Art, die er sich als junger Lieutenant auf entlegenen Vorposten an der Nordwestgrenze angewöhnt hatte.

Er fragte sich, ob er Harold sein derzeitiges Unglück anvertrauen konnte. Oder würde es seinen ältesten Freund in Verlegenheit bringen, wenn er über so etwas redete? Harold hatte immer eine Schwäche für Lydia gehabt und würde sich vielleicht wie ein Verräter vorkommen, wenn sie hinter ihrem Rücken über sie redeten. Vielleicht würde Esmie guten Einfluss auf Lydia ausüben. Aber wie würde er sich fühlen, wenn Lydia sich Esmie gegenüber ihre Enttäuschung über ihre Ehe von der Seele redete? Sein Stolz würde darunter leiden, wenn auch Esmie ihn als Versager betrachten würde.

Tom straffte die Schultern. Seine Probleme waren seine eigenen, und er musste sie selbst lösen. Er und Lydia würden einen Weg finden, ihre einstige Leidenschaft füreinander neu zu entfachen. Er würde sich einfach mehr anstrengen müssen, sie glücklich zu machen. Tom überquerte den Hof. Sein Inneres verkrampfte sich, als würde er gleich in die Schlacht ziehen.

Kapitel 21

»Iss nicht zu viel Kuchen«, mahnte Lydia. »Sonst genießt du nachher das Abendessen im Club nicht.«

»Der Kuchen ist aber köstlich«, sagte Esmie, leckte sich die Marmelade von den Fingern und lehnte sich auf dem bequemen cremefarbenen Sofa zurück.

»Mrs Drummond, dieser alte Drache, hätte dir dafür einen Klaps auf die Hand gegeben.« Lydia lachte und äffte ihre frühere Schulleiterin nach: »›Benutzen Sie Ihre Serviette, nicht Ihre Zunge, Miss McBride!‹«

»Er ist zu gut, um auch nur einen einzigen Krümel zu verschwenden«, sagte Esmie und grinste.

»Meine Güte, das Leben in den *mofusil* muss wirklich primitiv sein, wenn du so begeistert von Myrtles lappigem Sponge Cake bist.«

Esmie musterte ihre Freundin. Lydia schien gereizt zu sein; ihre Bemerkungen waren entweder gespielt herzlich oder etwas zu bissig. Lydia hatte kaum aufgehört, über die Gesellschaft von Rawalpindi zu reden, seit sie sich in ihrem luftigen Wohnzimmer versammelt hatten. Ihr Leben schien aus einer einzigen langen Reihe gesellschaftlicher Anlässe zu bestehen. Vielleicht war es zu Hause auch schon so gewesen, aber Esmie konnte sich nicht erinnern, dass Lydia damals schon die soziale Herkunft anderer Menschen so kritisch beäugt hatte. Lydia rasselte die Namen der wichtigsten Leute in der Garnisonsstadt herunter, als sollte Esmie wissen, wen sie meinte. Während Harold und Tom ins Gespräch über die Situation an der Grenze vertieft waren, hatte Lydia Esmie noch keine Frage über ihr Leben in Taha gestellt.

»Und Dickie Mason ist ein ganz reizender Mann«, sagte Lydia gerade. »Ich bin so froh, dass du uns miteinander bekannt gemacht hast. Wusstest du, dass Dickies Mutter eine Freundin von Nancy Astor ist?«

»Der liebe Lieutenant Mason. Wie geht es ihm?«, fragte Esmie, indem sie sich an den einen Namen klammerte, den sie kannte. »Er hat sein Zuhause so vermisst; ich wusste, dass ihr freundlich zu ihm sein würdet.«

»Ich glaube, wir haben ihn von seinem Heimweh kuriert«, sagte Lydia. »Mittlerweile lädt er uns zu Veranstaltungen ein. Bei den Damen der europäischen Siedlung ist er äußerst beliebt. Ich kann mir vorstellen, dass er bei den Mädchen der Fischereiflotte in dieser kalten Jahreszeit sehr gefragt sein wird.«

»Fischereiflotte?«

»Esmie, wo lebst du denn?«, rief Lydia. »Du musst doch wissen, dass das der Spitzname für britische Mädchen ist, die nach Indien kommen, um sich einen Mann zu angeln.«

»Oh, das hatte ich vergessen …«

»Er ist allerdings zu jung, um zu heiraten«, verkündete Lydia. »Sein Colonel würde das nie gestatten. Nicht bevor er mindestens Captain ist. So kann er noch eine Weile weiter Spaß haben. Geraldine und ich werden eine geeignete Frau für ihn aussuchen, wenn es an der Zeit ist.«

»Spielst du immer noch die Kupplerin?«, neckte Esmie sie.

Lydia tätschelte ihr Knie. »Na, bei dir und Harold hat es doch funktioniert, nicht wahr?«

Esmie warf einen Blick auf ihren Mann, der Tom angeregt von den unterschiedlichen Wasir-Stämmen berichtete. Sie verspürte einen Funken von Optimismus, dass diese Ferien sie wieder näher zusammenführen würden.

Sie schenkte Lydia ein zustimmendes Lächeln. Jetzt war nicht der richtige Zeitpunkt, um ihrer Freundin gegenüber anzudeuten, dass ihre Ehe mit Harold angespannt verlief. Sie hatte den Verdacht, dass daraus, wenn sie es tat, ein Quell von Klatsch und Tratsch werden würde, den Lydia mit ihrer neuen Vertrauten Geraldine besprechen konnte. Ihre Probleme mit Harold waren privat.

»Wann lerne ich denn deine Freundin Mrs Hopkirk kennen?«, fragte Esmie.

»Heute Abend natürlich«, sagte Lydia eifrig. »Wir essen als ihre Gäste um halb acht im Club. Und am Heiligabend sind wir als Teil ihrer Gruppe zu einem Tanzdinner im Flashman's Hotel eingeladen.«

Tom unterbrach sein Gespräch mit Harold. »Im Flashman's?« Er runzelte die Stirn. »Davon hast du nie etwas gesagt.«

»Schatz, ich bin sicher, dass ich es erwähnt habe«, sagte Lydia. »Du hörst bloß nie zu.«

»Aber wir geben doch hier eine Party …«

»Was für eine Party?«

»Charlie macht seinen Whisky-Punsch, und Myrtle bereitet Häppchen vor. Das machen sie jedes Jahr – es ist Tradition im Raj Hotel.«

»Das ist für die Dauergäste, nicht für uns«, sagte Lydia und winkte verächtlich ab. »Außerdem können die Hopkirks es gar nicht abwarten, Esmie und Harold kennenzulernen. Ich will, dass unsere Freunde eine schöne Zeit in Pindi verbringen – du etwa nicht?«

»Doch, natürlich«, sagte Tom und lief rot an. »Aber ich glaube, sie werden den Heiligabend hier genießen – und wir treffen die Hopkirks ja heute Abend.«

Esmie sah Harold an, dass das Gezänk ihrer Freunde ihn verlegen machte, aber sie wusste, dass er nicht eingreifen würde. So sagte sie: »Vielleicht könnten wir beides machen? Erst hier einen Cocktail trinken und dann weiter zum Tanzdinner gehen?«

»Nun, ja, ich denke, das könnten wir«, sagte Tom mit einem dankbaren Blick.

Lydia seufzte theatralisch. »Wenn es sein muss. Solange wir spätestens um acht im Flashman's sind. Geraldine hasst es, wenn ihre Gäste zu spät kommen.«

»Der Himmel bewahre uns davor, den Zorn der *burra*-Memsahib auf uns zu ziehen«, bemerkte Tom sarkastisch.

»Sei nicht so abfällig«, schimpfte Lydia. Sie wandte sich Esmie zu. »Tom hält sich ja gern für aufgeschlossen, aber er ist genauso versnobt wie sein Vater, wenn es um Geschäftsleute geht. Aber Geraldine gegenüber ist das gar nicht angebracht. Sie stammt genauso wie Tom aus dem Landadel – ihre Familie hat Landbesitz in Buckinghamshire.«

Esmie sah Tom verärgert die Kiefer zusammenpressen. Die Streitereien der beiden waren ihr unbehaglich, und sie wollte nicht mit hineingezogen werden. Sie stand auf.

»Wenn wir um halb acht fertig sein müssen, lege ich mich jetzt lieber hin. Was meinst du, Harold?«

Sie sah Unentschlossenheit über sein Gesicht huschen. Er wusste nicht, ob er bei den Lomax bleiben oder sich mit ihr in ihr Zimmer zurückziehen sollte.

»Ich würde mir vor dem Dinner ganz gern die Beine vertreten«, sagte er.

»Aber es wird schon dunkel«, wandte Lydia ein. »Wenn das Tageslicht verschwunden ist, kannst du hier nicht einfach so herumspazieren.«

»Ich komme mit«, bot Tom an und stand schnell auf. »Wir können eine Runde drehen – bis zur Kirche an der Mall, der Scots Kirk, damit du schon einmal siehst, wohin es am Weihnachtstag geht.«

Harold stimmte mit Feuereifer zu. Während die beiden Männer den Flur entlang aufbrachen, zog Esmie sich ins Curzon-Zimmer zurück. Glastüren führten auf eine geschlossene Gemeinschaftsveranda, die rings um den Innenhof verlief. Sie stellte sich ans Geländer, spähte nach unten auf den Hof und sah, wie Tom und Harold ihn überquerten. Toms Hand ruhte auf der Schulter seines Freundes, während sie sich unterhielten. Ihre Freundschaft schien unverändert zu sein, während sie selbst Mühe hatte, sich etwas einfallen zu lassen, was sie zu Lydia sagen konnte – nicht, dass sie viel Zeit gehabt hätte, zu Wort zu kommen, weil ihre Freundin ja ununterbrochen geredet hatte.

Die Verschlechterung des Verhältnisses der Lomax verstörte sie. Lydia hatte sich in ihren Briefen über Tom beschwert, aber ihr Tonfall war immer noch liebevoll gewesen. Doch wenn man sie zusammen sah, war es offensichtlich, dass es ihnen schwerfiel, sich über irgendetwas einig zu werden. Tom tat Esmie leid, weil er die hauptsächliche Zielscheibe von Lydias bissigen Bemerkungen war – sie kamen ihr unangebracht vor. Aber wenn die Wurzel von Lydias Unzufriedenheit Toms sture Weigerung war, aus dem Hotel wegzuziehen, hätte er vielleicht weniger unerbittlich sein sollen.

Esmie betrachtete über das niedrige Dach des Hotels hinweg den orangefarbenen Himmel. Die Dienerquartiere hinter dem Hotel lagen teilweise in ihrem Blickfeld. Vor einem niedrigen Bungalow, der mit Luftschlangen und Weihnachtslichterketten geschmückt war, tanzte ein Mädchen auf den Stufen auf und ab. Ein Welpe sprang hinter ihr her. Warmes Licht strömte aus den Fenstern auf die Veranda. Der aufgeregte Hund brachte das

Mädchen zum Stolpern, und sie purzelten übereinander. Esmie hörte das Mädchen kichern. Dann rief eine Frauenstimme die Kleine hinein. Das Mädchen sammelte den Welpen ein und ging ins Haus. Erst als sie verschwand, erkannte Esmie, dass es sich um Stella handeln musste, die Tochter der Dubois.

Ihr Herz setzte einen Schlag aus angesichts dieser schlichten häuslichen Szene: Ein Kind spielte, und seine Mutter rief es zum Essen ins Haus. Hatte ihre eigene Mutter auch so voller Zärtlichkeit nach ihr gerufen, als sie noch ein Kind gewesen war? Wenn ja, dann war sie zu jung gewesen, um sich daran zu erinnern. Esmie war froh, dass die einnehmende Stella ein liebevolles Zuhause und Eltern hatte, die sich um sie kümmerten. Sie fand, dass es richtig von Tom war, den Dubois weiter Arbeit und ein Dach über dem Kopf zu bieten, auch wenn das weniger Gewinn für das Hotel bedeutete. Plötzlich wurde ihr klar, warum Tom vermutlich nicht aus dem Hotel ausziehen wollte. Hier stand für ihn eine ganze Familie gutherziger Menschen bereit. Vielleicht war das alles, wonach er sich sehnte. Wenn Lydia das doch nur hätte einsehen können.

Esmie zog sich nach drinnen zurück und schloss die Glastüren gegen die kühle Luft. Sie schaute sich um. Die Möbel passten nicht zusammen: ein Schrank aus Walnussholz, ein Frisiertisch aus Kiefernholz und zwei durchhängende Einzelbetten, die zusammengeschoben worden waren, flankiert von schwarz lackierten Beistelltischen, die zwei matt leuchtende elektrische Lampen trugen. Das Zimmer roch muffig, als wäre es seit Monaten nicht benutzt worden, aber es war tadellos sauber, und die Bettwäsche schien frisch gewaschen zu sein. Das Hotel strahlte heimeligen Charme aus, aber Esmie konnte sich vorstellen, dass sein nicht gerade repräsentatives Erscheinungsbild Lydia störte und dadurch Auseinandersetzungen mit Tom heraufbeschwor.

Doch die Ehe der beiden ging sie nichts an. Sie würde versuchen müssen, zwischen ihren Freunden neutral zu bleiben, wenn sie alles nicht noch schlimmer machen wollte.

* * *

Der Club glich einem Märchenpalast voller Stuck, Zinnen und von Säulen gerahmten Torbögen, der die Nacht erhellte und seinen Lichtschein auf die riesigen Rasenflächen und schimmernden Bäume auf dem Clubgelände warf. Eine Band spielte auf der Terrasse, und Esmie hörte das Geplauder der Dinnergäste, als sie eintrafen.

Der Speisesaal war voller Männer in Uniform und Anzügen und Frauen in Abendroben. Esmie trug ihr bestes Kleid – das blaue, in dem sie geheiratet hatte und von dem sie die Hochzeitsspitze inzwischen wieder abgetrennt hatte – und ein schlichtes silbernes Stirnband, um ihre Haare zu bändigen. Lydia trug ein opulentes rotes Kleid, das ihren kurvigen Körper zur Geltung brachte und bewundernde Blicke auf sich zog. Esmie hatte den Eindruck, dass die Figur ihrer Freundin wohl tatsächlich seit dem Sommer etwas voller geworden war – ihr Busen und ihre Hüften waren auffälliger und ihr Gesicht ein bisschen runder –, aber das verlieh ihr eine üppige Schönheit.

Lydia war in ihrem Element. Sie plauderte, flirtete und gab vor Esmie und Harold mit ihren neuen Freunden an. Esmie stellte überrascht fest, dass Geraldine Hopkirk älter war, als sie erwartet hatte, eine ziemlich plumpe Frau mit Doppelkinn und durchdringender Stimme. Aber sie begrüßte Esmie, als wären sie alte Freundinnen, und zog sie in die Mitte ihrer Gruppe.

Harold war erfreut zu sehen, dass zu dieser Runde auch Augustus Tolmie, der Leiter der Missionsschule in Murree, und seine Frau Margaret gehörten.

»Ich habe herausgefunden, dass die Tolmies Sie kennen«, sagte Geraldine, »also habe ich sie eingeladen, über Weihnachten herunterzukommen. Augustus hat mir gesagt, dass er Sie zuletzt im September in Bombay gesehen hat. Sie haben sich sicher viel zu erzählen.«

Geraldine beugte sich zu Esmie und flüsterte verschwörerisch: »Margaret Tolmie ist gerade von einem Besuch bei ihrer gebrechlichen alten Mutter in Wales zurückgekehrt – sie vermisst sie schrecklich und glaubt, dass sie sie vielleicht nicht wiedersehen wird. Aber das ist das Kreuz, das wir in Indien tragen – die Trennung von unseren Liebsten im Dienste der Pflicht. Meine beiden Kleinen gehen in England zur Schule. Sie fehlen mir fürchterlich. Warten Sie nur, bis Sie und Lydia Kinder haben, dann werden Sie verstehen, was ich meine. Wohlgemerkt …«

Sie führte ihren Satz nicht zu Ende, sondern begann, ihren Gästen Anweisungen zu erteilen, wohin sie sich setzen sollten. Esmie fragte sich, welche Bemerkung die Frau dann doch lieber für sich behalten hatte. Geraldine führte Tom zu dem Platz neben ihrem. Esmie fing seinen ironischen Blick auf. Er zog die Augenbrauen hoch, und sie tauschten ein amüsiertes Lächeln.

Zu ihrem Entzücken sah Esmie, dass Dickie Mason sich durch die Menschenmenge drängte, um sich zu ihnen zu gesellen, gefolgt von zwei weiteren jungen Offizieren, die in Taha bei ihr zu Gast gewesen waren. Die drei begrüßten sie und Harold voller Begeisterung. Das Selbstbewusstsein, mit dem Dickie einherstolzierte, war neu. Er saß zwischen Esmie und Lydia und tischte ihnen Geschichten über seine zweitägige *shikar* in der Nähe von Murree auf. Esmie hätte gern das ganze Essen über mit Dickie geplaudert, fühlte sich aber verpflichtet, auch mit dem ernsten Augustus zu reden, der an ihrer anderen Seite saß.

»Schreckliche Sache in Kanki-Khel«, sagte der Schulleiter. »Ich habe Ihren Mann ja gewarnt, aber Guthrie ist für seinen Starrsinn bekannt.«

»Ich nenne es lieber Furchtlosigkeit«, nahm Esmie Harold in Schutz. Sie fragte sich, wieso die Nachricht, dass sie nur knapp entkommen waren, in Rawalpindi schon allgemein bekannt war. Aber es hätte sie wohl nicht überraschen sollen: Klatsch und Tratsch schienen das Herzblut dieser Garnisonsstadt zu sein.

Im weiteren Verlauf des Abends wurde der Saal stickig, und die Gespräche wurden ausgelassener. Esmie sah, dass Harold krebsrot im Gesicht wurde und in seiner einschränkenden Abendgarderobe und seinem engen Kragen schwitzte. Er war zwischen Margaret Tolmie und einer schüchternen jüngeren Frau eingezwängt, bei der es sich um einen Schützling von Geraldine zu handeln schien – vielleicht eines von Lydias Fischereiflotten-Mädchen. Esmie sah, dass Harold Mühe hatte, ein Gespräch mit ihr am Leben zu halten. Esmie schenkte ihm ein verständnisvolles Lächeln und lauschte dann wieder Augustus' langem Monolog über die Unterrichtsmethoden an seiner Schule in Murree.

Als der Pudding serviert wurde, suchte Esmie nach ihrer Serviette, die ihr vom Knie gerutscht war. Als sie das Leinentischtuch ein Stückchen anhob, sah sie die Serviette auf dem Boden und beugte sich nach unten, um danach zu greifen. Dabei musste sie ein Aufkeuchen unterdrücken: Unter der Tischdecke konnte sie sehen, dass Lydias Hand auf Dickies Knie ruhte und seine Hand ihre bedeckte.

Esmie richtete sich rasch wieder auf. Sie warf einen Blick zu Lydia. Die Wangen ihrer Freundin waren gerötet, aber sie sah Esmie ihrerseits gefasst an.

»Ist alles in Ordnung?«, fragte Lydia sie.

»Ja«, antwortete Esmie.

»Ich hoffe, du genießt den Abend«, sagte Lydia. »Wir konnten es gar nicht abwarten, dich hier zu haben, nicht wahr, Dickie?«

»Und wie«, schwärmte Dickie und wandte sich mit einem entwaffnenden Lächeln an Esmie. »Ich hoffe, Sie und Dr. Guthrie kommen zu unserer Party im Offizierskasino am Weihnachtsabend.«

»Natürlich tun sie das«, sagte Lydia.

»Die Jungs und ich wollen Ihnen beiden für Ihre Großzügigkeit uns gegenüber in Taha danken«, fuhr Dickie fort. »Sie haben ja keine Ahnung, wie viel es uns bedeutet hat, Ihr Haus zu besuchen – Sie haben uns das Gefühl gegeben, wir würden zur Familie gehören.«

Esmie lächelte. »Es ist freundlich von Ihnen, das zu sagen. Aber es war uns ein Vergnügen. Sie und Ihre Offizierskameraden haben Leben in unser stilles Haus gebracht. Wir haben Sie vermisst, als Sie abgereist sind.«

»Ooh, Apfelkuchen mit Vanillesauce«, sagte Lydia, als ihr das Dessert serviert wurde. »Meine Lieblingsnachspeise.«

Esmie bemerkte, dass Lydias Hand unter dem Tischtuch hervorkam, sodass sie sowohl ihre Gabel als auch ihren Löffel ergreifen konnte. Ging dabei etwa ein besonderer Blick zwischen ihrer Freundin und dem Lieutenant hin und her? Esmie war sich nicht sicher. Sie schaute den Tisch entlang zu Tom. Er trank viel Wein und sprach laut mit Geraldine und einem von Dickies Offizierskameraden. Mitleid mit Tom durchzuckte sie: Er tat sein Bestes, die Gastgeberin zu unterhalten, während seine Frau flirtete und nur vier Plätze von ihm entfernt dreist mit einem hübschen jungen Offizier Händchen hielt.

Plötzlich konnte Esmie es nicht mehr abwarten, dass das Essen zu Ende ging und dass sie ins Raj zurückkehrten. Es wäre ihr viel lieber gewesen, wenn sie ihren ersten Abend damit verbracht hätten, im Hotel zu essen und die Dauergäste kennenzulernen. Sie schienen ein interessanter Haufen zu sein, und sie vermutete, dass sie alle Geschichten über ihr langes Leben in Indien zu erzählen hatten – Erinnerungen und Erfahrungen, die über die enge Begrenztheit der Kasernen und Clubs von Rawalpindi hinausging.

Es dauerte noch fast zwei Stunden, bis die Dinnerparty sich auflöste und sie für die kurze Rückfahrt zum Hotel in *tongas* stiegen. Esmie lehnte sich erschöpft an Harold und seufzte vor Erleichterung.

»So viel habe ich seit Ewigkeiten nicht mehr gegessen«, sagte sie. »Ich platze gleich. Ich glaube, du musst mich wohl nach oben tragen.«

Harold brummte amüsiert. »Gott sei Dank ist es vorbei. Margaret Tolmie war die ganze Zeit über wegen ihrer Mutter den Tränen nah. Die arme Frau! Und Miss Timmins kannte kein anderes Gesprächsthema als ihren Hund Trixie. Ich bin mir nicht sicher, ob ich eine ganze Woche von solchen Abendessen durchstehe. Und ich hatte nie Gelegenheit, mich richtig mit Tolmie zu unterhalten.«

»Vielleicht kannst du ihn ja zum Nachmittagstee ins Hotel einladen«, schlug Esmie vor. »Höchstwahrscheinlich siehst du ihn doch am Weihnachtstag in der Scots Kirk, oder?«

»Ja, das ist eine gute Idee«, sagte Harold und lebte auf.

Zurück im Hotel gingen Esmie und Lydia sofort zu Bett. Harold brauchte ein bisschen Überredung, um mit Tom aufzubleiben und sich im Aufenthaltsraum der Gäste noch einen Schlummertrunk zu genehmigen. Esmie schlief binnen weniger Minuten ein.

Sie wachte wieder auf, als Harold viel später hereingestolpert kam. Sie hatte die elektrische Nachttischlampe brennen lassen, damit er sich nicht an den Möbeln stieß. Es war ungewohnt, wieder an einem Ort zu sein, an dem es elektrisches Licht gab. Esmie setzte sich auf.

»Tut mir leid, meine Liebe«, murmelte Harold. »Wollte dich nicht wecken.«

»Das macht nichts«, antwortete sie und unterdrückte ein Gähnen. »Hattest du ein nettes Gespräch mit Tom?«

»Äh, ja. Und Ansom war noch wach. Anständiger Mann. Ingenieur. Hat an den Plänen für die Schmalspurbahn nach Simla mitgearbeitet. Seine Familie lebt seit drei Generationen in Indien.«

»Interessant«, sagte Esmie und musterte ihren Mann, als er begann, seine Kleidung abzulegen.

Dies war die erste Nacht seit ihrer Flucht aus Kanki-Khel, die sie im selben Schlafzimmer verbrachten. Sie sehnte sich danach, Harold wieder nah zu sein. Sie hatte die festgesteckten Decken zwischen den beiden Betten gelockert, sodass sie nacheinander greifen konnten.

»Du kannst die Lampe ausschalten, Liebste«, sagte Harold. »Ich brauche sie nicht.«

Sie tat, was er verlangte, blieb aber weiter wach und wartete darauf, dass er neben sie ins Bett stieg. Sie hielt den Atem an, als er es tat. Er legte sich auf den Rücken und stieß einen tiefen Seufzer und eine Fahne von abgestandenem Whisky aus. Hatte der Alkohol seine Leidenschaft angefacht oder gedämpft?

»Harold?«, flüsterte sie.

»Mmm.« Er klang, als wäre er nahe daran, einzudösen.

»Hältst du mich?«

Er zögerte und streckte dann einen Arm aus. Ermutigt kuschelte Esmie sich hinein und wartete. Nach ein paar Minuten, als er sich ihr nicht entzogen hatte, sagte sie leise: »Ich habe mir Sorgen gemacht, dass du mir noch böse bist, weil wir Kanki-Khel so überstürzt verlassen mussten. Bist du deshalb nicht in mein Bett gekommen? Ich habe es vermisst, mit dir zusammen zu sein.«

Er antwortete nicht.

»Harold?« Sie legte eine Hand auf seine Brust. Sein Atem ging gleichmäßig. Er schlief schon.

Esmie ließ sich enttäuscht zurücksinken. Es war unrealistisch gewesen, damit zu rechnen, dass Harold nach solch einem langen und anstrengenden Tag noch die Energie haben würde, mit ihr zu schlafen. Sie konnte kaum glauben, dass sie Taha erst am frühen Morgen verlassen hatten. In ein paar Minuten würde es Heiligabend sein. Esmie fühlte sich durch den Gedanken aufgemuntert, dass sie und Harold in den nächsten Tagen reichlich Zeit haben würden, beieinanderzuliegen und ihre einstige Intimität wieder aufzunehmen.

Eine halbe Stunde später war Esmie immer noch hellwach. Ihre Gedanken kreisten ruhelos um den Abend. Ging da irgendetwas zwischen Lydia und Dickie vor? Bestimmt nicht. Alles, was sie gesehen hatte, und das auch nur für eine Sekunde, waren Lydias Hand, die Dickies Knie berührte, und seine Finger auf ihren gewesen. Es mochte ein flüchtiger Moment gewesen sein – ein schwesterliches Tätscheln des Beins eines jüngeren Mannes. Allerhöchstens hatte Lydia geflirtet. Sie hatte ihre Zuneigung immer sehr deutlich zum Ausdruck gebracht. Etwas Ernsteres hatte das nicht zu bedeuten.

Esmie stand auf, schlang sich einen Schal um die Schultern und tappte barfuß zur Glastür. Sie schlüpfte an dem langen Vorhang vorbei, öffnete die Tür so leise wie möglich und ging auf die Veranda hinaus. In der kalten Luft erschauderte sie, aber verglichen mit einem Winterabend zu Hause in Schottland war es trotzdem mild. Der Himmel war sternenübersät, und schwacher Lichtschein fiel aus dem Fenster nebenan – Hester Cussacks Zimmer. Abgesehen davon lag das Hotel im Dunkeln und alles war still.

Esmie atmete den Duft des Holzrauchs ein, der in der Luft lag, und dann noch etwas anderes: Zigarettenrauch. Sie sah die Veranda entlang in die andere Richtung und erkannte, dass sie mit einem Bambusschirm und irgendeiner Rankpflanze abgegrenzt war. Das Ende der Veranda war privat. Plötzlich wurde ihr klar, dass dahinter die Wohnung der Lomax lag. Das Curzon-Zimmer war ein Puffer zwischen dem Schlafzimmer der Eigentümer und den Quartieren der Dauergäste. Deshalb roch es so vernachlässigt; wahrscheinlich war es nicht mehr genutzt worden, seit Tom und Lydia das Hotel übernommen hatten.

Esmie bekam Schmetterlinge im Bauch, als sie erkannte, dass Tom dicht bei ihr, auf der anderen Seite des Bambusschirms, gestanden hatte. Er hatte geraucht und denselben Anblick vor sich gesehen wie sie. Vielleicht fand auch er, anders als seine Frau, keinen Schlaf. Sie stützte die Ellbogen aufs Geländer, schloss die Augen und versuchte, nicht an ihn zu denken. In dem Moment hörte sie das gedämpfte Geräusch. Schritte auf knarrenden Bodendielen? Sie richtete sich auf und näherte sich dem Wandschirm. Kam Tom etwa wieder heraus auf die Veranda?

Dann wurde ihr klar, was die Ursache des Geräuschs war: Es war das rhythmische Quietschen und Knarren von Bettfedern. Esmies Gesicht wurde heiß. Sie glaubte, ein Stöhnen zu hören. Tom und Lydia schliefen miteinander. In ihrer Eile, die Veranda zu verlassen, stieß Esmie sich den Zeh und unterdrückte einen Aufschrei. Zurück in ihrem Zimmer schloss sie die Glastür und kroch eilig unter die Bettdecke. Aber jetzt, da sie wusste, was vorging, konnte sie das gedämpfte Geräusch des knarrenden Betts jenseits der Wand nicht mehr ausblenden. Sie vergrub ihren Kopf unter dem Kissen und versuchte, ihren Neid zu unterdrücken. In ihrer Ehe kriselte es offensichtlich doch nicht so sehr, wie sie geglaubt hatte. Sie hatte Lydia wegen Dickie in unbegründetem Verdacht gehabt und schämte sich jetzt dafür.

Kurz darauf verstummte das Geräusch aus dem Zimmer nebenan. Aber Esmie lag noch lange wach, wälzte sich ruhelos von dem friedlich schlafenden Harold weg und versuchte, ihre Gedanken an Tom zu verdrängen.

Kapitel 22

Irgendwann in den frühen Morgenstunden, kurz nachdem Esmie eingeschlafen war, wachte Harold auf und übergab sich in seinen Nachttopf. Nachdem der Putzmann gerufen worden war, um den Inhalt zu entsorgen, schlief Harold wieder ein. Am Morgen ließ Esmie ihn schlafen und ging allein zum Frühstück hinunter.

Tom war im Speisesaal und plauderte mit seinen Gästen. Er lächelte und kam auf sie zu, um sie zu begrüßen. Esmie spürte, dass sie errötete. Ihr ging einfach nicht aus dem Kopf, was er, wie sie wusste, getan hatte, während sie auf der anderen Seite der Schlafzimmerwand wach gelegen und sich sehr allein gefühlt hatte.

»Harold ist in der Nacht schlecht geworden«, sagte sie. »Wahrscheinlich ein paar Absacker zu viel.«

Tom verzog zerknirscht das Gesicht. »Meine Schuld, weil ich ihn in Versuchung geführt habe.«

»Nein, ich finde, er hatte es nötig, sich einmal zu entspannen.«

»Das ist großzügig von dir.«

»Wo ist Lydia?«, fragte Esmie und sah sich nach ihrer Freundin um.

»Schläft auch ihren Rausch aus«, sagte Tom amüsiert.

Esmie wandte den Blick ab, unfähig, ihm in die Augen zu sehen. Die Baronin winkte sie zu sich heran.

»Kommen Sie und setzen Sie sich zu mir, Schätzchen. Wir haben noch gar nicht richtig geplaudert.«

Erleichtert tat Esmie wie geheißen. Während ein Kellner namens Maseed ein Frühstück aus pochierten Eiern und Fisch servierte, fragte die neugierige Hester Esmie aus. Sie wusste, dass auch ein paar der anderen Gäste alles mithörten. Bevor das Frühstück vorbei war, fühlte Esmie sich schon, als hätte sie der älteren Frau ihre gesamte Lebensgeschichte erzählt, einschließlich aller Einzelheiten ihrer Zeit in Serbien. Die österreichische Witwe schien weit gereist zu sein.

»Ich kannte Belgrad«, sagte sie. »Mein Mann hatte Geschäftsinteressen dort. Und wir haben einen Sommer in Skutari im nördlichen Albanien verbracht. Haben Sie von den eingeschworenen Jungfrauen von Albanien gehört? Sie sind hoch angesehen und müssen nicht heiraten. Eine Tochter kann sich als Mann kleiden, entsprechend leben und das Familienoberhaupt sein, wenn es keinen Sohn gibt.« Hester lachte. »Was für eine kuriose Vorstellung, nicht wahr?«

»Das klingt höchst unnatürlich«, bemerkte Fritwell mit empörter Miene.

»Das klingt befreiend«, sagte Esmie und zwinkerte der Baronin zu.

»Ach, Mrs Guthrie«, sagte Ansom, »sind Sie eine dieser emanzipierten jungen Frauen, die in der Heimat an die Wahlurnen strömen?«

»Das wäre ich«, sagte Esmie, »aber ich muss noch fünf Jahre warten, bis ich dreißig bin und wählen darf.«

»Nun, es ist doch bekannt, dass junge Frauen gedankenlos sind«, bemerkte Fritwell.

»Wirklich, Mr Fritwell?«, fragte Esmie. »Aber nicht zu gedankenlos, um Kriegsarbeit zu leisten? Seltsam, finden Sie nicht, dass man uns Frauen gesagt hat, dass wir zum Dank dafür, dass wir geholfen haben, den Krieg zu gewinnen, das Stimmrecht erhalten würden – dass aber die Mehrzahl aller Frauen, die Kriegsarbeit geleistet haben, noch nicht wählen dürfen?«

»Bravo, Schätzchen!« Die Baronin klatschte entzückt in die Hände. »Das geschieht Ihnen recht, weil Sie sich so aufblasen, Fritters.«

Tom, der mit Charlie geredet hatte, kam hinzu. »Du stiftest doch nicht etwa Unfrieden unter dem Fußvolk?«

Esmie erwiderte: »Ich fürchte doch.«

»Wie wäre es, wenn ich dich auf eine Tour durch die Stadt mitnehme?«, schlug Tom vor.

Die Idee machte Esmie nervös, aber ihr fiel keine Ausrede ein, um abzulehnen.

»Vielleicht sollte ich nachsehen, ob Harold mitkommen möchte?«

»Lass den armen Mann doch dieses eine Mal ausschlafen«, sagte Tom. »Er arbeitet viel zu hart.«

»Gehen Sie schon, Schätzchen«, sagte Hester. »Wenn der gute Herr Doktor erscheint, kümmern wir uns schon um ihn.«

»Natürlich«, pflichtete Ansom ihr bei.

Esmie lächelte. »Danke. Dann ja: Ich würde Rawalpindi gern sehen.«

Zwanzig Minuten später hatte Esmie sich neben Tom vorn in einen ramponierten viersitzigen Clement-Talbot gezwängt, den Tom mit dem Hotel übernommen hatte. Er lenkte das Automobil von der wenig einnehmenden Nichol Road auf die Dalhousie Road und fuhr nach Süden zur Mall. Sie ließen das Geschäftsviertel mit seinen offenen Märkten,

Bäckereien, Fabriken und dem durchdringenden Gestank eines Schlachthauses hinter sich.

Sie passierten das Hauptpostamt, ein imposantes Ziegelgebäude, vor dem ein *tonga*-Stand lag, an dem *tonga-wallahs* in adretten roten Tuniken hielten.

»Das sind die tongas der Firma Dhanjibhoy«, erklärte Tom. »Sie fahren hinauf bis Murree und sogar noch weiter bis nach Srinagar in Kaschmir. Deshalb haben die *tongas* auch zwei Pferde statt des üblichen einen.«

An der Ecke lag ein Gemischtwarenladen, in dem so früh schon Hochbetrieb herrschte.

»Bei Bux and Sons kaufe ich mein Angelzeug«, sagte Tom. »Nicht, dass ich bisher viel Zeit dazu gehabt hätte.«

»Ich weiß, dass Harold große Lust hat, sich dir anzuschließen.«

»Natürlich«, antwortete Tom und schenkte ihr ein Lächeln. »Darauf hätte ich auch Lust.«

Die Mall war breit und von Bäumen gesäumt. Auf beiden Seiten gab es zusätzliche Wege für Spazierritte. Einige Offiziere waren im Trab unterwegs und genossen die kühle Morgenluft. Auf dem Gras hatte sich Raureif gehalten, der im milden Sonnenschein glitzerte, aber die ungepflasterte Straße war schon mit Wasser besprenkelt worden, damit nicht zu viel Staub aufgewirbelt wurde. Die Fahrbahn war tadellos gefegt und sauber.

Sie passierten die große Scots Kirk aus roten Ziegeln mit ihrer sich verjüngenden Turmspitze und dann eine imposante Statue der verstorbenen Königin Victoria. Tom wies Esmie auf die Läden in der Canning Road hin.

»Lydia geht bestimmt mit dir dorthin, also muss ich es nicht tun«, sagte er. »Und das da ist das berühmte Flashman's Hotel – das Arkadien der Hotels, das wir nachzuahmen versuchen müssen.«

Esmie hörte die Selbstironie in seinem Ton und hatte Mitgefühl mit ihm. Das Hotel lag von der Straße zurückversetzt inmitten üppiger Gärten halb hinter alten Bäumen verborgen. Es wirkte rundum prächtiger als das Raj. Gegenüber war der Club, in dem sie am vergangenen Abend gegessen hatten. Bei Tageslicht konnte Esmie sehen, wie ausgedehnt die Sportanlagen für Cricket und Tennis waren.

»Und da drüben spielt die Armee Hockey und Fußball«, sagte Tom. »Und es gibt eine Laufbahn für Leichtathletik.«

»Wo ist der Poloplatz, von dem Dickie Mason erzählt hat?«, fragte Esmie.

Er warf ihr einen fragenden Blick zu, bevor er antwortete, und sie bereute es sofort, den Lieutenant erwähnt zu haben.

»Der ist oben auf der Rennbahn hinter dem Bahnhof«, sagte Tom. »Er ist nahe bei der Kavalleriekaserne in Westridge, wo Dickie stationiert ist. Da oben ist es etwas trostlos – und im Sommer sehr heiß –, aber es ist praktisch, um die Pferde zu bewegen. Du hast gestern Abend anscheinend deinen Spaß daran gehabt, mit Dickie zu plaudern.«

Esmie war erschrocken, dass Tom Dickie beobachtet hatte. »Ja, mit ihm kann man sich ganz entspannt unterhalten. Er konnte gar nicht aufhören, von seinem Jagdausflug in der Nähe von Murree zu erzählen.«

»Ich habe angeboten, ihn auf *shikar* mitzunehmen – er schien erst erpicht darauf zu sein –, aber ich glaube, er geht mir mittlerweile aus dem Weg.«

Esmie spannte sich an. »Da irrst du dich bestimmt.«

»Er hat immer eine Ausrede, um nicht mit mir reiten gehen zu müssen.«

»Warum sollte er das tun?« Esmie hielt den Atem an und hoffte, dass er jetzt keinen Verdacht gegen Lydia äußern würde.

Sie sah, dass sein Kiefer sich verkrampfte. »Ich denke, wegen des Klatsches.«

»Klatsch?« Esmie versuchte, ruhig zu klingen.

»Ich bin überrascht, dass Geraldine dich nicht schon über alles unterrichtet hat.« Tom warf ihr einen Blick zu.

Esmie errötete. »Worüber?«

»Darüber, dass ich den Peshawar Rifles den Rücken gekehrt habe«, sagte Tom. »Die Armee hält nichts von Kritik – oder davon, dass jemand aus ihren Reihen sein Offizierspatent zurückgibt, nur um *hotel-wallah* zu werden. Ich habe unsere Leute verraten.«

Esmie atmete aus. »Das empfindet Dickie sicher nicht so.«

»Warum geht er mir dann aus dem Weg?«

Esmie fiel nichts ein, was sie sagen konnte. Sie wollte nicht irgendeine Plattitüde dahinsagen wie die, dass der Lieutenant beschäftigt sei. Genauso wenig wollte sie ihrem Verdacht Ausdruck verleihen, dass Dickie seine Freizeit damit verbrachte, sich mit Lydia zu treffen. Aber was, wenn Tom recht hatte und einige der männerbündelnden Militärs ihm die kalte Schulter zeigten, weil er sein altes Regiment verlassen hatte? Das würde in einer Garnisonsstadt wie Rawalpindi in gesellschaftlicher Hinsicht peinlich werden. Lydia wäre das zutiefst unangenehm.

Tom lenkte das Auto auf die Strahairn Road und ins Herz der Garnisonssiedlung. Esmie staunte über die endlosen Reihen von aus Lehmziegeln errichteten Kasernengebäuden, die ordentlich gruppiert zwischen alten Bäumen und manikürten Grünstreifen lagen. Tom wies sie auf die Garnisonskirche, Christ Church, und das Offizierskasino des Sanitäterkorps hin. So weit das Auge reichte, erstreckte sich ein Schachbrett aus Truppenunterkünften, Wachstuben, Ställen, Krankenhäusern, Kirchen und Paradeplätzen; eine Stadt für sich.

Sie fuhren durch ein Geschäftsviertel mit ansehnlichen zweistöckigen Häusern der Einheimischen und Läden unter Bogengängen, unter denen es schon von Leuten wimmelte, die Weihnachtseinkäufe tätigten.

»Das hier ist der Lalkutri-Basar«, sagte Tom. »Er versorgt die Garnisonssiedlung. Myrtle Dubois' Schwester und ihre Familie leben hier. Die Dixons führen einen Fahrradladen.«

»Also ist es ein anglo-indisches Viertel?«, erkundigte sie sich.

Tom warf ihr einen Blick zu. »Ja, ich denke schon. Du hast doch kein Problem mit Anglo-Indern, oder?«

»Natürlich nicht«, sagte Esmie. »Warum fragst du?«

Tom verzog das Gesicht. »Lydia schon. Sie glaubt, dass die Dubois hier unten bei ihresgleichen wohnen sollten. Sie will, dass ich einen britischen Direktor einstelle, der eine andere Klientel anziehen wird.«

Esmie musterte ihn. Sie fand, dass Lydia unrecht hatte, zögerte aber, sich einzumischen. »Und was willst du?«, fragte sie.

Tom umklammerte das Steuerrad fester. »Ich mag die Dubois sehr gern. Sie arbeiten hart, und Charlie heißt alle Gäste so herzlich willkommen. Vielleicht kann er nicht gut mit Geld umgehen, aber Myrtle ist umsichtig und beschränkt die Ausgaben auf das Nötigste.« Er sah Esmie kurz an. »Tut mir leid. Ich sollte dich nicht in unsere Angelegenheiten mit hineinziehen.«

Sie schenkte ihm einen verständnisvollen Blick. »Nach dem wenigen zu urteilen, was ich bisher von deinem Direktor und seinen Kindern gesehen habe, finde ich sie ganz reizend. Vielleicht wäre es ein Fehler zu versuchen, mit einem Hotel wie Flashman's zu konkurrieren. Mir scheint, Rawalpindi ist groß genug, um eine Reihe von Hotels zu haben, die sich an unterschiedliche Geldbeutel und Geschmäcker richten. Flashman's mag ja prächtig sein, aber ich finde das Raj heimelig. Es hat Charme.«

Ein Grinsen breitete sich auf Toms Gesicht aus. »Findest du das wirklich?«

»Ja.«

»Danke, Esmie. Das bedeutet mir viel.«

Der Blick voller Wärme, den er ihr zuwarf, ließ sie innerlich dahinschmelzen. Aber sie hatte das Gefühl gehabt, dass er Zuspruch bei seinem Unternehmen brauchte – und die Versicherung, dass er sein Bestes tat. Sie fand wirklich, dass die freundliche Familie Dubois für das Hotel von Vorteil war und nicht etwa von Nachteil, wie Lydia glaubte.

Esmie lehnte sich zurück und schaute sich um, während Tom fuhr und sie ziellos die Wohnsiedlungen und Basare der Garnisonsstadt durchstreiften. Sie verfielen in Schweigen, aber es war kein verlegenes. Esmie fühlte sich entspannter, als sie es seit Wochen getan hatte, beruhigt vom gleichförmigen Ruckeln des Automobils, gebannt von den Sehenswürdigkeiten und Geräuschen der schönen Stadt im Pandschab. In Toms Gesellschaft fühlte sie sich wohl.

Am Ende wandten sie sich wieder nach Osten, und er fuhr an der Halbwildnis des Topi Parks vorbei auf die Grand Trunk Road, die aus Rawalpindi hinaus über den breiten Fluss Sohan und seinen mäandernden Zufluss, den Leh, führte. Sie fuhren auf einer Metallbrücke über die flache Schlucht des Leh hinweg, und dann brachte Tom das Auto an einer Steinbrücke mit vielen Bögen zum Stehen, die den Sohan überspannte. Am gegenüberliegenden Ufer lagen abbröckelnde niedrige Klippen und Buschland, in der Ferne von einer schneebedeckten Bergkette begrenzt – den Ausläufern des Himalaja. Sie wirkten vor dem Azurblau des wolkenlosen Himmels majestätisch. Tom zeigte nach Norden.

»Dort geht es nach Murree. Sieht so aus, als hätte es dort schon geschneit.«

»Ich würde die Berge gern besuchen«, sagte Esmie. »Lydia hat mir begeistert von ihrer Reise nach Murree im Herbst mit ihren Eltern geschrieben.«

»Ja, sie hat die Reise ungemein genossen«, sagte Tom. »Aber jetzt vermisst sie ihre Eltern.« Er warf ihr einen bedauernden Blick zu. »Ich übrigens auch. Es hat uns gutgetan, sie um uns zu haben.«

»Es tut mir leid, dass ich es nicht hierhergeschafft habe, bevor sie abgereist sind«, sagte Esmie.

»Du warst mit der Arbeit beschäftigt – sie hatten Verständnis dafür.«

Esmie schüttelte den Kopf. »Die Templetons haben mich behandelt wie meine eigene Familie. Ich hätte mir die Mühe machen sollen, aber ich konnte es nicht …«

»Konntest was nicht?«

Esmies konnte nicht zugeben, dass ihr Widerwille dagegen, Tom gegenüberzutreten, sie ferngehalten hatte – die Angst vor ihrer Zuneigung zu ihm. Als sie jetzt unter dem Autoverdeck dicht neben ihm saß und aus den Bäumen hinter ihnen übermütiger Vogelgesang ertönte, begann ihr Herz dumpf zu pochen. Sie wagte es nicht, ihm in die Augen zu sehen, damit er nicht die Sehnsucht in ihren erkannte.

»Ich … konnte es nicht einrichten«, antwortete Esmie ausweichend.

»Erzähl mir von eurem Leben in Taha«, bat Tom. »Harold redet nur über seine Arbeit im Krankenhaus, nicht über die Leute, die ihr kennengelernt habt, oder die Orte, an denen ihr wart.«

Mit diesem Thema fühlte Esmie sich wohler, und so erzählte sie ihm alles über ihr neues Zuhause auf der staubigen Ebene, ihre Kollegen und Nachbarn, das Hauspersonal und besonders Karo und Gabina. Sie berichtete ihm, wie sehr sie es liebte, auf der Veranda zu stehen und zu beobachten, wie der Morgennebel sich lichtete, und wie es sie entzückt hatte, mitzuerleben, wie Gabina ihre ersten torkelnden Schritte gemacht hatte. Auf Toms Nachfrage erzählte sie ihm auch von der herausfordernden Reise in die Berge nach Kanki-Khel, ihre Versuche, Zakir zu helfen, und ihre Schuldgefühle, weil sie Baz und seine Männer in Gefahr gebracht hatte. Sie redete sich ihre Angst von der Seele, dass ihr Bestehen darauf, Karo Zuflucht zu gewähren, den Angriff der Otmanzai-Stammeskrieger provoziert hatte.

Tom beharrte darauf, dass sie sich nichts vorzuwerfen hatte. »Der Angriff war nicht deine Schuld, Esmie. Ich habe gegen die Stämme an der Grenze gekämpft, und sie denken in allem, was sie tun, strategisch. Die Wasir und Mahsud handeln jetzt, weil sie glauben, dass die Briten nach dem Krieg in Auflösung sind und keine Lust mehr haben zu kämpfen. Wir haben mit den Afghanen in der Hoffnung Frieden geschlossen, dass sie sich nicht mit dem bolschewistischen Russland verbünden. Aber die Grenzstämme vertrauen nicht darauf, dass wir ihr Gebiet unangetastet lassen. Also schlagen sie zu, solange sie uns für schwach halten.« Toms Miene war ernst. »Es war tapfer und gütig von dir, Karo in deinem Haus aufzunehmen, also hab kein schlechtes Gewissen deswegen. Ihr Ehemann fühlt sich von dem, was du getan hast, vielleicht gekränkt und ist deshalb zornig auf die Klinik – aber du hast selbst gesagt, dass die anderen Männer ihn fortgejagt haben. Verwechsle eine häusliche Auseinandersetzung nicht mit einem Stammeskampf.«

»Das hat Harold auch gesagt«, räumte Esmie ein. »Aber ich glaube, er hat immer noch den Eindruck, dass meine unbedachte Handlungsweise Probleme verursacht hat und dass ich nicht nach Kanki-Khel hätte mitkommen sollten. Er wollte nicht, dass ich es tue.«

Tom legte ihr eine Hand auf den Arm. »Esmie, Harold hält große Stücke auf dich. Das erkenne ich an der Art, wie er von deiner Arbeit spricht.«

Esmie spürte, dass ihre Haut dort prickelte, wo er sie berührte. Sie sagte mit heiserer Stimme: »Ich weiß, dass er meine Arbeit schätzt. Ich wünschte nur …«

»Was?«, hakte Tom nach.

»Manchmal will ich nur, dass er mich um meiner selbst willen liebt, nicht einfach nur als Krankenschwester.«

»Oh, Esmie, das tut er doch bestimmt.«

Sie schüttelte den Kopf und sah ihm in die Augen. »Es ist nicht seine Schuld. Wir haben geheiratet, damit ich in der Mission arbeiten konnte. Wir sind uns einig geworden. Nicht sehr romantisch, ich weiß. Aber jetzt glaube ich, dass ich mehr von unserer Ehe will als er. Harold ist ein guter Mann – ein ehrenhafter Mann – und es kommt mir illoyal vor, überhaupt mit dir über ihn zu reden, obwohl ich doch weiß, dass er dein bester Freund ist.«

Tom sah ihr in die Augen. »Liebst du ihn?«

Esmie spürte, dass sich ihr die Brust zuschnürte. Sie konnte seinen forschenden Blick kaum ertragen. Sie wich der Frage aus. »Ich will eine Familie gründen«, vertraute sie ihm an. »Aber Harold wäre es lieber, wenn wir jetzt noch kein Kind hätten.«

Tom ließ die Hand sinken und lehnte sich mit einem schweren Seufzen zurück. »So ist es auch bei uns.«

Esmie war verblüfft. »Lydia will ein Baby?«

Er schenkte ihr ein trauriges Lächeln. »Nein, ich will eines.«

»Oh, Tom, ich bin mir sicher, dass sie sich bald auch dafür erwärmen wird. Wenn sie sich erst einmal besser eingelebt hat.«

Sein Blick war ungläubig. »Ich weiß, dass sie dir viel schreibt. Kommt sie dir unglücklich vor?«

Esmie zögerte. Sie wollte Lydias Vertrauen nicht missbrauchen und auch Toms Stolz nicht verletzen.

»Ich glaube, es gefällt ihr in Pindi«, sagte Esmie. »Aber es gibt eines, was sie noch glücklicher machen könnte, und das wäre, ihr eigenes Haus in der europäischen Siedlung zu haben. Vielleicht will sie kein Kind im Hotel großziehen.«

Für einen Augenblick verzog Tom verärgert das Gesicht. Dann nickte er und sah sie geradezu zärtlich an. »Du hast wahrscheinlich recht. Du bist eine kluge Frau, Esmie. Und Harold hat wirklich Glück mit dir.«

Was meinte er damit? Empfand Tom womöglich dieselbe Anziehungskraft wie sie? Plötzlich hatte sie Angst vor der Richtung, die das Gespräch einschlug. Sie musste den Zauber der Intimität durchbrechen, die sie beide dazu brachte, zu viel zu sagen.

Sie wandte den Blick ab. »Du hast gesagt, dass die Dubois manchmal herkommen, um Picknick zu machen und im Fluss zu planschen. Hast du Zeit, mir zu zeigen, wo genau?«

Als sie zurücksah, schwang Tom seine langen Beine schon aus dem Auto. Er ging um den Wagen herum und öffnete ihre Tür.

»Zwischen den Bäumen da drüben führt ein Weg zum Leh hinunter«, sagte er und gab sich unbekümmerter als zuvor. »Wir sollten lieber nicht lange bleiben.«

Nach wenigen Minuten gelangten sie zwischen den Bäumen hervor an ein sandiges Flussufer.

»Der Wasserstand im Fluss ist derzeit noch niedrig«, sagte Tom, »aber im Januar wird es mehr Regen geben, und dann kann man besser angeln.«

Der Anblick des glitzernden, ruhigen Wassers war eine zu große Versuchung für Esmie. Ohne Zögern schüttelte sie ihre Schuhe ab, hob den Saum ihres Rocks und watete mit Strümpfen an den Füßen ins flache Wasser. Es war kälter, als sie erwartet hatte, aber sie schwelgte in dem Gefühl.

Sie lachte und watete bis zu den Knien hinein. »Ein Hochgenuss am Heiligabend!«

Tom lachte auch. »Ich hatte ganz vergessen, dass du dich bei jeder Gelegenheit ins Wasser stürzt.«

Im nächsten Augenblick zog er sich schon Schuhe und Socken aus, krempelte seine Hosenbeine hoch und folgte ihr ins Wasser. Sie standen im Fluss, und während ihre Füße taub wurden, tauschten sie Neuigkeiten aus der Heimat aus und redeten über harmlosere Themen, etwa Tibbys neu entdeckte Gartenleidenschaft oder Tante Isobels Pläne für das Krankenhaus.

Nur allzu bald zwängten sie ihre nassen Füße in ihre Schuhe und kehrten zum Auto zurück. Sie sprachen wenig, während Tom sie zurück in die Stadt fuhr, aber er brachte sie nicht direkt zum Hotel, und Esmie fragte sich, ob es ihm genauso widerstrebte wie ihr, dass ihre gemeinsame Zeit allein enden sollte. Sie würden vielleicht keine Gelegenheit mehr dazu bekommen. Sie kostete jeden einzelnen der unbezahlbaren Augenblicke aus. Mit Tom zusammen zu sein und so offen zu reden, hatte dieselben Gefühle des Begehrens und der Empathie wieder heraufbeschworen, die sie zum ersten Mal erlebt hatte, als sie sich zufällig auf dem Friedhof in Ebbsmouth begegnet waren. Unter anderen Umständen … Esmie schluckte ihre Sehnsucht hinunter und unternahm größte Anstrengungen, sich ihre Gefühle für ihn nicht anmerken zu lassen.

Er machte einen Umweg fort von der Mall, die Murree Road hinauf, sodass sie einen Blick auf die Altstadt erhaschen konnte. Die schmalen Straßen und Märkte wimmelten von Händlern mit Turbanen und Maultieren, die mit Obst und Gemüse beladen waren. Inmitten der hohen Häuser mit vergitterten Fenstern sah Esmie die strahlend weißen Kuppeln von Moscheen und Tempeln. Das Viertel erinnerte Esmie an den Basar in Taha, aber in viel größerem Ausmaß.

Toms Versuch, noch tiefer in das Altstadtviertel hineinzufahren, wurde von einer Kamelkarawane vereitelt, die ihnen entgegenkam. Er wendete und fuhr Esmie zurück in die wohlgeordneten, baumbestandenen Straßen um die Mall herum.

Esmie hörte, wie die große Uhr im Park elf schlug, als sie die Edwardes Road entlangfuhren und wieder in die Dalhousie Road einbogen.

Lydia stand in ein adrettes grünes Kostüm und einen dazu passenden Hut gekleidet auf den Stufen des Hotels und hielt Ausschau nach ihnen.

»Warum habt ihr mich nicht geweckt?«, rief sie. »Ich wäre mitgekommen. Du meine Güte, Esmie, dein Rock ist nass. Wo um alles in der Welt wart ihr?«

»Ich habe im Fluss geplanscht«, sagte Esmie mit einem Grinsen.

Lydia riss ungläubig die Augen auf. »Also manchmal bist du wirklich seltsam. Tom, das hättest du ihr nicht erlauben sollen. Der Himmel weiß, was für scheußliche Krankheiten sie sich in dem schmutzigen Wasser eingefangen haben könnte.«

»Das Wasser war klar, und mir geht es gut«, sagte Esmie. »Aber ich könnte einen starken Tee oder Kaffee vertragen.«

»Geh dich umziehen«, befahl Lydia, »und ich lasse Dubois Kaffee in unser Wohnzimmer hinaufbringen.«

»Ist Harold schon aufgestanden?«, fragte Esmie.

»Nein.« Lydia wandte sich an ihren Ehemann. »Ich weiß nicht, wie viel Whisky du ihm gestern Abend aufgenötigt hast.«

Tom zuckte entschuldigend die Schultern und folgte den Frauen nach drinnen.

* * *

Lydia belegte Esmie für den Rest des Tages mit Beschlag. Während Harold im Bett blieb und sich ausruhte, nahm ihre Freundin sie zum Einkaufen mit, um auf die letzte Minute Geschenke für die Dubois-Kinder zu besorgen.

»Jimmy und Stella sind ziemlich süß«, sagte Lydia, »auch wenn ihre Eltern mir auf die Nerven gehen. Und ich liebe es, Weihnachtsgeschenke zu kaufen.« Plötzlich zitterte ihr Kinn. »Es ist das erste Weihnachten ohne Mummy und Daddy. Ich wollte, dass sie länger bleiben, aber sie hatten Grace versprochen, in die Schweiz zu fahren, um ihr neugeborenes Enkelkind zu besuchen. Es wird schwer. Ich bin ja so froh, dass du und Harold da seid.«

Esmie sah, dass Lydia die Tränen in die Augen stiegen, und umfasste ihre Hand und drückte sie.

»Ich weiß, wie sehr du deine Eltern vermisst – und sie dich vermissen. Aber wir werden das Beste daraus machen«, munterte Esmie sie auf. »Und vielleicht verbringen sie ja nächstes Jahr Weihnachten hier bei dir und Tom.«

Lydias Blick war unergründlich. »So weit kann ich nicht vorausplanen«, sagte sie, löste sich von Esmie und wischte sich rasch eine einzelne Träne ab.

Danach kam es zu keinen Gefühlsausbrüchen mehr. Lydia führte Esmie durch die Läden. Sie stöberten in einem großen Geschäft, das Möbel zum Verkauf und zur Miete anbot.

»Viele unserer Landsleute scheinen Sachen lieber zu mieten als zu kaufen«, sagte Lydia, »weil sie mir nichts, dir nichts auf andere Posten versetzt werden. Wenigstens sollte Geraldine als Frau des stellvertretenden Brauereidirektors hierbleiben. Die Hopkirks haben ein fabelhaftes Haus nahe der Grand Trunk Road voller teurer Teak-Tische und geschnitzter Stühle. Aber Geraldine ist erpicht auf die Direktorenvilla: Die ist wie der Palast eines Maharadschas in einem eigenen Park. Sogar der Gouverneur des Pandschab hat keine derart feudale Residenz. Da sieht man, wie viel Geld mit einer Brauerei zu machen ist«, fuhr Lydia neidvoll fort und strich mit der Hand über einen Cocktailtisch mit Elfenbeinintarsien. »Ich will, dass Tom bessere

Möbel für das Hotel mietet, aber er sagt, wir können es uns nicht leisten. Das Haus ist so schäbig, findest du nicht auch?«

»Es hat einen gewissen Charme«, antwortete Esmie.

Lydia lachte unverhofft auf. »Ich weiß nicht, warum ich dich überhaupt frage – du hast dich noch nie für solche Dinge interessiert. Deshalb macht es dir ja auch nichts aus, mit Harold wie eine Nomadin an gottverlassenen Orten zu hausen. Ich bewundere euch beide, aber so könnte ich nicht leben.«

Wieder auf der Straße musterte Lydia Esmie und sagte: »Du warst ziemlich lange mit Tom unterwegs. Worüber hat er gesprochen?«

Esmie spürte, dass sie errötete. »Vor allem über die Stadt – er hat mich auf alles Mögliche hingewiesen. Und wir haben Neuigkeiten über unsere Familien ausgetauscht.« Sie begegnete Lydias Blick. »Er hat mich nach unserem Leben in Taha gefragt.«

Lydia schnalzte abfällig mit der Zunge. »Das war unsensibel von ihm. Alle wissen, wie schrecklich es euch dort ergangen ist – ihr musstet um euer Leben rennen.«

»Das war in Kanki-Khel«, sagte Esmie. »Taha ist anders …«

»Trotzdem«, unterbrach Lydia sie. »Ihr seid hier, um Abstand davon zu bekommen und eine Weile nicht darüber nachdenken zu müssen.« Sie hakte sich bei Esmie ein und ging los. »Hat Tom irgendetwas über mich gesagt?«

Esmie zögerte und beschloss dann, offen zu sein. »Er hat mich gefragt, ob ich glaube, dass du unglücklich bist.«

Lydia blieb stehen und musterte sie prüfend. »Wirklich? Und was hast du gesagt?«

»Dass ich glaube, dass dir Pindi gefällt, aber dass es dich vielleicht glücklicher machen würde, aus dem Hotel auszuziehen.«

Lydia lächelte triumphierend. »Gut gemacht! Ich hoffe, er hat dir zugehört – denn mich ignoriert er ja.«

»Ja, er hat zugehört«, antwortete Esmie. »Er will, dass du glücklich bist.«

»Manchmal frage ich mich, ob das wirklich so ist«, sagte Lydia schmollend. »Tom ist ganz anders, als er zu Hause war. Da hat er sich förmlich überschlagen, um mir zu gefallen – mich mit seiner Aufmerksamkeit und seinen Versprechen einer großartigen Zukunft in Indien im Sturm erobert.«

»Ich meine mich zu erinnern, dass du diejenige warst, die es auf Tom abgesehen hatte und ihn im Sturm erobert hat«, rief Esmie ihr ins Gedächtnis.

Lydia lachte verlegen auf. »Nun ja, vielleicht trifft beides ein wenig zu«, räumte sie ein. »Aber hier hat er sich in einen faden Pensionswirt verwandelt, der vergessen hat, wie man Spaß hat.«

»Wenn ihr erst ein eigenes Haus habt, wird es anders sein«, meinte Esmie. »Ihr werdet mehr zusammen unternehmen können.« Sie warf Lydia einen Blick zu und setzte hinzu: »Zum Beispiel eine Familie gründen.«

Lydia lachte verächtlich. »Das ist das Letzte, was ich tun will. Ich werde mich nicht in meine langweilige ältere Schwester verwandeln, die ein Baby nach dem anderen bekommt. Sie hindern einen daran, Spaß zu haben, und ruinieren einem die Figur – dann schenkt mir keiner der jungen Offiziere mehr einen zweiten Blick.«

Esmie fühlte sich unbehaglich, als sie sich an Lydias Hand auf Abwegen unter dem Esstisch im Club erinnerte. Sie war drauf und dran, Lydia nach Dickie zu fragen, als ihre Freundin das Thema wechselte.

»Na, was trägst du heute Abend zum Tanzdinner im Flashman's?«

»Dasselbe Kleid wie gestern Abend«, antwortete Esmie.

Lydia war entsetzt. »Das kannst du nicht machen. Sag mir nicht, dass du nur ein einziges Abendkleid mitgebracht hast!«

»Ich brauche nicht mehr Kleider«, sagte Esmie. »Vielleicht könnte ich mein Sonntagskleid mit einer Abendstola tragen.«

»Das ist sogar noch schlimmer!«, rief Lydia. »Nein, ich muss den *durzi* kommen lassen, um eines meiner Kleider zu kürzen. Ein oder zwei sind mir im Moment zu eng, also kannst du sie genauso gut tragen.«

Sie verkürzten ihren Einkaufsbummel, und Lydia sorgte dafür, dass sie eilig ins Hotel zurückkehrten, um Esmies Kleiderkrise zu beenden. Ihre Freundin wählte ein smaragdgrünes Kleid mit tiefem V-Ausschnitt aus und wies den indischen Schneider an, die Länge anzupassen und aus Gründen der Sittsamkeit ein Stück schwarzer Spitze ins Dekolleté einzusetzen. Er arbeitete im Aufenthaltsraum der Dauergäste. Lydia hatte Mr Hoffman von dort vertrieben, der über einem Buch gedöst hatte. Esmie hatte noch nie solch ein teures oder luxuriöses Abendkleid besessen und fand es zu extravagant, aber sie wollte Lydias offensichtliche Freude daran nicht trüben, dafür zu sorgen, dass ihre Freundin sich dem Anlass entsprechend fein machte.

Die Baronin und Stella, die vom Besuch des *durzi* gehört hatten, ließen sich nicht so leicht verbannen wie Mr Hoffman.

»Ich habe ein perlenbesetztes Stirnband, das perfekt dazu passt«, sagte Hester.

»Wir könnten eine Ihrer Federn hineinstecken«, schlug Stella begeistert vor. »Die leuchtend grüne oder die orangefarbene wäre sehr hübsch. Oder vielleicht beide auf einmal!«

Lydia rollte die Augen. »Du meine Güte, Mädchen! Wir wollen doch nicht, dass Esmie aussieht wie eine Varietétänzerin.«

Esmie sah Stellas enttäuschte Miene und sagte rasch: »Ich glaube, ich würde sehr gern eine Feder tragen. Wie wäre es mit einer schwarzen?«

»Perfekt, Schätzchen«, sagte die Baronin. »Stella wird sie Ihnen holen – und das Stirnband auch.«

Das Mädchen sauste davon und kehrte mit dem funkelnden Stirnband und der luxuriösen schwarzen Feder zurück.

Lydia war sich immer noch unsicher. »Das ist etwas auffällig.«

»Ich glaube, Mrs Guthrie wird aussehen wie eine Prinzessin«, sagte Stella voller Bewunderung und hielt einen Handspiegel hoch, damit Esmie sich betrachten konnte.

Esmie lachte verlegen. »Ich bin mir nicht sicher, ob meine Tante Isobel damit einverstanden wäre.«

Lydia lächelte. »Na, wir erzählen es ihr schon nicht. Na komm, trag es. Schließlich ist Heiligabend, da kann man schon mal ein bisschen über die Stränge schlagen.«

* * *

Esmie machte sich Sorgen um Harold. Er war den ganzen Tag im Bett geblieben und hatte kaum etwas gegessen. Er sah blass aus und hatte dunkle Ringe unter den Augen.

»Ich möchte dich nicht allein lassen«, sagte Esmie. »Ich sage einfach für heute Abend ab und bleibe hier.«

Harold widersprach entschieden. »Kommt nicht infrage. Du musst hingehen. Lydia wäre sonst sehr enttäuscht. Ich bin ganz glücklich damit, im Bett zu lesen und früh zu schlafen. Dann bin ich morgen wieder ausgeruht. Ich möchte um keinen Preis den Weihnachtsgottesdienst verpassen.«

Esmie wusste, dass Harold die förmliche Abendveranstaltung als Tortur empfinden würde. Anders als sie fand er kein Vergnügen am Tanzen. Widerwillig erklärte sie sich bereit, ohne ihn zu gehen.

»Ich bitte Jimmy und Stella, dich im Auge zu behalten, während die Dubois unten ihre Party geben. Wenn du mich brauchst, können sie mir eine Nachricht schicken. Mit einer *tonga* bin ich in ein paar Minuten vom Flashman's hier.«

»Du darfst dir keine Sorgen um mich machen, meine Liebe. Geh und hab Spaß.«

Esmie gönnte sich ein heißes Bad, bevor sie das ausgefallene Abendkleid anzog und das Stirnband anlegte. Sogar Harold betrachtete sie voller Bewunderung.

»Du siehst sehr schön aus, Liebste. Ich habe dich noch nie so mondän gesehen.«

Esmie errötete und lachte. »Ich hoffe nur, ich kann darin gehen, ohne über den Saum zu stolpern.«

Als sie die Treppe hinabstieg, hörte sie lebhaftes Geplauder und ein Grammofon, das im Speiseaal Wiener Walzer spielte. Rote und grüne Luftschlangen waren zwischen chinesischen Lampions aufgespannt und oben über die Fensterrahmen gehängt. Die Tische bogen sich unter winzigen Sandwiches, frittierten Pakora, Gebäckstücken und Kuchen. Ein heiterer Charlie mixte seinen Cocktail-Punsch und füllte ihn in Gläser mit blauem Stiel. Eine glamouröse, dunkelhaarige Frau in einem rosafarbenen Kleid kam auf Esmie zu und bot ihr die Hand.

»Ich bin Myrtle Dubois«, sagte sie mit einem strahlenden Lächeln. »Es freut mich sehr, Sie kennenzulernen, Mrs Guthrie. Ihr Kleid gefällt mir.«

»Danke, ich freue mich auch sehr, Sie kennenzulernen.« Esmie erwiderte das Lächeln. »Das Kleid gehört eigentlich Lydia.«

»Ich weiß. Stella hat mir davon erzählt. Ich muss sagen, Ihnen steht es besser«, sagte sie augenzwinkernd. »Aber erzählen Sie das Mrs Lomax nicht.«

»Schätzchen!«, rief Hester, als sie Esmie erblickte. »Sie sehen göttlich aus. Und mein Stirnband hat noch niemandem besser gestanden. Kommen Sie und trinken Sie etwas von Charlies Whiskygemisch oder wie auch immer man das Gebräu nennen soll. Sie werden zum Ball schweben, das kann ich Ihnen versichern.«

Bald stieß Esmie mit den anderen an und beteiligte sich am allgemeinen Geplauder. Jimmy tat Dienst am Grammofon, zog es wieder auf, wenn es langsamer wurde, und wechselte die Schallplatten. Der Lärm im Raum war so überbordend, dass Esmie Tom und Lydia nicht hereinkommen hörte, bis die beiden schon fast neben ihr standen.

Sie drehte sich um und sah, dass Tom sie betrachtete. Er war tadellos in einen Frack gekleidet. Sein dichtes, dunkles Haar war ordentlich gekämmt, sein Kinn frisch rasiert. Sein plötzliches Erscheinen bescherte ihr Herzklopfen. Lydia griff nach einem Cocktail. Sie schimmerte in einem cremefarbenen Spitzenkleid, das mit goldenen Pailletten und Perlen besetzt war. Sie hatte ein Sträußchen frischer Blumen am Dekolleté und ein dazu passendes im Haar. Außerdem trug sie lange, cremefarbene Abendhandschuhe und eine Kette aus Elfenbeinperlen. Ihr kleiner Mund wurde von kräftig aufgetragenem rotem Lippenstift betont. Die Gesamtwirkung war beeindruckend.

»Ihr seht beide wundervoll aus«, sagte Esmie.

Tom musterte sie immer noch seltsam, und sie fragte sich, ob ihr Stirnband verrutscht war, aber Lydia schenkte ihr ein großzügiges Lächeln, lehnte sich zu ihr und flüsterte: »Du auch. Wenn ich zur Eifersucht neigen würde, wäre ich fuchsteufelswild, dass das Kleid dir besser steht als mir. Aber das tue ich nicht – deshalb musst du es behalten. Du kannst es tragen, wenn du wieder in Taha bist, damit all die Missionare in Ohnmacht fallen.«

»Danke!« Esmie lachte und trank einen großen Schluck von ihrem Punsch; ihr wurde schon etwas schwindlig davon.

Lydia drückte Tom ein Glas in die Hand und sagte: »Höchstens zehn Minuten, dann gehen wir. Wir dürfen nicht zu spät kommen. Ich musste mich schon entschuldigen, dass Harold nicht kommt.« Sie entfernte sich, um mit Fritwell zu reden, der angesichts ihrer Aufmerksamkeit töricht grinste.

Esmie schaute zu Tom hoch. Er hatte kein Wort gesagt, seit er hereingekommen war. »Ist alles in Ordnung?«, fragte sie.

Er räusperte sich. »Ja.« Er schenkte ihr ein fahriges Lächeln und stieß mit ihr an. »Einen fröhlichen Heiligabend, Esmie.« Er stürzte seinen Cocktail beinahe auf einen Zug hinunter. Dann wandte er sich von ihr ab, um mit der Baronin zu sprechen.

Esmie fragte sich, was ihm so zu schaffen machte. War er verärgert über sie? Vielleicht hatte Lydia ihm wieder zugesetzt, ein Haus zu kaufen, und darauf verwiesen, dass Esmie die Idee unterstützte. Oder vielleicht bereute er es, dass er sie früher am Tag ins Vertrauen gezogen und sich gestattet hatte, Dinge auszusprechen, die er nicht hatte verraten wollen.

Charlie wollte gerade Esmies Glas auffüllen, als Lydia neben ihr erschien und sie wegführte.

»Wir müssen jetzt los, so leid es mir tut«, sagte sie. »Genießen Sie Ihre Party, solange der Speisesaal am Morgen bereit fürs Frühstück ist.«

»Vielen Dank – das wird er sein, versprochen, Mrs Lomax«, sagte Charlie mit einer kleinen Verneigung.

»Das ist der beste Punsch, den ich je gekostet habe, Mr Dubois«, sagte Esmie und wünschte, sie könnte bei den geselligen Gästen bleiben. »Vielleicht könnte Jimmy Dr. Guthrie einen hinaufbringen. Das ist vielleicht genau die Medizin, die er braucht.«

»Natürlich.« Charlie nickte und wirkte erfreut.

* * *

Im Flashman's wurden sie mit Champagner begrüßt, bevor sie sich zu einem Fünf-Gänge-Dinner niederließen. Geraldine hatte einen Ersatzmann für Harold aufgetrieben: einen Amerikaner namens Dempster, der für eine Ölfirma arbeitete. Geraldine wies ihm den Platz neben Esmie zu. Er war amüsant, und Esmie ließ sich von der festlichen Stimmung mitreißen. Nach dem Essen gingen die Hopkirks und ihre Gäste in den Garten hinaus, um zu trinken und zu rauchen, während die Tische abgeräumt und der Saal für den Ball vorbereitet wurde.

Als die Band die erste Melodie anstimmte und der Tanz begann, gesellte sich eine Gruppe von Offizieren aus dem Kavallerieoffizierskasino zu ihnen. Sowohl Esmie als auch Lydia hatten bald eine gut gefüllte Tanzkarte. Trotz ihrer Enttäuschung darüber, dass Tom nicht schnell genug gewesen war, sich auf ihrer Karte eintragen zu lassen, genoss Esmie den Abend. Das letzte Mal hatte sie so ausgelassen mit Tibby auf Lydias und Toms Hochzeit getanzt.

Sie bemerkte, wie oft Dickie Lydia als Tanzpartnerin mit Beschlag belegte. Der junge Lieutenant versuchte nicht einmal, seine Bewunderung für sie zu verbergen, und Lydia genoss es, im Zentrum der Aufmerksamkeit des Offiziersgrüppchens zu stehen. Wenn es Tom etwas ausmachte, ließ er es sich nicht anmerken. Esmie hatte vorhin kurz gesehen, wie er mit dem Amerikaner von der Ölfirma gesprochen hatte, aber seit der Tanz begonnen hatte, hatte sie kaum noch einen Blick auf ihn erhascht. Jedes Mal, wenn sie sich nach ihm umgeschaut hatte, war er in der Menge nicht zu entdecken gewesen.

Jetzt war der Abend fast vorbei. Als sie auf ihre Tanzkarte hinabsah, erkannte sie, dass Dempster ihr Partner für den letzten Walzer war.

»Ich hoffe, es macht dir nichts aus, aber Mr Dempster hat mich gebeten, für ihn einzuspringen.« Esmie schaute auf und erkannte überrascht, dass Tom ihr die Hand hinstreckte. »Er musste vor dem Ende aufbrechen.«

Ihr Puls beschleunigte sich. »Nein, das stört mich überhaupt nicht.«

Tom schenkte ihr ein Lächeln, als sie ihre Hand in seine legte. Sie spürte, dass sie zitterte, und hoffte, dass es ihm nicht auffiel. Auf der Tanzfläche wimmelte es von anderen Paaren, und so zog Tom sie eng an sich. Sie war sich nur zu genau seiner warmen Hand auf ihrem Rücken bewusst, als er sie führte. Ihre Kehle war vor Nervosität so zugeschnürt, dass sie nicht sprechen konnte. Jedes Mal, wenn sie in sein Gesicht hochschaute, betrachtete er sie mit seinen leuchtend blauen Augen. Seinem Blick wohnte etwas Fiebriges inne. Sie fragte sich, wie viel er getrunken hatte. Ihr war selbst schwindlig, als sie sich drehten. Der Champagner und die Nähe zu Tom waren ihr zu Kopf gestiegen.

»Du siehst heute Abend schön aus, Esmie«, murmelte er.

»Danke«, sagte sie. Ihr stockte der Atem, als er sie fester packte.

»Hast du unsere Spazierfahrt heute Morgen genossen?«, fragte er.

»Sehr.«

»Ich auch. Ich frage mich, wann wir das noch einmal machen können. Nur wir zwei allein.«

Esmies Herz hämmerte. Das war ein gefährliches Gespräch. In diesem Augenblick kam sie sich tollkühn vor. Ihre Sinne wurden von Verlangen nach diesem Mann überwältigt. Sie traute sich selbst nicht, sondern hatte das Gefühl, dass sie allem zustimmen würde, was er vorschlug. Zum ersten Mal war sie sich sicher, dass Tom auch etwas für sie empfand. Aber er gehörte zu Lydia und sie zu Harold. Esmie würde nichts tun, um auch nur einen der beiden zu betrügen oder zu verletzen. Einen flüchtigen Moment lang ließ sie zu, dass sie sich ausmalte, wie es sein würde, Tom zu küssen und sein Herz dicht bei ihrem zu spüren.

Sie wandte den Blick ab, überwältigt von Beschämung angesichts ihrer Gedanken.

»Ich glaube nicht, dass das eine gute Idee wäre«, antwortete sie.

»Warum nicht?«, fragte er. »Ich glaube, wir empfinden beide etwas …«

»Bitte, Tom, sag nicht mehr.«

Er spannte den Kiefer an, als müsste er sich Worte verkneifen, die er aussprechen wollte. Sein Griff um sie lockerte sich.

»Verzeih mir«, bat er. »Ich habe zu viel Brandy mit Dempster getrunken. Bitte vergiss, was ich gesagt habe.«

Wenige Augenblicke später endete der Walzer. Tom löste sich von ihr und führte sie zurück zu ihrem Sitzplatz. Esmie war mit einem Schlag ernüchtert. Sie sah sich nach Lydia um, konnte sie aber nicht erspähen. Geraldine dagegen kam direkt auf sie zu.

»Haben Sie den Abend genossen, Mrs Guthrie?«

»Ja, vielen Dank. So viel habe ich seit Ewigkeiten nicht mehr getanzt.«

»Das freut mich«, sagte Geraldine. Ihr Doppelkinn verzog sich bei ihrem befriedigten Lächeln. »Wie ich gesehen habe, waren Sie bei den jungen Männern sehr gefragt. Wie schade, dass Ihr Mann nicht hier sein konnte. Hoffentlich fühlt er sich bald besser.«

Esmie errötete, als Harold erwähnt wurde. Machte Geraldine ihr etwa Vorwürfe, dass sie ohne ihn zu sehr ihren Spaß gehabt hatte? Während er krank und allein im Hotel lag, hatte sie sich lüsternen Gedanken über Tom hingegeben. Wie sehr sie sich doch schämte!

»Danke für Ihre Besorgnis, Mrs Hopkirk«, sagte Esmie, »und für diesen wunderbaren Abend. Jetzt muss ich aber los und nachsehen, wie es Harold geht.«

»Genau«, sagte Geraldine mit einem stahlharten Blick auf Tom.

»Ich gehe und treibe eine *tonga* auf«, sagte er und ging voran zum Ausgang.

Unterwegs trafen sie auf Lydia und Dickie. Als Lydia hörte, dass Esmie unbedingt ins Hotel zurückwollte, um nach Harold zu sehen, winkte sie ihr und Tom zu, schon vorzugehen.

»Lieutenant Mason sorgt schon dafür, dass ich sicher nach Hause komme«, sagte sie. »Nicht wahr, Dickie?«

Dickie grinste. »Es wäre mir eine Ehre.«

Esmie warf einen Blick auf Tom und sah seinem verkniffenen Gesicht die Verärgerung an. Aber er nickte und führte Esmie aus dem Gebäude. In der kalten Luft riefen die Leute einander gute Nacht zu, während sie in *tongas* stiegen. Esmie schlang sich einen Schal um die Schultern. Dann half Tom ihr auch schon auf den Sitz ihres gemieteten Fahrzeugs und stieg neben ihr ein. Der Kutscher schnalzte mit der Peitsche, und sie setzten sich die Mall entlang in Bewegung. Esmie fand, dass die Mall im sanften Schein der Petroleumstraßenlaternen magisch wirkte, behielt ihre Gedanken aber für sich. Sie saßen in verlegenem Schweigen da. Esmie konnte es nicht vermeiden, gegen Toms Arm zu rutschen, als die *tonga* schwankte.

»Zitterst du?«, fragte Tom.

»Nur ein bisschen.« Esmie biss die Zähne zusammen, um sie am Klappern zu hindern. Es war die Nähe zu Tom, die sie zittern ließ. Er zog eine Decke hinter dem Sitz hervor und breitete sie über Esmies Knien aus.

»Danke«, sagte sie rau.

Sie fuhren schweigend weiter. Als die *tonga* in die Dalhousie Road einbog, fragte Tom mit gesenkter Stimme: »Geht da irgendetwas zwischen Lydia und Dickie vor?«

Esmies Puls beschleunigte sich. »Ich … Ich glaube, sie flirtet nur. Dickie auch – und die Hälfte aller Offiziere der Garnison, soweit ich sehen kann. Es hat nichts zu bedeuten.«

Tom musterte sie forschend. »Du bist deiner Freundin gegenüber sehr loyal.«

Mit einem Mal kam Esmie der Gedanke, dass Toms Leidenschaft auf der Tanzfläche nur dazu gedient haben mochte, Lydia eifersüchtig zu machen. Vielleicht empfand er doch nicht so starke Gefühle für sie wie sie für ihn? Das weckte in ihr eine seltsame Mischung aus Enttäuschung und Erleichterung. Sie sah beiseite. Ihre Augen brannten vor unwillkommenen Tränen. Es tat weh, ins Kreuzfeuer eines Eifersuchtsdramas zwischen Tom und Lydia zu geraten.

Als würde er ihre Gedanken lesen, sagte Tom: »Es tut mir leid. Ich hätte das nicht fragen sollen. Das Letzte, was du in deinem Urlaub möchtest, ist, in unsere Streitereien mit hineingezogen zu werden. Verzeih mir, Esmie.«

Sie sprachen nicht, als sie ausstiegen und ins Hotel gingen. Alles war still, und die Gäste waren zu Bett gegangen. Charlie war da, um sie mit einem müden Lächeln zu begrüßen.

»Hatten Sie einen schönen Abend, Mrs Guthrie?«, fragte er.

»Ja, vielen Dank.« Sie erwiderte sein Lächeln. »Sie auch?«

Er nickte. »Alle Gäste waren sehr angetan von meinem Punsch.«

»Das überrascht mich nicht«, sagte Esmie. »Er war ja auch köstlich. Hatte Harold auch welchen? Ging es ihm heute Abend schon etwas besser?«

»Stella hat ihm ein Glas Punsch und etwas Kuchen hinaufgebracht. Er hat beides verputzt. Seit neun Uhr schläft Dr. Guthrie tief und fest wie ein Baby.«

»Da bin ich froh«, sagte Esmie. »Bitte danken Sie Stella dafür, dass sie sich so gut um ihn gekümmert hat.«

Er verbeugte sich. »Gewiss, das tue ich.«

Unvermittelt fragte Tom: »Esmie, hast du Lust auf einen Schlummertrunk? Ich bin sicher, Charlie gesellt sich zu uns.«

Verstört schüttelte Esmie den Kopf. »Danke, aber ich muss jetzt ins Bett – und ich will mich vergewissern, ob Harold immer noch gut schläft.«

Wirkte er enttäuscht von ihrer Antwort? Esmie wusste nicht mehr, wie sie seine durchdringenden Blicke deuten sollte.

»Nun, dann bleiben nur Sie und ich, Dubois«, sagte Tom in gespielt fröhlichem Ton.

»Also gute Nacht«, sagte sie und ging zur Treppe. Als sie sich auf dem Treppenabsatz umdrehte, bemerkte sie, dass Tom ihr immer noch nachsah. Sie lächelte verlegen und eilte weiter. Als sie die Tür ihres Zimmers erreichte, hörte sie, wie sich das Gemurmel der Männerstimmen entfernte.

Im Licht der Tischlampe sah Esmie, dass Harold friedlich schlief. In sein Gesicht war ein Hauch von Farbe zurückgekehrt, und die Falten der Anspannung waren aus seiner Stirn verschwunden. Ihr wurde plötzlich klar, wie oft ihr Mann, wenn er wach war, ein sorgenvolles Gesicht machte. Er trug die Sorgen so vieler auf seinen Schultern. Eine neue Welle der Schuldgefühle angesichts des Begehrens, das sie für Tom empfand, brach über sie herein. Sie hatte gegenüber Harold ein feierliches Gelöbnis abgelegt, das jetzt schwer auf ihrem Herzen lastete.

Esmie beschloss, dass sie sich die fiebrigen Gedanken über Tom ein für alle Mal aus dem Kopf schlagen und ihre Anstrengungen verdoppeln musste, die Versprechen zu halten, die sie ihrem Ehemann gegeben hatte.

Kapitel 23

Der Weihnachtsmorgen verging angenehm und friedlicher, als Esmie befürchtet hatte. Gut gelaunt stand Harold früh auf und aß mit den anderen Gästen ein herzhaftes Frühstück. Seine Krankheit schien überstanden zu sein, und Esmie hatte den Verdacht, dass das üppige Abendessen im Club und zu viele Absacker mit Tom dafür verantwortlich gewesen waren.

Tom und Lydia kamen gerade noch rechtzeitig herunter, um ihre Freunde zum morgendlichen Gottesdienst in der Scots Kirk zu begleiten. Zu Esmies Erleichterung schienen beide guter Stimmung zu sein, und Lydia hakte sich bei Tom ein, als sie in die Kirche gingen.

Esmie war tief bewegt, als im Gebäude der Hymnengesang erklang und ein Militärpfarrer aus einem der schottischen Regimenter die Predigt hielt. Ihre Augen brannten vor Tränen, als sie sich vorstellte, wie ihre liebe Tante Isobel und die Patienten sich in der Anstaltskapelle in Vaullay versammelten. Wann würde sie sie wiedersehen? Sie tauschte Blicke mit Harold und sah seinen feuchten Augen an, dass auch er an seine Liebsten zu Hause dachte. Sie wusste, wie sehr seine Mutter und seine Tante ihn vermissten, obwohl sie es gewohnt waren, dass er jahrelang fort war. Geraldine hatte recht: Die lange Trennung von Familienangehörigen und von der Heimat war der höchste Preis, den alle, die Dienst in Indien taten, dafür zahlten, im Ausland zu arbeiten.

Nach dem Gottesdienst standen sie im Sonnenschein, während Mitglieder der Gemeinde einander begrüßten. Da es sich um Presbyterianer handelte, wurde Weihnachten eher zurückhaltend gefeiert, aber es herrschte eine gesellige Atmosphäre. Die Anglikaner in der Garnisonskirche schmetterten bestimmt Weihnachtslieder – waren Dickie Mason und seine Offizierskameraden etwa heute Morgen dort? –, und vielleicht würde es hinterher im Gemeindesaal Sherry und Mince Pies geben.

Aber Esmie war zufrieden damit, sich bei Harold einzuhaken und die Mall entlang zurückzuschlendern. Sie brauchte Zeit mit ihrem Ehemann.

»Wir fahren per *tonga* voraus«, sagte Lydia. »Wir müssen den Angestellten gegenüber das freigiebige Wohltäterpaar spielen. Wir sehen uns danach im Hotel zu einem steifen Gin.« Sie ging und warf ihnen eine Kusshand zu.

»Lydia scheint heute gut in Form zu sein«, bemerkte Harold. »Anscheinend haben sie ihren Krach überwunden.«

»Krach?«, erkundigte sich Esmie und verbarg ihre Beunruhigung.

»In der Nacht«, sagte er. »Ich habe sie streiten gehört. Ich glaube, das hat mich aufgeweckt.«

»Ich habe nichts gehört«, gestand Esmie.

»Nein, du hast tief und fest geschlafen.«

»Konntest du hören, worum es ging?«

»Nein. Aber ich glaube, ich habe Tom etwas über Dickie brüllen gehört.« Harold warf ihr einen Blick zu. »Ist gestern Abend auf dem Ball etwas geschehen?«

Esmie errötete. »Lydia und Dickie haben viel Zeit miteinander verbracht. Sie war übermütig – du weißt doch, wie

Lydia ist –, und Dickie flirtet auch ziemlich gern. Ich glaube, Tom hat mehr in die Sache hineininterpretiert, als wirklich geschehen ist.«

»Oje«, seufzte Harold. »Lydia bricht Herzen, ohne es auch nur zu bemerken.«

Seine Worte erschütterten Esmie. War das die Art, wie er Lydia immer noch sah? Sie beschloss, die Bemerkung zu ignorieren.

»Ich glaube, es gibt noch etwas, das Tom bedrückt«, vertraute sie ihm an. »Er scheint zu glauben, dass ein Teil der Gesellschaft von Rawalpindi ihm die kalte Schulter zeigt, weil er die Peshawar Rifles verlassen hat.«

Harold schien verblüfft darüber zu sein. »Hat er dir das erzählt?«

»Ja, als wir gestern eine Spazierfahrt unternommen haben.«

»Was genau hat er gesagt?«

»Dass Dickie es deshalb vermeiden würde, mit ihm auszureiten – und dass insbesondere die Armeeangehörigen sich von ihm enttäuscht fühlen.«

»Der arme Lomax«, sagte Harold voller Bewegung. »Hat irgendjemand sonst etwas darüber zu dir gesagt? Lydia etwa?«

»Nein, nichts.«

»Gut«, meinte Harold.

»Also glaubst du, dass etwas dran ist?«, wollte Esmie wissen.

Harold zuckte ausweichend die Schultern. »Du solltest nichts auf den Tratsch aus der europäischen Siedlung geben. Tom hat die Rifles aus ehrenhaften Gründen verlassen.«

Esmie sah ihn überrascht an. Sie hatte nie auch nur daran gedacht, dass Tom aus unehrenhaften Gründen gegangen sein könnte. Sie hatte den Verdacht, dass Harold ihr etwas verheimlichte. Aber sie wollte die gute Stimmung zwischen ihnen nicht verderben, und so hakte sie nicht nach.

* * *

Zu dem Zeitpunkt, als sie ins Hotel zurückgeschlendert kamen, hatten Tom und Lydia schon Geschenke an die Dubois und die anderen Angestellten und Diener verteilt. Oben im Wohnzimmer der Lomax waren die Tische und der Boden der Wohnung mit Obstkörben und Blumensträußen bedeckt, die ihnen die Dubois und verschiedene Lieferanten des Hotels geschenkt hatten.

»Wie großzügig!«, rief Esmie.

»Das ist nichts im Vergleich zu dem Geld und den Geschenken, die wir für das Personal bezahlen mussten«, sagte Lydia bissig. »Und was sollen wir mit all dem Obst anfangen?«

»Es in die Cocktails stecken«, meinte Tom trocken.

»Sogar wir könnten nicht so viel hinunterbekommen.« Lydia lachte. »Nein, es wird alles im Hotel aufgebraucht werden – und wahrscheinlich haben sie es von dem Geld gekauft, das wir ihnen geschenkt haben.«

»Aber trotzdem«, sagte Esmie, »du liebst Blumen, also war es nett von ihnen.«

»Ja, das tue ich.« Plötzlich kamen Lydia die Tränen. »Sie erinnern mich so sehr an Mummy – besonders die Gardenien.«

Tom legte einen Arm um sie und küsste sie auf den Kopf. »Komm, keine Tränen am Weihnachtstag.« Schnell reichte er große Gläser mit Gin und Soda herum. »Lasst uns auf die Templetons und alle abwesenden Freunde trinken.«

Sie hoben ihre Gläser und wiederholten den Trinkspruch. Esmie war froh zu sehen, dass Tom liebenswürdig mit Lydia umging und sie ihm ihrerseits ihre Zuneigung zeigte. Vielleicht hatten sie gestern Nacht reinen Tisch gemacht. Ihre Schwierigkeiten waren bloß der sprichwörtliche Sturm im Wasserglas und nicht mehr als das. Esmie glaubte nicht, dass ein harmloser Flirt mit Dickie die Ehe ihrer Freunde ernsthaft gefährden konnte.

Esmie war sich schmerzlich bewusst, dass sie selbst eine viel größere Bedrohung für Lydias und Toms Beziehung darstellte, wenn sie ihre Gefühle je äußerte. Ja, sie liebte Tom. Und sie hätte nie zulassen sollen, dass sie mit ihm allein war. Das durfte nicht wieder vorkommen.

Also lehnte Esmie einen zweiten Drink ab und entschuldigte sich, um zu Stella zu gehen und ihr persönlich für das zu danken, was sie am Vortag getan hatte. »Sie war mir eine große Hilfe bei meiner Garderobe«, sagte Esmie, »und hat sich dann netterweise um Harold gekümmert.«

Harold ergriff die Gelegenheit, ebenfalls zu gehen. Sie einigten sich, dass sie sich in einer Stunde zum Mittagessen wiedertreffen würden.

Esmie erkannte bald, dass die Dubois allesamt mit hektischen Vorbereitungen auf das Weihnachtsmittagessen und mit dem Umsorgen der Dauergäste beschäftigt waren. Sie überreichte Stella rasch ein Geschenk.

»Nur eine Kleinigkeit für dich, zum Dank für gestern.«

Stella sah sie erstaunt mit offenem Mund an. »Aber ich habe doch gar nichts getan.«

»Oh doch«, sagte Esmie lächelnd.

»Du warst meine Florence Nightingale«, rief Harold ihr ins Gedächtnis.

Stella grinste schüchtern und riss das Einwickelpapier auf.

»Zerreiß es nicht«, rief Myrtle. »Du kannst es noch einmal verwenden.«

Die Erwachsenen lachten, als Stella innehielt und stattdessen vorsichtig den Bindfaden aufknotete. Ihre Aufregung war mit Händen zu greifen. In dem Päckchen war eine indische Stoffpuppe, die kunstvoll in einen purpurroten Sari und winzige Lederpantoffeln gekleidet war und Messingohrringe und

Glasarmreifen trug. Esmie hatte sie beim Einkaufen mit Lydia entdeckt. Sie hatte gleich zwei Puppen gekauft: eine für Stella und eine, die sie aufheben wollte, um sie Gabina zu schenken, wenn sie älter war.

Stella konnte ihre enttäuschte Miene nicht verbergen. Esmie fragte sich, ob das Mädchen glaubte, schon zu alt für Puppen zu sein. Sie wusste eigentlich nicht, womit Siebenjährige heutzutage spielten.

»Danke«, sagte Stella und bemühte sich, erfreut zu wirken.

»Ich kann sie jederzeit umtauschen, wenn du lieber eine andere möchtest – oder etwas ganz anderes.«

»Nein«, sagte Myrtle eilig. »Die Puppe ist sehr schön gemacht – und es ist so freundlich von Ihnen, Mrs Guthrie.«

Esmie ging verwirrt. »Wahrscheinlich war sie nur überwältigt, dass du ihr ein Geschenk gekauft hattest. Das war sehr nett von dir«, versicherte Harold ihr.

* * *

Um ein Uhr setzten sie sich alle in den Speisesaal zum Weihnachtslunch. Lydia wählte Ansom und Fritwell aus, um zusammen mit Esmie und Harold an ihrem Tisch zu sitzen. Es war eine gesellige Veranstaltung, und es schien niemanden zu stören, dass das Essen nur mittelmäßig war. Der Koch aus Bengalen hatte Mühe gehabt, den traditionellen Truthahn zuzubereiten, den Myrtle bestellt hatte. Es gab eine ziemlich dünne, aber scharf gewürzte Maronensuppe, gefolgt von zähem Geflügelbraten, gekochten Kartoffeln, Blumenkohl, Weißkohl und Brotsauce, die nach Muskatnuss schmeckte. Tom stellte sicher, dass reichlich Wein und Bier für alle zur Verfügung standen, die etwas wollten. Die Dubois-Kinder trugen stolz zwei große Christmas Puddings herein und überreichten sie Tom, der Brandy über die Desserts goss und sie anzündete. Die Gäste brachen in Rufe des Entzückens aus, als die blauen Flammen aufflackerten und dann erloschen.

Stella sagte eifrig: »In jedem Pudding ist eine Fünf-Paise-Münze versteckt. Ich hoffe, ich finde eine!«

»Der Pudding ist köstlich«, sagte Esmie und war froh, dass sie das ehrlich behaupten konnte. Es war eine Mischung aus Früchte- und Ingwerkuchen, leichter als die traditionellen Christmas Puddings, an die sie gewöhnt war, mit einem würzigen Sirupgeschmack und zuckriger Brandybutter.

»Das ist ein altes Familienrezept meiner Frau«, erklärte Charlie. Die Dubois saßen am nächsten Tisch.

»Würden Sie es mir geben?«, fragte Esmie. »Oder ist es ein wohlgehütetes Geheimnis?«

»Ich würde es nur zu gern mit Ihnen teilen«, sagte Myrtle und wirkte erfreut.

Tom beugte sich zu Stella und reichte ihr seinen Löffel. »Ich bin satt. Kannst du den Rest für mich aufessen?«

Das Mädchen riss die Augen auf. Sie ließ den Löffel auf ihren Teller fallen und fischte ein Stück gefettetes Papier heraus. Als sie es auswickelte, quietschte sie: »Fünf Paise! Danke, Captain Lomax!«

Tom tat, als wäre er schockiert. »Oh nein! Habe ich etwa die Münze weggegeben?«

Stella kicherte. »Ja, haben Sie.«

»Was bin ich doch für ein Narr.« Theatralisch begrub er den Kopf in den Händen.

Für einen Augenblick machte Stella ein langes Gesicht und schien sich zu fragen, ob er es ernst meinte.

»Möchten Sie die Münze zurück?«, fragte sie und hielt sie ihm hin.

Tom schaute auf und lachte. »Nein, nein.«

Charlie legte den Arm um seine Tochter und lachte leise. »Ich glaube, du darfst die Münze behalten, Süße.«

»Natürlich darfst du das«, versicherte Tom ihr, als alle Dubois zu lachen begannen. »Ich habe doch nur Spaß gemacht.«

Bald darauf führte Lydia ihre Freunde nach oben und bestellte Kaffee in ihr Wohnzimmer.

»Tom, du hättest Stella nicht mit der Münze aufziehen sollen«, tadelte Lydia ihn, als sie sich aufs Sofa setzte. »Sie hat nicht verstanden, dass du einen Scherz gemacht hast. Eurasier haben nicht den gleichen Sinn für Humor wie wir.«

»Sie hat es voll und ganz verstanden«, antwortete Tom.

»Stella war begeistert«, sagte Esmie. »Es sind oft die kleinen Dinge an Weihnachten, die uns die größte Freude schenken, nicht wahr?«

Harold sagte bedauernd: »Das ist eine gute Lektion für uns alle. Stella hat sich über die Überraschung im Pudding mehr gefreut als über die teure Puppe, die du ihr geschenkt hast. Davon muss ich Bannerman erzählen – das ist gutes Material für eine Predigt.«

»Hat Stella die Puppe nicht gefallen?«, fragte Lydia.

»Sie war nicht begeistert«, räumte Esmie ein.

»Das habe ich dir doch gleich gesagt«, meinte Lydia. »Du hättest ihr etwas Praktisches schenken sollen, wie die Wollmütze und die Handschuhe, die ich ihr geschenkt habe. Darüber hat sie gestrahlt wie ein Honigkuchenpferd.«

»Warum hast du dir gedacht, dass ihr die Puppe nicht gefallen würde?«, fragte Harold.

Lydia nahm kein Blatt vor den Mund. »Nun, die Puppe war zu indisch. Wenn du ihr eine britische Puppe geschenkt hättest, hätte sie sich gefreut. So ist das eben mit den Eurasiern – sie versuchen immer, noch britischer zu sein als wir.«

»Also Schatz!«, rief Tom. »Manchmal redest du wirklich Unsinn.«

»Das ist kein Unsinn«, sagte Lydia gereizt. »Ich verstehe mehr von der Gesellschaft hier als du, obwohl ich erst einen

Bruchteil der Zeit hier bin. Ich höre zu und lerne, im Gegensatz zu dir.«

Toms Kiefer verkrampfte sich, aber er widersprach nicht. Lydia wandte sich an Esmie.

»Indem du ihr eine indische Puppe schenkst, sagst du ihr, dass du sie trotz allem für eine Eingeborene hältst. In gewisser Weise ist sie das ja auch, aber die Dubois sind verzweifelt darauf bedacht, sich abzugrenzen.«

»Aber ich wollte ihr gar nichts damit sagen«, wandte Esmie verwirrt ein. »Mir hat die Puppe nur gefallen, und ich dachte, sie hätte Freude daran.«

Lydia schüttelte den Kopf. »Liebe Esmie, du hast noch viel über Indien zu lernen. Nur gut, dass du mich hast, um dir beizubringen, wie der Hase läuft.«

Esmie wünschte, Harold hätte die Puppe nie erwähnt und so einen neuerlichen Streit zwischen Lydia und Tom über die Dubois ausgelöst, der die fröhliche Atmosphäre verdarb. In dem Versuch, die gute Laune seiner Frau wiederherzustellen, schlug Tom vor, dass sie alle einen Ausflug die Mall entlang unternehmen sollten, um zu sehen, ob im Cricketclub gerade gespielt wurde. Harold stimmte rasch zu.

Esmie war froh, draußen an der frischen Luft zu sein – es war ein weiterer milder Wintertag mit wolkenlosem blauem Himmel und mildem Sonnenschein –, und erleichtert, dass tatsächlich ein Cricketspiel zu beobachten war. Bald plauderte Lydia mit den Hopkirks und anderen Freunden aus Pindi, die nach dem Weihnachtsessen zu einem Verdauungsspaziergang aufgebrochen waren.

Esmie nahm Harolds Arm und murmelte: »Lass uns einen Spaziergang ums Feld unternehmen. Lydia soll hier ruhig ihren Spaß haben.«

* * *

Tom sah Esmie und Harold nach. Sein Kopf war benommen vor Schlafmangel und einem Übermaß an Alkohol. Er würde damit aufhören müssen, so viel zu trinken, wenn die Weihnachtswoche vorbei war – oder vielleicht nach Neujahr – und die Guthries nach Taha zurückgekehrt waren. Für den Augenblick betäubte der Alkohol seine Gefühle und half ihm, das Leben mit etwas Abstand durch den Dunst zu betrachten.

Wie sonst konnte er es jeden Tag überstehen, Esmie um sich zu haben? Dass sie bei ihm im Hotel wohnte, war eine süße Qual. Er bekam nicht genug vom Anblick ihrer schlanken Figur und ihrem attraktiven Lächeln. Zugleich konnte er den Aufruhr, den sie in ihm auslöste, kaum ertragen. Wann immer sie ihn mit ihren betörenden grauen Augen ansah, verschlug es ihm den Atem. Er sehnte sich danach, ihre weiche Wange zu berühren und Strähnen ihres widerspenstigen Haars um seine Finger zu schlingen. In seiner Tasche strich er mit dem Daumen über die Spitze von Esmies Taschentuch. Er hatte es ihr damals in Schottland nicht zurückgegeben. Nun spendete es ihm einen seltsamen Trost.

Als sie am Vortag allein in seinem Auto gesessen hatte, war es Tom fast unmöglich gewesen, der Versuchung zu widerstehen, sie zu küssen. Als er sie dann in dem überwältigenden smaragdgrünen Kleid gesehen hatte, hatte sein Verlangen nach ihr ihn bis ins Mark erschüttert. Anscheinend hatte das Kleid einmal Lydia gehört, aber er konnte sich nicht einmal erinnern, ob seine Frau es je getragen hatte. Aber an Esmie brachte es alle Kurven ihrer schlanken Figur zur Geltung. Beim Tanz, als er Esmie in den Armen gehalten hatte, war er sich sicher gewesen, dass sie das gleiche Begehren verspürt hatte wie er. Warum sonst erschauerte sie unter seiner Berührung und erwiderte seinen Blick mit ähnlicher Sehnsucht? Die Erinnerung daran ließ seinen Puls rasen. Aber sie hatte ihn davon abgehalten, auszusprechen, was er empfand. Und daran hatte sie recht getan.

Schuldgefühle gegenüber Harold überkamen Tom. Sein Freund war der anständigste und prinzipientreueste aller Männer; ihm würde nicht einmal in den Sinn kommen, dass Tom seine Frau begehren könnte. Welche Ironie, dass Tom derjenige gewesen war, der Harold ermuntert hatte, Esmie einen Antrag zu machen. Warum hatte er das getan? War es möglich, dass er sich sogar schon bevor er Lydia geheiratet hatte, vor seinen Gefühlen für Esmie gefürchtet hatte? Sie mit Harold verheiratet zu haben, würde sie außerhalb seiner Reichweite halten.

Esmie hatte ihn verstört und manchmal wütend gemacht. Er hatte befürchtet, dass sie als erfahrene Krankenschwester ihn als psychisches Kriegsopfer eingeschätzt hatte, und hatte deshalb über ihre radikalen Ideen hinsichtlich der Behandlung Kriegstraumatisierter hergezogen. Aber im Licht dessen, was Harold ihm über Esmies Arbeit sowohl in Vaullay als auch hier in Indien erzählt hatte, sah Tom, wie viel humaner ihre Methoden waren, und er schämte sich, dass er sich über sie lustig gemacht hatte, um ihren forschenden Blick abzuwehren.

Wenn er ehrlich zu sich selbst war, wurde ihm klar, dass er sich von Anfang an zu Esmie hingezogen gefühlt hatte; zu ihrer natürlichen Schönheit und verträumten Selbstgenügsamkeit, ihrer gelegentlichen Unverblümtheit und ihrem warmherzigen Einfühlungsvermögen. Aber Lydia hatte ihn mit ihrer sinnlichen blonden Schönheit und ihrer energiegeladenen Tatkraft betört. Mit ihrer Ungezwungenheit und ihrem geselligen Naturell war die Templeton-Tochter alles gewesen, was er zu brauchen geglaubt hatte, um ein neues Leben in Rawalpindi zu beginnen und Hilfe dabei zu haben, das Raj Hotel zu führen.

Vor allem war Lydia ganz anders als Mary. Er konnte sein altes Leben in Peschawar zurücklassen – die Armee, die Härten der Grenzregion und das Grab seiner geliebten ersten Frau – und sich selbst neu erfinden: als Hotelier und Lebemann mit Lydia an seiner Seite. Jetzt aber schien es so, als hätte Lydia gar kein Interesse an dem Hotel oder daran, eine Hoteliersfrau zu sein. Sie hatten viel zu überstürzt geheiratet.

Er hatte sich etwas vorgemacht: Es war unmöglich, die Vergangenheit abzuschütteln. Die Tragödie, Mary zu verlieren – die Schuldgefühle, die er empfand, weil er auf Patrouille gewesen war, als sie so plötzlich gestorben war –, und die Kriegstraumata würden nicht einfach so verschwinden, weil er den Beruf gewechselt und wieder geheiratet hatte. Er konnte seine düsteren Gedanken im Alkohol ertränken und versuchen, sich einzureden, dass er Lydia liebte, aber beides verschaffte ihm keinen Seelenfrieden. Damals in Ebbsmouth hatte Esmie ihm das so gut wie gesagt, als sie ihn sanft davor gewarnt hatte, zu viel zu trinken. Zweifelsohne würde sie ihm raten, über die Dinge zu reden, die ihm keine Ruhe ließen – und sich regelmäßig körperlich zu ertüchtigen.

Tom unterdrückte ein Seufzen. Der einzige Mensch, der auch nur annähernd über seine Dämonen Bescheid wusste, war Harold. Er war der Einzige gewesen, der ihm in den schwierigen Jahren seit Marys Tod unerschütterlich beigestanden hatte. Aber wie konnte er mit Harold reden, wenn das, was ihm jetzt am meisten zu schaffen machte, sein hoffnungsloses Verlangen nach Esmie war?

Er zündete sich eine Zigarette an und versuchte, nicht immer wieder einen Blick über das Feld zu den Guthries zu werfen, die einen gemächlichen Spaziergang um den Cricketplatz unternahmen und es nicht eilig zu haben schienen. Wenigstens hatten Lydia und er gestern Nacht ihre Meinungsverschiedenheiten beigelegt. Eine Stunde nach ihm war sie endlich ins Hotel zurückgekehrt, nur um ihn beim Trinken mit Charlie zu finden. Er war ihr rasch nach oben gefolgt, um zu fragen, warum sie so lange gebraucht hatte, aber sie war sofort zum Gegenangriff übergegangen.

»Weil ich wusste, dass du dir einen Schlummertrunk mit Dubois genehmigen würdest.«

»Also hast du eine Affäre mit Dickie Mason?«, hatte er anklagend gefragt.

Lydia hatte den Verdacht lachend abgetan. »Mach dich nicht lächerlich. Er ist viel zu jung. Du weißt, dass ich reifere Männer bevorzuge.«

Sie hatte sein Gesicht gepackt und ihn mit voller Wucht auf die Lippen geküsst. Binnen kürzester Zeit hatte ihr plötzlicher Appetit auf Sex ihn völlig entwaffnet. Sie hatten ihre Kleidung abgelegt, so schnell sie gekonnt hatten, und sich auf dem Perserteppich geliebt. Lydia hatte ihm ein katzenhaftes Lächeln der Befriedigung geschenkt und ihn Atem schöpfen lassen, während sie sich ihr Nachthemd übergezogen hatte und ins Bett gestiegen war. Ihr Liebesspiel war kurz gewesen, hatte aber das Geschwür des Grolls aufgestochen, der zwischen ihnen geschwelt hatte.

Lydias gute Laune hatte den ganzen Morgen angehalten – bis zu ihrem Streit über die armen Dubois. Die herablassende Haltung seiner Frau der anglo-indischen Familie gegenüber tat Tom weh; für ihn kamen sie in Pindi Freunden am nächsten. Jetzt wuchsen Toms Zweifel in Bezug auf Lydia und Dickie wieder. Heute Abend waren sie alle zu einer Party im Offizierskasino der Kavallerie eingeladen, und er würde wieder zusehen müssen, wie seine Frau mit dem jungen Offizier flirtete, während er so tat, als wäre er keine Persona non grata für die Armee-Elite. Vielleicht würde er sich eine Ausrede einfallen lassen, um nicht hinzugehen. Dann schalt er sich selbst einen Feigling. Ein Mann, der schon einem Angriff der Afridi am Khaiberpass die Stirn geboten hatte, durfte sich nicht vor einer Clique hochnäsiger Sahibs und Memsahibs in einer Garnisonsstadt fürchten.

* * *

Die Übelkeit setzte abrupt ein. Noch bevor Esmie und Harold ihren Spaziergang um das Cricketfeld herum beendet hatten, eilte Esmie schon zu einem Busch und übergab sich. Harold war bestürzt. Esmie schämte sich, konnte aber nichts tun, um das Würgen aufzuhalten. Sie fühlte sich fürchterlich. Harold streichelte ihr den Rücken und reichte ihr ein großes Taschentuch.

»Oh, meine Liebe«, sagte er. »Genauso ging es mir gestern. Ich hoffe, ich habe dich nicht mit irgendetwas angesteckt.«

Esmie fühlte sich krank; ihr war schwindlig. Harold sagte: »Ich hole dir einen Stuhl aus dem Pavillon.«

Esmie hielt ihn auf. »Können wir nicht einfach ins Hotel zurückkehren?«

»Natürlich«, stimmte er zu. Er nahm ihren Arm, führte sie zurück zu ihren Freunden und erklärte, warum sie gingen.

Lydia sah erschrocken drein. »Ich wette, das liegt an Myrtles Christmas Pudding – viel zu üppig. Ich hoffe, es geht dir bis zur Party heute Abend wieder gut.«

»Vielleicht, wenn ich mich erst einmal hinlege …«, sagte Esmie und kämpfte gegen eine neuerliche Welle der Übelkeit an.

»Ich fahre euch beide mit dem Auto zurück«, bot Tom sofort an.

»Danke, Lomax«, sagte Harold. »Sehr anständig von dir.«

Esmie wich Toms Blick aus, als Harold ihr auf den Beifahrersitz half, auf dem sie es erst vor Kurzem so genossen hatte, neben Tom zu sitzen. Sie sagten kaum etwas, als sie die Mall hinauffuhren. Esmie presste Harolds Taschentuch vor ihren Mund und versuchte so zu verhindern, dass ihr die Galle hochkam.

Zurück im Hotel legte Esmie sich sofort ins Bett. »Bitte bleib nicht hier«, sagte sie zu Harold. »Ich will nur schlafen.«

Er nickte und speiste das Feuer auf dem Kaminrost mit zusätzlichen Scheiten. »Ich weiß genau, wie du dich fühlst. Du läutest einfach, wenn du etwas brauchst, nicht wahr? Ich bin unten und lese.«

Esmie kroch unter die Decke. Ihr war klamm vor Schweiß, aber sie zitterte vor Kälte. Sie konnte nicht fassen, wie plötzlich sie krank geworden war. Binnen weniger Minuten war sie eingeschlafen.

* * *

Es war dunkel, als Esmie erwachte. Sie hörte ein leises Klopfen an der Tür.

»Herein.«

Stella erschien und konzentrierte sich darauf, ein Teetablett hereinzutragen. »Geht es Ihnen besser, Mrs Guthrie?«

»Etwas, ja, vielen Dank«, sagte Esmie, schaltete die Lampe ein und versuchte, sich aufzusetzen. Ihr war nicht mehr so übel, aber ihr Magen schmerzte, und ihr war schwach bis hin zur Lethargie. »Wie spät ist es?«

»Etwa neun Uhr. Dr. Guthrie und die Lomax sind zu der Party im Offizierskasino gegangen. Dr. Guthrie meinte, es sei das Beste, wenn Sie weiterschlafen.«

»Meine Güte. Ich habe noch nicht einmal gehört, wie er sich fertig gemacht hat.«

»Mummy fand, Sie sollten etwas Ingwertee probieren«, sagte Stella und setzte das Tablett vorsichtig auf dem Nachttisch ab. »Captain Lomax hat sie gefragt, was gut gegen eine Magenverstimmung wäre.«

»Ich bin mir nicht sicher, ob ich schon etwas hinunterbekomme«, sagte Esmie. Sogar vom Aufsetzen war ihr schon wieder schwindlig geworden.

Stella ignorierte ihre Worte und ging daran, Tee aus der kleinen Porzellankanne in eine zarte Tasse zu gießen. »Versuchen Sie einfach ein paar kleine Schlucke, Mrs Guthrie«, ermunterte sie Esmie. »Soll ich bleiben und Ihnen Gesellschaft leisten?«

Esmie war gerührt über die Besorgnis des Mädchens. »Das ist freundlich, aber am Weihnachtsabend solltest du bei deiner Familie sein.«

»Wir werden morgen unseren Spaß haben«, sagte Stella. »Captain Lomax hat uns den Tag freigegeben, also können wir unsere Verwandten, die Dixons, besuchen gehen. Sie geben am Boxing Day immer eine große Party. Tante Rose serviert uns viel zu essen, und wir spielen Spiele. Die Scharaden mag ich am liebsten.«

»Das ist sehr erwachsen«, sagte Esmie mit einem matten Lächeln.

»Ich bin gut darin.« Stella kicherte. »Ich liebe es zu schauspielern.«

»Erzähl mir von deiner Familie«, bat Esmie. »Habt ihr viele Verwandte in Pindi?«

»Eine ganze Menge«, sagte Stella. »Da sind Tante Rose, Onkel Toby und ihre zwei Kinder – nein, jetzt drei, wenn man Baby Sigmund mitzählt. Und Onkel Toby hat einen Bruder, meinen Onkel Ziggy, der im Fahrradladen hilft. Er und Tante Lucinda haben drei Mädchen und zwei Jungen.« Sie zählte sie an den Fingern ab. »Also habe ich insgesamt acht Dixon-Cousins und -Cousinen. Baby Sigmund ist nach Onkel Ziggy benannt. Dann habe ich noch Verwandte auf Daddys Seite, aber die wohnen nicht in Pindi. Deshalb besuchen wir sie nicht so oft.«

»Was für eine wunderschöne große Familie du hast«, sagte Esmie.

»Haben Sie auch viele Cousins und Cousinen?«, wollte Stella wissen.

Esmie schüttelte den Kopf. »Leider nein. Ich habe eigentlich keine lebenden Familienangehörigen mehr. Ich habe aber eine ganz besondere Tante Isobel – sie ist keine Blutsverwandte, aber ich liebe sie, als wäre sie eine. Sie ist Ärztin in Schottland.«

Ihr brannten die Augen, als sie sich vorstellte, wie ihre freundliche Vormundin sie jetzt umsorgt hätte, wenn sie da gewesen wäre.

»Also sind Sie und Mrs Lomax nicht verwandt?«, fragte Stella.

»Nein, wir waren Schulfreundinnen. Ihre Eltern, die Templetons, waren so gut zu mir, als wäre ich ihre Tochter.«

Stella nickte. »Die habe ich gemocht. Sie haben beim Frühstück immer guten Morgen gesagt, und Mr Templeton hat Jimmy und mir jeweils fünf Rupien geschenkt, als er abgereist ist. Jimmy hat sich einen Cricketball gekauft und ich eine Klingel für mein Fahrrad. Den Rest sparen wir.«

Esmie lächelte. »Das war sehr freundlich von ihm.«

»Ja«, stimmte das Mädchen zu. Sie legte nachdenklich den Kopf schief. »Ich wünschte, Mrs Lomax wäre auch so. Sie ist ja ganz nett zu Jimmy und mir, aber sie kommandiert Mummy ständig herum und schreit Daddy manchmal an.«

Esmie war entsetzt. Sie hatte die gehässigen Bemerkungen gehört, die Lydia privat über die Dubois machte, aber es war ihr peinlich, dass ihre Freundin offen unhöflich zu dem Hoteldirektor und seiner Frau gewesen war – und das in einem Maß, dass Stella es bemerkt hatte.

»Es tut mir leid, wenn sie unfreundlich zu deinen Eltern war«, sagte Esmie. »Normalerweise ist sie nicht so.«

Stella seufzte. »Ich wünschte, Sie wären es, Mrs Guthrie.«

»Was meinst du?« Esmie war verwirrt.

»Ich wünschte, Sie würden hier leben und statt Mrs Lomax das Hotel mit Captain Lomax führen.«

Esmie war vollkommen perplex. »Das solltest du nicht sagen.«

»Aber es stimmt«, beharrte Stella. »Und Mummy findet das auch. Ich habe gehört, wie sie, nachdem sie Sie kennengelernt hatte, zu Daddy gesagt hat: ›Der Captain hat sich die falsche Frau ausgesucht.‹«

Esmie errötete. »So etwas darfst du nie wieder sagen, Stella. Vor allem nicht zu den Lomax. Versprichst du mir das?«

»Probieren Sie den Tee«, drängte Stella sie, ohne auf ihre Bitte einzugehen. »Jetzt ist er nicht mehr zu heiß.«

Esmie nahm mit zitternden Händen die Tasse und pustete auf die blassgoldene Flüssigkeit. Sie stählte sich, um einen Schluck zu nehmen, und befürchtete, dass sie davon wieder würde würgen müssen. Stellas offene Worte hatten ihr einen erratischen Puls beschert. Aber der Geruch des Ingwers war beruhigend und der Tee schmackhaft. Als er ihren Magen nicht reizte, trank Esmie weitere kleine Schlucke.

»Das ist wirklich gut«, sagte sie. »Bitte bedank dich in meinem Namen bei deiner Mutter.« Nach der Anstrengung ließ sie sich zurücksinken und schloss die Augen. Sie wünschte, Stella hätte ihr nicht von Myrtles Bemerkung erzählt.

»Wollen Sie, dass ich gehe?«, fragte Stella.

»Nein«, sagte Esmie, die nicht allein gelassen werden wollte. Stellas Geplauder würde sie vielleicht von ihren Gedanken über Tom und sich selbst ablenken. »Erzähl mir mehr von deiner Familie. Ich höre dir gern weiter zu.«

Sie spürte, wie Stella sich ans Ende des Bettes setzte, als sie begann, angeregt von ihren Verwandten im Lalkutri-Basar zu berichten. Bald war Esmie wieder eingeschlafen.

* * *

Sie hatte keine Ahnung, wie spät es war, als Harold sich zurück ins Zimmer schlich. Stella war gegangen, und mit ihr war das Teetablett verschwunden, aber die Nachttischlampe brannte noch. Harold sah auf Esmie herunter.

»Wie fühlst du dich, meine Liebe?«, flüsterte er.

Esmie fiel auf, dass ihr nicht mehr übel war. »Viel besser, danke. Stella hat mir einen Gewürztee gegeben, der geholfen hat.«

»Das ist gut.«

»Wie war die Party?«, fragte Esmie.

Harold verzog missbilligend das Gesicht. »Zu viel Alkohol.«

Esmie wurde sich bewusst, dass aus dem angrenzenden Zimmer erhobene Stimmen ertönten: Lydia klang unzufrieden, Tom wütend.

Harold erklärte: »Lydia hat einen Großteil des Abends in der Gesellschaft des jungen Mason verbracht. Leider hat Tom sie dabei ertappt, wie sie sich unter einem Mistelzweig geküsst haben.«

»Oh, Lydia.« Esmie seufzte gereizt. »Warum kann sie nicht einfach zufrieden mit dem sein, was sie hat? Ist Tom sehr verletzt?«

Harold musterte sie. »Schwer zu sagen. Ich habe den Eindruck, dass er den Kuss ignoriert hätte, wenn ich ihn nicht auch mitangesehen hätte. Mason wirkte verlegen, aber Lydia hat nur darüber gelacht und es als kleinen Festtagsspaß abgetan. Sie hatten alle zu viele Champagnercocktails getrunken.«

»Je eher sie in ein eigenes Haus ziehen, desto besser«, sagte Esmie.

»Nun, ich glaube jedenfalls nichts, dass sie über die Feiertage noch mehr Einladungen im Offizierskasino bekommen werden. Er hat Mason gesagt, dass er sich von Lydia fernhalten soll. Wahrscheinlich streiten sie sich deswegen. Was mich betrifft, hoffe ich, dass es die letzte langweilige Party der Woche war.

Tom und ich gehen morgen angeln.« Er tätschelte ihre Hand. »Das wird dir Gelegenheit geben, Zeit mit Lydia zu verbringen und ihr gut zuzureden – sie an ihre ehelichen Pflichten zu erinnern.«

Bei der Aussicht darauf wurde Esmie das Herz schwer. »Was bringt dich auf den Gedanken, dass Lydia auf mich hören wird? Das hat sie noch nie getan.«

»Du bist eine gute Frau«, sagte Harold. »Lydia ist das auch – aber sie hat zu schnell die lockeren Moralvorstellungen der oberflächlichen Leute übernommen, mit denen sie sich abgibt.«

Esmie spürte, wie ihre Kehle trocken wurde. Wenn ihr Mann gewusst hätte, wie viel Mühe es sie kostete, ihm treu zu bleiben – und wie sie ihm in Gedanken schon untreu geworden war.

»Harold, ich bin keine Heilige …«

»Sie hat sich entschieden, Tom zu heiraten«, unterbrach Harold sie, »und sie muss mit ihrer Entscheidung leben. Es schmerzt mich, mitanzusehen, wie mein alter Freund zum Narren gehalten wird. Du musst sie an ihr Ehegelöbnis Lomax gegenüber erinnern, bevor sie der Versuchung noch weiter nachgibt.«

Esmie wandte sich ab. Ihre Wangen brannten vor Beschämung. Harolds Worte hätten genauso gut ihr gelten können. Sie war auch nicht besser als Lydia.

Kapitel 24

Die Männer brachen gleich nach dem Frühstück auf, um angeln zu gehen. Bevor er ging, bestellte Harold für Esmie Frühstück ans Bett. Sie hatte Hunger, fühlte sich aber noch schwach und war es zufrieden, länger als sonst im Bett zu bleiben. Zu dem Zeitpunkt, als sie sich gewaschen und angekleidet hatte und sich nach unten wagte, saßen nur noch die Baronin und Mrs Shankley, die Dame mit dem Hörrohr, auf Korbstühlen im Empfangsbereich.

»Meine kleine Freundin Stella ist mit ihrer Familie nach Lalkutri gegangen«, sagte Hester. »Ansom und Fritters sind irgendwo unterwegs. Ich glaube, sie sehen sich ein Polospiel an.« Sie wandte sich an Mrs Shankley. »Um welche Uhrzeit sind sie aufgebrochen, Mrs S?«

Mrs Shankley drückte sich die Messingtrompete ans Ohr. »Ich habe keine Armbanduhr. Aber laut der Wanduhr ist es fast elf.«

Die Baronin lachte entnervt. »Genau. Danke, Mrs S.«

Esmie setzte sich zu ihnen und begann, mit ihnen zu plaudern. Ein paar Minuten später erschien Lydia auf der Treppe und gesellte sich zu ihnen.

»Fühlst du dich besser?«, fragte sie.

»Viel besser, danke«, antwortete Esmie. »Ich habe zum Frühstück sogar ein bisschen Kedgeree hinunterbekommen.«

Lydia verzog das Gesicht. »Da hast du mehr gegessen als ich. Hast du Lust auf ein Tennisspiel? Ich dachte, wir könnten in den Club gehen und danach ein leichtes Mittagessen einnehmen.«

Esmie hätte lieber ruhig mit den anderen Frauen zusammengesessen und die Zeitungen durchgeblättert, aber sie wusste, wie sehr Lydia Tennis liebte. Das würde ihnen auch eine Gelegenheit geben, miteinander zu reden.

»Ich versuche es«, sagte sie. »Aber ich habe nicht mehr Tennis gespielt, seit ich Ebbsmouth verlassen habe.«

»Nicht einmal in Taha?«, rief Lydia.

Esmie schüttelte den Kopf.

»Na, dann müssen wir einfach ein paar Jungs finden, damit wir Doppel spielen können, oder?« Sie zwinkerte. »Komm schon, Esmie.«

* * *

Zu Esmies Überraschung war es Lydia, die auf dem Tennisplatz schneller müde wurde. Die Sonne war warm, und Lydia war bald außer Atem.

»Tut mir leid«, sagte sie. »Ich muss mich hinsetzen.«

Ihre Mitspieler – Dempster und einer seiner Kollegen aus der Ölfirma – ließen sich höfliche Entschuldigungen für sie einfallen.

»Es ist sehr warm heute. Vielleicht könnten wir Ihnen etwas Limonade bestellen?«

Lydia, die krebsrot im Gesicht war, nahm an, fächelte sich Luft zu und setzte sich in den Schatten.

»Geht es dir gut?«, erkundigte sich Esmie besorgt, als sie sich neben sie auf die Bank setzte.

»Absolut«, sagte Lydia.

»Gestern zu wild gefeiert?«, zog Esmie sie auf.

Lydia warf ihr einen Blick zu. »Ich nehme an, Harold hat dir von dem Mistelzweig erzählt. Tom hat völlig überreagiert. Es war nur ein freundschaftliches Küsschen, das ist alles.«

»Harold hatte den Eindruck, dass es mehr war«, sagte Esmie leise.

»Also darf ich jetzt keinen Spaß mehr haben?« Lydia war empört.

»Es geht nicht ums Spaßhaben – sondern darum, Tom nicht in Verlegenheit zu bringen.«

»Aber was soll ich denn tun, wenn mein Ehemann nicht mit mir ausgeht und für mein Vergnügen sorgt? Dickie weiß, wie man sich amüsiert.«

»Du verbringst seit einer Weile viel Zeit mit ihm«, hob Esmie hervor. »Warum versuchst du nicht, mehr mit Tom zu unternehmen? Spielt doch Tennis oder Golf oder reitet zusammen aus.«

»Das würde er nicht wollen. Nie hat er Zeit für mich.«

»Die hätte er sicher, wenn du es vorschlagen würdest. Auch wenn ihr nur gemeinsam Picknick macht.«

»Um ihm beim Angeln oder Malen zuzusehen?«, sagte Lydia verächtlich. »Das ist nicht meine Vorstellung von einem schönen Ausflug.«

Ein Kellner kam mit einem Krug Limonade und goss sie ihnen in Gläser. Esmie nippte an ihrem und sah zu, wie die Amerikaner weiter gegeneinander Tennis spielten. Sie suchte nach einem Gesprächsthema, das Lydia nicht trotzig reagieren lassen oder ihr Heimweh wecken würde.

»Stella ist ein süßes Mädchen und so reif für eine Siebenjährige«, sagte Esmie. »Sie hat mir gestern Abend Ingwertee gebracht und plappernd bei mir gesessen, bis ich eingeschlafen bin.«

»Tja, sie ist noch die Beste von der Bande«, räumte Lydia ein. »Aber ich weiß nicht, wie viel länger ich es noch ertrage, im Hotel zu sein. Ich bin es nicht gewohnt, so zu leben – mich anstellen zu müssen, um das Bad benutzen zu können, und dann dort das gelbe Gebiss der tauben alten Mrs Shankley in einem Glas treiben zu sehen. Das ist genug, um selbst einer Pferdenatur übel werden zu lassen. Und warum sollten die Dubois ein eigenes Haus auf dem Gelände haben, während wir in zwei Zimmern hausen müssen wie ein Vertreterpärchen?«

»Würdest du denn gern auf dem Gelände leben?«, fragte Esmie.

»Nein, natürlich nicht«, schimpfte Lydia. »Aber darum geht es nicht. Was ich meine, ist, warum sie ein Haus auf unsere Kosten bekommen, während wir, die Besitzer, uns kein eigenes leisten können. Zumindest können wir das laut meinem Geizkragen von einem Ehemann nicht.«

Esmie musterte ihre Freundin. Lydia war rot angelaufen und runzelte die Stirn. Sie hatte vor Unzufriedenheit die Mundwinkel nach unten gezogen und ihre Limonade noch kaum angerührt. Sie wirkte wie eine zutiefst unglückliche Frau. Lydia schien vergessen zu haben, wie man die einfachen Freuden des Lebens genoss: ein Picknick zu planen, mit einer Freundin zu plaudern oder das angenehme Prickeln eines Getränks mit Kohlensäure im Mund zu spüren. Lydia beschwerte sich darüber, dass Tom in Indien ein anderer Mann geworden war; aber seit sie hierhergekommen war, hatte auch Lydia sich gewandelt. Lag es am Heimweh? Oder ließ ihre Liebe zu Tom nach? War Indien womöglich zu viel für Lydia oder hasste sie einfach das Raj Hotel?

Esmie widerstand dem Drang, sie mit einer tröstlichen Antwort wie der zu beruhigen, dass sie bald hier Fuß fassen würde oder sich gedulden musste, sich an ihr neues Leben zu gewöhnen. Sie wusste, dass ihre Freundin so etwas als Plattitüde abgetan hätte.

»Na dann«, sagte Esmie. »Wenn du wirklich nicht länger im Hotel wohnen möchtest, dann unternimm etwas dagegen.«

Lydia sah sie scharf an. »Was meinst du?«

»Wenn du eigenes Geld hast, um ein Haus zu kaufen oder zu mieten, dann fang an, dich nach einem umzusehen.« Esmie streckte die Hand aus und legte sie auf Lydias geschwollene. »Ich kann dir suchen helfen – wenn du willst.«

Lydia riss die Augen auf. »Würdest du das wirklich tun?«

»Natürlich.« Esmie lächelte. »Wir könnten noch heute anfangen, uns bei Maklern umzuhören, wenn du möchtest.«

»Auch wenn du dafür Ärger mit Tom und Harold bekommst?«

Esmies Herz setzte einen Schlag aus. »Warum sollte sie das stören?«

Lydia lachte trocken. »Ich weiß, dass du die Anweisung bekommen hast, mich zur Vernunft zu bringen, während sie sich zum Angeln davonmachen. Sie wollen, dass ich eine fügsame kleine Ehefrau bin, die tut, was ihr Mann will, und kein Theater macht. Ich habe recht, nicht wahr? Ich kann es gar nicht abwarten, Toms Gesicht zu sehen, wenn er hört, dass du mir tatkräftig hilfst, dem Hotel zu entkommen.«

Esmie war erschrocken. »Lydia, ich will dir dabei helfen, ein Zuhause zu finden, in dem du glücklich bist – nicht dabei, Tom eins auszuwischen. Du willst doch mit ihm zusammenleben, oder?«

Lydias Augen wichen Esmies besorgtem Blick aus. »Ja, natürlich. Ich will eine Bleibe, in der wir unsere Freunde zu Gast haben können und uns nicht die Toilette mit inkontinenten alten *box-wallahs* teilen müssen.«

Esmie konnte ein sarkastisches Auflachen nicht unterdrücken. »Oh, Lydia, du bist einfach unbelehrbar.« Sie trank ihre Limonade aus.

Lydia sprang auf. »Ich habe einen Bärenhunger. Lass uns zu Mittag essen und den Beginn unserer Mission feiern, ein Haus für mich zu finden.«

Als Esmie aufstand, bemerkte sie etwas an Lydia. Als ihre Freundin sich umdrehte, fielen Licht und Schatten so auf ihre Figur, dass sie betonten, wie eng ihr Tennisrock saß und dass ihre Taille immer dicker wurde. Auch den runden Bauch unter dem Bündchen des Rocks. Lydia kratzte sich an der rechten Brust, als würde sie unter dem strammen Stoff ihrer Bluse jucken. Esmies Herz begann vor Schock zu hämmern. Sie schnappte leise nach Luft. Lydia fing ihren Blick auf.

»Was ist?«, fragte sie.

»Lydia …«

»Sind meine Knöpfe aufgegangen oder etwas in der Art?«

Esmie trat auf sie zu und fragte leise: »Bist du …?«

»Bin ich was?«

Esmie sah sich um; es war niemand in Hörweite. Sie flüsterte: »Bist du schwanger?«

Lydia sackte vor Erstaunen der Unterkiefer hinunter. »Natürlich nicht. Das kann ich gar nicht sein. Wie kommst du nur darauf?«

»Du siehst so aus.«

»Was für ein Unsinn!«

Einen Moment lang zweifelte Esmie. Dann sah sie, dass Lydia die Tränen kamen. Ihre Freundin setzte sich wieder hin, als wäre sie außer Atem. Ihr Kinn zitterte.

»Oh Gott! Ich habe gebetet, dass ich es nicht bin«, flüsterte sie. »Ich will nicht schwanger sein.«

Esmie setzte sich schnell neben sie und umfasste ihre Hände. »Aber das sind wunderbare Neuigkeiten. Tom wird überglücklich sein.«

»Woher willst du das wissen?« Lydia warf ihr einen misstrauischen Blick zu.

Esmie errötete. »Ach, ich bin mir einfach sicher, dass er es sein wird. Er mag Kinder.«

»Ich aber nicht«, sagte Lydia mit tränenerstickter Stimme. »Und ich war so vorsichtig, um es zu vermeiden …« Sie ließ den Kopf hängen.

Esmie kam plötzlich ein entsetzlicher Gedanke. Was, wenn Lydia Dickie gestattet hatte, sie zu verführen?

Sanft fragte Esmie: »Wann hattest du deine letzte Monatsblutung?«

Lydia begann zu zittern. »Ich dachte, es wäre nur die Reise, die alles durcheinandergebracht hat – die Fahrt nach Indien – die Hitze und all das. Man hört doch, dass man wegen solcher Dinge manchmal seine Tage einfach nicht mehr bekommt, nicht wahr?«

»Also hattest du keine Blutung mehr, seit du in Indien angekommen bist?«

Lydia schüttelte den Kopf. Erleichterung durchzuckte Esmie; das Baby konnte nicht von Dickie sein.

»Also könntest du schon im vierten Monat sein?«, rechnete Esmie.

Lydia unterdrückte ein Schluchzen. »Oh, wie konnten wir nur so dumm sein? Dieser Tollpatsch! Tom kann derart leichtsinnig sein.«

Esmie mochte sich nicht vorstellen, wie Tom und Lydia miteinander intim waren. Sie legte einen Arm um ihre Freundin. »Komm, nicht weinen! Du wirst glücklich darüber sein, wenn du die Neuigkeit erst etwas hast sacken lassen.« Sie drückte Lydias Schulter. »Und sobald Tom davon erfährt, wird er dir nicht länger ein eigenes Haus verweigern – nicht, wenn ein Kind unterwegs ist.«

Lydia schaute hoch. Ihre Miene hellte sich auf. »Ja, das stimmt. Wenigstens wird ihn das zwingen, vernünftig zu sein, was das Haus angeht. Also ist es keine völlige Katastrophe, nicht wahr?«

* * *

Als Tom mit Harold nach Einbruch der Dunkelheit zurückkehrte, erkannte er an Esmies Gesichtsausdruck, dass etwas geschehen war.

Harold begrüßte sie, indem er ihr die Schulter tätschelte. »Du siehst schon viel besser aus, meine Liebe. Hattest du einen guten Tag?«

»Ja. Wir haben Tennis im Club gespielt und dann eine Autofahrt unternommen.«

Sie wandte sich an Tom. »Lydia ist müde, deshalb ruht sie sich aus. Ich habe alles arrangiert, damit Maseed das Abendessen nach oben in eure Wohnung bringt, wenn du zurück bist.«

»Gesellt du und Harold euch zu uns?«, fragte Tom.

»Nein«, sagte Esmie. »Ich habe meinen Appetit noch nicht zurückgewonnen, und ich dachte, Harold könnte Mr Ansom beim Essen Gesellschaft leisten – Mr Fritwell ist heute Abend ausgegangen.«

»Ich bin mir sicher, dass es Lydia lieber wäre, wenn ihr den Abend mit uns verbrächtet«, sagte er, denn er wollte nicht mit seiner Frau allein sein. In Anwesenheit ihrer Freunde war es unwahrscheinlicher, dass sie ihm Vorhaltungen machte.

Esmie schüttelte den Kopf. »Sie will ihn ganz allein mit dir verbringen, Tom.«

Die Art, wie sie seinen Namen aussprach – lagen da Zärtlichkeit und ein Hauch von Bedauern in ihrer Stimme? –, ließ ihm das Herz schwer werden. Warum wollte Lydia allein mit ihm sein? Würde sie ihm eine Affäre mit Dickie gestehen? Oder vielleicht wollte sie ihm wieder zusetzen, aus dem Hotel auszuziehen. Heute Abend würde er nicht einmal die Ausrede haben, sich nach unten zu schleichen, um mit seinem Hoteldirektor Berufliches zu besprechen und dann mit ihm einen Absacker zu trinken. Die Familie Dubois war noch nicht von ihrem Verwandtenbesuch zurück.

Tom schluckte. »Wenn du meinst.«

»Ja«, bekräftigte Esmie. Ihr Lächeln sorgte dafür, dass sich ihm vor Sehnsucht die Brust zuschnürte.

Sie wandte sich ab und hakte sich bei Harold ein. »Hattest du Spaß? Hast du einen Fisch gefangen? Erzähl mir alles.«

Tom sah zu, wie sie Harold Richtung Speisesaal führte. Eifersucht auf seinen Freund brach über ihn herein. Wie schon so viele Male fragte er sich, warum er nicht Esmie statt Lydia einen Antrag gemacht oder zumindest erkannt hatte, dass das starke Gefühl, das Esmie in ihm geweckt hatte, als sie sich kennengelernt hatten, Liebe war.

Schweren Herzens stapfte Tom nach oben.

Lydia ruhte in einem seidenen Morgenmantel auf dem Chintzsofa, die nackten Füße auf ein Kissen hochgelegt. Ihr Haar war offen und ihr Gesicht frei von Schminke. Er hatte sie seit Monaten nicht mehr so natürlich hübsch gesehen. Tom bedachte sie mit einem vorsichtigen Blick und fragte sich, was das zu bedeuten hatte.

Sie streckte ihm eine Hand hin. »Du kannst gern näher kommen. Ich beiße nicht.«

Er lächelte schief, ging zum Sofa und beugte sich vor, um sie auf den Kopf zu küssen. Sie hatte gebadet und roch nach Talkumpuder.

»Esmie hat mir erzählt, ihr hättet einen schönen Tag gehabt«, sagte er und trat zurück.

»Ja«, bestätigte sie und unterdrückte ein Gähnen. »Sie hat mir geholfen, ein Haus auszusuchen. Ich habe das perfekte in der Buchanan Road gefunden.«

Tom versuchte, seinen Ärger zu unterdrücken. »Du hättest Esmie da nicht mit hineinziehen sollen.«

»Das habe ich gar nicht getan«, sagte Lydia mit triumphierender Miene. »Es war ihre Idee. Sie findet es sehr egoistisch von dir, dass du nicht früher etwas unternommen hast.«

Er wurde rot. »Lydia«, sagte er gereizt, »lass uns wenigstens erst die Weihnachtsfeiertage hinter uns bringen.«

»Nein, Tom«, widersprach sie fest. »Ich habe lange genug gewartet. Ich habe einen Besichtigungstermin für morgen vereinbart. Du kannst mitkommen, wenn du willst, aber ich miete das Haus auf alle Fälle.« Sie schwang die Beine auf den Boden, stand auf und drückte den Rücken durch. »Ich will bis Neujahr dorthin umgezogen sein.«

»Das ist unmöglich – wir sind hier viel zu beschäftigt.«

»Ich nicht. Du kannst es mir überlassen, alles zu arrangieren.« Auf bloßen Füßen ging sie zur Anrichte und goss sich einen Sherry ein. »Willst du auch einen?«

»Also bist du fest entschlossen?«, fragte Tom angespannt.

»Ja. Das Haus hat alles, was wir brauchen.« Sie goss ein zweites Glas ein und reichte es Tom. »Einen großen Garten und drei Schlafzimmer; eines für uns, eines für Gäste und eines für das Baby.«

Tom glaubte, sich verhört zu haben. »Was?«

»Unser Baby. Ich bin ungefähr im vierten Monat schwanger.« Lydia stürzte ihren Sherry in einem Zug hinunter.

Tom starrte sie ungläubig an. Das Herz hämmerte ihm in der Brust. »Im vierten Monat?«

Sie nickte und goss sich einen zweiten Sherry ein. Tom begann zu zittern. Er stellte sein Glas fest auf die Anrichte und verschüttete den Alkohol.

»Pass doch auf, Schatz«, ermahnte Lydia ihn.

Toms Augen brannten. »Ich werde Vater?«, stieß er heiser hervor.

»Ja.«

Tom spürte, wie sich Druck in seiner Brust aufbaute. Ihm schnürte sich die Kehle zu. Plötzlich stieß er einen Schrei aus – halb Brüllen, halb Schluchzen – und stolperte auf sie zu. Er zog Lydia in einer inbrünstigen Umarmung an sich.

»Unser Kind«, flüsterte er, klammerte sich an seine Frau und küsste ihr Haar.

»Lass das, Tom«, protestierte sie. »Du drückst mich zu fest und lässt meinen Sherry überschwappen.«

Tom ließ sie los. Im nächsten Augenblick weinte er schon – unkontrollierbare Schluchzer tief aus seinem Innersten. Das misstönende Geräusch hallte im Zimmer wider.

»Du meine Güte«, sagte Lydia und warf einen Blick auf die Verandatüren, die einen Spaltbreit offen standen. »Lass dich ja nicht von den Dauergästen hören.«

Aber Tom konnte nichts dagegen ausrichten. Er sank aufs Sofa und biss sich in dem Versuch, seine Gefühlsbewegung aufzuhalten, in die Fingerknöchel. Wie war es möglich, so heftig über solch eine gute, willkommene Nachricht zu weinen? Er schluckte und versuchte zu sagen, wie sehr er sich freute. Lydia sah sprachlos zu und wandte sich dann ab, um sich ihr Glas, aus dem etwas übergeschwappt war, aufzufüllen.

* * *

Esmie stand unten auf dem Hof. Kaum dass Stella nach Hause gekommen war, hatte sie Esmie ins Freie gezogen, um sich den Vollmond anzusehen. Das weiße Licht erhellte die Dächer wie eine elektrische Lampe. Als sie staunend nach oben sahen, hörten sie das laute Schluchzen eines Mannes, das durch die offenen

Verandatüren der Wohnung der Lomax drang. Der Schock ging Esmie durch Mark und Bein.

»Weint Captain Lomax?«, fragte Stella besorgt. »Es klingt nicht nach Mrs Lomax. Meinen Sie, sie hat ihn wieder angeschrien?«

Einen Moment lang konnte Esmie nicht antworten. Sie vermutete, dass Lydia Tom inzwischen die Neuigkeit mitgeteilt hatte, dass sie schwanger war. Toms Reaktion wirkte außergewöhnlich. Esmie hatte damit gerechnet, Jubelrufe zu hören. Aber diese Ergriffenheit war etwas viel Tieferes – etwas Urtümliches. Ihr Herz zog sich zusammen, als sie ihn so von Gefühlen überwältigt hörte.

Ein paar Augenblicke später ging jemand zu den Glastüren und schloss sie, sperrte das Geräusch ein.

»Ich bin mir sicher, dass es ihm gut geht«, sagte Esmie.

»Er klingt nicht so«, wandte Stella ein. »Soll ich hochgehen und nachsehen?«

Esmie staunte über die Tapferkeit des Kindes. »Das ist lieb von dir. Aber nein, ich finde, wir sollten sie allein lassen.«

Stella schaute zu den geschlossenen Glastüren hoch. Ihr Gesichtsausdruck war immer noch besorgt. Esmie führte sie ein Stück weiter weg über den Hof.

»Kannst du ein Geheimnis bewahren?«, fragte Esmie.

Das Mädchen nickte.

»Ich glaube, Mrs Lomax hat Captain Lomax eine gute Nachricht mitgeteilt. Sie werden ein Baby bekommen. Aber es ist noch früh, und sie wollen vielleicht noch nicht, dass andere davon erfahren, also musst du es für dich behalten.«

Stella starrte sie fassungslos an. »Aber warum war Captain Lomax dann so aufgelöst? Will er kein Baby?«

»Doch, sogar sehr. Aber manchmal zeigen Erwachsene, wie glücklich sie sind, indem sie weinen.«

Stella nickte. »Das stimmt. Onkel Ziggy hat auch geweint, als er erfahren hat, dass Baby Sigmund nach ihm benannt wird.«

Esmie lächelte. »Na, siehst du.«

Stellas Gesicht hellte sich auf. »Ein Baby im Hotel – ich kann es gar nicht abwarten! Ich werde Mrs Lomax helfen, auf das Baby aufzupassen. Glauben Sie, dass es ein Mädchen oder ein Junge wird? Ich hoffe, es ist ein Mädchen. Jungen können ziemlich anstrengend sein.«

»Still jetzt; vergiss nicht, es ist ein Geheimnis.«

»Tut mir leid«, sagte Stella und schlug sich eine Hand vor den Mund.

Jetzt war nicht der richtige Zeitpunkt, sie zu enttäuschen, indem man ihr erzählte, dass das Lomax-Baby gar nicht im Hotel leben würde. Esmie zog Stella in eine Umarmung.

»Es ist aufregend, nicht wahr?«, flüsterte Esmie. »Und ich weiß, dass du den Lomax eine große Hilfe sein wirst, sobald das Baby da ist.«

Kapitel 25

Am nächsten Tag wurde ein Arzt ins Haus gerufen, der nach einer kurzen Untersuchung bestätigte, dass Lydia mindestens im vierten Monat schwanger war. Die Spannungen zwischen Tom und Lydia schienen sich über Nacht in Luft aufgelöst zu haben. Esmie bemerkte den Unterschied sofort. Tom marschierte wieder energiegeladen und zielstrebig durchs Hotel, voller Gutmütigkeit gegenüber jedermann und als stolzer Beschützer seiner Frau. Er lief mit einem euphorischen Dauergrinsen herum, umsorgte Lydia, wies sie an, sich nachmittags auszuruhen, und ließ ihr heiße Getränke holen und warme Bäder einlassen. Lydia, die es ausnutzte, dass er von Neuem völlig in sie verschossen war, beeilte sich, sich das Haus in der Buchanan Road zu sichern, Möbel zu bestellen und Diener anzuheuern.

Die Dauergäste brauchten nicht lange, um dahinterzukommen, dass Toms neue Liebenswürdigkeit seiner Frau gegenüber und Lydias Entzücken darüber, verwöhnt zu werden, darauf zurückzuführen waren, dass ein Baby unterwegs war. Tom stritt es nicht ab, als Hester ihn direkt danach fragte.

»Werden wir bald das Tappeln kleiner Füßchen hören, Captain Lomax?«

Tom errötete vor Stolz. »Ja, Baronin. Der Arzt meint, dass es im Mai geboren wird.«

»Schätzchen, ich freue mich ja so! Aber im Mai ist es schrecklich heiß. Vielleicht sollten Sie alles arrangieren, damit Mrs Lomax' Niederkunft in Murree stattfinden kann?«

Tom runzelte die Stirn. »Darüber hatte ich noch gar nicht nachgedacht. Sie haben recht. Murree wäre viel gesünder. Vielen Dank.«

Sobald er sich die Idee in den Kopf gesetzt hatte, bestand Tom darauf, dass ihr Kind in den Bergen geboren werden sollte, fern der Hitze und der Sommerfieber der Ebenen rings um Rawalpindi. Lydia stimmte schnell zu.

»Ich vermute, die heiße Jahreszeit wird hier unerträglich – und all meine Freunde werden bis dahin auch hinauf nach Murree ziehen.«

»Dann arrangiere ich alles«, sagte Tom. »Ich werde so oft dort hinaufkommen, wie ich kann. Mit dem Auto sind es weniger als zwei Stunden Fahrt.«

Harold, der nicht in die Auswahl der Möbel für den Bungalow in der Buchanan Road mit hineingezogen werden wollte, verabredete sich mit den Tolmies und anderen Missionarsbekannten, die über die Feiertage in Rawalpindi waren. Lydia machte ihm Vorwürfe.

»Du kannst hingehen und dich mit deinen tugendhaften Freunden treffen, wenn es sein muss, Harold. Aber du darfst Esmie nicht mitnehmen. Sie muss mir mit dem Haus helfen. Es fällt mir so schwer, mich zu entscheiden – die Schwangerschaft scheint mich ganz durcheinanderzubringen.«

Harold lief bei ihren unverblümten Worten krebsrot an. Esmie wusste, wie peinlich es ihm war, wenn das Wort »schwanger« fiel; er bevorzugte es, den Euphemismus zu benutzen, dass Lydia »guter Hoffnung« war. Esmie hoffte, dass es das Interesse ihres Mannes daran wecken würde, ein eigenes Kind zu haben

– oder ihnen zumindest ermöglichen würde, darüber zu sprechen –, aber als sie das Thema anschnitt, wich Harold aus.

»Müssen wir unbedingt jetzt darüber reden, meine Liebe?«

»Wenn nicht jetzt, wann dann?«, bedrängte sie ihn.

»Es ist nicht der richtige Zeitpunkt«, sagte Harold aufgeregt.

»Wann wird denn je der richtige Zeitpunkt sein?«, fragte Esmie gereizt. »Ich dachte, wir hätten uns in Kanki-Khel geeinigt, dass wir Eltern werden wollen.«

»Das war, bevor die Klinik wieder angegriffen worden ist. Ich habe die Situation falsch eingeschätzt. Nach allem, was ich gestern Abend im Offizierskasino gehört habe, wird die Situation rings um Taha sich wieder verschlechtern. Man spricht davon, Masons Regiment zurück an die Grenze zu schicken.«

Esmie wusste, dass er die Unruhen in den Grenzlanden immer als Ausrede nutzen würde, um keine Familie zu gründen. Früher hätte sie ihm zugestimmt. Aber sie hatte gesehen, wie Frauen wie Karo damit zurechtkamen, Kinder trotz der Ungewissheit des Grenzlebens großzuziehen. Für Esmie war es ein Risiko, das einzugehen sich lohnte. Frustriert wandte sie sich von Harold ab und fragte sich, was erforderlich sein würde, damit er es sich anders überlegte. Vielleicht würde er sich überreden lassen, selbst Vater zu werden, wenn das Lomax-Baby erst geboren war und er sah, wie glücklich seine Freunde waren.

Esmie verbrachte viele Stunden damit, Lydia mit den Haushaltsarrangements zu helfen. Sie ging Tom aus dem Weg, so gut sie konnte. Er schien jetzt misstrauisch ihr gegenüber zu sein – im Umgang war er freundlich, aber distanziert –, und sie nahm an, dass er es bereute, ihr seine Gefühle gezeigt zu haben. Es war erst eine Woche vergangen, seit sie allein eine Spazierfahrt mit dem Auto unternommen hatten, aber es schien eine Ewigkeit her zu sein. Es war, als würden sie beide versuchen, so zu tun, als hätten sie nie ausgesprochen, was sie einander anvertraut hatten – oder dass Tom beim Tanzdinner keinen Annäherungsversuch unternommen hätte. Sie wusste, dass er jetzt zutiefst verlegen sein musste, wenn er daran zurückdachte. Esmie ging einfach nicht aus dem Kopf, wie Tom vor Ergriffenheit aufgeschrien hatte, als er gehört hatte, dass er Vater werden würde, und sie wusste, dass es nichts auf der Welt gab, was er mehr wollte als dieses Baby mit Lydia.

Esmie war erstaunt über die Geschwindigkeit der Veränderungen im Hotel. Lydia bekam ihren Wunsch erfüllt, noch vor Jahresende in ihrem neuen Zuhause einzuziehen, und nahm den gemieteten Bungalow am Silvestertag in Besitz. Die Pläne, den Hogmanay-Ball im Club zu besuchen und mit den Hopkirks zu Abend zu essen, wurden abrupt fallen gelassen. Tom hatte Geraldine eine Nachricht geschickt, dass Lydia indisponiert sei.

Während Lydia erst erschrocken über die Vorstellung gewesen war, ein Baby zu bekommen, schien sie jetzt ihre neue Rolle als innig geliebte werdende Mutter, die wie ein rohes Ei behandelt werden musste, zu genießen. Die Lomax planten stattdessen eine kleine Dinnerparty nur mit Esmie und Harold. Ein Lieferwagen wurde gemietet, um ihre Habseligkeiten von der Wohnung im Hotel in die Buchanan Road zu transportieren.

An dem Morgen frühstückten Esmie und Lydia zusammen in der Wohnung, bevor die Möbelpacker eintrafen. Harold war noch nicht von seinem Morgenspaziergang zurück, und Tom war unten und sprach mit den Dauergästen. Esmie hatte mitangehört, wie er Hester versichert hatte, dass er ständig aus der Buchanan Road herüberkommen würde, um sicherzustellen, dass alles wie geschmiert lief.

»Ich kann dir gar nicht sagen, wie erleichtert ich bin, das Hotel zu verlassen«, sagte Lydia und machte sich über eine große Portion Rührei auf Toast her. In den letzten paar Tagen hatte sie sich einen ganzen Schrank voll neuer, lockerer sitzender Kleider gekauft und wirkte, als ob sie sich wohler fühlte. »Dubois kann euer Gepäck nachher vorbeibringen.«

Esmie lächelte verlegen. »Es hat keinen Zweck, dass wir nur für zwei Nächte noch umziehen. Hier im Hotel fühlen wir uns sehr wohl.«

Lydia bedachte sie mit einem überraschten Blick. »Was meinst du damit – nur für zwei Nächte?«

»Du weißt doch, dass wir nach Hogmanay wieder abreisen. Harold will nach Neujahr so schnell wie möglich zurück nach Taha. Er hat mit Bernie Hudson verabredet, dass wir ihn auf dem Heimweg in Peschawar besuchen.«

»Wer um alles in der Welt ist Bernie Hudson?«

»Weißt du nicht mehr, wie ich dir von ihm erzählt habe? Er ist bei der Landwirtschaftsbehörde. Er und Harold haben sich auf dem Schiff hier heraus angefreundet. Er fragt uns schon seit Monaten, wann wir ihn endlich besuchen.«

Lydia sah verärgert drein. »Also möchte Harold seine letzten Urlaubstage lieber mit irgendeinem Mann verbringen, den er auf einem Schiff kennengelernt hat, als mit seinen ältesten Freunden? Und er wird dich mitschleifen. Ich hätte nicht gedacht, dass er so egoistisch sein könnte. Endlich habe ich ein Haus, um meine liebsten Freunde zu Gast zu haben, und jetzt wollt ihr nicht einmal bleiben.«

Esmie merkte Lydia an, dass sie sich aufzuregen drohte. Sie legte ihrer Freundin eine Hand auf den Arm. »Wir freuen uns wirklich darauf, heute Abend im Bungalow mit euch zu essen, und uns bleiben ja noch zwei Tage zusammen. Also lass uns das Beste daraus machen.«

»Das muss ich dann wohl«, sagte Lydia schniefend. »Es ist so schwer, wenn alle, die mir am Herzen liegen, nach so einem kurzen Aufenthalt schon wieder abreisen müssen.«

Esmie lächelte aufmunternd. »Du hast Tom die ganze Zeit bei dir – und in ein paar Monaten hast du dann auch noch Baby

Lomax. Ich wette, deine Eltern werden sofort in aller Eile wieder nach Indien kommen wollen, wenn der oder die Kleine geboren ist. 1920 wird ein ganz wunderbares Jahr für euch beide, da bin ich mir sicher.«

Lydia seufzte tief. »Wenn es Mummy und Daddy zurück nach Indien bringt, dann ist es wohl die Mühe wert, dieses Baby zu bekommen.« Sie entzog sich Esmie und legte ihre Hände auf ihren gerundeten Bauch. »Weißt du, dass ich glaube, dass ich in den letzten paar Tagen gespürt habe, wie es sich bewegt? Ist das möglich?«

Esmie sah Lydias gewölbten Bauch an und verspürte ein seltsames Schaudern. Lydia trug ein anderes Leben in sich. Esmie empfand eine Mischung aus Beklommenheit und Vorfreude für ihre Freundin – und einen Anflug von Neid.

»Ja, das ist durchaus möglich«, sagte Esmie.

»Oh Gott«, rief Lydia, »es passiert wirklich, nicht wahr?«

* * *

An dem Abend unternahmen Esmie und Harold die fünfzehnminütige *tonga*-Fahrt zu dem neuen Bungalow. Das Wohnzimmer war bereits luxuriös mit Lydias schönen Ahornmöbeln, Perserteppichen in leuchtenden Farben und chinesischen Vasen voller frischer Blumen eingerichtet. Ein helles Feuer prasselte auf dem Kaminbock, und Dekorationsgegenstände aus Messing spiegelten den warmen Schein wider.

Tom hieß sie willkommen, und sein Diener Bijal reiche Gin-Cocktails herum.

Über dem Kamin sah Esmie ein großes Aquarell hängen.

»Ist das eines von deinen?«, fragte sie und beugte sich näher heran, um es anzusehen.

»Ja, es zeigt die Ruinen in Taxila«, sagte Tom mit einem schüchternen Lächeln. »Meine Frau hat mir endlich erlaubt, es aufzuhängen.«

»Es ist sehr eindrucksvoll«, sagte Esmie bewundernd. Sie mochte den halb abstrakten Stil und die kühne Farbgebung; die Schutthaufen waren purpurn und der Himmel fast grün.

Tom wirkte erfreut. »Vielleicht kann ich mit dir und Harold dort hinausfahren? Es ist einen Besuch mehr als wert.«

»Zu spät«, sagte Lydia. »Sie lassen uns schon übermorgen im Stich.«

»Wirklich?«, fragte Tom und fing Esmies Blick auf.

Sie kam nicht dahinter, ob er über die Nachricht erleichtert oder enttäuscht war. Sie war davon ausgegangen, dass Harold es ihm schon gesagt hätte.

Esmie nickte. »Ihr wart mehr als freundlich zu uns, aber wir dürfen nicht länger bleiben, als wir willkommen sind, sonst ladet ihr uns nie wieder ein.«

Harold erklärte: »Wir nehmen den Zug über Peshawar. Esmie hat die Stadt noch nicht gesehen, und ich dachte, sie würde sie interessant finden. Wir wohnen bei einem faszinierenden Burschen namens Hudson. Er übersetzt Dickens auf Paschtu.«

Esmie sah, dass Tom bei der Erwähnung von Peschawar zusammenzuckte. Lag das daran, dass es ihn an seine Armeezeit erinnerte, oder gab es einen persönlicheren Grund? Sie wusste, dass Toms erste Frau dort gestorben war.

Nach dem Aperitif aßen sie auf der mit Fensterläden abgeschirmten Veranda im Kerzenschein an einem Tisch. Zwei Kohlenbecken heizten den Raum. Sie schwelgten in Erinnerungen an den letzten Sommer in Schottland und die Ausflüge, die sie als Quartett unternommen hatten. Die Stimmung war locker, und Lydia war wieder so lebhaft wie eh und je, zog die anderen auf und brachte sie zum Lachen.

Als sie sah, wie gut sie sich alle verstehen konnten, überkam Esmie plötzlich Optimismus, was ihre jeweiligen Ehen betraf. Auf unterschiedliche Art hatten beide Paare einen wackeligen Anfang hinter sich, aber allmählich klärten sich die Dinge. Tom und Lydia wurden von der Vorfreude auf ihren Sohn oder ihre Tochter näher zusammengeführt, während Esmies und Harolds Partnerschaft stärker werden würde, wenn sie ihre gemeinsame Arbeit fortsetzten. Esmie betete, dass auch aus ihrer Ehe mit der Zeit ein Baby hervorgehen würde.

Während sie am Tisch der Lomax saß und Toms Blick auswich, konnte Esmie sich einreden, dass sie glücklich war und dass die Zukunft Erfüllung bringen würde. Später kehrten sie ins Wohnzimmer zurück und spielten Karten, während Tom Platten mit schottischen Liedern auf dem Grammofon auflegte. Als sie dann mit Whisky auf das neue Jahr anstießen und Auld Lang Syne sangen, konnte Esmie es schon nicht mehr abwarten, zurück nach Taha zu reisen und 1920 beginnen zu lassen.

Kapitel 26

Peschawar, Januar 1920

Eisiger Regen peitschte Esmie ins Gesicht, als sie mit Harold und Bernie die St John's Church verließ. Es war bitterkalt, und die kahlen Bäume auf dem Kirchhof bogen sich und schwankten im Wind. Die schneebedeckten Gipfel der Khaiberberge waren unter einer Wolkendecke verschwunden, und einen Moment lang konnte Esmie, als sie sich vor dem neogotischen Steinbau duckte, vorstellen, sie wäre wieder zurück in Schottland. In der Kirche hatten sie auf geschnitzten Bänken unter hängenden Gaslampen gesessen. Esmie hatte die glänzenden Messingplaketten betrachtet, die die Toten ehrten – vor allem höhere Offiziere und deren Familien – und sich Fragen über Mary Lomax gestellt.

In welcher Straße der Garnisonssiedlung hatten sie und Tom gelebt? Vielleicht lag Bernies ordentlicher Bungalow ganz in der Nähe davon. Wie hatte Mary ihre Tage ausgefüllt? War sie so neugierig wie Esmie darauf gewesen, sich in die Seitengassen der Festungsstadt zu wagen, um den Kupferschmieden bei der Arbeit zuzusehen und um bunte Seidenstoffe aus Buchara zu feilschen, die man zu Sommerkleidern verarbeiten konnte?

Seit sie vor zwei Tagen angekommen waren, war das Wetter zu ungemütlich gewesen, um die Sehenswürdigkeiten zu besuchen. Esmie hatte nur auf einer kurzen *tonga*-Fahrt mit Harold und seinem Freund einen Blick auf die ummauerte Stadt erhascht. Im Regen hatten die niedrig gelegenen Gebäude der Basare und Karawansereien trist gewirkt und die Laute der brüllenden Packtiere verzweifelt geklungen. Esmie hatte Mitleid mit den festsitzenden Händlern gehabt, die, in feuchte Decken gehüllt, niedergeschlagen in den engen Serei-Eingängen herumgestanden und darauf gewartet hatten, ihre Reisen mit ihren ruhelosen Maultieren und Kamelen fortzusetzen.

Morgen würden sie und Harold nach Taha zurückkehren. Esmie freute sich darauf, nach Hause zu kommen, und litt unter der mehrtägigen Reiseunterbrechung in Peschawar.

Auch Harold hatte es ganz eilig gehabt, aufzubrechen. Die Nachricht, dass die Lomax ein Baby bekommen würden, schien ihren Ehemann aus der Fassung gebracht zu haben. Er hatte gehofft, vor der Abreise noch einmal mit Tom angeln gehen zu können, aber sein Freund war zu beschäftigt damit gewesen, sich um die Bedürfnisse seiner schwangeren Frau zu kümmern.

Während sie Mühe hatte, ihren Regenschirm davor zu bewahren, in den Böen von innen nach außen umzuschlagen, warf Esmie einen Blick auf Harold, der mit Bernie ins Gespräch vertieft war. Er wenigstens genoss ihren Aufenthalt in Peschawar, die langen Schachspiele und Gespräche über Bücher mit dem belesenen Bernie am behaglichen Feuer. Während Esmie die Zeit lang geworden war, waren die Männer bis spät abends aufgeblieben und hatten über alles Mögliche geredet, von Dickens bis hin zu den Ursprüngen des Polospiels. Esmie erkannte, wie sehr Harold auf ihrem entlegenen Vorposten intellektuelle Stimulation vermissen musste. Seine Mutter und seine Tante hatten sie ihm zu Hause geboten, und es gab ein oder zwei Leute in Taha, wie etwa Bannerman, mit denen er über Religion und Bücher sprechen konnte. Aber mit Bernie hatte er einen Bruder im Geiste gefunden, und Esmie wollte ihn nicht vorzeitig diesen kostbaren Tagen der Entspannung entreißen, bevor sie sich wieder ins Getümmel stürzten.

Sie tröstete sich mit dem Gedanken, dass Harold wahrscheinlich glücklicher damit war, mit ihr verheiratet zu sein, als er es gewesen wäre, wenn er seinem Herzen gefolgt wäre und Lydia einen Antrag gemacht hätte. Abgesehen vom Sport hatten Harold und Lydia keine gemeinsamen Interessen. Aber es folgte keiner Logik, in wen man sich verliebte, und an der alten Redensart, dass Gegensätze sich anzogen, war etwas Wahres. Wie sonst konnte sie die magnetische Anziehungskraft erklären, die für sie von Tom ausging? Er war impulsiv, extrovertiert, charmant, schnell aufgebracht und hielt mit seinen Emotionen nicht hinterm Berg; sie dagegen war eine Beobachterin, die ihre Gefühle im Zaum hielt.

Wie war Mary gewesen? Harold erinnerte sich, dass sie in ihrer Kindheit gutherzig und etwas schüchtern gewesen war, eine Tagträumerin, die sich stundenlang damit beschäftigen konnte, mit ihrem Kaninchen zu spielen oder zu zeichnen. Tom, der um seine Mutter getrauert hatte und ständig von seinem strengen Vater herabgewürdigt worden war, hatte sich an Marys Freundschaft geklammert wie an einen Rettungsring.

»Es erschien nur natürlich, dass die beiden heiraten würden«, hatte Harold gesagt. »Mary hat Tom angehimmelt. Ich dachte immer, dass es so kommen würde, auch wenn sie vom Temperament her sehr verschieden waren.«

Obwohl Harold im Heimaturlaub in Schottland gewesen war, als Mary gestorben war, fand Esmie es erstaunlich, dass er nicht in Erfahrung gebracht hatte, wo Mary begraben war. Tom hatte nie darüber gesprochen, und Harold hatte es für aufdringlich gehalten, danach zu fragen.

Bernie erschien an ihrer Seite und bot ihr zum Schutz seinen größeren Regenschirm an.

»Haben Sie an den Kirchenwänden interessante Inschriften entdeckt?«, fragte er.

Esmie zwang sich, ihre Gedanken wieder auf die Gegenwart zu richten.

»Interessant, aber traurig«, räumte sie ein. »Jede einzelne erzählt eine Geschichte von Liebe und Verlust.«

Bernie nickte. »Aber auch von viel Bemühen.«

Esmie gab auf, was ihren eigenen Regenschirm betraf, und erlaubte Bernie, sie unter seinem vom Kirchengelände zu führen.

»Natürlich«, fuhr er fort, »wird Ihnen, wenn Sie wirklich ein Gefühl für unsere Vergangenheit hier in Peschawar entwickeln wollen, ein Ausflug auf den britischen Friedhof mehr verraten als ein Dutzend Geschichtsbücher. So viele Grabsteine und Monumente, die ausführlich zu früh beendete Leben schildern und auch den jeweiligen Beruf oder das Regiment erwähnen.«

Esmies Pulsschlag beschleunigte sich. Vielleicht war Marys Grab darunter. »Gibt es auch Gräber, die den Peshawar Rifles und ihren Familien gehören?«

»Den Rifles? Natürlich. Sie haben in dieser Gegend eine illustre Geschichte.«

»Ist der Friedhof weit entfernt von hier?«

»Nein, gar nicht weit. Er liegt auf dieser Seite der Garnisonssiedlung – draußen an der Khyber Road.«

»Haben wir die Zeit, vor dem Mittagessen noch dorthin zu gehen?«, fragte Esmie.

»Bei diesem Wetter?« Bernie lachte. »Ihre Hingabe an historische Forschungen in allen Ehren, Mrs Guthrie, aber vielleicht sollten wir das bis nach dem Mittagessen aufschieben und abwarten, ob der Regen nachlässt.«

Esmie unterdrückte ihre Enttäuschung und stimmte zu. Sie wusste nicht, warum sie es für so wichtig hielt, Marys letzte Ruhestätte aufzuspüren, abgesehen davon, dass es dafür sorgte, dass sie sich Tom näher fühlte. Aus irgendeinem Grund, den sie nicht erklären konnte, wollte sie der Frau die letzte Ehre erweisen, die dem jungen Tom schlichte Güte und Liebe entgegengebracht und ihn in ihrer kurzen Ehe glücklich gemacht hatte. Wenn sie Marys Grab finden konnte, würde sie Toms verletzte Seele womöglich besser verstehen und ihm helfen können, Frieden zu finden.

Oder vielleicht machte sie sich auch etwas vor. Tom brauchte und wollte ihre Hilfe nicht – schon gar nicht jetzt, da er Vater werden würde. Lydia und ihr Baby waren seine Zukunft. Es würde Monate dauern, bis sie sie alle wiedersah. Sie und Harold hatten versprochen, zurückzukehren und zu Besuch zu kommen, sobald das Baby geboren war, aber Esmie bezweifelte, dass es ihr gelingen würde, Harold zu einem zweiten Urlaub so kurz nach ihren Weihnachtsferien zu überreden.

Sie ging die letzten Augenblicke mit Tom im Geiste durch. Nach ihrem tränenreichen Abschied von Lydia hatte er sie und Harold zum Bahnhof gefahren. Lydia hatte über ihre Abreise geschluchzt, und auch Esmie war ergriffen gewesen und hatte sie gedrängt, gut auf sich und ihr ungeborenes Baby aufzupassen. Während Harold überwacht hatte, wie ihr Gepäck in den Zug geladen worden war, hatte Tom Esmies Hände in seine genommen.

»Du musst dir keine Sorgen um deine Freundin machen«, hatte er gesagt. »Ich werde mich hervorragend um sie kümmern.«

Esmie hatte sich unter seiner Berührung angespannt und versucht, nicht zu zittern. Sie hatte genickt. »Ich weiß.«

Er hatte sie mit einem seiner innigen Blicke bedacht. »Du wirst auch irgendwann an der Reihe sein, liebe Esmie.«

Sie hatte gespürt, dass ihr Tränen in den Augen gebrannt hatten. Sie war schon nahe daran gewesen, ihn zu fragen, was er meinte, als Harold zurückgekehrt war und ihr gesagt hatte, es sei Zeit, einzusteigen. Tom hatte ihr einen kurzen Kuss auf die Wange gehaucht, und sie hatte ein sehnsuchtsvolles Aufschluchzen hinuntergeschluckt, als er sich abgewandt hatte, um Harold fest die Hand zu schütteln. Auf der Zugfahrt hatte sie über seine Worte nachgedacht, die ihr ein Rätsel waren, und war zu dem Schluss gekommen, dass er gemeint hatte, dass auch sie irgendwann Mutter werden würde.

Zurück in Bernies Bungalow warf Esmie während des gesamten reichhaltigen Mittagessens aus Mulligatawny Soup, Hammelkoteletts, wässrigem Gemüse und Reispudding immer wieder Blicke aus dem Fenster, weil sie hoffte, dass der Regen nachließ. Danach zogen sie sich in den Salon zurück, wo seit dem frühen Morgen ein Feuer brannte. Die Männer machten es sich in Sesseln bequem und lasen. Esmie sah nervös aus dem Fenster; das Licht verblasste schon am düsteren Himmel.

»Vielleicht wäre jetzt ein guter Zeitpunkt, um den Friedhof zu besuchen«, schlug sie vor. »Bevor es dunkel wird. Anscheinend hat es zu regnen aufgehört.«

Harold unterdrückte ein Gähnen. »Ich wollte eigentlich noch ein bisschen in der Bibel lesen. Es ist wirklich kein Nachmittag, um nach draußen zu gehen. Vielleicht könnten wir morgen auf dem Weg zum Bahnhof dort vorbeischauen.«

Esmie wusste, dass sie, wenn sie jetzt nicht hingingen, nie einen Besuch dort machen würden. Sie mussten den Morgenzug erwischen, und Harold würde sich unnötig aufregen, dass sie ihn verpassen könnten.

»Er liegt nicht auf dem Weg zum Bahnhof«, hob sie hervor. Sie warf Bernie einen flehentlichen Blick zu.

Er stemmte sich aus seinem bequemen Sessel am Feuer hoch. »Ich habe Mrs Guthrie ja versprochen, dass wir nach dem

Mittagessen hingehen würden, wenn das Wetter sich bessern würde – und das hat es. Sie können ja hierbleiben, Harold, wenn Sie möchten. Ich kann Ihre Frau zwischen den Gräbern herumführen – nach all den Jahren bin ich gewissermaßen ein Experte.«

Harold überlegte es sich schnell anders. »Nein, nein, ich komme auch mit.«

* * *

Sie betraten den Friedhof durch ein überdachtes, mit Ranken bewachsenes Tor. Esmie fiel sofort die Ruhe dort auf: Ordentliche Reihen gepflegter Gräber erstreckten sich unter den kahlen, tropfenden Bäumen. Die Wolken rissen auf, und ein blassgoldenes Licht breitete sich über den wieder sichtbar werdenden Bergen im Westen aus.

»Zur Linken haben wir die ältesten Gräber«, erklärte Bernie, während er sie den matschigen Pfad entlanggeleitete. »Einige davon stammen schon aus den 1860er-Jahren. Vor allem junge Soldaten fern der Heimat. Viele der Grabsteine sind von Waffenbrüdern errichtet – ihrer Ersatzfamilie hier draußen.«

Esmie war ergriffen von den liebevollen Inschriften und davon, wie schön die Grabsteine aussahen; viele von ihnen waren kunstvoll gemeißelt und verziert, um sie für den geliebten Menschen, der darunter begraben war, einzigartig zu machen. Am anrührendsten waren die Gräber der Kinder der Garnisonssiedlung: Söhne und Töchter, im Kleinkindalter dahingerafft, vermutlich durch Gewalt oder plötzliche Krankheit. Es erinnerte sie schmerzlich an Harolds Grund dafür, sich nicht auf die Elternschaft einzulassen.

Sie spazierten über den Friedhof und blieben immer wieder stehen, um die Inschriften auf den Ehrenmälern verschiedener Regimenter zu lesen oder sich Bernies Erklärungen anzuhören.

»Sehen Sie, wie viele 1879 hier begraben worden sind? Dafür ist ein Choleraausbruch während des Afghanistanfeldzugs verantwortlich.« Dann zeigte er zum westlichen Ende des Friedhofs und sagte: »Traurigerweise gibt es auch eine ganze Anzahl neuer Grabsteine vom Ende des letzten Krieges – die Grippe hat viele dahingerafft.«

Das Licht sickerte allmählich aus dem Himmel, und die Dunkelheit würde sich bald herabsenken. Harold sagte: »Ich finde, wir sollten vor Einbruch der Dunkelheit wieder in der Garnisonssiedlung sein.«

Esmie beschloss, die Frage zu stellen, die ihr auf den Lippen lag, seit sie auf dem Friedhof angekommen waren.

»Gibt es eine besondere Ecke für die Peshawar Rifles und ihre Familien? Es ist möglich, dass die erste Frau unseres guten Freunds Captain Lomax hier begraben liegt.« Sie warf einen Blick auf Harold. »Wir würden ihr gern die letzte Ehre erweisen.«

Bernie nickte. »Die Rifles sind überall verteilt. Es hängt ganz vom Datum ab.«

Esmie sagte: »Unmittelbar vor dem Krieg, nicht wahr, Harold?«

»Ende 1912 oder Anfang 1913«, erwiderte er, das Gesicht von Kummer umwölkt. »Ich war auf Heimaturlaub und bin erst im März zurückgekehrt, also war die Beerdigung längst vorbei. Der arme Lomax war fort auf einem Vorposten, als es passiert ist. Macht sich immer noch Vorwürfe, weil er nicht da war. Nicht, dass er irgendetwas hätte tun können.«

»Woran ist sie gestorben?«, fragte Bernie.

Harold errötete. »Das weiß ich nicht genau. An irgendeinem Fieber, nehme ich an. Tom wollte nie darüber sprechen.«

Sie kamen an einem Wasserbecken entlang, als Bernie sie zu einem weit entfernten Winkel hinter einer Hecke führte und sich zwischen den Gräbern auf die Suche machte. Die Steine waren noch nicht verwittert, ihre Inschriften klar zu lesen. Abrupt blieb er vor einem schmalen Grabstein aus weißem Marmor stehen, der oben zu einem keltischen Kreuz gemeißelt war.

»Könnte es das hier sein?«, fragte Bernie.

Esmies Kehle schnürte sich zu, als sie den Blick über die Inschrift schweifen ließ.

In liebendem Angedenken an Mary Maxwell Lomax, innig geliebte Frau von Captain T. Lomax von den Peshawar Rifles, geboren am 2. Januar 1888, gestorben am 5. Januar 1913. Errichtet von ihrem trauernden Ehemann.

»Doch o um den Druck der verschwundenen Hand, Den Laut eines Mundes nun stumm!«

Esmie biss sich auf die Lippen, um ihre Tränen aufzuhalten. Ihr Herz war schwer vor Kummer angesichts dieser liebevollen, verzweifelten Worte. Wie sehr Tom seine Mary geliebt hatte! In dem Moment bezweifelte sie, ob er jemals eine andere genauso sehr lieben konnte – sei es nun Lydia oder sie selbst.

»Oh, Harold, das ist so traurig«, sagte sie, streckte die Hand nach ihrem Mann aus und wollte seine warme Gegenwart spüren. Aber er sah nicht Marys Grab an. Er starrte das daneben an, mit einem kleineren Grabstein, neben dem eine Engelsstatue aufgestellt war. Er wandte sich ihr zu, sein Gesicht aschfahl. Esmies Herz pochte dumpf.

»Was ist?«, fragte sie. Angst ballte sich in ihrem Bauch zusammen.

»Das verstehe ich nicht«, sagte er verwirrt. »Tom hat nichts davon erzählt, dass …«

Esmie stellte sich schnell neben ihn und las den zweiten Grabstein. Schockiert schnappte sie nach Luft.

Zum Gedenken an Amelia Mary, neugeborene Tochter von Captain T. Lomax. Geboren am 5. Januar 1913, lebte vier Tage lang.

»Auch mein Leib wird sicher wohnen. Geborgen in Jesu Armen. Denn ihrer ist das Himmelreich.«

Esmie hielt sich an Harold fest, um sich abzustützen. Sie starrte ihn mit offenem Mund an.

»Tom hatte eine Tochter?«

Harolds Kiefer waren zusammengepresst; er konnte nur nicken. Esmie sah das Grab noch einmal an; die Worte versengten ihr Herz. Sein kleines Mädchen – sein eigen Fleisch und Blut –, hier neben seiner Frau begraben. War er rechtzeitig aus dem Feld zurückgekehrt, um seine Tochter noch lebendig zu sehen? Hatte er sie je in den Armen gehalten? Wenn nicht, wer hatte sich in den vier Tagen, die es gelebt hatte, um sein Kind gekümmert? Esmie konnte kaum ermessen, wie sehr Tom unter diesem doppelten Verlust gelitten haben musste.

Bernie sagte sanft: »Die Frau Ihres Freundes muss bei der Geburt gestorben sein – das Datum stimmt mit dem Geburtsdatum des Kindes überein.«

Esmie sah Marys Grabstein noch einmal an. Der fünfte Januar. Ihr stiegen die Tränen in die Augen. Morgen würde der siebte Jahrestag von Marys Tod – und der Geburt ihres Babys – sein.

Sie hörte Harold ein Schluchzen hinunterschlucken. »Mein armer Freund!« Seine Stimme war heiser vor Kummer. »Das wusste ich nicht. Das wusste ich nicht.«

Esmie umfasste seine Hand und drückte sie. Sie war zu ergriffen, um zu sprechen. Sie dachte an Toms unkontrollierbares Weinen an dem Abend, als er erfahren hatte, dass Lydia schwanger war. Jetzt verstand sie es. Er hatte vor Glück über diese zweite Chance, Vater zu werden, geweint – und vor Trauer um die Tochter, die er verloren hatte.

Kapitel 27

Früh am nächsten Morgen, bevor sie Peschawar verließen, gingen Esmie und Harold noch einmal auf den Friedhof, um Blumen auf die Gräber von Mary und Amelia zu legen. Die Wolken waren aufgerissen, um einen topasblauen Himmel zu enthüllen. Die schneebedeckten Berge um den Khaiberpass wirkten nahe genug, um sie zu berühren. Für Esmie strahlte diese letzte Ruhestätte eine raue Schönheit aus.

Sie hatte kaum schlafen können, weil sie an Toms junge Frau und seine Tochter hatte denken müssen. Hatten Marys Wehen verfrüht eingesetzt? Hatte sie nach Tom geschickt, verängstigt, weil alles zu früh passierte? Hatte sie lange genug gelebt, um zu erfahren, dass sie eine Tochter zur Welt gebracht hatte, und um sie an ihre Brust zu legen? Esmie tat das Herz für diese Frau weh, die sie nie näher gekannt hatte, der sie sich aber dennoch verbunden fühlte: Sie waren beide in Ebbsmouth aufgewachsen, hatten sich als junge Bräute nach Indien gewagt und sich beide in Tom Lomax verliebt.

Aber es war das Säuglingsgrab, das ihr das Herz brach. Unter diesem winzigen Stück Erde lag Amelia – nach Toms geliebter Mutter benannt –, die nur vier Tage lang geatmet hatte. War sie mit Toms dunklen Haaren und blauen Augen geboren worden?

Wer hatte sie gestillt und getröstet, wenn sie geschrien hatte? War sie zu früh und schwach geboren worden, um zu überleben, oder war sie irgendeiner Krankheit zum Opfer gefallen, die in der engen und dicht bevölkerten Garnisonssiedlung umgegangen war?

Es hatte keinen Zweck, sich die Fragen zu stellen, denn das Endergebnis war dasselbe: Amelia war ihrer Mutter rasch ins Grab gefolgt und hatte Tom benommen vor Trauer zurückgelassen. Er war so von der doppelten Tragödie traumatisiert gewesen, dass er niemandem aus seiner Familien und seinem Bekanntenkreis – noch nicht einmal seinem engsten Freund Harold – erzählt hatte, dass er eine Tochter gehabt hatte. Harold hatte nicht einmal gewusst, dass Mary schwanger gewesen war.

Esmie, Harold und Bernie hatten am Vorabend noch lange zusammengesessen und darüber geredet. Zum letzten Mal hatte Harold Mary gesehen, bevor er 1912 Ende der heißen Jahreszeit in den Heimaturlaub nach Schottland gefahren war, vier Monate vor ihrem Tod. Mary und Tom waren guter Laune gewesen. Vielleicht hatte sie in der Rückschau ein bisschen müde gewirkt, aber dass sie ein Kind erwartete, war nicht erwähnt worden. Wenn Harold nichts aufgefallen war, dann wahrscheinlich, weil die Schwangerschaft noch nicht weit fortgeschritten gewesen war – und damit wurde es wahrscheinlicher, dass Mary verfrüht niedergekommen war.

Esmie presste sich die Finger auf den Mund und schluckte Tränen hinunter, als Harold Gebete an den beiden Gräbern sprach.

»… und empfehlen sie beide deiner liebevollen Fürsorge an, oh Herr, bis zum Tag der Auferstehung, an dem wir mit den lieben Dahingeschiedenen wiedervereint werden – der ganzen großen Gemeinschaft der Heiligen, die bei dir im Himmel wohnen und die wir hier auf Erden so sehr vermissen. Und tröste unseren Freund Tom. Möge er sich in Zeiten der Dunkelheit und des Zweifels an dich wenden und wissen, dass du mit ihm bist und dass er geliebt wird. Möge er wissen, dass du seine teure Mary und Amelia in deiner Hand hältst – in Sicherheit und in Frieden ruhend –, bis er ihnen im ewigen Leben wiederbegegnet. In Jesu Namen, Amen.«

Esmie konnte die Tränen nicht aufhalten, die ihr angesichts von Harolds zärtlichem, tröstlichem Gebet über die Wangen liefen. Als sie sah, dass auch ihm die Augen vor Tränen übergingen, nahm sie seine Hand und hielt sie fest.

»Danke, Harold.«

Ohne weitere Worte verließen sie den Friedhof. Das einzige Geräusch kam von einem einsamen Vogel, der ungesehen in den Bäumen tirilierte.

* * *

Esmie war traurig, Abschied von Bernie nehmen zu müssen; er war ein freundlicher und aufmerksamer Gastgeber gewesen, und Harold hatte sich in seiner Gesellschaft entspannt. Nach einer langen Tagesreise per Zug und Automobil – Bannerman holte sie wieder in Kohat ab – waren sie bei Einbruch der Nacht wieder in Taha.

Obwohl die Autofahrt anstrengend gewesen war, ging Esmie geradewegs in die Dienerquartiere, um Karo und Gabina aufzusuchen. Als das kleine Mädchen Esmie sah, streckte es die Arme aus und lief schwankend auf sie zu. Esmie hob Gabina hoch und drückte sie an sich.

»Ich habe dich so vermisst!«, rief sie.

Sie versuchte, den Gedanken an Amelias Grab zu verbannen, während sie sich an Gabina klammerte. Seit sie von Toms toter Tochter erfahren hatte, war das Mädchen für sie sogar noch kostbarer. Wie zerbrechlich war neues Leben doch an diesem Ort, und wie leicht hätte Gabina sterben können, wenn Karo nicht in die Klinik gekommen wäre. Dann kam Esmie der Gedanke, dass das Wasir-Mädchen immer noch krankheitsanfällig war; so viele der Gräber in Peschawar gehörten Kindern, die das Säuglingsalter überlebt hatten, nur um in ihrer frühen Kindheit einer akuten Krankheit zum Opfer zu fallen. Sie spürte, wie ihre alte Angst vor der Mutterschaft sie von Neuem mit voller Wucht packte.

An dem Abend sprach sie nach einem späten Essen das Thema Harold gegenüber an.

»Ich habe über meine Sehnsucht nachgedacht, ein Kind zu haben«, sagte sie leise.

Er warf ihr einen nervösen Blick zu. »Ich dachte, wir hätten …«

»Lass mich ausreden«, unterbrach Esmie ihn. Er nickte ihr zu, fortzufahren.

»Marys Grab zu finden – und Amelias zu sehen – war für mich ein tiefgreifender Schock. Und ich glaube, auch für dich, Harold.«

»Ja«, stimmte er zu.

»Das hat mir klargemacht, dass mein Wunsch nach einem Kind ein egoistischer ist«, gestand Esmie. »Ich bin hergekommen, um als Krankenschwester zu arbeiten und dabei zu helfen, den Leuten der Grenzregion zu dienen. Was nütze ich ihnen, wenn ich im Kindbett sterbe wie Mary? Mein Wunsch, Mutter zu sein, ist noch so stark wie eh und je, aber ich muss akzeptieren, dass meine Bestimmung im Leben vielleicht ist, mich um die Kinder anderer Leute und nicht um meine eigenen zu kümmern.« Sie schenkte Harold ein trauriges Lächeln. »Und ich weiß, dass du im Hinblick auf eine Familiengründung nicht das Gleiche empfindest wie ich. Es wäre falsch, dir die Vaterschaft aufzuzwingen – obwohl ich glaube, dass du ein liebevoller Vater wärst –, also werde ich das Thema nicht wieder ansprechen.«

Sie sah seine Augen vor Ergriffenheit glänzen und ihren eigenen Kummer widerspiegeln. Und dennoch glaubte sie, auch Erleichterung in seiner Miene zu sehen. Er griff über den Tisch, nahm ihre Hand und presste sie sich zärtlich an die Lippen. Zuneigung durchzuckte sie, und sie wünschte, er könnte ihr seine Liebe öfter so deutlich zeigen.

Danach stand Harold auf, wünschte ihr gute Nacht und zog sich in sein Schlafzimmer zurück. Schweren Herzens ging Esmie in ihr eigenes Zimmer und legte sich zwischen die kalten Laken, allein, aber schicksalsergeben, das Beste aus ihrer platonischen Ehe mit Harold zu machen.

* * *

Bald ging Esmie wieder ganz im alltäglichen Klinikbetrieb auf: Sie arbeitete viele Stunden an der Seite von Harold, Rupa, Alec Bannerman und den Pflegern. Im Basar und in der europäischen Siedlung liefen Gerüchte über Stammesaufstände und Überfälle auf britische Vorposten um. Aber die Gewalt fand südlich und westlich von Taha statt, und die Mission arbeitete weiter und versuchte, die Anspannung zu ignorieren.

Esmie nahm die sonntäglichen Mittagessen für ihre Freunde im Bungalow wieder auf, und während sie gemeinsam beim Essen saßen, hielt Brigadier McCabe Harold und Esmie über die Entwicklungen an der Grenze auf dem Laufenden.

»Die Gurkha sind gegen die Mahsud in Ahnai Tangi ins Feld gezogen – Pandschabis vom sechsundsiebzigsten haben sich zu ihnen durchgekämpft, um sie zu unterstützen. Nach allen Berichten eine blutige, achttägige Schlacht. Die Mahsud haben schwere Verluste erlitten.«

Von dem Brigadier erfuhren sie auch, dass Dickie Masons Regiment zum Entsatz der Garnison in Razmak nach Süden verlegt worden war und helfen sollte, die rebellischen

Stammeskrieger zurückzuschlagen. Esmie fragte sich, wie Lydia und Tom die Nachricht von Dickies Abreise aufgenommen hatten. Jetzt, da sie Vorbereitungen für die Geburt ihres Kindes trafen, kam ihnen die Aufregung um den Weihnachtsflirt bestimmt unwichtig vor.

Esmie hatte gewollt, dass Harold Tom schrieb und ihm mitteilte, dass sie Marys Grab besucht, Blumen darauf gelegt und das Gleiche für Amelia getan hatten.

»Es tröstet ihn vielleicht zu erfahren, dass wir Bescheid wissen – und dass wir beiden die letzte Ehre erwiesen haben«, hatte sie argumentiert.

»Ich finde wirklich nicht, dass wir uns in seine Trauer einmischen sollten«, hatte Harold erwidert. »Wenn er gewollt hätte, dass ich es erfahre, hätte er es mir erzählt.«

»Vielleicht war es damals alles zu viel«, hatte Esmie gesagt. »Aber es ist sieben Jahre her, und vielleicht ist er jetzt so weit, dass er damit umgehen kann, wenn sein vertrautester Freund seine Tochter zur Kenntnis nimmt.«

Aber Harold hatte die Vorstellung nicht behagt. »Er hat nun Lydia als Gefährtin, und ein neues Baby ist unterwegs. Da ist es besser, der Vergangenheit nicht zu sehr nachzuhängen.«

Esmie setzte ihn nicht weiter unter Druck; er kannte seinen Freund am besten. Sie hielt Ausschau nach dem jungen Lieutenant, falls er durch Taha kommen würde – Dickie tat ihr leid, weil er mit dem Tod seiner Schwester fertigwerden musste, und sie dachte, dass seine Tändelei mit Lydia vielleicht seine Art gewesen war, sich abzulenken. Im Krieg hatte sie erlebt, dass Menschen auf unvorhersehbare Art auf den Tod reagierten, und sie verurteilte die Hinterbliebenen nicht. Aber Dickie und seine Offizierskameraden tauchten nicht auf.

Früh an einem Februarmorgen, als Esmie und Harold gerade frühstückten, hörten sie ein schwaches Summen. Als sie auf die Veranda hinausgegangen waren, um zu sehen, woher das Geräusch stammte, war es schon zu einem lauten Brummen angeschwollen. Als sie hochschauten, sahen sie Flugzeuge, die mit dröhnenden Motoren über den fahlen Himmel zogen wie riesige Vögel.

Karo kam um die Ecke gestürmt. Ihr Gesicht war zu einer Maske der Angst verzerrt. Sie hielt die schreiende Gabina im Arm.

»Es ist alles in Ordnung«, rief Esmie und lief rasch auf die beiden zu. Sie legte die Arme um die schreckensstarre Frau und das Kind. »Es sind Flugzeuge – britische Flugzeuge. Sie werden euch nichts tun.«

Aber Karo wollte sich nicht trösten lassen. Sie brabbelte Unzusammenhängendes und sprach dabei zu schnell, als dass Esmie sie hätte verstehen können. Harold kam zu ihnen.

»Sie versteht nicht, was die Flugzeuge sind«, sagte Esmie. »Wie kann ich es ihr erklären?«

Harold bedachte sie mit einem gequälten Blick. »Sie versteht es sehr wohl. Sie hat schon Flugzeuge gesehen, als sie in der Nähe ihres Dorfes Bomben abgeworfen haben.«

Esmie konnte nichts weiter tun, als Karo und Gabina festzuhalten, bis die Flugzeuge über sie hinweggezogen und nach Südwesten in die Berge verschwunden waren. Sie dachte an den letzten Sommer und Toms wütende, zynische Worte darüber, Bomben auf Kabul abzuwerfen. Tibby hatte ihr erzählt, dass Tom ihrem Vater gegenüber die moderne Kriegführung kritisiert und ihn mit seiner Retourkutsche gegen sich aufgebracht hatte: »Und was ist ehrenhaft daran, Männer zu Pferd aus der Luft zu bombardieren?«

Ein paar Tage später erreichte sie die Nachricht über den Erfolg des Luftschlags der Royal Air Force. Dutzende von Dörfern waren zerstört worden. Die Mahsud waren unterworfen, wenn auch nur auf Zeit. Harold und Esmie konnten die allgemeine Erleichterung und Feierstimmung in der britischen Siedlung nicht teilen. Alles, woran sie denken konnten, waren die unzähligen Toten und Verletzten, die es bei dem Bombardement gegeben haben musste. Die einzige Möglichkeit, ihrer niederschmetternden Gefühle Herr zu werden, war, ihre Anstrengungen im Missionskrankenhaus noch zu steigern und für ihre Patienten zu tun, was sie konnten.

* * *

Die kalten, klaren Tage und der gelegentliche Nebel im Januar und Februar wichen unberechenbaren plötzlichen Stürmen im März, als die Temperaturen zu steigen begannen und die Südwinde des Winters denen aus dem Nordosten wichen.

Anfang April zeigte Harolds Thermometer gegen Mittag schon über fünfundzwanzig Grad. Esmie wusste, dass sie eine zermürbend heiße Jahreszeit in Taha vor sich hatten. Solange die Unruhen unter den Grenzstämmen immer wieder aufflammten, bestand kaum eine Aussicht, nach Kanki-Khel in die Berge zurückzukehren. Baz weigerte sich rundheraus, den Missionaren noch einmal eine Eskorte zu stellen, und die Armee hatte dringendere Prioritäten.

Esmies Gedanken wandten sich immer häufiger Lydia und der bevorstehenden Geburt ihres Babys zu. Ihre Freundin hatte ihr oft über das Leben in Rawalpindi geschrieben. Sie war glücklich in dem Haus an der Buchanan Road und lud regelmäßig Freunde zum Mittagessen, zum Bridgespielen und zu Teepartys ein, während Tom im Hotel war.

> *Ich habe keine Ahnung, was er den ganzen Tag dort tut*, hatte Lydia in ihrem letzten Brief geschrieben, *aber es hält ihn davon ab, mir im Weg zu stehen. Er ist ja schon die ganze Zeit sehr lieb, aber ich muss sagen, dass mir schon*

auf die Nerven geht, wie sehr er darauf besteht, dass ich mich ausruhe und nicht überanstrenge. Er behandelt mich wie eine Invalidin, und die bin ich nicht – obwohl ich immer schwerfälliger werde. Meine Beine sind geschwollen, und mein Bauch ist gewaltig. Ich sehe aus wie ein Elefant und fühle mich auch so. Es ist hier schon fürchterlich heiß, und ich kann es gar nicht abwarten, nach Murree hinaufzukommen. Ich fahre Ende des Monats. Tom mietet ein Cottage auf dem Pinnacle Point, will aber, dass die Geburt im Krankenhaus stattfindet. Ich halte das für lächerlich, weil ich doch vollkommen gesund bin und alles lieber diskret zu Hause erledigen würde. Wir haben eine ayah *für das Baby eingestellt. Geraldine hat sie empfohlen – sie ist eine jüngere Schwester der* ayah, *die für die Hopkirks gearbeitet hat, oder vielleicht auch eine Tochter oder Cousine, da bin ich mir nicht ganz sicher. Aber sie wirkt tüchtig und zankt sich nicht mit den anderen Dienern. Darüber bin ich erleichtert.*

Sag BITTE, dass Du nach Murree hinaufkommst, wenn das Baby da ist. Ich brauche Gesellschaft für die trübseligen Wochen, in denen ich noch nicht viel ausgehen oder mich zu oft mit anderen treffen darf. Komm, selbst wenn Harold nicht kann.

Mummy und Daddy sind weiterhin überglücklich über die bevorstehende Ankunft von Baby Lomax, aber bis jetzt haben sie noch nicht gesagt, wann sie wieder nach Indien kommen werden. Daddy hat Geschäftliches zu erledigen

– das hört bei ihm nie auf! –, und Grace besucht unsere Eltern über den Sommer mit ihrer Brut, also wird Mummy auch beschäftigt sein. Ich habe aber noch nicht die Hoffnung aufgegeben, dass sie zu Weihnachten herkommen.

Tom sagt, ich soll Dir ausrichten, dass Stella Dich vermisst und wissen will, wann Du zurückkommst. Du hast eindeutig Eindruck auf das Mädchen gemacht. Allerdings habe ich sie nie mit der indischen Puppe spielen sehen, die Du ihr geschenkt hast! Ich gehe nicht oft ins Hotel, sondern schaue nur ab und zu einmal für einen Absacker mit Fritters herein, um mich sehen zu lassen. Myrtle Dubois soll ja nicht denken, dass sie dort die Hausherrin ist!

Grüß Harold lieb von mir, wie immer – und natürlich auch an Dich liebe Grüße.

Deine beste Freundin
Lydia xx

An den Abenden las Esmie Lydias Briefe Harold vor. Bei den Nachrichten an ihn errötete er immer.

»Ist es denn ein Wunder, dass Tom sich Gedanken macht, ob Lydia auch nahe bei einem Krankenhaus ist?«, sagte Esmie. »Er muss ja solche Angst haben, ob diesmal alles gut geht. Meinst du, ich sollte Lydia von Baby Amelia erzählen, damit sie mehr Geduld mit Tom hat?«

Harold verneinte entschieden. »Das darfst du nicht tun, ohne Tom erst um Erlaubnis zu bitten.«

»Nein, vermutlich nicht«, lenkte Esmie ein. »Und ich will Lydia nicht in Angst und Schrecken versetzen, indem ich Frauen erwähne, die im Kindbett sterben. Nein, du hast recht – es ist das Beste, nichts zu sagen.«

»Alles, was wir tun können, ist, sie in unsere Gebete einzuschließen«, meinte Harold. »Und wenn du Lydia in Murree besuchen möchtest, musst du das tun.«

Esmies Herz tat einen Sprung. »Natürlich möchte ich hin. Würdest du mitkommen?«

Er schüttelte den Kopf. »Du bist diejenige, die Lydia dahaben will, Liebste. Meine Zeit ist hier besser verbracht.«

»Nun ja, solange du auf mich verzichten kannst?«

Harold schenkte ihr ein mattes Lächeln. »Ich bin mir sicher, dass wir ein paar Wochen lang ohne dich zurechtkommen. Solange du nicht für immer wegbleibst.«

Esmie warf ihm einen Blick zu. Sie wusste, dass er scherzte, aber seine Worte verblüfften sie. Hegte er etwa Zweifel an ihr und ihrer Loyalität zu ihm und der Mission? Befürchtete er, dass sie nicht zu ihm zurückkehren würde?

Sie streckte die Hand aus und rüttelte sanft seinen Arm. »Du weißt doch, dass ich dich nicht verlassen werde.«

»Gut«, sagte er und tätschelte voller Zuneigung ihre Hand.

Kapitel 28

Rawalpindi, Mai

Ein Telegramm für Tom traf im Hotel ein. Tom drehte sich der Magen um, und seine Hände zitterten, als er den braunen Briefumschlag aufriss.

> *Wehen haben eingesetzt STOP Lydia zu Hause STOP Komm bald STOP Geraldine.*

Charlie, der sich an der Rezeption herumdrückte, fragte ängstlich: »Was ist geschehen, Sir?«

Tom holte tief Luft. »Bei Lydia haben die Wehen eingesetzt.«

Charlie riss die Augen auf. »Das ist ein Grund zu großer Vorfreude«, sagte er strahlend.

Tom stand benommen da. Lydia lag in den Geburtswehen. Er empfand eher Panik als Vorfreude.

Charlie sagte: »Sie müssen umgehend nach Murree aufbrechen, Sir. Überlassen Sie alles hier uns.«

Tom starrte ihn an und versuchte, sein Herzflattern zu beruhigen. »Ja, ja, das muss ich.« Dennoch fühlte er sich gelähmt, unfähig, sich zu bewegen.

Charlie kam um den Empfangstresen herum. »Soll ich Sie nach Murree hinauffahren, Sir?«

Die Besorgnis seines Hoteldirektors riss Tom aus seiner Erstarrung. »Nein, nein, ich schaffe das schon.« Er fuhr sich mit einer Hand über sein schweißnasses Gesicht.

Charlie sagte: »Ich arrangiere alles Notwendige. Bijal wird Ihnen einen Koffer packen, und ich lasse vom Koch einen Lunchkorb zusammenstellen. Ich bereite das Automobil vor. Alles wird binnen einer Stunde tipptopp und bereit sein, Mr Lomax.«

Tom nickte. »Danke, Charlie.« Plötzlich wallte doch noch nervöse Vorfreude in ihm auf. »Es passiert, Charlie. Es passiert wirklich, oder?«

Charlie grinste. »Und wenn Sie in die Hufe kommen, sind Sie zur Geburt da.«

* * *

Tom erinnerte sich später kaum an die fünfundsechzig Kilometer Fahrt in die Berge hinauf. Bijal saß hinten, hatte sich gegen den aufgewirbelten Staub einen Schal vor den Mund gebunden und hielt den Lunchkorb fest. Tom plauderte mit ihm, um sich von dem abzulenken, was vor ihm lag. Bijal, ein Paschtune aus der Nähe von Attock am Indus, stand schon in Toms Diensten, seit dieser zum ersten Mal nach Indien gekommen war. Er war älter als Tom – er war um die vierzig, hatte aber immer noch ein jugendliches Gesicht – und sprach wenig, hatte aber ein tiefes, leises Lachen, das Tom schon bei vielen Gelegenheiten aufgemuntert hatte.

Als sie die steile, gewundene Straße zur Hill Station hinauffuhren, begrüßten sie der Duft von Kiefern und die kühlere Luft. Auf der Straße wimmelte es von *tongas*, die Besucher nach Murree brachten. Die Bergflanke war von den ausgeblichenen

Leinwandzelten der Sommerlager übersät, die sich bald mit Armeeabteilungen füllen würden. Die Bevölkerungszahl der Stadt im Himalaja schwoll von um die zweitausend in der kalten Jahreszeit auf fast zehntausend während der Monsunsaison an, weil die Briten, die ihre Dienerschaft mitbrachten, aus der Hitze der Ebenen nach Murree flüchteten oder weiter nach Kaschmir reisten. Läden und Pensionen, die das halbe Jahr geschlossen waren, öffneten, um den Zustrom zu versorgen.

Tom, der vor Aufregung schwitzte, bemerkte den Temperaturabfall kaum, als sie Pindi Point an einem Ende des sattelförmigen Berggrats erreichten und in die Stadt gelangten. Er fuhr vorsichtig, aber so schnell, wie er konnte, durch die belebten Straßen der britischen Siedlung, vorbei an Krankenhaus, Pfarrhaus und Cricketplatz bis zur Mall. Tom fragte sich, ob er am Krankenhaus hätte haltmachen sollen, um festzustellen, ob Lydia dort war, aber Geraldine hatte gesagt, seine Frau sei noch zu Hause.

Als sie an der Trinity Church und dem Postamt vorbeikamen, stählte Tom sich dafür, das Birchwood Hotel zu passieren, wo er vor langer Zeit mit Mary einen Spätsommerurlaub verbracht hatte. Sie hatten auf der erhöhten Veranda gestanden, und er hatte auf die schneebedeckten Berge von Kaschmir gezeigt, wohin sie weiterreisen wollten. Er hatte ihr gesagt, dass sie nie einen himmlischeren Ort sehen würde. *»Ich bin jetzt schon im Himmel, Tom, einfach nur, weil ich mit dir hier bin.«*

Toms trockene Augen brannten, als er an ihre zärtlichen Worte zurückdachte. Wie er doch an ihr versagt hatte! Tom verdrängte Mary aus seinen Gedanken und schlug einen der gewundenen Wege ein, die tief in die bewaldete Bergflanke des Pinnacle Point eingegraben waren, wo die Villen der Briten zwischen Bäumen lagen.

Als er vor dem Linnet Cottage anhielt, würgte Tom den Motor ab, stieg eilig aus dem Auto und sprang die Verandastufen hinauf. Er rief Bijal zu, dass er sich um das Gepäck kümmern sollte. Zu seiner Überraschung saß Geraldine auf einem Korbstuhl und rauchte. Er hatte sie noch nie rauchen sehen. Sie drückte schnell die Zigarette aus und stand auf, um ihn zu begrüßen.

»Tom, mein Lieber. Ich hätte gar nicht so schnell mit dir gerechnet. Wie war deine Fahrt?«

Abgelenkt beugte Tom sich vor, um sie auf die Wange zu küssen. »Gut, danke. Wie geht es Lydia?«

Geraldine schenkte ihm ein zögerliches Lächeln. »Sie hält wacker durch. Alles hat gestern angefangen …«

»Gestern?«, rief Tom. »Warum hast du nicht früher nach mir geschickt?«

»Mach dir keine Sorgen«, sagte sie, »das waren erst ein paar Eröffnungswehen. So richtig losgegangen ist es erst heute Morgen.«

»Ich verstehe.« Tom ging auf die Tür ins Hausinnere zu, aber Geraldine streckte eine Hand aus, um ihn aufzuhalten.

»Komm und setz dich hin, ich bestelle dir Tee. Du musst müde sein. Eine Autofahrt bei dieser Hitze … Danach kannst du dich waschen und umziehen.«

Tom unterdrückte seine Gereiztheit angesichts ihres gebieterischen Auftretens. Geraldine hatte offenbar die Kontrolle über seine Frau und den Bungalow übernommen, seit er vor einer Woche zuletzt zu Besuch gewesen war.

»Erst möchte ich Lydia sehen«, sagte Tom.

Sie sah schockiert drein. »Kommt nicht infrage. Die Arme liegt mitten in den Wehen. Sie will bestimmt nicht, dass du sie so siehst. Nein, je weniger Aufhebens, desto besser.« Sie bedeutete ihm, sich in einen Sessel zu setzen. »Schwester Jones ist bei ihr – ich habe selbst nach ihr geschickt – und Lydias *ayah* hilft auch mit.«

Sie klatschte in die Hände, um einen Diener zu rufen, und bestellte Tee und Kuchen. Als sie Bijal erspähte, befahl sie ihm, Toms Koffer ins Gästezimmer zu bringen. »Für den Augenblick.«

Tom weigerte sich, sich hinzusetzen. »Wie lange ist die Krankenschwester schon da?«

Geraldine lächelte vage. »Oh, seit irgendwann nach dem Frühstück.«

»Aber das ist Stunden her. Sollte es nicht inzwischen so weit sein?«

»Oh, so etwas kann sich Ewigkeiten hinziehen. Mein erster Sohn, Roland Junior, hat sechsunddreißig Stunden gebraucht. Am Ende war ich wie gerädert, das kann ich dir sagen. Jetzt hör auf, dir Sorgen zu machen, und leg die Beine hoch.« Sie packte seinen Arm in einem schraubstockgleichen Griff und führte ihn zu einem Liegestuhl.

Tom schüttelte sie ab. »Ich will nur selbst nachsehen – um sie wissen zu lassen, dass ich hier bin, falls sie mich sehen will.«

»Ach, Tom, nun sei nicht so schwierig. Lydia wird dich wirklich nicht dabeihaben wollen. Aber ich gehe hinein und sage ihr, dass du da bist.« Sie lachte leicht auf. »Vielleicht wird sie das anspornen.«

Frustriert sah Tom ihr nach, als sie sich ins Haus zurückzog. Er führte einen Fausthieb gegen den Türrahmen. Er wusste, dass Männer üblicherweise von Frauen, die in den Wehen lagen, ferngehalten wurden, aber er wollte wissen, ob es Lydia gut ging. Seine größte Furcht war, dass sie die Tortur nicht überleben würde – oder das Baby. Angst schlug ihre Krallen in ihn, während er versuchte zu hören, was hinten im Haus vorging.

Eine Tür schwang auf und fiel wieder zu. Im Korridor ertönte gedämpftes Stimmengemurmel, und dann öffnete sich die Tür erneut. Er glaubte, ein Stöhnen zu hören, bevor die Tür sich wieder schloss. Tom war übel. Er konnte das Warten kaum ertragen. Unbeholfen tastete er nach seinem Zigarettenetui, fischte eine Zigarette daraus hervor und schlug damit kräftig gegen das Etui, bevor er sie anzündete. Er nahm einen Zug und inhalierte tief. Sofort breiteten sich das willkommene Prickeln und ein Gefühl der Ruhe in ihm aus. Das hier war nichts Ungewöhnliches; ein Kind zur Welt zu bringen, war ein langer Vorgang, nicht wahr?

Er verkrampfte die Kiefer. Woher sollte er das wissen? Er war nicht da gewesen, als Mary um ihr Leben gerungen hatte … Er durfte nicht daran denken; er durfte das Schicksal mit seinen düsteren Gedanken an die Vergangenheit nicht in Versuchung führen.

Einen Moment lang glaubte er, einen Schrei zu hören, als die Tür sich wieder öffnete. Geraldine sagte etwas Begütigendes, aber in forschem Ton. Wenige Augenblicke später trat sie wieder aus dem halbdunklen Bungalow hervor.

»Alles ist gut«, sagte sie mit einem angespannten Lächeln. »Lydia freut sich zu hören, dass du hier bist, aber sie will dich unter keinen Umständen im Schlafzimmer haben.«

Tom wurde das Herz schwer. Er hatte gehofft, seine Frau würde Geraldine trotzen und verlangen, ihn zu sehen.

Ein Diener erschien mit Tee und ging daran, ihn Tom und Geraldine zu servieren. Widerwillig setzte Tom sich hin und hörte mit halbem Ohr zu, wie die geschwätzige Frau des stellvertretenden Brauereidirektors über die Neuankömmlinge in der Stadt seit seinem letzten Besuch redete. Die ganze Zeit über waren seine Gedanken bei Lydia und dem Verlauf der Geburt. Hatte sie große Schmerzen? War das Baby in Gefahr? Er wünschte, er wüsste, was passierte! Wenn er doch nur irgendwie hätte helfen können. Vielleicht konnte er ja durch die Tür mit ihr sprechen.

»Wohin gehst du?«, fragte Geraldine.

Tom war schon halb über die Veranda, bevor ihm klar wurde, was er tat.

»Ich will nur an der Tür lauschen«, sagte er. »Etwas Aufmunterndes sagen.«

Geraldine war schon aufgesprungen. »Das darfst du nicht! Sie will dich nicht dahaben. Tom, du musst es wie ein Mann ertragen. Soll ich Roland holen lassen, damit er herüberkommt und dich in den Club mitnimmt?«

Roland war immer noch besser, als hier warten zu müssen und sich von Geraldine herumkommandieren zu lassen. Tom nickte. »Ich würde Rolands Gesellschaft zu schätzen wissen, aber ich will nicht in den Club gehen. Er könnte herkommen.«

Geraldine dachte einen Augenblick darüber nach. »Na gut. Dein Diener kann mit einer Nachricht hinlaufen. Ich sage dem Koch, dass wir eine Person mehr zum Abendessen haben.«

Tom war erleichtert, als Lydias Freundin geschäftig davoneilte, um alles zu arrangieren. Er war in Versuchung, ins Haus zu marschieren und in das Schlafzimmer zu stürmen, in dem Lydia lag, aber der Mut verließ ihn. Sie wusste, dass er hier war, wollte ihn aber nicht in ihrer Nähe haben, solange sie in den Wehen lag. Tom seufzte und zündete sich noch eine Zigarette an.

* * *

Roland traf ein, als die Sonne hinter den Bäumen unterging. Die Männer tranken Gin mit Limone, während der Himmel sich indigoblau färbte. Die Sterne erschienen. Das Abendessen wurde serviert. Die Zeit schlich dahin. Die Hopkirks plauderten. Tom warf immer wieder Blicke ins Haus. Das Warten war die reine Folter.

»Geh nachsehen, was gerade passiert«, flehte Tom Geraldine alle zwanzig Minuten an.

Dann verschwand sie, ließ Tom in höchster Anspannung zurück und kam mit einem kleinen Schulterzucken wieder. »Sie ruht sich aus«, sagte sie dann, oder »jetzt dauert es nicht mehr lange«, oder »du darfst dir wirklich keine Sorgen machen; so etwas braucht nun einmal seine Zeit«.

Tom konnte nicht stillsitzen. Er begann, auf der Veranda auf und ab zu laufen, und rauchte eine Zigarette nach der anderen, während die Hopkirks zu Ende aßen. Sie machten nachsichtige Bemerkungen.

»Beim ersten Kind ist es ganz normal, wenn man nervös ist«, sagte Geraldine.

»Du musst das einfach den Frauen überlassen«, meinte Roland und bedeutete dem *khitmurtgar*, Tom einen Brandy einzuschenken. »Sie sind die Expertinnen.«

Als es zehn Uhr wurde und das Abendessen vorbei war, ohne dass Geraldine von irgendwelchen Fortschritten berichtet hätte, fragte Tom völlig aufgelöst: »Sollten wir nach einem Arzt schicken?«

Er sah, wie die Hopkirks einen Blick tauschten. Die Angst schnürte ihm die Kehle zu.

»Sie sollte im Krankenhaus sein, nicht wahr?«, rief er. »Ich wusste es. Ich wollte, dass sie das Kind dort bekommt!«

Geraldine stand auf. »Nun hör schon auf, Tom. Du machst dich ja selbst noch ganz krank. Wir brauchen dich stark, nicht am Boden zerstört. Was wird es Lydia nützen, wenn sie dich schreien hört?«

»Trink deinen Brandy, Lomax«, ermunterte Roland ihn.

»So ist es besser«, sagte Geraldine, als Tom sich wieder hinsetzte. »Ich gehe nachsehen, wie es steht.«

* * *

Als es auf Mitternacht zuging, hörte Tom Lydias Schreie durch den Bungalow tönen. Die Krankenschwester musste das Fenster geöffnet haben, um die Nachtluft einzulassen, denn Lydias Kreischen war jetzt lauter. Er knirschte mit den Zähnen, als er diese animalischen Klagelaute hörte. Das ständige Geschrei der Nachtvögel und anderer Tiere im umliegenden Wald klang wie ein Echo davon.

Zwei Stunden früher war Schwester Jones, eine Frau mittleren Alters, herausgekommen, um ihm zu versichern, dass sie schon unzählige Babys auf die Welt geholt hatte und dass dieses hier nur bummelte, aber bald kommen würde.

»Mrs Lomax ist eine starke Dame. Es besteht kein Anlass zur Besorgnis.«

Die letzte Stunde über war Geraldine mit Lydia im Zimmer geblieben, während ein angeheiterter Roland sich durch die Brandykaraffe gearbeitet hatte. Toms Zigarettenetui war leer. Seine Kehle brannte vor Tabakrauch.

»Jetzt dauert es nicht mehr lange, Lomax«, lallte Roland.

Tom war schwindlig vor Alkohol und Besorgnis. Er wusste nicht mehr, was er tun sollte. Sollte er verlangen, dass ein Arzt nach seiner Frau sah? Plötzlich wünschte er sich, Harold und Esmie wären hier bei ihm gewesen. Nur sie konnten ihm den Trost spenden, nach dem er sich sehnte. Sie hätten ihn nicht mit Plattitüden abgespeist und ihn wie ein launisches Kind behandelt. Sie hätten ihm genau gesagt, was vorging – und Esmie wäre eine beruhigende, aufmunternde Gefährtin für Lydia gewesen, ganz anders als Schwester Jones mit ihrem hageren Gesicht, die seiner erschöpften Frau, wie er hörte, zubrüllte: »Pressen, pressen!«

Urplötzlich ertönte ein lang gezogener Schrei aus dem entfernt gelegenen Schlafzimmer. Tom gefror das Blut in den Adern. Er machte Anstalten, zur Tür zu gehen. Roland, der gedöst hatte, war durch den Schrei aufgeschreckt worden.

»Was … was?«, fragte er und setzte sich benommen auf.

Abrupt wurde alles still. Tom blieb stehen. Sein Herz hämmerte so heftig, dass er das Gefühl hatte, dass es aus ihm hervorbrechen würde. Er konnte nichts hören.

»Lydia?« Seine Stimme war ein heiseres Flüstern. *Bitte mach ein Geräusch; lass mich wissen, dass du am Leben bist.* Er hörte seinen eigenen Atem, der klang, als würde er bergauf rennen.

Genau in dem Moment hörte er ihn: den zitternden Schrei eines Babys. Er spitzte die Ohren, weil er nicht fassen konnte, was er gehört hatte. Der Schrei ertönte erneut, diesmal lauter.

Roland sagte: »Na endlich, Lomax.«

Tom taumelte vorwärts und polterte ins halbdunkle Haus. Der Gang war schwach von einer Petroleumlampe erleuchtet, die an der Decke hing. Schwer atmend blieb er vor der geschlossenen Schlafzimmertür stehen. Seine Hand schwebte über dem Türgriff. Er konnte Frauenstimmen hören: Die Krankenschwester klang schroff, Geraldine aufgeregt. Das Baby schrie, aber er konnte Lydia nicht hören. Unschlüssig stand Tom noch mehrere Augenblicke da. Dann riss er die Tür auf und stürmte ins Zimmer. Es roch Übelkeit erregend süßlich, ein erdrückender Gestank nach Blut, Schweiß und langen Stunden der Anstrengung.

»Lydia?«, rief er voller Sorge.

»Mr Lomax!«, schrie die Krankenschwester.

»Du darfst nicht hier drinnen sein«, stieß Geraldine hervor.

Tom ignorierte sie beide, eilte ans Bett und sah auf seine Frau hinab. Ihre Haare klebten an ihren Schläfen. Sie hatte die Augen geschlossen.

»Lydia!«, rief er.

Plötzlich flatterten ihre Augenlider auf. Sie starrte ihn erschrocken an. Dann verschwand ihre Verwirrung.

»Tom«, sagte sie und klang erleichtert, sah aber vollkommen erschöpft aus.

»Mein Schatz.« Er nahm ihre schlaffe, feuchte Hand und presste sie an seine Lippen. Er umklammerte ihre warmen Finger, die bewiesen, dass sie am Leben war. Seine Augen brannten.

»Kommen Sie, Mr Lomax«, drängte die Krankenschwester. »Raus aus dem Schlafzimmer der Dame. Ihre Frau muss sich ausruhen.«

Lydia hatte die Augen schon wieder geschlossen. Tom richtete sich auf, die Beine noch immer wacklig vor Erleichterung. Als er sich umdrehte, trat die junge *ayah* vor und streckte ihm ein Stoffbündel entgegen. Einen Moment lang war er perplex. Dann sah er das winzige, zerknitterte Gesicht zwischen den Falten. Er war zu überwältigt, um sich zu bewegen.

»Ihr habt einen kleinen Jungen«, sagte Geraldine und sah zufrieden drein. »Ist das nicht wunderbar? Ich trage ihn nach draußen, wenn du möchtest, damit du ihn Roland zeigen kannst.«

Sie trat vor die *ayah*, aber Tom streckte schnell die Arme aus. »Nein, lass mich das machen.«

Die junge Kinderfrau lächelte zu ihm hoch, als sie das eingewickelte Baby vorsichtig in seine Arme legte. Als Tom das Gewicht des Kleinen spürte – schwerer, als er erwartet hatte –, stieg besitzergreifende Liebe in ihm auf. Er hatte einen Sohn; ein lebendiges, atmendes Baby in seinen Armen. Das Neugeborene starrte kurzsichtig hoch, als würde es im Lampenschein nach ihm suchen. Tom zitterte so sehr, dass er fürchtete, seinen Sohn fallen zu lassen. Er zog ihn enger an sich und küsste ihn behutsam auf die rosige Stirn. Er roch süßlich. Das Weinen des Babys kam zum Erliegen.

»Lydia«, sagte Tom und wandte sich mit seinem kostbaren Bündel wieder dem Bett zu. »Wir haben einen Sohn.« Als er die Worte laut aussprach, schnürte sich ihm die Kehle zu.

Lydia nahm es mit einem leisen Stöhnen zur Kenntnis, war aber zu müde, die Augen zu öffnen. Geraldine legte Tom eine Hand auf den Rücken und führte ihn weg.

»Lassen wir sie jetzt in Ruhe. Du kannst zur Feier des Tages einen Absacker mit Roland trinken.«

Tom, dessen Herz vor Stolz platzte, kehrte auf die Veranda zurück und hielt seinen Sohn an sich gedrückt. Er stand in der Nachtluft und grinste.

»Lomax!«, rief Roland und sprang auf.

»Erzähl ihm die gute Neuigkeit«, sagte Geraldine.

»Ich habe einen ...«

Ganz plötzlich waren Toms Brustkorb und seine Kehle zugeschnürt. Er bekam die Worte nicht heraus. Seine Augen füllten sich mit Tränen. Er umklammerte das Baby noch fester und biss die Zähne zusammen, um sich davon abzuhalten, vor den Augen der Hopkirks zusammenzubrechen. Aber er konnte die Ergriffenheit nicht zügeln, die in ihm aufstieg. Es war genauso wie damals, als Lydia ihm gesagt hatte, dass er Vater werden würde. Erleichterung und Freude. Und Schmerz.

Tom ließ sich auf einen Stuhl sinken. Den Säugling immer noch umklammert, beugte er sich über ihn und heulte auf. Er weinte und zitterte, während die Hopkirks vergebliche Versuche unternahmen, ihn zu drängen, damit aufzuhören.

Am Ende wandte Geraldine sich an die *ayah*. »Nimm Lomax Sahib das Baby ab, ja? Mach den Kleinen sauber und leg ihn in seine Wiege. Gutes Mädchen!«

Tom gestattete der *ayah*, seinen Sohn seinen Armen zu entwinden. Einen Augenblick später drückte ihm Roland stattdessen einen großen Whisky in die Hand.

»Auf dein Wohl – und auf Baby Lomax! Wie soll er denn heißen?«

»Andrew«, sagte Tom heiser, während er sich die Augen mit dem Ärmel abwischte, beschämt über seinen Kontrollverlust vor Lydias Freunden. Es würde Lydia sehr peinlich sein, wenn sie davon hörte – und er bezweifelte nicht, dass Geraldine ihr davon erzählen würde. Bis morgen würde schon ganz Murree über den ehemaligen Captain von den Peshawar Rifles Bescheid wissen, der über die Geburt seines ersten Kindes wie ein kleines Mädchen geweint hatte.

Tom trank einen Schluck Whisky. Nur dass es gar nicht sein erstes Kind war. Das Bild des einsamen Kindergrabs in Peschawar hatte sich in sein Gedächtnis gebrannt. Bis zu Lydias Schwangerschaft hatte er jeden Gedanken an seine tote Tochter begraben und sich fast eingeredet, dass sie nie existiert hätte. Er hatte sich gesagt, dass es ihm keinen Schmerz mehr bereitete, an sie zu denken – wie konnte er um ein Baby trauern, das er nie in den Armen gehalten hatte? Sie war ein Leichtgewicht in einem winzigen Sarg gewesen.

Aber als er seinen neugeborenen Sohn gehalten hatte, war Toms Verlustgefühl um Marys Tochter – *seine* Tochter – in ihm von Neuem hervorgebrochen. Seine Euphorie über die Geburt seines Sohnes mischte sich mit der Rückkehr der Trauer um die kleine Amelia.

Tom schlürfte noch einen großen Schluck von seinem Drink, um zu versuchen, den Schmerz zu unterdrücken.

Kapitel 29

Taha, Juli

Esmie hatte noch nie solch eine Hitze erlebt. Die Sonne brannte Tag für Tag erbarmungslos herab. Sie hing als Feuerball an einem blendend hellen Himmel über ihnen, ließ die Rasenflächen der britischen Siedlung gelb werden und das Glasthermometer auf fast vierzig Grad steigen. Die gut gemeinten Versuche des *punkah-wallah*, an dem großen Stofffächer zu ziehen, verteilten die heiße, stickige Luft nur neu.

Harold sagte, es sei der heißeste Sommer, den er je in Indien erlebt hätte. Es kam zu einem Typhusausbruch. Esmie erkannte die Symptome schnell, da sie gesehen hatte, wie die Krankheit in den Armeen in Mitteleuropa gewütet hatte. Sie arbeitete viele Stunden auf der Isolierstation im Krankenhaus. Sie erinnerte sich an die Lektionen, die sie bei Dr. Inglis gelernt hatte, bestand darum streng auf Hygiene und förderte die Genesung mit einer Diät aus weichem Reis mit Joghurt, gekochten Äpfeln und Eiercreme.

Die heftige Hitze forderte auch in den Kasernen ihren Tribut. Nach langen Monaten der Kämpfe an der Grenze wurden die Soldaten, die in Taha einquartiert waren, trotzdem unter der sengenden Sonne ins Manöver geschickt.

Das Krankenhaus füllte sich mit Männern, die an Hitzeerschöpfung litten: an Krämpfen, Erbrechen und heftigen Kopfschmerzen. Ihre Haut war rot und fühlte sich brennend heiß an. Esmie und die Pfleger kämpften darum, das Fieber zu senken, wickelten die Patienten in feuchte Bettlaken und führten ihnen Flüssigkeit zu. Aber manche lagen schon im Delirium und fielen ins Koma. Ende Juli waren schon zehn Männer am Hitzschlag gestorben.

Harold übernahm die traurige Aufgabe, ihren Familien zu schreiben, und versuchte, ein paar tröstliche Worte über die Tapferkeit der Söhne oder Ehemänner beizufügen. Esmie litt unter diesen Todesfällen und regte sich über deren Sinnlosigkeit auf. Als er eines Abends spät am Schreibtisch saß und der Schweiß ihm von der Stirn tropfte, ließ Esmie ihrem Frust freien Lauf.

»Sie sollten die Männer unter solchen Bedingungen nicht ins Manöver schicken. Selbst im Schatten kommt man sich vor wie in einem Ofen. Sie werden überanstrengt – und sie trinken nicht genug. Wenn sie dann endlich zu uns kommen, ist es zu spät.«

Harold schaute mit müdem Blick von seinem Schreibtisch auf. »Sie sind Soldaten, die ihre Pflicht tun. Es steht uns nicht zu, uns in die Strategie der Armee einzumischen.«

Esmies Augen brannten. »Aber das ist geradezu eine kriminelle Verschwendung von Menschenleben. Stell dir vor, du wärst Vater und müsstest hören, dass dein Junge an einem Sonnenstich gestorben ist.«

Harold sah sie lange bekümmert an. »Esmie, ob sie nun auf dem Schlachtfeld oder in der Kaserne sterben, der Schmerz trifft einen immer genauso hart.«

Angesichts seines sanften Tadels war Esmie beschämt. Sie hatte kein Recht, ihm Vorhaltungen zu machen. Er versuchte nur, den Hinterbliebenen etwas Trost zu spenden. Das Leben an der Grenze war hart und konnte einem durch eine Krankheit oder einen Unfall genauso schnell geraubt werden wie im Kampf.

»Es tut mir leid, Harold«, sagte Esmie, und ihr Zorn verpuffte. »Ich weiß, dass du dein Bestes tust.«

Sie ging auf die Veranda hinaus und hoffte auf den Hauch einer Brise. Der Nachthimmel war sternenübersät, und der Garten pulsierte vom Summen der Insekten. Sie beneidete die Diener, die nachts draußen auf der Veranda lagen und im Freien schliefen. Karo, die vor Kurzem begonnen hatte, für Esmie im Haus zu arbeiten, hatte sich entschlossen, mit Gabina ihr Lager auf einem durch Vorhänge abgeschirmten Teil der Veranda vor Esmies Zimmer aufzuschlagen.

Esmies einsames Schlafzimmer war wie eine heiße Grabkammer. Sie ging immer spät zu Bett und stand noch vor der Morgendämmerung auf, um einen Spaziergang durch den Garten zu unternehmen, bevor die kurze Kühle sich bei Sonnenaufgang verflüchtigte. Für wenige Stunden unruhigen Schlafs lag sie oben auf der Bettdecke, schwitzte unter dem Moskitonetz und gab sich der Fantasievorstellung hin, im Loch Vaullay zu schwimmen.

Esmie setzte sich hin, und im Licht einer Petroleumlampe zog sie Lydias letzten Brief hervor, der vor zwei Tagen eingetroffen war, um ihn noch einmal zu lesen.

> *… und ich trage jetzt wieder dieselben Sommerkleider wie letztes Jahr – was für eine Freude, dass sie mir wieder passen! Ich habe immer noch einen Bauch, aber ich habe wieder angefangen, Tennis zu spielen, und so strafft sich*

alles schön. Murree quillt jetzt vor Besuchern geradezu über. Wie ich höre, ist es in den Ebenen schon seit einiger Zeit entsetzlich heiß. Wir haben hier »Himmelsgeborene« aus so weit entfernten Orten wie Delhi und auch viele Regimenter. Habe ich Dir erzählt, dass Dickie im Urlaub hier aufgetaucht ist? Er hat allerlei Geschichten über die Gefechte bei Razmak zu erzählen. Ich bin froh zu hören, dass alles jetzt viel sicherer ist – denn ich mache mir solche Sorgen um Dich, weil Du da unten bei all den Paschtunen festsitzt.

Wann kommst Du mich besuchen? Du hast versprochen, dass Du nach der Geburt des Babys kommen würdest. Andrew ist jetzt schon zwei Monate alt! Komm besser bald, sonst schicken wir ihn nachher schon ins Internat, bevor Du Zeit hattest, ihn kennenzulernen.

Die Leute sagen, dass er Tom mit jedem Tag, der vergeht, ähnlicher sieht. Ich habe eigentlich nicht den Eindruck. Gut, er hat dunkles Haar, aber sein Gesicht ist rund und voll. Die meiste Zeit über sabbert er entweder oder schreit. Alle Frauen tun so, als wäre er süß, aber ich fand Babys schon immer langweilig, und selbst eines zu bekommen, hat meine Meinung nicht sehr geändert. Ich würde es aber nicht wagen, das Tom gegenüber zu sagen. Er ist vollkommen vernarrt in Andrew und kommt alle vier oder fünf Tage her, um uns zu besuchen. Ich habe ihm gesagt, dass er viel zu viel für Treibstoff ausgibt – und dass eines Tages dieses alte Wrack von einem Automobil auf den Bergstraßen in Stücke fallen wird. Aber er will sich ja nichts sagen lassen.

Wie auch immer: Wenn Du kommst, werde ich Dich nicht zwingen, stundenlang zu Hause zu bleiben, um Andrew zu bemuttern. Die ayah *kann sehr gut mit ihm umgehen und kümmert sich um all seine Bedürfnisse. Wir können ausgehen und Spaß haben. Es heißt, dass der Monsun sich dieses Jahr verspätet, aber wir hatten schon ein paar Gewitter, die die Luft reinigen. Es ist hier schön frisch, und Picknick zu machen, ist eine helle Freude.*

Du und Harold müsst kommen, solange ich noch hier bin. Oder komm allein. Liebe Esmie, ich sehne mich danach, Dich zu sehen.

Liebe Grüße an Euch beide,
Deine beste Freundin
Lydia xx

PS: Die Decke, die Du dem Baby geschickt hast, ist jetzt schon sehr nützlich. Wenn es geregnet hat, können die Abende recht kühl sein. Er sieht aus, als hätte er es darin sehr behaglich, also danke.

Esmie lehnte sich zurück und fächelte sich mit dem Brief Luft zu. Sie war froh, dass ihr Geschenk sich als praktisch erwies. Sie und Karo hatten Stunden damit verbracht, die weiche Wolldecke mit Vögeln, anderen Tieren und Andrews Initialen zu besticken, alles mit leuchtend buntem Garn. Aber, oh, wie gern hätte sie wieder einen kühlen Abend erlebt! Sie schloss die Augen und versuchte, sich die bewaldeten Berge und schattigen Veranden von Murree vorzustellen. Alles, was sie spürte, war die stechende Hitze ihres Körpers in ihrem schweißgetränkten Kleid.

»Das war ein langer Seufzer.«

Sie öffnete die Augen und sah, dass Harold sich über sie beugte. »Tut mir leid. Ich habe gerade Lydias Brief noch einmal gelesen.«

»Das sehe ich.« Harold setzte sich hin. »Du musst sie besuchen fahren. Ich weiß, dass du dich danach sehnst, Lydia, Tom und das Baby zu sehen.«

Esmie spürte frischen Schweiß auf ihrer Stirn. Warum hatte er auch Tom erwähnt? Ahnte ihr Mann etwa, dass sie etwas für seinen besten Freund empfand? In den letzten sieben Monaten hatte sie sich mehr denn je angestrengt, sich Tom aus dem Kopf zu schlagen – oder zumindest versucht, leidenschaftslos an ihn zu denken. Seit der Neuigkeit von Andrews Geburt fiel es ihr leichter, sich Tom und Lydia zusammen als eng verbundene Familie vorzustellen. Lydias letzter Brief beschrieb zwar nicht gerade häusliche Seligkeit, aber es konnte kein Zweifel daran bestehen, dass Tom ein liebevoller Vater war. Das Einzige, was sie zögern ließ, sich zu beeilen, das neue Baby kennenzulernen, war, dass sie sich vielleicht wieder mit ihren starken Gefühlen für Tom würde auseinandersetzen müssen.

»Ich kann nicht hinfahren, wenn im Krankenhaus so viel zu tun ist«, antwortete Esmie.

»Wir kommen schon zurecht. Es gibt keine neuen Typhusfälle.« Er bedachte sie mit einem besorgten Blick. »Außerdem rackerst du dich zu sehr ab. Ich mache mir Gedanken um deine Gesundheit in dieser höllischen Hitze. Das Letzte, was ich will, ist, dass du vor Erschöpfung zusammenbrichst.«

Esmie sah ihn fragend an. »Ich? Zusammenbrechen? Was ist mit meinem überarbeiteten Mann?«

Er lächelte. »Ich bin dieses Klima viel besser gewohnt als du, meine Liebe.«

Esmie ließ sich die Situation durch den Kopf gehen. »Vielleicht im August. Ich möchte Andrew wirklich sehen. Aber ich will dich nicht hier allein lassen.«

»Mach dir keine Sorgen um mich, Liebste.« Harold gähnte und stand auf. »Ich überlasse dir die Entscheidung. Aber sei versichert, dass du mit meinem Segen fährst.«

* * *

Nachdem das Thema einmal angeschnitten worden war, konnte Esmie an nichts anderes mehr denken. Jeden Tag sehnte sie sich nach der Erleichterung, die milde Bergluft und Regen in ihrem Gesicht ihr bringen würden. Taha war zu einem feurigen Gefängnis geworden. Es entzog ihr jegliche Energie. Sie schrieb Lydia, um ihre Einladung anzunehmen, sie im Linnet Cottage zu besuchen – allein der Name beschwor schon Schatten und angenehmes Wetter herauf –, und arrangierte alles für ihre Reise.

Harold fand heraus, dass Brigadier McCabe Mitte August nach Rawalpindi fuhr, und so bat er ihn, Esmie bis dorthin zu begleiten. Da das Haus in der Buchanan Road für den Sommer zugesperrt war, würde Esmie im Hotel übernachten. Von dort aus würde Tom sie mit dem Auto nach Murree hinauffahren.

Esmie konnte ihre Aufregung kaum im Zaum halten. Sosehr es ihr auch widerstrebte, Karo und Gabina oder Harold und ihre Missionarsfreunde zurückzulassen, die kräftezehrende, unbarmherzige Hitze würde sie nicht vermissen. Bis September würde der schlimmste Teil der heißen Jahreszeit vorbei sein. Sie würde erfrischt an ihre Arbeit und in ihr Leben an der Grenze zurückkehren.

Der Tag der Abreise kam. Sie frühstückte früh mit Harold: Tee und Toast, während der Ruf zum Gebet über der Altstadt erscholl. McCabes Chauffeur würde sie in einer Stunde abholen kommen. Gabina kam aus den Schatten angewackelt und streckte die Hände zu Esmie hoch. Sie hob das Mädchen auf ihr Knie und gab ihr eine Scheibe Toast. Gabina grinste und zeigte ihre neuen Schneidezähne. Dann kaute sie. Karo drückte sich nervös in der Nähe herum, bereit, Gabina schnell fortzuschaffen, wenn sie sich schlecht benahm.

»Sie ist hier gut aufgehoben«, sagte Esmie. »Wir kuscheln nur noch ein letztes Mal miteinander, weil ich die Kleine vermissen werde.«

Gabina winkte mit ihrem halb gegessenen Toast und brabbelte fröhlich. Esmie küsste sie auf den dunklen Lockenkopf. Sie sah über den Tisch zu Harold und erkannte, dass seine Augen glänzten.

Fragte er sich manchmal, so wie sie, wie sehr ein Kind ihrer beider Leben bereichern würde? Oder war er dankbar für Gabina, die den leeren Raum im Herzen seiner Frau ausfüllte?

»Wir werden dich auch vermissen«, sagte Harold leise.

Zuneigung zu ihm durchströmte Esmie. »Und ich euch.« Sie lächelte. »Aber es ist ja nicht für lange. Also passt auf euch auf, während ich weg bin, ja?«

* * *

Esmie war gerührt über die Begrüßung, die ihr an dem Abend, an dem sie in Rawalpindi eintraf, im Raj Hotel zuteilwurde. Jimmy hielt Ausschau nach ihr, bereit, ihren Koffer zu tragen, und kaum dass sie durch die Tür getreten war, eilte Stella auch schon mit ausgebreiteten Armen auf sie zu und schlang sie ihr um die Taille. Zum ersten Mal kam Esmie der Gedanke, dass Toms Tochter, wenn sie überlebt hätte, in etwa in Stellas Alter gewesen wäre. Sie fragte sich, ob Tom je ebenfalls darüber nachdachte und ob das der Grund dafür war, dass er das Dubois-Mädchen so mochte.

»Hallo, Stella!« Esmie erwiderte ihre Umarmung. »Wie geht es meinem Lieblingsmädchen?«

»Ich dachte, Sie hätten Gabina am liebsten?«, fragte Stella und grinste zu ihr hoch.

»Die ist mein Lieblingsbaby«, sagte Esmie lachend.

Stella schnappte nach Luft. »Das dürfen Sie nicht sagen. Von jetzt an muss Andrew Ihr Lieblingsbaby sein.«

»Natürlich«, stimmte Esmie zu. »Hast du ihn schon gesehen?«

»Nein«, räumte Stella ein. »Aber Mr Lomax hat ein Foto machen lassen, und das habe ich gesehen. Es steht auf dem Kaminsims im Aufenthaltsraum. Soll ich es Ihnen zeigen?«

Bevor Esmie antworten konnte, kam Charlie schon auf sie zugeeilt und begrüßte sie mit einer Verbeugung. »Guten Abend, Mrs Guthrie. Ich hoffe, Sie hatten eine gute Reise? Jimmy wird Ihren Koffer nach oben in Ihr altes Zimmer bringen.«

Binnen Sekunden war sie von den Dauergästen umgeben, die ihr die Hand schüttelten und sie willkommen hießen. Nach der Hitze im Freien war das halbdunkle Foyer mit seiner hohen Decke und seinen surrenden Ventilatoren segensreich kühl.

»Wie war die Fahrt von Taha hierher?«, fragte Ansom.

»Militärische Eskorte, wie wir gehört haben?«, sagte Fritwell und zwirbelte seinen Schnurrbart. »Die wissen, wie man sich um eine VIP wie Mrs Guthrie kümmert.«

»Stimmt genau«, sagte Mrs Shankley und tätschelte ihren Arm, obwohl Esmie sich sicher war, dass sie kein Wort verstanden hatte.

»Es ist so schön, Sie alle wiederzusehen.« Esmie lächelte. »Wo ist die Baronin?«

»Sie verbringt den Sommer in Kaschmir«, erklärte Ansom. »Sie geht immer auf ein Hausboot dort. Hat irgendeinem Fürsten gehört, den sie kannte. Kommt mit der Hitze nicht zurecht.«

Esmie sagte: »Das kann ich ihr nachempfinden, aber schade, dass ich sie dann gar nicht zu Gesicht bekomme.«

»Esmie!« Toms Stimme, die von der Treppe ertönte, ließ sie mit hämmerndem Herzen umschauen. »Ich habe mich gefragt, wer für so viel Aufsehen unter den Gästen sorgt.«

Sie lachte und leckte sich die trockenen Lippen. Er sprang die Stufen je zwei auf einmal nehmend herab und landete lächelnd vor ihr. Sie beugte sich vor und rechnete mit einem Kuss auf die Wange, aber stattdessen nahm er ihre Hand und drückte sie.

»Ich habe gerade langweiligen Papierkram erledigt, also bin ich froh über die Ablenkung«, sagte er, löste seinen Griff und steckte die Hände in die Taschen. »Wenn du dich eingerichtet hast, möchtest du dann vor dem Abendessen einen Sherry? Dann kannst du uns alles über deine Reise erzählen. Und Harold – wie geht es ihm? Es war nett von ihm, auf dich zu verzichten, aber ich bedaure sehr, dass er nicht auch gekommen ist.«

»Er bedauert es auch«, sagte Esmie. »Er arbeitet so hart wie eh und je, scheint aber ganz darin aufzugehen.«

»Gut, gut.« Tom lächelte und ließ die Münzen in seiner Tasche klimpern.

Sie warf ihm einen fragenden Blick zu. Er wirkte gereizt, als wäre seine Herzlichkeit nur gespielt. Sie hoffte, dass ihn ihre Anwesenheit nicht in Verlegenheit brachte. Plötzlich kam ihr der Gedanke, dass Tom, anders als Lydia, vielleicht gar nicht darauf erpicht war, dass sie zu Besuch kam. Womöglich hatte er immer noch ein schlechtes Gewissen, weil er ihr im vergangenen Winter seine Zuneigung zu deutlich gezeigt hatte.

Als sie sich später im Foyer zu Tom und den Dauergästen gesellte, nahm sie deshalb zwar einen Sherry an, hielt sich aber an leichte Gesprächsthemen, fragte Tom nach Lydia und Andrew und wandte sich dann ab, um mit den anderen zu plaudern.

Müde von der langen, staubigen Fahrt hielt Esmie sich nach dem Abendessen nicht mehr lange auf.

Tom sagte: »Wir fahren früh am Morgen los.«

Sie wünschte allen gute Nacht und zog sich nach oben zurück.

* * *

Als Esmie um sieben Uhr zum Frühstück hinunterkam, hatte Tom schon gegessen und rauchte auf dem Hof. Die Luft war feucht und gewittrig.

Er drückte seine Zigarette aus und schenkte ihr ein verkrampftes Lächeln. »Ich hoffe, du hast gut geschlafen?«

»Besser als seit Wochen«, sagte sie. »Verglichen hiermit ist Taha ein Inferno.«

Tom nickte. »Hier ist es jetzt besser, da der Monsun angekommen ist. Mehr Regen ist unterwegs, also werden wir aufbrechen, sobald du dein *chota hazri* gegessen hast.«

Eine Stunde später verabschiedete Esmie sich von Stella und ihren Freunden im Hotel und stieg neben Tom ins Auto. Bijal saß mit ihrem Gepäck und ihrem Reiseproviant auf dem engen Rücksitz. Als sie die Straße nach Murree entlang langsam aus Rawalpindi hinausrollten und den Fluss Sohan überquerten, musste Esmie an die Autofahrt denken, die sie im letzten Dezember mit Tom unternommen hatte, und fragte sich, ob es ihm auch so ging.

Sie sprachen wenig – vielleicht fühlten sie sich gehemmt, weil Bijal so dicht hinter ihnen saß, oder vielleicht war sie angespannt, weil Tom sich so nah neben ihr befand. Sie verbrachte die Zeit damit, den Blick über die smaragdgrünen Felder und über die Wasserlöcher, die sich seit dem Einsetzen des Monsuns gebildet hatten, schweifen zu lassen. Nach der ausgedörrten, felsigen Landschaft rund um Taha war das eine Erleichterung.

Als das ausbleibende Gespräch Esmie allmählich nervös machte, begann sie, über Harold und ihre Arbeit in Taha zu sprechen, über ihre Trauer um die Patienten, die sie an Typhus und Hitzschlag verloren hatte, und darüber, wie die kleine Gabina mit ihrem sonnigen Gemüt sie alle davor bewahrte, den Mut zu verlieren.

»So muss es auch mit Andrew sein«, meinte Esmie. »Ein Sonnenstrahl in eurem Leben.«

Tom schenkte ihr ein Lächeln. »Ja, das stimmt. Es ist kaum zu glauben, dass es eine Zeit gab, als unser kleiner Junge noch nicht da war. Ich wünschte, ich könnte die ganze Zeit über bei ihnen in Murree bleiben, aber ich muss mich wohl einfach gedulden, bis Lydia ihn am Ende des Monsuns mit nach Pindi bringt.«

»Ich kann es nicht abwarten, ihn kennenzulernen«, sagte Esmie. »Erzähl mir von ihm.«

Tom lebte auf. »Er hat einen dunklen Haarschopf und erstaunlich lange Finger – und einen sehr starken Griff. Er schlingt seine Faust um meinen Daumen und lässt nicht wieder los. Er schneidet lustige Gesichter – manchmal sieht er wie ein griesgrämiger alter Mann aus –, und dann schenkt er einem dieses breite Lächeln und zeigt seinen zahnlosen Mund, und ich schmelze dahin wie Butter.« Er lachte. »Geraldine findet, dass er mir ähnelt, aber Lydia kann das nicht erkennen.«

Ein Gefühl von Zärtlichkeit ihm gegenüber erfasste Esmie. Nach den schrecklichen Verlusten, die er hatte erdulden müssen, war Tom entzückt über seinen neugeborenen Sohn. Das hatte er verdient, und sie freute sich für ihn.

»Ich wette, dein Vater freut sich auch, einen Enkel und Erben für die Anchorage zu haben«, sagte sie.

Tom brummte: »Der alte Mann hat eine Fotografie von sich selbst in Uniform geschickt und mich angewiesen, sie im Kinderzimmer aufzuhängen, damit Andrew sich eines Tages ermuntert fühlen würde, den Rifles beizutreten und die Familienehre zu retten.« Er warf ihr einen ironischen Blick zu. »Geld hat er aber nicht geschickt. Ich bin kein bisschen überrascht, aber Lydia hatte gehofft, ihr Schwiegervater wäre weniger geizig, wenn es um seinen Enkel geht. Sie hat sogar die Rückseite des Bilderrahmens abgenommen, weil sie dachte, er könnte dahinter ein paar Banknoten für Andrew versteckt haben.«

Esmie lächelte flüchtig. »Vielleicht wird Andrew all die Zinnsoldaten des Colonels erben.«

Tom schnaufte amüsiert, und sie ließen das Thema fallen.

Als sie die Ebene verließen und in die bewaldeten Ausläufer der Berge hinauffuhren, verdüsterte sich der Himmel, und der Wind frischte binnen weniger Minuten so sehr auf, dass er die Bäume zum Schwanken brachte. Tom sah besorgt drein.

»Ich glaube, wir machen lieber am nächsten *dak*-Bungalow halt – in ein paar Kilometern gibt es einen, der der Forstbehörde gehört. Dort können wir ein zweites Frühstück einnehmen.«

Als sie weiterfuhren, zuckten Blitze über den Himmel und Donner grollte zwischen den Bergen. Das Unwetter schien mit jeder Minute näher zu kommen. Als sie vor dem gedrungenen Bungalow anhielten, der ein Stück von der Straße zurückversetzt lag, spürte Esmie die ersten Regentropfen. Der Himmel über ihnen war schwarz. Als sie den Pfad hinaufeilten, schüttete es schon wie aus Kübeln. Tom nahm sie beim Arm und schrie: »Lauf!«

Bijal rannte mit dem Proviantkorb hinter ihnen her und rief nach dem *chowkidar*. Ein älterer Mann wagte sich aus dem Haus und hatte Mühe, in dem Wolkenbruch einen Regenschirm aufzuspannen. Er hielt ihn über Esmie, ohne dass es viel genützt hätte, und führte sie die Stufen hinauf. Im Schutze der Veranda stand Esmie keuchend und lachend da. Ihr Kleid und ihre Schuhe waren völlig durchnässt. Sie nahm ihren Sonnenhut ab und schüttelte sich den Regen aus den Haaren.

»Davon träume ich schon seit Monaten!«, rief sie. Als sie Toms überraschten Blick auffing, errötete sie. »Vom Regen, meine ich. Er ist wunderbar. Ich hätte nie gedacht, dass ich ihn so sehr vermissen würde.«

Ein amüsierter Ausdruck huschte über sein Gesicht. »Ja, wir Schotten wissen unser Klima nie so recht zu schätzen, bis wir eine heiße Jahreszeit in Indien erlebt haben.«

Er wandte sich ab, um den *chowkidar* zu fragen, wer gerade im Bungalow wohnte und ob es den Leuten etwas ausmachen würde, Handtücher zur Verfügung zu stellen und Tee zu kochen. Der alte Mann erklärte, dass niemand den Bungalow nutzte – der Forstbeamte war im Biwak –, aber er selbst würde ihnen mit Freuden Handtücher und Tee bringen. Tom schickte Bijal mit, damit er ihm half, und er kehrte schnell mit Handtüchern und Decken zurück. Esmie wurde in ein muffig riechendes Schlafzimmer geführt, wo sie ihr feuchtes Kleid auszog. Über ihrer Unterwäsche wickelte sie ein Handtuch um sich und dann obenauf eine Decke, die sie über ihren Schultern so befestigte, wie sie es die Wasir hatte tun sehen.

Als sie barfuß zurück auf die Veranda kam, stockte ihr bei Toms Anblick der Atem. Sein Oberkörper war nackt, und er hielt eine brennende Zigarette zwischen den Lippen, während er sich mit einem Handtuch die Haare trocken rieb. Als er sie sah, hielt er inne. Sie starrten einander an. Esmies Herz begann zu hämmern. Sie fühlte sich daran erinnert, wie sie damals zusammen in der Bucht unterhalb der Anchorage schwimmen gegangen waren. Er war noch so schlank und muskulös, wie sie ihn in Erinnerung hatte, und die gezackte Narbe an seiner linken Schulter war nach wie vor auffällig. Sie war sich nur zu gut bewusst, dass er ihre nackten Beine und Füße betrachtete. Der Regen prasselte auf das Blechdach und peitschte auf den Garten unter ihnen ein.

In dem Versuch, das Gefühl von Intimität zu durchbrechen, hob Esmie die Stimme, um den Lärm zu übertönen. »Erzähl Geraldine nichts davon, dass ich mich wie eine Paschtunin gekleidet habe, sonst braucht sie Riechsalz.«

Er lächelte gedankenverloren. Esmie ging zur Rückseite der Veranda und setzte sich zitternd hin. Tom wandte sich ab und legte das Handtuch weg. Er schnippte seine Zigarette in den Sturm und zog sich ein grobes Baumwollhemd über, das aussah, als gehörte es dem *chowkidar*. Sie dachte, dass sie ihn noch nie attraktiver gefunden hatte als in diesem leicht derangierten Zustand in indischer Baumwolle und mit zerzaustem Haar.

Bijal und der alte Diener kehrten mit Tabletts voll Tee und Essen zurück. Esmie hielt sich beschäftigt, indem sie half, den Tee einzugießen, bekam aber sehr gut mit, dass Tom sich auf dem Rattansessel neben ihrem niederließ. Sie schlang die Hände um die warme Tasse, um sie am Zittern zu hindern, und nippte an dem dampfenden Tee.

Die nächsten zwanzig Minuten über saßen Esmie und Tom da, aßen, tranken und konnten wegen des Lärms des Wolkenbruchs kaum eine Unterhaltung führen. Tom rauchte und ging rastlos zu den Verandastufen, um hinauszuspähen, als könnte er mit schierer Willenskraft den Sturm vorübergehen lassen.

Esmie wusste, wie wild er darauf war, nach Murree und zu seinem Sohn zu gelangen. Diese Verzögerung musste für ihn äußerst frustrierend sein. Aber sie hatte den Eindruck, dass noch etwas anderes ihm zu schaffen machte. Seit sie ihn am Vortag wiedergesehen hatte, wirkte Tom abgelenkt und etwas angespannt. Sie hatte ihn noch nie so wortkarg erlebt; es war ihm sonst nie schwergefallen, leichthin zu plaudern. Vielleicht war es ihm peinlich, mit ihr im Unwetter festzusitzen, aber Esmie glaubte, dass ihn mehr als nur das beschäftigte.

Allmählich ließ das Prasseln auf dem Dach nach. Dann hörte der Regen schlagartig auf und die Wolken rissen auf. Sonne strömte zwischen den Bäumen hindurch, und Dampf stieg aus dem durchnässten Garten auf. Esmie ging ihr Kleid holen und kehrte zurück, um es über das Verandageländer zu hängen.

»Es sollte nicht allzu lange dauern, bis es trocken ist – die Sonne fühlt sich schon wieder heiß an.«

Tom, der am Geländer lehnte, warf ihr einen Blick zu – war es ein verärgerter?

Esmie setzte rasch hinzu: »Aber ich könnte mir auch ein anderes Kleid anziehen, wenn Bijal meinen Koffer aus dem Auto holt. Ich will dich nicht aufhalten.«

Tom schüttelte den Kopf. »Wir können noch eine halbe Stunde abwarten. Den Straßen erlauben, auch ein bisschen zu trocknen.«

Esmie setzte sich wieder hin. Bijal hatte eine frische Kanne Tee gebracht, und so goss sie ihnen beiden noch eine Tasse ein. Nach einem Moment des Zögerns drückte Tom seine Zigarette aus und setzte sich zu ihr. Die Ruhe fiel nach dem Lärm des Sturms besonders auf. Wasser tropfte vom Dach und aus den Bäumen; ein Vogel gurrte. Alles war friedlich.

Esmie musterte Toms Profil, als er mit versteinerter Miene am Bungalow vorbeistarrte. Er schien mit den Gedanken weit entfernt zu sein.

»Na, was geht dir gerade durch den Kopf?«, fragte sie leise.

Tom zuckte zusammen. Er sah sie an und dann wieder beiseite. »Tut mir leid. Ich bin keine sehr angenehme Gesellschaft. Ich kann es nur nicht abwarten, nach Murree zu kommen.«

Sie sah einen Muskel an seinem Kiefer zucken und wartete darauf, dass er noch mehr sagen würde. Als er es nicht tat, fragte sie: »Macht dir sonst noch etwas zu schaffen, Tom?«

Sein Blick war misstrauisch. »Warum fragst du das?«

»Du scheinst weit weg zu sein – nicht ganz du selbst.«

Er schenkte ihr ein trostloses Lächeln. »Du bist nicht im Dienst, Schwester McBride. Du musst dir keine Sorgen um meinen Geisteszustand machen.«

Sie hatte das seltsame Gefühl, dass sich ihr die Brust zuschnürte, als er ihren Mädchennamen gebrauchte. Hatte er das absichtlich getan oder war er in Gedanken wieder in einer Zeit, als sie beide noch unverheiratet gewesen waren?

»Für Freunde bin ich nie außer Dienst«, sagte sie mit einem schiefen Lächeln. »Sprich darüber, wenn du willst.«

Er lehnte sich zurück und seufzte. Esmie wartete. Die alte, hölzerne Veranda knarrte in der warmen Sonne.

Mit gesenkter Stimme sagte Tom: »Dickie Mason ist in Murree.« Als Esmie nichts sagte, sah er sie scharf an. »Das wusstest du schon, oder?«

Esmie wurde rot. »Lydia hat tatsächlich erwähnt, dass er Urlaub hat und aus Razmak dorthin gekommen ist.«

Toms Gesichtsausdruck wurde härter. »Sie hat es dir also sogar geschrieben.«

»Aber sie hat über alle möglichen Besucher erzählt«, antwortete sie. »Dickie war nur einer unter vielen.«

»Sie sieht ihn jetzt wieder sehr oft. Jedes Mal, wenn ich dort hinauffahre, scheint er da zu sein – beim Tennis oder beim Picknick. Ich wünschte, ich hätte die beiden einander nie vorgestellt.«

Esmie fühlte sich schlecht – sie war diejenige, die damals überhaupt erst vorgeschlagen hatte, dass Dickie Kontakt zu den Lomax aufnehmen sollte. Aber galanterweise machte Tom ihr keine Vorwürfe. Sie war erschrocken zu hören, dass Lydia sich wieder mit dem jungen Lieutenant abgab, aber sie konnte nicht glauben, dass es etwas Ernstes war.

Esmie nahm ihre Freundin in Schutz: »Du weißt doch, wie gesellig Lydia ist. Sie liebt es, wenn ihr jemand seine

Aufmerksamkeit schenkt. Sie genießt einfach nur das Hill-Station-Leben – besonders nach den Strapazen einer schweren Geburt.«

Tom fuhr sich durch sein zerzaustes Haar. »Das stimmt schon. Es ist nur so, dass ich mir Sorgen mache, dass Lydia vielleicht …«

Esmie sah, dass er die Stirn runzelte. »Vielleicht was?«

»Mit Mason durchbrennen und Andrew mitnehmen könnte.«

Esmie sah Tom mit offenem Mund an. Er konnte doch nicht allen Ernstes glauben, dass Lydia dazu fähig war? Aber sie sah seiner gequälten Miene an, dass er es tat.

»Oh, Tom«, rief sie. »Das wird Lydia nicht tun! Sie liebt dich zu sehr. Warum sollte sie alles, was sie mit dir hat, für einen niederrangigen Offizier wegwerfen, der an der Grenze stationiert ist? Das ist unvorstellbar.«

Sein Blick wirkte gehetzt. »Sie liebt mich nicht so sehr, wie du glaubst, und Dickie ist während des letzten Feldzugs zum Captain befördert worden, also ist er nicht niederrangig. Aber was ich sicher weiß, ist, dass ich nicht ohne meinen Sohn leben könnte.«

Mitleid durchströmte Esmie. Sie wusste, warum er es so empfand. »Hat sie irgendwelche Anzeichen dafür erkennen lassen, dass sie so etwas plant?«

»Nein«, räumte Tom ein. »Aber diese Sache mit Mason …«

»Die hat bestimmt nichts zu bedeuten«, versuchte Esmie ihm zu versichern.

Tom seufzte noch einmal tief. »Entschuldige bitte, Esmie. Ich habe kein Recht, dich mit meinen eifersüchtigen Verdächtigungen zu belasten. Es fällt mir nur einfach so leicht, mit dir zu reden.«

»Ich verstehe, wie kostbar Andrew für dich ist«, sagte sie sanft.

Er warf ihr einen gequälten Blick zu und schüttelte den Kopf. »Nein, Esmie, das kannst du beim besten Willen nicht wissen.«

Esmie zögerte nur einen Moment lang, bevor sie eine Hand auf seinen Arm legte. »Tom, ich will dir etwas erzählen. Als Harold und ich in Peschawar waren, haben wir Marys Grab auf dem Friedhof gefunden.« Tom sah sie wie vom Donner gerührt an. Esmie sprach schnell weiter: »Und wir haben Amelias Grab daneben gesehen. Wir wissen, dass du eine Tochter verloren hast, Tom. Es tut mir sehr, sehr leid. Harold hatte keine Ahnung, dass Mary im Kindbett gestorben war.«

Sie sah, dass er darum rang, seine Gefühle im Zaum zu halten. »Ich habe es niemandem erzählt – ich konnte nicht darüber sprechen.«

»Das kann ich verstehen«, sagte Esmie. »Und ich verstehe, warum Andrew so etwas Besonderes ist und wie sehr du dich davor fürchten musst, ihn zu verlieren.«

Tom stiegen Tränen in die Augen. Sie sah ihn schwer schlucken.

Leise fuhr sie fort: »Wir sind am nächsten Tag noch einmal hingegangen und haben Blumen auf Marys und auf Amelias Grab gelegt, um ihnen die letzte Ehre zu erweisen. Die Inschriften waren schön. Es ist eine sehr friedliche letzte Ruhestätte.«

Tom seufzte tief. Plötzlich streckte er die Arme nach ihr aus, begrub den Kopf in ihrem Schoß wie ein kleiner Junge und schluchzte auf. Esmie stockte der Atem. Sie war fassungslos über die Geste und doch zugleich voller Zärtlichkeit für ihn. Seine Trauer war immer noch mit Händen zu greifen.

Während er sie umklammerte, streichelte sie sein feuchtes Haar und murmelte: »Es muss schrecklich gewesen sein, die ganze Zeit über die Last dieses Geheimnisses zu tragen – es nicht einmal mit deinem engsten Freund zu teilen. Ich wollte schreiben und dir sagen, dass wir alles herausgefunden und Blumen auf die Gräber gelegt hatten, um dich wissen zu lassen, dass du nicht allein trauerst. Aber Harold meinte, wir sollten uns nicht einmischen und du hättest es ihm schon erzählt, wenn du wolltest, dass er es wüsste.«

Tom löste sich von ihr. Er rieb sich brüsk die geröteten Augen. »Es tut mir leid.«

»Das muss es nicht«, antwortete sie.

Er stand auf und trat ans Geländer. Sie sah, wie seine Schultern sich anspannten, als er darum rang, seine Emotionen wieder unter Kontrolle zu bringen. Er zog eine Zigarette hervor und zündete sie an. Esmie wartete ab, bis er ein paar Züge genommen hatte, bevor sie sich neben ihn stellte. Mittlerweile war ihr in der Decke heiß. Sie spürte noch immer den Abdruck, wo sein Kopf auf ihren Oberschenkeln gelegen hatte.

»Jetzt musst du mich doch für einen hoffnungslosen Fall halten«, sagte er. »Wie einen deiner Kriegstrauma-Patienten.«

»Wie ich dir schon mal gesagt habe, Tom. Meine Patienten sind keine hoffnungslosen Fälle«, erwiderte sie.

Er starrte auf die ferne Ebene weit unter ihnen hinaus. Sie glaubte, dass er noch eine launige Bemerkung machen würde, um seine Gefühle zu verstecken und das, was gerade geschehen war, ins Lächerliche zu ziehen. Aber er überraschte sie.

Leise sagte er: »Die einzige Person, die wirklich über Amelia Bescheid wusste, war eine Krankenschwester, die sich im Krankenhaus um sie gekümmert hat. Amelia war zwei Monate zu früh zur Welt gekommen und hätte nicht überleben können. Wir hatten niemandem erzählt, dass Mary ein Kind erwartete – sie wollte nichts verderben, indem sie den Leuten schon etwas sagte, bevor das Baby auf die Welt kam. Sie hatte nicht einmal ihren Eltern davon geschrieben. Ich bin erst eine Woche, nachdem das Baby gestorben war, nach Peschawar zurückgekehrt. Die Nachricht über Mary hat mich tagelang nicht erreicht; wir waren vom Schnee von allem abgeschnitten. Ich musste die Todesfälle registrieren lassen und habe dann die Grabsteine von einem Steinmetz in Rawalpindi anfertigen lassen. Danach habe ich versucht, nicht mehr an die beiden zu denken.«

Tom nahm einen langen Zug aus seiner Zigarette und inhalierte tief. Esmie, die das Gefühl hatte, dass er noch mehr sagen wollte, blieb stumm. Er drückte die Zigarette aus und umklammerte das Geländer.

»Ich hatte mir fast schon eingeredet, da wäre nie ein Baby gewesen. Es war Mary, um die ich trauerte – Mary, die ich vermisste. Aber dann kam der Krieg und ich wurde nach Mesopotamien geschickt. Da war diese Belagerung. Wir brachen durch. Ich sah diese Frau weinen … Ihr Baby war in eine blutbefleckte Decke gewickelt. Dieses tote Baby war für mich in dem Augenblick Amelia, und von da an musste ich immer wieder an sie denken.«

Esmie sah seinen Augen an, dass er den Schrecken von Neuem durchlebte. Sie legte eine Hand über eine von seinen.

»Oh, Tom, wie schrecklich.«

Er rang sichtlich damit, ihr noch mehr zu erzählen. »In dem Moment wusste ich, dass ich nicht dazu geschaffen war, Soldat zu sein. Ich war am Boden zerstört. Ich fing an, Befehle nicht mehr zu befolgen – hätte eigentlich nach einem Kriegsgericht unehrenhaft entlassen werden sollen. Es war Harolds Eingreifen zu verdanken, dass es nicht dazu gekommen ist. Hat mich vor der Schande bewahrt – auch wenn einige im Regiment mir nie verziehen haben. Nicht, dass mir ihre Meinung wichtig gewesen wäre. Zu dem Zeitpunkt waren schon all meine Kameraden tot.«

Abrupt brach er ab. Er sah Esmie eindringlich an. »Ich sage dir das unter dem Siegel absoluter Verschwiegenheit. Ich will nicht, dass Lydia auch nur das Geringste davon erfährt. Ich will ihr keinen Vorwand liefern, mich zu verlassen und Andrew mitzunehmen. Wenn sie wüsste, wie schwach ich war …«

»Natürlich werde ich es ihr nicht sagen«, versprach Esmie. »Ich werde es niemandem sagen – noch nicht einmal Harold, wenn du nicht willst, dass ich es tue.«

Tom wirkte erleichtert. »Harold hat geahnt, dass da etwas war, das mich so hat handeln lassen, wie ich es getan habe – aber er hat mich nie danach gefragt. Ich war immer dankbar, dass er mir ohne jede Frage beigestanden hat.«

Esmie hatte ihn gerade fragen wollen, was er getan hatte, um ein Kriegsgericht zu riskieren – es musste ein schwerer Verstoß gewesen sein –, aber diese Äußerung hielt sie davon ab. Er wollte es ihr nicht erzählen. Offensichtlich glaubte er, schon zu viel gesagt zu haben.

»Ich bin froh, dass du über Amelia gesprochen hast«, sagte Esmie, »und du kannst darauf vertrauen, dass ich nichts ausplaudere. Ich habe gesehen, was der Krieg Männern antut – er kann sie über die Grenzen des Erträglichen hinaustreiben –, und ich würde dich nie verurteilen. Aber Tom, ich finde nicht, dass du ein schwacher Mann bist – alles andere als das. Tapferkeit gibt es in unterschiedlicher Form, und es muss großen Mut erfordern, mir zu erzählen, was du gerade gesagt hast.«

Tom musterte sie mit scharfen blauen Augen. Auf Esmie wirkten sie, als stünden sie voller Dankbarkeit und Wärme. Einen Moment lang drückte er ihre Hand. »Danke, Esmie.«

Sie hatte sich ihm nie näher gefühlt als in diesem Moment. Das Gefühl ging viel tiefer als das körperliche Begehren, das sie in seiner Nähe immer empfunden hatte. Es ließ ihr das Herz vor inbrünstiger Liebe aufgehen, die sie gleichzeitig freudvoll und verzweifelt machte.

Dann löste er seine Hand von ihrer und trat zurück. Lange Zeit sahen sie nur auf die regennasse Landschaft hinaus und sprachen nicht. Am Ende räusperte Tom sich.

»Vielleicht solltest du dir jetzt deine Paschtunen-Verkleidung ausziehen und dein Kleid wieder überstreifen.« Sein Mund verzog sich zu einem Lächeln. »Wir wollen doch die Memsahibs von Murree nicht in Angst und Schrecken versetzen.«

Sie lächelte und nickte, weil sie es nicht wagte, etwas zu sagen und sich so ihre Ergriffenheit anmerken zu lassen. Esmie hob ihr halb getrocknetes Kleid auf und zog sich in den Bungalow zurück, um sich umzuziehen. Ihr Herz war voll. Sie war gerührt von der Art, wie Tom ihr seine innersten Gedanken und Befürchtungen eröffnet hatte. Sie litt mit ihm, und die emotionalen Narben, die er trug, schmerzten sie. Eigentlich hätte sie gern die Arme um ihn gelegt und ihn getröstet, aber sie wusste, dass das vielleicht dazu geführt hätte, dass aus ihr herausgesprudelt wäre, wie sehr sie ihn liebte.

Die brutale Wahrheit war, dass sie für Tom immer nur eine Freundin sein konnte. Das Wissen lastete schwer auf ihrem Herzen. Dennoch würde sie ihm helfen, wenn sie konnte, und wenn das hieß, mit Lydia darüber zu reden, dass sie Dickie keine Hoffnungen machen sollte, dann würde sie versuchen, das zu tun.

Zehn Minuten später setzte Esmie ihre Reise mit Tom und Bijal fort. Sie winkte dem gastfreundlichen *chowkidar* zu, während das Auto spritzend durch Pfützen fuhr und Vögel aufgescheucht vom Motorenlärm aufflogen. Tom bog mit dem Auto auf die Bergstraße ein und sauste Richtung Murree.

Kapitel 30

Murree

Esmie war bezaubert von der Hill Station: ein Mischmasch aus Villen mit roten Dächern und reihenhausartigen Hotels breitete sich wie eine Blütenranke über die üppig bewaldete Bergflanke aus. Gärten quollen mit denselben Blumen über, die Esmie in Minnie Templetons Beeten hatte wachsen sehen: Stockrosen, Gladiolen, Fuchsien, Mohn und Wicken. Die milde Luft war vom berauschenden Duft der Kiefern und Rosen erfüllt.

Am Linnet Cottage war es ihr fast möglich, sich vorzustellen, dass sie wieder in Schottland war. Hinter den dichten Farnen und Nadelbäumen, die den hübschen Garten einrahmten, erhaschte Esmie Blicke auf schimmernde blaue Berge, die in Nebel gehüllt waren. Das Cottage mit seinen Sprossenfenstern und seiner grünen Holzveranda, die von Rosen überwuchert war, erinnerte Esmie an das Haus der Guthries in Ebbsmouth.

Aber sie musste nur die Mall entlangspazieren, um zu erkennen, dass sie immer noch im tiefsten Indien war. Wie ein fallen gelassenes Kartenspiel ergoss sich die Ortschaft der Einheimischen den steilen Hang unterhalb der britischen Siedlung hinab: eine windschiefe Ansammlung von

Blechdächern und Trampelpfaden. Wenn sie vom Berggrat herabspähte, konnte Esmie sehen, wie die Inder geschäftig ihrem Tagwerk nachgingen, während die öligen, würzigen Kochdünste und Holzrauch aus dem Basar aufstiegen.

Das ließ sie an Karo und Gabina denken, wie sie an einem offenen Feuer hockten und ihr Abendessen kochten, und ihr wurde klar, wie sehr sie die beiden vermisste. Was hätte Karo von Murree gehalten? Sie wäre entzückt über die Auswahl von bunten Schals und Tüchern gewesen, die Wanderhändler zum Verkauf anboten – und hätte in Esmies Namen entschlossen gefeilscht. Aber Esmie hatte sich gescheut, Karo als ihre persönliche Dienerin mitzubringen, weil sie wusste, wie empfindlich die junge Frau darauf reagierte, wenn andere ihre Entstellung sahen. Die Wasir blieb lieber dicht beim Bungalow und bei den Dienerquartieren. Außerdem hätte Lydia sich dagegen gesperrt, dass Esmie auch Gabina mitbrachte; ihre Freundin hatte kein Verständnis dafür, dass sie so an einem einheimischen Kind hing.

Oh, Lydia! Esmie seufzte, als sie über ihre Freundin nachdachte. Sie hatte Esmie unter Tränen mit einer Umarmung und einem entzückten Quietschen begrüßt. Die ersten paar Tage waren von ununterbrochenen Aktivitäten angefüllt gewesen, als Lydia ihr stolz die Stadt gezeigt hatte. Es war nie Zeit gewesen, Lydia unter vier Augen zu sprechen, weil sie sich ständig mit anderen Freunden umgab. Es hatte eine Reihe von Tennistreffen, Picknicks an nahe gelegenen Orten mit besonders schöner Landschaft, Nachmittagstees und Dinnerpartys gegeben. Die Hopkirks organisierten einen Großteil der Zusammenkünfte; die bessere Gesellschaft von Rawalpindi war für die heiße Jahreszeit nach Murree versetzt worden.

Wie Tom sie schon vorgewarnt hatte, war Dickie Mason immer dabei. Aber auf Esmie wirkte er nur wie einer von mehreren jungen Offizieren, die um Lydias Aufmerksamkeit buhlten. Ihre Freundin genoss es in vollen Zügen. Drei Monate, nachdem sie ihr Kind bekommen hatte, sah sie schon wieder so schlank und attraktiv wie eh und je aus. Aber es lag etwas Manisches in der Art, wie Lydia tagtäglich jede wache Minute mit Geselligkeit ausfüllte. An den wenigen Abenden, an denen sie zu Hause gegessen hatten, war Esmie früh zu Bett gegangen, um Tom Zeit allein mit seiner Frau zu gönnen. Aber durch die dünnen Wände hatte sie gehört, wie Lydia wegen irgendetwas mit Tom geschimpft hatte, und am Ende hatte er die Geduld verloren. Esmie hatte ihren Kopf in dem Versuch, ihre Streitereien nicht zu belauschen, unter der Bettdecke begraben.

Was Esmie noch mehr schmerzte als Lydias kokettes Benehmen, war ihr mangelndes Interesse an Andrew. Esmie fand den Kleinen entzückend. Er war rundlich, gesund und hatte leuchtende Augen und einen dunklen Haarschopf, der in weichen Büscheln abstand. Seine großen blauen Augen, die die gleiche Form wie die Lydias hatten, fixierten Esmie, wenn sie sich über ihn beugte.

Esmie liebte es, ihn hochzuheben und ihn sich in die Armbeuge zu legen, um mit ihm zu kuscheln, oder ihn auf ihrem Knie reiten zu lassen. Dann stützte sie seinen Rücken und seinen Kopf, während sie ihm Unsinn vorplapperte. Er steckte sich immer die Faust in den Mund und murmelte etwas zurück. Wenn sie ihn kitzelte, reagierte Andrew manchmal mit einem ansteckenden Kichern, das auch sie zum Lachen brachte.

Tom bestand darauf, Andrew zu den Picknicks und den Ausflügen die Mall entlang mitzunehmen. Eines Nachmittags, als Dickie sich ihnen anschloss, versuchte Esmie, Lydia dazu zu bringen, neben Tom herzugehen.

»Geht ihr beiden schon vor. Ich schiebe den Kinderwagen«, schlug sie vor und umfasste den Griff des großen Kinderwagens mit dem schwarzen Verdeck. »Dickie kann mir über die holprigen Steine helfen.«

»Grundgütiger, nein!«, rief Lydia. »Das darfst du nicht tun. Wir können doch nicht zulassen, dass ein Captain der Kavallerie wie ein Kuli behandelt wird! Und du bist nicht das Kindermädchen des Babys. Um Himmels willen, Esmie!«

Überrascht, dass Lydia solch einen Aufstand machte, ließ Esmie schnell wieder los.

»Das ist Ayahs Aufgabe!«, schimpfte Lydia weiter. »Du darfst eine Dienerin nicht kränken, indem du dich in ihre Pflichten einmischst. Sie ist für Andrew verantwortlich.«

Als die junge *ayah* den Kinderwagen übernahm, warf Esmie einen Blick auf Tom, aber er zuckte nur unmerklich die Schultern und griff nicht ein. Er schien Angst zu haben, dass er Lydia verärgern könnte. Stattdessen nahm er ihren Arm und ging mit ihr voraus, wie Esmie es vorgeschlagen hatte. Dickie ignorierte er betont und überließ es ihm, ihnen mit Esmie zu folgen.

Als sie die Mall hinunterschlenderten, war der Captain Esmie gegenüber charmant und aufmerksam. Das ließ sie vermuten, dass Tom sich wahrscheinlich unnötig Sorgen über Dickies Absichten machte. Trotzdem ergriff sie die Gelegenheit, ihn auf seinen Einsatz in Razmak anzusprechen.

»Wie lange sind Sie noch im Urlaub?«, fragte sie ihn.

»Wir kehren im September in die Ebenen zurück.«

»Und dann auch nach Razmak?«

Er nickte. »Höchstwahrscheinlich. Nach all den Unruhen im vergangenen Jahr hat man beschlossen, die Außenposten an der Grenze zu verstärken. Razmak soll als permanente Garnison befestigt werden.«

Der Gedanke, dass Dickie dort in Gefahr sein würde, gefiel Esmie nicht, aber wenigstens würde Tom beruhigt sein zu erfahren, dass der junge Offizier in der kommenden kalten Jahreszeit weit von Rawalpindi entfernt sein würde.

»Hoffen wir, dass an der Grenze von nun an alles viel friedlicher als bisher ist«, sagte Esmie.

Dickie verzog bedauernd das Gesicht. »Vielleicht werden wir Briten dank der Kampfkraft der Armee und des Eifers der Missionare irgendwann über diese wilden Stämme triumphieren. Aber ich rechne eigentlich nicht damit. Deshalb müssen wir Soldaten das Beste aus unserem Urlaub machen. Nach den Wüstenbergen ist Murree das reinste Paradies, finden Sie nicht auch?«

Esmie konnte nur zustimmen. »Das ist es wirklich. Ich wünschte, Harold könnte es auch erleben.«

Dickie schenkte ihr ein mitfühlendes Lächeln. »Ich bin sowohl Ihnen als auch Dr. Guthrie sehr dankbar dafür, dass Sie mich mit den Lomax bekannt gemacht haben. Sie sind unglaublich gastfreundlich, das sehen meine Offizierskameraden genauso. Lydia hat uns gesagt, dass wir uns im Linnet Cottage wie zu Hause fühlen sollen.«

Esmie musterte prüfend sein hübsches Gesicht, aber er schien keine Hintergedanken zu haben. Sie war sich sicher, dass Dickie Lydia gegenüber keine unehrenhaften Absichten hegte.

Später, als Dickie gegangen war und Lydia sich zum Abendessen umzog, gelang es Esmie, kurz einen Moment mit Tom auf der Veranda allein zu sein. Sie schilderte ihm das Gespräch, das sie mit Dickie geführt hatte.

»Ich glaube wirklich nicht, dass Anlass zur Besorgnis besteht«, versicherte Esmie. »Er sieht euch beide nur als Familienersatz und Linnet Cottage als sein Zuhause fern der Heimat.«

Tom sah skeptisch drein. »Seine Aufmerksamkeit Lydia gegenüber wirkt auf mich mehr als brüderlich.«

»Dickie ist genauso charmant zu Geraldine und mir, deshalb glaube ich, dass du in seine Schmeichelei mehr hineininterpretierst, als du solltest. Wie jeder Soldat genießt er nur seine Zeit fern der Grenze.«

Das schien Tom aufzumuntern. »Vermutlich. Und das kann ich ihm nicht verdenken – in seinem Alter war ich genauso.«

»Da hast du's«, sagte sie mit einem Lächeln.

»Danke, Esmie«, erwiderte er. Sein Gesichtsausdruck wurde weicher und ging in Erleichterung über.

Drei Tage später kehrte Tom nach Rawalpindi zurück und ließ Esmie und Lydia ihre gemeinsame Zeit genießen.

* * *

Anfang September, als Esmie schon etwas über vierzehn Tage in Murree war, hatte sie eines Abends endlich die Gelegenheit zu einem offenen Gespräch mit Lydia. Ihre Dinnergäste waren gegangen. Lydia hatte viel Wein getrunken, und die beiden Freundinnen saßen draußen auf der Veranda und lauschten den Tierlauten und dem Rascheln im dunklen Wald davor. Lydia trank Whisky und behauptete, er würde ihr helfen, besser zu schlafen. In einem entfernt gelegenen Zimmer erwachte Andrew plötzlich und begann zu schreien.

Nachdem sie mehrere Minuten lang zugehört hatten, wie das Baby heulte, fragte Esmie: »Soll ich hingehen und nachsehen, ob ich helfen kann?«

»Nein«, sagte Lydia und trank noch einen Schluck Whisky. »Lass Ayah sich um ihn kümmern.«

Das Schreien ging weiter. Es juckte Esmie in den Fingern, zu Andrew zu gehen, ihn hochzuheben und zu trösten. Als sie Lydias verkniffenes Gesicht sah, merkte sie, dass ihre Freundin gereizt war. Nachdem noch mehrere Minuten vergangen waren, sprang Lydia plötzlich auf.

»Ich kann es nicht ertragen! Es geht mir auf die Nerven. Warum kann sie ihn nicht zum Schweigen bringen?«

Sie eilte ins Haus. Esmie folgte ihr. Bevor sie Lydia aufhalten konnte, war diese schon ins Zimmer des Babys gestürmt und hatte begonnen, Andrews Kindermädchen anzuschreien.

»Warum kannst du ihn nicht ruhig halten? Um Himmels willen, das ist doch deine Aufgabe!«

Ayah drückte Andrew an sich und wiegte ihn schwungvoll. »Es tut mir leid, Memsahib. Ich glaube, er zahnt.«

»Und? Kannst du ihm da nicht etwas geben?«, schrie Lydia.

»Doch, ich habe ihm das Zahnfleisch eingerieben, aber es tut ihm immer noch weh.«

Esmie sah, dass das Baby hochrot im Gesicht war und dass das Gebrüll es nur noch heftiger schreien ließ. Sie sagte: »Er sieht aus, als wäre ihm ziemlich warm. Kühlen wir ihn doch ein bisschen ab.« Sie streckte die Arme aus. »Darf ich?«

Ayah warf Lydia einen misstrauischen Blick zu.

Lydia winkte verächtlich ab. »Tu, was du willst – mach bloß, dass der Lärm aufhört«, blaffte sie und stürmte aus dem Zimmer.

Ayah reichte Andrew an Esmie weiter. Sie zog den Schal von seinem Gesicht weg und bat das Kindermädchen, ein kühles Tuch zu holen. Währenddessen krümmte Esmie ihren kleinen Finger und schob ihn dem Baby in den Mund. Sie spürte, wie Andrew darauf biss, und staunte darüber, welche Kraft er in den Kiefern hatte. Er kaute und schrie. Esmie wusch sein heißes Gesicht und seinen Hals und sprach beruhigend auf ihn ein. Er heulte weiter. Sie legte ihn sich an die Schulter, ging im Zimmer herum und tätschelte ihn so, wie sie es Jeanie mit dem kleinen Norrie in Tante Isobels Cottage in Vaullay hatte tun sehen. Das schien ihn zu beruhigen. Nach und nach kam das Schreien zum Erliegen. Ayah schenkte ihr ein erleichtertes Lächeln.

Esmie wurde klar, dass sie wenig über die junge Frau wusste, abgesehen davon, dass sie aus der Nähe von Rawalpindi stammte.

»Hast du selbst auch ein Kind?«, fragte sie.

Ayah schüttelte den Kopf. »Nein, Memsahib. Aber ich habe meiner Schwester geholfen, mich um ihre Kinder zu kümmern. Ich mag Babys.« Sie strich über Andrews Wange. »Jetzt fallen ihm die Augen zu.«

»Gut.« Esmie lächelte. »Sollen wir einen Versuch riskieren, ihn wieder in die Wiege zu legen?«

Ayah nickte. »Ich wiege ihn in den Schlaf.«

Vorsichtig senkte Esmie Andrew in die Wiege, die von einem Ständer hing, sodass sie schaukeln konnte. Seine Augenlider waren schwer. Als sie ihn ablegte, riss er erschrocken die Augen auf. Esmie ließ ihre Hand auf seiner Brust ruhen. »Na, na, kleiner Mann«, sagte sie leise, »schließ die Augen und träum was Schönes.« Sie begann, ein Schlaflied aus den Highlands zu singen – »Hush-a-by birdie, croon, croon«. Das hatte ihre Mutter für sie getan, wenn Esmie nicht hatte einschlafen können, als sie ein kleines Mädchen gewesen war. Es war fast das Einzige, woran sie sich bei ihrer Mutter erinnern konnte.

Andrew schloss wieder die Augen. Beim Anblick seiner dunklen Wimpern auf seinen rosigen Wangen und seines leicht geöffneten, knospengleichen Mundes schnürte sich Esmie die Brust zu. Er sah so schön aus: verletzlich und vertrauensvoll. Ein kleines, zittriges Seufzen entrang sich ihm, und dann konnte er nicht mehr gegen den Schlaf ankämpfen. Esmie berührte die *ayah* an der Schulter und lächelte.

»Du machst deine Sache mit Andrew sehr gut. Lomax Mem weiß das auch zu schätzen, obwohl sie es nicht immer ausspricht.«

Ayah sah ungläubig drein, nickte aber zum Dank.

Draußen auf der Veranda fand Esmie Lydia mit dem Whiskyglas in der Hand auf dem Rattansofa. In diesem unbeobachteten Augenblick wirkte Lydia erschöpft, ihr Gesicht verhärmt. Esmie setzte sich neben sie.

»Er schläft«, sagte Esmie.

»Gott sei Dank.« Lydia seufzte. »Hast du ihm ein Schlafmittel gegeben?«

»Nichts so Drastisches. Es schien ihm zu gefallen, wenn man ihm den Rücken tätschelt – und ich habe ihm ein Wiegenlied aus den Highlands vorgesungen. Ich könnte es dir beibringen.«

Lydia brummte: »Nein danke. Ich habe nicht die geringste Ahnung von Babys, und sie interessieren mich auch nicht besonders.« Sie stürzte den Rest ihres Whiskys hinunter.

»Ich bin mir sicher, dass du dich noch mit der Mutterrolle anfreunden wirst«, sagte Esmie. »Nicht jede Frau fühlt sich sofort eng mit ihrem Baby verbunden.«

»Woher willst du das wissen?«, gab Lydia zurück. »Du hast nicht durchgemacht, was ich durchgemacht habe.«

Esmie errötete. »Nein, aber ich hatte mit vielen frischgebackenen Müttern zu tun, als ich in Edinburgh meine Ausbildung gemacht habe. Manche von ihnen waren sehr jung und verängstigt.«

Unvermittelt verzog Lydia das Gesicht. »Tut mir leid, Esmie. Ich wollte dich nicht so anfahren.« Sie senkte den Kopf. Ihre Stimme klang tränenerstickt. »Ich empfinde nicht die geringsten mütterlichen Gefühle für ihn. Es ist, als wäre er anderer Leute Kind – ein Eindringling, mit dem ich mich abfinden muss. Er erinnert mich nur daran, wie grauenvoll die Geburt war. So große Schmerzen will ich nie mehr durchmachen müssen. Ich dachte, ich würde sterben. Manchmal spüre ich richtigen Hass.«

Sie schaute auf. Ihr Gesicht war mit stummen Tränen verschmiert. »Es ist nicht natürlich, so zu empfinden, nicht wahr?«

Esmie beugte sich zu ihr und legte ihr einen Arm um die Schultern. »Dein Körper hat einen Schock erlitten. Es braucht Zeit, sich daran zu gewöhnen. Aber du bist nicht die einzige junge Mutter, die solche Gefühle hat. Für manche ergibt es sich ja vielleicht ganz natürlich, aber für andere ist die Mutterschaft etwas, das sie erlernen und einüben müssen. Hast du mit Tom darüber gesprochen?«

Lydia versteifte sich. »Tom würde das nicht einmal ansatzweise verstehen. Er hält dieses Baby für einen kleinen Sonnenschein. Für mich interessiert er sich gar nicht mehr. Er findet mich herzlos, weil ich nicht jede Minute mit dem Baby verbringe. Aber er hat keine Ahnung, wie es ist – was ich durchgemacht habe. Er kommt nur für ein paar Tage hereingeschneit und geht dann zurück in sein geliebtes Hotel. Ich bin diejenige, die alle Verantwortung trägt – obwohl ich nie ein Baby wollte.«

Esmie war in Versuchung, Lydia zu erzählen, dass Tom den Verlust seines ersten Kindes erlitten hatte; es würde sie vielleicht toleranter ihm gegenüber machen. Aber Esmie hatte versprochen, sein Geheimnis zu bewahren. Es stand ihr nicht zu, es zu verraten.

»Die Dinge werden sich bessern, wenn du erst wieder in Pindi bist. Das Haus an der Buchanan Road wird ein richtiges trautes Heim für eure Familie werden.«

Lydia bedachte sie mit einem verzweifelten Blick. »Wie langweilig häuslich das doch klingt. Ich habe es nicht eilig, nach Pindi zurückzukehren – hier gefällt es mir besser. Alle sind darauf aus, ihren Spaß zu haben.«

Esmie lehnte sich zurück und musterte sie. »Du scheinst viel Zeit mit Dickie Mason zu verbringen.«

Lydia sah sie an. »Was soll das denn heißen?«

»Es ist nur eine Beobachtung.«

»Hat Tom sich bei dir beklagt? Ich wette, das hat er.«

»Das muss er gar nicht erst«, sagte Esmie. »Ich sehe doch, dass es ihm zu schaffen macht, dass Dickie ständig in deiner Nähe ist. Du bist nicht sehr fair Tom gegenüber.«

Lydia geriet in helle Aufregung. »Warum machst du dich für Tom stark? Du bist meine Freundin. Verstehst du denn nicht, wie schwer es für mich ist, mit einem Mann verheiratet zu sein, dem nur sein zweitklassiges Hotel etwas bedeutet? Das ist nicht das Leben, das er mir versprochen hat. Und ich bin so weit von Mummy und Daddy entfernt – ich vermisse sie schrecklich. Ich fühle mich hier so allein. Deshalb versuche ich, mich anzufreunden, mit wem ich nur kann. Das kannst du mir nicht zum Vorwurf machen.«

»Es tut mir leid, wenn du in Indien unglücklich bist, Lydia«, sagte Esmie sanft. »Du hast binnen kurzer Zeit viele Veränderungen und Umbrüche erlebt. Aber du bist gerade erst gut ein Jahr verheiratet. Gib allem mehr Zeit – und dir vielleicht ein bisschen mehr Mühe.«

»Ich mir mehr Mühe geben?«, rief Lydia. »Was ist mit Tom? Er ist derjenige, der mich nach Indien geschleift hat.«

Esmie zügelte ihren Zorn. Es war Lydias Unzufriedenheit, die sie so gefühllos klingen ließ. »Alles, was Tom will, ist, glücklich mit dir und Andrew zu leben.«

»Habt ihr beiden hinter meinem Rücken über mich geredet?«, fragte Lydia anklagend.

Esmie wurde rot. »Es ist offensichtlich, was er will. Er hasst es, tagelang unten in Pindi und von euch beiden getrennt zu sein.«

»Dann sollte er es den Dubois überlassen, das Hotel zu führen«, konterte Lydia. »Dafür bezahlen wir sie schließlich. Tom muss nicht dort bleiben – er tut es freiwillig.«

Esmie gab den Versuch auf, ihrer Freundin gut zuzureden oder sie darauf hinzuweisen, dass Tom sich Sorgen wegen der finanziellen Lage des Hotels und wegen ihrer Verschwendungssucht machte. Lydia war schon immer ein wenig egozentrisch gewesen und konnte nicht gut mit Kritik umgehen. Aber Esmie spürte, dass nichts, was sie sagte, Lydia in ihrer derzeitigen Geistesverfassung dazu bringen würde, die Dinge aus Toms Sicht zu betrachten.

Lydia murmelte: »Ich hätte Colin Fleming mit all seinen Weinbergen heiraten sollen.«

»Das meinst du doch nicht ernst«, tadelte Esmie sie.

»Ich meine es halb ernst!«

Als Esmie nicht antwortete, seufzte Lydia. »Erinnerst du dich noch, wie wir zu Hause immer auf der Schaukel gesessen und geplaudert haben, über die Schule und Jungs und das, was wir machen würden, wenn wir erwachsen sind?«

»Ja«, sagte Esmie mit einem melancholischen Lächeln.

»War das Leben damals nicht viel glücklicher und unkomplizierter?«, fragte Lydia und ließ kurz den Kopf auf Esmies Schulter ruhen.

Esmie dachte daran zurück, wie sie einen Großteil jener Zeit über um ihren geliebten Vater getrauert hatte. Das Leben war schwierig gewesen. Sie war dankbar für Lydias Freundschaft und Geselligkeit gewesen, die das Gegengift gebildet hatten, das sie gebraucht hatte, um ihr wundes Herz zu heilen. Sie durfte nie vergessen, wie sehr Lydia ihr beigestanden hatte, als sie sie gebraucht hatte.

»Meine Ferien in Templeton Hall gehören zu den glücklichsten Zeiten, an die ich mich erinnere«, sagte Esmie.

»Oh, Esmie, manchmal wünschte ich, wir könnten die Zeit zurückdrehen und wieder dort sein. Bevor ich mich überstürzt auf eine Ehe und Indien und all das hier eingelassen habe …«

Es war das erste Mal, dass Esmie Lydia zugeben hörte, dass sie zum Teil selbst an ihrer Situation schuld war und sich nicht hatte gedulden können, verheiratet zu sein.

»Aber wir sind hier und sitzen auf diesem Sofa«, rief Esmie ihr ins Gedächtnis. »Und ich weiß, dass du das Beste aus deiner Ehe und aus Indien machen wirst. Lass nicht zu, dass ein Flirt mit Dickie einen Keil zwischen euch beide treibt.«

Lydia sah sie aus Augen an, in denen frische Tränen standen. »Du hast gut reden. Du und Harold liebt einander. Eure Ehe ist ein Erfolg.«

Esmie wurde das Herz schwer. Ihre Freundin hatte keine Ahnung, wie sehr sie sich täuschte oder wie sehr Esmie sie um das beneidete, was sie hatte. Dennoch war sie bereit, das Beste aus ihrer Beziehung mit Harold und dem Leben an der Nordwestgrenze zu machen. Anders als Lydia erwartete sie nicht, dass alles ganz einfach werden würde. Aber der Gedanke, dass Lydia Tom nicht liebte, machte ihr zu schaffen. Ihre Ehe war doch bestimmt zu retten? Um Andrews willen musste es so sein.

»Ich glaube, du leidest an Wochenbettmelancholie«, sagte Esmie. »Das ist nach der Geburt nichts Ungewöhnliches. Warum sprichst du nicht mit einem Arzt? Er könnte dir etwas verschreiben, um dich aufzumuntern.«

Lydia war fassungslos. »Nur um zu riskieren, dass die Leute Gerüchte verbreiten, dass ich verrückt bin? Kommt nicht infrage. Wenn Geraldine und ihresgleichen mich zum Arzt gehen sehen würden, dann würden sie bald eins und eins zusammenzählen.«

Esmie beschloss, das Thema nicht zu vertiefen; sie würde es vielleicht Tom gegenüber als einen möglichen Weg vorwärts erwähnen. Sie stand auf. »Ich habe die nötige Bettschwere. Komm, das geht dir doch sicher auch so.« Sie streckte eine Hand aus und zog die widerwillige Lydia auf die Beine.

Lydia hielt sie einen Moment lang fest. »Du bist die Einzige, mit der ich so reden kann. Solche Dinge würde ich Geraldine oder den anderen nie erzählen. Der Klatsch über mich ist so schon schlimm genug. Aber ich weiß, dass du nie tratschen würdest.«

Esmie war betroffen, als sie begriff, wie einsam Lydia sein musste, umgeben von oberflächlichen Freundschaften, aber ohne jemanden, dem sie sich anvertrauen konnte – ihren Ehemann mit eingeschlossen. Als sie sich gute Nacht wünschten und in ihre jeweiligen Zimmer gingen, kam Esmie noch ein anderer Gedanke. Vielleicht war es das, was Dickie Lydia schenkte – Mitgefühl und eine Männerschulter, an der sie sich ausweinen konnte?

* * *

Später in derselben Woche traf Esmie Vorkehrungen für ihre Abreise. Tom würde sie in einer Woche abholen, zurück nach Rawalpindi fahren und in den Zug nach Kohat setzen. Bis dahin würden zwei Wochen vergangen sein, seit er zuletzt zu Besuch gekommen war. Esmie fand es einfacher, ihn nicht dabeizuhaben. Es machte sie weniger angespannt und Lydia weniger schwermütig.

Harold hatte geschrieben, um zu berichten, dass in Taha alles zum Besten stand und die Patientenzahl im Krankenhaus zurückging, aber dass er Esmie vermisste und sich auf ihre Rückkehr freute. Esmie empfand ihrem Mann gegenüber eine Mischung aus Zuneigung und Schuldgefühlen. Sie hatte zu viel Zeit damit verbracht, sich den Kopf über Tom und seine Probleme zu zerbrechen, während Harold hart gearbeitet hatte, ohne zu ahnen, was sie für seinen besten Freund empfand.

In dem Wissen, dass es ihn interessieren würde, wie es den Tolmies und ihrer Missionsschule ging, verabredete Esmie sich ein paar Tage vor ihrer geplanten Abreise aus Murree mit Augustus und Margaret zum Mittagessen.

»Willst du auch mitkommen?«, fragte Esmie Lydia.

»Du meine Güte, nein!« Lydia zog ein gespielt entsetztes Gesicht. »Dickie sagt, dass die Tolmies ständig versuchen, die Männer vom Trinken und vom Glücksspiel abzuhalten, und den Offizieren auf ihrem Weg zum Club auflauern, um sie zum Hymnensingen mitzuschleifen.«

Trotz ihres nächtlichen Gesprächs traf Lydia sich weiterhin täglich mit Dickie. Esmie tröstete sich mit dem Gedanken, dass der Urlaub der Offiziere in Murree bald zu Ende gehen würde. Sobald er fort und Lydia wieder in Rawalpindi war, würde sich – so hoffte Esmie zumindest – das angespannte Verhältnis zwischen Tom und Lydia bessern.

Der Tag hatte sonnig begonnen, aber nun zogen sich am Himmel Wolken zusammen. Lydia wollte ihr eine *tonga* bestellen, um sie zum Pindi Point hinüberzubringen, aber Esmie beschloss, zu Fuß zu gehen.

»Das ist eine Gelegenheit, die frische Luft zu genießen«, sagte sie. »Ich werde bald genug zurück in der Hitze und im Staub sein, und ich will auf dem Rückweg noch ein paar Geschenke kaufen.«

»Aber dann brauchst du eine Stunde. Was, wenn es regnet?«

»Dann nehme ich mir auf der Mall eine *tonga*.«

Als sie aufbrach, freute Esmie sich, Lydia im Garten mit Andrew zu sehen. Sie spielte nicht mit dem Baby, aber wenigstens sah sie zu, wie Ayah den Säugling mit einer Rassel unterhielt. Ihre Freundin schien gut gelaunt zu sein und winkte ihr nach.

»Sei rechtzeitig zum Tee zurück«, rief Lydia. »Geraldine kommt vorbei, um sich zu verabschieden.«

* * *

Eine Stunde später ging Esmie die Einfahrt zur Missionsschule hinauf und schwitzte in der schwülen Luft. Sie sah kleine Kinder aufgereiht dastehen und Fähnchen schwenken, um sie willkommen zu heißen. Ihre Gesichter waren eifrig und voller Neugier. Sie winkte zurück. Augustus war da, um sie zu begrüßen, begleitet von einer jungen anglo-indischen Lehrerin, Miss Ratcliffe, die für die jüngsten Kinder verantwortlich war.

Die Lehrerin stellte sich neben sie und ließ die Kinder ein Lied anstimmen. Esmie war gerührt über ihre Wärme. Als sie fertig waren, scharten sie sich aufgeregt um sie und grinsten. Augustus ließ das ein paar Minuten lang zu und wies die Schüler dann an, ihrer Lehrerin nach drinnen zu folgen.

»Ich dachte, du würdest dich vielleicht gern in der Schule umsehen«, sagte er zu Esmie. »Danach können wir Mittag essen. Leider muss ich sagen, dass Margaret sich nicht sehr wohlfühlt. Sie wird sich nicht zu uns gesellen. Aber wir können mit den Kindern und den Mitarbeitern essen.«

»Es tut mir leid, das zu hören«, erwiderte Esmie. »Ich hatte gehofft, sie zu sehen, bevor ich nach Taha zurückkehre.«

»Nichts Ernstes«, sagte Augustus hastig. »Sie fühlt sich nur ein bisschen elend.«

Esmie fragte sich, ob Margaret einen neuerlichen Anfall von Melancholie durchmachte. Margarets Mutter war im Februar gestorben, und sie hatte sich ihren Tod sehr zu Herzen genommen. Laut Harold hatte die Frau des Schulleiters sich nach ihrem Besuch in Wales im Vorjahr in Indien nicht wieder eingelebt.

Esmie war beeindruckt von der Schule. Die meisten Schüler waren Waisenkinder, aber die Lehrer und Betreuer wirkten freundlich – einige waren frühere Schüler –, und die Kinder schienen glücklich zu sein. Allerdings wusste sie, weil sie ihre Eltern so jung verloren hatte, aus eigener Erfahrung, dass es möglich war, ein fröhliches Gesicht zu machen, während man sich innerlich verloren und aufgewühlt fühlte.

Aber wenigstens bot die Schule der Tolmies den Mädchen und Jungen, deren Eltern gestorben waren oder sie im Stich gelassen hatten, eine sichere Zuflucht. Sie bekamen Schulbildung und Hilfe bei ihrem Aufbruch in die Welt. Als sie beim Mittagessen zwischen den freundlichen, plappernden Kindern saß, erinnerte Esmie sich daran, wie sie sich nach der Liebe und dem Schutz von Erwachsenen – Tante Isobel, den Templetons und den Drummonds – gesehnt hatte, um die Leere auszufüllen, die ihre toten Eltern hinterlassen hatten.

Nach dem Mittagessen fragte Esmie, ob sie in einer der Klassen hospitieren dürfte. Augustus nahm sie mit in Miss Ratcliffes Klassenzimmer, wo Sechs- und Siebenjährige lesen und schreiben übten. Sie standen alle stramm, als der Schulleiter und Esmie hereinkamen.

»Ich komme in einer halben Stunde wieder, um Sie abzuholen«, sagte Augustus und ging.

Als sie die eifrigen Gesichter der Kinder sah, wandte Esmie sich an deren Lehrerin und fragte: »Darf ich ihnen etwas vorlesen?«

»Natürlich«, sagte Miss Ratcliffe lächelnd. Sie wandte sich an die Schüler. »Na, wer sitzt aufrecht da und zappelt nicht?«

Die Kinder saßen kerzengerade da. Mehrere von ihnen reckten die Hände hoch in die Luft.

»Bitte, Miss, bitte, Miss!«

»Nehmen Sie mich, bitte, Miss!«

Die Lehrerin winkte zwei kleine Mädchen mit ordentlichen Zöpfchen nach vorn, damit sie sich zu der Besucherin setzten. Sie stürmten nach vorn und zogen ihre Stühle neben Esmie, während Miss Ratcliffe ein Buch auswählte. Bald lehnten die Mädchen auf Esmies Schoß, und sie schloss die Arme um sie, während sie begann, ihnen aus *Alice im Wunderland* vorzulesen. Sie erinnerte sich daran, wie sehr sie es geliebt hatte, wenn ihr Vater ihr daraus vorgelesen hatte.

Es dauerte nicht lange, bis die anderen Kinder um Erlaubnis baten, auch von der schottischen Memsahib vorgelesen zu bekommen. Miss Ratcliffe unterbrach ihre Stunde und erlaubte den Kindern, sich um Esmie zu versammeln. Sie hatten alle möglichen Fragen. Am Ende erzählte Esmie ihnen von Schottland und ihrem Zuhause in Vaullay, ihrer Zeit als Krankenschwester während des Kriegs und ihrer Flucht aus Serbien über die Berge.

Als Augustus kam, um sie abzuholen, fand er die Kinder wie gebannt zu ihren Füßen sitzen. Er bot ihr Tee an, aber Esmie lehnte ab, weil sie spürte, dass er so bald wie möglich nach Hause wollte, um nach Margaret zu sehen.

»Ich werde auf dem Nachhauseweg noch einige Einkäufe an der Mall erledigen«, sagte sie. »Ein paar Geschenke mit nach Taha nehmen. Ich habe meinen Besuch hier sehr genossen, vielen Dank. Und bitte richten Sie Mrs Tolmie aus, dass ich ihr alles Gute wünsche – ich hoffe, es geht ihr bald besser. Wenn sie sich gut genug für einen Besuch fühlt, dann lassen Sie es mich unbedingt wissen.«

Als sie gerade gehen wollte, setzte der Regen ein, der den ganzen Tag gedroht hatte.

»Bei dem Wetter können Sie nicht zu Fuß gehen – ich werde eine *tonga* rufen.« Augustus duldete keinen Widerspruch.

Der Regen war so heftig, dass Esmie zustimmte. Sie bat darum, direkt zurück zum Linnet Cottage gefahren zu werden. Es hatte keinen Sinn zu versuchen, in einem Monsunschauer einzukaufen. Wenn er sich schnell wieder verzog und Lydia sich dazu überreden ließ, würden sie noch reichlich Zeit haben, Andrew in seinem Kinderwagen vor dem Nachmittagstee spazieren zu fahren.

* * *

Esmie traf früher als erwartet wieder in der Villa ein und eilte im strömenden Regen, so schnell sie konnte, von der *tonga* zur Veranda. Sie schüttelte ihren nassen Rock aus und legte ihren Hut ab. Errötend erinnerte sie sich daran, wie sie das Gleiche in dem *dak*-Bungalow getan hatte, in dem sie mit Tom Zuflucht gesucht hatte. Sie würde ihn in zwei Tagen wiedersehen. Aber sobald er sie in den Zug nach Kohat gesetzt hatte, musste Esmie sich von Rawalpindi und den Lomax fernhalten, das wusste sie – zumindest, bis die beiden diese schwierige Phase ihrer Ehe durchgestanden hatten.

Im Cottage war alles still, und die Veranda war verlassen. Esmie fragte sich, ob Lydia zum Mittagessen ausgegangen war und nun wegen des Regens irgendwo festsaß. Sie erwartete Esmie wohl erst später zurück. Als sie durchs Haus ging, beschloss Esmie nachzusehen, ob Ayah im Zimmer des Babys war, weil Andrew bestimmt noch Mittagsschlaf hielt. Leise schlich sie sich auf Zehenspitzen den Korridor entlang und spähte durch die halb offene Tür. Die Wiege und das Zimmer waren leer. Esmie freute sich zu sehen, dass Lydia Andrew und seine *ayah* mitgenommen haben musste, ganz gleich, was für einen Ausflug sie gerade unternahm.

Esmie beschloss, sich vor dem Tee etwas Trockenes anzuziehen. Als sie sich umwandte, um durch den Korridor zurückzugehen, hörte sie ein Geräusch aus dem Schlafzimmer nebenan – Lydias und Toms. Sie blieb stehen. Zu ihrer Überraschung erkannte sie Lydias Stimme: eine undeutliche Bemerkung und dann ein Lachen. Sie war also doch hier.

»Lydia?«, rief Esmie.

Das Gemurmel verstummte.

»Lydia, ich bin es. Ich bin früher zurück. Margaret ging es nicht gut.« Esmie klopfte an die Schlafzimmertür. »Ruhst du dich gerade aus oder darf ich hereinkommen?«

»Warte!«, rief Lydia. »Komm nicht herein. Ich bin gleich bei dir.«

Verblüfft, dass ihre Freundin sie nicht gleich hereingerufen hatte, antwortete Esmie: »Ich gehe mich eben umziehen – ich bin in den Regen geraten.«

»Ja, tu das nur!«

Irgendetwas ließ Esmie beunruhigt zögern. Sie war sich sicher, dass sie jemanden vor Lachen prusten hörte. Dann versuchte Lydia, jemanden zum Schweigen zu mahnen. Lydia war nicht allein. Oh, bitte nicht! Lass es nicht Dickie sein! Esmie war übel. Sie zog sich in ihr Zimmer zurück und zog rasch ein anderes Kleid an. Mit zitternder Hand bürstete sie sich die Haare aus und hoffte wider besseres Wissen, dass sie sich verhört hatte. Einen wilden Moment lang stellte sie sich vor, dass Tom verfrüht nach Murree gekommen war und dass er und Lydia sich gerade versöhnten. Aber Tom hätte ihr einen Gruß zugerufen.

Esmie ging auf die Veranda, um zu warten. Lydia musste das hier in der Voraussicht geplant haben, dass Esmie stundenlang außer Haus sein würde. Offensichtlich hatte sie Ayah mit Andrew und auch die Diener für ein oder zwei Stunden fortgeschickt. Esmie wünschte, sie wäre an jedem anderen Ort als ausgerechnet hier. Wenn es nicht geregnet hätte, dann wäre sie beim Einkaufen an der Mall gewesen. Sie wollte keine Beweise für Lydias Affäre entdecken. Der Regen ließ jetzt schon nach. Esmie umklammerte die Balustrade und schluckte Galle hinunter.

»Hallo, Mrs Guthrie.«

Esmie drehte sich um und sah Dickie, das Haar noch ein wenig zerzaust, die Veranda überqueren. Er lächelte ihr verlegen zu. Sie nickte, unfähig, es über sich zu bringen, mit ihm zu sprechen. Wie hatte sie sich nur so in ihm täuschen können? Wie töricht kam sie sich vor, weil sie Tom versichert hatte, dass der Flirt zwischen Lydia und dem jungen Captain harmlos war.

»Esmie, meine Liebe«, sagte Lydia, die ihm ins Freie folgte, fröhlich. Sie war passend für den Nachmittagstee angezogen, aber ihr Haar verriet, wie hastig sie sich ihre Kleidung übergestreift haben musste. »Ich hatte dich nicht so früh zurückerwartet.«

»Offensichtlich«, erwiderte Esmie.

»Meine Güte, wenn Blicke töten könnten«, sagte Lydia mit einem nervösen Lachen. »Es ist doch nicht nötig, mir gegenüber die Anstandsdame zu spielen.«

Esmies Zorn flammte plötzlich auf. »Lydia, was soll ich denn sagen, wenn ich nach Hause komme und dich mit ihm im Bett finde?« Sie warf Dickie einen vernichtenden Blick zu.

»Lasst uns alle ruhig bleiben«, sagte Lydia. »Ich wollte dich nicht in diese peinliche Situation bringen. Warum tun wir nicht einfach so, als wäre es nie geschehen?«

»Aber es ist geschehen!«, gab Esmie zurück.

Dickie errötete. »Ich glaube, ich gehe jetzt besser. Es tut mir leid, wenn ich für eine Missstimmung gesorgt habe.«

»Wirklich?«, fragte Esmie. »Bei mir brauchen Sie sich nicht zu entschuldigen. Tom ist derjenige, den Sie hintergangen haben.«

Dickie wirkte plötzlich untröstlich. Er ging zu den Stufen.

»Geh nicht!«, rief Lydia und eilte ihm nach. »Das hier ist mein Haus, und du bist mein Gast.« Sie packte ihn am Arm.

»Es tut mir leid«, sagte er noch einmal und löste sich aus ihrem Griff. »Ich sollte jetzt wirklich gehen.«

»Bitte nicht!« Sie verfolgte ihn die Stufen hinab. »Bitte verlass mich nicht.«

Er marschierte schnell die Stufen hinab und seitlich ums Haus herum. Erst jetzt bemerkte Esmie, dass sein Pferd bei einem der Nebengebäude angebunden war.

»Dickie!«, rief Lydia ihm nach.

Als er aufstieg und den Pfad hinuntertrabte, lief Lydia hinter ihm her und schrie seinen Namen. Entsetzt rannte Esmie ihr nach. Als sie Lydia erreichte, weinte diese schon unkontrollierbar. Esmie hatte sie noch nie so aufgelöst erlebt. Sie schlang die Arme um sie, aber Lydia schüttelte sie ab.

»Lass mich los! Ich hasse dich!«

»Lydia, nicht …«

»Ich l… liebe ihn, und du hast alles v… verdorben«, schluchzte sie. »W… warum musstest du dich einmischen? Du sollst doch meine Freundin sein … Meine *Freundin!*«

Lydias Ausbruch verschlug Esmie die Sprache. Die kultivierte, selbstsichere Fassade einer Templeton war verschwunden. An ihrer Stelle gab es nur eine heulende, verzweifelte Frau. Sie hatte solch ein Verhalten bei Lydia nicht mehr erlebt, seit sie junge Mädchen gewesen waren. Damals war Lydia manchmal auf ihre ältere Schwester Grace losgegangen, wenn sie sich gekränkt oder zurückgesetzt gefühlt hatte.

Esmies Wut wich rasch Besorgnis. »Lydia, ich *bin* deine Freundin, aber es war ein Schock, dich mit Dickie vorzufinden.«

Lydia, deren Gesicht wutverzerrt und tränenverschmiert war, stieß hervor: »Ich will nichts mehr mit dir zu tun haben!« Sie drängte sich an Esmie vorbei und rannte stolpernd zurück ins Haus.

Esmie stand mehrere Minuten lang zitternd da und versuchte, ihre Atmung zu beruhigen. Überall um sie herum zwitscherten Vögel laut in den Bäumen wie Klatschtanten. Ein Hund bellte auf einem Nachbargrundstück. Sie fragte sich, wie weit ihr lautes Streitgespräch zu hören gewesen war oder wer Dickie vielleicht allein zum Linnet Cottage reiten und von dort zurückkehren gesehen hatte.

Sie fühlte sich elend. Nicht genug damit, dass Lydias und Toms unglückliche Ehe sie zwischen allen Stühlen sitzen ließ: Sie war daran gescheitert, auch nur einem von beiden zu helfen. Hätte sie Lydia strenger raten sollen, Dickie auf Abstand zu halten, oder hätte sie Dickie ermahnen sollen, die Finger von ihr zu lassen? Vielleicht hätte sie Lydia doch erzählen sollen, dass Toms Tochter als Baby gestorben war? Warum hatte sie Toms Befürchtungen in Bezug auf Lydias Untreue allzu bereitwillig zerstreut? War es, weil ihre größte Angst war, dass die Ehe der Lomax scheitern könnte, während sie selbst immer noch an Harold gebunden war? Esmie schämte sich angesichts derart selbstsüchtiger Gedanken.

Ihr Inneres war in Aufruhr, als Esmie ins Haus zurückkehrte und sich fragte, ob sie zu Lydia gehen sollte, um sie zu trösten. Nachdem sie sich vor Lydias Schlafzimmertür gestellt und eine Weile zugehört hatte, wie ihre Freundin erbärmlich schluchzte, klopfte Esmie.

»Lydia? Darf ich hereinkommen?«

Aber das Weinen hörte nicht auf, und Lydia antwortete nicht. Schweren Herzens ging Esmie davon.

Kapitel 31

Esmie schickte Geraldine eine kurze Nachricht, um die Einladung zum Nachmittagstee abzusagen, und dachte sich die Ausrede aus, dass Lydia plötzlich an Magenbeschwerden erkrankt sei. In dem Schreiben dankte Esmie Geraldine dafür, sie während ihres Aufenthalts so gastlich aufgenommen zu haben. Sie versprach nicht, sie zu besuchen, bevor sie abreiste. Esmie konnte den Gedanken nicht ertragen, Geraldines neugierige Fragen über Lydia oder mögliche Vorgänge im Linnet Cottage abwehren zu müssen.

Bald darauf kehrte Ayah mit Andrew zurück, lächelnd und in seliger Unkenntnis des Dramas, das sie verpasst hatte. Esmie hob Andrew aus seinem Kinderwagen und kuschelte mit ihm. Sie sog seinen Babyduft ein, während er eine Handvoll von ihren Haaren packte und entzückt daran zog. Ihre Augen brannten vor Tränen. Er war unschuldig an all dem hier, und doch sorgte sie sich um seine Zukunft. Während sie seine weiche Wange küsste, betete Esmie inbrünstig, dass Andrew nicht zur Schachfigur im Gezänk seiner Eltern werden würde.

Dann dachte sie an Tom, und das Herz wurde ihr schwer wie ein Stein. Wenn er herausfand, dass sein Verdacht hinsichtlich Lydias Affäre mit Dickie zutraf, was würde er tun? Er würde es nicht ertragen können, von Andrew getrennt zu sein, da war sie sich sicher. In welchem Maße würde er bereit sein, ein Auge zuzudrücken, um seine Familie zusammenzuhalten? In hohem Maße, nahm sie an. Oh, Tom! Wie wünschte sie sich doch, sie könnte ihn vor dem Schmerz bewahren, es zu erfahren. Sie sehnte sich danach, ihn zu sehen, und hatte doch zugleich Angst davor. Würde es das Beste sein, wenn sie Lydias Willen nachgab und so tat, als wäre es nie geschehen?

Als sie den glucksenden Andrew wieder ins Haus trug, glaubte Esmie, dass es wohl wirklich das Beste sein würde.

* * *

Lydia kam erst am folgenden Tag wieder aus ihrem Zimmer hervor. Esmie versuchte, ihr etwas zu essen bringen zu lassen, aber Lydia hatte ihre Schlafzimmertür abgeschlossen. Da sie nur wenig Appetit hatte und den Gedanken nicht ertragen konnte, allein auf der Veranda zu essen, nahm Esmie ihre Mahlzeit im Kinderzimmer ein.

»Stört es dich, wenn ich mit dir esse, Ayah?«, fragte sie die junge Frau.

Ayah sah erschrocken drein, erklärte sich aber dazu bereit. Sie setzten sich auf Daris auf dem Boden, und Esmie teilte ihren Teller mit Fisch, Kartoffeln und Kohl mit Ayah. Sie erfuhr, dass die Kinderfrau aus einer Familie christlicher Inder stammte – Anglikaner – und Sarah hieß. Ihr Vater hatte als *syce* in den Ställen der Armee gearbeitet, bis er durch einen Unfall zum Krüppel geworden war, und Sarah half jetzt mit, die Familie zu ernähren. Sie liebte es, sich um Andrew zu kümmern.

Esmie half, Andrew sein Fläschchen Milch zu geben. Lydia hatte schon kurz nach der Geburt aufgehört, ihn zu stillen. Zärtlichkeit durchzuckte Esmie, als sie das Baby in den Armen hielt und seinen konzentrierten Blick sah, während er gluckernd die Milch trank. Ein ruhiges Gefühl der Zufriedenheit breitete sich in ihr aus. Wenn Lydia nur einen Moment wie diesen hätte erleben können, dann würde sie beginnen, ihren Sohn zu lieben, da war Esmie sich sicher.

In der Nacht schlief Esmie kaum. Sie stellte sich vor, dass auch Lydia wach lag und sich elend fühlte. Ihr Weinen hatte aufgehört, aber sie blieb weiterhin in ihrem Zimmer eingeschlossen. Als das Licht der Morgendämmerung durch die Ritzen der Fensterläden drang, stand Esmie auf. Weil sie Andrew schreien hörte, ging sie barfuß ins Kinderzimmer hinüber und fragte Sarah, ob sie das Baby füttern dürfte. Sie nahm Andrew mit auf die Veranda, hüllte sie beide gegen die Morgenkühle in eine Decke und gab ihm seine Milch, während der Himmel über den Bergen von Kaschmir golden wurde.

Esmie wusste, dass sie diesen friedlichen Augenblick nie vergessen würde – er war wie ein unerwartetes Geschenk: der Sonnenaufgang, die rosafarbenen schneebedeckten Gipfel, der Geruch der feuchten Erde und der Kiefern, der morgendliche Vogelgesang und die Wärme von Andrews kleinem Körper, den sie an ihren drückte. Sie prägte sich alles ins Gedächtnis ein, um sich in den ungewissen Tagen, die vor ihr lagen, daran zu erinnern.

* * *

Lydia kam am späten Vormittag aus ihrem Zimmer, adrett gekleidet, die Haare hochgesteckt und mit einer breiten Schleife verziert. Nur ihr bleiches Gesicht und ihre verquollenen Augenlider zeugten noch von ihrer Verzweiflung am Vortag. Esmie, die auf der Veranda mit Andrew spielte, musterte sie vorsichtig.

»Wie fühlst du dich?«, fragte Esmie.

Lydia ignorierte die Frage. »Ich nehme an, du hast schon gefrühstückt. Ich bestelle mir etwas Kaffee. Möchtest du auch welchen?« Bevor Esmie antworten konnte, klatschte Lydia schon in die Hände und erteilte ihrem Diener Befehle. Sie machte einen Bogen um Esmie, das Baby und Sarah und stellte sich auf die andere Seite der Veranda. Sie wühlte in ihrer Handtasche herum, zog Zigaretten und ein Feuerzeug daraus hervor und ging daran, sich eine Zigarette anzuzünden.

»Lydia, komm und setz dich«, ermunterte Esmie sie.

Als Lydia es nicht tat, bedeutete Esmie Sarah, dass sie Andrew in den Garten bringen sollte, und ging dann zu Lydia, um sich neben sie an die Balustrade zu stellen.

»Sprich mit mir, Lydia«, bat Esmie flehentlich. »Ich kann nicht abreisen, wenn zwischen uns böses Blut herrscht.«

Lydia sah sie trostlos an. »Versprichst du mir, dass du Tom nicht erzählen wirst, was du gestern gesehen hast?«

Esmie spannte sich an. Sie verabscheute den Gedanken, solch ein Geheimnis zu bewahren oder Tom anlügen zu müssen, aber wenn Lydia versuchen wollte, ihre Ehe zu retten, dann war es das Beste so.

»Ich werde nicht über das reden, was geschehen ist, versprochen. Es liegt ganz bei dir, was du Tom erzählst.«

Lydias gequälter Gesichtsausdruck wurde weicher. »Ich habe nicht vor, ihm irgendetwas zu sagen. Ich werde Dickie das Leben nicht schwer machen.«

»Dickie?«, rief Esmie aus. »Er ist doch derjenige, der all diesen Ärger angerichtet hat.«

»Nein, ist er nicht. Er hat gesehen, wie unglücklich ich war, und versucht, mich zu trösten.«

»Manche Leute würden sagen, dass er dich ausgenutzt hat«, sagte Esmie.

Lydias Augen blitzten. »Du verstehst es immer noch nicht, oder? Das hier ist nicht bloß irgendeine

Hill-Station-Sommeraffäre. Wir lieben einander. Ich bin verrückt nach Dickie, seit er mich an dem Abend letztes Jahr zum Brauereiball begleitet hat – und er vergöttert mich.«

Esmie war entsetzt. »Oh, Lydia!«

»Ich wusste gleich, dass du es nicht verstehen würdest – du bist zu konventionell – Harold zu ähnlich. Alles muss moralisch und den Vorschriften entsprechend sein. Aber einige von uns haben eine größere Liebesfähigkeit – wir haben zu viel Leidenschaft im Herzen, um nur einen einzigen Menschen zu lieben.«

Esmie ignorierte die Kränkung und versuchte zu verstehen. »Willst du damit sagen, dass du Tom und Dickie gleichzeitig liebst?«

»Ich nehme an, ja«, sagte Lydia und drückte die Zigarette aus, die sie noch kaum geraucht hatte. »Aber seit ich Dickie nach der schrecklichen Zeit mit dem Baby wiedergesehen habe … nun ja … empfinde ich tiefere Gefühle für ihn als für Tom.«

Esmie legte Lydia eine Hand auf den Arm. »Dennoch sagst du, dass du nicht willst, dass Tom es herausfindet? Du wirst doch wohl nichts Törichtes tun, nicht wahr?«

Lydia zog ihren Arm weg. »Es ist einfacher, bei Tom zu bleiben, das ist alles.«

»Oh, Lydia, bitte tu Tom nicht weh. Wenn er und Andrew dir auch nur ein bisschen am Herzen liegen, solltest du dich von Dickie trennen.«

»Halt mir keine Moralpredigt«, blaffte Lydia. »Ich kann mich selbst um meine Ehe kümmern. Tom braucht nichts zu erfahren. Es wird ihm nur dann wehtun, wenn du ihm davon erzählst.«

Lydias kalte Worte ließen Esmie das Herz schwer werden. Bevor sie noch mehr sagen konnte, erschien der *khitmurtgar* mit Kaffee. Die Frauen saßen in angespanntem Schweigen beisammen, tranken und starrten in den Garten hinaus. Esmie sah zu, wie die *ayah* Andrew die ordentlichen Pfade entlangschob und auf ihn einplapperte. Es schmerzte sie, dass Lydia auch nur daran denken konnte, ihr Leben mit Tom und Andrew für Dickie aufs Spiel zu setzen. Aber war sie nicht scheinheilig? Esmie wusste schließlich selbst, wie es war, wenn einem zwei Männer zur selben Zeit am Herzen lagen. Sie mochte Harold und sehnte sich dennoch nach Tom. Der Unterschied zu Lydia war, dass sie, Esmie, nie impulsiv handeln würde, um ihr Begehren außerhalb ihrer Ehe zu stillen.

Als sie ihren Kaffee erst halb getrunken hatte, verkündete Lydia, dass sie ausging, und brach kurz darauf in einer *tonga* auf. Sie lud Esmie weder ein, sie zu begleiten, noch sagte sie ihr, wohin sie fuhr. Esmie befürchtete, dass sie sich geradewegs auf die Suche nach Dickie in seinem Lager vor der Stadt gemacht hatte, konnte aber nichts dagegen unternehmen. Sie verbrachte den Rest des Tages damit, sich vor Angst elend zu fühlen, und versuchte, sich zu beschäftigen, indem sie Sarah begleitete, als diese mit Andrew in seinem Kinderwagen einen Spaziergang unternahm.

Esmie mied die Mall, wo sie vielleicht Geraldine oder anderen aus Lydias Bekanntenkreis über den Weg laufen würde, und ging stattdessen auf den Basar der Einheimischen, um auf die letzte Minute ein paar Geschenke zu kaufen: ein neues Rasiermesser samt Bürste für Harold, eine Türkishalskette für Karo und einen hölzernen Hund zum Mitziehen für Gabina. Sie war erleichtert bei der Vorstellung, Murree zu verlassen und Lydias vorwurfsvollen Worten und ihrem launischen Verhalten ihr gegenüber zu entkommen.

Lydia kehrte erst zurück, als es fast schon dunkel war. Esmie hatte voller Sorge Ausschau nach ihr gehalten. Lydia gab keine Erklärung ab, wo sie gewesen war, und wollte Esmie nicht in die Augen sehen. Sie roch nach Alkohol.

»Ich habe Kopfschmerzen«, beklagte Lydia sich. »Ich kann jetzt kein Abendessen hinunterbekommen. Ich gehe früh ins Bett. Das stört dich doch hoffentlich nicht?«

Esmie folgte ihr. »Du musst etwas zu dir nehmen. Kann ich dir eine Kanne Tee bringen? Oder etwas *nimbu pani*?«

»Nein danke. Ich will einfach nur allein sein.«

* * *

In der Nacht hörte Esmie Lydia wieder weinen. Sie konnte es nicht ertragen, sie so unglücklich zu hören. Aber als sie zu Lydias Zimmer ging und an die Tür klopfte, weil sie hoffte, sie trösten zu können, sagte Lydia ihr, dass sie verschwinden sollte. Später, als Esmie gerade in einen unruhigen Schlaf sank, wurde sie davon geweckt, dass Lydia an ihrem Bett stand. Sie sah in ihrem Nachthemd und mit ihrem offenen blonden Haar bleich und gespenstisch aus.

»Dickie reist ab.« Ihre Stimme war vollkommen emotionslos. »Er geht für den Rest seines Urlaubs auf *shikar*. Zweifelsohne freut dich das.«

Esmie setzte sich mühsam auf. Vor Erschöpfung war sie ganz durcheinander. »Ich glaube, er tut das Richtige.«

Lydias Gesicht sah angespannt aus. »Ich will, dass du weißt, dass ich dir die Schuld an seiner Abreise gebe – weil du solch einen Aufstand gemacht hast. In den Hill Stations kommt es ständig zu Affären, und niemand zuckt mit der Wimper. Aber du hast dafür gesorgt, dass Dickie sich schrecklich gefühlt hat, und jetzt werde ich ihn nicht wiedersehen.«

Esmie hörte die Trostlosigkeit in Lydias Ton und wusste, dass es alles zwischen ihnen nur noch schlimmer machen würde, wenn sie jetzt etwas sagte.

Lydia ging zur Tür. »Ich hätte nie gedacht, dass ich je so wütend auf dich sein könnte, Esmie«, sagte sie. »Es wird Zeit, dass du zu Harold zurückkehrst und aufhörst, dich in anderer Leute Leben einzumischen, findest du nicht?«

Esmie errötete angesichts dieser Vorwürfe. Ohne auf eine Antwort zu warten, ging Lydia.

* * *

Im Laufe des Rests ihrer schlaflosen Nacht verwandelte sich Esmies Kummer über Lydias anklagende Worte in Zorn. Sie war nicht für Lydias Unglück verantwortlich. Lydia war diejenige, die sich selbstsüchtig in eine Affäre mit Dickie gestürzt hatte, ohne auch nur an den Schaden zu denken, den diese anrichten könnte. Dickie, der ein schlechtes Gewissen bekommen hatte, weil Esmie alles herausgefunden hatte, mochte die Beziehung früher als geplant beendet haben, aber Esmie war sich sicher, dass er sie nur als sommerliche Liaison betrachtete. Wenn er es mit Lydia so ernst gemeint hätte wie sie nach eigenen Worten mit ihm, dann hätte Dickie zu ihr gehalten, statt sich auf *shikar* davonzumachen.

Bis zum Morgen hatte Esmie ihren Koffer gepackt. Sie hatte mit dem Gedanken gespielt, eine *tonga* zu mieten, um sich nach Rawalpindi bringen zu lassen, damit sie Lydia nicht länger sehen und auch Tom nicht gegenübertreten musste. Aber als die Morgendämmerung anbrach, erkannte sie, dass solch ein Verhalten kleinlich und feige gewesen wäre. Sie würde nicht davonlaufen. Vielleicht würde Lydia zerknirscht sein und sie konnten wenigstens wieder miteinander reden, bevor sie Abschied nahmen.

Aber Lydia frühstückte in ihrem Zimmer und kam erst daraus hervor, als sie Toms Autohupe hörte, mit der er seine Ankunft verkündete. Esmie wartete mit Andrew und Sarah im Garten.

* * *

Tom stockte der Atem, als er Esmie im Garten sah: Sie stieß Andrew in der Schaukel an, die er aus einem Korb und einem Seil für seinen Sohn gebaut hatte. Sie lächelte übertrieben, wann immer das Baby auf sie zuschwang, und er hörte Andrews entzücktes Lachen. Als Esmie das Auto hörte, drehte sie sich um und winkte zum Gruß.

Den ganzen Weg den Berg hinauf hatte er versucht, nicht zu viel über Esmie nachzudenken, und war damit gescheitert. Er hatte sich gesagt, dass er nur deshalb schon im Morgengrauen aufbrach, weil es später vielleicht regnen würde, aber er wusste, dass ihn in Wirklichkeit der Gedanke angespornt hatte, sie wiederzusehen. Als er an dem *dak*-Bungalow vorbeigekommen war, in dem sie Zuflucht vor dem Sturm gesucht hatten und er sich seine tiefsten Geheimnisse von der Seele geredet hatte, hatte Tom versucht, seine Sehnsucht nach ihr zu unterdrücken. Esmie, mit nackten Beinen und in eine Decke gehüllt, während ihr feuchte Haarsträhnen vor die grauen Augen fielen, hatte Leidenschaft in ihm geweckt, wie noch keine andere Frau es je getan hatte. Seit sie am Tag davor im Hotel angekommen war, hatte Tom versucht, emotional auf Distanz zu ihr zu bleiben. Aber Esmie war zu aufmerksam gewesen und hatte gewusst, dass ihm etwas Kopfzerbrechen bereitete. Unfähig, seinen inneren Aufruhr zu gestehen, der darauf beruhte, dass er verliebt in sie war, hatte er ihr stattdessen von seinen Befürchtungen erzählt, Andrew zu verlieren.

Tom holte tief Luft, stieg aus dem Auto und ging den Gartenpfad hinunter. Lydia war nicht zu sehen. Esmie hob Andrew aus dem Korb und küsste ihn auf die Stirn.

»Daddy ist da«, sagte sie und reichte ihn mit einem Lächeln an Tom weiter.

»Hallo, Esmie.« Tom lächelte zurück.

Er gab Andrew einen schmatzenden Kuss auf die Wange und hob ihn dann hoch in die Luft. Das Baby riss erschrocken den Mund auf. Aber da zog Tom den Kleinen schon für den nächsten Kuss an sich und wurde mit einem zahnlosen Lächeln belohnt.

Er musterte Esmie. »Du siehst gut aus. Die Luft in Murree bekommt dir offensichtlich.«

Er sah, wie sich Röte in ihren Wangen ausbreitete. Sie wandte sich dem Cottage zu. »Du bist früh dran. Es sind noch Rührei und Toast da, wenn du Hunger hast.«

»Wo ist Lydia?«, fragte er.

»Sie frühstückt im Bett.«

»An deinem letzten Morgen?«

Sie ging weiter und antwortete nicht. Als sie die Stufen vor dem Haus erreichten, erschien Lydia auf der Veranda und rief nach unten: »Schatz! Du kommst früher, wie reizend!« Sie warf ihm eine Kusshand zu. »Komm herauf, ich lasse dir frischen Tee und Toast bringen.«

»Großartig«, antwortete Tom.

Als er, Andrew immer noch in seine Armbeuge geschmiegt, auf die Veranda kam, bot Lydia ihm ihre Lippen zum Kuss dar.

»Lass Ayah das Baby nehmen. Du gehst dich frisch machen.«

Als er auf die Veranda zurückkehrte, nachdem er sich gewaschen hatte, fiel ihm auf, dass die Frauen schweigend dasaßen, und fand es seltsam. Voller Enttäuschung stellte er fest, dass Ayah das Baby ins Kinderzimmer gebracht hatte.

Während er seinen Toast aß, fragte Tom die beiden nach den vergangenen vierzehn Tagen, aber Lydia winkte ab.

»Erzähl uns lieber von Pindi. Allmählich vermisse ich es.«

Davon ermuntert, plauderte Tom vom Hotel und neuen Geschäftsbeziehungen, die er zum Chota Club an der Edwardes Road und zum Railway Institute aufgenommen hatte. Er rechnete mit einem Tadel von Lydia dafür, dass er sich bei den Anglo-Indern anbiederte, aber es erfolgte keiner. Sie schien nur mit halbem Ohr zuzuhören. Esmie sagte kaum ein Wort. Sie saß mit den Händen im Schoß und mit reservierter Miene da. Was war los? In ihm regte sich wachsendes Unbehagen. Hatten sie sich über irgendetwas gestritten?

»Wie sehen denn die Pläne für den Tag aus?«, fragte Tom.

Lydia sah ihn scharf an. »Du bringst Esmie zurück nach Pindi, Schatz.«

»Ja, aber wir müssen nicht vor dem späten Nachmittag los. Ich dachte, wir könnten mit Andrew Picknick machen.«

»Tom.« Lydia lachte. »Das Baby weiß gar nicht, was ein Picknick ist. Außerdem zeigt das Barometer, dass es nachher regnen wird, also macht ihr euch am besten spätestens mittags auf den Weg. Esmie will hier nicht festsitzen, und ihr Zug geht morgen früh.«

Esmie lächelte verkrampft und nickte. »Ich bin reisebereit, wann immer es dir passt.«

Die Anspannung zwischen den Frauen war mit Händen zu greifen.

»Ist irgendetwas los?«, fragte Tom.

»Nichts ist los, Schatz«, erwiderte Lydia. »Sie sehnt sich nur danach, zu Harold zurückzukehren. Nicht wahr, Esmie? Sie waren noch nie so lange getrennt, seit sie verheiratet sind.«

Als Lydia Harold erwähnte, schämte er sich seiner Gedanken über Esmie.

»Natürlich«, stimmte er zu. »Wir fahren nach dem Mittagessen los. Dann habe ich noch ein paar Stunden mit Andrew.«

Er sah Esmies Miene weich werden und ihre Augen glänzen. Sie stand auf. »Ich gehe einfach und packe meine restlichen Sachen.«

Als sie fort war, bat Tom: »Sag mir, was zwischen euch beiden vorgeht. Die Luft zwischen euch ist doch zum Schneiden dick.«

»Nichts ist los«, behauptete Lydia und sah unschuldig drein. »Sie hat Murree nur ein bisschen satt.« Sie senkte die Stimme. »Um ehrlich zu sein, reichen mir drei Wochen mit Esmie auch. Sie ist so ernst geworden, seit sie für die Mission arbeitet, findest du nicht?«

Tom fand das überhaupt nicht. Plötzlich wurde er misstrauisch. Konnte es sein, dass sie sich wegen Dickie Mason gestritten hatten? Der Captain war nirgendwo zu sehen, aber es war ja auch erst Vormittag.

»Hattet ihr eine Auseinandersetzung über etwas Spezielles – oder über jemanden?«

»Natürlich nicht!«

»Wie geht es Dickie?«, fragte Tom und musterte sie aufmerksam.

Sie zog überrascht die Augenbrauen hoch. »Dickie Mason?«

»Du weißt, dass ich genau den meine«, sagte Tom. »Den Mann, der in Murree wie dein Schatten war.«

»Ich weiß es nicht. Ich glaube, er ist auf *shikar* gegangen.« Lydia lachte entwaffnend. »Höre ich da ein bisschen Eifersucht heraus? Ach, Tom, wie süß!«

Tom war erleichtert. Vielleicht war seine Ehe nicht in so gefährlichem Zustand, wie er befürchtet hatte.

»Und, Schatz«, fuhr Lydia fort, »wenn du Lydia zu ihrem Zug gebracht hast, kannst du doch hoffentlich übers Wochenende wieder hierherkommen? Ich mag es nicht, so viel mir selbst überlassen zu sein. Ich bin Murree leid.«

* * *

Es fiel Esmie schwer, Abschied von Andrew zu nehmen. Sarah wollte ihn gerade für seinen Mittagsschlaf bereitmachen.

»Darf ich ihn hinlegen?«, fragte Esmie spontan.

Sarah lächelte und reichte ihn weiter. Esmie trug ihn durchs Kinderzimmer und flüsterte ihm ins Ohr, wie sehr sie ihn vermissen würde. Widerwillig legte sie ihn in die Wiege.

»Du bist fast schon zu groß dafür«, sagte sie. »Wenn ich dich wiedersehe, wirst du schon in einem Bettchen schlafen.«

Sie beugte sich vor und küsste ihn. Andrew begann zu wimmern, als er losgelassen wurde. Esmie ging in die Hocke, versetzte die Wiege sanft in Schwingung und begann, das Schlaflied aus den Highlands zu singen, das das Baby immer zu beruhigen schien. Als sie fertig war, fielen Andrew schon die Augen zu. Esmie stand auf und küsste ihn ein letztes Mal. Als sie sich umdrehte, zuckte sie zusammen. Tom stand in der Tür und beobachtete sie. Seine Augen glänzten.

»Du singst schön«, murmelte er.

Esmie lächelte verlegen. Es war ihr peinlich, dass sie belauscht worden war. Er ging zu seinem Sohn hinüber, um ihn zu betrachten.

»Ich weiß, dass ich voreingenommen bin«, sagte Tom, »aber ist er nicht das perfekteste Baby, das du je gesehen hast?«

»Ich glaube, das ist er wohl«, stimmte Esmie amüsiert zu.

Er sah ihr in die Augen. »Danke, dass du mitgeholfen hast, dich um Andrew zu kümmern. Es bedeutet mir viel.«

Esmie nickte. Ihr schnürte sich die Kehle zu. Allmählich hatte sie den Säugling schon zu gern und wusste, wie sehr er ihr fehlen würde. Je eher sie abreiste, desto besser. Ohne ein weiteres Wort eilte Esmie aus dem Zimmer.

* * *

Lydia verabschiedete sich steif von ihr und bot ihr die Wange.

»Pass auf dich auf«, sagte Esmie mit einem Kuss.

»Grüß Harold lieb von mir«, erwiderte Lydia. Aus der Nähe sah man, dass sie dunkle Ringe unter den Augen hatte. Ihr Make-up konnte das nicht verstecken. In ihrem Blick lag keine Wärme.

»Natürlich«, sagte Esmie. Sie drückte Lydia die Hand, spürte aber, wie sie sich verkrampfte und sich ihr entzog. Esmie litt entsetzlich darunter, dass ihre langjährige Freundin so kalt zu ihr sein konnte. Traurig wandte sie sich zum Gehen.

Wenige Minuten später saß sie in dem Clement-Talbot und wurde von Tom weggefahren. Esmie drehte sich um und reckte den Hals, um zum Abschied zu winken. Lydia stand an der Balustrade, eine einsame Gestalt, die ihr nachsah. Im allerletzten Moment hob Lydia eine Hand zum Lebewohl.

* * *

Tom fuhr. Er spürte nur allzu deutlich, dass Esmie so nahe bei ihm saß, dass ihre Arme sich berührten, wenn das Auto durch Schlaglöcher holperte und sie gegeneinanderrutschen ließ. Diesmal war kein Bijal mit dabei, der ihr Gespräch hätte hemmen können, aber Esmie wirkte geistesabwesend und sprach die halbe Reise über kaum.

Als sie am *dak*-Bungalow der Forstbehörde vorbeikamen, bemerkte er, dass Esmie einen Blick darauf warf. Er hätte beinahe vorgeschlagen, dort haltzumachen, um eine Erfrischung einzunehmen, überlegte es sich dann aber anders und fuhr weiter. Gefährlich, auch nur daran zu denken, wozu es führen würde, wenn sie an einem derart emotional aufgeladenen Ort miteinander allein waren – zumindest hatte er es so in Erinnerung.

Sie gelangten aus den Bergen hinab, und der Wald lichtete sich. Die Ebene kam in Sicht, und die Luft war schon weitaus heißer und feuchter. Bald würden sie sich Rawalpindi nähern, und dann würde ihre gemeinsame Zeit allein zu Ende sein.

»Hast du plötzlich ein Schweigegelübde abgelegt, Esmie?«, fragte er.

Sie warf ihm einen Blick zu, gefolgt von einem verlegenen Lächeln. »Tut mir leid, ich habe nur die Aussicht genossen – die letzte Chance für eine Weile, Berge zu sehen, die mich an zu Hause erinnern.«

»Sagst du mir denn nun, warum du und Lydia nicht miteinander sprecht?«

»Es ist nichts …«

»Es ist sehr wohl etwas«, widersprach Tom. »So habe ich euch beide noch nie erlebt.«

Esmie zuckte die Schultern. »Drei Wochen in einer Hill Station sind einfach zu lang für mich. Ich bin nicht gut darin, ein Leben im Müßiggang zu führen – ich muss etwas zu tun haben. Ich befürchte, mich dazuhaben hat nicht so viel Spaß gemacht, wie Lydia gehofft hatte.«

Tom war fast überzeugt. Lydia hatte in etwa das Gleiche angedeutet – dass Esmie zu ernst geworden war. Aber Tom kannte die Launen seiner Frau und glaubte nicht, dass Esmie für derart schlechte Stimmung gesorgt hätte. Es steckte mehr dahinter.

»Hat es etwas mit Dickie Mason zu tun?«, fragte er. Ein rascher Blick ließ ihn das Erschrecken in ihrem Gesicht erkennen.

Sie antwortete ausweichend: »Dickie ist nicht mehr da.«

Sofort hatte Tom ein schlechtes Gewissen, weil er sie mit seiner Frage in Verlegenheit gebracht hatte.

»Entschuldige bitte, das war unfair. Selbst wenn es um Dickie ginge, würdest du nichts sagen, was ein schlechtes Licht auf Lydia wirft, das weiß ich.« Sie antwortete nicht. Tom setzte hinzu: »Ich bin erleichtert zu hören, dass Mason nicht mehr vor Ort ist, und wenn du dabei die Hand im Spiel hattest, bin ich sehr dankbar, Esmie. Wenn ich jetzt verspreche, nicht mehr über ihn oder Lydia zu reden, meinst du, dass wir uns dann auf ein anderes Gesprächsthema einigen könnten?«

Er wurde mit einem schiefen Lächeln von ihr belohnt und fühlte sich gleich leichter.

»Erzähl mir, was Stella in letzter Zeit so gemacht hat«, bat sie. »Vermisst sie die Baronin noch immer?«

Tom schnaufte amüsiert. »Witzig, dass du fragst. Miss Dubois ist nach Kaschmir in die Ferien gefahren, um die Baronin zu besuchen.«

»Das kann doch nicht wahr sein!«, rief Esmie.

»Doch.« Tom grinste. »Sie ist letzte Woche mit Mrs Shankley per *tonga* nach Srinagar gefahren. Ich bin mir ehrlich gesagt nicht sicher, wer von den beiden auf wen aufgepasst hat.«

Esmie lachte. »Gut gemacht von den beiden – was für ein Abenteuer. Ich würde Srinagar und den Dal-See sehr gern sehen.«

»Du solltest hinfahren«, bestärkte Tom sie. *Wenn ich doch nur mit dir hinfahren könnte.* Er musste die Worte hinunterschlucken, die er aussprechen wollte. Stattdessen sagte er: »Ich kann mir dich nur zu gut beim Schwimmen im See vorstellen.«

Sie warf ihm einen Blick zu. Toms Herz pochte dumpf. Er stellte schnell klar: »Weil du doch so eine begeisterte Schwimmerin bist.«

»Kann man von den Hausbooten aus schwimmen gehen?«, fragte sie.

»Nein, das ist zu gefährlich – man kann sich in den Seerosen und anderen Wasserpflanzen verfangen. Aber wenn man mit einem Boot in die Mitte des Sees hinausfährt, ist das Schwimmen großartig. Umgeben von Lustgärten und Bergen.«

Esmie sah nachdenklich drein. »Klingt wie der Himmel.«

Er hörte die Sehnsucht in ihrer Stimme; er empfand das Gleiche.

»Genau wie Loch Vaullay an einem schönen Sommertag«, zog er sie auf.

Sie lachte leise. »Dann überrede ich Harold vielleicht, irgendwann einmal mit mir dorthin zu fahren.«

Tom empfand wieder einmal Schuldgefühle. »Ich habe Guthrie einmal dorthin geholt, als ich das erste Mal Urlaub von der Armee hatte – man kann dort gut genug angeln, um ihn von seiner Arbeit wegzulocken. Aber das war, bevor ich Mary geheiratet habe.«

Zu seiner Überraschung durchzuckte ihn nicht der vertraute Verlustschmerz, als er den Namen seiner verstorbenen Frau aussprach. Seit er mit Esmie über sie gesprochen hatte, hatte die Trauer nachgelassen. Aber Esmie verstummte schon wieder. Lag das daran, dass Harold erwähnt worden war? Vielleicht eilten ihre Gedanken schon voraus zu ihrem Wiedersehen mit ihrem Ehemann. Lydia hatte gesagt, dass Esmie es gar nicht abwarten konnte, wieder bei Harold zu sein.

Nur allzu bald fuhren sie in die geschäftige, staubige Stadt hinein und Richtung Hotel. Auf dem Rasenstück vor dem Raj übte Jimmy Cricketschläge. Esmie stieg schnell aus dem Auto und eilte auf ihn zu, um ihn zu begrüßen.

* * *

Esmie schlief auch in dieser Nacht unruhig. Sie plagten Zweifel, ob sie die Situation mit Lydia falsch angepackt hatte. Ihre Freundin kam ihr wie eine zutiefst unglückliche Frau vor. Hätte sie darauf bestehen sollen, dass Lydia wegen ihrer melancholischen Gefühle Andrew gegenüber einen Arzt aufsuchte? War das die Wurzel ihrer Probleme und der Grund dafür, dass sie bei

Dickie Trost gesucht hatte? Allerdings behauptete Lydia, schon seit dem letzten Winter in Dickie verliebt zu sein. Der arme Tom! Bis zu einem gewissen Grad tröstete Esmie die Tatsache, dass Dickie die Liaison beendet hatte. Wenn ihre Freundschaft mit Lydia – und nicht Toms Ehe – das hauptsächliche Opfer der Affäre war, würde sie damit leben müssen.

Tom bestand darauf, vor Anbruch der Morgendämmerung aufzustehen, um Esmie zum Bahnhof zu fahren, damit sie ihren Zug nicht verpasste. Auf dem Bahnsteig wimmelte es schon von Gepäckträgern, die Koffer auf dem Kopf balancierten, und fliegenden Händlern, die ihre Waren anpriesen. Gemeinsam studierten sie die an den Waggons befestigten Listen, auf denen die Namen der Passagiere standen. Als sie ihren fand, machte Esmie sich auf den endgültigen Abschied von Tom gefasst. Ihr Herz hämmerte, als sie zusahen, wie der Gepäckträger ihren Koffer einlud, zusammen mit einem Picknickkorb, den der Hotelkoch ihr für die Reise zurechtgemacht hatte.

Sie hatte keine Ahnung, wann sie Tom wiedersehen würde. Wenn der Bruch mit Lydia sich nicht kitten ließ, würde es keine Weihnachtseinladung ins Hotel geben – und auch keinen anderen Vorwand, um nach Rawalpindi zu kommen. Sie hatte das Gefühl, dass ein bleischweres Gewicht auf ihrer Brust lastete, als sie daran dachte, dass Monat für Monat vergehen würde, ohne dass sie Tom oder Andrew sah.

Die Morgendämmerung brach an, als sie einander auf dem Bahnsteig gegenüberstanden. Leute liefen um sie herum, aber Esmie nahm nur Tom wahr.

»Danke, dass du mich hergefahren hast«, brachte sie hervor.

Tom umfasste ihre Hände. »Oh, Esmie, ich muss dir danken. Ich werde dir immer dankbar dafür sein, dass du mir davon erzählt hast, dass ihr die Gräber in Peschawar besucht habt – und für die mitfühlende Art, auf die du mir zugehört hast.«

Bevor sie es wusste, platzte sie auch schon heraus: »Ich weiß nicht, wann ich dich wiedersehen werde.«

Sie sah die Anspannung in seinem Kiefer, als er mit irgendeinem inneren Konflikt rang. Mit angehaltenem Atem wartete sie auf seine Antwort. Aber er gab keine. Einen Moment lang umklammerte Tom ihre Hände fest. Er beugte sich vor und küsste sie auf die Lippen.

»Leb wohl, Esmie«, sagte er mit zitternder Stimme.

Sie war so schockiert, dass sie nicht sprechen konnte. Sie stolperte von ihm weg und stieg in den Zug. Schnell setzte sie sich hin, bevor ihre Beine unter ihr nachgeben konnten. Als sie aus dem Fenster spähte, sah sie, wie Tom sich durch die Menge zum Bahnhofseingang drängte. Der letzte Blick, den sie auf ihn erhaschte, zeigte eine dunkelhaarige Gestalt, die alle um ihn herum überragte, in einem Lichtkegel. Dann war er fort.

Esmie saß zitternd da, den Abdruck von Toms Kuss immer noch auf ihren Lippen, als der Zug sich ruckartig in Bewegung setzte und aus dem Bahnhof fuhr. Sie hätte es nicht zulassen sollen. Sie hatte nicht damit gerechnet. Dennoch hatte sie sich in zahllosen Tagträumen danach gesehnt. Es lag etwas Endgültiges in ihrem Abschied: ihr Wortwechsel und der feste Kuss. Tom hätte ihre Lippen nie berührt, wenn er geglaubt hätte, dass sie einander wiedersehen würden.

Esmie kämpfte darum, alles zu verstehen. Jetzt bestand für sie kein Zweifel mehr, dass Tom etwas für sie empfand – die gleichen machtvollen Gefühle, die sie ihm entgegenbrachte. Es war, als wäre der Kuss eine Bestätigung dafür und doch zugleich eine Geste des Abschieds. Sie wussten beide, dass sie einander nicht haben konnten. Sie hatten sich entschlossen, andere Menschen zu heiraten, denen sie feierliche Versprechen gegeben hatten.

Tom war ein ehrenhafter Mann und würde sein Ehegelöbnis Lydia gegenüber nicht brechen, wie sehr sie ihn auch auf die Probe stellen mochte – und er erwartete nicht von Esmie, ihres Harold gegenüber zu brechen.

Sie war verzweifelt darüber, ihn zu verlassen. Doch so schmerzlich es auch war, wusste sie doch, dass sie geliebt wurde – dass Tom sie liebte. Das spendete ihrem gebrochenen Herzen einen seltsamen Trost.

Kapitel 32

Taha, Oktober

Esmie stellte fest, dass die beste Art, mit dem Bruch mit Lydia zurechtzukommen und ihre Gefühle für Tom zu unterdrücken, darin bestand, härter denn je zu arbeiten. Wie Harold verbrachte sie lange Tage im Krankenhaus und kehrte nach Einbruch der Dunkelheit zurück, um ein spätes Abendessen einzunehmen und dann ins Bett zu fallen, zu erschöpft, um über den Tag hinauszudenken. Harold stellte ihr nur wenige Fragen über ihre Zeit in Murree, und sie beschloss, ihm nichts von Lydias Affäre mit Dickie zu erzählen. Sie wusste, wie sehr Harold Lydia mochte, und wollte seine Achtung für sie nicht schmälern. Die Affäre war vorbei, und es war kaum etwas damit zu gewinnen, darüber zu tratschen. Sie hatte Lydia zweimal geschrieben, seit sie nach Taha zurückgekehrt war, hatte aber keinen Antwortbrief bekommen.

Esmie erwähnte allerdings sehr wohl ihre Besorgnis darüber, dass Lydia keine mütterlichen Gefühle für Andrew zu empfinden schien.

»Ich habe ihr vorgeschlagen, deswegen zum Arzt zu gehen«, erzählte Esmie Harold, »aber sie war dagegen. Sie hat mir sogar gesagt, dass ich aufhören soll, mich einzumischen. Wir haben uns leider nicht in bestem Einvernehmen voneinander verabschiedet.«

»Es tut mir leid, das zu hören«, sagte Harold. »Aber ich bin mir sicher, dass alles sich mit der Zeit wieder bessern wird.«

»Nicht, wenn sie weiter in Melancholie versinkt. Dabei ist er so ein süßer kleiner Junge. Tom vergöttert ihn, aber er braucht auch die Aufmerksamkeit seiner Mutter.«

Harold reagierte beunruhigt auf ihre enthusiastischen Beschreibungen des Babys, und so hörte Esmie auf, Andrew zu erwähnen. Stattdessen richtete sie ihren eigenen Beschützerinstinkt auf Gabina, die jetzt Karo durchs Haus nachlief und zu sprechen begann.

An den Sonntagen, nachdem Esmie und Harold den Gottesdienst besucht und mit Alec Bannerman zu Mittag gegessen hatten, ruhte Harold sich aus, während Esmie den Nachmittag damit verbrachte, mit dem Wasir-Mädchen zu spielen. Sie errichteten Bauwerke aus alten Baumwollspulen und Vorratsdosen, damit Gabina sie umwerfen konnte, und Esmie brachte ihr Kinderreime bei. Gabina liebte es, zu singen und in die Hände zu klatschen. So hatte Esmie auch Gelegenheit, mit Karo zu plaudern. Sie übten, die Sprache der jeweils anderen zu sprechen. Esmie beherrschte Paschtu bald fließend. Nur Esmie gegenüber war Karo selbstbewusst genug, darauf zu verzichten, ihren Schleier zu tragen und ihr entstelltes Gesicht zu enthüllen. Esmie war entschlossen, sich solange sie konnte um Karo und deren Tochter zu kümmern.

Der Sonntagabend war der einzige Zeitpunkt der Woche, zu dem Esmie und Harold länger miteinander allein waren. Dann las er ihr vor, während sie im Lampenschein nähte, und sie unterhielten sich über Neuigkeiten aus der Heimat, die sie erhalten hatten. Wenn sie über ihre Tante Isobel und die Heilanstalt redete, durchzuckte Esmie manchmal heftiges

Heimweh. Es war kaum mehr als ein Jahr her, dass sie Schottland verlassen hatte, aber es fühlte sich an wie ein ganzes Leben. Vielleicht konnte sie Harold nächstes Jahr überreden, mit ihr auf Heimaturlaub zu gehen.

Der unsichere Frieden mit den Grenzstämmen schien zu halten. Es ging das Gerücht, dass lokale Milizen wieder aufgestellt werden sollten, um mitzuhelfen, in den besonders gesetzlosen Gebieten zu patrouillieren. Taha war ruhig, und wenn überhaupt Unruhen ausbrachen, dann weiter südlich. Esmie fragte sich, ob Dickie Mason wieder im Einsatz an der Grenze war; sie hatten nichts von dem jungen Captain gehört. Harold fand die Situation ermutigend genug, um darüber zu sprechen, die Klinik in Kanki-Khel wiederzueröffnen. Aber McCabe hatte Vorsicht befohlen. Das Militär wollte keine Truppen in das Gebiet schicken müssen, wenn es sich vermeiden ließ, weil das als Provokation betrachtet werden könnte. Die neue Vorgehensweise der britischen Behörden schien eher auf Eindämmungsmaßnahmen zu setzen als auf Eroberung und Unterdrückung. Bei solch einer Taktik kam es darauf an, die Grenzstämme so weit wie möglich in Ruhe zu lassen und zugleich dazu heranzuziehen, die Grenze zu überwachen.

Als Esmie und Harold eines Tages von ihrer ermüdenden Arbeit im Krankenhaus zurückkehrten, fanden sie einen Brief aus Rawalpindi.

»Das ist Lydias Handschrift«, sagte Esmie. Ihr Herz raste vor plötzlicher Nervosität. Sie öffnete den Brief sofort vor Harolds Augen und machte sich auf weitere Vorwürfe gefasst.

Vor Erstaunen blieb Esmie der Mund offen stehen. Sie las den Brief gleich noch einmal.

»Hoffentlich gute Nachrichten?«, fragte Harold.

Esmie schluckte. »Ja … Ich glaube schon. Sie will zu Besuch kommen.«

Harold riss die Augen auf. »Lydia will nach Taha kommen?«

»Ja. Sie entschuldigt sich für die Art, wie wir auseinandergegangen sind, und dafür, nicht früher geschrieben zu haben.« Eine Welle der Erleichterung brach über Esmie herein. »Sie klingt ganz wie die alte Lydia. Oh, Harold, ich freue mich ja so. Und sie will auch Andrew mitbringen. Du wirst ihn endlich kennenlernen.«

Harold wirkte aufgeregt. »Bringt Tom die beiden her?«

Esmie versuchte, ihre Enttäuschung zu verbergen. »Nein, anscheinend nicht. Aber laut Lydia ermuntert er sie, herzufahren. Ich glaube, er hat sich Sorgen gemacht, weil Lydia und ich in Unfrieden auseinandergegangen waren.«

»Ich finde wirklich nicht, dass sie die Reise allein und mit einem Säugling unternehmen sollte«, protestierte Harold.

»Sie reist nicht allein«, sagte Esmie und sah noch einmal in dem Brief nach. »Brigadier McCabes Frau kommt auch zu Besuch. Das hat Lydia überhaupt erst auf die Idee gebracht. Sie will nächste Woche kommen.«

Esmie sah Harolds Gesicht an, dass er hin- und hergerissen war. Sie wusste, dass er Lydia würde sehen wollen, aber der Gedanke, dass sie an seinem Arbeitsort sein würde, musste verstörend für ihn sein. Er hielt sein Missionsleben gern völlig getrennt von denjenigen, mit denen er sich im Urlaub traf. Lydia zu Besuch zu haben, würde vielleicht auch ungewollte Gefühle in Harold auslösen, genauso, wie es bei ihr geschah, wenn sie in Toms Nähe war.

Esmie fragte: »Wäre es dir lieber, wenn ich Lydia ausrede, herzukommen? Wenn du glaubst, dass es dich bei der Arbeit stört …«

»Nein, tu das nicht«, sagte Harold rasch. »Natürlich muss sie kommen. Ich weiß, wie gern du sie und Andrew sehen möchtest.«

Bei dem Gedanken, das Baby wiederzusehen, hob sich Esmies Laune. »Dann schreibe ich ihr sofort zurück und sage zu.«

* * *

In den folgenden Tagen las Esmie Lydias kurzen, unbekümmerten Brief noch mehrfach und suchte nach Hinweisen darauf, wie es Tom ging und wie das Leben in Rawalpindi war. Sie hatten das Haus in der Buchanan Road wieder geöffnet, kurz nachdem Esmie Murree verlassen hatte. Wie es schien, hatte Lydias Begeisterung für das Hill-Station-Leben schnell nachgelassen. Sie erwähnte Dickie nicht, aber Esmie wusste, dass es vor allem daran liegen musste, dass er nicht mehr da war.

Jetzt im Oktober kehrten die meisten anderen Briten ebenfalls aus dem Urlaub nach Rawalpindi zurück. Lydia erzählte von einem Treffen mit den Hopkirks zum Kartenspielen und von Tennis mit Dempster, dem amerikanischen Ingenieur. Tom wurde nur in Bezug auf ein Aquarell besonders erwähnt, das er von Andrew gemalt hatte.

Wir haben es ins Kinderzimmer gehängt. Es ist wirklich nicht sehr gut, aber ich würde es nie wagen, Tom das zu sagen. Ich finde, er sollte sich an Landschaften halten. Aber er scheint davon angetan zu sein, und niemand wird es sehen, also sind alle glücklich.

Ich hoffe sehr, dass Du meinem Besuch zustimmst. Ich habe ein ziemlich schlechtes Gewissen wegen der Art, auf die wir uns in Murree gestritten haben. Ich war sehr gemein zu Dir. Ich weiß, dass ich mich aufgeregt habe, aber das ist keine Entschuldigung für die Dinge, die ich gesagt habe. Du weißt, dass ich Dich zu den Menschen zähle, die ich am meisten liebe, nicht wahr? Liebste Esmie, bitte verzeih mir und sag, dass ich Euch besuchen kommen darf. Ich vermisse unsere Gespräche, und natürlich würde ich mich auch sehr freuen, Harold zu sehen.

Als Postskriptum hatte Lydia dem Brief noch hinzugefügt: *Ich weiß, dass Ihr in einem kleinen Bungalow wohnt, aber ich hoffe, Ihr könnt das Baby und Ayah in einem eigenen Zimmer unterbringen?*

Ansonsten war Andrew nur in Bezug auf das Gemälde erwähnt worden – und um Esmie zu versichern, dass Tom dafür war, dass Lydia das Baby nach Taha mitbrachte. Esmie wünschte sich, Tom würde auch mitkommen. Ein kleiner Teil von ihr hoffte, dass er auf die letzte Minute auftauchen würde.

Sie zerbrach sich den Kopf über die Frage, wo Lydia und das Baby schlafen sollten. Da es in ihrem kleinen Bungalow nur zwei Schlafzimmer gab, sah Esmie das als Gelegenheit, für die Dauer von Lydias Besuch – und vielleicht auch darüber hinaus – in Harolds Zimmer zu ziehen. Aber auch Harold musste sich Gedanken darüber gemacht haben.

Drei Tage, bevor Lydia eintreffen sollte, verkündete Harold auf ihrem Weg in die Klinik: »Ich habe über Lydias Bitte nachgedacht, und sie muss ihr eigenes Zimmer haben. Bannerman hat angeboten, mich in seinem Gästezimmer unterzubringen, solange Lydia und das Baby hier sind. Für die *ayah* und das Baby kannst du bestimmt einen Platz in den Dienerquartieren finden. Die Einzelheiten überlasse ich ganz dir, meine Liebe.«

Esmie war so erstaunt darüber, dass ihr Mann ihren Plan durchkreuzte, bei ihm zu schlafen, dass ihr keine Erwiderung darauf einfiel. Erst später, beim Abendessen, machte sie ihm Vorhaltungen.

»Du hättest Bannerman nicht in unsere häuslichen Angelegenheiten mit hineinziehen sollen«, sagte Esmie tadelnd.

»Wir können Lydia problemlos in meinem Zimmer unterbringen, wenn ich mit in deines ziehe.«

»Ich dachte, so wäre es bequemer für alle«, sagte Harold, ohne ihr in die Augen zu sehen. »Und Bannerman macht es nichts aus. Er freut sich über die Gesellschaft.«

Frustriert protestierte Esmie: »Harold, du kannst mich doch bestimmt für ungefähr eine Woche in deinem Bett ertragen?«

Er errötete. »Es ist nicht nötig, laut zu werden, Liebste. Die Diener …«

»Die Diener wissen alles über unsere seltsamen Verhältnisse«, gab Esmie zurück. »Nichts, was ich sage, wird sie schockieren.«

Harold sah sie voller Unbehagen an. »Es tut mir leid; ich dachte, wir wären uns darüber einig.«

»Nein, Harold, wir waren uns nur einig, dass wir noch kein Baby haben wollen«, sagte Esmie. »Du weißt, dass dieses getrennte Schlafen nicht das ist, was ich will – ich muss es nur akzeptieren. Aber tu nicht so, als wäre ich so glücklich über unser Arrangement, wie du es bist, oder dass Lydia es nicht auch seltsam finden wird.«

Das Thema wurde nicht wieder erwähnt, doch seitdem bestand eine neue Anspannung zwischen ihr und Harold, die es vorher nicht gegeben hatte. Am nächsten Tag kam Bannermans Diener vorbei, um einige von Harolds persönlichen Habseligkeiten abzuholen, und sein Zimmer wurde für Lydia vorbereitet. Esmie, der der Gedanke peinlich war, dass Sarah und Andrew in die Dienerquartiere verbannt werden sollten, arrangierte mit Draman alles, damit das Baby und seine *ayah* mit in ihrem Zimmer schlafen konnten.

In der Nacht vor Lydias Ankunft lag Esmie schlaflos in ihrem Bett und starrte das Bettzeug und das Kinderbettchen an, die für Sarah und Andrew bereitstanden. Sie fragte sich, wie sie nur in solch eine unbefriedigende Situation hineingeraten war. Hier lag sie nun als verheiratete Frau allein und unerfüllt und wartete darauf, sich ein Zimmer mit dem Baby des Mannes zu teilen, den sie wirklich liebte, während ihr eigener Ehemann zu einem befreundeten Junggesellen zog. Sie dachte an die junge, unverheiratete Esmie zurück – die willensstarke Krankenschwester, die nicht davor zurückgescheut war, sich freiwillig zur Arbeit an der Front zu melden – und wusste, dass sie damals darüber gelacht hätte, wenn jemand ihr gesagt hätte, dass sie so ein Leben hinnehmen würde. Für keinen Mann hätte Esmie McBride sich mit einer Ehe ohne körperliche Liebe zufriedengegeben. Aber genau das hatte sie getan. Lag es daran, dass Esmie den Mann, den sie mehr als alle anderen liebte, nicht bekommen konnte, dass sie sich mit dieser Halb-Ehe mit einem Mann, den sie nie so tief lieben konnte, zufriedengegeben hatte?

* * *

Esmie war schockiert darüber, wie dünn Lydia geworden war, seit sie sie vor sieben Wochen zuletzt gesehen hatte. Noch nicht einmal Rouge und roter Lippenstift konnten verbergen, wie verhärmt ihr Gesicht war. Ihre Wangenknochen traten deutlicher denn je hervor, und ihre Augen lagen eingesunken in dunklen Höhlen. Aber ihre Freundin begrüßte sie mit ihrer alten Wärme, einem Wortschwall und einer festen Umarmung.

»Es ist so wunderbar, dich zu sehen!«, rief Lydia, die Augen feucht vor Tränen.

Esmie erwiderte ihre Umarmung, bestürzt darüber, wie knochig ihre Freundin sich anfühlte, aber dankbar, dass keine Verbitterung zwischen ihnen bestand. »Dich auch. Hattest du eine gute Reise?«

»So gut wie zu erwarten, nehme ich an. Mein Gott, du lebst wirklich am Ende der Welt, nicht wahr? Die Frau des Brigadiers war ein Nervenbündel und hat jedes Mal nach Luft geschnappt, wenn wir um eine Kurve gebogen sind und einen Eingeborenen gesehen haben. Sie glaubt, dass jeder Mann, den sie erblickt, ein potenzieller paschtunischer Meuchelmörder ist. Ich habe keine Ahnung, warum sie sich überhaupt die Mühe macht, nach Taha zu fahren.«

»Um ihren Mann zu sehen, nehme ich an«, antwortete Esmie trocken.

Lydia prustete. »Wenn ich sie wäre, würde ich ihn dazu bringen, sich in Eastbourne zur Ruhe zu setzen.«

Esmie führte sie in den Bungalow, sagte Ali, wo er das Gepäck abstellen sollte, und bat Draman, Tee zu servieren. Sie bedeutete Sarah, ihr zu folgen, und konnte nicht widerstehen, Andrew aus den Armen seines Kindermädchens zu heben. Es juckte ihr schon in den Fingern, ihn zu halten, seit alle angekommen waren. Er protestierte nicht.

»Meine Güte, du bist ja wirklich gewachsen!« Sie küsste ihn auf die weichen, rundlichen Wangen. Andrew steckte ihr die Finger in den Mund und gluckste entzückt. Sie freute sich zu sehen, dass das Baby sich gut zu entwickeln schien.

»Ich glaube, er erinnert sich an mich!«

»Wo ist Harold?«, fragte Lydia.

»Er ist noch im Krankenhaus. Er wird sich zum Abendessen zu uns gesellen.« Als ihr Lydias enttäuschter Blick auffiel, setzte Esmie rasch hinzu: »Er freut sich wirklich darauf, dich zu sehen, und wird früher als sonst nach Hause kommen. Du kannst dich also sehr geehrt fühlen.«

* * *

Esmie fiel auf, dass Lydia die Sandwiches und den Kuchen, die es zum Nachmittagstee gab, kaum anrührte. Sie nippte an einer Tasse mit schwarzem Tee, der gut mit Zucker gesüßt war, und zündete sich eine Zigarette an. »Es stört dich doch nicht, wenn ich rauche?«

Esmie schüttelte den Kopf und suchte nach einem Gesprächsthema, das nicht einseitig bleiben würde. Bisher hatte Lydia nichts von Rawalpindi erzählt, während Esmie viel über Taha gesprochen hatte.

Esmie versuchte es noch einmal. »Wie ist denn das Leben in Pindi so?«

Lydia winkte mit einer für sie typischen verächtlichen Gebärde ab. »Oh, so wie immer. Tennis, Bridge und so weiter.«

»Die kalte Jahreszeit wird nun wohl bald beginnen«, sagte Esmie, »mit all den gesellschaftlichen Anlässen, die sie mit sich bringt.«

»Äh, ja, vermutlich.« Lydia klang nicht begeistert.

»Welche Regimenter sind dort im Moment stationiert?«, fragte Esmie.

Ihre Freundin sah sie scharf an. »Warum fragst du?«

»Ich habe nur überlegt, welche Offizierskasinos in diesem Winter darin wetteifern werden, den besten Ball auszurichten.«

Lydia atmete Rauch aus. »Es liegt tatsächlich eine Abteilung der Peshawar Rifles in den Victoria Barracks.«

»Toms altes Regiment?«

»Ja. Ich dachte, er würde sich darüber freuen, aber er zeigt kein Interesse daran, sich mit ihnen zu treffen. Er sagt, dass sie jetzt ganz anders sein werden als damals, als er noch dabei war, und dass all seine Freunde tot sind.« Lydia verdrehte die Augen. »Aber so ist mein fröhlicher Ehemann eben. Selbst wenn wir in ihr Offizierskasino eingeladen werden sollten, wird Tom also wahrscheinlich nicht hingehen.«

Esmie dachte mit Unbehagen daran, wie Tom ihr anvertraut hatte, dass er desillusioniert über sein altes Regiment und das Armeeleben allgemein war – und er hatte auf irgendwelchen Ärger angespielt, der ihn beinahe vor das Kriegsgericht gebracht hatte. Aber es stand ihr nicht zu, solch ein Geheimnis auszuplaudern.

»Wie geht es denn Tom?« Sie versuchte, ihren Ton so neutral wie möglich zu halten, obwohl ihr Herz dumpf pochte.

Lydia zuckte die Schultern. »So wie immer.«

»Also ist zwischen euch alles wieder im Lot, seit …?« Esmie ließ die Frage unvollendet.

»Wenn du auf Dickie Mason anspielst«, sagte Lydia gepresst, »den habe ich seit dem Tag, nachdem du ihn aus Murree vertrieben hattest, nicht mehr gesehen.«

»Lydia, ich …«, begann Esmie.

»Lass uns nicht davon sprechen«, schnitt Lydia ihr das Wort ab und drückte ihre Zigarette aus. »Ich will nicht, dass wir uns wieder streiten.«

»Nein, natürlich nicht«, sagte Esmie, zerknirscht, weil sie das Thema angeschnitten hatte.

Lydia setzte ein Lächeln auf. »Ich weiß ja nicht, wie es dir geht, aber ich könnte einen *chota peg* vertragen. Lass uns feiern, dass wir wieder zusammen sind.«

»Dann gibt es eben *chota pegs*«, sagte Esmie lächelnd.

* * *

Als Harold nach Einbruch der Dunkelheit nach Hause kam, fand er sie noch auf der Veranda, wo sie Whisky und Soda tranken und über alte Erinnerungen an ihre Schulzeit lachten. Esmie bemerkte, dass ihr Mann errötete und schüchtern wie ein Junge auf Lydias Neckereien reagierte. Als sie gemeinsam beim Abendessen saßen und sich über die Heimat unterhielten, konnte Esmie sich fast einbilden, dass sich seit dem Sommer, den sie alle zusammen in Ebbsmouth verbracht hatten, nichts verändert hätte – Toms Abwesenheit einmal ausgenommen. Diese spürte sie umso mehr, als sie sich über die Anchorage unterhielten. Tibby stellte ihr Haus jetzt verarmten Künstlern zur Verfügung.

»Tom sagt, dass sie als Gegenleistung mindestens einen Tag im Garten arbeiten müssen«, sagte Lydia.

»Was hält der Colonel davon, dass all diese Radikalen sein Zuhause übernehmen?«, fragte Harold amüsiert.

»Oh, der alte Geizkragen ist inzwischen sehr verwirrt«, antwortete Lydia. »Er glaubt, dass sie zu seinem Personal gehören. Wenn er einen erspäht, brüllt er ihn an, seine Livree in Ordnung zu bringen, wenn er ihn nicht auf der Stelle entlassen soll. Laut Tibby spielen sie einfach mit, um ihn bei Laune zu halten.«

»Das macht Tibby gut«, meinte Harold.

Lydia fragte nach seiner Mutter und seiner Tante. Harold sprach voller Zuneigung von den beiden. Esmie ergriff die Gelegenheit, um vorzuschlagen: »Wäre es nicht schön, wenn wir nächstes Jahr auf Heimaturlaub gehen könnten, um sie zu besuchen?«

Sie rechnete damit, dass Harold den Vorschlag verächtlich abtun würde, aber dann warf Lydia ein: »Oh ja, tut das! Wir könnten alle zusammen zu Besuch zurückreisen. Sommer in Ebbsmouth, stellt euch das nur vor. Ihr könntet in Templeton Hall wohnen, und wir könnten Picknicks machen, ins Theater gehen und Tennispartys feiern, ganz wie in alten Zeiten.«

»Vielleicht im übernächsten Jahr«, sagte Harold. »Ich kann erst 1922 wieder Heimaturlaub nehmen.«

»Oh, Harold«, rief Lydia, »es ist doch nicht so, als stündest du in Diensten der Regierung oder der Armee und müsstest dich an ihre albernen Regeln halten. Die Mission würde dich Urlaub nehmen lassen, wenn du sie darum bitten würdest. Ich glaube nicht, dass Esmie so lange warten kann – ich weiß, dass ich es nicht könnte. Ich vermisse mein Zuhause so sehr. Mummy und Daddy …«

Plötzlich brach Lydia in Tränen aus wie ein Kind. Sie stützte das Gesicht in die Hände und begann zu schluchzen.

Sofort sprang Esmie auf und eilte um den Tisch herum, um sie zu trösten. Lydias knochige Schultern fühlten sich unter ihren Händen verkrampft an.

»Ich weiß, wie schwer es ist«, sagte Esmie mitfühlend. »Manchmal fühle ich mich auch so.«

»Wie kannst du wissen, wie ich mich fühle?«, fragte Lydia schniefend. »Harold und du seid nur hier, solange die Mission euch braucht, und dann werdet ihr an einen anderen Ort gehen. Aber ich sitze wegen dieses verdammten Hotels für immer in Pindi fest.«

Esmie wurde das Herz schwer. Lydia tat ihr leid, aber das größte Mitgefühl hatte sie für Tom, der versuchte, das Beste aus dem Hotelgeschäft zu machen und für seine junge Familie zu sorgen. Aber anscheinend war das Lydia nicht genug. Sie war es zu sehr gewohnt, in Templeton Hall zu leben und von ihren Eltern verwöhnt und vergöttert zu werden; kein anderer Ort und niemand sonst konnte ihren Erwartungen gerecht werden.

»Pindi ist doch gar nicht so schlecht«, sagte Esmie. »Dort gibt es mehr gesellschaftliches Leben, als es in Ebbsmouth je geben wird. Warum ermunterst du deine Eltern nicht, noch einmal zu Besuch zu kommen?«

Lydia entzog sich ihr und griff nach dem Taschentuch, das Harold ihr über den Tisch hinhielt. »Ach, achtet gar nicht auf mich. Dramans *chota pegs* haben mich sentimental gemacht. Es geht mir gut. Alles ist vollkommen in Ordnung.«

Kurz darauf brach Harold zu Bannerman auf. Lydia warf ihm einen verblüfften Blick zu, als er sie auf die Wange küsste und ihr gute Nacht wünschte. Als er gegangen war, sagte sie zu Esmie: »Ich hoffe, mein Besuch stört nicht zu sehr. Ich sehe keine Notwendigkeit, dass Harold geht.«

»Mach dir keine Sorgen. Er kommt zum Frühstück wieder vorbei. Er kann es auch gar nicht abwarten, dir morgen das Krankenhaus zu zeigen. Und ich habe mir frei genommen, damit wir Zeit miteinander verbringen können – dann zeige ich dir und Andrew die Sehenswürdigkeiten.«

Erst als Esmie sich in ihr Zimmer zurückzog und Lydia Andrew schreien hörte, schien es ihrer Freundin zu dämmern.

»Esmie«, sagte sie und hielt sich schwankend an ihrem Arm fest, »du und Harold habt getrennte Schlafzimmer?«

Esmie wurde hochrot vor Verlegenheit. »Ja.«

»Wie überaus altmodisch von euch«, sagte Lydia. Sie lachte trunken auf. »Aber es muss ja ziemlichen Spaß machen, nachts heimliche Verabredungen zu haben. Vielleicht sollte ich das mit Tom versuchen – um unserer Ehe etwas Würze zu verleihen.«

»Gute Nacht und schlaf schön, Lydia.« Esmie wandte sich ab, bevor ihre Freundin die Wahrheit erraten konnte, dass es nie irgendwelche Liebesbesuche von Harold gegeben hatte – und dass es auch unwahrscheinlich war, dass es in Zukunft dazu kommen würde.

* * *

Nach vier Tagen verbarg Lydia nicht mehr, dass sie sich langweilte. An Harolds und Esmies Arbeit im Krankenhaus hatte sie nur wenig Interesse gezeigt – »Ich hasse den Geruch kranker Menschen!« –, und die Altstadt beeindruckte sie nicht. »All den Eingeborenenkram kann ich auch auf dem Saddar-Basar bekommen. Habt ihr hier gar keine anständigen Läden?«

An einem Tag lud Rupa sie zum Mittagessen ein. Lydia war fasziniert von ihrem Bungalow mit den gemütlichen Möbeln und den Bildern von Bombay, aber das Essen rührte sie kaum an. »Es ist köstlich, aber meine Verdauung kommt seit der Geburt des Babys nicht mehr mit scharf gewürzten Gerichten zurecht.«

Sie fand das Clubhaus langweilig und die europäische Siedlung zu klein. Esmie lud Mrs McCabe zum Tee ein, aber

Lydia bekam plötzlich Kopfschmerzen und legte sich hin, bis die Frau des Brigadiers wieder gegangen war.

Der einzige Mensch, dessen Gesellschaft Lydia zu genießen schien, war Alec Bannerman.

»So ein fröhlicher Mann«, sagte sie beifällig, »und ich wette, er war in jüngeren Jahren gut aussehend. Seltsam, dass er nie geheiratet hat. Ich vermute, es hat einige Frauen abgeschreckt, dass er Pfaffe ist. Nicht, dass ich den Eindruck hätte, dass er besonders fromm ist.«

Alec organisierte für sie einen Ausflug zur landschaftlich schönsten Stelle der Gegend in Taha Khel, wo er und Harold gern angeln gingen. Esmie zwängte sich mit Andrew und seiner *ayah* auf die Rückbank von Alecs Auto, während Lydia vorn neben dem Kaplan saß. Als sie an der Picknickstelle ankamen, rechnete Esmie damit, dass Lydia abfällige Bemerkungen über die flache Landschaft voller Sand und Felsen mit dem Rinnsal von einem Fluss machen würde, aber sie geriet ins Schwärmen.

»Wie reizend, einmal aus der Stadt herauszukommen«, sagte Lydia. Mit ihrem beigefarbenen Sommerkleid, ihrem mit einem Paisleyschal verzierten *topee* und ihrer Sonnenbrille mit blauen Gläsern sah sie großartig aus.

Während sie das Kommando über die Verteilung des Picknicks übernahm und eisgekühlte Limonade aus einer Thermosflasche eingoss, ermunterte sie Alec, Geschichten über seine Abenteuer an der Grenze und als junger Militärpfarrer in Afghanistan zu erzählen.

Lydia lauschte gebannt. »Tom will nicht über seine Zeit bei den Rifles reden, so als würde er sich dafür schämen, dass er bei der Armee war. Aber ich finde das alles faszinierend – so schneidig und heroisch gegen die wilden Paschtunen zu kämpfen. Deshalb habe ich ihn geheiratet – um die Frau eines Captains zu sein. Jetzt will der den Titel nicht einmal mehr benutzen.«

Esmie war entsetzt darüber, dass sie Tom so offen vor Alec kritisierte.

»Es war keine glückliche Zeit für Tom«, hob Esmie hervor. »Er ist nur zu den Rifles gegangen, weil er es seinem Vater recht machen wollte.«

»Tom wollte es seinem Vater noch nie recht machen«, gab Lydia zurück. »Wenn er das getan hätte, dann hätte der alte Herr ihn nicht enterbt. Selbst dass er ihm einen Enkelsohn geschenkt hat, konnte den Colonel nicht umstimmen.«

»Nach allem, was Harold mir über Colonel Lomax erzählt hat«, sagte Alec, »hätte auch ein Höchstmaß an Bemühen nichts geändert. Manche Männer sind einfach schlechte Väter.« Er streckte den Arm aus und kitzelte Andrew unter dem Kinn. »Aber das ist keine Erbkrankheit«, scherzte er. »Ich habe Tom vor ein paar Jahren in Peschawar kennengelernt, und ich vermute, dass er dem kleinen Andrew hier ein guter Vater ist.«

»Das ist er wohl«, räumte Lydia ein. »Er ist jedenfalls vernarrt in das Baby.«

Esmie bemerkte, dass Lydia einen halbherzigen Versuch unternahm, ihrem Sohn in Alecs Gegenwart etwas Aufmerksamkeit zu schenken. Sie beugte sich über das Baby und machte ein girrendes Geräusch. Andrew griff nach oben und packte ihre Sonnenbrille.

»Nicht, du zerbrichst sie noch!« Sie löste seine Finger von ihren getönten Brillengläsern und rückte von ihm ab, bis sie außerhalb seiner Reichweite war.

An dem Abend lud Alec sie zusammen mit Rupa zum Abendessen ein. Lydia trank viel Wein und sorgte für ein lebhaftes Gespräch. Sie unterhielt sie mit ihren Erzählungen darüber, wie sie im Krieg Generäle chauffiert hatte und auf dem Atlantik U-Booten hatte ausweichen müssen, um in Amerika Spenden für die Scottish Women's Hospitals zu sammeln. Esmie und

Harold hatten diese Geschichten schon viele Male gehört, aber Alec und Rupa lauschten gebannt.

»Was für eine tapfere junge Dame«, sagte Alec voller Bewunderung.

»Eigentlich nicht«, erwiderte Lydia lachend. »Ich hatte eine Wahnsinnsangst. Aber ich wollte meinen Beitrag leisten, genau wie Esmie.« Sie fing Esmies Blick auf. »Wir haben oft darüber gesprochen, dass das Leben nach dem Krieg im Vergleich dazu eher abgefallen ist, nicht wahr? Natürlich waren wir dankbar, dass alles vorbei war, und ein Großteil davon war scheußlich, aber wegen der Gefahr haben wir jeden Tag nur im Augenblick gelebt, und das kann man in Friedenszeiten nicht – zumindest nicht als Frau.«

»Oh doch, wenn man an der Nordwestgrenze lebt«, sagte Alec grinsend. »Nicht wahr, Esmie?«

»Allzu oft ist das leider wirklich so«, pflichtete Esmie ihm bei. »Aber ich weiß, was du damit meinst, im Augenblick zu leben, Lydia – man fühlt sich umso lebendiger, weil einem das Leben schon im nächsten Moment geraubt werden könnte.«

Rupa sagte: »Ich würde viel lieber in einem friedlichen Taha arbeiten, als ständig unter der Bedrohung von Gewalt zu leben.«

»Natürlich«, stimmte Harold zu. »Und du weißt besser als irgendein anderer von uns, wie entsetzlich es ist, einen Angehörigen dadurch zu verlieren.«

Lydia keuchte auf. »Es tut mir so leid, Mrs Desai; das war taktlos von mir. Ich wollte Sie nicht an den grausamen Tod Ihres Mannes erinnern.«

»Sie müssen sich nicht entschuldigen«, sagte Rupa. »Ich denke ständig an ihn.«

»Ich finde es jedenfalls sehr tapfer von Ihnen, hier weiterzumachen«, sagte Lydia.

»Hier bin ich ihm nahe«, sagte Rupa sinnend.

»Sie müssen ihn sehr geliebt haben«, vermutete Lydia. Ihr schossen plötzlich die Tränen in die Augen.

»Ja«, bestätigte Rupa mit einem traurigen Lächeln. »Und ich tue es noch.«

Kurz darauf fuhr Alec Rupa zurück zum Krankenhausgelände, und Harold begleitete Esmie und Lydia auf dem Heimweg die Häuserzeilen entlang. Lydias Ausgelassenheit von vorhin hatte sich in Luft aufgelöst; das Gespräch über Rupas ermordeten Ehemann hatte sie sentimental werden lassen. Harold hielt sich nicht lange auf, sondern überließ es Esmie, Lydia zu überreden, ins Bett zu gehen. Ihre Freundin sträubte sich und ließ sich in einen Verandasessel fallen.

»Würdest du das für Harold tun?«, fragte Lydia und versuchte mühsam, sich eine Zigarette anzustecken. »Weiter hierbleiben und arbeiten, wenn ihm etwas zustieße?«

»Wahrscheinlich nicht«, räumte Esmie ein. »Aber niemand von uns weiß, was wir unter bestimmten Umständen tun würden – das erkennt man erst, wenn sie wirklich eintreten. Jedenfalls will ich an so etwas noch nicht einmal denken.«

»Ich weiß, dass ich es nicht täte«, sagte Lydia und zog an der schwach glimmenden Zigarette. »Ich würde wieder heiraten. Aber beim nächsten Mal würde ich aus Liebe heiraten.«

Es tat Esmie weh, Lydia so sprechen zu hören. »Aber du hast doch aus Liebe geheiratet«, rief sie Lydia ins Gedächtnis. »Du hattest dein Herz an Tom gehängt, von dem Moment an, in dem er letzten Sommer aufgetaucht war.«

»Ich hatte mein Herz an die Ehe gehängt«, sagte Lydia und zupfte sich einen Tabakkrümel von der Zunge. »Das ist nicht dasselbe.«

Esmie fühlte sich niedergeschlagen. Wieso hatten sie in dem Sommer in Ebbsmouth nur alle den gleichen Fehler begangen und die Falschen geheiratet? Was für einen Schlamassel sie doch angerichtet hatten.

»Ich wünschte …«, begann Lydia.

»Du wünschtest was?«, fragte Esmie.

Lydia seufzte. »Dass ich nicht dem ersten Mann, der mir einen Antrag gemacht hat, mein Jawort gegeben hätte. Ich hätte warten sollen, bis …« Sie drückte ihre Zigarette aus, ohne zu sagen, worauf sie hätte warten sollen.

Esmie hakte nicht nach – das Thema regte sie auf. Stattdessen führte sie ihre Freundin in Harolds Schlafzimmer und half ihr ins Bett.

Kapitel 33

Die nächsten paar Tage über verbrachte Lydia die meiste Zeit mit Besuchen bei Alec. Sie lud sich selbst zu Drinks und zum Plaudern ein und brachte ihn dazu, ihr Souvenirs aus seiner Armeezeit zu zeigen. Andrew ließ sie bei Esmie.

»Der Padre wird kein schreiendes Kind in seinem Haus haben wollen«, meinte Lydia, »und du kannst so viel besser mit dem Baby umgehen als ich.«

Esmie widersprach nicht. Sie war froh darüber, Andrew in ihrer Obhut zu haben, und schob seinen Kinderwagen durch die britische Siedlung. Sarah und Karo freundeten sich dank der Kinder an, obwohl sie aus völlig unterschiedlichen Verhältnissen stammten. Sarah, deren Muttersprache Pandschabi war, konnte ein bisschen Paschtu, aber sie unterhielten sich überwiegend auf Englisch. Als Esmie von ihrem Spaziergang mit Andrew zurückkehrte, fand sie die Frauen im Schatten der hinteren Veranda sitzen, wo sie gemeinsam einen Schal bestickten und Süßigkeiten miteinander teilten, während Gabina mit ihren Garnspulen spielte.

Keine der beiden Dienerinnen zeigte auch nur das geringste Unbehagen, als Esmie sich neben sie setzte und sich an den Handarbeiten beteiligte. Draman dagegen ließ sie seine

Missbilligung spüren, indem er sich weigerte, den Frauen Tee zu servieren, und den Nachmittagstee für Esmie betont auf die Veranda der Memsahib bringen ließ.

Lydia kehrte nicht zum Tee zurück, und es war dunkel, als ihre Freundin endlich erschien, gerade noch rechtzeitig zum Dinner.

»Was für ein interessanter Mann«, sagte Lydia, die schon beschwipst war. »Und er weiß so viel über die Gegend hier. Ich könnte ihm stundenlang zuhören.«

Sie plapperte das ganze Abendessen hindurch über die Grenze und wiederholte Alecs Geschichten. Ihre Redeweise hatte etwas Fiebriges, und sie schien von nervöser Erregung ergriffen zu sein und zu übertreiben, als sie wiedergab, was Alec ihr erzählt hatte. Zum ersten Mal machte Esmie sich Sorgen, dass Lydias bisherige Melancholie in eine Manie übergehen könnte. Ihre Freundin stürzte Wein hinunter, den nur sie allein trank, und schob Essen auf ihre Gabel, um es dann nicht anzurühren. An Harolds forschenden Blicken erkannte Esmie, dass auch ihr Mann sich Gedanken um Lydia machte.

Als die Mahlzeit vorbei war und Lydia innehielt, um sich eine Zigarette anzuzünden, ergriff Harold die Gelegenheit zu fragen: »Wie lange möchtest du eigentlich bleiben?«

Lydia sah so geknickt drein, dass Harold schnell hinzusetzte: »Nicht, dass wir wollen, dass du gehst. Es ist nur so, dass Esmie im Krankenhaus gebraucht wird und ich nicht länger bei Bannerman bleiben will, als ich bei ihm willkommen bin.«

»Macht euch keine Sorgen um mich«, sagte Lydia, »ich kann mich auch allein vergnügen. Esmie, du musst zurück an die Arbeit gehen. Und ich weiß, dass Alec das alles gar nicht stört. Er freut sich darüber, dich dazuhaben, Harold. Ich glaube, er ist ziemlich einsam. Er liebt es, wenn ich zum Plaudern vorbeikomme.«

»Bestimmt«, sagte Harold, »aber er ist uns auch im Krankenhaus eine Hilfe.«

»Ich halte ihn nicht auf«, behauptete Lydia und wedelte mit ihrer Zigarette vor Harold herum.

»Vermisst Tom dich und das Baby denn nicht allmählich?«, beharrte Harold.

»Das Baby ja«, antwortete Lydia mit einem leichten Zähneblecken.

Esmie griff ein. »Mrs McCabe kehrt in einer Woche nach Pindi zurück, und ich bin mir sicher, dass sie gern möchte, dass du sie wieder begleitest. Dann bleibt uns eine weitere Woche zusammen.«

Sie sah den Ausdruck von Panik in Lydias Gesicht. War sie wirklich so unglücklich mit Tom, dass sie lieber in Taha sein wollte, einer Stadt, über die sie sich offen abfällig äußerte?

»Aber natürlich kannst du länger bleiben«, fuhr Esmie fort. »Es liegt ganz bei dir.«

Lydia schenkte ihr einen dankbaren Blick. »Ich verspreche euch, dass ich nicht für immer bleibe«, sagte sie mit einem gezwungenen Lachen. »Und du musst ins Krankenhaus gehen, Esmie. Hab nicht das Gefühl, dass du mir den ganzen Tag Gesellschaft leisten musst. Aber ich möchte noch nicht jetzt sofort abreisen.«

* * *

Als Lydia am folgenden Tag verkündete, dass Alec sie mit auf eine Autofahrt nehmen wollte, beschloss Esmie, für ein paar Stunden zur Arbeit zu gehen. Harold bemerkte verwirrt: »Ich frage mich, ob Bannerman Lydias notorischem Charme erlegen ist. Wenn er halb so alt wäre, würde ich mir Sorgen machen, aber so kann es doch nicht schaden, nicht wahr?«

»Nein, natürlich nicht«, sagte Esmie. »Ich mache mir keine Sorgen um Alec, aber um Lydia sehr wohl. Sie verhält sich seltsam, wenn nicht gar manisch.«

»Sie trinkt zu viel, das ist alles«, meinte Harold.

»Das ist nicht alles«, beharrte Esmie. »Es ist nur ein Symptom. Ich glaube nicht, dass Lydia stabil ist.«

»Lydia ist bloß übermütig.«

»Anders als ich erlebst du sie nicht abends«, hob Esmie hervor. »Nachdem du gegangen bist, ist sie entweder überdreht und will die halbe Nacht wach bleiben, oder sie wird sentimental und weint.«

Harold sah besorgt drein. »Hat sie dir erzählt, ob ihr etwas Spezielles zu schaffen macht?«

Esmie dachte an Lydias verächtliche Bemerkungen über Tom und auch daran, dass sie Gesprächen über Dickie aus dem Weg ging. Sie seufzte. »Nicht direkt. Aber ich glaube, sie ist psychisch labil.«

»Nun, wenn überhaupt irgendjemand sie dazu bringen kann, über ihre Probleme zu sprechen, dann du, meine Liebe.«

* * *

Lydia schwärmte in den höchsten Tönen von ihrem Ausflug mit Alec. »Und auf dem Rückweg durch die Altstadt hat er mich sein Auto fahren lassen – das war ein Heidenspaß!«

Als Esmie versuchte, sie dazu zu bringen, über persönlichere Dinge zu reden, weigerte Lydia sich.

»Warum bringst du das alles wieder aufs Tapet?«, fragte Lydia anklagend. »Ich will nicht über den fürchterlichen Sommer mit der Geburt nachdenken, und ich will auch nicht über Tom sprechen, noch nicht einmal über Dickie, also kannst du mich nicht dazu zwingen.«

Später, kurz vor dem Zubettgehen, war Lydia verbindlicher. »Ich weiß, dass du es gut meinst und glaubst, dass ich wegen des Babys irgendeinen Komplex bekommen habe, aber es geht mir gut. Wirklich. Ich brauche deine medizinische Hilfe nicht, Esmie; ich brauche dich nur als Freundin. Das ist alles, was ich je gewollt habe – dass du meine gute Freundin bist.«

Lydia ließ es so einfach klingen. Sie wollte Freundschaft, nicht mehr und nicht weniger. Versagte Esmie an ihr, weil sie zu besessen von ihrem geistigen Zustand und von der Art war, wie Lydia über Tom herzog? Esmie war emotional zu betroffen, um Lydias Probleme mit leidenschaftslosem und professionellem Blick anzugehen. Sie wünschte, Tante Isobel könnte hier sein, um ihr einen guten Rat zu geben.

Esmie zog Lydia in eine Umarmung. Ihre Freundin fühlte sich zusammengeschrumpft und zerbrechlich an. »Natürlich sind wir gute Freundinnen. Es tut mir leid, dass ich so einen Aufstand gemacht habe.« Sie küsste sie auf die Stirn. »Ich höre auf, dir mit Fragen zuzusetzen, wenn du versprichst, um Hilfe zu bitten, wenn du sie brauchst.«

Lydia lachte unter Tränen auf. »Versprochen. Großes Pfadfinderehrenwort.«

Esmie lachte darüber, dass sie diesen Schulkinderausdruck gebrauchte. »Gut. Dann geh ins Bett und schlaf gut, beste Freundin.«

Lydia umarmte sie ein letztes Mal und ging dann zu Bett.

* * *

Am nächsten Tag war im Krankenhaus viel zu tun, und Esmie empfand eine gewisse Erleichterung dabei, zu arbeiten. Es hielt sie davon ab, sich den Kopf über Lydia zu zerbrechen, obwohl sie erpicht darauf war, wieder nach Hause zu kommen und Andrew zu sehen. Sie wollte schon gehen, als Harold aus dem Operationssaal trat, ein Handtuch um seine linke Hand geschlungen. Sie sah, dass es blutbefleckt war.

»Was ist passiert?«, fragte Esmie erschrocken.

»Mir ist nur das Messer abgerutscht – nichts Ernstes.«

»Lass mich einen Blick darauf werfen«, beharrte Esmie, führte ihn auf die Verbandsstation und bat ihn, sich hinzusetzen. Er war sehr blass geworden.

Aber nach genauerem Hinsehen erkannte sie erleichtert, dass die Wunde nicht tief war. Sie säuberte sie und verband Harold.

»Ein Glück, dass ich Rechtshänder bin«, scherzte Harold über seine Verletzung. »Danke, meine Liebe. Dann gehe ich jetzt und arbeite den Rest meiner Liste ab.«

»Harold! Du wirst nichts dergleichen tun. Du kommst mit mir nach Hause.«

»Das kann ich nicht«, protestierte er. »Es ist zu viel zu tun.«

»Es wird immer zu viel zu tun geben«, sagte Esmie, »aber du kannst nicht alles davon erledigen. Du bist erschöpft. Wahrscheinlich hast du dich deshalb geschnitten. Komm nach Hause und ruh dich aus – und warte ab, wie es dir morgen früh geht.«

Als sie gemeinsam nach Hause gingen, gestand Harold: »Lydia ist mir nicht aus dem Kopf gegangen. Vielleicht frage ich Bannerman, was er über ihr Verhalten denkt. Ich vertraue auf seine Menschenkenntnis. Vielleicht hat sie ihm gegenüber etwas erwähnt.«

Esmie hakte sich bei ihm ein. »Das ist eine gute Idee.«

Im Haus war von Lydia nichts zu sehen, aber Esmie hörte Andrew schreien, während Sarah ihn badete.

»Sie muss noch bei Alec sein«, meinte Harold.

»Wie schade, dass sie Andrew nie mitnimmt«, meinte Esmie und ging, um nach dem Jungen zu sehen.

Etwas später, als sie Andrew gerade sein Fläschchen gab, hörte sie Stimmen auf der Veranda.

»Esmie!«, rief Harold nach ihr.

Esmie reichte Andrew an Sarah weiter und ging nach draußen, um nachzusehen, wer gekommen war.

»Hallo, Padre.« Ihr Lächeln erstarb, als sie die besorgten Mienen der beiden Männer sah. »Was ist los?«

»Es scheint irgendein Missverständnis gegeben zu haben«, sagte Harold. »Lydia war heute gar nicht bei Alec.«

Auf Alecs zerfurchtem Gesicht zeichnete sich ein verwirrtes Stirnrunzeln ab. »Sie hat gesagt, sie würde heute mit dir einen Ausflug machen, Esmie – deshalb wollte sie sich das Auto leihen. Ich habe ihr gesagt, das sei in Ordnung, weil ich den Tag ohnehin bei den McCabes verbringen wollte.«

»Das Auto?«, wiederholte Esmie. »Aber ich habe sie den ganzen Tag nicht gesehen – ich war im Krankenhaus.«

»Das hat mir Harold gerade gesagt.« Alec fuhr sich mit einer Hand übers Gesicht. »Ich verstehe das nicht. Ich bin vorbeigekommen, um zu sehen, ob ihr heil zurück wärt, und um das Auto abzuholen.«

»Also hat Lydia dein Auto genommen?«

Alec nickte.

»Wann?«

»Heute Morgen.«

Harold war aschfahl. »Sie ist seit heute Morgen weg?«

Alec nickte. »Das nehme ich an.«

Vor Panik wurde Esmie flau im Magen. »Hat sie gesagt, wohin sie wollte? Was hat sie denn gesagt, wohin *wir* angeblich fahren wollten?«

»Nein, ich hätte sie fragen sollen. Eine Spritztour zur Feier einer besonderen Freundschaft, das hat sie gesagt. Sie hat versprochen, dass ihr beide Malik zu eurem Schutz mitnehmen würdet.«

Harold schnappte nach Luft. »Malik war auch den ganzen Tag im Krankenhaus.«

Alec wirkte bestürzt. »Allein ist sie doch sicher nicht weit weggefahren, nicht wahr? Vielleicht hat sie die britische Siedlung gar nicht verlassen, sondern nur irgendwo geparkt, um jemanden zu besuchen.«

Esmie schüttelte den Kopf. »Der einzige Mensch, den sie gern besucht, bist du, Padre.«

»Oh, guter Gott!«, rief Alec. »Dann muss sie eine Panne gehabt haben.«

»Wir müssen einen Suchtrupp losschicken«, sagte Harold sofort.

Alec griff die Idee dankbar auf. »Ja, ich gehe und schnappe mir ein Automobil beim Offizierskasino.«

»Ich komme auch mit«, sagte Esmie fest.

»Nein«, widersprach Harold mit Nachdruck. »Du musst hierbleiben, falls Lydia wieder auftaucht, wenn wir weg sind. Womöglich hat jemand sie gefunden, als ihr Auto eine Panne hatte, und zurück in die Stadt gefahren.«

»Wir versuchen es in Taha Khel«, schlug Alec vor. »Mrs Lomax war sehr angetan vom Flussufer dort.«

Dann waren sie fort. Esmie blieb allein zurück und beobachtete, wie die Schatten der Obstbäume auf dem Rasen schnell länger wurden. Wohin konnte Lydia gefahren sein? Was hatte sie geritten, allein mit Alecs Auto aufzubrechen? Wenn sie denn allein war. Ein kleiner, aber hartnäckiger Verdacht arbeitete sich in Esmies Gedanken vor. Nur einer konnte dafür gesorgt haben, dass Lydia so leichtsinnig handelte: Dickie Mason. Was, wenn sie ihm in der Stadt über den Weg gelaufen war oder ihm eine Nachricht geschickt hatte, sich mit ihr zu treffen? Esmie unterdrückte den Gedanken sofort. So töricht würde noch nicht einmal Lydia sein. Esmie bezweifelte auch, dass Dickie solche

Risiken für Lydia eingehen würde; so etwas konnte ihn seine Armeekarriere kosten.

Nachdem der Himmel jenseits der Berge von Wasiristan orangefarben aufgelodert hatte, senkte sich rasch die Dunkelheit herab. Esmie ging nach drinnen. Sarah machte Andrew gerade bettfertig. Als Esmie Sarah erklärte, was geschehen war, brach die *ayah* in Tränen aus.

»Ich wusste nicht, dass Lomax Mem weggefahren war«, schluchzte sie. »Sie hat gesagt, sie würde den Tag mit Bannerman Sahib verbringen.«

»Niemand macht dir Vorwürfe, Sarah«, versuchte Esmie sie zu beruhigen. »Ich bin mir sicher, dass mein Mann sie findet. Bitte mach dir keine Sorgen.«

Esmie hob Andrew hoch und kuschelte mit ihm, um sich selbst zu trösten.

»Mummy kommt bald zurück«, flüsterte sie ihm ins Ohr. Er roch nach frisch gewaschener Haut und Talkumpuder. Sie küsste ihn und trug ihn nach draußen, um noch einmal Ausschau nach Lydia zu halten – vergebens.

* * *

Harolds Rückkehr weckte Esmie, die in einem Sessel gedöst hatte.

Ein Ruck ging durch ihr Herz.

»Habt ihr sie gefunden?«, fragte sie. »Ist sie in Sicherheit?«

»Wir haben bis Taha Khel und auch entlang der Straße nach Süden gesucht, aber es gibt keine Spur von ihr.« Harolds Gesichtsausdruck war gequält. »Wir haben die Polizei informiert. Sie werden einen Suchtrupp ausschicken, sobald es hell wird.«

»Könnt ihr nicht weitersuchen?«

»Wir haben ohnehin schon gegen die nächtliche Ausgangssperre verstoßen«, sagte er. »Und im Stockdunkeln werden wir nichts finden.«

Esmie ging zu ihm. »Oh, Harold. Wo kann sie nur hingeraten sein? Ich kann es nicht ertragen, sie mir da draußen ganz allein vorzustellen.«

»Ich auch nicht.«

»Wie spät ist es?«, fragte Esmie.

»Nach Mitternacht.«

»Lass mich dir etwas zu essen holen.«

»Nein danke«, sagte Harold. »Bannerman hat mir vor ein paar Minuten ein Sandwich gegeben.«

»Wie geht es ihm? Ich wette, er fühlt sich schrecklich verantwortlich, aber er hätte doch nicht wissen können, dass Lydia ihn so hinters Licht führen würde.«

Etwas an der Miene ihres Mannes brachte Esmie dazu, noch eine Frage anzufügen. »Gibt es da etwas, das du mir nicht erzählst?«

»Alec hat nachgesehen, um festzustellen, ob noch etwas fehlt. Etwas hat ihm zu schaffen gemacht. Lydia hatte viel Interesse an seinen Karten der Grenzregion gezeigt.«

Esmies Haut kribbelte vor Nervosität. »Und hat etwas gefehlt?«

Harold nickte. »Eine Karte des nördlichen Wasiristan.«

Das Unbehagen, das Esmie vorhin empfunden hatte, kehrte mit Wucht zurück. Sie zwang sich zu fragen: »Zeigt … zeigt die Karte auch, wo Razmak liegt?«

Harold warf ihr einen verblüfften Blick zu. »Ja. Ist das wichtig?«

Esmie schluckte. »Das könnte es sein. Aber ich kann nicht glauben, dass sie an solch eine Reise auch nur denken würde …«

»Warum würde Lydia nach Razmak fahren?«, fragte Harold.

Bevor sie antwortete, eilte Esmie in Harolds Schlafzimmer und begann, es zu durchsuchen. Warum hatte sie nicht schon früher daran gedacht? Auf den ersten Blick schien nichts zu fehlen: Es hingen noch Kleider im Schrank und über einer Stuhllehne. Aber dann fiel Esmie auf, dass Lydias kleiner Koffer verschwunden war, dazu auch Kosmetika und ihr Nachthemd. Harold folgte ihr ins Zimmer.

»Sie hat ein paar Sachen mitgenommen, um übernachten zu können«, sagte Esmie. »Also hat sie geplant, wegzufahren und irgendwo die Nacht zu verbringen.«

»Warum um alles in der Welt sollte sie das tun?«, wollte Harold wissen. »Und wo? Esmie, warum hast du nach Razmak gefragt?«

»Weil ich glaube, dass Dickie dort stationiert sein könnte.«

»Dickie Mason?« Harold sah verdutzt drein.

»Ja«, sagte Esmie. Dann begann sie, ihrem Mann alles über die sommerliche Affäre zwischen Lydia und Dickie zu erzählen.

Kapitel 34

Harold machte ihr Vorwürfe, weil sie ihm nicht früher von Lydia und Dickie erzählt hatte.

»Das ist also der wahre Grund dafür, dass du und Lydia euch zerstritten hattet, nicht wahr?«

»Ja«, räumte Esmie ein.

»Warum hast du mir das nicht erzählt?«

»Weil ich dachte, es sei alles vorbei. Und ich wollte nicht, dass du schlecht von Lydia denkst, weil ich weiß, wie gern du sie magst.«

Harold wirkte zutiefst gekränkt. »Ist das auch der wahre Grund dafür, dass sie hergekommen ist – um sich mit Dickie zu treffen?«

»Das habe ich mich auch schon gefragt«, gestand Esmie. »Aber wir wissen noch nicht sicher, ob sie wirklich dorthin gefahren ist. Vielleicht ist sie auch aus einer Laune heraus losgefahren und verbringt die Nacht in Kohat.«

Harold seufzte schwer. »Mein armer Freund Lomax. Man wird es ihm sagen müssen.«

»Tom weiß nicht, dass ich Lydia mit Dickie erwischt habe – ich habe Lydia versprochen, es ihm nicht zu erzählen. Er glaubt, dass Lydias Vernarrtheit in Dickie vorbei ist. Lass uns Tom noch nicht benachrichtigen. Wenn Lydia doch wieder auftaucht, hat es keinen Zweck, Tom mit der Sache zu ängstigen. Vielleicht ist mein Verdacht ja auch ganz falsch.«

In jener Nacht fand Esmie keinen Schlaf. Sie döste in einem Wohnzimmersessel und schreckte bei jedem kleinen Geräusch auf, das darauf hätte hindeuten können, dass Lydia zurückkehrte. Sie stellte sich vor, wie Lydia sich, betrunken und ein wenig zerknirscht, ins Haus schlich, um dann zu erklären, dass sie aus einer Laune heraus nach Kohat gefahren war, um im Club Gin Slings zu trinken. Aber Lydia kam nicht.

Esmie hatte darauf bestanden, dass der erschöpfte Harold sich auf sein Bett legte, um vor der Morgendämmerung noch etwas Schlaf zu finden. An der Art, wie er seine linke Hand schonte, sah sie, dass die Wunde ihm Schmerzen bereitete.

Sie waren beide genauso früh wie die Diener auf den Beinen. In angespanntem Schweigen tranken sie gemeinsam eine Tasse Tee auf der Veranda und sahen zu, wie der Himmel heller wurde und die Dächer der Altstadt aus dem dünnen Nebel hervortraten. Der Muezzin rief.

»Lass mich heute mit dir kommen«, bat Esmie. »Ich kann es nicht ertragen, den ganzen Tag herumzusitzen und nichts zu tun.«

Harolds Blick wurde weicher. »Ich weiß, dass es unerträglich ist, aber ich glaube nicht, dass die Polizei es uns danken wird, wenn sie sich Sorgen um eine zweite Frau machen muss, die über die Landstraßen streift.« Er stand auf. »Ich gehe jetzt und erzähle Baz von unserer Razmak-Theorie. Außerdem bringe ich den Brigadier dazu, die Kaserne dort zu kontaktieren – und Dickie. Um festzustellen, ob er etwas weiß.«

Esmie nickte. Das waren alles Einfälle, über die sie die ganze Nacht über gegrübelt hatte. Sie wurden davon unterbrochen, dass sie hörten, wie Alec den Pfad heraufkam. Der Padre winkte zum Gruß. Esmie ahnte, dass auch er eine schlaflose Nacht hinter sich hatte.

Harold sagte zu Esmie: »Du solltest ins Krankenhaus gehen. Wenigstens wird das deinen Verstand beschäftigt halten. Und ich habe ein schlechtes Gewissen, dass ich heute nicht dort sein werde.«

Esmie sah ihm nach, als er davoneilte und Alec entgegenging. In den Bäumen setzte lebhaftes Vogelzwitschern ein, und der beißende Rauch der Dungfeuer lag in der Luft. Es wirkte wie der Beginn eines normalen Tages. Aber Esmie wusste, dass es kein normaler Tag werden würde. Ganz gleich, wo Lydia war, durch ihr plötzliches Verschwinden hatte sie die Ruhe der Gemeinschaft von Taha zerstört.

* * *

Esmie verbrachte den Morgen im Krankenhaus und arbeitete durch, ohne eine Pause zu machen. Am frühen Nachmittag sagte Rupa ihr, dass sie nach Hause gehen sollte.

»Ruh dich aus und komm morgen wieder. Ich weiß, dass du gern zu Hause bei dem kleinen Andrew sein möchtest. Vielleicht hörst du ja bald etwas.«

Esmie ließ sich nicht lange bitten; obwohl sie sich in die Arbeit gestürzt hatte, war ihr Verstand nie weit von besorgten Gedanken über Lydia entfernt gewesen. Sie gesellte sich zu Sarah, Karo und den Kindern. Die Sahibs auf der Suche nach Lomax Mem hatten noch keine Nachricht gesandt.

Das Warten war für Esmie eine einzige Qual. Irgendwann ging sie zu Alecs Haus hinüber, um in Erfahrung zu bringen, ob es Neuigkeiten gab, aber der Padre war noch nicht wieder zurück. Sie wollte Mrs McCabe besuchen, aber deren Mann war unterwegs, und die Frau des Brigadiers hatte sich hingelegt, weil Spannungskopfschmerzen sie außer Gefecht gesetzt hatten.

Esmie hinterließ eine Nachricht, um ihr mitzuteilen, dass sie ihr ein Beruhigungsmittel schicken würde, damit sie besser schlafen konnte.

Es war schon fast dunkel, als Harold, bedeckt von einer Staubschicht, in den Bungalow zurückkehrte. Sein sonst rotes Gesicht wirkte verhärmt und nervös. Esmie machte sich auf schlechte Nachrichten gefasst.

»Sag es mir«, bestürmte sie ihn.

Harold ließ sich in einen Sessel sinken. »Ich komme gerade aus McCabes Büro. Sein Adjutant ist aus Razmak zurück. Lydia ist nicht dort. Du hattest aber recht: Dickie ist in dieser Kaserne. Er behauptet, Lydia seit Murree nicht mehr gesehen zu haben, und hat keinen Versuch gemacht, Kontakt zu ihr aufzunehmen. Er hat allerdings zugegeben, dass Lydia ihm in den letzten Wochen mehrfach geschrieben hat, behauptet jedoch, er hätte sie nie ermuntert.«

»Das heißt noch nicht, dass sie nicht aufgebrochen ist, um zu versuchen, ihn zu treffen«, sagte Esmie.

»Das ist wahr, aber die Polizei hat auch die Straße nach Razmak abgesucht, und dort gibt es keine Spur von Alecs Auto.«

Einen Moment lang schöpfte Esmie neue Hoffnung. »Dann ist sie vielleicht doch nach Kohat gefahren?«

Harold schüttelte den Kopf. »Baz hat die Polizei dort informiert. Sie ist nicht im Club, und niemand hat sie gesehen.«

»Sie kann doch nicht einfach verschwinden!« Esmie begann zu zittern. »Oh, Harold! Was ist ihr zugestoßen?«

Er sah sie trostlos an. »Morgen setzen wir die Suche fort – werfen das Netz weiter aus. In der Zwischenzeit spionieren Baz' Männer.«

»Wie meinst du das?«, fragte Esmie erschrocken.

»Sie spitzen auf dem Basar die Ohren – schnappen alle Gerüchte über eine vermisste Memsahib auf.«

»Glaubt Baz etwa, dass etwas noch Schlimmeres vorgeht? Dass sie nicht nur eine Autopanne hatte und irgendwo Zuflucht gesucht hat?«

»Du weißt doch, wie gründlich Baz ist«, meinte Harold. »Er tut nur seine Pflicht. Mehr hat das nicht zu bedeuten.«

Aber Esmie merkte, dass ihr Mann zutiefst besorgt war. Er sah aus, als wäre er im Verlauf eines Tages und einer Nacht um Jahre gealtert. Sie wusste, dass er alles tun würde, um Lydia unversehrt zurückzuholen. Sie versuchte, ihr zerrüttetes Nervenkostüm zu beruhigen; sie musste für Harold stark sein.

»Du musst völlig übermüdet sein«, sagte sie. »Ich sage Draman, dass er dir ein heißes Bad einlassen soll, und dann essen wir.«

Harold starrte in die Dunkelheit hinaus, mit den Gedanken weit entfernt. Esmie bezweifelte, dass er sie überhaupt gehört hatte.

»Morgen müssen wir es Tom mitteilen«, sagte er leise. »Er wird herkommen und auch suchen wollen.«

Esmies Kehle war wie zugeschnürt. Sie konnte nicht aufhören zu zittern, und alles, was sie tun konnte, war, zustimmend zu nicken. Sie konnte den Gedanken kaum ertragen, in was für eine Angst das alles Tom stürzen würde. Sie hätte mehr tun sollen, um zum Ursprung von Lydias Unzufriedenheit vorzudringen. Wie hatte sie Lydia nur sich selbst überlassen können, obwohl sie doch wusste, dass ihre Freundin irrational und immer manischer handelte? Sie traute sich kaum zu, Tom gegenüberzutreten. Als sie ging, um dem Diener ihre Anweisungen zu erteilen, sprach Esmie ein stummes Gebet: Bitte lass Lydia am Leben sein!

* * *

Am nächsten Tag schickte Harold Tom ein Telegramm und brach dann mit Alec auf, um sich dem Suchtrupp anzuschließen. Esmie ging ins Krankenhaus. Der Vormittag war schon fortgeschritten, als Harold plötzlich dort erschien. Er führte sie auf die Veranda hinaus, sein Gesicht eine angespannte Maske. Esmies Herz hämmerte so heftig, dass sie kaum atmen konnte.

»Sag schon«, flüsterte sie.

»Die Polizei hat Alecs Auto gefunden«, sagte er, »aber Lydia nicht.«

Esmie fühlte sich, als hätte sie einen Schlag in die Magengrube bekommen. »Wo?«

»Gut acht Kilometer von der Straße nach Razmak entfernt – auf dem Weg nach Kanki-Khel.«

»Kanki-Khel?« Esmie war wie vor den Kopf geschlagen. »Was? Warum?«

Sie starrte ihren Mann verständnislos an.

»Baz glaubt, dass es sich um eine Entführung handeln könnte. Er informiert den Superintendent der Polizei in Kohat.«

Das konnte einfach nicht wahr sein. »Wer würde denn so etwas tun wollen?«

Er antwortete nicht direkt. »Baz will mit dir sprechen – und mit Karo.«

Esmie hielt sich an Harold fest, um nicht das Gleichgewicht zu verlieren. »Warum? Was glaubt er?«

Harold zögerte und sah sich um, bevor er die Stimme senkte. »Nach den Gerüchten auf dem Basar verdächtigt er die Otmanzai – besonders, wenn sie Lydia nach Kanki-Khel oder darüber hinaus gebracht haben.«

»Glaubt er, dass Karos Mann, Baram Wali, dahintersteckt?«

»Es ist möglich.« Harolds Miene war grimmig. »Wenn nicht er, dann jemand aus seiner Verwandtschaft.«

Esmie fühlte sich schwach, als ihr ein schrecklicher Gedanke kam. »Haben sie Lydia mit mir verwechselt?«, stieß sie hervor. »Ist es das, was Baz glaubt?«

Harold sagte: »Es war opportunistisch – sie konnten nicht im Voraus wissen, dass Lydia dort entlangfahren würde. Aber jemand hat es ausgenutzt, dass sie allein war, und könnte sie für dich gehalten haben. Vielleicht haben sie das Auto aus der Mission erkannt.«

Esmie unterdrückte ein Aufschluchzen. Harold umfasste ihre Arme.

»Nur Mut, Liebste. Wenn es eine Entführung ist, dann heißt das wenigstens, dass Lydia am Leben ist. Sie ist für ihre Entführer wertvoll. In dem Fall rechnet Baz damit, bald von einer Lösegeldforderung zu hören.«

Sergeant Baz kam später am Tag vorbei, um Karo über die Verwandten ihres Mannes zu befragen und alles Nützliche in Erfahrung zu bringen, was sie ihm über die Lage der Gehöfte und Festungen der Otmanzai sagen konnte. Hoffnung regte sich in Esmie, weil der vierschrötige, besonnene Paschtune die Ermittlungen leitete. Er kannte die Gegend und die Leute besser als die meisten anderen und machte ihr Mut.

»Wir werden Lomax Memsahib aufspüren«, sagte er im Brustton der Überzeugung, »und sie nach Taha zurückbringen.«

Bevor er ging, sagte er zu Harold: »Lomax Sahib nimmt den Zug nach Kohat. Wir eskortieren ihn morgen früh nach Taha. Sollen wir ihn hierherbringen, Sahib?«

»Ja, hierher«, sagte Harold sofort. »Das wäre sehr freundlich von Ihnen.«

Esmie ballte die Hände zu Fäusten, um sie am Zittern zu hindern. Tom hatte Rawalpindi schon verlassen. Er hatte offenbar alles stehen und liegen lassen und den ersten Zug nach Westen genommen. Sie empfand eine Mischung aus Angst und Sehnsucht bei dem Gedanken, ihn wiederzusehen.

* * *

An dem Abend saßen Harold und Esmie lange auf der Veranda. Harold hatte darauf bestanden, dass sie den Nachmittag mit der Arbeit im Krankenhaus verbrachten. Danach war Alec zum Abendessen vorbeigekommen. Sie waren alle bedrückt gewesen, und er war bald wieder gegangen und hatte gesagt: »Ich rechne heute Nacht nicht mit dir, Harold – du willst jetzt sicher bei deiner Frau sein.«

Esmie war dem Padre dankbar für seine Feinfühligkeit. Er wirkte so abgehärmt und erschöpft wie Harold. Außerdem hatte er angeboten, Tom für ein paar Tage bei sich aufzunehmen, und so würde Harold dauerhaft wieder in sein Zimmer ziehen.

Sie betrachtete ihren Mann. Sein Gesichtsausdruck war so traurig und nachdenklich; die Sorge um Lydia forderte ihren Tribut. Esmie hatte großes Mitgefühl mit ihm. Wie musste Harold doch bereuen, sie geheiratet zu haben. Seine Arbeit war sein Leben, und alles andere war eine Ablenkung, so liebenswürdig er in Gesellschaft auch sein mochte. Wenn sie nicht hergekommen wäre – oder Lydia vor ihre Tür gelockt hätte –, wäre all diese Aufregung ihnen erspart geblieben. Esmie hinterfragte die Entscheidungen, die sie getroffen hatte – Karo in ihrem Haus aufzunehmen und dem verstörten Zakir zu helfen. Ihre Handlungsweise hatte die Otmanzai vielleicht provoziert, zu versuchen, sie zu entführen, und dafür gesorgt, dass stattdessen ihre Freundin in Feindeshand gefallen war.

Welche Konsequenzen würde es für das Missionskrankenhaus haben, wenn der Versuch, Lydia zu befreien, zu einem Gegenschlag gegen die Otmanzai führte? Wenn sich unter den Briten erst herumsprach, dass es zur Entführung einer britischen Memsahib gekommen war, würde moralische Empörung herrschen. Wenn die Armee oder die Polizei mit einem Großaufgebot nach den Entführern suchten, würde das vielleicht zu stärkerer Unruhe unter der übrigen Wasir-Bevölkerung führen. Menschenleben – nicht nur Lydias – würden in Gefahr sein. Harolds Hoffnung, die Klinik in Kanki-Khel wiederzueröffnen, würde sich womöglich für immer zerschlagen.

In ihrem tiefsten Innern wusste Esmie, dass sie, wenn sie noch einmal in dieselbe Situation versetzt gewesen wäre, dennoch versucht hätte, Karo und Zakir zu helfen. Sie bereute es nicht, aber sie empfand eine große Last von Schuldgefühlen Harold gegenüber, weil sie seine Arbeit in der Mission vielleicht gefährdet hatte. Würden sie je wieder partnerschaftlich zusammenarbeiten können? Während sie ihn voller Mitleid betrachtete, wusste sie, dass sie größte Anspannung zwischen ihnen vielleicht nie eine Auflösung erfahren würde: ihr Wunsch nach einem Baby und seine Weigerung, Vater zu werden.

Unerwartet ergriff Harold das Wort. »Es ist nicht deine Schuld, dass Lydia verschwunden ist. Ich weiß, dass du dir Vorwürfe machst – aber ich tue es nicht.«

Esmie kamen die Tränen. »Danke, Harold.«

Er sah sie voll plötzlicher Zärtlichkeit an. »Du bist Lydia immer eine gute Freundin gewesen – loyal und selbstlos. Ich glaube nicht, dass sie zu schätzen weiß, wie sehr du sie immer an die erste Stelle gesetzt hast.«

Sie dachte sofort daran, dass sie nichts unternommen hatte, um Lydia im Weg zu stehen, als diese Tom geheiratet hatte. Wenn sie ihrer Freundin erzählt hätte, dass sie in Tom verliebt war, hätte Lydia ihn dann trotzdem für sich beansprucht? Wahrscheinlich ja.

»Lydia braucht mehr Bestätigung als andere Frauen«, sagte Esmie.

»Ja«, pflichtete Harold ihr bei. »Ich weiß nicht, woran das liegt. Sie hatte immer Leute, die sie vergöttert haben, aber sie scheint nie mit dem zufrieden zu sein, was sie hat.«

Esmie nickte. »Das ist ja das Traurige. Sie hat diesen perfekten kleinen Sohn und …« Sie brach schnell ab.

Harolds Augen glänzten vor Kummer. »Ich weiß, wie sehr dir Andrew am Herzen liegt. Es tut mir so leid, Esmie.«

Ihr Herz setzte einen Schlag aus. »Was tut dir leid?«

»Dass ich dir nicht schenke, was du dir am meisten von allem wünschst – Mutter zu werden.«

Esmie schluckte. »Es ist ja noch reichlich Zeit. Wenn all das hier vorbei ist – wenn Lydia unbeschadet zurück ist –, könnten wir ja vielleicht hier in Indien Urlaub machen und etwas Zeit zusammen verbringen. Ich weiß, dass du ein wunderbarer Vater wärst.«

Harolds Miene wurde todtraurig. »Ich … ich kann nicht.«

Esmies Brust war wie zugeschnürt. Sie musste ihm die Frage stellen, die ihr schon zu schaffen machte, seit sie geheiratet hatten. »Liegt es an mir – daran, dass du mich nicht genug begehrst?«

Harold antwortete nicht. Sie sah, dass sein Kiefer verkrampft war.

»Ich wusste es«, sagte Esmie. »Harold, ich weiß, dass du jemand anderen mehr als mich liebst, aber das heißt doch bestimmt nicht, dass wir nicht das Beste aus unserer Ehe machen und irgendwann auch Eltern werden können.«

Schon während sie sprach, sah er fassungslos drein. »Jemand anderen? Woher weißt du das?«

»Weil es für mich immer offensichtlich war, dass Lydia dir mehr am Herzen liegt«, sagte Esmie. »Ich weiß, wie betroffen du warst, als sie sich mit Tom verlobt hat, und dass du dich deshalb so plötzlich nach Wales davongestohlen hast.«

Harolds Gesichtsausdruck veränderte sich. »Oh, da irrst du dich sehr. Lydia ist nicht der Mensch, den ich lie…« Er schloss den Mund abrupt wieder.

Verwirrt musterte Esmie ihn. »Wer denn dann?«

Harolds Gesicht lief puterrot an. Er sah so verzweifelt drein wie ein Ertrinkender. »Ich habe dagegen angekämpft – deswegen gebetet.« Seine Stimme war rau, seine Miene schuldbewusst. »Ich dachte, du hättest es mittlerweile erraten. Wir hätten nie heiraten sollen. Es war sehr falsch von mir, dir einen Antrag zu machen, obwohl ich wusste, dass ich niemals wirklich dein Ehemann würde sein können. Es tut mir so leid, Esmie.« Sie hörte ein Schluchzen in seiner Kehle. »Ich erwarte nicht von dir, mir zu verzeihen.«

Esmies Herz hämmerte in ihrer Brust, als es ihr allmählich dämmerte. Er liebte jemand anderen, aber nicht Lydia. War er einer von jenen Männern, die nur einen anderen Mann lieben konnten? War das der Grund dafür, dass es ihm unmöglich war, mit ihr intim zu werden?

»Allerdings hast du mich auch nie geliebt, oder?«, sagte Harold voller Bedauern.

»Ich schätze dich, Harold«, sagte Esmie errötend.

»Schätzen, ja. Aber nicht lieben. Keiner von uns beiden liebt den anderen.« Er hielt ihrem Blick stand. »Ich weiß, in wen du verliebt bist. Ich sehe schon die ganze Zeit, wie sehr du dich bemühst, es zu unterdrücken, aber es steht dir jedes Mal, wenn du ihn ansiehst, ins Gesicht geschrieben.«

Esmie wurde übel. Er konnte es doch bestimmt nicht wissen? Sie legte sich die Hände an die brennenden Wangen.

»Ich würde nie etwas tun, um dich zu verletzen«, flüsterte sie. »Er auch nicht.«

Harolds Augen füllten sich mit Mitgefühl. »Das weiß ich.«

Esmies Stimme zitterte, als sie fragte: »Woher weißt du, was ich für Tom empfinde?«

Der tieftraurige Ausdruck seines Gesichts rührte sie fast zu Tränen. »Weil ich deine Gefühle erkenne, Esmie. Ich empfinde das Gleiche.«

Es verschlug Esmie den Atem. Sie musterte prüfend sein Gesicht, wusste aber, dass er es todernst meinte. Harold liebte Tom, seinen ältesten Freund. Wieso hatte sie das nicht erraten? Doch es ließ alles einen Sinn ergeben. Vielleicht hatte sie es in ihrem tiefsten Innern schon gewusst und sich nur der Wahrheit nicht stellen wollen.

»Oh, Harold«, sagte Esmie, streckte den Arm aus und berührte sanft seine verbundene Hand. Tränen brannten ihr in den Augen.

Er neigte den Kopf. Seine Schultern begannen zu zittern. Esmie hörte ihn leise schluchzen – und dann weinte auch sie.

Kapitel 35

Früh am nächsten Morgen kam Baz, um ihnen zu berichten, dass die Polizei im Vorposten Kanki-Khel das Gerücht bestätigt hatte, eine weiße Memsahib sei auf der Straße hinauf zur Grenze mit einer Handvoll Otmanzai gesehen worden. Man nahm an, dass sie inzwischen in die Berge jenseits der Grenze gebracht worden war. Baram Walis Bande wurde verdächtigt, dahinterzustecken, aber niemand wollte das bestätigen, und es war noch keine Lösegeldforderung gestellt worden.

Esmie fühlte sich wie betäubt. Sie hatte kaum geschlafen, weil ihre Gedanken angesichts von Harolds Geständnis und der Tatsache, dass er über ihre Gefühle für Tom Bescheid wusste, in Aufruhr gewesen waren. Liebte Harold Tom schon, seit sie noch Jungen gewesen waren, oder hatte er sich erst als Erwachsener immer mehr in ihn verliebt? Hatte Tom eine Ahnung, dass die Gefühle seines Freunds für ihn über Kameradschaft hinausgingen? Esmie hatte den Verdacht, dass es nicht so war. Was empfand sie dabei, dass ihr Ehemann in einen Mann verliebt war? Und auch noch in denselben Mann wie sie!

Esmie wusste nicht, was sie denken sollte. Wie konnte ihre Ehe das hier überleben? Harold sah grau aus, und seine Augen waren glasig vor Schlafmangel. Doch sie verdrängte all die Probleme aus ihren Gedanken und versuchte, sich auf das zu konzentrieren, was Baz ihnen erzählte.

»Also sind Sie absolut davon überzeugt, dass Mrs Lomax noch am Leben ist?«, fragte Esmie hoffnungsvoll.

Baz erwiderte grimmig: »Wenn sie hätten Blut vergießen wollen, dann hätten sie die Memsahib zurückgelassen, damit wir sie finden.«

Der Gedanke an eine ermordete und tot zurückgelassene Lydia ließ Esmie übel werden. Harold deutete ihren Gesichtsausdruck richtig und sagte: »Nur Mut, meine Liebe. Lydia ist für sie lebendig mehr wert als tot. Das ist doch auch Ihre Meinung, nicht wahr, Sergeant?«

»Ja, Sahib«, stimmte er zu. »Wir rechnen mit einer baldigen Lösegeldforderung.«

»Die Unwissenheit ist unerträglich«, meinte Esmie.

»Die Polizei tut ihr Bestes«, rief Harold ihr ins Gedächtnis. »Alles, was wir tun können, ist, um Lydias unbeschadete Rettung zu beten.«

Baz sagte aufmunternd: »Sie dürfen sich keine Sorgen machen, Guthrie Mem. Der Superintendent bringt Captain Lomax aus Kohat hierher. Dann wird mein Vorgesetzter mit dem Brigadier sprechen und einen Plan zur Rettung von Lomax Memsahib ausarbeiten.«

Esmie war beeindruckt, wie viele Leute sich daran beteiligten, Lydia in ihrer Not zu helfen. Binnen kürzester Frist würde es sich in jeder britischen Siedlung zwischen hier und Lahore herumsprechen. Sie hatte Angst vor den Konsequenzen einer Rettung durch ein Großaufgebot.

Als Baz gegangen war, sagte Harold: »Einer von uns sollte hier sein, um Tom zu empfangen. Ich glaube, es ist das Beste, wenn ich ins Krankenhaus gehe – dort kann ich mich nützlicher machen.«

Sie wollte etwas sagen, um das peinliche Schweigen zwischen ihnen zu brechen – irgendwie versichern, dass ihre Ehe nicht am Ende war –, fand aber nicht die richtigen Worte. Seit ihren mitternächtlichen Geständnissen hatten sie kaum ein Wort miteinander gesprochen. Er sah so todunglücklich drein, dass ihr das Herz vor Mitleid schwer wurde. Aber solange Lydia noch in Gefahr war, konnten sie sich mit der Tragweite von Harolds schockierendem Geständnis nicht befassen. Lydia hatte Priorität.

»Ich komme zum Mittagessen zurück«, sagte er. »Oder du kannst nach mir schicken, wenn du mich brauchst.«

Esmie nickte. Nachdem ihr Mann gegangen war, konnte sie sich auf nichts konzentrieren. Da sie spürte, dass auch Sarah und Karo nervös waren, organisierte sie mit den beiden einen Morgenspaziergang mit den Kindern auf dem Maidan der britischen Siedlung, einer offenen Fläche aus gelblichem Gras, die von Bäumen gesäumt war und manchmal für Cricketspiele und Militärparaden genutzt wurde. Der Oktobersonnenschein war warm und der Himmel klar. Gabina genoss es, über den Rasen zu tappen, bückte sich, um einen Zweig aufzuheben, und schenkte ihn Esmie.

Aber der Ausflug war nur eine kurze Ablenkung von der ständigen quälenden Sorge um das, was Lydia gerade zustoßen mochte. Behandelten ihre Entführer sie gut? Hatte sie große Angst und fühlte sich sehr allein? Sehnte sie sich danach, von Dickie oder Tom gerettet zu werden? Beim Gedanken an Tom trat Esmie mit allen den Heimweg an. Sie wollte nicht, dass Tom in ein leeres Haus kam.

Harold kehrte für ein eiliges Mittagessen zurück, aber von Tom war noch nichts zu sehen. Esmie bemerkte, dass Harold einen kleineren Verband um seine verletzte Hand trug. Sie hatte ein schlechtes Gewissen, weil sie nicht daran gedacht hatte, die Wunde selbst neu zu verbinden.

»Kommst du mit dem Operieren so weit zurecht?«, fragte sie.

»Es geht gut, danke«, sagte Harold über seine Schulter, als er zurück an die Arbeit heilte. »Ich spüre jetzt kaum noch etwas von dem Schnitt.«

Am späten Nachmittag hielt ein Polizeiauto vor dem Tor des Bungalows. Tom stieg hinten aus, gefolgt von einem Mann, der eine Polizeiuniform trug.

Esmie leckte sich die trockenen Lippen und ging ihnen entgegen, um sie zu begrüßen. Tom, der dunkle Ringe unter den Augen hatte, sah aus, als hätte er seit zwei Tagen nicht geschlafen.

Sie fassten einander bei den Händen und hielten sich fest.

»Esmie!« Seine Stimme war heiser vor Staub.

Esmie konnte kaum sprechen, weil sie einen Kloß im Hals hatte. »Tom, es tut mir so leid …«

Sie sah seiner Miene den Schmerz an. Er schluckte schwer. »Wir werden sie finden.«

Er ließ ihre Hände los und trat beiseite, um seinem Begleiter Platz zu machen, einem drahtigen Mann mit ordentlich gestutztem Schnurrbart und schiefer Nase, die er sich in einem Kampf oder bei einem sportlichen Wettkampf gebrochen haben musste.

»Das hier ist Mr Rennell, der Superintendent der Polizei.«

Esmie schüttelte ihm die Hand und bat die beiden herein.

Rennell entschuldigte sich. »Brigadier McCabe erwartet mich. Wir haben viel zu besprechen.«

»Natürlich«, sagte Esmie. »Sie halten uns auf dem Laufenden, ja?«

»Wir melden uns sehr bald wieder, Mrs Guthrie«, versprach er.

Sie wies Ali an, Toms Gepäck ins Haus zu tragen und dann Harold holen zu gehen. Während Rennell davonfuhr, führte sie Tom nach drinnen.

»Du wirst Andrew sehen wollen«, sagte sie und merkte, dass es Tom schwerfiel, zu sprechen. Er nickte.

Auf der Veranda hatte Esmie einen Schaukelkorb wie den befestigt, den Tom im Linnet Cottage in Murree gebaut hatte. Andrew lag darin, und Sarah stieß den Korb an. Tom ging sofort hinüber, hob seinen Sohn aus der Schaukel und drückte ihn an sich. Esmie stiegen die Tränen in die Augen, als sie die Freude und Erleichterung in Toms Gesicht sah. Andrew streckte prustend die Zunge heraus, und Tom tat es ihm nach. Er küsste den Jungen auf den Kopf und sah zu Esmie herüber.

»Gott sei Dank hat sie ihn nicht mitgenommen«, murmelte er. »Was um alles in der Welt hat sie sich dabei gedacht, dort draußen allein eine Autofahrt zu unternehmen?«

Esmie spannte sich an. Hatte die Polizei ihren Verdacht nicht weitergegeben, dass Lydia unterwegs gewesen war, um sich mit Dickie zu treffen? Vielleicht hatte man die Vermutung für irrelevant gehalten, sobald man herausgefunden hatte, dass Lydia nicht in Razmak war und es keinen Beweis gab, dass sie dorthin gewollt hatte.

»Das sieht ihr gar nicht ähnlich«, räumte Esmie ein, »oder vielleicht doch eher mehr als ähnlich – eben noch himmelhochjauchzend und dann schon zu Tode betrübt. Ich konnte sie nicht dazu bringen, mir zu sagen, was das Problem war. Es tut mir leid; ich hätte sie besser im Auge behalten sollen.«

Tom, der Andrew immer noch fest an sich gedrückt hielt, schüttelte den Kopf. »In Pindi war sie genauso. Ich hätte sie nie hierherreisen lassen sollen, aber sie hat darauf bestanden, herzufahren. Nicht auszudenken, dass ich Andrew damit in Lebensgefahr hätte bringen können. Was, wenn sie beschlossen hätte, ihn mitzunehmen?«

»Aber das hat sie nicht«, sagte Esmie. Sie warf einen Blick zur *ayah* hinüber, die stets bereitstand, um sich um die Bedürfnisse des Babys zu kümmern. Esmie lächelte sie voller

Zuneigung an. »Ich bezweifle, dass Sarah das zugelassen hätte. Sie beschützt ihn sehr gut.«

Tom nickte dem Kindermädchen zu. »Danke, Sarah.«

»Warum nehme ich dir nicht Andrew ab, während du dich frisch machst?«, schlug Esmie vor. »Du kannst Harolds Zimmer benutzen.«

Er warf ihr einen scharfen Blick zu, und Esmie errötete. Sie verbarg ihre Verlegenheit, indem sie sich beeilte, das Baby zu nehmen und loszugehen, um Erfrischungen zu bestellen. Als Tom damit fertig war, sich zu waschen und umzuziehen, war Harold schon eingetroffen.

Esmie sah zu, wie die Männer einander fest die Hand schüttelten, aber sie bemerkte, dass Harold Tom gegenüber zurückhaltender als sonst war. Während sie Tee tranken, sagte Harold wenig und überließ es Esmie, Toms Fragen zu beantworten. Esmie empfand überwältigendes Mitleid mit ihrem Mann. Er bereute es sicher schon, sich ihr gegenüber sein Geheimnis von der Seele geredet zu haben, denn nun stand es zwischen ihnen wie eine unsichtbare, aber immer breiter werdende Kluft. Es konnte nicht mehr ungesagt werden, und jetzt würde er immer mit der Furcht leben, dass sie Tom erzählen könnte, was er für ihn empfand. Sie wollte Harold versichern, dass sie es nie tun würde, aber das musste einem künftigen Gespräch vorbehalten bleiben. So, wie die Dinge lagen, fiel es ihr auch schwer, Tom gegenüber in Harolds Anwesenheit natürlich zu sein, weil dieser seinerseits wusste, wie tief ihre Gefühle gingen.

Die Ankunft von Sergeant Baz rettete sie aus ihrer Verlegenheit.

»Es tut mir leid, Sie zu stören, Sahib«, sagte er, »aber Superintendent Rennell und Brigadier McCabe wünschen, dass Sie ins Haus des Brigadiers kommen.«

»Jetzt?«, fragte Harold.

»Ja, Sahib.«

Tom sprang auf. »Gibt es Neuigkeiten?«

»Einen Plan, Sahib«, sagte Baz.

Tom wirkte eifrig, als er nach seinem *topee* griff.

Harold wandte sich an Esmie. »Ich begleite Tom. Kommst du hier allein zurecht?«

Baz sagte: »Es tut mir leid, Sahib, aber Guthrie Memsahib soll auch kommen. Der Brigadier hat ausdrücklich darauf bestanden.«

Sie alle tauschten Blicke. Esmie spürte die Nervosität wieder größer werden, als sie nickte und sie Baz zu seinem Auto folgten.

* * *

Man führte sie ins Arbeitszimmer des Brigadiers, wo McCabe und Rennell sie erwarteten. Sie saßen um einen Tisch herum, wo eine Landkarte ausgebreitet war. Ein Diener bot der Runde Gläser mit Sherry oder Whisky an.

»Ich dachte, wir könnten ein Schlückchen gebrauchen«, meinte der Brigadier.

Esmie versuchte, ihre Hand am Zittern zu hindern, als sie nach dem Sherry griff. Tom nahm einen Whisky, aber Harold wies die Getränke zurück. Sie sah den Schweiß auf seiner Stirn und wusste, dass ihr Mann genauso aufgeregt war wie sie.

Der Brigadier übernahm das Kommando bei der Besprechung. Rennell nickte von Zeit zu Zeit zustimmend. In den letzten paar Stunden hatten sie die Information bekommen, dass eine weiße Frau im Gebiet der Otmanzai jenseits der Grenze knapp fünfzig Kilometer nordwestlich von Kanki-Khel gesehen worden war. McCabe zeigte auf der Karte darauf.

»Hier in Gardan. Es ist ein gut befestigter Ort mit dem Grab eines Heiligen.«

Tom schnappte nach Luft. »Ich habe mit einem alten Subadhar von dort gedient – Tor Khan, ein feiner Kerl. Er hat stolz vom Grab eines Sufi-Heiligen erzählt.«

McCabe warf ihm einen erstaunten Blick zu. »Wissen Sie, ob er noch am Leben ist?«

»Leider weiß ich das nicht«, sagte Tom. »Er ist unmittelbar vor dem Krieg in den Ruhestand gegangen, aber er war noch so fit wie ein junger Kerl.«

Rennell sagte eifrig: »Wir müssen sofort Kontakt zu ihm aufnehmen. Ein Paschtune, der loyal zu den Briten gestanden hat, könnte für unsere Sache unschätzbar wertvoll sein. Wir brauchen die Erlaubnis des Gardan-Häuptlings, Mirza Ali, sein Territorium zu betreten, und ein Mann, der einmal bei den Peshawar Rifles gedient hatte, könnte helfen, ihn zur Kooperation zu überreden. Wir senden in Ihrem Namen eine Nachricht an Subadhar Khan.«

»Ich bringe sie ihm selbst«, sagte Tom. »Und ich habe auch Geld für ein Lösegeld mitgebracht.« Esmie fragte sich, ob er es sich geliehen und das Hotel als Sicherheit eingesetzt hatte, da sie wusste, dass er kein privates Einkommen mehr hatte.

McCabe schüttelte den Kopf. »Wir wissen, dass sie die Summe verdoppeln oder verdreifachen werden, wenn Sie sich so einfach bereit erklären, zu bezahlen. Das schafft auch einen Präzedenzfall, der die Entführung anderer Briten begünstigen könnte. Außerdem haben wir bisher noch keine Lösegeldforderung erhalten.«

»Was wollen Sie denn damit sagen?«, fragte Tom. »Dass wir Lydia ihrem Schicksal überlassen? Ich würde jeden Betrag bezahlen, um sie wieder in Sicherheit zu wissen.«

»Das würden Sie bestimmt, Captain Lomax«, sagte McCabe. »Aber wir dürfen der Gesetzlosigkeit dieser Leute keinen Vorschub leisten, indem wir das tun.«

»Was schlagen Sie dann vor?«, fragte Harold. »Sie gewaltsam zu befreien? Würde das ihr Leben nicht in größere Gefahr bringen, als ein Lösegeld zu zahlen?«

»Das würde es«, räumte McCabe ein. »Deshalb planen wir auch keine militärische Intervention. Die Situation in Wasiristan ist sehr instabil und der Frieden dünn wie Papier. Wenn die Armee ein Expeditionskorps in ein unabhängiges Stammesterritorium schicken würde, würde das sofort eine feindselige Reaktion provozieren und die Spannungen in der Grenzregion eskalieren lassen. Die Otmanzai haben Verbindungen zu Stämmen jenseits der Grenze in Afghanistan und würden Mrs Lomax einfach tiefer in die Berge schaffen. Es wäre so gut wie unmöglich, sie von dort zu befreien.«

»Also?«, hakte Tom stirnrunzelnd nach.

McCabe tauschte einen Blick mit Rennell, und der Superintendent nickte.

McCabe fuhr fort: »Ausgehend von dem, was unsere Polizeiquellen melden, vermuten wir, dass die Entführung eine vorschnelle, spontane Aktion von Baram Wali und seinen Schergen war, ohne dass die Mullahs oder andere Otmanzai-Anführer wie Mirza Ali eingeweiht gewesen wären. Wir glauben …«

»Guter Gott!«, rief Tom. »Ist Baram Wali nicht dieses Monster, das seiner Frau die Nase abgehackt hat? Nicht auszudenken, dass Lydia ihm ausgeliefert sein könnte …«

Harold legte seinem Freund die Hand auf die Schulter, um ihn zu beruhigen. »Das wissen wir nicht mit letzter Sicherheit. Lassen wir den Brigadier erst ausreden.«

Tom biss die Zähne zusammen und nickte.

McCabe sprach weiter: »Wir glauben, wenn wir die Mullahs auf unsere Seite ziehen können, dann könnten sie Druck auf die Entführer ausüben, Mrs Lomax freizulassen. Auf die Art bestünde keine Notwendigkeit für ein Lösegeld oder eine gewaltsame Intervention.«

»Wie würden Sie das tun?«, fragte Tom.

»Indem wir an ihr Gewissen appellieren«, sagte McCabe, »und sie daran erinnern, dass es gegen ihr muslimisches Gesetz verstößt, eine Frau zu misshandeln, indem man sie entführt.«

Tom sah skeptisch drein. »Ich verstehe nicht ganz, wie …?«

Rennell erläuterte: »Sergeant Baz sagt, dass es einen sehr einflussreichen Geistlichen gibt, Mullah Zada, der sich um das heilige Grab in Gardan kümmert. Er muss überredet werden, mit den Entführern zu verhandeln.«

»Also planen Sie eine Polizeioperation?«, fragte Harold.

»In gewisser Weise«, sagte McCabe.

»Das heißt?«, erkundigte sich Tom.

Auf ein Nicken des Brigadiers hin erklärte Rennell: »Wir planen einen unauffälligen Vorstoß in die Berge – nur drei oder vier Leute, unterstützt von ortsansässigen Führern. Auf die Art hoffen wir, so wenig Aufmerksamkeit wie möglich zu erregen. Sergeant Baz wird das Kommando führen.« Er hielt inne. »Was wir brauchen, ist eine mutige und tüchtige britische Zivilperson, die sich für Mrs Lomax einsetzen kann. Eine Person, die passabel Paschtu spricht und nicht als Bedrohung wahrgenommen werden wird.«

»Also nicht vom Militär?«, vergewisserte sich Harold.

Rennell nickte.

»Schicken Sie mich«, sagte Tom sofort.

»Sie waren in der Armee«, wandte McCabe ein.

Wieder tauschten McCabe und Rennell einen Blick. Der Superintendent sagte: »Wir glauben auch, dass es von unschätzbarem Wert wäre, wenn die Person, die wir entsenden, medizinische Erfahrung hätte, falls Mrs Lomax eine Behandlung benötigt.«

»Dann gehe ich«, sagte Harold.

Rennell schüttelte den Kopf. »Sie sind zu bekannt als Missionar und als Christ, Dr. Guthrie. Der Rettungstrupp muss aus muslimischen Paschtunen bestehen – mit Ausnahme der Person, an die wir denken.« Er richtete seinen prüfenden Blick auf Esmie.

»Ich?« Verblüfft sah sie ihn mit offenem Mund an.

»Mrs Guthrie, wenn Sie sich in die Hände von Mullah Zada begeben, wäre er von seinem Ehrenkodex dazu gezwungen, Sie zu beschützen, solange Sie sich unter seinem Dach aufhalten.«

»Das ist doch wohl nicht Ihr Ernst?« Harold schnappte nach Luft.

»Kommt nicht infrage!«, rief Tom. »Was soll sie davon abhalten, auch noch Esmie gefangen zu nehmen? Sie haben mir selbst gesagt, dass die Banditen, die Lydia entführt haben, sie mit Esmie verwechselt haben könnten.«

Esmie hob mit klopfendem Herzen die Hand, um sie zum Schweigen zu bringen. »Lasst den Superintendenten alles erklären.«

Sie bemerkte, dass Tom finster dreinsah und sich offensichtlich eine Bemerkung verbiss. Harold war blass und schwitzte. Seine Stirn war in Sorgenfalten gelegt.

Rennell wandte sich direkt an Esmie. »Baz hat mir erzählt, dass Sie und Dr. Guthrie einen jungen Mullah aus dem Stamm der Otmanzai behandelt und einem geistig verwirrten Jungen aus seiner Verwandtschaft geholfen haben?«

Esmie sagte: »Nicht wahnsinnig. Ich glaube, Zakir hat an einem Kriegstrauma gelitten. Ich gehe davon aus, dass er sich bei guter Pflege davon erholt hätte.«

Rennell nickte. »Worauf es ankommt, ist, dass Sie laut meinem Sergeant einen guten Eindruck auf Mullah Mahmud gemacht haben.«

Esmie erwiderte: »Da bin ich mir nicht so sicher. Er war eine sanfte Seele, aber in meiner Gegenwart schüchtern. Ich konnte ihn nicht überreden, sich um Zakir zu kümmern.«

»Aber Sie haben Ihre Besorgnis gezeigt«, beharrte Rennell, »und Baz sagt, dass man den Mullah voller Bewunderung von der *feringhi*-Krankenschwester hat sprechen hören. Das mag der Grund dafür sein, dass er bei seinen Predigten in den Dorfmoscheen die Entführung verurteilt hat.«

Esmie war überrascht darüber. Sie sah kurz zu Harold hinüber, der ihr ein flüchtiges Lächeln schenkte.

Der Polizeichef fuhr fort: »Durch Mullah Mahmud haben wir erfahren, dass Mrs Lomax in Gardan gesichtet worden ist, und er hat sich bereit erklärt, Baz nach Gardan zu begleiten und auf ein Treffen mit Mullah Zada hinzuwirken. Wir glauben, dass der junge Mullah für die Verhandlungen unverzichtbar sein könnte, besonders, wenn er den höherrangigen Geistlichen beeinflussen kann.«

»Das ist viel zu riskant«, meinte Tom nervös.

McCabe antwortete: »Es ist gewiss nicht ohne Risiken. Mrs Guthrie, Sie müssten sich der Möglichkeit stellen, dass man Sie gegen Lydia austauschen oder Sie beide festhalten könnte. Wir können Sie nicht zwingen, es zu tun.« Er sah sie unverwandt an. »Aber ich weiß, dass Sie eine tapfere und widerstandsfähige Frau sind – Sie würden nicht in Taha arbeiten, wenn Sie das nicht wären –, und ich bewundere Sie mittlerweile sehr. Ich glaube, Ihr Eingreifen würde die besten Aussichten bieten, Mrs Lomax zu befreien und lebendig nach Taha zurückzubringen. Jeder britische Mann, der sich ins Stammesgebiet wagen würde, könnte als Provokation betrachtet werden, aber einer Dame, noch dazu einer Krankenschwester, die bekannt dafür ist, Paschtunen behandelt zu haben, würde man mit Respekt begegnen und, wie wir hoffen, Schutz gewähren.«

Angesichts dessen, was er verlangte, wurde Esmie vor Angst übel. Aber der Gedanke daran, dass Lydia vielleicht nicht gerettet werden würde, erfüllte sie mit noch größerer Furcht. Sie fühlte sich verantwortlich. Es war ihre Pflicht zu tun, was sie konnte, um ihrer Freundin zu helfen – und denen, die sie liebten.

Rennell setzte hinzu: »Natürlich müssen Sie Zeit haben, gründlich darüber nachzudenken …«

Esmie schnitt ihm das Wort ab: »Ich tue es. Ich gehe.«

»Esmie! Wir sollten erst darüber sprechen«, rief Harold aus.

Esmie appellierte an ihren Mann: »Je länger wir darüber reden und es aufschieben, etwas zu unternehmen, desto schlimmer wird die Situation für Lydia. Es ist schon drei Tage her, dass sie entführt wurde. Du musst mich gehen lassen.«

Harold sah todunglücklich drein, nickte aber resigniert.

»Ich komme mit«, beharrte Tom. »Sie ist meine Frau, und ich bin für sie verantwortlich.« Er starrte die anderen Männer böse an, als wollte er sie auffordern, ja nicht zu widersprechen. »Ich kenne die Grenzregion gut und spreche Paschtu. Ich kann helfen, Mrs Guthrie und ihre Beamten zu verteidigen. Ich kann mich verkleiden und als Paschtune durchgehen. Das habe ich früher bei den Rifles manchmal getan.«

Der Polizeichef runzelte die Stirn. Esmie wurde klar, dass sie den Atem anhielt und sich mit aller Kraft wünschte, dass Rennell Ja sagen würde.

»Das kann ich nicht gestatten«, sagte Rennell. »Wenn Sie entdeckt werden, würden Sie Mrs Guthrie und meine Männer in noch größere Gefahr bringen – und Sie würden Ihre Frau wahrscheinlich nie wiedersehen.«

Tom wandte sich an McCabe. »Aber ich könnte Kontakt zu Subahdar Khan aufnehmen.«

McCabe war unschlüssig. »Sie können den Rettungstrupp bis zur Grenze begleiten. Wir werden versuchen zu arrangieren, dass dieser Subahdar zu Mrs Guthries Eskorte stößt. Aber ich darf Ihnen nicht erlauben, sich ins Territorium der Otmanzai zu begeben. Sie dürfen den Erfolg der Mission nicht aufs Spiel setzen, Lomax.«

Tom wirkte, als wollte er weiter dagegenhalten, aber dann fing er Esmies Blick auf. Sie schüttelte den Kopf. Tom seufzte und nickte zustimmend.

Esmie versuchte, sich ihr Erschrecken darüber, dass Tom nicht die ganze Strecke bis Gardan mit ihr würde reisen dürfen, nicht anmerken zu lassen, sondern tröstete sich mit dem Gedanken, dass er mindestens bis Kanki-Khel bei ihr sein würde.

»Wann brechen wir auf?«, fragte Esmie.

»So bald wie möglich«, sagte Rennell. »Morgen oder übermorgen, falls Sie Zeit brauchen, um sich vorzubereiten. Die ganze Operation hängt von schnellem Handeln ab, damit die Entführer keine Zeit haben, tiefer in den Bergen zu verschwinden oder noch mutiger zu werden.«

»Bis dahin, Mrs Guthrie«, sagte McCabe, »werden wir eine Miliz aus Paschtunen rekrutieren, die zum Angriff bereit ist, falls das notwendig werden sollte, das versichere ich Ihnen.«

Esmie wusste, was er damit andeutete. Die Armee würde solch eine Streitmacht nur schicken, wenn man auch sie gefangen nahm – oder ihr noch Schlimmeres antat.

»Lassen Sie uns morgen aufbrechen«, sagte Esmie. »Noch länger zu warten, wäre unerträglich.« Sie hielt Rennells Blick stand. »Und wenn er sich dazu bereit erklärt, würde ich gern meinen Assistenten Malik mitnehmen. Er ist ein tüchtiger Pfleger und bewahrt immer einen kühlen Kopf.«

Rennell nickte. »Ich werde Sergeant Baz davon in Kenntnis setzen.«

»Bravo, Mrs Guthrie«, sagte McCabe mit erleichterter Miene.

* * *

Während Harold ins Krankenhaus ging, um eine Satteltasche voller Medizin und Verbandszeug zum Mitnehmen für Esmie zu holen, half Karo ihr, eine kleine Tasche mit Kleidung und Bettzeug zu packen. Sergeant Baz hatte vorgeschlagen, dass sie paschtunische Sachen anziehen sollte, um weniger Aufmerksamkeit zu erregen. Karo redete über die Verwandten ihres Mannes. Sie wusste von Mullah Zada. Der Geistliche hielt nichts von den Briten, aber Karo glaubte, dass er erzürnt über Baram Wali sein mochte, weil dieser leichtsinnig gehandelt und eine Memsahib entführt hatte. Das brachte ihn in eine heikle Lage.

»Er wird den anderen Otmanzai gegenüber nicht schwach wirken wollen, indem er sich den Forderungen der *feringhi* beugt«, sagte Karo, »aber er möchte bestimmt auch nicht die britischen Behörden unnötig provozieren. Kein Wasir, der mitangesehen hat, wie die Stahlvögel Feuer vom Himmel geworfen haben, wird das je vergessen.«

Esmie, die wusste, wie schreckensstarr Karo beim Bombardement durch die Royal Air Force gewesen war, umarmte sie. »Ich weiß. Aber hier bist du sicher – und Gabina ist es auch.«

Karo sah bekümmert drein. »Mein Herz ist schwer«, sagte sie. »Wenn ich nicht hiergeblieben wäre, dann wäre Lomax Mem vielleicht in Sicherheit, und Sie würden Ihr Leben nicht in Gefahr bringen.« Ihre dunklen, mandelförmigen Augen füllten sich mit Tränen.

»Nichts davon ist deine Schuld. Es sind die Taten böser Männer«, widersprach Esmie entschieden.

Daraufhin geriet Karo in Aufregung. »Sie müssen sich vor Mirza Ali hüten, dem Häuptling meines Mannes. Vertrauen Sie ihm nicht. Er wird tun, wovon er annimmt, dass es ihm einen

Vorteil verschafft, selbst wenn es das Falsche ist. Sie dürfen nur mit Mullah Zada reden, der ein Mann von Ehre ist.«

Esmie versuchte, die Furcht zu unterdrückten, die die Worte ihrer Dienerin in ihr weckten. »Ich werde vorsichtig sein. Und ich will, dass du stark bleibst und dich für mich um Dr. Guthrie kümmerst. Versprichst du mir das?«

Karo nickte. »Und ich werde für Ihre unbeschadete Rückkehr zu Allah beten.«

* * *

Tom hielt sich nicht lange im Bungalow auf, sondern ging mit Alec nach einem frühen Abendessen, sodass Esmie und Harold allein sein konnten. Harold war bedrückt gewesen, seit sie von dem Treffen im Haus des Brigadiers zurückgekehrt waren, aber sobald ihre Freunde gegangen waren, geriet er in Aufregung.

»Ich sollte mit dir kommen«, sagte er unglücklich.

»Ich weiß, dass du es willst«, sagte Esmie, »aber wir müssen uns alle mit dem abfinden, was die Polizei uns rät.«

»Ich werde mir die ganze Zeit, die du fort bist, Sorgen um dich machen«, sagte er. »Das weißt du doch, oder?«

»Ja, natürlich.« Sie schenkte ihm ein trauriges Lächeln.

Seine haselnussbraunen Augen waren glasig vor Tränen. »Esmie, widere ich dich an? Nach dem, was ich dir letzte Nacht erzählt habe …«

Sie war bestürzt. »Nein, Harold; das darfst du nicht denken!«

»Aber ich habe dich unglücklich gemacht – dich überlistet, mich zu heiraten. Ich dachte, verheiratet zu sein, würde mir vielleicht helfen, über meine … meine Gefühle hinwegzukommen.«

Esmie legte eine Hand auf seinen Arm. »Du hast mich zu nichts überlistet. Ich wollte nach Taha kommen und hier an deiner Seite arbeiten. Das hat sich nicht geändert.« Sie drückte seinen Arm. »Harold, ich weiß nicht, was langfristig geschehen wird – das weiß keiner von uns beiden –, und Lydias Befreiung ist alles, woran ich im Moment denken kann. Falls …« Sie unterbrach sich selbst. »Sobald ich zurückkomme, können wir über die Zukunft reden.«

Er nickte zustimmend, aber sie sah, wie aufgewühlt er war. Sanft bat sie: »Lässt du mich heute Nacht im Bett neben dir liegen? Mehr als das verlange ich nicht. Ich will dich nur neben mir spüren, Harold. Das spendet mir Trost.«

Ihm gingen die Augen über. »Ja«, sagte er mit heiserer Stimme, »das möchte ich auch.«

In der Nacht lagen sie gemeinsam auf Harolds Bett, eine Decke über sie gebreitet, und Esmie kuschelte sich unter seinem Arm an ihn.

Sie hatte große Angst vor dem, was vor ihr lag. Ihr Herz pochte dumpf und nervös. Aber sie zog Kraft aus Harolds warmem Körper.

»Liest du mir vor?«, fragte sie.

Er brummte amüsiert. »*Die Schwärmer*?«

»Ja, bitte.« Sie lächelte, als er in seine Nachttischschublade griff. Es war der Roman, auf den sie seit der ersten Nacht ihrer Ehe schon mehrfach zurückgegriffen hatten.

Harold begann mit seiner tiefen, sonoren Stimme zu lesen. Esmie ließ den Kopf auf seiner Brust ruhen. Ihr rasender Puls verlangsamte sich, und Ruhe beschwichtigte ihren nervösen Verstand. Ihre Augenlider wurden schwer. Sie würde die Vorlesestimme ihres Mannes immer lieben. Das war der letzte Gedanke, der ihr kam, bevor sie vom Schlaf übermannt wurde.

Kapitel 36

Kanki-Khel

Esmie und Tom sprachen auf der Fahrt nach Kanki-Khel wenig miteinander, weil sie sich damit abwechselten, vorn im Laster neben Sergeant Baz und seinem Fahrer Hasan oder hinten bei Malik und einem weiteren Wächter zu sitzen. Hinten im Lastwagen zu schwanken und sich an einer harten Holzbank festzuklammern, machte Esmie reisekrank – oder zumindest war das ihr Vorwand, um auf Distanz zu Tom zu bleiben –, und so verbrachte sie einen Großteil der Zeit vorn, starrte reglos aus dem Fahrzeug und versuchte, ruhig zu bleiben.

Die Reise war eine schmerzliche Erinnerung an ihre Fahrt im Vorjahr mit Harold, als sie voller Aufregung und Vorfreude auf die Arbeit, die vor ihr lag, aufgebrochen war. Jetzt hatte sie Angst vor dem, was kommen würde. In was für einem Zustand würde Lydia sein? Was, wenn sie sie nicht finden konnten? Was, wenn die rachsüchtigen Otmanzai auch sie in ihre Gewalt brachten und gar nicht vorhatten, sich auf eine Abmachung mit den Briten einzulassen? Vielleicht würde sie es nie zurück nach Taha schaffen.

Dann sah sie das stoische Gesicht des paschtunischen Polizeibeamten an und fühlte sich ermutigt. Baz war ein tapferer und weiser Mann, der bereit war, sein eigenes Leben für sie alle zu riskieren. Aber er musste auch glauben, dass sie eine Erfolgschance hatten, sonst hätte er solch eine riskante Aufgabe nicht übernommen. Neben ihm zu sitzen, beruhigte Esmie. Sie empfand eine neue Zielstrebigkeit und daneben noch etwas, das sie an die Zeiten erinnerte, in denen sie in gefährlichen Situationen im Krieg als Krankenschwester gearbeitet hatte: eine Aufwallung von Mut.

Nach einer langen, ermüdenden Fahrt, bei der Esmie das Gefühl hatte, dass ihr jeder Knochen im Leib durchgeschüttelt und -gerüttelt wurde, trafen sie in Kanki-Khel ein und stiegen im Polizeivorposten aus. Esmie war flau im Magen, und sie fragte sich, ob es zum Teil daran lag, dass sie wieder zurück an dem Ort war, an dem sie und Harold für einige kurze intensive, aber auch glückliche Wochen gelebt hatten, bevor sie hatten fliehen müssen. In der Rückschau sah Esmie, dass das Verhältnis zwischen ihnen nach Kanki-Khel nie mehr dasselbe gewesen war; Verlegenheit hatte sich in ihrer Ehe eingeschlichen, und Harold war distanzierter geworden.

Damals hatte sie geglaubt, Harold sei enttäuscht von ihr, weil sie wegen Zakir Ärger gemacht hatte und anders als er nicht von ganzem Herzen hinter den Zielen der Mission stand. Aber jetzt wusste sie, wie sehr er mit der körperlichen Seite ihrer Ehe gerungen haben musste – wie er versucht haben musste, sich zu zwingen, Esmie auf die Art zu lieben, wie sie es wollte, dabei aber den ganzen Geschlechtsakt abstoßend gefunden hatte. Während sie sich danach gesehnt hatte, dass es Zeit wurde, zu Bett zu gehen, und geglaubt hatte, ihre Intimität sei ein Anzeichen, dass ihre Beziehung enger wurde, musste Harold sich davor gefürchtet haben. Für ihn hatte die Nacht gewiss nur Leid gebracht – und die Erkenntnis, dass er seine Frau nie würde lieben können. Kein Wunder, dass er in Taha so schnell voller Erleichterung wieder dazu übergegangen war, in getrennten Zimmern zu schlafen.

Esmie dachte an ihren Abschied von Harold an diesem Morgen zurück, und ihre Augen brannten vor Tränen. Sie hatten wenig gesagt. Ihre Worte und Versicherungen hatten sich auf Banalitäten beschränkt.

»Pass gut auf dich auf, meine Liebste!«, hatte Harold gesagt und seine Hände leicht auf ihren Schultern ruhen lassen.

»Natürlich«, hatte Esmie erwidert. »Mir passiert schon nichts. In ein paar Tagen bin ich zurück, da bin ich mir sicher.«

»Ich habe mit den Medikamenten auch etwas Schokolade und ein paar Kekse eingepackt – ich weiß doch, dass du und Lydia gern Süßes mögt.«

»Danke, Harold. Was für eine nette Aufmerksamkeit.«

Seine Augen waren glasig vor Ergriffenheit gewesen, aber sie hatte nicht trödeln oder ihren Abschied in die Länge ziehen wollen, und so hatte sie ihn nur auf die Wange geküsst und war schnell zu dem wartenden Laster gegangen.

Jetzt führte man sie in dasselbe kleine Zimmer mit dem großen *charpoy*, das sie sich vor fast einem Jahr mit Harold geteilt hatte. Sie warf ihr zusammengerolltes Bettzeug darauf und ging hinaus in den von Bogengängen umgebenen Hof, weil sie sich nicht lange in dem halbdunklen Innenraum aufhalten wollte.

Tom wartete schon. Er schenkte ihr ein nervöses Lächeln. »Geht es dir gut, Esmie?«

Sie nickte. »Ich bin nur von der Fahrt ein bisschen reisekrank.«

»Bekommst du etwas Dhal mit *chapattis* hinunter? Es riecht gut.«

Esmie schüttelte den Kopf und verzog das Gesicht. »Jetzt noch nicht. Aber Tee wäre schön.«

An dem Abend bestand Esmie darauf, dass sie zusammen mit Malik und ihrer Polizeieskorte aßen. Sie saßen alle im selben Boot, und es kam ihr absurd vor, zu solch einem Zeitpunkt die starren gesellschaftlichen Spielregeln aus der britischen Siedlung beizubehalten. Sie saßen auf Polstern unter den Arkaden des Hofs, und Esmie zwang sich, eine kleine Portion des einfachen Mahls aus Kartoffeln mit Curry, Dhal und *chapattis* zu essen. Dann lehnten die Männer sich zurück, rauchten und tranken noch mehr Tee.

Baz ging den Plan noch einmal durch. »Ich habe Mullah Mahmud eine Nachricht geschickt und ihn gebeten, uns hier zu treffen. Ich hoffe, er bringt Subahdar Khan mit – ich habe ihn danach gefragt. Mit unserem nächsten Spielzug müssen wir warten, bis sie hergekommen sind. Es ist zu riskant, einfach in Mullah Zadas Haus in Gardan aufzutauchen. Und wir brauchen die Zusicherung freien Geleits von Mirza Ali, bevor wir aufbrechen.«

In Esmie regte sich Unbehagen, als der Name des Otmanzai-Häuptlings fiel. Karo hatte ihr geraten, ihm nicht zu vertrauen.

»Und Sie glauben, dass Gardan der Ort ist, an dem Lydia festgehalten wird?«, fragte Tom nicht zum ersten Mal.

»Höchstwahrscheinlich, Sahib«, sagte Baz. »Aber wie ich schon sagte, können wir uns nicht sicher sein«

»Können Sie nicht erst herausfinden, wo sie ist?«, fragte Tom. »Statt einfach so ins Blaue hinein aufzubrechen. Wir wollen Mrs Guthrie doch keinem größeren Risiko aussetzen als ohnehin schon notwendig.«

»Sahib, Mullah Zada wird sich um alle Lösegeldforderungen oder Verhandlungen kümmern, also müssen wir zu ihm vordringen. Die Mithilfe des Geistlichen zu erlangen, ist von höchster Bedeutung.«

Da sie sah, dass Tom in Aufregung geriet, beschloss Esmie, ihre Zweifel daran, Mirza Ali zu vertrauen, nicht laut auszusprechen. Stattdessen sagte sie: »Ich bin mir sicher, dass Sergeant Baz diesbezüglich recht hat. Wir müssen uns einfach gedulden.«

Tom seufzte. »Tut mir leid, natürlich hast du recht. Ich bin nur nicht gut darin, herumzusitzen und zu warten.«

Esmie entschuldigte sich und ging früh zu Bett. Sie wusste, dass sie nicht schlafen würde, aber sie fand es sogar noch schwieriger, in Toms Nähe zu sein und sich normal verhalten zu müssen. Sie konnte nicht so recht einschätzen, was er dachte, aber sie wusste, dass er sich große Sorgen um Lydia machte und alles tun würde, um sie unversehrt zurückzubekommen. Sie fühlten sich beide schuldig, weil sie Lydias immer unberechenbarer werdenden Launen nicht ernster genommen hatten.

Sie kroch unter ihr Bettzeug, lag da und lauschte dem Gemurmel der Männerstimmen im Hof. Am Ende verstummten sie. Esmie stellte sich vor, wie Tom sich nur wenige Meter von ihr entfernt unter der Arkade hinlegte, wo er sein Lager aufgeschlagen hatte. War er schlaflos wie sie? Dachte er an Lydia und Andrew? An diesem Morgen war er früh in den Bungalow gekommen, um seinen Sohn zu besuchen. Esmie waren die Tränen gekommen, als sie beobachtet hatte, wie Tom Andrew fest in den Armen gehalten und ihm zugeflüstert hatte: »Ich bringe deine Mutter zurück, versprochen.« Dann hatte er das Baby zum Abschied geküsst und an Sarah weitergereicht. Vielleicht hatte er sich in dem Moment geschworen, seine Ehe mit Lydia um seines Sohnes willen zu retten, und war deshalb umso entschlossener, seine Frau zu finden.

* * *

Am nächsten Tag fand Esmie das Warten fast so unerträglich, wie Tom es offensichtlich tat. Es kam keine Nachricht von Mullah Mahmud, und es drangen auch keine weiteren Neuigkeiten über Lydias Aufenthaltsort zu ihnen vor.

Nachmittags erlaubte Baz ihnen, einen Spaziergang außerhalb des Forts zu unternehmen, solange Malik zu ihrem Schutz mitkam. Er riet ihnen, nicht zu weit zu gehen oder zu viel Aufmerksamkeit zu erregen. Esmie und Tom machten einen Bogen um das Dorf und schlenderten am Flussufer entlang. Die Pappeln wurden schon golden, und die Luft war im Vergleich zu Taha kalt. Ein Bauer ritt auf einem Maultier vorbei, und zwei Kinder mit schmutzigen Gesichtern, ein Mädchen und ein Junge, kamen zu ihnen und bettelten um Streichhölzer. Das Mädchen trug ein gewickeltes Baby auf dem Rücken. Tom fischte eine Streichholzschachtel aus der Tasche und reichte sie dem Jungen. Die Kinder strahlten und eilten davon. Tom sah ihnen mit betrübter Miene nach.

»Sollen wir uns eine Weile hinsetzen?«, schlug Esmie vor, weil sie noch nicht ins Fort zurückkehren wollte.

Tom zögerte, als wäre Bewegung das Einzige, was seine fieberhaften Gedanken zur Ruhe bringen konnte. Er nickte. Sie setzten sich auf recht flache Steine, von denen Esmie annahm, dass sie von den *dhobis* genutzt wurden, um Wäsche sauber zu reiben. Malik stand diskret ein paar Schritte entfernt und hielt Wache.

Tom zündete sich eine Zigarette an. Esmie sah zu, wie die Rauchspirale in die stille Luft aufstieg. Er musterte sie.

»Bevor wir aufgebrochen sind, ist Alec Bannerman herausgerutscht, dass Lydia eine seiner Karten und sein Auto genommen hat – und dass sie ihn über die Straße nach Razmak und zur Grenze ausgefragt hatte.«

Ein Ruck ging durch Esmies Herz, aber sie sagte nichts.

»Glaubst du, dass sie dorthin wollte?«, hakte er nach.

»Sie hat nicht vernünftig überlegt«, sagte Esmie.

»Oder sie hat an Dickie Mason gedacht«, sagte Tom mit trostlosem Gesichtsausdruck. »Warum habe ich nur den Eindruck, dass alle schon die ganze Zeit versuchen, mich darüber im Dunkeln zu lassen, wohin Lydia wollte? Habe ich kein Recht, das zu erfahren?«

Esmie wich seinem Blick aus. »Wir wissen nicht, wohin sie wollte – nur dass sie entführt worden ist. Es ist an Lydia, deine Fragen zu beantworten, wenn wir sie finden.«

Tom nickte. »Ja, du hast recht. Es geht mir nur ständig im Kopf herum, weil ich versuche, dahinterzukommen, was passiert ist.«

Mit angespannter Miene rauchte er weiter. Esmie betrachtete das auf dem ruhigen Fluss funkelnde Sonnenlicht und hatte ein schlechtes Gewissen, weil sie nicht offen mit Tom sprach. Aber welchen Zweck hätte es gehabt, seinen Verdacht gegen Dickie zu nähren, wenn sie sich doch darauf konzentrieren mussten, Lydias Freilassung zu erwirken?

»Die Frage, die ich dir jetzt stelle, musst du nicht beantworten«, sagte Tom, »aber wie steht es zwischen dir und Harold?«

Esmie spürte, dass ein Schauer sie durchlief. »Warum fragst du?«

»Ihr wirktet beide … nicht wie ihr selbst.«

»Die letzten paar Wochen waren belastend«, sagte Esmie.

»Das kann ich gut verstehen. Lydias Besuch ist zu einem Albtraum für euch beide geworden. Aber das ist es nicht, was ich meine.« Mit zusammengekniffenen Augen musterte er sie durch den Zigarettenrauch. »Ich sehe doch, dass ihr im Bungalow wie Bruder und Schwester lebt.«

Esmies Wangen brannten. »Harold will nicht, dass wir Kinder bekommen.«

Die nüchternen Worte hingen zwischen ihnen in der Luft. Sie laut auszusprechen, machte die unglückliche Situation real, die Entscheidung endgültig. Bei dem Gedanken, dass sie nie

Mutter werden würde, brach eine Welle der Verzweiflung über Esmie herein.

Schnell drückte Tom seine Zigarette aus und zückte ein Taschentuch. Erst als er ihr es reichte, wurde Esmie klar, dass sie weinte.

»Das tut mir leid«, sagte er. Sein Blick war zärtlich. »Ich weiß, wie sehr du Kinder liebst. Ich kann mir nicht vorstellen, warum Harold so empfindet.«

Esmie wischte sich die Tränen ab. Tom hatte offensichtlich nicht erraten, dass sein Freund homosexuell war. Sie wollte ihren Mann beschützen. Besser, Tom glaubte, dass Harold keine Familie wollte, als dass sie zugeben musste, dass er sich körperlich nicht überwinden konnte, mit ihr zu schlafen.

»Die Mission ist sein Leben«, sagte sie. »Er würde sich zu große Sorgen machen, wenn wir hier eine Familie hätten. Ich habe mich damit abgefunden.«

Sie wollte ihm gerade das Taschentuch zurückreichen, als ihr etwas ins Auge stach: Die Initialen E.McB. waren in eine Ecke gestickt. Sie sah das Taschentuch verwirrt an. Es war eines ihrer alten aus der Zeit, bevor sie geheiratet hatte. Esmie sah Tom an. »Woher …?«

Sein Kinn war rot angelaufen. Er erwiderte ihren Blick innig.

»Du hast es auf dem Kirchhof von St Ebba's fallen lassen. Ich habe es aufgehoben und wollte es dir eigentlich zurückgeben, aber …«

Esmies Herzschlag beschleunigte sich. »Aber was?«

Sein Gesichtsausdruck war fast grimmig. »Ich habe es behalten, um etwas zu haben, das mich an dich erinnert. Wo ich auch war, ich habe es bei mir getragen, um mich dir nahe zu fühlen, Esmie.«

Sie starrte ihn an. »Das hättest du nicht tun sollen.«

»Ich weiß, ich hätte es nicht tun sollen.« Tom nahm ihre Hand und hielt sie fest. »Aber ich glaube, schon damals wusste ich in meinem tiefsten Innern, dass ich dich liebe.«

»Tom, nicht …«

»Lass mich ausreden«, unterbrach er sie. »Wir haben beide unsere Wahl getroffen, wer unser Partner im Leben sein soll, und daran können wir nichts ändern. Ich würde nie etwas tun, um meinen Freund Guthrie zu hintergehen. Aber du bist in dieser gefährlichen Situation, und ich könnte nie mehr Gelegenheit haben, dir das hier zu sagen, wenn ich es jetzt nicht tue.« Er fuhr mit dem Daumen über ihren Handrücken. »Esmie, ich will, dass du weißt, wie sehr ich dich liebe und bewundere. Ich habe nie eine Frau mit mehr Schönheit und Mut gekannt – nicht einmal meine erste Frau Mary ist mir jetzt noch lieber. Es erfüllt mich mit Kummer, dass du mit einem Mann verheiratet bist, der dich nicht auf die Art liebt, wie du es verdient hast – aber zugleich bin ich voller Bewunderung, dass du alles, was du hast, aufs Spiel setzt, um deine Freundin zu retten.«

Der zärtliche Blick, den er ihr schenkte, ließ Esmies Herz schmerzen. Ihr stiegen schon wieder Tränen in die Augen.

Tom sprach weiter. »Ich wünschte, ich könnte die Zeit zurückdrehen und dorthin zurückkehren, wo wir an der Mauer der Kirche St Ebba's gesessen haben. Wenn ich es könnte, würde ich dich bitten, mich zu heiraten.«

Esmie unterdrückte ein Schluchzen. Sie hielt seinem leidenschaftlichen Blick stand. Dieser Moment, so flüchtig er auch sein mochte, gehörte ihnen allein. Vielleicht war das die einzige Chance, die sie je bekommen würde, Tom ihrerseits die Wahrheit über ihre Gefühle zu sagen. Sie hatte Angst vor dem, was kommen würde. Doch als sie hier unter den herbstlichen Bäumen neben dem Mann saß, der ihr von allen auf der Welt am liebsten war, fühlte sie sich tapfer. Der Gedanke an seine

Liebe zu ihr würde sie während der Prüfung, die ihr bevorstand, stärken und stützen. Was danach geschah – wenn sie alle überlebten –, würde sie einfach hinnehmen müssen.

Sie drückte ihrerseits Toms Hand. »Und ich hätte Ja gesagt, Tom. Ich kann nicht leugnen, dass ich dich auch liebe. Von ganzem Herzen. Ich habe lange Zeit versucht, mir einzureden, dass ich es nicht tue, aber das war, als würde man versuchen, sich gegen die Flut zu stemmen, die unmöglich zu überwinden ist. Ich habe Harold geheiratet, um etwas Sinnvolles mit meinem Leben anzufangen und als Krankenschwester nach Indien zu kommen, wo großer Bedarf an Frauen in medizinischen Berufen besteht. Aber ich habe nur Ja zu ihm gesagt, weil ich den Mann nicht haben konnte, den ich wirklich liebte. Deshalb habe ich mich mit der platonischen Ehe abgefunden, die ich führe. Ich will dein Mitleid nicht, Tom. Die Kinder anderer Leute bereichern mein Leben – auch der kleine Andrew. Das ist das Leben, für das ich mich entschieden habe. Wenn wir von hier weggehen, dürfen wir deshalb nie wieder davon sprechen oder uns unsere Gefühle füreinander anmerken lassen. Es ist mir genug zu wissen, dass ich von dir geliebt werde, Tom. Aber du musst auch an Andrews Glück denken, und er braucht seine Mutter. Damit finde ich mich ebenfalls ab.«

Toms Gesicht war vor Traurigkeit verzerrt. Sie sah, dass er darum rang, zu sprechen, und doch den Kiefer gegen die Worte zusammenpresste, die er äußern wollte. Es war auch das Beste, dass er sie unausgesprochen ließ. Stattdessen hob er ihre Hand, drückte sie an seine Lippen und küsste sie fest und voll süßer Verzweiflung. Esmie zitterte vor Ergriffenheit. Lange Zeit hielt er einfach ihre Hand und sah sie aus seinen schönen blauen Augen an. Sie wollte, dass der Moment ewig dauerte und sie ihn nie loslassen musste. Aber sie zwang sich, es zu tun.

»Behalt das hier«, sagte sie leise und drückte ihm das Taschentuch in die Hand.

Er schenkte ihr ein bekümmertes Lächeln und einen sehnsüchtigen Blick, bevor er das Taschentuch wieder in seine Innentasche steckte. Dann half er ihr auf die Beine.

Mit gebrochenem Herzen ging Esmie zurück zum Polizeivorposten voran.

Kapitel 37

Unmittelbar vor Einbruch der Dunkelheit erschienen fünf Reiter vor den Toren des Forts. Mullah Mahmud war von jenseits der Grenze gekommen und hatte nicht nur Subahdar Tor Khan aus Gardan, sondern auch drei weitere Otmanzai mitgebracht.

Tom und sein alter Kamerad schüttelten einander zur Begrüßung herzlich die Hände. Esmie war gerührt, als der alte, weißbärtige Soldat auch ihr die Hand hinstreckte und sie auf Englisch ansprach.

»Guthrie Memsahib, Sie sind eine tapfere Dame, und es ist mir eine Ehre, Sie kennenzulernen.«

»Danke«, erwiderte Esmie. »Und es ist sehr freundlich von Ihnen, Ihre Hilfe anzubieten, Subahdar.«

Mullah Mahmud war zurückhaltender. Es machte ihn offensichtlich verlegen, dass Esmie zur Runde gehörte, als sie sich zusammen zum Essen setzten. Aber Esmie wollte sich nicht schneller als unbedingt nötig von Tom trennen. Misstrauisch gegenüber den Otmanzai-Wachen mit ihren zottigen Bärten und dunklen Kleidern setzte sie sich dicht neben Tom und lauschte, während die Männer sprachen. Vor Nervosität konnte sie ihr Essen kaum hinunterschlucken. Der Subahdar erklärte, dass sie noch immer nicht genau wussten, wo Lydia war.

»Aber ich glaube, sie ist am Leben. Einer meiner Diener ist sicher, dass er vor zwei Tagen eine weiße Frau gesehen hat, wie sie unmittelbar vor Anbruch der Morgendämmerung das Gehöft von Baram Walis Bruder verlassen hat.«

»Also könnte meine Frau jetzt schon weit von Gardan entfernt sein?«, fragte Tom erschrocken.

»Es ist möglich«, räumte der alte Mann ein, »aber unwahrscheinlich. Die Bande bräuchte Zeit, um ein neues Versteck zu arrangieren – zum Beispiel, indem sie Verwandte in Afghanistan um den Gefallen bittet.«

»Und Sie glauben, dass Baram Wali dahintersteckt?«

Mullah Mahmud ergriff das Wort. »Ich glaube, dass er es ist. Mir gegenüber will er es nicht zugeben, aber man hat ihn damit prahlen hören, dass er sich fette Beute aus Taha gesichert hat.«

Es drehte Esmie den Magen um, zu hören, dass Lydia so bezeichnet wurde.

Der Subahdar nickte zustimmend. »Er und seine Verwandten sind bekannt für ihre Rohheit. Sie kämpfen und stehlen völlig enthemmt. Ich würde dem nur zu gern endlich ein Ende bereiten!«

Tom umfasste seine Schulter. »Mein Freund, im Herzen sind Sie noch immer ein Mann von den Rifles.«

Esmie fragte: »Warum haben sie denn noch keine Geldforderungen gestellt?«

Tor Khan strich über seinen langen weißen Bart. In seinen grauen Augen lag ein gütiger Ausdruck. »Es könnte ein gutes Zeichen sein, dass sie es nicht getan haben. Vielleicht hatten sie nie einen klaren Plan und wissen nicht, was sie als Nächstes tun sollen.«

Esmie wollte nicht gern aussprechen, dass eine kriminelle Bande, die sich uneins war, für Lydia eine größere Bedrohung sein mochte als eine, die sich einigen konnte. Sie fragte sich, wie viel die Otmanzai-Krieger von dem Gespräch verstanden, das in einer Mischung aus Englisch und Paschtu geführt wurde. Einer der Männer war der Diener des Subahdar, aber die anderen beiden waren von Mirza Ali geschickt worden, um auf den Mullah aufzupassen. Diese beiden sagten wenig, aber ihr Blick war wachsam. Was, wenn einer von ihnen mit Baram Wali verwandt war und jetzt schon Pläne schmiedete, wie er auch Esmie gefangen nehmen konnte?

Sie einigten sich, dass sie am Morgen sofort aufbrechen würden. Gardan lag einen vollen Tagesritt über zwei Pässe entfernt.

»Mirza Ali schickt eine größere bewaffnete Eskorte, um uns an der Grenze abzuholen«, sagte der Mullah.

Esmie sah die Besorgnis in Toms Miene. »Ich dachte, es sollte eine kleine, unauffällige Gruppe sein. Hat diese Eskorte Mullah Zadas Segen?«

Der junge Mullah zögerte und sagte dann mit einem Schulterzucken: »Ohne sie können wir nicht sicher durch Mirza Alis Gebiet reisen.«

Nach einem Augenblick legte Tor Khan eine Hand auf Toms Arm. »Helfen Sie mir auf, Sahib. Meine Beine sind steif geworden, und ich wäre dankbar, wenn Sie mich zu meiner Schlafmatte führen würden.«

Esmie sah die beiden alten Kameraden einen verständnisinnigen Blick tauschen. Mit den Beinen des Subahdar war alles in Ordnung; er wollte unter vier Augen mit seinem ehemaligen Offizier sprechen.

* * *

Esmie lag lange wach. Sie wälzte sich rastlos auf ihrem *charpoy* und fiel am Ende in einen unruhigen Schlaf. In der Morgendämmerung wurde sie von Malik geweckt, der ihr mit einem aufmunternden Nicken ein Glas Tee brachte. Benommen trank sie den gesüßten Tee und lauschte, als die Männer draußen im Hof ihre Gebete sprachen. Dann stand Esmie auf, zog die weite Hose, das lange Hemdkleid und die dicke Wolljacke an, die Karo für sie eingepackt hatte, und band sich einen Schal um den Kopf. Da sie in der Kälte zitterte, war sie auch dankbar für ihre robusten Reitstiefel.

Als sie aus ihrem Zimmer trat, schnappte sie schockiert nach Luft, als im Halbdunkel ein Paschtune vor ihr aufragte.

»Ich bin es!«, sagte der Mann schnell.

»Tom? Ich habe dich kaum erkannt.«

Er sah kriegerisch aus, mit *shalwar kameez*, Schaffellweste, Turban und einem Gürtel, der vor Patronen starrte. Sie hörte die Erheiterung in seiner Stimme, als er antwortete: »Du siehst in deiner Garderobe auch nicht gerade wie eine der *sahib-log* aus.«

Sie konnte ein Lächeln nicht unterdrücken. »Nein, vermutlich nicht.«

Er führte sie zurück in den Schatten und senkte die Stimme. »Ich komme mit euch über die Grenze.«

»Aber das darfst du nicht. Rennell und McCabe haben gesagt …«

»Sie kennen die Situation vor Ort nicht«, unterbrach Tom sie. »Ich vertraue nicht darauf, dass Mirza Ali es nicht ausnutzen wird, wenn noch eine *feringhi*-Frau in sein Herrschaftsgebiet kommt. Tor Khan hat mich zu seinem Gefolgsmann ernannt und wird für mich bürgen, wenn jemand einen Verdacht gegen mich haben sollte. Mullah Mahmud hat nichts dagegen einzuwenden, dass ich mitkomme – er hat gesagt, er würde das Gleiche tun, wenn seine Frau in Gefahr wäre.«

»Was sagt Sergeant Baz dazu?«

»Er ist einverstanden«, antwortete Tom. »Das spricht er zwar nicht aus, aber ich glaube, er verachtet seine Vorgesetzten dafür, dass sie eine britische Frau ohne jeden Schutz durch ihresgleichen in ein Stammesgebiet schicken.« Tom berührte ihre Schulter. »Und das tue ich auch.«

Esmie lebte auf. »Ich kann nicht so tun, als wäre ich nicht dankbar. Aber du darfst keine unnötigen Risiken eingehen, Tom. Versprichst du mir das?«

Tom bedachte sie mit einem ironischen Blick. »Nicht mehr Risiken als du, Esmie.«

* * *

Sie ritten auf Ponys zur Grenze: Esmie, Tom, Baz, Malik, Mullah Mahmud, der Subahdar und die drei Wachen. Sowohl Baz als auch Malik hatten ebenfalls die einheimische Tracht angelegt. Es gab keine Uniformen oder *topees*, die zur Zielscheibe für Scharfschützen werden konnten. Esmies Herz hämmerte so heftig wie die Hufe ihres Ponys – einer kräftigen, fuchsroten Stute aus den Polizeiställen –, als die Bergpfade immer schmaler und steiler wurden. Oben auf der Passhöhe markierte ein einsamer Meilenstein die Grenze, die von einem befestigten Polizeiposten überwacht wurde. Jenseits davon wartete ein Dutzend weiterer Otmanzai-Stammesangehöriger auf sie.

Esmie warf einen letzten Blick auf das ferne Kanki-Khel und fragte sich, ob sie je nach Britisch-Indien und zu Harold zurückkehren würde. Als sie sich wieder umdrehte, fing sie Toms steten, aufmunternden Blick auf. Sie versuchte, ihm wortlos mitzuteilen, wie froh sie war, ihn dabeizuhaben. Dann trieb sie ihr Pony an und ritt ihrer Eskorte nach ins Land der Otmanzai hinab.

Als die Sonne stärker wurde und die Luft sich erwärmte, folgten sie einem Fluss und gelangten in eine Schlucht mit Steilwänden. Unter den Otmanzai war ein junger Mann mit hagerem Gesicht, der sagte, er sei ein Sohn des Häuptlings. Es verstörte Esmie, dass die Eskorte von Mirza Ali und nicht von Mullah Zada geschickt worden war. Obwohl sie im letzten Jahr in der Klinik in Kanki-Khel Dutzende von Patienten behandelt hatte, erkannte sie keinen einzigen der bärtigen, turbantragenden Männer wieder, die bis an die Zähne mit langen Messern, Pistolen und altmodischen *jezail*-Vorderladern bewaffnet waren. Je weiter sie in die Berge vordrangen, desto mehr wuchs ihre Angst, dass sie in eine Falle gelockt wurden. Baz hatte Anweisungen hinterlassen, dass die Armee zu Hilfe gerufen werden sollte, wenn sie nicht binnen einer Woche nach Kanki-Khel zurückkehrten.

Nur der Gedanke an Tom, der dicht hinter ihr ritt, bewahrte sie davor, der Furcht nachzugeben und zurück in Sicherheit zu fliehen. Auch die Gegenwart des alten Subahdar war tröstlich. Bestimmt genoss er doch eine gewisse Autorität bei den anderen Stammesangehörigen? Oder machte man ihm zum Vorwurf, dass er als Soldat den verhassten *feringhi* gedient hatte?

Nach zwei Stunden machten sie bei einer Hütte aus Lehmziegeln mit Strohdach halt, damit die Ponys sich ausruhen konnten. Ein zahnloser, wettergegerbter Mann und ein kleiner Junge servierten den Reisenden dort Tee und Wassermelonenstücke. Baz bezahlte sie und versuchte, ein Gespräch mit dem alten Mann anzuknüpfen, aber dieser sagte kaum etwas zur Antwort. Dennoch fand Esmie die Tatsache ermutigend, dass ihre Eskorte daran gedacht hatte, sie mit Erfrischungen zu versorgen. Während sie auf einem staubigen Teppich unter einem Sonnensegel saßen, tauschte sie Blicke und ein aufmunterndes Lächeln mit Tom. Bald saßen sie wieder im Sattel.

Der Pfad wurde schmaler und schroffer. Die Mittagssonne blendete die Augen, wurde von gelbbraunen Felsen reflektiert und brachte Esmie ins Schwitzen. Raubvögel kreisten über ihnen in der Thermik. Dann und wann sah sie ein Grüppchen niedriger Häuser, die sich an die Bergflanke schmiegten und sich von der Landschaft nur abhoben, weil Mais und Flaschenkürbisse, die auf den Flachdächern trockneten, Farbtupfer in Gelb und Orange bildeten. Esmie dachte an die Frauen, die sie im vergangenen November behandelt hatte, und fragte sich, ob einige von ihnen in diesen entlegenen Bergdörfern wohnten. Was für ein hartes und isoliertes Leben sie doch führen mussten, indem sie dem dürren Boden im harschen Klima mühsam ihren Unterhalt abrangen. Auch Karo musste von solch einem Ort stammen.

Esmie versuchte sich vorzustellen, wie es wohl für Lydia gewesen war, die diese Route vor ein paar Tagen zwangsweise entlanggereist war. Wie erschreckend musste es gewesen sein, allein mit ihren Bewachern zu sein, vielleicht an ein Pony oder an ein Maultier gefesselt, ohne zu wissen, wann diese Qual enden würde, und zugleich voller Furcht davor, wohin sie auf dem Weg sein mochten. Ganz gleich, was Esmie empfand, es war nichts gegen die Angst, die ihre Freundin gelitten haben musste.

Sie zogen weiter. Esmie kam der Gedanke, dass ihre Eskorte sie vielleicht im Kreis führte, damit sie den Rückweg ohne Führer nicht so leicht finden würden. Baz hatte zugegeben, dass er sich noch nie bis Gardan vorgewagt hatte, obwohl die Familie seiner Mutter entfernt mit den Otmanzai verwandt war und ein oder zwei seiner Angehörigen schon auf Pilgerfahrt zu dem heiligen Grab gegangen waren. Briten waren schon seit einem Grenzkrieg vor über zwanzig Jahren nicht mehr hier gewesen. Damals hatte die Armee Truppen geschickt, um eine Stammesrevolte niederzuschlagen.

Am Ende führten die Otmanzai sie einen steilen Hang zu einem Flussübergang aus unebenen Felsen, die der Strom umspülte. Das erste halbe Dutzend Otmanzai trieb seine Ponys in die Furt und gelangte schnell hinüber. Baz und Subahdar Khan folgten. Tom schloss mit seinem Pony zu Esmie auf.

»Bereit?«, fragte er. Sie nickte.

Esmies Pony wieherte nervös. Sie trieb es an. Es rutschte aus und glitt zwischen die Felsen, sodass es Esmie fast ins tosende Wasser abgeworfen hätte. Sie schrie auf.

»Festhalten!«, rief Tom. Er war sofort da, packte den Zügel und beruhigte das Tier.

Einer der Otmanzai, der überrascht über Toms englischen Ausruf war und seine plötzliche Bewegung für verdächtig hielt, drehte sich um, schrie etwas und feuerte sein Gewehr in die Luft ab. Esmies Pony scheute bei dem Geräusch, warf Esmie aus dem Sattel und lief eilig zum gegenüberliegenden Ufer. Sie stürzte ins Wasser und schlug mit der Hüfte auf einem Felsen auf.

Sofort warf Tom seine Zügel Malik zu, damit er sie festhielt, und sprang vom Pony. Durchs Wasser watend streckte er die Arme nach Esmie aus und zog sie hoch. Die Wachen begannen zu rufen und in Toms Richtung zu gestikulieren. Der Subahdar blaffte sie in schnellem Paschtu an.

»Geht es dir gut?«, fragte Tom besorgt. »Kannst du gehen?«

In ihrem Schock klammerte Esmie sich an ihn. »Ja«, stieß sie hervor.

Als er ihr aus dem Fluss half, zuckte sie bei dem Schmerz in ihrer Hüfte zusammen. Ihre Hose war durchnässt, aber sie machte sich mehr Sorgen wegen der unberechenbaren Stimmung der Stammeskrieger. Baz, der am gegenüberliegenden Ufer abgestiegen war, eilte ihr zu Hilfe. Gemeinsam stützten die beiden Männer sie auf dem Weg zu einem nahen Felsen und setzten sie hin.

Die Wachen begannen zu protestieren, aber der Subahdar hielt in einem Ton, der keinen Widerspruch duldete, dagegen, dass man der Memsahib erlauben musste, sich auszuruhen. Der Häuptlingssohn führte ein hitziges Streitgespräch mit Tor Khan, das Esmie nicht ganz verstehen konnte, aber sie ahnte, dass es um Toms Identität ging. Mullah Mahmud kam hinzu und griff ein. Seine leisen, zurückhaltenden Worte schienen den jungen Mann zu besänftigen, und er gab sich mit den Versicherungen des Subahdar zufrieden, dass Tom keine Bedrohung für sie darstellte. Der Häuptlingssohn beruhigte seine Männer und verkündete, dass sie für ein paar Minuten haltmachen würden. Er befahl ihnen, Weintrauben und Nüsse aus einer der Satteltaschen herumzureichen.

Esmies Hüfte pochte, und sie hatte heftige Kopfschmerzen.

Baz und Tom musterten sie besorgt.

»Guthrie Mem, können Sie weiterreiten?«, fragte Baz.

Durch die Vorstellung wurde ihr schwindlig und übel. »Ich schaffe das schon. Ich muss nur etwas verschnaufen.«

»Du kannst mit mir reiten«, verkündete Tom. »Mein Pony ist stark genug für zwei, und ich riskiere nicht, dass du noch einmal stürzt.«

Esmie begann zu widersprechen. »Ich bin durchaus in der Lage …«

»Ich glaube, das wäre eine gute Idee«, pflichtete Baz Tom bei.

Bald wurden die Otmanzai-Wachen unruhig und wiesen sie an, weiterzureiten. Der Mullah bot an, die Sättel zu tauschen, sodass Tom und Esmie seinen weniger steifen Sattel aus gepolstertem Stoff benutzen konnten. Mit Maliks Hilfe wurde Esmie vor Tom in den Sattel gehoben. Zum Glück sträubte das Pony sich nicht gegen das zusätzliche Gewicht. Malik kümmerte sich um Esmies Pony. Als sie sich in Bewegung setzten, klammerte sie sich an die Mähne des Ponys, während Tom einen Arm um ihre Taille legte und mit der freien Hand die Zügel führte.

Esmie spürte seinen starken Herzschlag an ihrem Rücken. Sein Herz pochte im Gleichtakt mit ihrem, während sie sich aneinanderschmiegten. Sie spürte die Wärme seines Atems auf ihrem Haar. Es war eine süße Qual, so eng an seinen Körper gepresst zu sein und doch zu wissen, dass sie ihn nie ganz haben würde. Doch sie glaubte, dass es ihre Schuld war, dass die Wachen so bald erkannt hatten, dass Tom kein Paschtune war. Sie tuschelten miteinander und warfen Blicke auf die *feringhi*.

Tom und Esmie konnten nur im Schritt reiten, und die Sonne ging unter, als sie endlich auf ein kleines Plateau hinauskamen, das von fast vertikal abfallenden Klippen umgeben war. Esmies Oberschenkel waren von ihrer feuchten Kleidung wund gescheuert, und ihr war schwindlig vor Übermüdung, aber sie fürchtete sich vor dem Augenblick, in dem sie sich aus Toms sicherem Griff würde lösen müssen, um sich dem Unbekannten zu stellen.

Ein Dorf aus Hütten lag am unteren Ende der gegenüberliegenden Klippe, während die Bergflanken mit befestigten Häusern übersät waren, die der Schwerkraft zu trotzen schienen. In der Dorfmitte lag ein schlichter Kuppelbau, der in den letzten Sonnenstrahlen staubig golden glänzte.

»Das heilige Grab«, sagte Baz in andächtigem Ton.

»Gardan«, bestätigte der Subahdar nicht ohne Stolz. »Es wäre mir eine Ehre, wenn Sie in meinem Haus übernachten würden.«

Aber gleich darauf brach ein Streit zwischen dem alten Soldaten und dem Häuptlingssohn aus.

Tor Khan erklärte voller Aufregung, dass Mirza Ali darauf bestand, dass Esmie stattdessen sein Gast sein sollte.

»Sie werden zum Gehöft meines Vaters mitkommen«, setzte der junge Krieger fest. »Die *zenana* meiner Mutter ist bequemer als das Haus eines Subahdar.«

Esmie konnte kaum ablehnen, ohne den Häuptling zu beleidigen. Außerdem waren ihre Leute gegenüber Mirza Alis Männern eindeutig in der Unterzahl.

»Das ist sehr freundlich von Ihnen«, antwortete sie, so ruhig sie konnte.

Sie ritten am Rand des Plateaus entlang, während die Sonne unterging. Die Luft wurde sofort kalt. An der Mündung einer schmalen Schlucht, die von Klippen und einem tosenden Fluss gesäumt war, lag ein befestigtes Bauernhaus mit hohen, fensterlosen Wänden und einem hoch aufragenden Torbogen, der Esmie an die schmucklosen mittelalterlichen Wohntürme im schottischen Grenzland, die sogenannten *peel towers*, erinnerte.

Obwohl ein schmales grünes, bewässertes Feld und ein Obstgarten das Gehöft umgaben, wirkte es abweisend und uneinnehmbar. Ein Gebäude, das man unmöglich ohne Erlaubnis wieder verlassen konnte, sobald man einmal darin war. Tom musste gespürt haben, dass sie sich anspannte. Er drückte sie an sich und murmelte: »Nur Mut, Esmie. Ich lasse dich nicht allein, bis das hier vorbei ist. Du bist eine tapfere McBride, und dein Vater wäre stolz auf dich.«

Wie viel Mut er ihr doch einflößte!

»Danke«, sagte sie mit neuer Entschlossenheit und setzte sich aufrechter hin.

Zehn Minuten später überquerten sie den Fluss auf einer hölzernen Brücke. Vor ihnen wurde das Tor aufgezogen. Die Reiterschar donnerte in die Umfriedung. So schnell, wie die Torflügel geöffnet worden waren, schlugen sie auch wieder hinter ihnen zu.

Kapitel 38

In der Nacht war Esmie bei den Frauen untergebracht. Sie wurde in den Frauenhof geführt, und sie schleiften ein *charpoy* aus den dunklen Innenräumen hervor, damit sie an einem offenen Feuer sitzen konnte. Sie drängten sich fasziniert um sie, weil sie noch nie eine weiße Frau gesehen hatten. Einige Kinder zeigten mit dem Finger auf sie und kicherten.

Esmies anfängliche Furcht, von den Männern getrennt worden zu sein, legte sich dank der Freundlichkeit der Frauen rasch. Sie trockneten ihre Wolljacke, hüllten sie in eine dicke, schwarze Decke und gaben ihr eine Schale Milch zu trinken, die noch warm von der Ziege war. Während die älteren Frauen ihr eine Frage nach der anderen stellten, wiesen sie eine jüngere an, Esmies Beine zu massieren. Esmie wusste, dass das eine Geste der Freundschaft war.

»Wie weit sind Sie gereist?«

»Wo ist Ihr Mann?«

»Wer ist die Memsahib, die entführt worden ist? Ist sie Ihre Schwester?«

Es machte Esmie Mut, dass sie von Lydia gehört zu haben schienen. Sie antwortete, dass sie mit ihrem Mann, der Arzt war, in Taha lebte. »Lomax Memsahib ist eine Freundin aus der …« Esmie suchte nach dem Wort für Schule. »*Madrassa.*«

Sie staunten über ihre Antworten, verblüfft, dass Memsahibs zur Schule gingen.

»Sie müssen sie wie eine Schwester lieben, wenn Sie hier nach ihr suchen«, meinte Mirza Alis Frau.

»Das tue ich«, sagte Esmie. »Können Sie mir bitte sagen, wo sie festgehalten wird?«

Sie schüttelte den Kopf. Zwischen den älteren Frauen kam es zu einem schnellen Wortwechsel.

»Keine von uns weiß es«, sagte sie. »Aber wir beten zu Allah, dass sie in Sicherheit ist.«

Esmie unterdrückte ihre Enttäuschung. Hieß das, dass Mirza Ali auch nicht Bescheid wusste, oder nur, dass er es seiner Frau nicht erzählt hatte? Diese Frauen waren machtlos, bei einer Befreiung zu helfen – nur die Männer würden über Lydias Schicksal und auch Esmies eigenes entscheiden. Sie stellte fest, dass die meisten Frauen aus der *zenana* nie außerhalb der Festung gewesen waren. Der Blick vom Dach war die Grenze ihrer Welt. Diese Frauen waren nicht arm genug, um nach draußen zu gehen und auf den Feldern zu arbeiten, aber auch nicht reich genug, um mit ihren Männern in die Städte zu reisen.

Sie hielten sich damit beschäftigt, die Backöfen in Betrieb zu halten und das Abendessen vorzubereiten. Das flackernde Licht erhellte ihre Gesichter. Oberhalb der hohen Lehmmauern des engen Hofs war der Himmel sternenübersät. Die Temperatur war abgefallen. Esmie vermutete, dass Gardan mindestens dreihundert Meter höher als Kanki-Khel lag. In etwa einer Woche würde der erste Schnee des Winters in die Berge kommen. Sie schauderte bei dem Gedanken, hier von allem abgeschnitten den Elementen und den Otmanzai auf Gnade und Ungnade ausgeliefert zu sein.

Obwohl sie sich wünschte, gemeinsam mit Tom und ihren anderen Gefährten essen zu können, setzte Esmie sich zu den Frauen und bediente sich aus dem gemeinsamen Topf. Es gab ein schmackhaftes Gericht aus Pilaw und gewürztem Ziegenhack, roten Zwiebeln und dickem, braunem, ungesäuertem Brot. Danach übermannte sie die Müdigkeit.

Ihr *charpoy* wurde wieder nach drinnen gebracht, wo Esmie sich für die Nacht hinlegen sollte. Das Zimmer war so dunkel, dass sie kaum einen halben Meter weit sehen konnte. Der Boden bestand aus festgestampfter Erde und roch nach Tieren. Esmie tastete sich zu dem mit Seilen bespannten Bett vor und kroch voll bekleidet unter ihr Bettzeug. Sie hörte Hunde schnüffeln und ein Baby wimmern. Sie glaubte, dass sie nie einschlafen würde. Doch irgendwann fiel sie in einen unruhigen Schlaf.

* * *

Beim Aufwachen kratzte Esmie sich und fragte sich, wo sie war. Die Dunkelheit war erdrückend. Erschrocken setzte sie sich auf. Durch ein winziges Fenster hoch oben in der Wand fiel ein Schimmer von Tageslicht und zeigte ihr, dass sie in einem Raum war, in dem noch drei weitere *charpoys* standen. Eines war leer, die anderen beiden von kleinen Mädchen besetzt. Ein Vorhang hing vor der Tür, und ein Hund lag daneben und kratzte sich. Esmie fühlte sich daran erinnert, dass ihr von oben bis unten alles juckte.

Sie stieg aus dem Bett, zuckte zusammen, weil ihre geprellte Hüfte dabei wehtat, zog sich ihre Stiefel an und ging nach draußen. Die Luft im Hof war so kalt, dass ihr Atem wie Rauch eine Wolke bildete. Einige Frauen waren schon dabei, frisches Brot zu backen. Im Morgenlicht sah Esmie, dass der Hof auch landwirtschaftlichen Zwecken diente. Hühner stolzierten herum und pickten nach Krümeln, Jagdhunde verlangten kläffend nach Futter, und ihr eigenes Pony war in der Ecke neben zwei Maultieren angebunden, die Heu kauten.

Esmie ging auf die schwere Holztür zu, die ins Haupthaus hinüberführte. Mirza Alis Frau kam ihr nachgeeilt.

»Sie müssen hierbleiben!«, befahl sie und scheuchte sie vom Eingang fort.

»Aber ich will meine Freunde sehen«, sagte Esmie.

Sie schüttelte den Kopf. »Kommen Sie, setzen Sie sich. Trinken Sie Tee mit mir.«

Widerwillig tat Esmie wie geheißen. Ohne Zweifel würde Mirza Ali sie später zu sich bestellen.

Als das Tageslicht stärker wurde und die Sonne Lichtkegel in den umschlossenen Hof warf, bemerkte Esmie, dass die Frau des Häuptlings ein tränendes, verkrustetes Auge hatte. Sie ging und holte ihre Satteltasche voller Medikamente.

»Lassen Sie mich das ansehen«, sagte sie und führte die Frau zu dem *charpoy*, das wieder nach draußen getragen worden war, damit Esmie darauf sitzen konnte. Die anderen scharten sich um sie, um zuzusehen und Bemerkungen zu machen.

»Sie haben eine Bindehautentzündung«, sagte Esmie. »Sieht schmerzhaft aus.« Sie öffnete ihre Tasche und zog eine Salbe daraus hervor. »Erst müssen wir Ihr Auge mit warmem Wasser waschen.« Sie zog eine saubere Blechschüssel aus der Tasche und wies eine der Frauen an, sie mit Wasser aus dem Brunnen zu füllen, das Esmie dann auf den Ziegeln am Feuer erwärmte.

Nach ein paar Minuten tauchte sie Wattebäusche in die Schüssel und wusch sanft das Auge der Frau. Nach kurzer Zeit konnte die Gemahlin des Häuptlings es öffnen, aber es war immer noch blutunterlaufen.

»Das wird jetzt brennen«, versuchte Esmie zu erklären. »Wie der Stich einer kleinen Biene. Summ, summ.«

Die Frauen lachten und zuckten mitfühlend zusammen, aber die Häuptlingsfrau war stoisch und hielt still, als Esmie etwas Salbe auftrug. Um das entzündete Auge vor Schmutz und Keimen zu schützen, klebte Esmie ein Stück Mullbinde darüber. Zu ihrer Überraschung schien ihre Patientin fast stolz darauf zu sein, als wäre der Verband von der *feringhi*-Memsahib eine Auszeichnung.

Binnen weniger Minuten kamen andere mit ihren Leiden zu ihr, und Esmie war den ganzen Morgen damit beschäftigt, alte Wunden zu säubern, Verbände anzulegen und Salben und Tabletten zu verteilen.

Bis zum Nachmittag wurde sie ruhelos und wollte unbedingt wissen, was außerhalb der *zenana* vorging. Hielten die Männer hinter verschlossenen Türen Kriegsrat, um zu beschließen, was zu tun war? Hatte man Mullah Zada hergerufen? Vielleicht hatte Mullah Mahmud Baz und Tom mitgenommen, um den höherrangigen Mullah in seinem Haus beim Grab des Heiligen aufzusuchen. Sicher würde bald eine Nachricht kommen.

Esmie ging auf dem kleinen Hof auf und ab und platzte fast vor aufgestauter Energie. Wieder überkamen sie Zweifel, ob man Mirza Ali vertrauen konnte. Sie fühlte sich jetzt schon wie eine Gefangene, weil sie auf diesen trostlosen, überfüllten Hof beschränkt war. Was, wenn der Otmanzai-Häuptling die Männer, mit denen sie gereist war, eingesperrt hatte? Wie würde sie davon erfahren? Sie klammerte sich an die Überzeugung, dass Subahdar Khan solch einen Bruch der Gastfreundschaft nicht geduldet hätte. Sie waren Gäste der Otmanzai, keine Gefangenen.

Sie beschäftigte sich damit, einigen Kindern das Spiel »Drei gewinnt« beizubringen, indem sie es mit einem Stock auf den staubigen Boden zeichnete. Als das Licht wieder zu verblassen begann, verlor Esmie die Geduld.

»Sie müssen mir erlauben, meine Freunde zu sehen«, sagte sie zu Mirza Alis Frau. »Bitte! Ich möchte jetzt zu ihnen geführt werden.«

Das löste eine lebhafte Diskussion unter den Frauen aus. Am Ende wurde ein Junge mit einer Nachricht losgeschickt. Fast eine Stunde später, als Esmie schon fast die Hoffnung aufgegeben hatte, dass jemand kommen würde, erschien Mirza Ali höchstpersönlich. Esmie erkannte an seinem stolzierenden Gang und der Ehrerbietung, mit der die Frauen ihn behandelten, dass dies der Häuptling von Gardan war.

Sein Alter war schwer einzuschätzen: Sein Haar war unter einem großen weißen Turban verborgen, aber sein Bart war grau meliert. Seine Haut war von Narben durchzogen, die zeigten, dass er die Pocken überlebt hatte, und er musterte sie aus scharfsichtigen dunklen Augen. Er begrüßte sie förmlich.

»Ich heiße Sie in meinem Haus willkommen, Guthrie Mem. Ich gehe davon aus, dass man sich gut um Sie kümmert?«

»Sehr gut, danke. Ihre Frau und Ihre Töchter sind sehr freundlich.«

»Und wie ich sehe, haben Sie *feringhi*-Medizin an meine Frauen verteilt«, sagte er. »Dafür danke ich Ihnen.«

»Das tue ich gern, Sir. Aber ich bin nun schon fast einen Tag hier und habe noch nichts über die Pläne erfahren, meine Freundin, Lomax Memsahib, zu befreien. Ich hoffe, Sie bringen Neuigkeiten mit.«

Er zuckte unverbindlich die Schultern. »Diese Dinge sind nicht leicht zu klären.«

Sie wartete darauf, dass er seine Äußerung näher erläutern würde. Stattdessen begann er, großes Aufhebens um einen der Jagdhunde zu machen.

Esmie beharrte: »Ich möchte gern zu Mullah Zada gebracht werden, um ihn zu besuchen. Man hat mir gesagt, dass er Einfluss auf die Entführer hat.«

Der Häuptling schüttelte den Kopf. »Das ist nicht möglich. Mullah Zada hat sich geweigert, sich mit einer *feringhi*-Frau zu treffen.«

Esmie war enttäuscht. »Mit wem wird er sich denn dann treffen? Es ist wichtig, rasch zu handeln.«

Mirza Ali fixierte sie mit einem Blick. »Wir wissen noch nicht, wer diese Männer sind – wenn Ihre *feringhi*-Freundin überhaupt hierhergebracht worden ist.«

Sie rang darum, ruhig zu bleiben. »Mrs Lomax ist in Gardan gesehen worden. Es wird offen zugegeben, dass Baram Wali für die Entführung verantwortlich ist.«

Er heuchelte Erstaunen: »Wirklich?«

Esmie war sicher, dass Tom und die anderen dieses Gespräch schon geführt hatten. Vielleicht nahm er sie nicht für voll, weil sie als Frau ihn nicht in die Schranken weisen durfte. Sie wechselte ihre Taktik.

»Es ist sehr freundlich von Ihnen, uns Gastfreundschaft zu erweisen und bei unserer Suche zu helfen. Gibt es in der Zwischenzeit noch andere Leute in Ihrer Verwandtschaft, die an Krankheiten leiden, die behandelt werden müssen?«

Er wirkte erfreut über ihr Angebot. »Mein Onkel hat schlimme Beine. Er kann kaum gehen.«

»Dann werde ich mit meinem Pfleger Malik sprechen und feststellen, ob wir ihm helfen können. Ich kann sofort mitkommen.«

Er dachte einen Moment lang darüber nach, während er einen der Hunde streichelte. »Na gut«, stimmte er dann zu.

* * *

Die Bedingungen in den Männerquartieren waren fast so unbequem wie in den Frauengemächern, auch wenn sie etwas weniger beengt wirkten und Polster unter einem Sonnensegel ausgebreitet lagen. Dort saßen die höherrangigen Männer und rauchten. Esmie, die ihre Medizintasche an sich drückte, konnte ihre Erleichterung nicht verhehlen, als sie Tom und Malik sah, die an einer Wand lehnten und gemeinsam Zigaretten rauchten.

Tom kam auf sie zugeeilt. »Esmie! Geht es dir gut?«

Esmie, die sich des prüfenden Blicks Mirza Alis nur zu gut bewusst war, nickte und schenkte Tom ein angespanntes Lächeln. »Der Onkel des Häuptlings benötigt medizinische Aufmerksamkeit. Vielleicht könntet du und Malik mir helfen?«

»Natürlich«, stimmte Tom sofort zu.

Malik nahm Esmie die Tasche ab, während sie zu einem Stammesangehörigen geführt wurden, der uralt aussah und an Kissen gelehnt dalag. Sein Gesicht war unter einem riesigen weißen Turban so braun und zerfurcht wie eine Walnuss. Er musterte Esmie aus tränenden Augen, sagte mit dünner, schriller Stimme etwas, das Esmie nicht verstand, und begann zu lachen.

»Was hat er gesagt?«, fragte sie.

Tom warf ihr einen bedauernden Blick zu. »Er sagt, dass dein weißes Gesicht wie halb gebacken aussieht.«

Esmie schnaufte amüsiert. »Ich werde darauf verzichten, ihm zu sagen, dass er wie eine Trockenpflaume aussieht.«

Zusammen mit Malik untersuchten sie die Beine des alten Mannes, die verkrümmt und steif vor Rheuma waren.

»Er wird nie wieder laufen«, sagte Esmie, »aber wir können ein Einreibemittel verwenden, um seine Gelenkbeschwerden zu lindern.«

Während sie das taten, spazierte Mirza Ali davon, und Esmie konnte Tom leise fragen, was, wenn überhaupt, geschah, um Lydia zu retten.

»Baz ist mit Mullah Mahmud und dem Subahdar zu Mullah Zada gegangen, um mit ihm zu sprechen und zu versuchen, ihn zu überreden, die Entführer zu sich zu bestellen und ihnen klarzumachen, was sie getan haben.«

»Wann sind sie aufgebrochen?«

»Vor ein paar Stunden. Mullah Zada wollte sie erst nicht empfangen. Er dachte, du wärst vielleicht bei ihnen, und er weigert sich, eine *feringhi*-Frau zu sehen.«

Das machte Esmie Sorgen. »Wie soll ich denn dann bei ihm für Lydia bitten?«

»Mullah Mahmud wird ihn vielleicht auf unsere Seite ziehen«, redete Tom ihr aufmunternd zu.

»Durftest du auch nicht mitgehen?«

»Baz hielt es für das Beste, dass ich mich auch fernhalte«, gestand Tom. »Mirza Ali hat mich dafür verhöhnt, dass ich meine Frau nicht im Griff habe. Sagt, wenn ich sie in *purdah* gehalten hätte, wäre das alles nie passiert.«

»Stell dir bloß Lydia in *purdah* vor!«, sagte Esmie spöttisch. »Du darfst dich nicht von ihm provozieren lassen.«

»Ich komme mir so verdammt nutzlos vor«, sagte Tom gereizt.

»Aber das bist du nicht«, versicherte Esmie ihm. »Ich fühle mich sicherer, weil ich dich hier dabeihabe.« Sie tauschten ein kurzes Lächeln. Esmie murmelte: »Ich vertraue unserem Gastgeber nicht. Was, wenn er mit der Bande unter einer Decke steckt? Er hat so getan, als wüsste er nicht über sie Bescheid, und hat sogar angedeutet, dass Lydia vielleicht gar nicht in die Gegend gebracht worden ist. Aber die Frauen in der *zenana* hatten alle von ihr gehört.«

»Ich habe den gleichen Eindruck von ihm«, sagte Tom. »Ich glaube, er ist ein Opportunist, der auf seinen eigenen Vorteil aus ist. Er wartet nur ab, um zu sehen, wie sich die Dinge entwickeln werden.«

Bald darauf kehrte Mirza Ali zurück und sagte zu Esmie, dass seine Frau sie wieder in der *zenana* erwartete.

»Ich würde gern abwarten, bis Mullah Mahmud zurück ist«, sagte sie, »und hören, was er zu sagen hat.«

Der Häuptling breitete die Hände aus. »Wer weiß schon, wann das sein könnte? Wenn diese Mullahs zusammenkommen, können sie stundenlang reden. Vielleicht bleibt er über Nacht dort.«

»Lassen Sie die Memsahib heute Abend mit uns essen«, schlug Tom vor.

Der Häuptling schüttelte den Kopf und lachte. »Um meine Frau eifersüchtig zu machen? So etwas kann ich nicht gestatten.«

Widerwillig sah Esmie ein, dass sie keine Wahl hatte, als in die Frauengemächer zurückzukehren. Als sie ging, sagte sie fest: »Morgen komme ich wieder und behandle die Beine Ihres Onkels noch einmal.«

* * *

Sie konnte unmöglich noch eine Nacht in dem gruftähnlichen, flohverseuchten Schlafzimmer verbringen. Also schlief Esmie auf ihrem *charpoy* am Feuer im Hof. In Decken gehüllt und mit einem Schal, der alles bis auf ihre Augen bedeckte, streckte sie sich unter den Sternen zum Schlafen aus. Einer der Hunde kam und legte sich unter ihr Bett, und sie schlief zu den tröstlichen Geräuschen der Heu fressenden Maultiere ein.

Der nächste Tag verlief ähnlich wie der erste. Während der Wartestunden hielt Esmie sich damit beschäftigt, die kleinen Wehwehchen von Mirza Alis Haushalt zu verarzten. In der kurzen Zeit, die sie in den Männerhof durfte, um den alten Patriarchen zu behandeln, konnte Tom ihr erzählen, dass der junge Mullah und Baz noch einmal zu Mullah Zada zurückgekehrt waren, um sich mit ihm zusammenzusetzen.

Als sie in der folgenden Nacht schlaflos im Hof lag, hörte Esmie erhobene Stimmen aus den Männergemächern. Nach der Lautstärke und Anzahl der widerstreitenden Stimmen zu urteilen, klang es so, als würden sie dort eine Jirga – einen Rat der örtlichen Männer – abhalten. Sie spitzte angestrengt die Ohren, konnte aber nicht verstehen, was sie sagten. Alles in allem dominierte eine tiefe, volltönende Stimme, in der Autorität mitschwang. Esmie spürte ein Aufflackern von Hoffnung in sich. Konnte das Mullah Zada sein, der mit einem Plan gekommen war, um ihnen zu helfen?

Sie konnte das Abwarten bis zum Morgen kaum ertragen und blieb noch lange wach, nachdem die Stimmen verstummt und die flackernden Lampen gelöscht worden waren.

Am dritten Tag, als Esmie das Auge der Häuptlingsfrau wusch und gerade bemerkte, dass es schon weniger entzündet aussah, erschien ein Junge und bestellte sie nach nebenan.

Die angespannten Mienen von Tom und Baz sorgten dafür, dass sich ihre Hoffnung schnell verflüchtigte. Sie standen auf, als sie hereinkam, aber Mirza Ali, sein Sohn und seine Gefolgsleute blieben sitzen. Mullah Mahmud saß zwischen den beiden Seiten. Er begrüßte sie, ohne ihr in die Augen zu sehen. Esmies Herz pochte dumpf in ihrer Brust, als sie sich auf das Kissen setzte, das für sie bereitlag.

»Was gibt es Neues?«, fragte sie. »Ich habe das Treffen gestern Abend gehört. War Mullah Zada hier?«

»Ja«, sagte Tom. »Er hat mit den Entführern gesprochen.«

Esmie schnappte nach Luft. »Und sie haben Lydia?«

Er nickte. Seine Augen glänzten vor unterdrückten Gefühlen.

»Das ist doch sicher eine gute Nachricht? Ist sie unbeschadet?«

»Ja, Guthrie Mem«, sagte Baz. »Sie behaupten, dass sie es ist.«

»Oh, Gott sei Dank!«

»Aber sie wollen sie nicht freilassen«, sagte Tom zornig. »Sie verlangen ein kleines Vermögen – fünfzigtausend Rupien. Und auch die Zusicherung, von Vergeltungsangriffen der Briten verschont zu bleiben.«

Mirza Ali hob die Stimme. »Das war genug *feringhi*-Gerede. Sprechen Sie Paschtu, damit wir es alle verstehen.«

Esmie holte tief Luft, um sich zu sammeln, und sagte: »Meine Freunde haben mir gesagt, dass Mullah Zada mit den Entführern gesprochen hat. Ist es Baram Walis Bande?«

»Ja, ja«, sagte der Häuptling mit einem ungeduldigen Abwinken, »wie wir vermutet hatten. Ich werde eine Streitmacht schicken, um diese Ratten in ihren Löchern auszuräuchern.«

»Nein«, sagte Esmie sofort. »Wir dürfen nichts tun, was Mrs Lomax' Leben gefährdet. Die Sache muss friedlich geklärt werden.«

Der junge Mullah ergriff das Wort. »Das wünscht auch Mullah Zada. Gestern beim Grab hat Baram Wali gestanden, was er getan hat. Er sagte, es sei aus Rache geschehen, weil seine Frau und seine Tochter von den *feringhi* entführt worden sind.«

»Das ist Unsinn«, rief Tom. »Er hat seine Frau verstümmelt, deshalb ist sie geflohen, um ihr Leben zu retten!«

Der junge Mullah hob eine Hand, um ihn zum Schweigen zu mahnen. »Mullah Zada hat Baram Wali gesagt, dass es seine Pflicht als Muslim ist, die *feringhi*-Frau freizulassen – es widerspricht den Gesetzen des Islam, ihr etwas anzutun.«

Esmie war erschrocken. »Hat er ihr etwas angetan?«

»Er sagt Nein«, antwortete der Mullah.

»Also wird er tun, was der Mullah von ihm verlangt?«

»Er will immer noch Geld.«

»Man muss mir gestatten, mich selbst zu vergewissern, dass es ihr gut geht«, sagte Esmie entschieden. »Deshalb bin ich hergeschickt worden – weil ich Krankenschwester bin. Wo hält man sie fest?«

»Das will er nicht sagen«, erwiderte Tom mit zusammengebissenen Zähnen.

»Wir glauben, dass es in der Nähe von Gardan sein muss«, sagte Baz. »Es war auffällig, dass Baram Walis Pferd kaum außer Atem war.«

»Wenn ich dabei gewesen wäre, dann wäre ich diesem Schuft gefolgt!«, echauffierte sich Tom.

Esmie wandte sich an Mirza Ali. »Können Sie Baram Wali nicht überreden, Mrs Lomax herzubringen? Sie müssen doch Einfluss auf ihn haben. Dann können wir uns vielleicht auf einen Kompromiss einigen, mit dem alle gut bedient sind. Wir wollen nur, dass meine Freundin unbeschadet zu uns zurückkehrt. Bitte!«

Mirza Ali ließ seine Fingerknöchel knacken. Die Geste erinnerte Esmie an Harold. Wäre es besser gewesen, wenn er an ihrer Stelle hergekommen wäre? Sie schien hier nichts ausrichten zu können.

»Vielleicht gibt es etwas anderes, das Baram Wali als Entschädigung dafür, dass er seine Frau verloren hat, akzeptieren würde«, sagte der Häuptling.

»Und was?«, fragte Tom.

»Die Freilassung einiger seiner Verwandten«, antwortete er. »Drei Otmanzai sitzen in Taha im Gefängnis.«

Tom und Esmie tauschten einen Blick. Das war es also, worauf Mirza Ali es wirklich abgesehen hatte. Tom wandte sich an Baz. »Wissen Sie etwas über diese Männer?«

Der Sergeant nickte und murmelte auf Englisch: »Diebe und Viehräuber.« Dann wandte er sich an den Häuptling: »Wir könnten vielleicht ihre Freilassung aushandeln, wenn die Memsahib unbeschadet zurückgegeben wird und freies Geleit bis zur Grenze erhält.«

Mirza Ali nickte. »Ich werde sehen, was ich tun kann.«

Esmie schenkte Tom ein aufmunterndes Lächeln. Zum ersten Mal, seit sie in Gardan angekommen waren, wallte

Optimismus in ihr auf. Die Besorgnis in seinem Gesicht ließ ein wenig nach, als er ihr Lächeln erwiderte.

* * *

Esmie verbrachte eine weitere Nacht in unruhigem Schlaf auf dem Hof der *zenana*. Am Morgen stand sie auf, spritzte sich eisiges Wasser ins Gesicht, stampfte mit den Füßen und ging umher, um ihre steifen Gliedmaßen und ihre schmerzende Hüfte aufzuwärmen. Sie fragte sich, wie Mirza Alis Verhandlungen mit Baram Wali am Vortag verlaufen waren. Wenn alles nach Plan ging, würde heute der Tag sein, an dem Lydia ihnen zurückgegeben wurde. *Bitte lass es so sein!* Seit dem Verschwinden ihrer Freundin waren zehn Tage vergangen, und Esmie machte sich große Sorgen, welche Auswirkungen all die Angst und Einsamkeit auf sie gehabt hatte. Lydia war ein Leben in Muße und voller Menschen, die sich um ihre Bedürfnisse kümmerten, gewohnt. Sie hasste Schmutz und Unbequemlichkeit, und sie sprach kein Paschtu. Die letzten paar Tage mussten für sie die Hölle auf Erden gewesen sein. Hatte sie irgendeine Ahnung, dass Hilfe nicht mehr fern war und dass schon Leute in der Nähe waren, die auf ihre Freilassung drangen?

Bald nach einem Frühstück aus Quark und Rosinen wurde Esmie in den Haupthof bestellt. Sie eilte mit Feuereifer dorthin. Vielleicht war Lydia schon unterwegs. Mirza Ali und sein Sohn waren nirgendwo zu entdecken, aber sobald sie die eifrigen Mienen von Tom und Malik sah, tat ihr Herz einen Sprung.

»Sie haben sich auf einen Handel geeinigt«, sagte Tom mit glänzenden Augen. »Die Gefangenen in Taha im Austausch gegen Lydia.«

Esmie legte eine Hand auf ihr dumpf pochendes Herz. »Und können wir das tun?«

»Baz ist schon mit dem Sohn des Häuptlings aufgebrochen, um eine Nachricht zum Grenzposten zu bringen und die Freilassung der Männer zu erbitten.«

»Das ist wunderbar!«, rief Esmie aus. Sie setzte sich schnell hin, weil sie sich mit einem Mal überwältigt fühlte. Die Belastung der ständigen Sorge um Lydia war zermürbend gewesen.

»Natürlich wird Rennell nicht gestatten, die Otmanzai auf freien Fuß zu setzen, bevor er hört, dass Lydia in Sicherheit ist«, schränkte Tom ein.

Esmies Euphorie legte sich. »Aber werden die Entführer nicht die gleichen Sicherheiten in Bezug auf die Freilassung ihrer Verwandten wollen?«

Zweifel huschte über Toms Gesicht. »Das wird auf beiden Seiten von Treu und Glauben abhängen. Baz soll eine Übergabe an der Grenze organisieren.«

»Wann wird Lydia denn hergebracht werden?«, fragte Esmie.

»Bald, hoffe ich.« Toms nervöser Gesichtsausdruck kehrte zurück. »Mirza Ali und Mullah Mahmud sind noch einmal aufgebrochen, um sich mit der Bande zu treffen. Ich komme einfach nicht gegen den Eindruck an, dass der Häuptling schon die ganze Zeit die Strippen gezogen hat. Er lässt nicht zu, dass mein alter Freund, der Subahdar, hinzugezogen wird, weil der bei den Rifles war. Sagt, dass die Bande etwas dagegen hat, dass jemand, der den Briten treu ergeben war, sich einmischt.«

»Aber Mullah Mahmud ist ein guter Mann«, rief Esmie ihm ins Gedächtnis, »und hat sich bei dem Versuch, Lydia zu finden und zu retten, als wahrer Freund erwiesen. Er hat uns von Anfang an geholfen.«

»Ja«, stimmte Tom ihr zu. »Der Mullah ist dank dir auf unserer Seite, Esmie. Du bist diejenige, die ihn beeindruckt hat.«

Esmie schüttelte den Kopf. »Wahrscheinlich hätte er ohnehin geholfen. Er ist ein prinzipientreuer, frommer Mann, der versucht, das Richtige zu tun.« Sie seufzte. »Ich wünschte, ich wüsste, was aus dem armen Zakir geworden ist. Der Mullah weiß nicht, was ihm nach dem Überfall auf Kanki-Khel letztes Jahr widerfahren ist.«

Tom bedachte sie mit einem zärtlichen Blick. »Esmie, gibt es irgendjemanden auf der Welt, um den du dich nicht kümmerst oder sorgst?«

Esmie schenkte ihm ein Lächeln und wandte sich von ihm ab, um mit dem Pfleger zu sprechen. »Malik, geben wir dem Alten seine tägliche Massage.«

* * *

Erst am späten Vormittag kehrten der Häuptling und der Mullah zurück. Lydia war nicht bei ihnen. Esmie, die darauf bestanden hatte, bei Tom und Malik zu bleiben, war ganz aufgeregt.

»Warum haben Sie Mrs Lomax nicht mitgebracht?«, fragte Tom.

Mirza Ali bedachte ihn mit einem geringschätzigen Blick. »Mein Verwandter vertraut den *feringhi* nicht«, sagte er. »Er will Ihre Frau nicht aus den Augen lassen, bis er hört, dass die Gefangenen auf dem Weg von Taha hierher sind.«

»Sind das seine Bedingungen oder Ihre?«

»Tom, nicht«, warnte Esmie.

Der Häuptling blaffte: »Ist es denn ein Wunder, dass Baram Wali misstrauisch ist? *Feringhi*-Soldaten kommen nur aus einem Grund hierher, und zwar, um zu töten.«

»Ich bin hier, um meine Frau zu befreien«, widersprach Tom. »Ich habe nicht die Absicht, irgendjemandem Schaden zuzufügen. Ich musste mein Soldatenleben aufgeben.«

»Also würden Sie nicht versuchen, den Entführer Ihrer Frau zu erschlagen, wenn Sie Gelegenheit dazu hätten?«, spottete er. Als Tom nichts sagte, brummte der Häuptling: »Das habe ich mir gedacht.«

»Sirdar«, sprach Esmie den zornigen Otmanzai respektvoll an, »wir sind in Frieden gekommen und haben uns in Ihre Hand begeben. Wir wollen nicht, dass Ihren Leuten ein Leid geschieht. Alles, was wir verlangen, ist, dass Lomax Mem uns zurückgegeben wird. Wenn das geschieht, besteht keine Notwendigkeit zu Vergeltung vonseiten der Briten.«

Mirza Ali nickte; er wirkte beschwichtigt. »Darauf können wir uns einigen.« Er tauschte einen Blick mit dem Mullah.

Zum ersten Mal sah Mullah Mahmud Esmie in die Augen, als er sprach. »Baram Wali hat gesagt, dass er Ihnen gestatten wird, Lomax Memsahib zu sehen – um zu beweisen, dass man sie gut behandelt hat.«

Esmies Herz tat einen Sprung. »Ja? Wann?«

»Heute, wenn Sie möchten.«

»Natürlich! Wo?«

»In dem Haus, in dem man sie festhält.«

»Nein«, sagte Tom sofort. »Es muss hier oder an einem neutralen Ort geschehen – in Mullah Zadas Haus.«

Bevor der Mullah antworten konnte, sagte Mirza Ali: »Er war wegen Ihrer Anwesenheit nicht bereit, sie herzubringen. Und wir dürfen den Frauen nicht erlauben, sich der heiligen Stätte zu nähern.«

Tom sah Esmie flehend an. »Dann kannst du nicht gehen.«

»Ich muss«, antwortete sie. »Ich kann den Gedanken nicht ertragen, dass sie noch einen Tag im Fegefeuer durchmacht, obwohl die Gelegenheit besteht, dass ich sie besuche. Das willst du doch sicher auch?«

Toms Gesicht wirkte gequält. »Warte wenigstens, bis Baz zurück ist und dich beschützen kann.«

»Nein«, sagte Mirza Ali. »Er will keine Leute, die sich mit *feringhi* abgeben. Nur die Krankenschwester.«

Tom sah ihn finster an. »Dann wird sie nicht gehen.«

»Ich bringe Guthrie Mem hin«, sagte der Mullah leise. »Allah wird uns beide beschützen.«

Esmie staunte über die stille Tapferkeit des jungen Mannes. Während alle anderen vor Sorge mit den Nerven am Ende waren, blieb er ruhig und vernünftig. Sie sah das Mitgefühl in seinen dunkelbraunen Augen und wusste, dass sie ihm ihr Leben anvertrauen konnte.

»Danke, Sir«, sagte sie. »Ich nehme Ihr Angebot an, mich zu begleiten.« Sie ignorierte Toms entsetzten Blick und wandte sich an den Häuptling. »Und ich verlange, dass mein Pfleger auch mitkommt, falls ich seine medizinische Hilfe brauche.«

Nach kurzem Zögern erteilte Mirza Ali seine Zustimmung. Esmie wusste, dass ihr Schicksal nun in seiner Hand lag.

Keine Stunde später ritt sie, ihre Medizintasche gepackt, neben Malik und dem Mullah aus der Festung von Gardan fort, begleitet von drei von Mirza Alis Männern. Toms hilfloser Frust war mit Händen zu greifen. Sie konnte es kaum ertragen, ihn anzusehen, damit sie nicht der Mut verließ. So zwang sie sich, nach vorn zu blicken, und betete, dass sie lange genug leben würde, um ihn wiederzusehen.

Kapitel 39

Esmie und ihre Gefährten vermieden es, am Grab des Heiligen vorbeizureiten, um Mullah Zada nicht zu verärgern. Stattdessen schlugen sie einen Bogen um das Dorf, indem sie einen steilen Pfad an der nach Norden gewandten Klippe hinaufritten. Die Ponys rutschten auf dem eisigen Boden aus und traten Steine los, die ins Tal hinunterpolterten.

Esmies ganzer Körper war angespannt vor Furcht. Die Angst davor, Baram Wali wieder von Angesicht zu Angesicht gegenüberzustehen, jagte ihr einen Schauer über die Haut. Sie erinnerte sich an seinen hasserfüllten Blick und den Wutausbruch in Kanki-Khel. Kaum etwas würde ihn davon abhalten können, Rache an ihr zu nehmen; ihr einziger Schutz waren die Worte eines sanften Mullahs. Trotz Mirza Alis Versicherungen vertraute sie nicht darauf, dass seine Männer sich eher auf ihre Seite als auf die ihrer Stammesgenossen schlagen würden, wenn sie sich entscheiden mussten. Aber das Risiko war ihr von Anfang an bewusst gewesen. McCabe hatte sie gewarnt, dass auch sie gefangen genommen werden könnte, aber was hatte sie schon für eine Wahl? Sie hätte nicht damit leben können, wenn sie davor zurückgescheut wäre, die Gelegenheit zu ergreifen, ihre Freundin zu retten – oder ihr wenigstens Trost und die Hoffnung auf eine Befreiung zu spenden.

Welche Fehler Lydia auch haben mochte und wie sehr ihre Freundschaft in den letzten Monaten auch gelitten hatte, sie lag Esmie immer noch sehr am Herzen. Ihre Freundschaft war vor Jahren im Schmerz und in der Trauer nach dem Tod ihres Vaters geschmiedet worden. Lydia hatte ihr damals beigestanden, und jetzt würde Esmie sich für Lydia einsetzen. Der Gedanke, dass sie sie sehr bald wiedersehen würde, verlieh Esmie neue Entschlossenheit.

Sie war überrascht, wie schnell sie den Schlupfwinkel der Bande erreichten. Er lag nur einen halbstündigen Ritt hinter Gardan. Aber bald wurde ihr klar, dass das hier nicht der richtige Ort war. Ein junger Mann mit dünnem Bart erschien, ging auf den Mullah zu und umfasste ehrerbietig seine Hand. Die Geste beruhigte Esmie. Der Mann wies sie an, abzusteigen, und sagte, dass sie den Rest des Weges zu Fuß zurücklegen würden.

Sie kämpften sich weiter bergauf. Esmie hatte Mühe, in der dünnen Luft Atem zu schöpfen. Die Sonne brannte mit voller Kraft, und sie schwitzte in ihrer Wolljacke. Malik trug ihre Medizintasche und sein Gewehr, aber sie war dennoch erschöpft, als sie vor einem baufälligen Wohnturm fast am oberen Ende des Hanges ankamen. Die Mauern des Turms waren von einem Feuer versengt und wirkten halb verfallen. Als sie zur Rückseite herumgingen, konnte Esmie keine Tür sehen.

Der junge Mann pfiff, und über ihnen öffnete sich knarrend ein Fensterladen. Ein anderer Jugendlicher sah heraus und verschwand dann wieder. Im nächsten Moment wurde eine Strickleiter aus dem Fenster herabgelassen. Esmie beobachtete es erschrocken. Der Junge bat sie mit einem Nicken, hinaufzusteigen.

»Ist das der einzige Weg hinein?«

»Es scheint so«, sagte Malik.

»Schaffen Sie das?«, fragte der Mullah.

»Ja, vielen Dank«, sagte Esmie. Sie würde ihm nichts von ihrer Höhenangst erzählen. Diese kam ihr im Vergleich zu der Prüfung, die ihr bevorstand, ohnehin unbedeutend vor. Sie vertraute nicht darauf, dass Baram Wali nicht auch sie gefangen nehmen würde. Also wandte Esmie sich an eine von Mirza Alis Wachen und sagte: »Wenn wir bis morgen nicht wieder da sind, schicken Sie bitte nach Ihrem Häuptling, damit er unsere Freilassung erwirkt.«

Der Mullah ging als Erster. Als er durch die Öffnung über ihnen geklettert war, packte Esmie die Strickleiter und begann hinaufzusteigen, dankbar, dass sie eine paschtunische Hose und kein einengendes Kleid trug. Sie schwankte, biss die Zähne zusammen und verbot sich selbst, nach unten zu sehen. Binnen weniger Minuten hatte sie den Fenstersims erreicht, und ein schielender Junge zog sie hindurch.

Mit hämmerndem Herzen sah sie sich um. Der kleine Raum, in dem sie standen, war eine Wachstube oder ein Aussichtsposten und bot kaum genug Platz für sie drei. Malik, dem man sein Gewehr abgenommen hatte, hievte sich auch ins Zimmer. Weder ihr Führer noch jemand aus ihrer Eskorte folgte ihnen, und der Junge im Turm zog die Strickleiter herauf.

Esmie versuchte, nicht aufzuschreien, als er die Fensterläden teilweise schloss und sie plötzlich in ein Halbdunkel getaucht waren. Der Junge mit dem Silberblick öffnete eine Falltür im Boden und zeigte nach unten. Im Dämmerlicht konnte Esmie grobe Stufen aus bröckelndem Lehm erkennen, die in der Dunkelheit verschwanden. Der stoische Mullah streckte den Arm aus und nahm ihre Hand.

»Vielleicht können Sie mir hinunterhelfen?«

Bei dieser freundlichen Geste schnürte sich Esmie die Kehle zu. Er spürte ihre Furcht und gab seine Zurückhaltung gegenüber einer *feringhi*-Frau auf, um ihr zu helfen.

Sie lächelte, und sie traten vorsichtig auf die unebenen Stufen und tasteten sich hinab. Zu dem Zeitpunkt, als Esmie das untere Ende der Treppe erreichte, raste ihr Herz schon schmerzhaft. Sie schienen in fast völliger Schwärze zu sein. Sobald Malik sich zu ihnen gesellt hatte, drängte der Junge sich an Esmie vorbei, und sie hörte, wie er einen schweren Riegel anhob. Sie standen vor einer großen Holztür. Er stieß sie auf und bat sie, ihm zu folgen.

Esmie spähte in einen Raum mit hohen Wänden, der einem großen Verlies ähnelte, abgesehen davon, dass ein Teil davon kein Dach hatte und den Elementen ausgesetzt war. Das Zimmer war fast leer, abgesehen von einem niedrigen Tisch und ein paar Teppichen auf dem Lehmboden. Dort saßen drei Männer um ein offenes Feuer und teilten sich eine Wasserpfeife. Sie starrten die Neuankömmlinge an. Ein drahtiger vierter Mann mit vorspringender Nase stand da und wartete auf sie. Esmie spannte sich an, als sie ihn erkannte: Baram Wali.

Karos Mann bedachte sie mit einem hämischen Blick, sagte aber nichts zu ihr, sondern wandte sich stattdessen an Mullah Mahmud, um ihn zu begrüßen. Er bedeutete dem Mullah, sich zu den anderen zu setzen, aber Mullah Mahmud blieb stehen.

»Erst muss der Krankenschwester gestattet werden, ihre Freundin zu sehen«, sagte er. »Das ist der Zweck unseres Besuchs, Bruder.«

Baram Wali wirkte nicht erfreut. »Die *feringhi* können noch ein Weilchen länger warten, während du Tee trinkst und eine Pfeife mit uns rauchst.«

Der Mullah sagte: »Vergiss nicht, dass du mir versprochen hast, dass die Krankenschwester die Memsahib besuchen darf. Dieser Ort ist kein Geheimnis mehr, und Mirza Alis Männer stehen draußen und warten. Es ist wichtig, dass du deinen Teil des Handels einhältst, damit deine Verwandten in Taha freikommen. Das ist es doch, was du willst, nicht wahr?«

Ein Streit brach unter den Männern auf dem Boden aus. Ein älterer Mann gestikulierte und forderte von Karos Mann, keine Schwäche zu zeigen, während ein jüngerer Mann mit rundem Gesicht versuchte, ihn zu beruhigen. Esmie hielt den Atem an. Baram Wali sah finster drein, nickte dann aber widerwillig. Er bellte einen Befehl, und ein Jugendlicher in Lumpen und schmutziger Mütze kam aus den Schatten angehuscht.

»Bring die *feringhi*-Frau her«, befahl Baram Wali. »Dann können unsere Gäste sehen, wie gut wir sie behandelt haben.«

Der Junge strich sich das ungekämmte schwarze Haar aus den Augen. Esmie keuchte schockiert auf. »Zakir?«

Der junge Mann starrte sie misstrauisch an. Esmie zog den Schal von ihrem Kopf. »Ich bin es, Guthrie Mem. Erinnerst du dich nicht an mich?«

Erkennen blitzte in seinen dunklen Augen auf. Vor Erstaunen stand ihm der Mund offen. Im nächsten Moment warf er sich ihr zu Füßen und klammerte sich an sie.

»Geh weg von ihr!«, brüllte Baram Wali. Die anderen Männer standen auf, drängten näher heran und verlangten zu wissen, was vorging.

Aber Esmie ging in die Hocke und schloss Zakir in die Arme. »Schon gut. Hab keine Angst.« Sie streichelte seinen Kopf und murmelte: »Ich freue mich ja so, dich zu sehen.«

Die älteren Bandenmitglieder begannen, Baram Wali Vorhaltungen zu machen. »Der Junge sollte ausgepeitscht werden! Er hat den Ungläubigen gegenüber ein zu weiches Herz.«

Baram Wali hob die Hand, um den Jungen zu schlagen. Esmie stählte sich, ließ Zakir aber nicht los. Rasch griff Mullah Mahmud ein.

»Nein, Bruder, schlag ihn nicht. Er ist eines von Allahs Kindern.«

»Er ist nicht besser als ein wildes Tier«, sagte der ältere Entführer und spuckte auf den Boden.

Baram Wali zögerte, als wüsste er nicht, wem er es recht machen sollte. Er brummte: »Er ist durchaus nützlich.« Dann stieß er Zakir mit dem Fuß an und sagte mit mehr Nachdruck: »Steh auf und hol die *feringhi*, wie ich befohlen habe. Geh schon!«

Vor Angst zitternd kämpfte der Junge sich auf die Beine. Esmie hielt ihn noch einen Moment lang fest und sagte sanft: »Danke, Zakir.«

Esmies Brust war vor Furcht zugeschnürt; die Atmosphäre war ein Pulverfass. Mullah Mahmud versuchte, die Bande zu beruhigen und dazu zu bringen, sich mit ihm hinzusetzen. Baram Wali nahm die Zügel wieder in die Hand und befahl dem schielenden Jungen, Tee und Weintrauben zu bringen. Der Mullah bedeutete Esmie, dass sie sich zu ihnen gesellen sollte, aber der aggressive Mann protestierte dagegen, und so blieb sie mit Malik an ihrer Seite stehen und starrte die Tür an, durch die Zakir verschwunden war. Das Warten schien endlos zu dauern, aber es waren bestimmt nur ein paar Minuten.

Plötzlich öffnete sich die Tür wieder, und Zakir erschien mit Lydia. Sie trug noch die Kleider, die sie vor zehn Tagen angehabt hatte, und ihr Haar war schlaff und strähnig. Ihr Gesicht war blass, ihre Miene verängstigt.

Esmie eilte auf sie zu. Lydia riss erschrocken die Augen auf.

»Lydia, ich bin es, Esmie!« Sie breitete die Arme aus.

Lydia sah verwirrt drein; dann dämmerte es ihr. Ungläubig starrte sie ihre Freundin mit offenem Mund an. »Esmie?«

»Ja.« Esmie lächelte.

Unvermittelt schluchzte Lydia auf und streckte die Hände nach ihr aus. Sie umarmten einander fest. Lydia weinte so sehr, dass sie nicht sprechen konnte.

»Wir holen dich hier heraus«, murmelte Esmie und ging davon aus, dass nur Malik verstand, was sie sagten. »Ein

Rettungstrupp arbeitet an deiner Freilassung. Tom ist auch hier in Gardan.«

»T… Tom?«, stammelte Lydia.

»Ja, er ist nur ein paar Kilometer entfernt. Sie wollten ihn nicht herkommen lassen, um deine Peiniger nicht zu provozieren, aber ich darf dich besuchen – mich überzeugen, dass du unversehrt bist.«

Lydia schauderte und sah sich um. »Diese furchtbaren Menschen. Sie sind Wilde!«

»Das ist genug *feringhi*-Gerede!«, rief Baram Wali. »Sie sehen ja, dass wir Ihrer Freundin nichts getan haben. Nun muss sie zurück in ihr Zimmer.«

Esmie ließ sich nicht einschüchtern. »Ich muss sie untersuchen. Ich gehe mit ihr. Und ich brauche auch meinen Pfleger.«

»Nein«, sagte Baram Wali.

Der Mullah stand auf, begrüßte Lydia höflich und wandte sich dann an ihre Entführer. »Brüder, es ist doch nicht notwendig, den Frauen Angst zu machen. Die Krankenschwester muss die Memsahib untersuchen dürfen, und das kann sie nicht vor unseren Augen tun.«

Die vier Otmanzai-Entführer begannen sich gestikulierend zu streiten.

Baram Wali wirkte verärgert, sagte aber zu Esmie: »Sie können mitgehen, Ihr Diener aber nicht.«

»Bitte lassen Sie Malik mit der Medizintasche an der Tür stehen, falls ich ihn doch brauche«, verhandelte Esmie.

»Das klingt vernünftig«, meinte der Mullah. »Findest du nicht auch, Bruder?«

Baram Wali winkte verächtlich ab. Bevor er es sich anders überlegen konnte, brachte Esmie Lydia schnell zur Tür und sagte zu Zakir: »Bitte führe uns ins Zimmer der Memsahib.«

Zakir führte sie durch einen ungenutzten Raum, dann durch einen weiteren. Es lag ein leicht verbrannter Geruch in der Luft, und einige der Wände waren geschwärzt. Anscheinend hatte es in dem Gebäude erst vor Kurzem gebrannt – vielleicht während des Kriegs mit Afghanistan vor zwei Jahren. Sie gingen eine kurze, steinerne Wendeltreppe hinunter und durch einen weiteren leeren Raum. Zakir schob einen behelfsmäßigen Vorhang beiseite und enthüllte ein Zimmer, dessen Wände nicht vom Feuer beschädigt waren. Esmie war überrascht zu sehen, dass es ein *charpoy* mit einer bunten Decke zum Schlafen, einen Teppich auf dem Boden und ein hochgelegenes Fenster, durch das Tageslicht fiel, gab. Auf einem Tisch aus grob behauenen Brettern stand eine Schale mit den Überresten von Rührei und Brot. In Esmie keimte Hoffnung auf; Lydia war nicht so schlecht behandelt worden, wie sie befürchtet hatte.

Lydia bemerkte ihren Blick. »Nicht gerade das Savoy Hotel, was?«

Esmie lachte erstaunt auf, entzückt über diesen Funken Humor bei ihrer Freundin. Lydia war nicht gebrochen.

»Besser als die *zenana*, in der ich übernachte«, antwortete Esmie.

»Er versorgt mich mit kleinen Annehmlichkeiten«, räumte Lydia ein.

»Baram Wali, dein Entführer?«

»Nein, dieser halb verrückte Junge«, antwortete sie. »Ich glaube nicht, dass die anderen wissen, dass er es tut – sie kommen nie her –, aber irgendwie treibt er die Dinge auf.«

Esmie wandte sich an Zakir, der mit Malik in der Tür stand.

»Zakir, danke, dass du gut zu meiner Freundin bist.« Der Junge schenkte ihr den Hauch eines Lächelns. »Kannst du mit Malik hinter dem Vorhang bleiben, bis ich ein paar Minuten mit Lomax Memsahib allein war?«

Zakir nickte und schlüpfte aus dem Zimmer. Es machte Esmie Mut, dass er ihre Worte verstand.

Als Malik Esmie die Medizintasche übergab, sagte er: »Ich schaue mich schnell um. Wie mir scheint, wird dieses Gebäude nur von ein paar Jungen bewacht.«

»Sei vorsichtig«, bat Esmie.

Als beide gegangen waren, sagte Lydia ungläubig: »Du klingst, als ob du diesen wilden Jungen kennst.«

Esmie erklärte, wie sie ihn im Vorjahr in Kanki-Khel versorgt hatte. Dann sagte sie: »Erzähl mir, wie man dich behandelt hat. Bist du verletzt?«

»Ich habe Blasen an den Füßen«, klagte Lydia. Ihr stiegen schon wieder die Tränen in die Augen. »Sie haben mich gezwungen, nachts zu gehen und mich tagsüber zu verstecken. Im Dunklen bin ich ständig gestolpert. Mein Knöchel tut weh, und meine Schuhe sind in Stücke gefallen. Aber das Schlimmste war, nicht zu wissen, wohin sie mich brachten oder was sie vorhatten …« Sie schlug sich eine Hand vor den Mund und unterdrückte ein Schluchzen.

Esmie legte rasch die Arme um Lydia, um sie zu trösten. »Es muss entsetzlich gewesen sein«, sagte sie mitfühlend. »Haben sie dich körperlich verletzt?«

»Ich wäre eher kämpfend gestorben, als zuzulassen, dass sie mich anrühren!«

Esmie drückte sie eng an sich. »Ich wusste, dass du stark sein würdest.« Sie küsste das schlaffe Haar. Lydia entzog sich ihr.

»Ich muss stinken. Ich weiß nicht, wie du das ertragen kannst.«

»Ich bin Krankenschwester; ich habe schon viel Schlimmeres gerochen.« Sie schenkte ihr ein ironisches Lächeln. »Ich habe dir Kleidung zum Wechseln mitgebracht.«

»Ich ziehe mir keine Eingeborenenkluft an wie du«, sagte Lydia stur. »Der Junge hat mir eine Hose und ein Hemd angeboten, aber ich habe mich geweigert, sie anzuziehen.«

»Es wäre ja nur, bis wir dich hier herausbekommen.«

»Nein.« Lydia ließ nicht mit sich reden. »Lieber behalte ich meine schmutzigen Kleider an. In denen fühle ich mich wenigstens noch wie eine Britin.«

Esmie beschloss, sie nicht unter Druck zu setzen, sondern wühlte in ihrer Tasche herum. »Harold hat Süßigkeiten für uns eingepackt – Schokolade und Kekse.«

Lydias Gesichtsausdruck wurde weicher. »Harold ist auch hier?«

Esmie schüttelte den Kopf. »Er ist in Taha geblieben. Der Brigadier und die Polizei haben verboten, dass noch weitere Briten sich daran beteiligen, dich zu suchen. Nur dank des tapferen Mullahs, mit dem ich gekommen bin, bin ich überhaupt hier. Er hat alles getan, was in seiner Macht stand, um dich aufzuspüren und mit den Entführern zu verhandeln.«

Lydia wirkte verwirrt. »Ein Mullah? Das verstehe ich nicht.«

Esmie brach ein Stück Schokolade ab, das geschmolzen und wieder hart geworden war, und reichte es Lydia. »Iss das, dann erkläre ich es dir.«

Lydia saß da, hielt die Schokoladenstücke fest und starrte Esmie an, als könnte sie immer noch nicht glauben, dass diese auf dem *charpoy* neben ihr saß. So kurzgefasst, wie sie konnte, erzählte Esmie ihr alles von dem Zeitpunkt, zu dem Lydia verschwunden war, bis zu dem Moment, in dem Esmie vor weniger als einer Stunde in dem Schlupfwinkel eingetroffen war.

Lydia, der die Schokolade zwischen den Fingern schmolz, blinzelte Tränen fort.

»Ich hatte solche Angst. Ich habe gehofft, dass die Armee oder die Polizei nach mir Ausschau halten würden, aber allmählich dachte ich, niemand würde mich hier je finden … Ich wusste nicht einmal, wo ich war – an diesem Ort, den du Gardan nennst – oder wie weit ich von anderen Briten entfernt war.«

»Tom kennt einen alten Soldaten hier, Subahdar Tor Khan. Er hat uns auch geholfen.«

Lydia sah schuldbewusst drein. »Tom hat sein Leben riskiert, um herzukommen und mich zu retten?«

»Ja, das hat er. Und er hat sich den Behörden widersetzt, um mitzukommen.« Esmie sah ihr unverwandt in die Augen. »Aber er will wissen, warum du Taha mutterseelenallein verlassen hast – das wollen wir alle wissen.«

Lydia sah beiseite und begann, an der Schokolade zu knabbern. »Es war eine spontane Entscheidung – ich bin aus einer Laune heraus losgefahren. Ich weiß, dass ich es dir hätte erzählen sollen, aber ich dachte nicht, dass ich lange weg sein würde.«

Esmie sagte leise: »Du weißt, dass das nicht wahr ist. Du warst auf dem Weg nach Razmak und zu Dickie, nicht wahr? Du hast Kleidung und die Karte des Padre mitgenommen, um hinzufinden.«

Lydia ließ die Schultern hängen. Nach einer langen Pause sagte sie: »Ich konnte den Gedanken nicht ertragen, nach Pindi und in dieses verdammte Hotel zurückzukehren.« Sie warf Esmie einen verzweifelten Blick zu. »Aber die letzte Woche über habe ich mich dafür verflucht, dass ich Pindi überhaupt verlassen habe.«

Esmie legte ihr eine Hand auf den Arm. »Du wirst bald wieder in Pindi sein, da bin ich mir sicher.«

Lydia umklammerte ihre Hand und wirkte plötzlich aufgeregt. »Ich weiß nicht, wie du es hier an der Grenze ertragen kannst. Ich hasse es, und die Leute sind abscheulich! Du musst mich hier herausholen. Bitte, Esmie, du gehst doch nicht ohne mich, oder?«

»Natürlich lasse ich dich nicht im Stich, versprochen.« Esmie verbarg ihre eigenen Zweifel, dass man sie jetzt, da sie in der Festung der Bande war, ungehindert wieder gehen lassen würde. Wenn doch, konnte sie nicht sicher sein, dass man ihr gestatten würde, Lydia mitzunehmen. Aber sie behielt diese Befürchtungen für sich. »Jetzt lass mich deine Füße und deinen Knöchel untersuchen.«

Esmie fiel auf, dass Lydia Zakir trotz ihrer Verachtung für die ortsübliche Tracht gestattet hatte, ihr Wollsocken mit Ledersohlen zu leihen, um ihre kaputten Schuhe zu ersetzen. Als Esmie hörte, dass Malik zurückkehrte, rief sie ihn herein.

»Hast du irgendetwas von Interesse entdeckt?«

Er zuckte die Schultern. »Das Gebäude ist überwiegend verlassen, und man sieht durch einige der Mauern das Tageslicht – aber zu weit oben, als dass man unbeschadet von dort springen könnte.«

Esmie nickte. »Hoffen wir, dass es nicht so weit kommt.« Sie winkte ihn näher heran. »Du kannst mir helfen, Lomax Mems wunde Füße zu waschen und zu behandeln und ihren geschwollenen linken Knöchel zu bandagieren.«

Lydia sah ihn argwöhnisch an.

»Ich will ihn nicht in meiner Nähe haben«, sagte sie und wich zurück.

»Malik ist mein fähigster Pfleger, und ich vertraue ihm mein Leben an«, beruhigte Esmie sie. »Er hätte nicht mit auf unsere Rettungsmission kommen müssen, hat es aber getan, um dir zu helfen. Es gibt viele Paschtunen, die ihr Leben für dich riskieren – vergiss das nicht.«

Lydia sah zerknirscht drein. »Ja, das sehe ich. Es tut mir leid, wenn ich unhöflich war.«

Sie machten sich an die Arbeit. Zakir holte das frische Wasser, um das Esmie bat. Er blieb in der Nähe der Tür und summte leise vor sich hin. Esmie hatte großes Mitgefühl mit ihm. Sie hatte den Verdacht, dass Lydia in viel schlechterem Zustand gewesen wäre, wenn der junge Otmanzai sich nicht um sie gekümmert hätte.

Esmie ließ sich Zeit, untersuchte Lydia methodisch, maß ihre Temperatur und ihren Puls, sah sich ihre Augen, ihre Ohren und ihren Hals an. Ein Auge wirkte blutunterlaufen und entzündet, deshalb gab sie ihr Tropfen. Die ganze Zeit über redete sie ruhig auf sie ein und versuchte sie mit Geplauder über das Leben in der *zenana* und das Wetter abzulenken.

Lydia reagierte auf die willkommene Aufmerksamkeit. »Es geht mir wieder gut, sobald ich mich anständig waschen und saubere Kleider anziehen kann. Ich träume schon die ganze Zeit von einem heißen Bad. Nachts wird es hier eiskalt.«

Eine halbe Stunde später brüllte Baram Wali die Treppe hinab nach Zakir. Abrupt hörte der Junge zu summen auf und sah Esmie furchtsam an.

»Ich komme mit dir«, versicherte sie ihm.

Lydia hielt sie fest. »Du kannst mich hier nicht allein lassen. Geh nicht.«

»Ich komme zurück«, versprach Esmie. »Malik bleibt hier und beschützt dich, während ich nachsehe, was los ist.«

Mit klopfendem Herzen kehrte Esmie auf demselben Weg, auf dem sie gekommen war, in den Hauptraum zurück, dichtauf gefolgt von Zakir. Es lag noch größere Anspannung in der Luft als zuvor. Die Männer musterten sie feindselig.

»Warum haben Sie so lange gebraucht?«, fragte Baram Wali.

»Lomax Memsahib musste medizinisch behandelt werden«, sagte Esmie ruhig. Sie ließ den Blick durchs Zimmer schweifen. »Wo ist Mullah Mahmud?«

Die Männer traten von einem Fuß auf den anderen und tuschelten. Baram Wali behauptete: »Er musste gehen.«

»Gehen?«, fragte Esmie wie vor den Kopf geschlagen. »Wohin?«

Der Anführer wedelte ausweichend mit der Hand. »Mullah Zada hat ihn zu sich bestellt.«

Esmie wurde plötzlich misstrauisch. »Er wäre nicht ohne Malik und mich gegangen – nicht, ohne etwas zu sagen. Wo ist er?«

Baram Wali kam auf sie zu und starrte sie böse an. Er reckte ihr das Gesicht entgegen. Sein Mundgeruch warf sie fast um. »Wage es nicht, so mit mir zu reden, du *feringhi*-Hure! Du hättest nie herkommen sollen! Wir ruhen nicht, bis auch noch der Letzte von euch Briten von unserem Land zurück nach Indien gejagt worden ist!«

Zwischen den Männern hinter ihm brach ein Streit aus. Baram Wali wirbelte herum und brüllte sie nieder.

»Es ist beschlossen! Die *feringhi*-Krankenschwester bleibt hier, bis sie uns das Geld geben. Wenn sie dumm genug waren, sie zu uns zu schicken, sind sie auch dumm genug zu zahlen, was wir verlangen.«

Der jüngere, rundgesichtige Mann protestierte. »Aber der Mullah?«

»Der wird tun, was man ihm sagt«, blaffte Karos Mann.

»Ist er noch hier?«, fragte Esmie.

»Halt's Maul.«

»Was habt ihr ihm angetan?« Esmie war entsetzt bei dem Gedanken, dass diese Männer den Geistlichen vielleicht misshandelt hatten. Wenn ja, wie viel schlimmer würden sie sich dann Lydia und ihr gegenüber verhalten?

»Bitte sagt mir, dass ihr Mullah Mahmud nichts zuleide getan habt!«, rief Esmie. »Ich verlange, ihn zu sehen.«

»Du hast hier gar nichts zu verlangen«, rief das ältere Bandenmitglied mit hasserfülltem Blick.

»Ihr werdet uns gehen lassen müssen«, beharrte Esmie. »Ihr seid nur eine Handvoll Männer gegen viele. Die meisten Otmanzai sind auf unserer Seite. Stellt euch vor, was sie tun werden, wenn sie hören, dass ihr auch den Mullah eingesperrt habt!«

»Sie hat recht«, sagte der jüngere Mann mit dem runden Gesicht. »Wir müssen den Mullah gehen lassen.«

»Sei still«, zischte der alte Mann. »Dieser Mullah hat hier nichts zu sagen. Er hat Umgang mit den Ungläubigen.«

Esmie appellierte mit hämmerndem Herzen an den schwankenden Entführer: »Wenn wir heute Abend nicht zu Mirza Ali zurückkehren, wird er eine Streitmacht gegen euch ausschicken. Ich habe seinen Wachen gesagt, dass sie Hilfe holen sollen …«

»Die sind weg«, schnitt Baram Wali ihr das Wort ab. »Niemand hält Ausschau nach euch. Mirza Ali ist so erpicht darauf, Geld aus den *feringhi* herauszubekommen, wie wir.«

Esmie wurde übel. »Ich glaube dir nicht. Er will, dass jene Gefangenen freigelassen werden.«

»Gefangene und Geld«, sagte Baram Wali mit einem grimmigen Lächeln. »Jetzt bist du unser Gast, bis wir bekommen, was wir wollen.« Er verpasste Zakir eine Ohrfeige. »Sieh mich nicht so an. Bring die *feringhi* zurück in die Zelle und pass auf, dass alle beide dort bleiben.«

Zakir streckte die Hand aus und nahm Esmie mit flehendem Blick beim Ärmel. Sie stolperte ihm nach, zu schockiert, um Scherereien zu machen.

* * *

Malik nahm die Neuigkeit, dass sie Gefangene waren, mit seiner üblichen phlegmatischen Ruhe hin, aber Lydia brach weinend zusammen.

»Ich glaube nicht, dass Mirza Ali hinter dieser Intrige steckt, Geld zu erpressen«, sagte Esmie. »Er glaubt, dass er die Bande kontrollieren kann, um seinen Gefangenenaustausch zu erwirken, aber er irrt sich.«

»Der Meinung bin ich auch«, sagte Malik. »Soweit wir wissen, könnten seine Männer durchaus noch dort draußen sein. Wir können auf nichts vertrauen, was Baram Wali sagt.«

»Dieser bösartige Mann ist zu allem bereit, um an Geld zu kommen«, sagte Esmie angewidert. »Sogar dazu, den Mullah gefangen zu halten.«

Lydia war verzweifelt. »Der Mullah ist mir egal! Was ist mit uns? Ich habe Geld – ich bezahle alles, um hier herauszukommen. Wenn ich auch nur ein Wort von dem verstanden hätte, was sie gesagt haben, hätte ich ihnen das auch mitgeteilt. Du musst es ihnen sagen, Esmie. Sag, dass ich Geld habe!«

»McCabe würde uns nicht gestatten, auf Lösegeldforderungen einzugehen – obwohl Tom mit Geld hergekommen ist. Der Brigadier ist felsenfest überzeugt, dass die Entführer dann nur immer mehr verlangen würden, und ich glaube jetzt, dass er recht hatte. Diese Männer haben keine Skrupel – sie haben die Mullahs angelogen und ihre Versprechen gebrochen.«

»Tom hat Geld bei sich?« Lydia schoss sich auf diese Einzelheit ein. »Warum ist er dann nicht hier, um es diesen furchtbaren Männern anzubieten?«

»Weil unsere paschtunischen Freunde mit ihnen ausgehandelt haben, sich stattdessen auf einen Gefangenenaustausch einzulassen«, sagte Esmie. »Wir müssen darauf vertrauen, dass dieser immer noch durchgeführt wird und dass sie Baram Wali unter Druck setzen, sich damit einverstanden zu erklären.«

»Und du vertraust ihnen?«, schrie Lydia. »Ich nicht. Sie sind dreckige, habgierige Wilde. Sollen sie doch ihr Geld haben.«

»Lydia«, versuchte Esmie sie zu beruhigen, »wir müssen geduldig sein. Mirza Ali und die anderen werden morgen kommen, wenn wir bis dahin nicht zurück sind. Tom wird darauf bestehen.«

Lydia raufte sich die Haare und stieß einen schrillen Schrei aus. Esmie versuchte, sie zu umarmen, aber ihre Freundin war völlig aufgelöst und stieß sie von sich. »Ich kann es nicht ertragen!«, jammerte sie. »Ich will nach Hause! Ich will zu meinen Eltern!«

Esmie packte sie und hielt sie fest. Lydias dünne Arme verloren bald die Kraft, sich gegen sie zu wehren. Sie sackte schluchzend gegen Esmie, und Esmie hielt sie fest und streichelte ihr Haar, bis Lydia zu erschöpft war, weiter zu weinen.

* * *

Das Licht, das durch das hochgelegene Fenster fiel, verblasste bereits, als Malik den Vorhang zurückzog, um Zakir einen Teller mit Kichererbsen und grobem Brot sowie Ziegenmilch zum Trinken hereinbringen zu lassen. Etwas an Maliks Gesichtsausdruck ließ Esmie stutzig werden.

»Was ist, Malik?«

Leise sagte er auf Englisch: »Zakir … Er hat mir erzählt, wo sie Mullah Mahmud festhalten.« Er zeigte auf den Boden. »In einem Raum unter uns – einem alten Stall, glaube ich.«

»Geht es dem Mullah gut?«, fragte sie besorgt.

»Ich habe ihn nicht gesehen, aber Zakir sagt, der Mullah ist an eine Säule gebunden wie ein Maultier.«

Esmie war empört. »Wie können sie ihn nur so behandeln? Der arme Mann …« Plötzlich schnappte sie nach Luft. »Hast du gerade gesagt, dass Zakir mit dir gesprochen hat?«

Malik zuckte die Schultern. »Meist zeigt er nur immer wieder auf etwas. Aber er sagt auch ein paar Worte. Ich glaube, er kennt dieses Gebäude und wollte mir zu verstehen geben, dass er vor dem Feuer hier gelebt hat.«

Esmie wandte sich Zakir zu, der versuchte, die lustlose Lydia dazu zu bringen, ihre Milch zu trinken, und starrte ihn an. War das hier Zakirs früheres Zuhause? Es war offensichtlich angegriffen worden oder hatte aus einem anderen Grund gebrannt. Vielleicht war hier seine Familie umgekommen, und das hatte ihn seine psychische Gesundheit gekostet. Wenn ja, dann nutzte Baram Wali die Situation zu seinem Vorteil aus, indem er Zakir zwang, für ihn zu arbeiten und ihm einen Schlupfwinkel zur Verfügung zu stellen, in dem niemand ihn suchen würde. Karos Mann musste Zakir im letzten Dezember nach dem Angriff auf Kanki-Khel gefangen genommen haben.

Esmie kam ein Gedanke. Leise sprach sie den Jugendlichen an: »Ist das hier dein Zuhause, Zakir?«

Erst dachte sie, er würde die Frage ignorieren. Er ging in die Hocke und begann zu summen. Sie wartete und fragte ihn dann: »Ist das hier das Haus, in dem du aufgewachsen bist? Weißt du deshalb, wo alles aufbewahrt wird? Die Dinge, die du Lomax Memsahib bringst?«

Zakir hörte auf, sich zu wiegen, und sah ihr in die Augen. Er nickte. Esmie trat auf ihn zu. »Zakir, kennst du einen anderen Weg hier hinaus, als durch das Fenster da oben zu klettern?«

Sie musterte den Jungen unverwandt und hielt die Luft an. Wieder nickte er. Sie tauschte rasch einen Blick mit Malik. Ihr Herz begann zu trommeln.

»Wo?«

Der Jugendliche gestikulierte mit beiden Händen und zeigte auf den Boden.

»Unter diesem Zimmer, dort, wo Mullah Mahmud ist?«

Wieder nickte Zakir.

»Kannst du uns heute Nacht dorthin bringen, wenn die anderen schlafen?«

Zakir betrachtete sie mit angstvollen Augen. Sie dachte, er würde ablehnen, und wenn er es tat, würde sie es ihm nicht zum Vorwurf machen.

»Ja«, flüsterte er mit heiserer Stimme.

Vor Rührung angesichts seiner Tapferkeit kamen Esmie die Tränen. Sie nahm seine Hände und drückte sie. »Danke für deinen Mut! Du musst mit uns kommen und auch fliehen. Ich kann den Gedanken nicht ertragen, dass du länger bei diesen Männern bist. Wir passen auf dich auf.«

Esmie wurde mit einem seltenen Lächeln von ihm belohnt.

Lydia fragte: »Was ist los? Was sagst du da?«

Esmie setzte sich auf das *charpoy* und hielt ihr die Hand. »Wir dürfen uns keine zu großen Hoffnungen machen, aber es könnte einen anderen Ausweg geben.«

* * *

Das Warten dauerte endlos. Als die Dunkelheit anbrach, bliesen Esmie und Lydia die Lampe aus, saßen angespannt auf dem *charpoy*, hielten einander an der Hand und spitzten die Ohren, während Malik quer vor der Tür lag und so tat, als würde er schlafen. Dann und wann ertönten in der Ferne Schritte, und immer wieder wurden Rufe laut, die durch die verlassenen Räume hallten. Irgendwann hörte Esmie jugendliche Stimmen, und sie befürchtete, dass Mitglieder der Bande in der Nähe bleiben und sie bewachen würden. Aber als sie Maliks »Schnarchen« hörten, zogen die jungen Männer wieder ab. Wahrscheinlich dachten sie, dass zwei schwache Frauen und ein unbewaffneter Diener nicht versuchen würden, zu fliehen.

Nach und nach wurde es still im Turm. Sie waren zu weit vom Hauptraum der Entführer entfernt, um zu hören, ob sie sich schlafen gelegt hatten, aber Esmie wusste ohnehin, dass sie Zakir einfach vertrauen mussten. Er würde kommen, sobald er konnte.

Sie fragte sich, was in der Festung in Gardan geschehen war, sobald man dort erkannt hatte, dass der Mullah und die Krankenschwester nicht zurückkehren würden. War Mirza Ali schon dabei, einen Rettungstrupp auszuschicken, oder steckte er wirklich mit den Entführern unter einer Decke? Selbst wenn er versuchte, auf Zeit zu spielen, würden Tom und der Subahdar alarmiert sein, und wenn Mullah Zada erfuhr, dass die Bande ein falsches Spiel getrieben hatte, würde auch er empört sein. Aber wie würden die verzweifelten, zerstrittenen Männer oben sich verhalten, wenn sie in die Enge getrieben wurden? Das würde heißen, Lydia doch noch mit roher Gewalt zu befreien und damit genau das zu tun, was sie bisher zu vermeiden versucht hatten. Das war ja der Grund dafür, dass Esmie sich überhaupt zu der gefährlichen Rettungsmission bereit erklärt hatte.

Sie schloss die Augen und betete stumm, dass es einen anderen Ausweg gab. Dann überkamen sie weitere Zweifel. Lydia war sehr geschwächt, weil sie monatelang nicht genug gegessen und dann diese Tortur durchgemacht hatte. Esmie befürchtete, dass Lydia, selbst wenn sie sich befreien konnten, nicht stark genug sein würde, um den Weg bis nach Gardan zu schaffen. Würden ihre Ponys noch an dem befestigten Haus hangabwärts stehen? Sie verdrängte diese düsteren Gedanken und konzentrierte sich darauf, wach zu bleiben. Sie hatte beschlossen, dass sie die hinderliche Medizintasche und auch deren Inhalt mit Ausnahme ihrer kleinen Taschenlampe zurücklassen musste. Diese hielt sie nun mit der freien Hand umklammert. Trotz der abfallenden Temperatur schwitzten Esmies Handflächen, und die Taschenlampe fühlte sich glitschig an.

Esmie verlor jegliches Zeitgefühl. Ihre Armbanduhr verriet ihr, dass es fast ein Uhr morgens war, aber sie hatte den Eindruck, es wäre schon viel später. Lydia lehnte an ihr und döste. Plötzlich stand Malik im Zimmer und berührte ihre Schulter. Esmie zuckte zusammen. Auch sie musste eingenickt sein.

»Guthrie Mem, Zakir ist hier«, flüsterte er.

Sie rüttelte Lydia wach. Alles war pechschwarz. Sie schaltete ihre Taschenlampe ein und sah Zakirs ängstliches Gesicht im Türrahmen. Er wirkte erschrocken über das ungewohnte Licht, und so reichte sie ihm die Taschenlampe und zeigte ihm, wie man sie benutzte.

Dann nahm Esmie Lydias zitternde Hand und folgte Malik und Zakir. Sie schlichen zurück zur Wendeltreppe und stiegen weiter hinunter. Lydia klammerte sich an Esmie fest und erschwerte es ihr, das Gleichgewicht auf den schmalen Stufen zu halten. Stück für Stück tasteten sie sich nach unten und blieben am Ende der Treppe stehen, um Atem zu schöpfen. Zakir schaltete die Taschenlampe aus und lauschte. Als kein Geräusch ertönte, stellte er sie wieder an, und sie gingen weiter, einen langen Gewölbegang entlang, der nach ein paar vermodernden Säcken zu urteilen früher als Lagerraum gedient hatte.

Ein Geräusch ließ sie zusammenfahren. Etwas huschte an ihnen vorbei. Lydia unterdrückte einen Aufschrei und sorgte dafür, dass Zakir erschrocken die Lampe fallen ließ. Das Klirren des Metalls auf dem Stein hallte ringsum wider. Bestimmt würde jemand es hören! Esmies Herz hämmerte, als sie stocksteif stehen blieben und abwarteten, ob jemand aufgeschreckt worden war. Sie spürte, dass Lydia zitterte, und drückte ihr tröstend die Hand. Niemand erschien. Malik hob leise die Taschenlampe auf und leuchtete damit Zakir den Weg. Er nickte dem Jungen zu, sie weiterzuführen. Wieder schlichen sie vorwärts.

Nach ein paar Metern zeigte Zakir auf eine halb offene Tür, und sie zwängten sich einer nach dem anderen durch den Spalt, um die Tür nicht weiter zu öffnen und damit vielleicht knarren zu lassen. Esmie erkannte am Geruch, dass sie in einem früheren Stall waren, aber im Licht der Taschenlampe waren keine Tiere zu sehen, und ein alter Eingang war mit Ziegeln zugemauert worden.

Als Malik den Lichtkegel der Taschenlampe durch den Raum schweifen ließ, schnappte Esmie nach Luft. Am Fuß einer Säule kauerte Mullah Mahmud und sah erschrocken blinzelnd zu ihnen hoch. Sie ging schnell zu ihm.

»Geht es Ihnen gut?«

Er starrte sie mit offenem Mund an. »Memsahib …«

»Psst«, sagte sie leise. »Wir sind hier, um Sie herauszuholen.«

Ohne ein weiteres Wort half sie Malik, die Stricke aufzuknoten, mit denen er an Händen und Füßen gefesselt war, und löste auch das Seil, mit dem man ihn an einen in die Säule eingelassenen Ring gebunden hatte. Esmie massierte seine Handgelenke und Knöchel, um den Blutkreislauf wieder in Gang zu bringen, damit er aufstehen und gehen konnte. Sie sah den Ausdruck der Dankbarkeit in den Augen des Mullahs.

Erst jetzt fragte Esmie sich, wie sie aus diesem dunklen und schmutzigen Gewölbe entkommen sollten.

Zakir nahm Malik die Taschenlampe ab, leuchtete damit in eine Ecke und winkte sie zu sich heran. Alles, was Esmie sehen konnte, waren ein großes Fass und etwas faulig riechendes Stroh. Zakir stemmte sich mit der Schulter gegen das Fass und begann, es mit erstaunlicher Kraft zur Seite zu schieben. Malik kam ihm zu Hilfe. Unter dem Fass lag eine Falltür, die nicht größer als das Loch war, das in einen Kohlenkeller führte. Zakir stemmte sie hoch, ließ sich hinab und nickte den anderen zu, ihm zu folgen.

Er verschwand, und der Mullah ging als Nächster. Lydia stand wie gelähmt da. »Ich kann keine engen Räume ertragen«, flüsterte sie verängstigt.

»Nimm meine Hand«, drängte Esmie. »Weißt du noch, wie wir uns früher immer im Keller deines Dads versteckt und gespielt haben, er wäre unser Tierbau? Du schaffst das. Ich gehe voran.«

Lydia holte tief Luft und nickte. Esmie hockte sich hin und sah im Schein der Taschenlampe, dass es etwa anderthalb Meter tief in eine dunkle Grube hinabging. Ihr schwindelte leicht, aber vor Lydia durfte sie sich keine Furcht anmerken lassen. Zakir und Mullah Mahmud streckten die Hände aus, um ihr nach unten zu helfen. Halb kletterte, halb sprang sie in das dunkle Loch. Auf Esmies gutes Zureden hin folgte Lydia. Malik schlüpfte als Letzter hinein und zog dabei die Falltür hinter sich zu.

Esmie spürte eher, als dass sie es sehen konnte, dass sie in einem langen, feuchtkalten Gang waren. Er war zu schmal, um nebeneinander zu gehen, und nicht hoch genug, um aufrecht zu stehen. Zakir ging mit der Taschenlampe voran. Bis auf das immer wieder unterbrochene Flackern der Taschenlampe ganz vorn waren sie in völliger Dunkelheit.

Gebückt ging Esmie vorwärts und hielt dabei hinter sich Lydias Hand. Sie hörte Lydias schnelle Atmung, während sie sich vorantasteten. In der Enge des dunklen, nicht enden wollenden Tunnels verlor Esmie die Orientierung, aber sie schienen tiefer unter die Erde zu gehen. Der Geheimgang war abschüssig und wurde immer steiler. Sie versuchte, bei dem Gedanken nicht zu erschauern, dass sie vielleicht lebendig tief unter der Erde begraben werden würden, wo niemand sie je finden würde. Esmie kämpfte sich weiter vorwärts, indem sie sich auf das tanzende Licht der Taschenlampe vor sich konzentrierte.

Abrupt endete der Gang, und sie standen in einem Keller mit Tonnengewölbe. Er roch feucht und modrig. Wasser tropfte von den Wänden. Aber Esmie schluckte vor Erleichterung. Trotz der Feuchtigkeit schmeckte die Luft schärfer, frischer und sehr kalt.

»Wo sind wir?«, flüsterte Lydia. »Lieber Gott, sag bitte, dass wir nicht diesen Tunnel wieder hinaufgehen müssen.«

»Ich glaube, es ist ein alter Eiskeller«, vermutete Esmie.

Zakir durchquerte den Keller. Esmie konnte keine Fenster oder Öffnungen sehen, aber sie alle folgten ihm eilig. Sie bogen um eine Ecke, und dann lag plötzlich ein halbes Dutzend steinerner Stufen vor ihnen, das zu einer kleinen, massiven Holztür emporführte. Esmie schöpfte neue Hoffnung. Zakir ging voran und bedeutete ihnen mit einer Geste, zurückzubleiben. Er sprang die Stufen hinauf und tastete mit der Hand am oberen Rand des Türrahmens entlang. Nach einem Moment fand er, wonach er gesucht hatte: einen großen, rostigen Schlüssel.

Sie konnte kaum atmen, als er ihn unbeholfen ins Schlüsselloch steckte. *Bitte lass die Tür aufgehen!* Besiegt umkehren zu müssen, wäre unerträglich gewesen. Trotz Zakirs Warnung eilten sie alle zu den Stufen, um ihm zu helfen. Malik kam als Erster dort an und drehte den Schlüssel kraftvoll im Schloss. Am Ende gab es nach. Sie schoben noch mühsam zwei Riegel beiseite, stemmten sich gegen die lang unbenutzte Tür und stießen sie auf. Am unteren Ende der Stufen spürte Esmie, wie ein eisiger Luftzug hereinströmte.

»Bitte bleiben Sie hier, Memsahibs«, sagte Malik. Er und Zakir verschwanden hinter der Tür.

Esmie widerstand dem Drang, ihnen nachzueilen, klammerte sich in der Dunkelheit an ihre Freundin und versuchte, ihre unregelmäßigen Atemzüge unter Kontrolle zu bringen. Wohin führte die Tür?

»Warum dauert es so lange?«, flüsterte Lydia.

»Sie vergewissern sich, ob alles sicher ist.«

Die Minuten fühlten sich wie Stunden an. Dann kehrte Malik mit der Taschenlampe zurück.

»Bitte kommen Sie«, drängte er sie.

Die Stufen waren rutschig, und Lydia glitt aus, sodass sie beinahe auch noch Esmie umgerissen hätte. Aber der Mullah packte sie und bewahrte sie davor, hinzufallen. Im nächsten Augenblick tasteten sie sich schon alle durch die Tür in die Nacht hinaus. Sie kamen in einem Dickicht aus Bäumen ins Freie. Esmie spürte Dornen, an denen ihre Kleidung hängen blieb.

Mit gesenkter Stimme fragte sie: »Wo sind wir?«

Zakir ergriff ihren Ärmel und deutete den Berg hinauf. Der Nachthimmel spendete so viel Licht, dass Esmie die abweisenden Umrisse des alten Turms erkennen konnte. Sie waren jetzt etwa dreißig Meter unterhalb davon auf der dem Fenstereingang abgewandten Seite.

Zakir sah sie triumphierend an. Er suchte nach Worten. »Keine Wache hier.«

Esmie umarmte ihn voller Erleichterung. »Du kluger Junge!«

Als sie ihn losließ, grinste er.

»Wir müssen uns beeilen, Memsahib«, sagte Malik. »Zakir wird uns den besten Weg nach Gardan zurück zeigen, auf dem wir Baram Walis Haus umgehen können.«

Zusammen brachen sie den steilen Hang hinab auf, schlitterten und rutschten ihn im Dunkeln hinunter. Es war zu gefährlich, die Taschenlampe anzuschalten, weil sie sonst vielleicht Aufmerksamkeit erregt hätten. Das erste Stück bergab bewältigte Lydia noch, aber als sie dann einen Umweg über gewundene Pfade einschlugen, wurde sie rasch müde.

»Ich muss mich hinsetzen«, keuchte sie. »Ich kann keinen Schritt weitergehen.«

Esmie übernahm das Kommando. »Wir werden dich zwischen uns tragen.« Sie zeigte Zakir und Malik, wie sie mit ihren Armen einen Sitz bilden konnten, um Lydia hochzuheben. »Komm, Lydia, leg den beiden die Arme um den Hals.«

Nach kurzem Zögern tat Lydia wie geheißen. Jetzt kamen sie langsamer voran, und von Zeit zu Zeit mussten die Männer stehen bleiben, um sich auszuruhen.

»Ich kann auch helfen«, bot Mullah Mahmud an.

Esmie empfand große Dankbarkeit dem jungen Mann gegenüber, der immer noch sein Leben für Menschen riskierte, die viele Otmanzai als ihre Feinde bezeichnet hätten.

Sie dankte ihm und übernahm es zusammen mit dem Mullah, Lydia für eine Weile zu tragen, um den anderen eine kurze Atempause zu verschaffen.

Sie waren schon fast an der Stelle vorbei, an der sie am Vortag ihre Ponys gelassen hatten, als sie eine Bewegung sahen.

»Da ist jemand hinter der Mauer dort«, sagte Esmie alarmiert.

Plötzlich kamen schattenhafte Gestalten den Hang hinabgeeilt, Gewehre in den Händen. Esmies Knie gaben unter ihr nach. Lydia stieß einen Klagelaut aus, als sie abgesetzt wurde. In einer sinnlosen Geste der Ritterlichkeit stellte der Mullah sich vor sie, um sie zu beschützen. Aber sie waren fünf unbewaffnete Flüchtlinge gegen mindestens ein Dutzend bewaffneter Banditen.

Esmie empfand eine seltsame Ruhe, als sie ihnen die Stirn bot. Sie hatte ihr Bestes getan. Es war nicht genug gewesen, aber wenigstens hatte sie versucht, ihre Freundin zu retten. Jetzt konnten sie nichts mehr tun, als um Gnade oder einen schnellen Tod zu flehen.

Kapitel 40

Ein Ruf ertönte aus dem Dunkel – ein Befehl an die Flüchtigen, stehen zu bleiben. Männer kreisten sie ein und schrien aufgeregt. Lydia klammerte sich an Esmie, zu schockiert, um sich zu rühren.

Ein bärtiger Mann mit Turban drängte sich zu ihnen durch. Als er den Mullah sah, warf er die Hände in die Luft und sagte: »Gelobt sei Allah!«

Es verschlug Esmie den Atem. »Subahdar Khan?«

Er sah sie im Dunkeln an und verzog das zerfurchte Gesicht zu einem Lächeln. »Guthrie Memsahib, auch Sie sind in Sicherheit, Allah sei Dank!«

Im nächsten Moment trat noch ein Paschtune in den Kreis. »Esmie?«, rief er.

Esmie schluchzte vor Erleichterung kurz auf. »Tom!«

Er wollte gerade ihre Hand ergreifen, als er auch Lydia dort sah und stehen blieb. »Lydia!«

Sie sah ihn verwirrt an. »Tom, bist du das?«

»Ja.«

Eine ganze Weile starrten sie einander an; dann stürmte Lydia auf ihn zu.

»Oh, Tom«, rief sie, »ich dachte, ich würde dich nie wiedersehen!«

Sie brach in seinen Armen zusammen. Tom hielt sie, als sie weinte, und murmelte tröstende Worte. »Jetzt bist du in Sicherheit. Es ist vorbei. Der Subahdar und die Männer aus Gardan waren schon unterwegs, um dich zu befreien.«

Lydia schluchzte so heftig, dass sie nicht antworten konnte. Esmie fühlte sich schwach vor Erleichterung.

»Danke, Subahdar«, sagte sie. Ihre Augen brannten vor Tränen.

»Aber wie ist es Ihnen gelungen, zu entkommen?«, fragte Tor Khan.

»Dank Zakir«, sagte Esmie und legte dem Jungen die Hand auf die Schulter. »Er hat uns einen Weg ins Freie gezeigt – der Schlupfwinkel war sein einstiges Zuhause.«

Der Mullah ergriff das Wort. »Zakir war dort genauso gefangen wie wir. Jetzt müssen wir uns um ihn kümmern. Ich dachte, ich könnte diesen Männern gut zureden, aber ich habe mich getäuscht. Sie sind keine wahren Muslime.«

»Sie werden ihre Strafe bekommen«, knurrte der Subahdar. »Dafür sorge ich schon. Aber erst einmal müssen wir Sie alle in Sicherheit bringen. Sie bleiben für den Rest der Nacht in meinem Haus.« Er drehte sich um und begann, Befehle zu erteilen.

* * *

Sie verbrachten die kurze Nacht im Haus des Subahdars. Die beiden Frauen legten sich unter einer dicken Decke in einem winzigen Raum schlafen, der vom Hof abging. Lydia kratzte sich, konnte nicht schlafen und beklagte sich, dass sie hätte bei Tom sein sollen.

Am nächsten Tag überschlugen sich dann die Ereignisse. Als Mullah Zada hörte, wie Mahmud und die Frauen misshandelt worden waren, verlangte er, dass die Entführer vor ihn gebracht werden sollten. Mirza Ali, der sie mittlerweile vehement verurteilte, schickte eine Streitmacht aus, um sie gefangen zu nehmen. Aber zu dem Zeitpunkt, als die Männer den Turm erreichten, waren die Entführer längst geflohen.

All das erfuhr Esmie von dem Subahdar, als er ihr ihre Medizintasche übergab, die zu ihrer Erleichterung wiedergefunden worden war.

»Ich bin mir nicht sicher, ob Mirza Ali sie nicht absichtlich über die Grenze nach Afghanistan hat entkommen lassen«, grollte er. »Der Mann ist doppelzüngig. Aber wenigstens sind Baram Wali und seine Brüder jetzt fort, und wenn es nach mir geht, werden sie nie nach Gardan zurückkehren.«

Von Sergeant Baz kam die Nachricht, dass die Gefangenen in Taha freigelassen werden und am nächsten Tag aufbrechen sollten.

»Warum denn nur?« Lydia, deren Selbstbewusstsein wieder auflebte, war empört. »Die Entführer sind geflohen, also besteht keine Notwendigkeit, jetzt noch irgendeiner ihrer Forderungen nachzugeben.«

»Wir sind immer noch im Gebiet der Otmanzai«, sagte Tom warnend, »und diese Männer haben Verwandte. Wir sollten unsere Seite der Abmachung einhalten und ihnen keinen Anlass geben, an unserem Wort zu zweifeln.«

»Unser Wort steht doch gar nicht in Zweifel«, gab Lydia zurück. »Diese paschtunischen Teufel sind diejenigen, die gezeigt haben, dass man ihnen nicht vertrauen kann.«

»Lydia, eine ganze Schar tapferer und freundlicher Paschtunen hat dir das Leben gerettet. Vergiss das nicht«, rief Esmie sie zur Ordnung.

»Ein paar von ihnen vielleicht«, räumte Lydia ein. »Aber sie haben angefangen, indem sie mich überhaupt erst entführt haben.«

Esmie fing Toms Blick auf und sah, dass es ihm widerstrebte, sich zu streiten. Sie verbiss sich die anklagenden Worte, dass Lydia gar nicht erst hätte versuchen sollen, nach Razmak zu fahren. Aber das spielte jetzt keine Rolle mehr und war auch nicht ihre Sorge. Diese Dinge mussten Lydia und Tom unter sich ausmachen.

Tom sagte: »Die gute Nachricht ist, dass wir morgen zur Grenze aufbrechen werden.«

»Gott sei Dank!«, rief Lydia aus. »Sobald wir wieder in der Zivilisation sind, verbrenne ich jeden Fetzen meiner Kleidung. Ich will nichts behalten, das mich an diesen schrecklichen Ort erinnert.«

»Und du wirst Andrew wiedersehen«, sagte Tom. Seine Miene hellte sich auf, als er von seinem Sohn sprach.

Einen Augenblick lang sah sie verwirrt drein; dann lächelte sie. »Ja, natürlich. Ich habe ihn furchtbar vermisst.«

Esmie fiel auf, dass Lydia den Jungen erst jetzt auch nur erwähnte. Kein einziges Mal hatte sie nach ihm gefragt. Das bekümmerte Esmie. Der arme Andrew!

Sie stand von dem Platz auf, an dem sie im Hof saßen. »Ich gehe Zakir suchen«, sagte sie und ließ die beiden allein.

* * *

Am folgenden Tag machten sie sich nach einem frühen Frühstück aus Quark, Rosinen und Mandeln zum Aufbruch bereit. Sowohl der Subahdar als auch Mirza Alis Sohn stellten eine Eskorte, um sie zur Grenze zu begleiten und den Gefangenenaustausch zu beaufsichtigen. Lydia sagte, es gehe ihr gut genug, allein auf einem Pony zu reiten. Auf die Art würden sie schneller vorankommen.

Mullah Mahmud und Zakir kamen, um Lebewohl zu sagen. Esmie war hocherfreut, dass ihr junger Freund von nun an im Haushalt des Mullahs leben sollte; das hatte sie sich schon in Kanki-Khel für ihn gewünscht, als sie ihm zum ersten Mal begegnet war.

Tom schüttelte dem Mullah die Hand und dankte ihm für seine Hilfe. Lydia nickte zustimmend und stieg auf ihr Pony.

»Ich kann Ihnen gar nicht genug für alles danken, was Sie für uns getan haben«, sagte Esmie. Ihre Augen brannten vor Tränen der Dankbarkeit.

Der Mullah umfasste sanft ihre Hand. »Sie waren Lomax Memsahib eine tapfere und loyale Freundin. Und ich hoffe, Sie zählen von nun an auch mich zu Ihren Freunden. Sie sind jetzt eine von uns. Möge Allah Sie schützen und an all Ihren Tagen bei Ihnen sein.«

Esmie war überwältigt; etwas Freundlicheres hätte er gar nicht sagen können. Sie schluckte den Kloß hinunter, den sie im Hals hatte, und nickte zum Dank. Was für eine unwahrscheinliche Freundschaft sie doch eingegangen waren – ein Geistlicher der Otmanzai und eine britische Krankenschwester. Aber sie wusste, dass sie beide davon bereichert wurden.

Sie wandte sich Zakir zu und sah ihn zärtlich an. Gestern hatte sie geholfen, sein verfilztes Haar zu schneiden und zu kämmen. Der Junge trug frische Kleidung, und seine Mütze – es war die, die Esmie ihm vor einem Jahr geschenkt hatte – war gewaschen worden.

Sie lächelte. »Mein lieber Zakir.«

Unvermittelt warf er sich ihr zu Füßen und klammerte sich an sie. Esmie ging in die Hocke und streichelte seinen Kopf. »Sei nicht traurig. Du hast jetzt eine neue Familie.«

Er schaute mit traurigen Augen zu ihr auf, als könnte er nicht verstehen, warum sie ihn wieder verlassen musste. Sie umfasste sein Gesicht mit beiden Händen und küsste ihn auf die Stirn. »In unseren Herzen werden wir immer beieinander sein.«

Als sie aufstand, zog der Mullah Zakir behutsam fort.

Spontan sagte Esmie: »Warte.« Sie griff in die Tasche ihrer Wolljacke und zog ihre Taschenlampe daraus hervor. »Nimm die hier und behalt sie.«

Zakirs Augen leuchteten auf. Er packte die Taschenlampe und schaltete sie grinsend an. Mit rauer Stimme sagte er: »Danke, Memsahib.«

»Ich muss mich bei dir bedanken, Zakir.«

Rasch wandte Esmie sich ab, um auf ihr Pony zu steigen, weil sie vor dem Jungen nicht in Tränen ausbrechen wollte. Die anderen standen schon am Tor bereit. Lydia sah aus, als könnte sie es nicht abwarten, von hier fortzukommen.

Binnen weniger Minuten ließen sie die Ansammlung befestigter Häuser hinter sich und machten einen Bogen um das Dorf mit seinem heiligen Grab. Die Luft war kalt, und zinngraue Wolken zogen sich über der Bergkette zusammen. Es sah aus, als würde es bald Regen oder Schnee geben. Plötzlich wurde Esmie von der Ruhelosigkeit angesteckt, die Lydia schon fest im Griff hatte. Sie konnte es nicht abwarten, fort zu sein.

Es war erst neun Tage her, dass sie Taha verlassen hatte, aber es kam ihr vor wie vor einem ganzen Leben. Esmie sehnte sich danach, zu Hause in der europäischen Siedlung bei Karo und Gabina zu sein – ihre Freundin würde sehr erleichtert sein, zu hören, dass Baram Wali geflohen war und sie nicht länger bedrohen konnte. Und dann war da noch Harold. Sie hatte ihm viel zu erzählen, und sie mussten einiges besprechen, was ihre Zukunft betraf. Wieder machten sich Zweifel am Zustand ihrer Ehe in ihr breit. War sie bereit, für immer mit Harold zusammenzuleben wie Bruder und Schwester und nie ein eigenes Kind zu bekommen?

Sie ließ zu, dass Gedanken an den kleinen Andrew sich in ihren Kopf stahlen. Eine vertraute Mischung aus Sehnsucht und Beschützerdrang durchzuckte ihr Inneres. Vor ihr ritten

Lydia und Tom, die mit jedem Kilometer näher zu ihrem Sohn kamen. Sie spürte, wie sich ihr vor Neid die Brust zuschnürte. Vielleicht würde sie ihre Muttergefühle nie loswerden. Es würde eine Erleichterung sein, wenn die beiden Andrew wieder mit nach Rawalpindi nahmen und sie selbst wieder ganz in der Arbeit im Missionskrankenhaus aufgehen konnte. Sich zu harter Arbeit anzutreiben, war immer ihre Antwort auf die Frage, wie sie verstörenden Gefühlen ausweichen konnte.

Mit dem Vorsatz trieb Esmie ihr Pony weiter nach Süden.

* * *

Baz wartete an der Grenze mit einer Polizeieskorte und den drei Gefangenen auf sie. Es kam zu einer schnellen Übergabe. Sie dankten dem Subahdar und sagten ihm Lebewohl. Esmie war gerührt, als sie sah, wie Tom und Tor Khan einander ergriffen umarmten, ohne dass Worte notwendig waren. Beide wussten, dass sie den anderen wahrscheinlich nie wiedersehen würden. Dann ritten Esmie und ihre Freunde weiter und erreichten Kanki-Khel noch vor Einbruch der Nacht.

Lydia konnte sich waschen und ließ sich überreden, einige Kleidungsstücke von Esmie anzuziehen, die auf dem Weg nach Norden hier zurückgelassen worden waren. Die alte Lydia hätte sich nicht hineinzwängen können, aber sie hatte so viel Gewicht verloren, dass Rock und Bluse passten. Esmie war erschrocken, wie dünn ihre Freundin geworden war.

An dem Abend öffneten sie Wein, den Baz aus Taha hatte heraufschicken lassen, und tranken auf ihre Freiheit. Lydia war bald betrunken und wurde geschwätzig.

»Ich nehme an, ich werde schrecklich viel Aufhebens über mich ergehen lassen müssen, wenn wir nach Pindi zurückkommen. Stand etwas über meine Entführung in allen Zeitungen? Ich kann es nicht abwarten, Geraldine Hopkirk die ganze Geschichte zu erzählen – die wird Augen machen!« Lydia lachte beschwipst. »Und ich sehe schon vor mir, wie Jimmy und Stella mich nach allen Einzelheiten ausfragen werden. Meine Tortur übertrifft all die Lügenmärchen, die uns die sogenannte Baronin schon aufgetischt hat. Dieses eine Mal wird sie sprachlos sein!«

Esmie sah Tom an und wartete darauf, dass er nachhaken würde, warum Lydia überhaupt verschwunden war. Aber er wich ihrem Blick aus und sagte wenig. Vielleicht hatte er um seiner Ehe und Andrews willen beschlossen, dass er die Wahrheit gar nicht erfahren wollte. In ein paar Tagen würden sie wieder in Rawalpindi sein und konnten beginnen, den Scherbenhaufen ihres Lebens zusammenzusetzen, um einen Neuanfang zu wagen.

Stumm fragte Esmie sich, wie gut das möglich sein würde. Sie erinnerte sich an Lydias Geständnis in Gefangenschaft: *»Ich konnte den Gedanken nicht ertragen, nach Pindi und in dieses verdammte Hotel zurückzukehren.«*

Dennoch hatte Lydia glücklich gewirkt, wieder mit Tom vereint zu sein. Womöglich wusste sie ihren Mann jetzt wieder zu schätzen, nachdem Tom keine Kosten und Mühen gescheut hatte, um sie zu retten. Übermüdet ließ Esmie sie allein und ging zu Bett.

* * *

Am nächsten Tag stiegen sie, begleitet von Baz und Malik, für die Fahrt nach Taha auf einen Polizeilaster. Esmie entschied sich, bei ihrem Pfleger hinten zu bleiben, sodass Tom und Lydia zusammen vorn sitzen konnten. Sie spürte eine neue Verlegenheit zwischen sich und Tom. Als sie am Flussufer vorbeikamen, wo Tom ihr seine wahren Gefühle gestanden hatte, spürte Esmie, wie Traurigkeit sie übermannte. Sie fragte sich, ob es Tom ebenso ging.

Aber je mehr sie sich Taha näherten, desto stärker hoffte Esmie, dass die Lomax sich nicht lange in der Grenzstadt aufhalten, sondern schnell nach Rawalpindi und ins Raj Hotel zurückkehren würden. Auch sie selbst wollte einfach nur ihren Alltag wieder aufnehmen.

Als die Stadt in der Ferne auftauchte, sagte Esmie zu Malik: »Du warst mir wirklich eine Stütze. Danke. Wenn du dir ein paar Tage freinehmen möchtest, um deine Familie besuchen zu gehen, dann tu es bitte. Du hast dir eine Ruhepause verdient.«

Der Pfleger schenkte ihr ein so breites Lächeln wie sonst nur selten. »Nur, wenn Guthrie Mem auch Ferien macht.«

Sie lachte ironisch auf. »Vielleicht für den Rest des Tages. Ich bin nicht gut darin, untätig zu sein. Bei der Arbeit bin ich glücklicher.«

Er nickte. »Ich doch auch, Memsahib.«

Zwanzig Minuten später rollte der Lastwagen unter dem gewaltigen steinernen Torbogen des Nordtors hindurch nach Taha hinein. Die Nachricht von der Rückkehr der entführten Memsahib war ihnen vorausgeeilt: Eine Menschenmenge drängte sich laut rufend um sie, um einen Blick auf die gerettete Frau zu erhaschen. Aus den Entzückensschreien schloss Esmie, dass Lydia der Masse zuwinkte.

Malik hob die Lastwagenplane, sodass Esmie besser sehen konnte, was vorging. Langsam fuhren sie durch das Gedränge der Gratulanten und Gaffer weiter in die europäische Siedlung. Die Straßen waren seltsam ruhig. Sie hatte mit einem stürmischen Empfang durch die Briten gerechnet, um sie wieder hier willkommen zu heißen. War das ein Anzeichen dafür, dass man Lydias leichtsinniges Verhalten missbilligte? Vielleicht hatte McCabe darauf bestanden, dass nicht viel Aufhebens um alles gemacht wurde. Esmie war erleichtert, dass sie es nicht mit Militärkapellen und Empfangskomitees zu tun bekamen.

Aber als sie an der Häuserzeile vor Nummer zehn anhielten, sah Esmie, dass zwei uniformierte Männer auf der Veranda warteten, offensichtlich, um sie zu begrüßen: McCabe und Rennell. Malik half ihr vom Lastwagen, während Tom das Gleiche für Lydia tat. Esmie empfand die vertraute leichte Übelkeit, weil sie wieder auf festem Boden stand, während ihr Kopf und ihr Magen noch den Eindruck hatten, auf der Straße durchgerüttelt zu werden. Es war so schön, wieder zu Hause zu sein!

Alec Bannerman kam den Gartenweg entlang, um sie zu empfangen. In seinem Gesicht stand ein seltsames Lächeln. Er begrüßte Lydia und Tom, indem er ihnen voller Wärme die Hände schüttelte, und erwähnte galanterweise nicht, dass Lydia sich mit seinem Auto und seiner Landkarte davongemacht hatte.

Lydia begann voll nervöser Aufregung über ihre Gefangenschaft und ihre Flucht zu plappern. Aber Alec wandte sich geistesabwesend von ihr ab und begrüßte Esmie. Er küsste sie auf die Wange.

»Die Heldin des Tages!«, sagte er mit fiebrig glänzenden Augen. »Meine liebe Esmie!« Er hakte sich bei ihr unter und führte sie schnell vor den anderen her den Pfad hinauf. »Wir sind alle für dich da.«

Sie war gerührt, dass Alec sie so herzlich in Empfang nahm. Wie typisch, dass Harold ihm das überließ! Sie traute es ihrem Mann zu, noch im Krankenhaus zu sein und weiterzuarbeiten, bis er die Nachricht erhielt, dass sie angekommen waren.

Als sie die Veranda erreichten, sprangen McCabe und Rennell auf.

»Rupa!«, rief Esmie entzückt, als sie sah, dass ihre parsische Freundin ebenfalls da war.

Lydia machte einen Bogen um die Männer und eilte an ihnen vorbei ins Haus. »Ich muss Andrew sofort sehen. Wo ist mein Kleiner? Ayah!«

Esmie bemerkte, wie der Brigadier und der Superintendent einen verlegenen Blick tauschten; ihnen fehlten Lydia gegenüber wahrscheinlich genauso die Worte wie ihrer Freundin umgekehrt.

Die Diener waren ebenfalls aufgereiht: Draman, Ali und der Koch. Karo stand dahinter, hatte sich den Schleier vors Gesicht gezogen und hielt die quengelnde Gabina auf dem Arm. Esmies Lächeln verflog, als sie das Unbehagen aller spürte. Sie wandte sich an den Padre.

»Wo ist Harold?«

Das Lächeln war aus seinem Gesicht verschwunden. Er sah sie hilflos an. McCabe trat vor und räusperte sich.

»Mrs Guthrie, es tut uns so schrecklich leid. Es war so plötzlich …«

Esmies Puls begann zu rasen. »Was meinen Sie damit? Was ist geschehen? Sagen Sie mir bitte, wo Harold ist.«

Rupa kam an ihre Seite und führte sie zu einem Korbsessel – Harolds Sessel. »Komm, setz dich hin.«

Esmie schüttelte den Kopf. Sie wollte nicht in dem Sessel sitzen, in dem Harold sich hätte befinden sollen. Sie setzte dazu an, ihre Frage zu wiederholen, aber ihre Kehle war wie zugeschnürt.

Rupa erklärte in ruhigem, nüchternem Ton: »Harold hatte eine Wunde an der Hand. Während einer Operation müssen Keime hineingeraten sein. Er ist bei der Arbeit ohnmächtig geworden. Es war eine Blutvergiftung. Er ist in der darauffolgenden Nacht an Organversagen gestorben. Es tut uns allen sehr, sehr leid.«

Esmie starrte sie benommen an. »Harold? Tot?«

»Es gab nichts, was man hätte tun können«, setzte Alec hinzu.

»Eine Wunde?«, fragte Esmie. »Ich weiß, dass er sich geschnitten hatte. Ich wollte die Wunde eigentlich noch selbst neu verbinden.« Esmie begann zu zittern. »Ich hätte ihn dazu bringen sollen, einen sauberen Verband anzulegen.«

»Es ist nicht deine Schuld«, erklärte Rupa mit Nachdruck.

Esmie fühlte sich schwach. »Wann ist es passiert?«

»Am Tag nach deinem Aufbruch«, sagte Rupa.

Esmie fasste sich mit beiden Händen an die Brust und versuchte zu atmen. Harold war seit über einer Woche tot, und sie hatte es nicht gewusst. Die ganze Zeit über hatte sie kaum an ihn gedacht – wenn, dann nur flüchtig –, und jetzt war er nicht mehr da. Sie hielt sich an der Rückenlehne von Harolds Sessel fest und schluckte Galle hinunter.

»Ich will ihn sehen. Wo liegt er?«

»Es tut mir leid, Mrs Guthrie«, sagte der Brigadier, »aber wir konnten mit der Beerdigung nicht warten. In diesem Klima … Und wir wussten ja nicht …« Er brach ab. »Wir hatten keine Ahnung, wann Sie zurückkommen würden. Es hätte Wochen dauern können.«

Esmie wusste, dass er beinahe »*ob* Sie zurückkommen würden« gesagt hätte. Sie hatten alle geglaubt, dass sie vielleicht nie wiederkehren würde. Beinahe wäre sie das ja auch nicht.

»Ich bringe dich zum Friedhof, damit du sein Grab sehen kannst«, bot Alec sanft an.

Grab. Das Wort war so endgültig; trostlos. Esmie hörte ein ersticktes Aufstöhnen. Sie wandte sich um und sah Toms todunglückliches Gesicht. Ihm stiegen Tränen in die Augen; er trauerte um seinen engsten Freund. Sie konnte seinen Schmerz nicht noch zusätzlich zu ihrem eigenen ertragen.

»Oh, Tom!«

Sie spürte ihre Knie nachgeben. Im Handumdrehen streckte er die Arme aus und fing sie auf, bevor sie zusammenbrach. Er legte die Arme um sie, als er sie stützte, und half ihr, sich in einen Sessel zu setzen, der nicht Harold gehörte. Esmie hielt sich an seiner Hand fest wie an einem Rettungsring, zu schockiert, um zu weinen.

In dem Moment entdeckte sie Lydia, die mit Andrew auf dem Arm in der Tür stand und sie anstarrte.

»Esmie, was ist los?«, fragte Lydia.

Rasch zog Esmie ihre Hand von Tom zurück. Keiner von ihnen beiden konnte sprechen.

Es war Alec, der es ihr sagte. »Es ist zu einer Tragödie gekommen. Harold ist tot.«

Kapitel 41

An die folgende Woche erinnerte Esmie sich später kaum. Nachts konnte sie nicht schlafen. Tagsüber war sie orientierungslos vor Erschöpfung und döste immer wieder für kurze Zeit. Das brachte seliges Vergessen, aber nicht dauerhaft. Sie wollte im Krankenhaus arbeiten, doch Rupa und Alec ließen sie nicht.

»Du musst dich ausruhen«, beharrte Alec. »Du hast Schreckliches durchgemacht, und nun das.«

Rupa sagte: »Du stehst unter Schock und bist übermüdet. Du könntest Fehler machen. Sei gut zu dir selbst, Esmie. Verbring Zeit mit Karo und Gabina oder mit deinen Freunden aus Pindi.«

Esmie hörte auf Rupa, weil sie wusste, dass diese ein ähnliches Trauma erlitten hatte, als ihr Mann vor vier Jahren plötzlich zu Tode gekommen war. Aber sie konnte es nicht ertragen, in Lydias und Toms Nähe zu sein. Es hätte tröstlich sein sollen, sie da zu haben – Harolds älteste Freunde –, aber es ließ sie Harolds Verlust nur noch heftiger empfinden. Lydia brach ständig in Tränen aus, und noch schmerzlicher war es, Zeugin zu werden, wie Tom stoisch seine Trauer unterdrückte.

Am Tag nach ihrer Rückkehr nach Taha waren sie alle gemeinsam auf den Friedhof gegangen. Das war ein Fehler gewesen. Beim Anblick des frischen Grabs, das vorerst nur mit einem Holzkreuz markiert war, war Lydia auf die Knie gesunken. »Mein lieber Harold!«, hatte sie geschrien und unkontrollierbar zu schluchzen begonnen.

Toms von Trauer gezeichnetes Gesicht war zu viel gewesen. Esmie war rasch wieder gegangen. Zu benommen, um zu weinen, hatte sie nur von den beiden wegkommen wollen. Alec brachte die Lomax in seinem Bungalow unter, aber sie kamen jeden Tag vorbei, um ihr Gesellschaft zu leisten und Andrew zu besuchen. Esmie hatte vorgeschlagen, dass das Baby und seine *ayah* bei ihr wohnen bleiben sollten.

»Padre ist es nicht gewohnt, ein Baby unter seinem Dach zu haben – und ich freue mich, wenn Andrew und Sarah noch ein paar Tage länger hier sind.«

Aber ihr wahrer Grund dafür, Andrew in ihrer Nähe zu behalten, war, dass der sechs Monate alte Junge mit seinen großen blauen Augen und seinem zahnlosen Lächeln ihr den Trost spendete, den die Erwachsenen ihr nicht bieten konnten. Wenn er nachts aufwachte, wiegte sie ihn wieder in den Schlaf, saß mit ihm in den Armen da und schöpfte Kraft aus seiner vertrauensvollen, festen Wärme. Sie wusste, dass der Trost von Andrews Gegenwart nur kurz sein würde, aber er half ihr durch die ersten dunklen Tage.

Als die Lomax nach dem Frühstück kamen, machte Lydia ein paar Minuten lang viel Aufhebens um Andrew und verlor dann das Interesse. Sie begann, von Weihnachten zu sprechen, das nun nur noch acht Wochen entfernt war.

»Wir müssen über Weihnachten alle nach Ebbsmouth fahren«, verkündete Lydia. »Ich kann den Gedanken nicht ertragen, dass du ganz allein hierbleibst.«

»Esmie kann uns doch in Pindi besuchen«, bot Tom an.

»Und noch ein Weihnachtsfest über sich ergehen lassen, an dem sie mit den Insassen des Raj Hotel durchgeweichte *samosas* essen muss?«, gab Lydia vernichtend zurück. »Das würde Esmie hassen, und ich auch. Zu Hause wäre es so viel schöner. Wir können alle in Templeton Hall wohnen – und wir laden Harolds Mutter und Tante ein, damit sie nicht traurig und allein sein müssen. Was meinst du, Esmie?«

Lydia sah sie eifrig an. Esmie wusste nicht recht, was sie sagen sollte. Sie zuckte die Schultern. »Ich habe noch gar nicht darüber nachgedacht … Es ist zu früh, irgendwelche Entscheidungen zu treffen …«

»Ich weiß, dass es ohne Harold nicht dasselbe sein wird«, sagte Lydia, und ihre Augen füllten sich mit Tränen. »Aber wenigstens wären wir alle zusammen, und Mummy und Daddy könnten uns verwöhnen. Bitte sag Ja.«

Tom sagte tadelnd zu seiner Frau: »Lydia, darüber haben wir doch selbst noch gar nicht gesprochen. Du kannst nicht von Esmie erwarten, jetzt schon einen Entschluss zu fassen. Es ist zu früh. Setz sie nicht unter Druck.«

»Das tue ich doch gar nicht«, fuhr Lydia ihn an. »Ich versuche, mir zu überlegen, was das Beste für meine Freundin ist, und hier draußen ohne Harold festzusitzen, ist doch die schlechteste aller Welten.« Sie wandte sich Esmie zu. »Mach dir keine Sorgen wegen des Geldes; ich kann die Kosten deiner Heimreise übernehmen. Wenn wir wieder in Pindi sind, buchen wir auch für dich eine Überfahrt, und du kannst dich in ein paar Wochen entscheiden, ob du mitkommen möchtest.«

Tom wirkte fassungslos. »Lydia, lass uns ein andermal darüber reden. Vielleicht sind gar keine Kojen mehr frei.«

»Wenn man genügend Geld hat, ist immer noch eine Koje zu haben«, sagte Lydia. »Ich zwinge niemanden, etwas zu tun, aber ich fahre über Weihnachten nach Hause, selbst wenn du es nicht tust.«

Esmie sah Toms schockiertem Gesicht an, dass er mit solch einem Vorschlag nicht gerechnet hatte. Würde Lydia wirklich ohne ihn nach Ebbsmouth zurückreisen?

Gegen Ende der Woche konnte Esmie es nicht länger aushalten, dass Lydia ihr zusetzte, mit ihr nach Schottland zurückzukehren. Sie sagte den beiden, dass sie wieder nach Rawalpindi fahren sollten.

Sie versuchte es zu erklären. »Ich muss allein trauern – ich hoffe, ihr habt Verständnis dafür.«

»Natürlich«, sagte Tom mit entschuldigender Miene.

»Ich wünschte, du könntest mitkommen«, sagte Lydia. »Ich verabscheue die Vorstellung, dich hier diesen unzivilisierten Wilden auf Gnade und Ungnade zu überlassen.«

»Ich bin hier absolut in Sicherheit«, widersprach Esmie. Sie behielt für sich, dass sie sich unter den ortsansässigen Wasir und den Missionsangestellten mehr zu Hause fühlte als im Kreise von Lydias Freunden in Rawalpindi.

Lydia war verdutzt. »Du willst doch nicht etwa länger hierbleiben? Du hast für die Mission deinen Teil getan.«

»Ich brauche Zeit, um über alles nachzudenken«, antwortete Esmie.

»Aber was gibt es denn hier, das …«

»Lydia, hör auf!«, schnitt Tom ihr das Wort ab.

Gereizt bemerkte Lydia: »Manchmal verstehe ich dich wirklich nicht, Esmie. Ich versuche doch nur, das Beste für dich zu tun, nachdem du mir geholfen hast.«

»Ich weiß«, erwiderte Esmie, »und ich bin dir dankbar. Ich weiß nur noch nicht, was ich tun will.«

Aber Lydia regte sich nur noch mehr auf. »Siehst du denn nicht, wie gefährlich es für eine britische Frau ist, an diesem primitiven Ort sich selbst überlassen zu sein? Hier ist alles schmutzig und voller Krankheiten. Die Männer starren einen lüstern an – und wer sagt, dass du nicht die Nächste bist, die entführt wird?«

»Lydia, es reicht!«, schimpfte Tom.

Sie blaffte zurück: »Nun, ich hasse jedenfalls Indien! Ich kann nicht fassen, dass du nicht versuchst, Esmie zu helfen, aus dieser rückständigen Stadt zu entkommen. Harold hätte nicht gewollt, dass sie ohne ihn hierbleibt.«

Die Bemerkung verschlug Esmie den Atem. Wahrscheinlich hatte Lydia recht. Harold hatte überhaupt nur zugestimmt, sie nach Taha zu holen, wenn sie seine Frau wurde und unter seinem Schutz stand. Sie sah, wie Tom sich bemühte, in ihrer Anwesenheit sein Temperament zu zügeln. »Das ist Esmies Sache, nicht unsere«, sagte er. »Ich finde, wir sollten sie jetzt in Ruhe lassen.«

* * *

Zu Esmies Erleichterung bot Alec an, die Lomax am nächsten Tag nach Kohat zu fahren.

Am Morgen ihrer Abreise fiel es Esmie am schwersten, Andrew auf Wiedersehen zu sagen. Sie hielt ihn lange auf dem Arm, atmete seinen Babyduft ein und küsste ihn auf die Wangen.

»Auf Wiedersehen, kleiner Mann«, murmelte sie. »Ich hab dich lieb.«

Es war Tom, der vortrat, um Andrew zu nehmen. Dabei küsste er Esmie kurz auf die Wange. »Komm nach Pindi, wenn du bereit bist«, sagte er, die Augen voller Traurigkeit.

Sie nickte. Ihr Herz war zu schwer, als dass sie hätte sprechen können. Lydia zog sie in eine tränenreiche Umarmung. »Bitte denk darüber nach, wieder mit nach Ebbsmouth zu kommen. Wir sorgen schon dafür, dass es ganz wie in alten Zeiten ist, du und ich.«

Ihre Worte taten Esmie weh. Glaubte Lydia allen Ernstes, dass sie jemals in die Zeit vor ihrer Heirat und zu ihrer Mädchenfreundschaft zurückkehren konnten? Esmie war jetzt ein anderer Mensch; die Erfahrungen der vergangenen vierzehn Monate in Indien und insbesondere der letzten zwei Wochen hatten sie verändert. Ihr Mut und ihr Durchhaltevermögen waren bis aufs Äußerste auf die Probe gestellt worden – und dennoch hatte sie die bäuerliche Bevölkerung, in deren Mitte sie lebte und arbeitete, ins Herz geschlossen. Sie hatte darum gekämpft, ihre kurze Ehe gelingen zu lassen, aber jetzt war sie Witwe.

Plötzlich wurde Esmie klar, dass Lydia sich nie verändern würde. Sie würde weiter durchs Leben eilen wie bisher, charmant und genusssüchtig, und Menschen gleichermaßen lieben und verletzen. Die Art, wie sie mit solcher Verachtung über die Einheimischen sprach, schmerzte Esmie am meisten. Hatte Lydia schon vergessen, dass Männer wie Malik, Mullah Mahmud und Zakir ihr Leben riskiert hatten, um sie zu retten? Dass der Subahdar sich bei den Verhandlungen für sie eingesetzt und Sergeant Baz schnell den Gefangenenaustausch organisiert hatte? Es waren die Paschtunen – diese »unzivilisierten Wilden«, wie Lydia sie nannte –, die ihr die Freiheit zurückgebracht hatten, nicht die Briten. Esmie konnte es Lydia nicht verdenken, dass sie Abstand von ihren traumatischen Erfahrungen gewinnen wollte, indem sie über Weihnachten nach Hause zu ihren Eltern fuhr, aber dass sie alles Indische verurteilte, war nur schwer zu verdauen.

Als sie ihnen nachwinkte, durchzuckte Esmie Mitleid mit Tom, der mit dem launischen Naturell und den gedankenlosen Bemerkungen seiner Frau fertigwerden musste. Aber es gab nichts, was sie tun konnte, um ihm zu helfen.

* * *

Der November brach an, und Esmies Benommenheit nach Harolds Tod legte sich Stück für Stück. Sie ging dazu über, in seinem Bett zu schlafen, und las mit tränennassem Gesicht immer wieder seine abgenutzte Ausgabe von *Die Schwärmer*. Sie hatte sich schuldig gemacht, indem sie seine Wunde vernachlässigt hatte. Wenn sie nicht so mit Lydias Verschwinden und Toms Gegenwart beschäftigt gewesen wäre, dann hätte sie vielleicht besser auf Harolds Zustand geachtet. Sie dachte an seine glasigen Augen und sein kreidebleiches Gesicht zurück, als sie sich geistesabwesend voneinander verabschiedet hatten. Es waren Anzeichen der Sepsis gewesen, nicht von Ergriffenheit. Das hätte ihr auffallen müssen.

Es ließ sie an ihren Fähigkeiten als Krankenschwester zweifeln. Sie kam sich nutzlos und verzweifelt allein vor. Sie versuchte, die leeren Stunden zu füllen, indem sie Luftpostbriefe an Harolds Mutter und Tante und Karten an seinen Freund Bernie Hudson in Peschawar und die Tolmies in Murree schickte. Sie schrieb einen ausführlicheren Brief an ihre liebe Tante Isobel in Vaullay und fragte ihre Vormundin um Rat, was sie tun sollte.

Sie erhielt Kondolenzschreiben von Leuten in Indien, die sie nie kennengelernt hatte, Freunden und Kollegen von Harold aus der Mission und der Zeit seiner Abordnung zur Armee während des Krieges. Esmie war gerührt über ihre Freundlichkeit und die netten Dinge, die sie über ihren Mann sagten. Aber sie fand zugleich, dass sie ihr Beileid nicht verdient hatte. Esmie rang mit ihren Gefühlen. Sie wusste, dass sie aufrichtig um Harold trauerte und ihn sehr vermisste, aber zugleich war ihr bewusst, dass ihr schlechtes Gewissen zum Teil darauf zurückging, dass sie ihn nie wirklich geliebt hatte.

Sie und Harold hatten einander geschätzt, aber sie waren nicht verliebt gewesen. Esmie wusste, dass sie sich, wenn Harold noch gelebt hätte, gefragt hätte, ob sie weiter mit ihm für die Mission arbeiten und ihre platonische Beziehung fortsetzen konnte. In den dunklen Nachtstunden musste sie sich eingestehen, dass vielleicht der Tag gekommen wäre, an dem sie Harold verlassen hätte. Sie wagte kaum, es vor sich selbst zuzugeben, aber sobald sie es getan hatte, gestattete Esmie sich, richtig um ihn zu trauern.

Sie weinte um den freundlichen Mann, dessen Arbeit sie so bewundert hatte, um seine schüchterne Bescheidenheit und sein liebenswürdiges Naturell. Zugleich wusste sie jedoch, dass er ein komplizierter Mann gewesen war, der damit gerungen hatte, seine Veranlagung zu unterdrücken, und sein Unglück hinter einer zielstrebigen Hingabe an seine Missionsarbeit versteckt hatte. Sie war untröstlich, dass er so jung gestorben war, obwohl er der Welt doch so viel Können und Mitgefühl zu bieten gehabt hatte – und sie trauerte, weil Harold nie in der Lage gewesen war, so zu lieben und geliebt zu werden, wie er es sich gewünscht hatte.

Ein paar Wochen, nachdem die Lomax nach Rawalpindi zurückgekehrt waren, kam ein Brief von Tom. Sie las ihn mit zitternden Händen.

Liebste Esmie,
zwar weiß ich, dass es kaum etwas gibt, was ich sagen kann, um Dir in Deiner Trauer Trost zu spenden, aber ich will, dass Du weißt, dass ich jeden Tag an Dich denke und hoffe, dass Du stark bleibst. Ich weiß, dass Du es schaffst. Du hast mehr Mut als all wir anderen zusammengenommen. Harold wusste das – deshalb hat er sich für Dich entschieden. Auch er hat Dich bewundert und geliebt, Esmie. Aus dem, was Du mir erzählt hast, weiß ich, dass er es nicht auf die Art getan hat, die Du gewollt – oder verdient – hättest, aber auf seine eigene Art hat er Dich sehr geliebt.

Das hat er mir gesagt. Also danke dafür, dass Du meinen Freund glücklich gemacht hast.

Ich vermisse ihn unsäglich. Für mich war Harold das Musterbild eines guten Mannes: moralisch und aufrecht, fleißig und tapfer – aber auch gutherzig und mit einem Sinn für Humor. Vielleicht war er beim Tennis etwas zu ehrgeizig, aber das wollen wir ihm durchgehen lassen!

Außerdem hat er mir das Leben gerettet. Ich habe das noch nie jemandem aus meiner Familie oder aus meinem Freundeskreis erzählt, also hoffe ich, dass es Dich nicht stört, wenn ich es mir jetzt Dir gegenüber von der Seele schreibe. Als wir zusammen in Mesopotamien waren – gegen Kriegsende –, war ich mit den Nerven am Ende. Ich verweigerte den Befehl, die Hinrichtung eines der indischen Sepoys durchzuführen, die der Desertion beschuldigt und zum Tode verurteilt worden waren. Ich wurde vors Kriegsgericht gestellt, aber Harold hat sich für mich eingesetzt – hat das Tribunal angefleht, mir eine Haftstrafe oder eine mögliche Hinrichtung zu ersparen. Er hat mein gutes Vorleben bei den Peshawar Rifles und in Mesopotamien angeführt und gesagt, er hätte bei mir ein Kriegstrauma diagnostiziert. Ja, Esmie, wahrscheinlich erstaunt es Dich nicht, das zu hören. Das war der Grund dafür, dass ich so gereizt auf Dich reagiert habe, als wir uns kennengelernt haben – ich wusste, dass Du meine Schwäche erkannt hattest, genau wie Harold.

Ein Mitglied des Tribunals wollte ein Exempel an mir statuieren und meinte, es würde die Sepoys zur Meuterei ermuntern, wenn meine Befehlsverweigerung ungestraft bliebe. Zu meinem Glück hatten die anderen beiden Nachsicht mit mir, und ich wurde stattdessen zu einer Woche Feldstrafe verurteilt. Das hatte ich alles Harold zu verdanken. Er war mir immer ein wahrer Freund. Ich schäme mich, dass ich nicht mehr getan habe, um Lydia daran zu hindern, das Gerücht in die Welt zu setzen, ich sei so etwas wie ein Kriegsheld gewesen. Ich war nichts dergleichen. Harold war der Held – er wollte nie, dass man ein Loblied auf ihn sang, aber das zeichnet ja alle wirklich heldenhaften Menschen aus.

Jetzt bin ich weit abgeschweift, Esmie. Es tut mir leid – eigentlich wollte ich einen Kondolenzbrief schreiben, aber nun stelle ich fest, dass ich Dir stattdessen mein Herz ausgeschüttet habe. Es ist so einfach, mit Dir zu reden, Schwester Guthrie. Ich wünschte, ich könnte bei Dir sein.

Ich hoffe, Du bist gut zu Dir selbst und Alec, Rupa und Karo kümmern sich alle um Dich. Lass Dich nicht von Lydia unter Druck setzen, eine übereilte Entscheidung über die Zukunft zu fällen. Ganz gleich, was Du zu tun beschließt oder wohin Du Dich zu gehen entscheidest, ich weiß, dass Du es auf kluge Art tun wirst.

Wie immer mit den besten Wünschen
Tom

Esmie las den Brief wieder und wieder. Sie konnte seinen selbstkritischen Ton hören, als er ihr sein Kriegstrauma eingestand. Tom mochte ja unter psychischer Belastung gestanden haben, aber dem Sepoy Gnade zu erweisen, war die Tat eines tapferen Mannes gewesen, ob mit den Nerven am Ende oder nicht. Andere in der Armee hätten es vielleicht als Charakterschwäche ausgelegt, aber das tat sie nicht. Sie bewunderte ihn dafür. Zweifelsohne hatte es aber Toms Entscheidung befördert, die Armee zu verlassen und ein neues Leben zu beginnen.

Esmie fragte sich, wie dieses Leben nun, zurück in Rawalpindi, für ihn war. Er erwähnte weder das Hotel noch wie es Lydia jetzt ging, ja noch nicht einmal Andrew. Der Zweck des Briefs bestand darin, sich über seinen lieben Freund Harold zu äußern und ihr mitzuteilen, dass er an sie dachte. Wie tröstlich das doch war!

Während die Tage vergingen, trug Esmie den Brief bei sich und warf andauernd einen Blick hinein. Das Schreiben war zärtlich und mitfühlend, aber dennoch war nichts Unschickliches daran. Er kritisierte Lydia zwar, war aber nicht illoyal. Es war der Brief eines guten Freundes, und er half ihr über die Verwerfungen und Verlustgefühle dieser frühen Tage hinweg.

Auch Tante Isobel schrieb einen langen, liebevollen Brief, in dem sie Esmie riet, nicht übereilt eine Entscheidung über ihre Zukunft zu fällen, sondern sich Zeit zu lassen.

> *Du weißt ja, dass Du hier in Vaullay willkommen bist, wann immer Du willst, ob für einen Urlaub oder um hier zu leben und zu arbeiten. Mein Zuhause ist Dein Zuhause.*

Esmie begann mehr und mehr darüber nachzudenken, nach Vaullay zurückzukehren, und damit an einen Ort, an dem sie ihre Wunden lecken konnte. Sie hatte das früher schon getan, während der anstrengenden Jahre ihres Kriegseinsatzes als Krankenschwester. Aber wäre es ihrer Vormundin gegenüber fair gewesen, wenn sie zurückgekehrt wäre, ohne eine klare

Vorstellung zu haben, ob sie dauerhaft dort bleiben wollte? Würde eine Flucht nach Vaullay nur bedeuten, vor dem Kummer davonzulaufen? Dann fragte Esmie sich, wovor sie eigentlich davongelaufen wäre; nur vor der Trauer nach Harolds Tod? Je mehr sie darüber nachgrübelte, desto deutlicher wurde ihr klar, dass sie vor allem nach Vaullay gegangen wäre, um möglichst viel Abstand zwischen sich und Tom in Rawalpindi zu bringen.

* * *

Mitte November kam ein Brief von Lydia, die unbedingt wollte, dass Esmie sie auf der Weihnachtsreise heim nach Ebbsmouth begleitete.

> *Du musst unbedingt mitkommen! Deine Überfahrt ist gebucht. Es gibt keinen Grund für Dich zu bleiben. Bitte, Esmie, komm mit, und sei es nur, um Dir Ferien zu gönnen und uns Templetons zu erlauben, Dich nach Strich und Faden zu verwöhnen! Wenn Du möchtest, könnten wir auch Deine Tante Isobel über Weihnachten hierher einladen. Wir legen am 29. in Bombay ab und fahren nach Marseille. Ich habe Züge von dort aus gebucht, sodass wir schneller und rechtzeitig vor dem Fest nach Hause kommen. Komm, komm, komm! Bitte, bitte, bitte!*

Esmie merkte Lydias Brief die Verzweiflung an. Sie fragte sich, ob Tom in der Lage sein würde, seine Frau dazu zu bewegen, mit ihm nach Indien zurückzukehren, wenn sie erst wieder bei ihren Eltern war. Lydia war immer eine Nesthockerin gewesen, und sie hatte im Grenzland etwas so Schreckliches erlebt, dass

Esmie sich Sorgen um sie machte. Vielleicht musste sie also mit ihr reisen und darauf achten, dass es ihr gut ging. Esmie war unentschlossen, was sie tun sollte. Die Templetons würden freundlich zu ihr sein, und ein Teil von ihr sehnte sich nach ihrer warmherzigen Aufmerksamkeit. Außerdem würde sie Gelegenheit haben, Tante Isobel zu besuchen, wenn sie in Schottland war.

Allerdings glaubte Esmie nicht, dass sie es ertragen konnte, mehrere Wochen in Toms Gesellschaft zu verbringen und Lydia sowie allen anderen gegenüber so zu tun, als würde sie nichts für ihn empfinden. Das konnte sie nicht. Eigentlich war sie sogar erleichtert bei der Vorstellung, dass die Lomax Indien für eine Weile verlassen würden und sie nicht vor dem Problem stehen würde, ihre Liebe zu Tom zu unterdrücken.

Esmie schrieb einen Antwortbrief an Lydia, lehnte das freundliche Angebot ab und erklärte, dass sie noch nicht bereit war, Indien zu verlassen.

Mehr und mehr dachte Esmie, dass sie vielleicht an einen anderen Ort des Subkontinents ziehen würde, um dort zu arbeiten, weit entfernt vom Pandschab und Rawalpindi. Als sie in der Abenddämmerung in einen Schal gehüllt auf der Veranda stand und nicht nur den Vögeln, die sich in den Bäumen einen Schlafplatz suchten, sondern auch den Stimmen lauschte, die in der klaren Luft weit trugen, wusste sie, dass sie in diesem Land bleiben wollte. Mittlerweile liebte sie Indien, sein Völkergemisch, seine Gerüche und Geräusche. Indien war ein Ort der hellen Sterne, der leuchtenden Farben und des Lebens im Freien. Es gab noch so viel über das Land und seine Bewohner in Erfahrung zu bringen. Das war es, was Harold in den Osten gelockt hatte – auch sie verspürte diese Anziehungskraft.

Nachdem sie diese vorläufige Entscheidung gefällt hatte – und nur den vagen Plan gefasst hatte zu bleiben –, kehrte Esmie ins Krankenhaus zurück und begann wieder zu arbeiten.

Kapitel 42

Rawalpindi, November

»Sie kommt nicht mit!« Lydia zerriss Esmies Brief und warf ihn ins Feuer, ohne Tom Gelegenheit zu geben, ihn zu lesen.

»Ich habe auch nicht damit gerechnet, dass sie mitkommen würde«, antwortete er.

»Man hätte denken können, dass sie dankbarer sein würde«, sagte Lydia verstimmt. »Ich bin durch die Hölle gegangen, aber meine beste Freundin hat sich von mir abgewandt.«

»Um Himmels willen! Esmie hat gerade ihren Ehemann verloren«, schimpfte Tom.

»Natürlich, schlag dich nur wie immer auf ihre Seite. Ich weiß, dass du Esmie lieber hast als mich.«

»Ich habe keine Zeit, mir das anzuhören. Im Hotel ist zu viel zu tun, weil Charlie krank ist. Ich dachte, du hättest mir etwas Wichtiges zu sagen.«

Er war auf Lydias Geheiß in den Bungalow an der Buchanan Road hinübergeeilt. Er hätte wissen sollen, dass es nicht um Leben und Tod ging. Täglich schickte sie ihm Nachrichten, um zu sagen, dass er sofort gebraucht würde. Dann stellte er fest, dass sie sich im Haus eingeschlossen hatte, weil sie überzeugt war, dass sich ein Eindringling im Garten befand oder dass der *tonga*-Fahrer am Ende der Straße plante, sie zu entführen. Aber sie lehnte seinen Vorschlag kategorisch ab, zurück ins Hotel zu ziehen, in dem sie sich vielleicht sicherer fühlen würde.

»Es *ist* wichtig«, sagte Lydia und brach auf Kommando in Tränen aus. »Ich brauche dich hier.«

»Ich habe ein Hotel zu führen. Mein Direktor liegt mit Bronchitis im Bett, und wir müssen für heute Abend ein Essen für den Railway Club vorbereiten. Du musst mich meine Arbeit machen lassen«, sagte Tom seufzend.

»Aber ich habe hier allein Angst«, sagte Lydia unter Tränen. »Warum ziehst du mir das Hotel immer vor?«

»Wenn du dich bereit erklären würdest, wieder ins Hotel zu ziehen, müsste ich das nicht«, sagte er gereizt.

Manchmal hatte Tom Mitleid mit ihr; sie war oft nervös und angespannt, weigerte sich, in die Nähe des Basars zu gehen, und reagierte misstrauisch auf jeden Mann, der die Tracht eines Paschtunen trug. Lydias Rückkehr hatte eine Welle der Aufmerksamkeit und des öffentlichen Interesses an ihrer Leidensgeschichte ausgelöst. Erst hatten ihre Freunde sie nach den Einzelheiten ihrer Tortur ausgefragt, und Lydia hatte ihnen nur zu gern geantwortet und aus der Geschichte ihrer Entführung ein reißerisches Drama gemacht. In den Zeitungen waren Interviews und Artikel über das tapfere Entführungsopfer und die zupackende Krankenschwester erschienen. Lydia hatte das Mitgefühl der Männer im Club ausgekostet.

Aber bald hatte der Ton der Geschichten sich verändert. Nach und nach hatten Gerüchte die Runde gemacht, dass Lydia in aller Eile auf dem Weg nach Razmak gewesen sei, um sich dort mit einem Liebhaber zu treffen. Keine Britin mit Selbstachtung hätte sich so benommen, sagten die Klatschtanten; die Hoteliersfrau hatte sich einen Großteil der Verantwortung für ihre Entführung selbst zuzuschreiben.

Ihre sogenannten Freunde erwiesen sich als wetterwendisch. Ein paar Wochen lang war sie berühmt-berüchtigt gewesen, aber dann waren die Einladungen zu Dinnerpartys und Bällen im Club allmählich ausgeblieben. Die Leute zeigten auch Tom die kalte Schulter. Sie redeten offen über seine Fehler, was die boshafteren von Lydias Freundinnen an sie weitertratschten. »Man sagt, er hätte die Rifles in Schimpf und Schande verlassen – das habe ich von jemandem gehört, der es von einem Captain in den Victoria Barracks hat. Ist das wahr? Mein Mann sagt, deshalb trinkt er auch zu viel.«

Tom war der Klatsch über ihn gleichgültig, aber er verschaffte Lydia einen Grund mehr, ihn als nutzlosen Ehemann zu beschimpfen.

»Ich weigere mich, zurück in dieses leidige Hotel zu gehen«, schmollte sie jetzt.

»Nun, ich habe ein Geschäft zu führen«, sagte Tom, marschierte zur Tür und riss sie auf.

»Geh nur! Lass mich nur wieder im Stich«, schrie Lydia und lief ihm nach. »Ich sage dir jedenfalls eines, Tom Lomax: Ich kann es nicht abwarten, aus Pindi wegzukommen, und ich kehre niemals zurück. Früher oder später wirst du dich zwischen dem verdammten Hotel und mir entscheiden müssen!«

Er drehte sich mit einer schnellen Bewegung zu ihr. »Führ mich nicht in Versuchung.«

Sie kniff die Augen zusammen. »Das würde dir gefallen, was? Mir die Schuld am Scheitern unserer Ehe zu geben, obwohl du es bist, der mich vernachlässigt hat. Du hast mir ein märchenhaftes Leben in Indien versprochen, aber es war bisher nichts als eine Enttäuschung. Schlimmer noch: Es war das schrecklichste Jahr meines Lebens! Wenn ich nicht so todunglücklich gewesen wäre, dann wäre ich Dickie niemals nachgereist und nicht von diesen Barbaren entführt worden.«

Toms Herz hämmerte. Damit gab sie zum ersten Mal zu, dass sie tatsächlich versucht hatte, Dickie zu erreichen, als sie entführt worden war.

»Also hattest du eine Affäre mit Mason?«, fragte er anklagend.

Sie sah ihn trotzig an. »Ja! Den ganzen Sommer lang.«

Tom ballte vor Wut die Fäuste. »Ich habe mir alle Mühe gegeben, dich zu beschwichtigen und dir Freude zu machen, und die ganze Zeit hast du mit einem anderen Mann geschlafen.«

»Spiel mir jetzt ja nicht den verletzten Ehemann«, schimpfte Lydia und stach mit einem Finger nach seiner Brust. »Du bist schon hinter Esmie her, seit wir geheiratet haben. Stimmt's? Ich habe bemerkt, wie du sie angesehen hast, als sie mein smaragdgrünes Kleid getragen hat – du konntest den Blick nicht von ihr wenden. Du hättest eine Affäre daraus gemacht, wenn sie dich auch nur ansatzweise ermuntert hätte. Ich weiß, dass du nicht den weiten Weg über die Grenze gegangen bist, um mich zu retten – du hast es ihretwegen getan. Du wünschst dir, du hättest meine Freundin geheiratet und nicht mich. Das tust du, nicht wahr? Nicht wahr!«

Tom knirschte mit den Zähnen.

»Ich wünsche mir ja auch, dass du es getan hättest!«, brüllte sie. »Ich hätte Colin Fleming heiraten sollen. Er hätte sich um mich gekümmert und dafür gesorgt, dass ich in Sicherheit bin. Ich würde in Südfrankreich ein Luxusleben führen, wenn du mich nicht mit falschen Versprechungen herumgekriegt hättest.«

Tom sah sie voller Verachtung an. »Ich habe dir nie mehr versprochen, als du bekommen hast, und auch nicht getan, als wäre ich jemand, der ich nicht bin. Es tut mir leid, wenn du dir falsche Hoffnungen gemacht hast.«

»Oh, du hast es sehr wohl getan, Tom«, sagte sie, ihr Gesicht rot vor Zorn. »Du hast den Kriegshelden gespielt – Captain

Lomax mit einem aristokratischen Stammbaum. Natürlich hat mir das den Kopf verdreht. Wie dumm ich doch war! Du bist nichts als ein Versager – sogar dein eigener Vater schämt sich für dich. Das Einzige, was du hast, ist ein zweitklassiges Hotel.«

Tom konnte es nicht ertragen, noch mehr ihrer grausamen Worte zu hören. Er wandte sich ab. Aber sie verfolgte ihn über die Veranda.

»Wage es ja nicht, mir den Rücken zuzuwenden«, rief sie.

Er blieb stehen und drehte sich mit zusammengepresstem Kiefer zu ihr um. All die Monate voller Enttäuschung und Herzschmerz über das Anspruchsdenken seiner Frau ließen ihm den Kragen platzen. »Ich werde erleichtert sein, wenn du gehst«, gab er zurück. »Und du wirst dich freuen zu hören, dass ich nicht mitkommen werde. Mir ist egal, was du tust, Lydia – geh zu Fleming, wenn dich das glücklicher macht.«

Einen Moment lang starrte sie ihn an, als könnte sie ihren Ohren nicht trauen. Hatte sie wirklich damit gerechnet, dass er ihre Giftigkeit klaglos hinnehmen würde, ohne sich provozieren zu lassen? Es waren Dinge gesagt worden, die sich nicht zurücknehmen ließen.

»Nun, mir soll es recht sein«, zischte sie. »Ich will gar nicht, dass du mitkommst. Aber ich nehme Andrew mit.«

»Andrew?« Tom hatte das Gefühl, keine Luft mehr zu bekommen.

»Ja, meinen Sohn.« Lydia sah ihn herausfordernd an.

»Aber er ist auch meiner.«

»Nun, dann stehst du jetzt vor einer Entscheidung«, sagte sie und starrte ihn böse an. »Gib das Hotel auf und komm zurück nach Schottland, oder du wirst deinen Sohn nie wiedersehen.«

In Toms Kopf drehte sich alles. Er war zu schockiert, um sich zu bewegen.

»Aber du willst mich doch gar nicht als Ehemann«, stieß er hervor. »So weit würdest du gehen, nur um mir wehzutun?« Als sie nicht antwortete, sagte er: »Ich lasse nicht zu, dass du ihn wegbringst. Wenn es zu einer gerichtlichen Auseinandersetzung kommt, erzähle ich ihnen von dir und Dickie. Dann bist du diejenige, die ihn nicht wiedersieht.«

Lydias verzog plötzlich das Gesicht und brach in Tränen aus. Tom fühlte sich hin- und hergerissen. Halb hasste er sie, halb bemitleidete er sie.

»Bitte, Tom, zieh Dickie da nicht mit hinein«, schluchzte sie. »Es ist nicht seine Schuld, und unsere Affäre ist vorbei.« Sie sah ihn flehend an. »Ich will nur nach Hause! Mummy und Daddy sehnen sich danach, Andrew zu sehen. Du würdest ihnen doch nicht verwehren, ihren Enkel kennenzulernen, oder? Das ist alles, was ich verlange. Lass ihn uns gemeinsam nach Hause bringen.«

Tom starrte sie an, zu aufgewühlt, um zu sprechen. Wie konnte sie ihn eben noch bedrohen und im nächsten Moment schon dafür sorgen, dass er sich schuldig fühlte? Er wusste nicht mehr, was er denken sollte. Mit Lydia zusammenzuleben, war so unberechenbar und nervenzehrend, wie über Treibsand zu gehen. Wenn Andrew nicht gewesen wäre, hätte er sie längst verlassen. Aber obwohl er so großsprecherisch behauptet hatte, vor Gericht um seinen Sohn kämpfen zu wollen, wollte er das seiner Frau nicht zumuten und seinen Sohn auch nicht als Druckmittel in ihrer Ehe einsetzen. Für Andrew würde er bis ans Ende der Welt gehen – und das wusste Lydia.

* * *

Taha

Esmie hatte sich angewöhnt, mit dem Rad zur Arbeit zu fahren, weil es berauschend für sie war, am frühen Morgen die kalte Luft auf ihren Wangen zu spüren. Am 29. November radelte sie zur

Arbeit, dachte daran, dass die Lomax jetzt in Bombay an Bord des Schiffs nach Hause gingen, und empfand eine Mischung aus Traurigkeit und Erleichterung. Sie hatte weder von Tom noch von Lydia gehört, seit sie die Einladung der beiden abgelehnt hatte, mit ihnen über Weihnachten nach Schottland zu reisen. Esmie hoffte, dass Lydia nicht gekränkt war, aber sie hatte versucht zu erklären, dass es zu früh nach Harolds Tod war, um Taha zu verlassen. Hier fühlte sie sich ihm nahe und fand Trost darin, mit Kollegen und Freunden zusammen zu sein, die ihn gekannt hatten.

Mit jedem Tag fühlte Esmie sich etwas stärker, und zeitweise ließ auch ihr Verlustgefühl nach. Sie wusste, dass sie nicht viel länger in Taha bleiben würde, und hatte die Mission gebeten, Ersatz für sie zu suchen. Sie hatte vor, ein paar Monate lang auf Reisen zu gehen, um mehr von Indien zu sehen, bevor sie beschloss, wo sie sich als Nächstes niederlassen wollte. Zu ihrer Überraschung hatte sie festgestellt, dass Harold sie dank einer Versicherungspolice, von der sie nicht einmal gewusst hatte, wohlversorgt hinterlassen hatte. Sie konnte es sich leisten, sich etwas Zeit freizunehmen, bevor sie sich wieder Arbeit suchte.

Ein paar Tage später erhielt Esmie einen unerwarteten Brief aus Rawalpindi. Als sie den Umschlag aufschlitzte, sah sie, dass das Papier den Briefkopf des Raj Hotel trug und der Brief in gestochen scharfer Handschrift verfasst war. Er war von Hester Cussack.

Schätzchen,
wie geht es Ihnen? Ihre Freunde hier im Hotel denken oft an Sie, und wir machen uns Sorgen, dass Sie einsam sind. Es gefällt uns nicht, dass Sie über Weihnachten allein sind, und deshalb möchten die Jungs und ich Sie gern einladen, die Feiertage mit uns zu verbringen. Das war Stellas

Idee, also gebühren ihr auch die Lorbeeren dafür. Sie ist die klügste Achtjährige, der ich je begegnet bin. Meinen Sie nicht auch?

Wir haben Verständnis, wenn Sie nicht kommen wollen, weil es eine schmerzliche Erinnerung an das letzte Weihnachtsfest sein könnte, als Sie Ihren Mann bei sich hatten. Aber, Schätzchen, auch ich weiß, wie es ist, verwitwet zu sein, und ich habe festgestellt, dass das beste Heilmittel darin bestand, mich mit Freunden zu umgeben und mein Leben weiterzuführen.

Im Hotel herrscht ein bisschen Chaos, weil Charlie schon eine Weile krank ist und Captain Lomax nicht hier ist, um die Aufsicht zu führen, aber Myrtle und die Kinder sind wunderbar und kommen schon zurecht. Außerdem wird es dieses Jahr friedlicher ohne die Memsahib, die uns alle herumkommandiert!

Schätzchen, ich weiß, dass sie Ihre Freundin ist, aber sie hat dem armen Captain Lomax das Leben ausgesprochen schwer gemacht. Er hat den vergangenen Monat damit verbracht, auf Abruf für sie bereitzustehen und zehnmal am Tag zwischen dem Hotel und dem Bungalow hin- und herzueilen. Er sah ganz verhärmt aus. Wir waren alle überrascht, dass er mit der Memsahib nach Schottland gefahren ist – die Diener sagen, ihre Streitereien waren wie das Feuerwerk beim Diwali-Fest. Ich wäre nicht überrascht, wenn er sie auf dem Heimweg über Bord werfen würde!

Die Dubois sagen, dass die Memsahib damit gedroht hat, ihm Baby Andrew endgültig wegzunehmen, und dass das der einzige Grund dafür ist, dass der Captain mitgefahren ist. Sie wissen doch, wie vernarrt er in den Kleinen ist. Aber ganz unter uns: Die Dubois machen sich Sorgen, dass Lomax nie zurückkommt, und das tun die Jungs und ich auch. Die Memsahib versucht, ihn dazu zu bringen, das Hotel zu verkaufen. Ojemine. Wir werden an den nächsten Käufer verschachert werden – wenn wir Glück haben!

Also, Schätzchen, wenn Sie uns alle sehen wollen, sollten Sie besser dieses Weihnachten kommen, weil wir bis zum nächsten schon in alle Winde verstreut sein könnten!

Herzliche Grüße
Hester Cussack

Esmie war überwältigt von der unerwarteten Einladung. Es rührte sie, zu erfahren, dass die Baronin und ihre Freunde nicht nur um ihr Wohlergehen besorgt waren, sondern sie auch aufmuntern wollten. Aber sie war zutiefst betroffen von dem Gedanken, dass die Lomax so unglücklich waren und dass Lydia Andrew benutzte, um ihren Willen durchzusetzen. Wie grausam! Lydia hatte eine fürchterliche Tortur durchgemacht, aber es war unfair, dass sie das an Tom ausließ und Andrew zur Spielfigur machte.

An den Jungen zu denken, tat Esmie in der Seele weh. Wie würde seine Kindheit in solch einem unglücklichen Haushalt aussehen? Die Vorstellung, dass Lydia Toms Traum von einem Leben als Hotelier ein Ende bereiten würde, machte ihr Angst. Tom hatte etwas gefunden, das er gut konnte und das ihm Freude machte. Und es standen ja nicht nur Toms Zukunftspläne auf dem Spiel, sondern auch die Anstellung der Familie Dubois und das Zuhause von Hester und ihren Freunden.

Nach einer ruhelosen Nacht schrieb Esmie zurück und nahm die Einladung an. Je mehr sie darüber nachdachte, desto erpichter war sie darauf, Weihnachten im Hotel zu verbringen. Sie hatte sich während ihrer kurzen Zeit dort mehr zu Hause gefühlt als sonst irgendwo in Indien. Esmie wusste, dass das zu einem Großteil den ebenso reizenden wie exzentrischen Dauergästen und den warmherzigen Dubois zu verdanken war.

Nachdem sie die Entscheidung gefällt hatte, wurde Esmie immer klarer, dass sie nach ihrem Urlaub im Raj Hotel die Mission in Taha verlassen und weiterreisen würde. Sie begann, alles zu arrangieren, um das Inventar des Hauses und ihre paar Habseligkeiten zu verpacken. Sie fragte Karo, ob sie mitkommen wollte.

»Ich werde mich immer um dich und Gabina kümmern, solange du willst«, versprach Esmie. »Aber ich habe auch Verständnis, wenn du lieber in Taha bleiben möchtest – ich bin mir sicher, dass Desai Memsahib dich bei sich aufnehmen würde.«

»Nein«, sagte Karo schnell. »Ich möchte gern mitkommen, Guthrie Mem. Ich habe keine Angst zu reisen und gehe dorthin, wohin Allah mich führt.«

»Das freut mich ja so!«, sagte Esmie erleichtert. Sie hatte Angst davor gehabt, die Wasir-Frau und das Mädchen zurückzulassen. Sie plante, Karo früher oder später in eines der größeren Krankenhäuser zu bringen, damit ihre Nase in einer Operation rekonstruiert werden konnte. Obwohl nur wenige Menschen sie unverschleiert zu Gesicht bekamen, würde das Esmies Geschenk an ihre Freundin zur Belohnung für ihre Tapferkeit sein und als letzte Replik auf Baram Walis Grausamkeit dienen.

Bevor sie Taha verließ, setzte Esmie sich hin, um den schwierigsten Brief ihres Lebens zu schreiben.

Liebe Lydia,
wenn dieser Brief Dich erreicht, wirst Du schon wieder in Templeton Hall sein und ein wunderschönes Wiedersehen mit Deinen Eltern feiern. Ich weiß, wie froh Du sein wirst, und kann mir die Freude Deiner Eltern darüber, Dich wiederzusehen und Andrew zum ersten Mal zu treffen, lebhaft vorstellen. Ich kann die munteren Gespräche und das Knallen der Champagnerkorken beinahe hören! Ich denke gern an Euch alle im guten, alten Templeton Hall, und ich hoffe, es macht Dich glücklich, wieder zu Hause zu sein. Ich weiß, dass Du es in Indien nicht warst.

Du hast mir einmal gesagt, dass ich aufhören soll, mich in Deine Ehe einzumischen, und so schreibe ich das hier nur zögernd. Aber Du weißt, wie gern Krankenschwestern sich einmischen – vor allem diese hier! Ich teile Dir das Folgende nur mit, weil es Dir vielleicht helfen wird, alles besser zu verstehen – und um das zu tun, muss ich ein Versprechen brechen, das ich Tom gegeben habe, nämlich, Dir nichts zu sagen. Aber ich weiß, wie schwierig es für Euch beide seit Deiner schrecklichen Erfahrungen in Gefangenschaft war, und ich glaube nicht, dass es die Lage noch verschlimmern kann, wenn ich es Dir verrate.

Andrew ist Tom umso kostbarer, weil er sein erstes Baby verloren hat, eine Tochter namens Amelia. Mary ist bei der Geburt gestorben, während Tom im aktiven Dienst war, das Baby ein paar Tage später. Er war so von Trauer überwältigt, dass er nie jemandem davon erzählt hat. Harold und ich haben es nur herausgefunden, weil wir die Gräber der Mutter und des Babys in Peschawar gesehen haben. Ich fand schon immer, dass Du es erfahren solltest, um besser zu verstehen, warum Tom während Deiner Schwangerschaft so ängstlich besorgt um Dich war und warum er solche Angst hat, Andrew zu verlieren. Aber Harold hat gesagt, das stünde mir nicht zu.

Ich glaube, Tom hat immer noch Angst davor, Andrew zu verlieren. Deshalb hat er nicht genauer nachgefragt, warum Du nach Razmak zu fahren versucht hast, um Dickie zu treffen, und deshalb ist er auch mit Dir nach Schottland gereist. Du hast ihm einiges zugemutet, Lydia. Ich darf das als Deine engste Freundin sagen, die nur Dein Bestes will. Aber wenn unsere Freundschaft Dir noch irgendetwas bedeutet und Du in Deinem Herzen überhaupt noch Liebe zu Tom trägst, dann nimm ihm bitte Andrew nicht weg. Komm zurück nach Indien und versuch es noch einmal.

Ich habe beschlossen, hierzubleiben, obwohl ich irgendwo anders als in der Provinz North West Frontier arbeiten werde. Ich habe nicht vor, in die Nähe von Rawalpindi zu ziehen, aber Du kannst mich gern besuchen kommen, wo auch immer ich dann lebe. Ich kaufe eine Schaukel für die Veranda, und dann sitzen wir darauf, trinken Gin Fizz und Du erzählst mir allen Tratsch aus Ebbsmouth und Pindi.

Ende des Vortrags. Jetzt kannst Du diesen Brief zerreißen oder Stecknadeln in mein Abbild rammen. Weißt Du noch, wie wir das damals bei Maud Drummond getan haben, als sie uns vom Schulpicknick ausgeschlossen hat, weil wir ein Foto des Premierministers beschmiert hatten, weil er gegen das Frauenstimmrecht war?!

Aber ich hoffe, Du bist nicht gekränkt. Ich schreibe nur über solche Dinge, weil Du mir am Herzen liegst – und auch Harold am Herzen gelegen hast. Er hätte sich gescheut, solche Gedanken einem Brief anzuvertrauen, aber es hätte ihn geschmerzt, seine besten Freunde so unglücklich zu sehen.

Bitte grüß Deine Eltern lieb von mir. Habt ein schönes Weihnachtsfest zusammen.

Auf immer in Freundschaft und Liebe
Deine beste Freundin
Esmie xxx

Esmie klebte den Luftpostbrief zu und gab ihn Draman, damit er ihn zur Post brachte. Den Rest des Tages über beschäftigte sie sich damit, Kleidung und Bücher durchzusehen. Einen Teil von Harolds Sachen legte sie beiseite, um sie der Mission zu spenden. Ganz unten in ihrem Schrankkoffer fand sie das smaragdgrüne Kleid. Ihre Augen brannten vor Tränen, als sie es an sich drückte und an den Abend zurückdachte, an dem sie mit Tom getanzt hatte. Damals hatte er sie das einzige Mal in den Armen gehalten, und sie hatte mit Gewissheit die Stärke ihrer Leidenschaft für ihn erkannt. Wahrscheinlich würde sie das Kleid nie wieder tragen, aber noch brachte sie es nicht übers Herz, sich davon zu trennen. Obwohl sie wusste, dass sie sentimental war, legte Esmie es auf den Stapel, den sie behalten wollte.

Eine Woche später wurden ihre Habseligkeiten – nur noch ein Schrankkoffer voll – ins Raj Hotel vorausgeschickt. Die Möbel und Haushaltsgegenstände, die nicht der Mission gehörten, verteilte sie unter den Dienern. An ihrem letzten Abend lud Rupa sie zum Essen ein, und am folgenden Morgen stand sie bei Tagesanbruch auf, um Blumen auf Harolds Grab zu legen. Ihre Tränen ließen ihre Haut in der Kälte brennen. Es war auf den Tag genau ein Jahr her, dass sie Taha verlassen hatten, um Weihnachten mit Tom und Lydia im Hotel zu verbringen. Wie viel war in der seitdem vergangenen Zeit geschehen! Esmies Herz schmerzte vor quälenden Erinnerungen. Aber sie bereute es nicht, dass sie nach Taha gekommen war, um hier bei den Wasir zu leben und zu arbeiten.

»Das ist kein Abschied für immer«, flüsterte sie über dem Grab. »Ich komme zurück, wenn ich kann, um dir Blumen zu bringen und ein Gebet zu sprechen. Es tut mir leid, dass wir nur so eine kurze gemeinsame Zeit hatten, Harold. Aber du weißt, dass ich dich sehr geschätzt habe. Malik wird dein Grab für mich pflegen. Danke dafür, dass du mich an diesen Ort gebracht hast. Ich hätte diese besonderen Leute ohne dich nie kennengelernt. Karo und Gabina kommen mit mir, also dauert ihr Aufenthalt auf Zeit wirklich länger, als sogar ich erwartet hätte.« Esmie lächelte unter Tränen. »Bis wir uns wiedersehen, mein lieber Harold.« Sie küsste ihre Fingerspitzen und berührte den frisch gemeißelten Grabstein. Dann wandte sie sich ab und verließ eilig den Friedhof.

Eine Stunde später, als die Häuser von Taha im Licht des winterlichen Sonnenaufgangs golden erstrahlten, fuhr Alec Esmie, Karo und Gabina nach Kohat. Gegen Mittag winkte er ihnen nach, als sie in den Zug nach Rawalpindi stiegen.

Kapitel 43

Das Raj Hotel, Silvester

Nach dem Abendessen organisierte Stella eine Scharade. Jimmy und Mr Hoffman versuchten, einen Buchtitel darzustellen, der aus zwei Wörtern bestand. Jimmy hüpfte herum und Mr Hoffman verzog sein schwermütiges Gesicht zu immer schmerzerfüllteren Grimassen. Vorschläge wurden laut gerufen.

»Zorn?«

»Schrecken?«

»*Dracula*!« Stella quietschte vor Lachen.

»Das ist aber nur ein Wort, Schätzchen«, sagte Hester.

»Hoffman sieht eindeutig krank aus«, meinte Fritwell.

»*Der eingebildete Kranke*!«, rief Ansom.

»Das sind drei Wörter«, rief Hester ihm ins Gedächtnis.

Hoffman fiel auf die Knie und Jimmy tat, als würde er ein Seil emporklettern.

»*Die Ballade vom alten Seemann*?«, schlug Charlie vor.

»Zu viele Wörter«, sagte Ansom. »Und außerdem ist das ein Gedicht. Dürfen wir Gedichte vorspielen?«

»Nein«, sagte Stella.

»Es ist kein Gedicht«, protestierte Jimmy.

»Nicht reden!«, befahl Stella.

Mrs Shankley schwenkte aufgeregt ihr Hörrohr. »*Auf verschlungenen Pfaden*!«

»Auch der Titel hat ein Wort zu viel«, hob Hester hervor. »Aber netter Versuch, Schätzchen.«

»*Im Dunkeln*«, schlug Fritwell gleich den nächsten Roman von Thomas Hardy vor.

»Warum denn ausgerechnet das?« Ansom lachte.

»Na, weil ich völlig im Dunkeln tappe«, brummte sein Freund.

»Versucht es noch einmal anders, Jimmy«, riet Myrtle ihrem Sohn. »Sonst kommt niemand anders mehr an die Reihe.«

Verzweifelt flüsterte Jimmy Hoffman etwas zu. Der pensionierte Polizist lief auf allen vieren, und Jimmy tat hinter ihm das Gleiche. Sie bewegten sich über den Fußboden, hielten an, um einen Arm vor sich zu schwenken, und krochen dann weiter.

»*Gullivers Reisen*?«, fragte Charlie.

Hilflos vor Lachen stieß Esmie hervor: »Ich glaube, sie wollen Tiere darstellen.«

»Es könnten Elefanten sein«, vermutete Fritwell.

»Gute Idee, Fritters«, sagte Ansom. »Wo kamen noch mal die Elefanten vor, die die Alpen überqueren?«

Stella sprang auf und reckte die Hand in die Luft. »Ich weiß es, ich weiß es! *Das Dschungelbuch*!«

Jimmy kam grinsend auf die Beine. »Ja, genau.«

Hoffman seufzte erleichtert und zückte ein Taschentuch, um sich die Stirn abzuwischen. Ansom und Charlie halfen ihm auf die Beine und in einen Sessel.

»Hervorragend gespielt, Sir«, lobte Charlie. »Wir hätten es viel früher erraten sollen.«

Während das nächste Paar ausgelost wurde, indem Papierstreifen aus einem Hut gezogen wurden, überwachte Myrtle das Herumreichen von Käsegebäck, während Charlie dafür sorgte, dass die Getränke aufgefüllt wurden. Esmie war noch so satt vom Dinner, dass sie keines von beidem hinunterbekam. Stella öffnete die Papierstreifen und las die Namen.

»Ooh, Daddy«, sagte sie kichernd, »du und Mrs Shankley.«

Charlie verneigte sich galant und führte die schwerhörige Hotelbewohnerin in die Ecke des Zimmers, um laut flüsternd ihren Buchtitel abzusprechen.

»Daddy, wir können euch hören«, rief Stella.

»Leg doch Musik auf, Schätzchen«, schlug Hester vor.

Jimmy eilte zum Grammofon und zog es auf. Ragtime-Musik erfüllte das Zimmer. Unvermittelt fühlte Esmie sich an Ebbsmouth und Lydia erinnert. Sie fragte sich, wie es allen in Templeton Hall ging. Es war kaum genug Zeit vergangen, dass auf ihren Brief eine Antwort von Lydia hätte kommen können, aber sie bezweifelte ohnehin, dass sie eine bekommen würde. Je mehr Zeit verging, desto stärker fragte Esmie sich, ob sie überhaupt hätte schreiben sollen. Hatte sie etwa noch Öl ins Feuer von Lydias Groll gegen Tom gegossen? Charlie hatte ein Telegramm von Tom erhalten, in dem er ihm mitteilte, dass sie sicher in Schottland angekommen waren, und ihnen allen frohe Weihnachten wünschte. Aber abgesehen davon wusste niemand, wie es den Lomax ging oder wann sie – wenn überhaupt – nach Rawalpindi zurückkehren würden.

Aber zu Esmies Erstaunen waren es wirklich frohe Weihnachten gewesen. Sie war zutiefst dankbar dafür, dass die Dubois und ihre Freunde im Hotel ihr das Gefühl gaben, zur Familie zu gehören. Von dem Moment an, als sie angekommen war, hatten sie sie umsorgt und ihr das ruhig gelegene Elgin-Zimmer mit seiner reizenden Aussicht auf den Jakaranda-Baum im Hof gegeben.

Am Heiligabend hatte Charlie seinen besonderen Punsch zubereitet, und Esmie hatte für kurze Zeit an der traditionellen Hotelparty teilgenommen. Am nächsten Morgen hatten Ansom und Fritwell sie in die Scots Kirk begleitet. Danach hatte sie sich zum Mittagessen zu den Dauergästen im Speisesaal gesellt. Später hatte sie allein einen Spaziergang durch die baumgesäumten Straßen unternommen. Sie hatte einen Bogen um die Mall und den Cricketplatz gemacht, um nicht Bekannten der Lomax über den Weg zu laufen oder ans Vorjahr erinnert zu werden. Stattdessen war sie durch den milden Sonnenschein geschlendert, auf dem Rückweg durch den Saddar-Basar gegangen und hatte Trost im geschäftigen Treiben der Inder gefunden, die ihrem Tagwerk nachgingen.

Am zweiten Weihnachtstag hatten die Dubois darauf bestanden, sie mitzunehmen, um den Tag mit Myrtles Familie, den Dixons, im Lalkutri-Basar zu verbringen. Esmie war überwältigt davon gewesen, mit welcher Wärme sie im Heim dieser Wildfremden willkommen geheißen worden war. Ihre Wohnung war überfüllt und laut gewesen, weil viele Verwandte zu Besuch gekommen waren und Geschenke und Essen für alle mitgebracht hatten. Den ganzen Tag über hatten sie gegessen, getrunken, Lieder gesungen und sich mit Partyspielen vergnügt. Stella hatte förmlich an Esmie geklebt, vor ihren Cousins und Cousinen mit ihr angegeben und darauf geachtet, dass sie ihren Spaß hatte.

»Sie sind doch nicht traurig, oder?«, hatte das Mädchen immer wieder gefragt.

Angesichts ihrer Besorgnis hatte Esmie die Tränen zurückhalten müssen. »Ich genieße jede Minute«, hatte sie geantwortet und Stella in eine Umarmung gezogen. »Danke.«

Heute Abend, als das alte Jahr zur Neige ging, war Esmie froh, umgeben von Freunden im Raj Hotel zu sein, inmitten ihres Gelächters und ihrer neckischen Gespräche. Das war Balsam für ihr wundes Herz. Sie blieb lange genug auf, um mit ihnen auf das neue Jahr anzustoßen.

Esmie fing Charlies mitfühlenden Blick auf, als er sein Glas hob und sagte: »Auf abwesende Freunde!«

Ihr verschwamm alles vor den Augen, als die anderen den Trinkspruch wiederholten. Ihr Kopf war voller Erinnerungen an Harold, ihre Tante Isobel, Jeanie und Norrie – und an Tom, Lydia und Andrew.

Plötzlich spürte sie, wie Stella die warme Hand in ihre schob. Esmie drückte sie dankbar.

»Auf das neue Jahr!«, rief Charlie. »Auf ein glückliches und gesundes 1921!«

Kapitel 44

Ebbsmouth, Januar 1921

Nach Neujahr zog Tom zu Tibby in die Anchorage, um der ständigen Kritik seiner Frau zu entkommen. Es war auch einfach, seinem Vater aus dem Weg zu gehen, weil der alte Colonel fast bettlägerig war und sein Arbeitszimmer kaum noch verließ. Tom verbrachte seine Zeit damit, sich mit den Künstlern anzufreunden, die bei seiner Zwillingsschwester untergekommen waren, malte selbst ein bisschen und besuchte Templeton Hall, um Andrew auf Winterspaziergänge mitzunehmen.

Er hatte Mitleid mit der jungen *ayah*, Sarah, die noch nie den eisigen Ostwind erlebt hatte, der im Januar von der Nordsee her wehte. Er hatte den Verdacht, dass sie einsam war und Heimweh hatte, aber sie beschwerte sich nie, blieb unverbrüchlich loyal den Lomax gegenüber und achtete gut auf Andrews Bedürfnisse.

Zuerst hatte Tom einen Verbündeten in Lydias Vater, Jumbo, der den Wunsch seines Schwiegersohns verteidigte, das Hotel in Rawalpindi weiterzuführen.

»Es hat sehr viel Potenzial«, sagte Jumbo zu seiner Tochter. »Es gibt keinen Grund, warum es nicht ein gutes kleines

Unternehmen sein und in Zukunft sogar expandieren könnte – wie andere Raj Hotels an einigen landschaftlich besonders schönen Stellen.«

Die Idee munterte Tom auf, aber Lydia verwarf sie sofort. »Das wäre doch ein Fass ohne Boden. Ich verstehe nicht, warum du Tom nicht helfen kannst, sich hier geschäftlich zu etablieren. Ich will nicht zurück nach Indien – niemals!«

Tom erzählte Lydias Eltern nicht von ihrer Affäre mit Dickie Mason. Alles, was sie wussten, war, dass ihre Tochter etwas Schreckliches durchgemacht hatte. Minnie schlug sich auf Lydias Seite und wurde ungewohnt direkt.

»Ich finde es grausam, von Lydia zu erwarten, nach allem, was sie durchgemacht hat, nach Pindi zurückzukehren«, wies sie Tom zurecht. »Vor allem bist du doch deiner Familie verpflichtet – deiner Frau und deinem Sohn.«

Bald ließ sich auch Jumbo überreden, die Sichtweise der Frauen zu übernehmen.

»Ich kann dich einigen meiner Geschäftspartner hier vorstellen«, bot er an. »In der Motorenindustrie ist gutes Geld zu verdienen. Hast du je daran gedacht, in die Autoherstellung einzusteigen?«

»Ich verstehe nichts von Automobilen«, sagte Tom gereizt. Er hatte auf sein Erbe verzichtet, um dem kontrollierenden Einfluss seines Vaters zu entkommen, also war das Letzte, was er wollte, in der Schuld von Lydias Vater zu stehen.

Er und Lydia stritten sich auch über Esmies Brief. Sie empfand es als persönliche Kränkung, dass sie über den Tod von Toms erstem Baby im Dunkeln gelassen worden war, während Esmie davon wusste.

»Warum hast du mir nicht davon erzählt?«, schrie Lydia.

Tom hatte Mühe, die richtigen Worte zu finden, um es zu erklären. »Ich … Ich konnte nicht darüber sprechen …«

»Aber mit Esmie sehr wohl.« Lydia regte sich immer mehr auf. »Ich bin deine Ehefrau, Tom. Ich hätte es erfahren sollen. Die arme Mary!« Ihr kamen die Tränen. »Nie vertraust du mir etwas an – immer nur Esmie.«

»Sie und Harold haben es herausgefunden …«

»Wie kannst du in solch ein gefährliches Land zurückkehren wollen?«, fragte sie verständnislos. »Mich zwingen, dorthin zurückzukehren!«

Lydia vertiefte sich noch einmal in den Brief. »Ich kann nicht fassen, dass Esmie sich auf deine Seite statt auf meine stellt!«, sagte sie empört. »Wie kann sie es wagen, mir vorzuwerfen, ich würde dir Andrew wegnehmen?«

»Damit hast du mir in Pindi gedroht«, rief Tom ihr ins Gedächtnis.

»Nein, habe ich nicht! Du warst derjenige, der gesagt hat, er würde wegen des Babys vor Gericht gehen.«

Tom konnte seinen Zorn gerade noch zügeln. »Sie versucht nur, uns dazu zu bringen, zusammenzubleiben und es um Andrews willen noch einmal zu versuchen. Siehst du das nicht?«

»Ich sehe nur, dass meine beste Freundin mehr an meinen Mann als an mich denkt.«

Tom konnte keinen weiteren Streit ertragen. Kurz nach dieser speziellen Auseinandersetzung zog er sich in die Anchorage in die unkritische Gesellschaft seiner Schwester zurück. Er war zutiefst gerührt über Esmies Versuch, Andrew zu beschützen, wünschte sich aber, sie hätte sich nicht eingemischt; es hatte alles nur noch schlimmer gemacht. Lydia hatte wenig Mitgefühl gezeigt, dass er Amelia verloren hatte; sie hatte ihn nur aufs Neue Schuldgefühle empfinden lassen, weil er nicht da gewesen war, als sie geboren worden war, und ihren Tod nicht hatte verhindern können.

Im Januar erlitt Charlie einen weiteren Bronchitis-Schub. Um alle zu entlasten, blieb Esmie, um ihn zu pflegen und Myrtle bei der Führung des Hotels zu helfen. Gemeinsam beschlossen die Frauen, dass keine Notwendigkeit bestand, Tom mit der Nachricht zu behelligen, dass sein Direktor weiter bei schlechter Gesundheit war. Myrtle vertraute Esmie an, wie nervös Tom gewesen war, als er das Hotel hatte verlassen müssen, um in den Heimaturlaub zu gehen, und wie sie ihm versichert hatten, dass sie schon zurechtkommen würden, solange er fort war.

»Charlie hat ihm gesagt, dass seine Familie an erster Stelle stehen muss – besonders, nachdem Mrs Lomax solch ein schreckliches Erlebnis an der Nordwestgrenze hatte.«

»Außerdem ist Tom ja ohnehin zu weit weg, um irgendetwas zu unternehmen«, stimmte Esmie zu, »und es macht mir nichts aus, mitzuhelfen. Nichts zwingt mich, in aller Eile abzureisen.«

Sie stellte fest, dass sie Freude an den Routineaufgaben hatte, Menüs auszuwählen, Gäste zu begrüßen und mit den Angestellten zusammenzuarbeiten. Sie war glücklich, dass es bei den Entscheidungen, die sie fällen musste, nicht um Leben und Tod ging. Das machte ihr klar, unter was für einem unbarmherzigen Druck sie gestanden hatte, als sie als Krankenschwester gearbeitet hatte, und welchen Gefahren sie sich gegenübergesehen hatte.

Manchmal machten ihr die einfachsten Tätigkeiten am meisten Spaß: Stella und Jimmy nach der Schule bei den Hausaufgaben zu beaufsichtigen, Backgammon mit Ansom zu spielen oder die Baronin auf ihrem täglichen Spaziergang die Mall entlang zu begleiten. Am meisten genoss sie die Zeit, die sie mit den Dubois verbrachte, die sie wie ein Familienmitglied behandelten und mit denen sie sich inzwischen duzte.

Zu ihrer großen Freude hatten Karo und Gabina sich gut auf dem Hotelgelände eingelebt. Während Karo sich nützlich machte, indem sie Kleidung flickte und neue Kissenbezüge für das Hotel nähte, wurde Gabina zu Stellas Schatten und tapste ihr überallhin nach. Oft sah man die geduldige Stella das kleine Mädchen auf ihrer Hüfte tragen. Sie sang Gabina Lieder vor und fütterte sie mit Leckerbissen.

Ebbsmouth

Toms Verhältnis zu seiner Frau wurde immer angespannter, und so schlug ihre Mutter vor, mit Lydia in die Ferien zu fahren, um ihre Gesundheit wiederherzustellen.

»Es sind ihre Nerven«, sagte Minnie voller Besorgnis. »Sie braucht völlige Ruhe und einen Tapetenwechsel.«

Im Februar buchten Lydia und ihre Mutter für drei Wochen Zimmer in einem Hotel in Nizza an der Côte d'Azur.

Lydia ließ sich nur zu gern von Tom überreden, Andrew und seine *ayah* zurückzulassen. Sie überstimmte ihre Mutter, die wollte, dass das Baby mitfuhr.

»Wie soll das denn für mich erholsam sein?«, schimpfte Lydia.

Nachdem sie abgereist waren, nahm Tibby kein Blatt mehr vor den Mund. »Du weißt, mit wem sie sich treffen werden, nicht wahr?«

»Ja, Grace stößt für einen Teil des Urlaubs zu ihnen«, antwortete Tom.

»Außer Lydias Schwester.« Tibby zog die Augenbrauen hoch.

»Mit wem?«, fragte Tom und spannte sich an, als er den mitleidigen Gesichtsausdruck seiner Schwester sah.

»Nun ja, Colin Fleming hat doch ein Haus in Nizza. Du weißt schon, dieser Weinhändler, der Lydia den Hof gemacht hat, bevor du aus dem Krieg zurückgekehrt bist.«

Tibby hatte recht. Lydia kehrte am Monatsende zurück, fest entschlossen, nicht wieder nach Indien zu gehen, und schlug eine Trennung von Tom vor. Bald darauf hörte Tom immer häufiger, dass Lydia bei gesellschaftlichen Anlässen in Colin Flemings Begleitung erschien. Trotz der Demütigung, dass seine Frau unverhohlen den neuen Mann an ihrer Seite zur Schau stellte – bald tratschte die ganze Grafschaft über sie –, empfand er vor allem Erleichterung. Schnell buchte er eine Schiffspassage nach Indien für sich selbst, seinen Sohn und dessen *ayah*.

Das war der Moment, in dem er und Lydia ihren letzten Streit hatten. »In solch einem zarten Alter braucht Andrew seine Mutter mehr, als er einen Vater braucht«, verkündete Lydia.

»Du verbringst doch eigentlich nie Zeit mit ihm«, sagte Tom zornig. »Er hängt mehr an seiner *ayah* als an seiner Mutter.«

»Wie kannst du das sagen?«, fragte Lydia anklagend und brach auf Kommando in Tränen aus. »Ich kann nicht ohne ihn sein.«

Dieses eine Mal schienen die Templetons Mitgefühl mit Tom zu haben. Dennoch unterstützten sie ihre Tochter, wie er es im Voraus geahnt hatte.

»Ich weiß, dass du unserem Enkel ein guter Vater bist«, sagte Minnie, »aber du kannst dich nicht um ihn kümmern, während du ein Hotel führst, oder? Lydia dagegen hat uns hier, um ihr zu helfen, für Andrew zu sorgen.«

Jumbo nahm Tom beiseite. »Von Mann zu Mann – lass Andrew am besten hier, zumindest, solange er noch so klein ist. Lydia ist im Augenblick nicht sie selbst; ich billige ihre Affäre mit Fleming nicht, aber ich glaube, das ist nur eine Phase, die vorübergehen wird. Mit der Zeit lässt Lydia sich vielleicht überreden, es noch einmal mit Indien zu versuchen.«

Tom hielt das für unwahrscheinlich. Aber er war es müde, zu kämpfen. Je mehr er über das Hotel und Indien nachdachte, desto weniger konnte er es abwarten, dorthin zurückzukehren. Warum sollte er noch mehr Zeit damit vergeuden, sich in Ebbsmouth herumzutreiben, sich nutzlos zu fühlen und zu versuchen, seine todgeweihte Ehe zu retten? Er würde den Templetons beweisen, dass sie unrecht hatten. Er würde zurückkehren, das Raj Hotel zum Erfolg führen und für seinen Sohn sorgen, sodass er eines Tages wieder nach Schottland reisen und ihn zu sich holen konnte.

Zugleich fiel es ihm immer schwerer, Esmie aus dem Kopf zu bekommen. Wie kam sie ohne Harold mit dem Leben in Taha zurecht? Er sehnte sich danach, sie zu sehen und herauszufinden, was sie vorhatte. Vielleicht mit der Zeit … Tom unterdrückte seine Sehnsucht. Er musste ihr Zeit lassen, um Harold zu betrauern. Vorerst würde er sich allein ein neues Leben in Rawalpindi aufbauen.

Kapitel 45

Das Raj Hotel

Der Februar kam und ging. Der März brachte einen Temperaturanstieg, einige plötzliche Stürme und Blüten in den Gärten der Stadt. Dann traf ein Telegramm aus Ebbsmouth ein.

Abfahrt neunzehnter März STOP Ankunft Bombay achter April STOP Pindi zehnter STOP Grüße.

Das löste unter den Dauergästen aufgeregtes Geschnatter und Spekulationen aus. Kehrte der Captain allein oder mit seiner Familie zurück? War es ein gutes Zeichen, dass er wiederkam, oder diente das nur dazu, das Hotel auf den Verkauf vorzubereiten?

Charlie, der die Zügel wieder in die Hand genommen hatte, versuchte, ihre Befürchtungen zu beschwichtigen. »Captain Lomax hatte keineswegs die Absicht zum Ausdruck gebracht, dieses illustre Etablissement zu verkaufen. Sie dürfen sich keine Sorgen machen. Wir machen weiter wie gewohnt. Alles ist tipptopp.«

Aber unter vier Augen vertraute Myrtle Esmie ihre Sorgen an, als sie zusammensaßen und sich eine Kanne Tee teilten, nachdem die Kinder ins Bett gegangen waren.

»Charlie macht sich auch Sorgen. Captain Lomax wirkte so niedergeschlagen, als er abgereist ist – resigniert, bereit, alles zu tun, was Mrs Lomax verlangte. Ich weiß, dass ich nicht schlecht von deiner Freundin reden sollte, Esmie, aber ein Teil von mir hat Angst davor, dass sie zurückkommt. Sie war in Indien nicht glücklich. Es wäre vielleicht besser, wenn sie das Hotel wirklich an jemand anderen verkaufen würden, als dass sie hier dem Captain das Leben zur Hölle macht.«

Der Gedanke machte Esmie zutiefst traurig. Sie legte ihre Hand mitfühlend auf Myrtles. »Wir müssen einfach hoffen, dass diese letzten Wochen im gemeinsamen Urlaub genug waren, um ihre Ehe zu kitten. Ich hoffe um Andrews willen, dass sie sich wieder vertragen.« Sie seufzte. »Aber du könntest recht haben. Auf lange Sicht werden die Lomax mit einem Neuanfang in Schottland vielleicht glücklicher.«

Erschüttert über die Zweifel an der Zukunft des Hotels beschloss Esmie, dass sie fort sein musste, wenn die Familie Lomax – oder Tom allein – zurückkehrte. Da Lydia nie auf ihren Brief geantwortet hatte, vermutete Esmie, dass ihre Worte unwillkommen gewesen waren, und sie wollte die Situation nicht noch schlimmer machen, indem sie noch da war, wenn sie zurückkamen. Deshalb begann sie, ihre Weiterreise zu planen.

Die Dauergäste hatten alle möglichen Vorschläge, welche Orte in Indien sie besuchen sollte.

»Der Tadsch Mahal ist ein Muss«, verkündete Ansom.

»Oh ja«, pflichtete Hester ihm bei, »besonders im Mondschein, Schätzchen.«

»Lucknow als wichtiger Schauplatz des Sepoyaufstands«, schlug Fritwell vor. »Und Neu-Delhi soll sehr eindrucksvoll sein.«

»Jaipur ist faszinierend«, sagte Hester, »und die verlassene Stadt in Fatehpur Sikri. Ich habe Freunde in Radschastan, bei denen Sie wohnen können.«

»Natürlich sollten Sie nach Simla fahren«, meinte Hoffman. »Sobald der Schnee weg ist, ist das ein reines Vergnügen.«

»Und Kaschmir«, schwärmte Hester. »Sie müssen mich besuchen und bei mir in Srinagar wohnen, sobald die heiße Jahreszeit anbricht. Mir steht ein Hausboot zur Verfügung.«

Stella grinste. »Ja, ich bin letztes Jahr mit Mrs Shankley hingefahren. Es ist der allerschönste Ort, an dem ich jemals war. Alles kommt auf kleinen Kanus, sodass man im eigenen Haus einkaufen kann!«

»*Shikaras*, Schätzchen«, sagte Hester. »Die kleinen Kanus heißen *shikaras*.«

»Oh, das würde ich liebend gern tun.« Esmie lächelte, weil sie sich daran erinnerte, wie Tom von Kaschmir geschwärmt hatte. »Ich habe gehört, dass es paradiesisch ist, im Dal-See zu schwimmen.«

Hester lachte. »Sie können gern schwimmen, wenn Sie mögen, Schätzchen. Ich setze mich hin, sehe zu und trinke *nimbu pani*.«

Esmie buchte einen Zug nach Lahore für Anfang April und ein Zimmer im Nedous Hotel. Sie würde ihre Rundreise mit einem Besuch in der alten Stadt im Pandschab mit ihrer Mischung aus Mogul-Architektur und kosmopolitischer Pracht beginnen. Die Dubois hatten angeboten, ihren Schrankkoffer für sie unterzustellen, sodass sie mit nur einem Koffer und einer großen Tasche leicht reisen konnte. Ihre Nähmaschine lieh sie Karo, die sich bei Myrtle nützlich machte, indem sie neue Vorhänge für einige der Zimmer herstellte. Die Wasir-Frau hatte sich entschieden, auf dem Hotelgelände zu bleiben und für die Dubois zu arbeiten, solange Esmie fort war.

An ihrem letzten Morgen in Rawalpindi frühstückte sie mit den Dubois und winkte Stella nach, als diese zur Schule aufbrach. Als das Mädchen den Pfad halb hinunter war, rannte es noch einmal zurück und schlang zu einer letzten Umarmung die Arme um Esmies Taille.

»Du kommst doch zurück und besuchst uns, oder?«, fragte Stella unter Tränen.

Esmie drückte sie fest an sich. »Natürlich, versprochen. Ihr seid für mich wie eine Familie.« Sie küsste Stella auf den Kopf und löste sich sanft von ihr.

Bevor ihr Zug abfuhr, unternahm sie noch einen kurzen Spaziergang mit der Baronin.

»Mein Angebot, dass Sie mich in Kaschmir besuchen kommen können, war ernst gemeint, Schätzchen«, sagte Hester.

»Und ich habe fest vor, zu kommen«, antwortete Esmie lächelnd.

Arm in Arm schritten sie würdevoll zum Hotel zurück. Eine Stunde später wurde Esmie von Myrtle und den Dauergästen umarmt und zum Abschied geküsst. Dann fuhr Charlie sie mit dem Auto zum Bahnhof.

»Ich danke dir von ganzem Herzen, dass du uns geholfen hast, Esmie«, sagte Charlie.

»Ich danke euch«, sagte Esmie, als sie sich die Hände schüttelten. »Du und deine Familie habt mir durch eine schwere Zeit geholfen – dafür werde ich immer sehr dankbar sein.«

Als sie in den Zug stieg, zog Charlie ein fliederfarbenes Seidentuch aus seiner Brusttasche und winkte. »*Bon voyage*!«

»*Au revoir*!«, rief Esmie und winkte zurück. Dann stieg sie ein.

* * *

Fünf Tage nach Esmies Abreise kehrte Tom allein ins Raj Hotel zurück. Er spürte, wie die Last der vergangenen Wochen von seinen Schultern fiel, als er auf dem Rasen im Vorgarten stehen blieb, um den lieb gewonnenen Anblick des geweißten Gebäudes mit dem blauen Vordach, den gleichfarbigen Fensterrahmen und der einladend geöffneten Tür auf sich wirken zu lassen. Sein Eindruck bestätigte ihm, dass er die richtige Entscheidung getroffen hatte.

Er wandte sich an Charlie, der ihn vom Bahnhof abgeholt hatte, und sagte: »Wir müssen das Schild abnehmen, auf dem mein Name als Besitzer steht.«

Charlie sah erschrocken drein. »Aber ich dachte …?«

»Ich will, dass der Titel ›Captain‹ durch ›Mister‹ ersetzt wird«, stellte Tom klar. »Keine Sorge, Charlie, ich verkaufe das Raj an niemanden. Es tut mir leid, wenn Sie sich alle Gedanken gemacht haben.«

Tom wurde von den Dauergästen wie ein König empfangen. Sie führten ihn zu einem Sitzplatz und kredenzten ihm einen großen Whisky, als wäre er der Gast. Dann erkundigten sie sich nach seinem Heimaturlaub in Schottland. Tom sagte wenig über die letzten Monate, in denen er ständig mit Lydia gestritten hatte, und war froh, dass sie ihm nicht mit Fragen über den Zustand seiner Ehe zusetzten.

»Mrs Lomax hat beschlossen, länger bei ihren Eltern zu bleiben«, sagte er, ohne das Thema zu vertiefen. »Ich ziehe wieder ins Hotel, um hier zu wohnen.«

»Freut mich zu hören, Schätzchen«, sagte Hester. »Ich meine, dass Sie wieder hier einziehen.«

Die anderen bekundeten im Chor ihre Zustimmung, und Tom war gerührt, dass sie so begeistert über seine Rückkehr waren.

Er vermied es, von Andrew zu sprechen, denn sonst hätte er einen Gefühlsausbruch riskiert. Auch nur an den Abschied von seinem kleinen Sohn zu denken, ließ Tom die Tränen kommen. Bei seinem letzten kurzen Besuch in Templeton Hall hatte Tom das Kind an seine Brust gedrückt, sein weiches, dunkles Haar geküsst und geflüstert: »Ich komme wieder, um dich zu holen, versprochen.«

Andrew hatte gestrahlt, seine neuen Schneidezähne gezeigt und die Wange seines Vaters gepackt. Schnell hatte Tom das Baby an Sarah zurückgereicht. Mit brechender Stimme hatte er gesagt: »Ich weiß, dass du gut auf ihn aufpassen wirst. Bitte erzähl ihm von mir, damit er weiß, dass er geliebt wird.« Tom hatte das Kinderzimmer verlassen, bevor er zusammengebrochen war und geweint hatte.

Jumbo und Minnie hatten sich verlegen von ihm verabschiedet und ihm viel Glück gewünscht. Vielleicht waren sie ein wenig zerknirscht gewesen, weil sie nicht mehr unternommen hatten, um zu einer Versöhnung zwischen ihrer Tochter und ihrem Schwiegersohn beizutragen. Auf die letzte Minute hatte Lydia – widersprüchlich wie immer – anscheinend doch noch darunter gelitten, ihn gehen zu sehen.

»Du passt doch gut auf dich auf, nicht wahr, Tom?«, hatte sie besorgt gefragt und seinen Arm umklammert. »Es wäre schrecklich, wenn dir etwas zustoßen würde.«

Er hatte genickt und hervorgestoßen: »Leb wohl, Lydia. Es tut mir leid, dass ich dich nicht glücklich gemacht habe. Ich hoffe, du findest dein Glück hier.«

Als Tom gegangen war, hatte er Lydia schluchzen und seinen Namen rufen hören. Sein Inneres verkrampfte sich jetzt noch, wenn er daran dachte, und er fragte sich, was sie zu ihm gesagt hätte, wenn er geblieben wäre. War es möglich, dass sie es sich in jenem letzten Augenblick anders überlegt hatte? Er würde nie in der Lage sein zu ergründen, was Lydia wollte – und er bezweifelte sogar, ob sie es selbst wusste.

* * *

Tom war erstaunt zu erfahren, dass Esmie nicht nur über Weihnachten im Raj gewesen war, sondern dort monatelang ausgeholfen hatte. Er konnte nicht aufhören, daran zu denken, und sich vorzustellen, wie sie hier gewesen war, mit den Hotelbewohnern geplaudert und Charlie gesund gepflegt hatte. Es war eine Qual zu wissen, dass sie vor Kurzem durch diese Korridore gegangen war, im Speisesaal gegessen und mit den Gästen Karten gespielt hatte. Stella hörte nicht auf, von Esmie zu reden, und zeigte Tom stolz jede der Postkarten, die aus den unterschiedlichsten Orten von Indien eintrafen, an denen Esmie sich zuletzt aufgehalten hatte: Delhi, Agra, Jaipur und gerade noch Benares. Tom war froh, dass Esmie mit ihrem Trauerfall zurechtkam und sich ein neues Leben aufbaute, aber ihm wurde das Herz schwer, wenn er daran dachte, dass sie die Gegend verlassen hatte und nicht beabsichtigte, zurückzukommen.

Im Laufe der nächsten paar Wochen steckte Tom all seine Energie in den Aufbau seines Unternehmens. In Absprache mit den Dubois vermietete er den Speisesaal für Veranstaltungen und bot für die kommende heiße Jahreszeit, in der viele Briten in die Berge fortreisten, Zimmer zu reduzierten Preisen an. Aufbauend auf den Kontakten, die er im Vorjahr mit der Eisenbahnerbruderschaft und dem Chota Club geknüpft hatte, begann das Hotel Kindergeburtstage, Clubdinner und Bridgewettbewerbe mit Nachmittagstee auszurichten.

Er hielt sich unablässig beschäftigt, sodass er keine Zeit hatte, über Esmie oder über seinen Sohn nachzugrübeln. Doch das Bild, das er von Andrew als Baby gemalt hatte, erinnerte ihn jeden Tag daran, wie sehr er ihn vermisste. Lydia hatte ihm ein einziges Mal geschrieben, um ihm mitzuteilen, dass Andrews *ayah* allmählich Heimweh bekam und Lydia deshalb daran dachte, sie nach Indien zurückzuschicken und stattdessen ein britisches Kindermädchen einzustellen. Tom fragte sich, ob es in Wirklichkeit nicht daran lag, dass es Lydia – oder vielleicht Colin Fleming – peinlich war, von einer indischen Dienerin abhängig zu sein.

Er schrieb zurück und warnte vor solch einem Schritt. *Wenn Sarah nicht so todunglücklich ist, dass sie ihre Aufgabe nicht erfüllt, rate ich Dir dringend, sie zu behalten. Andrew kennt sie seit seiner Geburt, und die beiden hängen sehr aneinander. Es wäre eine Schande, diese Verbindung zu kappen.*

Lydia hatte nicht geantwortet. Tom wusste nicht, ob das daran lag, dass sie ihm zustimmte, oder vielmehr daran, dass sie vorhatte, die *ayah* so oder so zurückzuschicken.

Der Mai war der Monat, der für Tom am schwierigsten ohne seinen Sohn durchzustehen war. Er schickte eine Karte zu Andrews erstem Geburtstag und ein Kuscheltier: ein Kamel aus Leder, das bunt mit einem rot und golden gemusterten Sattel und Zaumzeug geschmückt war. An Andrews Geburtstag zog Tom sich mit einer Flasche Whisky in den Topi Park zurück, betrank sich dann sinnlos und gestattete sich zu weinen.

Charlie machte sich auf die Suche nach ihm und holte ihn nach Hause. Sobald der Hoteldirektor Tom auf den Beifahrersitz des Clement-Talbot geholfen hatte, zog er einen braunen Briefumschlag aus der Tasche.

»Es ist ein Telegramm für Sie gekommen, Sir«, sagte er zu ihm.

Tom sah ihn an. Jetzt, da die Wirkung des Whiskys nachließ, fühlte er sich wie gerädert und müde.

»Was für ein Telegramm?«

Charlie zuckte die Schultern und reichte es ihm. Einen kurzen, euphorischen Moment lang dachte Tom, es könnte von Esmie sein. Unbeholfen riss er den Briefumschlag auf. Zunächst verstand er den Inhalt nicht.

Anders überlegt STOP Bitte von Schiff abholen STOP Bombay fünfzehnter Juni STOP Alles Liebe Lydia.

Tom war wie betäubt. Er starrte Charlie mit offenem Mund an.

»Sir?«, fragte dieser besorgt. »Ich hoffe, es ist keine schlechte Nachricht.«

Toms Gedanken überschlugen sich. Er antwortete: »Ich weiß es nicht. Lydia kommt zurück nach Indien.«

Kapitel 46

Srinagar, Kaschmir, Ende Juni

Auf dem Deck des Hausboots *Queen of the Lake* lehnte Esmie an der Reling und ließ den Blick über den Dal-See schweifen. Die Sonne ging gerade über den Gipfeln der Zabarwan-Bergkette auf, und kleine, rosafarbene Wölkchen spiegelten sich im stillen Wasser. Der See war von Lustgärten umgeben, die Hester sie in den letzten beiden Wochen hatte erkunden lassen: schöne formale Gärten voll duftender Blumen, plätschernder Springbrunnen und Bäume, die in der gleißenden Sonne Schatten spendeten.

Esmie holte tief Luft und kostete die kühle Luft des frühen Morgens aus. Laut der Baronin war Juni der heißeste Monat in Kaschmir, aber für Esmie war es ein Paradies verglichen mit den Ebenen Indiens, die sie seit April durchstreift hatte. Hier konnte sie die Wege der Shalimar- oder Nishat-Gärten entlangwandeln und sich einen schattigen Sitzplatz suchen, um ein Buch zu lesen oder einfach die Umgebung auf sich wirken zu lassen.

Nach den ständigen Reisen und Besichtigungen, die Esmie zu größerer Einsicht in das Land verholfen hatten, aber in der

Hitze anstrengend gewesen waren, genoss sie es, wenig zu tun. Manchmal nahm sie eine *shikara* nach Srinagar, um Briefe abzuschicken, und sie ging jeden Tag schwimmen, kehrte aber immer zum Essen mit der Baronin aufs Hausboot zurück. Hester war kurzweilige Gesellschaft und hatte einen unerschöpflichen Vorrat an Geschichten über Orte, an denen sie gelebt hatte, und Menschen, denen sie begegnet war, zu bieten.

Esmie schmiedete einen groben Plan für den Tag. Erst würde sie nach einer Freundin von Hester sehen. Die Frau hatte sich vor drei Tagen beim Aussteigen aus einer *shikara* den Knöchel verstaucht. Esmie hatte ihn bandagiert und ihr Tabletten gegen die Schmerzen gegeben. Bevor es zu heiß wurde, würde sie dann schwimmen gehen. Esmie hatte versprochen, Hester zum Tee auf das Hausboot einer Freundin zu begleiten, aber abgesehen davon hatte sie am Nachmittag nichts zu tun.

Esmie sah zu, wie eine *shikara*, die mit Obst und Gemüse für den Markt in Srinagar beladen war, über das Wasser glitt und Wellen auf der spiegelglatten Oberfläche entstehen ließ. Wie leicht wäre es gewesen, auf unbestimmte Zeit hierzubleiben, verführt von der ruhigen Atmosphäre des Sees und vom verwöhnten Hausbootleben, das abgesehen davon, dass sie der Baronin Gesellschaft leistete, nur aus Essen, Schwimmen, Lesen bestand.

Aber es war umso kostbarer, weil Esmie wusste, dass es nur auf Zeit eine Zuflucht vor der Welt war. Selbst wenn sie die Monsunsaison hindurch mit Hester hierblieb, würde die Baronin im September ins Raj Hotel zurückkehren. Außerdem würde Esmie, sobald sie sich entschieden hatte, was sie als Nächstes tun wollte, für kurze Zeit wieder nach Rawalpindi gehen müssen, um Karo zu fragen, ob sie sie begleiten wollte. Nach den kurzen, sauber geschriebenen Briefen zu urteilen, die Stella ihr und Hester schickte, bezweifelte Esmie, dass ihre

Wasir-Freundin noch einmal entwurzelt werden wollte; sie und Gabina schienen sich im Raj gut eingelebt zu haben.

Esmie hatte sich immer noch nicht entschieden, wo sie leben und welcher Arbeit sie nachgehen wollte. Sie hatte gehofft, dass sie während ihrer Reisewochen einen Ort entdecken würde, an dem sie sesshaft werden wollte. Aber hier in Kaschmir hatte sie sich zum ersten Mal sofort zu Hause gefühlt. An einem großen See in den Bergen zu sein, erinnerte sie an Vaullay, und die freundlichen, temperamentvollen Kaschmiri ähnelten den Highlandern, die sie als Kind gekannt hatte. Dank Harolds Geld musste sie nicht sofort Arbeit finden, aber Esmie wusste, dass sie sich bald langweilen würde, wenn sie es nicht tat.

Doch in den letzten paar Wochen hatte sie zu hinterfragen begonnen, ob sie wirklich zur Krankenschwester berufen war. Sie wusste, dass ihr hauptsächlicher Antrieb gewesen war, ihrer Tante Isobel eine Freude zu machen und das Andenken ihrer Eltern zu ehren, sie war ihretwegen Krankenschwester geworden. Aber wie war es jetzt? Wurde es Zeit, etwas anderes zu tun? Esmie hatte die paar Wochen, die sie im Raj Hotel gearbeitet hatte, sehr genossen. Eines wusste sie: Sie würde immer mit anderen zusammenarbeiten und neue Leute kennenlernen wollen. Oder vielleicht würde sie eine Stelle annehmen, auf der sie Kindern helfen konnte … Vielleicht würde sie sich hier in Srinagar nach Arbeit umsehen, denn sie hatte sich in den Ort verliebt.

Tief in ihrem Innern wusste sie, dass ein weiterer Grund dafür, dass sie Kaschmir liebte, der war, dass auch Tom es für etwas Besonderes hielt. Die vertraute Sehnsucht nach ihm durchzuckte sie.

Ein Brief an Hester von Ansom bestätigte, dass Tom allein ins Hotel zurückgekehrt war und zur Erleichterung aller nicht vorhatte, es zu verkaufen. Tom bestand jetzt darauf, Mr Lomax genannt zu werden und nicht Captain. Er war »wortkarg«, was die Frage betraf, ob auch Mrs Lomax und der Junge wiederkommen würden. Hester spekulierte, dass sie es nicht tun würden.

Es tat Esmie in der Seele weh, daran zu denken, dass Lydia Andrew behalten hatte, obwohl sie wusste, wie sehr Tom seinen Sohn vermissen musste. Sie fühlte sich schuldig, weil sie den Brief geschrieben hatte, und fragte sich, ob er Lydia aufgebracht hatte, statt ihr zu helfen, die Dinge mit Toms Augen zu sehen. Esmie kamen die Tränen. Hester hatte ihr gesagt, dass sie sich nicht die Schuld daran geben sollte und nicht für die gescheiterte Ehe der Lomax verantwortlich war.

Goldenes Sonnenlicht ergoss sich auf den See und beleuchtete die Reihe von Hausbooten am baumgesäumten Ufer. Nicht zum ersten Mal fragte Esmie sich, ob sie Tom schreiben sollte, um ihn zu fragen, wie es ihm ging. Aber sie war sich nicht sicher, was sie Hilfreiches hätte sagen können, und sie durfte ihn nicht damit belasten, wie sehr sie ihn vermisste. Außerdem hatte er zu keinem Zeitpunkt versucht, sie zu kontaktieren, seit er im letzten November nach Schottland abgereist war. Sie hatte es vermieden, über Rawalpindi nach Kaschmir zu reisen, und war stattdessen auf der südlichen Route über Sialkot und Jammu dorthin gefahren. Oh, Tom! Wie sehr sehnte sie sich doch danach, ihn zu sehen. Aber sie wusste, dass ein Treffen mit ihm nur den Seelenfrieden stören würde, den sie hier fand.

Esmie holte noch einmal tief Luft, um ihre Gedanken zu beruhigen. Sie weigerte sich, an so einem prachtvollen Morgen traurig zu sein. Sie winkte einem kleinen Jungen zu, der dicht an ihr vorbeipaddelte, und ging dann hinein, um zu frühstücken.

* * *

Später am Tag, nach einem erfrischenden Bad am Anleger des Clubs, wo sie sich bis zum späten Vormittag aufgehalten hatte, kehrte Esmie auf der *shikara* des Hausboots über den schimmernden See zurück. Die Sonne stand hoch am Himmel und blendete die Augen. Als sie die Augen zusammenkniff und zur *Queen of the Lake* hinübersah, glaubte sie, eine andere *shikara* längsseits davon vertäut zu sehen. Wie es aussah, hatte Hester Besuch.

Ihr Haar war noch feucht, und sie unternahm einen halbherzigen Versuch, die welligen Strähnen glatt zu streichen, während der Bootsführer sie zu den Stufen des Hausboots und zur *shikara* des Besuchs brachte, deren Sitze von Vorhängen verdeckt waren. Sie spähte interessiert zu dem Boot hinüber, das sanft im Schilf wippte, und fragte sich, welcher der vielen Freundinnen der Baronin es wohl gehörte.

Ihr Handtuch und ihren Badeanzug in der Hand stieg sie aus dem Boot und dann die Stufen zur Veranda des Hausboots hinauf. Im schattigen Wohnzimmer dahinter hörte sie Hester mit jemandem reden.

»Hallo!«, rief Esmie. »Ich bin wieder da! Tut mir leid, dass es so lange gedauert hat, aber das Wasser war perfekt.«

»Hereinspaziert, Schätzchen!«, rief Hester. »Es ist jemand hier, um Sie zu besuchen.«

Esmie lachte überrascht auf. »Mich?«

Sie schlug den Gazevorhang beiseite und ging hinein. Zunächst konnte sie nach dem grellen Sonnenlicht im Halbdunkel nichts erkennen. Eine hochgewachsene Gestalt kam auf sie zu und sagte ihren Namen: »Esmie.«

Diese tiefe, heiß geliebte Stimme konnte keinem anderen gehören. Ihr Herz begann vor Schock zu hämmern.

»Tom?«

»Ja«, sagte Hester, »ist das nicht wunderbar?«

Esmie starrte ihn an. »J… ja.« Vor Ergriffenheit darüber, ihn so unerwartet zu sehen, versagte ihr die Stimme. Dann hatte sie plötzlich Angst, dass etwas nicht stimmte. »Ist alles in Ordnung? Warum bist du hier?«

Er stand vor ihr und streckte die Hand aus. »Ich habe gehört, dass du hier bist, und da dachte ich, dass ich zu Besuch vorbeischauen könnte.«

Esmie ließ ihre Schwimmsachen auf einen Stuhl fallen, nahm seine Hand und hielt sie länger fest, als es schicklich war. Sein Lächeln war voller Wärme, aber sie fragte sich misstrauisch, warum er den langen Weg auf sich genommen hatte.

»Die Baronin hat mir erzählt, dass du jeden Tag schwimmen gehst«, sagte er.

»Natürlich.« Esmie erwiderte sein Lächeln. »Du hattest recht, dass dieser Ort ein Paradies für Schwimmer ist.«

»Vielleicht könnte ich mich morgen zu dir gesellen?«, fragte er.

Hoffnung keimte in Esmie auf. »Wie lange bleibst du?«

»Ein paar Tage«, sagte er. »Wir wohnen auf der *Golden Horn*.«

Wir. Es verschlug Esmie den Atem. Also musste Lydia bei ihm sein. War ihre ehemalige Freundin immer noch zu verärgert über sie, um mit ihrem Mann an Bord zu kommen? Wenigstens hieß das, dass Tom Andrew wieder bei sich hatte, und das war den Schmerz der Enttäuschung wert.

Sie kämpfte mit den Tränen und fragte: »Wie geht es Andrew und Lydia?«

Tom zögerte einen Moment lang. »Es geht ihnen gut, danke.«

»Gut«, sagte Esmie. »Das freut mich ja so.« Ihre Kehle war zu zugeschnürt, um mehr zu sagen.

Tom drehte sich um und tauschte einen Blick mit Hester. Die Baronin stand auf.

»Ich gehe mich vor dem Mittagessen frisch machen«, sagte sie, »dann können Sie einander auf den neuesten Stand bringen.«

Nachdem sie gegangen war, sagte Tom: »Setz dich zu mir.« Er nahm Esmie beim Ellbogen und führte sie zum Sofa.

Esmie, deren Beine zitterten, war froh, sich hinsetzen zu können.

»Ich wollte dir danken, Esmie, dafür, dass du im Raj ausgeholfen und es am Laufen gehalten hast, während ich fort war. Myrtle hat gesagt, du seist ein Geschenk des Himmels gewesen, und Stella hört gar nicht mehr auf, von dir zu reden. Ich glaube, sie würde dich zur Göttin erheben lassen, wenn sie könnte.«

Esmie lachte. »Die liebe Stella. Ich habe gern geholfen. Sie waren so freundlich zu mir und haben mir geholfen, die ersten schwierigen Monate ohne …« Sie brach ab und schluckte den Kloß in ihrem Hals hinunter, als ihr die Tränen kamen.

»Erzähl mir, wie es dir seitdem ergangen ist«, ermunterte er sie. »Ich habe oft an dich gedacht.«

»Ja?« Ihr Puls beschleunigte sich wieder.

»Ja. Jeden Tag.«

Er sah sie mit seinen leuchtend blauen Augen auf diese innige Art an, die immer dafür sorgte, dass sie sich lebendig und begehrt fühlte. Sie konnte es kaum ertragen.

Er fuhr fort: »Aber ich wollte dich nicht in deiner Trauer um Harold stören. Deshalb habe ich dir nicht geschrieben. Und auch, weil ich versucht habe, meine Ehe zu retten.«

Esmies Brustkorb zog sich zusammen. Sie nickte. »Es freut mich, dass sich für euch beide alles zum Besseren wendet. Sind das hier die zweiten Flitterwochen für dich und Lydia?«

»Esmie!« Tom beugte sich zu ihr und umfasste ihre Hand. »Lydia ist nicht bei mir. Wir haben uns endgültig getrennt.«

»Getrennt?«, wiederholte Esmie.

»Ja«, sagte er. Erleichterung schwang in seiner Stimme mit. »Sie hat sich endlich entschieden, in Schottland zu bleiben und nicht nach Indien zurückzukehren. Um die Wahrheit zu sagen, trifft sie sich mit einem anderen Mann – Colin Fleming

–, und ich hoffe, dass wir uns nach einiger Zeit scheiden lassen können.«

»Oh, Tom, das tut mir leid …«

»Das muss es nicht«, sagte er. »Mir tut es nicht leid, und Lydia auch nicht. Wir waren von Anfang an falsch füreinander.«

»Aber was ist mit Andrew?«, fragte Esmie.

Tom ließ ihre Hand los und zog etwas aus seiner Jackentasche.

»Das hier ist für dich – ein Brief von Lydia. Sie hat gesagt, ich dürfe ihn zuerst lesen – ich hoffe, das macht dir nichts aus – und ihn dir dann persönlich übergeben. Er erklärt alles besser, als ich es kann.«

Mit zitternden Fingern nahm Esmie das gefaltete Stück Schreibpapier entgegen und schlug es auseinander.

Liebe Esmie,
lange war ich zornig auf Dich wegen des Briefs, den Du geschickt hattest. Ich war so wütend auf Dich, weil Du Dich auf Toms Seite und nicht auf meine geschlagen hattest. Aber ich hatte viel Zeit, darüber nachzudenken, und jetzt ist mir klar, dass Du mir damit nicht schaden wolltest. Ich wusste, dass die tapfere Esmie, die ihr Leben riskiert hatte, um zu kommen und mich zu retten, immer noch meine Freundin war. Wir haben so viel zusammen durchgemacht, Du und ich, und ich hoffe, dass wir immer Freundinnen bleiben werden.

Auf alle Fälle besteht der Zweck dieses Briefs darin, Dir mitzuteilen, dass ich Dir verzeihe und will, dass Du glücklich wirst. Mittlerweile weißt Du sicher schon, dass ich nicht nach Pindi oder zu Tom zurückkehren werde. Das eine, was

Dein Brief mir gezeigt hat, war, dass ich das Baby niemals so sehr lieben kann, wie Tom es tut, und deshalb schicke ich ihn mit Ayah zurück. Daddy hat dafür gesorgt, dass die Frau eines Bankiers aus Bombay, den er kennt, die beiden auf der Rückreise nach Indien beaufsichtigt.

Ich hoffe, Du bist vielleicht bereit, für mich mit auf Andrew aufzupassen. Ich weiß, dass Du mich nicht so verurteilen wirst, wie der Rest von Pindi es wohl tun wird – all die »Mems« werden mich zweifelsohne eine herzlose Rabenmutter nennen. Aber ich glaube, Du verstehst, dass ich nach der schrecklichen Geburt keine mütterlichen Gefühle für ihn entwickelt habe. Ich habe immer beobachtet, wie Du das Baby gehalten hast, und dabei gedacht: »So sollte eine Mutter ihr Kind ansehen.« Die Liebe stand Dir ins Gesicht geschrieben.

Ich weiß, dass Tom so schnell er kann auf die Suche nach Dir gehen wird. Er war schon immer verrückt nach Dir. Ich wünschte, ich hätte schon gewusst, wie sehr er Dich liebt, bevor wir geheiratet haben. Ich weiß nicht, ob Du das Gleiche empfindest, aber ich hoffe, Du tust es. Ich will nicht, dass er unglücklich ist. Ganz gleich, was Du beschließt, ich wünsche Dir viel Glück bei allem, was Du tust.

Esmie, eines Tages werden wir zusammen auf einer Schaukel sitzen und plaudern wie in alten Zeiten, aber das wird nicht in Indien geschehen.

Ich denke immer noch viel an Harold und besuche manchmal seine Mutter – allerdings versuche ich, immer nur dann hinzugehen, wenn seine Tante, dieser alte Drachen, bei ihren Kirchenzusammenkünften ist!

Ich hoffe, Du schreibst mir von Zeit zu Zeit.
Deine Dich liebende Freundin
Lydia xx

Esmie schaute von dem überraschenden Brief auf. Ihre Augen brannten vor Tränen.

»Sie hat Andrew zurückgeschickt? Du hast ihn bei dir?«

Tom lächelte und nickte. »Er ist auf der *shikara* eingeschlafen – Sarah ist bei ihm.«

Esmie sprang auf. »Oh, Tom! Darf ich ihn sehen?«

Tom erhob sich und nahm ihre Hand. »Esmie, erst muss ich wissen, was du empfindest … Ob du dir vorstellen könntest …«

Sie schaute in sein hübsches Gesicht auf und sah den Zweifel, der seine Miene umwölkte. Ein Gewicht lastete auf ihrer Brust.

»Oh, Tom; du musst doch wissen, wie sehr ich dich liebe«, versicherte sie ihm. »Sag, was du sagen willst.«

Tom umfasste ihre Hände und musterte prüfend ihr Gesicht. »Ich kann dir jetzt noch keine Ehe anbieten, aber ich will mit dir zusammen sein, Esmie. Ich kann den Gedanken nicht ertragen, dich fortgehen zu lassen und ohne dich zu leben. Kommst du mit mir zurück ins Raj Hotel, um bei mir und Andrew zu leben – oder in der Nähe, wenn du nicht willst, dass die Memsahibs von Pindi über uns tratschen? Ich würde mich mit dir unter allen Bedingungen treffen, die dir recht sind.«

Die Rührung schnürte Esmie die Kehle zu. »Die Klatschtanten sind mir egal«, sagte sie und lächelte unter Tränen. »Ich kann mir nichts vorstellen, was ich lieber will, als bei dir und Andrew zu sein. Ich würde mit Freuden ins Hotel ziehen, um mit euch beiden zusammen zu sein.«

Tom unterdrückte einen Aufschrei. Er wirkte, als wäre er selbst den Tränen nah.

»Was für ein glücklicher Tag!« Er zog Esmie in seine Arme und hielt sie eng an sich gedrückt.

Sie klammerte sich an ihn und konnte kaum glauben, was für eine freudige Wendung ihr Leben binnen weniger Minuten genommen hatte. Jetzt stand nichts mehr ihrem Zusammensein im Weg – nichts hinderte sie mehr daran, einander zu lieben.

Sie schaute zu ihm hoch und sah seinen Gesichtsausdruck – zärtlich und doch leidenschaftlich –, der ihren eigenen widerspiegelte.

»Küss mich, Tom«, bestürmte sie ihn.

Überglücklich beugte er sich vor und umarmte sie. Die Berührung seines festen Mundes auf ihrem ließ ihr schwindlig werden. Sie spürte die Ungeduld in seinen Küssen, als wollte er sie für all die Zeit entschädigen, die sie verschwendet hatten, indem sie nicht zusammen gewesen waren. Von jetzt an würden sie es sein.

Als sie sich küssten, wurde sie von Liebe zu ihm überwältigt. In seinen Armen eng an ihn gedrückt fühlte Esmie sich von der Vergangenheit befreit – von dem Schmerz und dem Verlust, die ihr Leben geprägt hatten. Sie empfand große Dankbarkeit diesem leidenschaftlichen Mann gegenüber. Sie wusste, dass sie Tom glücklich machen würde, und er sie, weil sie einander respektieren und wertschätzen, aber auch ihr lang aufgestautes gegenseitiges Begehren befriedigen würden.

Als sie sich voneinander lösten, waren Esmies Wangen feucht vor Freudentränen. Tom zog ein Taschentuch hervor, um ihr die Tränen abzutupfen. Sie sah, dass es ihres war – das, das sie ihn zur Erinnerung an den Tag hatte behalten lassen, an dem sie einander am Fluss in Kanki-Khel gegenseitig ihre Liebe gestanden hatten. Sie tauschten ein zärtliches Lächeln.

Unvermittelt durchbrach ein Schrei von draußen die Ruhe des Seeufers.

Esmie schnappte nach Luft. »Ist das Andrew? Wacht er auf?«

Tom grinste. »Klingt so.«

Bei der Aussicht darauf, Andrew wieder in den Armen zu halten, durchströmte sie Euphorie.

»Lass ihn uns holen gehen!«, rief sie.

Tom nahm ihre Hand und küsste sie innig. Dann eilten sie zusammen, Hand in Hand, in den hellen Sonnenschein zu dem kleinen Jungen, der nach ihnen rief.

Glossar

ayah	Amme oder Kindermädchen
bhistis	Wasserträger
box-wallah	Geschäftsmann
burra	groß, am wichtigsten
charpoy	Bett aus einem Holzrahmen mit Seilbespannung
chota	klein, jung
chota hazri	Frühstück
chota peg	kleines alkoholisches Getränk, Absacker
chowkidar	Wachmann, Türhüter, Portier
dak bungalow	Rasthaus für Reisende
dhobi	Wäscher
durbar	von einem indischen Fürsten oder Vizekönig in Indien abgehaltener öffentlicher Empfang
durzi	Schneider
feringhi	Ausländer (abfällig)
jezail	langes Vorderladergewehr
khitmurtgar	Tischdiener, Unterbutler

(alter) koi hai	Veteran des Diensts in Indien
mali	Gärtner
memsahib	höflicher Titel oder Anrede für eine Frau
mofusil	ländliches Gebiet
nimbu pani	Zitronen- oder Limonengetränk
punkah	ein Stofffächer, der mithilfe eines Seils bedient wird
punkah-wallah	Mann, der den punkah bedient
sahib	höflicher Titel oder Anrede für einen Mann
sahib-log	Briten in Indien
sepoy	indischer Soldat
shalwar kameez	Kombination aus weiter Hose und Tunika
shikar	Jagd
shikara	kleines offenes Boot auf dem Dal-See in Kaschmir
sirdar	hochrangige Person
syce	Knecht, Stalljunge
tonga	zweirädrige Pferdekutsche
topee	Sonnenhut, auch: Tropenhelm
zenana	Frauengemach in einem Haus

Zitatnachweise

Die Stelle aus Psalm 16,9 zu Beginn des Zitats auf Amelias Grabstein wurde nach der Lutherbibel (revidierte Übersetzung von 2017) zitiert.

Für die Übersetzung des Tennyson-Zitats auf Marys Grabstein (»Doch o um den Druck der verschwundenen Hand, Den Laut eines Mundes nun stumm!«) wurde die Übersetzung von Karl Vollheim genutzt (Karl Vollheim: Gedichte von Alfred Tennyson, in: Deutsches Museum: Zeitschrift für Literatur, Kunst u. öffentliches Leben 1862, 13, S. 465–472; Zitat: S. 467, abgerufen am 10.01.2022 hier: https://www.digitale-sammlungen.de/de/view/bsb10614724?page=482,483 – aufgefunden über https://de.wikisource.org/wiki/Alfred_Tennyson [abgerufen zuletzt am selben Tag]).

Danksagung

Ich habe mich für Rawalpindi im damaligen Nordindien (heute in Pakistan) als Standort des fiktiven Raj Hotel in der Zeit nach dem Ersten Weltkrieg entschieden, weil meine Großeltern mütterlicherseits dort in den 1920er-Jahren gelebt und gearbeitet haben. Die Tagebücher meines Großvaters haben mir zu einigen Einsichten in das Leben in der Garnisonsstadt und den umliegenden Bergen einschließlich der Hill Station Murree verholfen. Bei meinen Recherchen über Rawalpindi hat mich der Autor Ali Khan sehr unterstützt, der ein schön mit seltenen Fotos illustriertes Geschichtsbuch über die Stadt verfasst und herausgebracht hat: *Rawul Pindee, the Raj Years*. Das Buch wurde von Isphandar Bhandara, dem CEO der Murree Brewery, in Auftrag gegeben und gesponsert.

Die Geschichte über die Entführung und Rettung einer Britin ist von wahren Ereignissen inspiriert, die sich in den frühen 1920er-Jahren in der Provinz North West Frontier abgespielt haben. Allerdings sind alle Personen und Orte in meiner Schilderung fiktiv. Wenn Sie mehr über die realen Ereignisse lesen wollen, empfehle ich Ihnen *Tales of Tirah and Lesser Tibet* von Lillian A. Starr aus Peschawar. Die Ausgabe, die ich gelesen habe, steht in der fabelhaften Lit & Phil Library in Newcastle upon Tyne in England.

Großer Dank gebührt meiner wunderbaren Lektorin Samina Hamer für ihre Begeisterung und ihr Vertrauen in mein Schreiben, der Entwicklungslektorin Katie Green, die mir sehr dabei geholfen hat, den Aufbau dieses Buches zu verbessern, und Jill Sawyer für ihr sorgfältiges Korrektorat. Auch Bekah und Nicole bei der Autorenbetreuung für ihre Arbeit hinter den Kulissen und dem ganzen Team bei Lake Union vielen, vielen Dank.

Made in the USA
Columbia, SC
12 January 2023

10141819R00419